A FLORESTA DAS ÂRVORES RETORCIDAS

ALEXANDRE
CALLARI

ORIGINAL
PIPOCA & NANQUIM

A FLORESTA DAS ÁRVORES RETORCIDAS
Alexandre Callari

Capa: *Giovanna Cianelli*

Ilustrações: *Doug Firmino*

Revisão: *Luciane Yasawa* e *Audaci Junior*

Preparação de texto: *Daniel Lopes* e *Rodrigo Guerrino*

Diagramação e projeto gráfico: *Arion Wu*

Assistente editorial: *Rodrigo Guerrino*

Editores: *Alexandre Callari, Bruno Zago* e *Daniel Lopes*

Impressão e acabamento: Ipsis Gráfica e Editora

Novembro de 2019

Dados Internacionais de Catalogação na Publicação (CIP)

C156f Callari, Alexandre
A floresta das árvores retorcidas / Alexandre Callari ; ilustrado por Doug Firmino. — São Paulo: Pipoca & Nanquim, 2019.
420 p. : il.

ISBN: 978-85-93695-34-6
ISBN: 978-85-93695-40-7 [Edição +]
ISBN: 978-85-93695-39-1 [E-book]

1. Romance fantástico — Horror I. Firmino, Doug II. Título

CDU: 82-312.9

André Queiroz — CRB-4/P-1724

editora@pipocaenanquim.com.br
pipocaenanquim.com.br
youtube.com/pipocaenanquim
facebook.com/pipocaenanquim

"Agora sei o que é um fantasma. Negócios inacabados, isso que é."

Salman Rushdie, *Versos Satânicos*.

1 Os lamentos da Garota do Quarto

— Pois não? — Disse o senhor de cabelos grisalhos ao abrir a porta. Ele era tão baixo que, se tivesse alguns centímetros a menos, poderia cair na categoria do nanismo. Tinha uma barba branca e felpuda, lábios pálidos e rachados, e mãos inchadas e cobertas de manchas de idade. Mas o que mais chamou a atenção de Adam foi que ele mantinha o olho direito pressionado todo o tempo, igual ao Popeye, como se estivesse sendo perturbado por um cisco.

— Boa tarde, senhor. Meu nome é Adam e sou o novo inquilino.

Adam estendeu a mão, mas o velho a ignorou, mantendo a porta entreaberta.

— Ah, o rapaz do 42. A imobiliária não me avisou que viria hoje.

— Culpa minha. Acabei adiantando meus planos.

— Sei, sei… O senhor muda seus planos e acha que a gente tem que se adequar a eles, rapaz? É isso?

A frase foi proferida num tom que fez Adam sentir que estava fazendo algo de errado, mesmo tendo acertado toda a papelada e pagado adiantado o aluguel do imóvel.

— Olha, não queria atrapalhar. Eu só achei que…

— Tudo bem, deixa pra lá.

O velho finalmente abriu toda a porta, revelando um corpanzil no formato de barril.

— Vamos entrando — emendou. Adam obedeceu antes que o velho mudasse de ideia e perguntou:

— E o senhor seria…?

— Marcos Garcia de Campos. Sou o zelador. Só trouxe isso de bagagem?

Ele indicou com a cabeça a nada impressionante mala de couro que Adam carregava. O recém-chegado olhou para ela e respondeu:

— Não tenho muita coisa hoje em dia. Decidi que era melhor levar uma vida leve.

— Sei o que quer dizer, senhor Adam. Bom pra você, já que não temos elevador.

Adam franziu a testa.

— Não tem? Mas a imobiliária disse que…

— Eles dizem o que o cliente quer escutar. Só isso. — O velho tirou um lenço de pano do bolso da frente da camisa e assoou o nariz. Adam contorceu o rosto de nojo. Sem se abalar, ele o dobrou ao meio e assoou de novo, fazendo o dobro do barulho. — Bom, na verdade, até temos um elevador… ele só não funciona há um bom par de anos. Venha, vou lhe mostrar o lugar.

Eles deram meia dúzia de passos até a recepção, toda feita de madeira, com um balcão alto, uma cadeira de assento de treliça, um painel onde as chaves dos quartos poderiam ser penduradas em pequenos ganchos de metal e um espelho oxidado à direita. A atmosfera remetia aos anos 1960. Adam notou que o velho andava mancando e percebeu de cara o motivo: ele tinha uma perna maior do que a outra. A diferença era perceptível, mesmo para alguém como Adam, que não era tão observador para esse tipo de detalhe. Contudo, totalmente adaptado àquela marcha diferenciada, o senhor Marcos se movia com relativa agilidade.

— Temos um porteiro no horário comercial, o senhor Albuquerque — explicou Marcos. — Ele recebe a correspondência e abre a porta, entre outras funções inúteis. O senhor não vai gostar dele. Ninguém gosta. Mas, se você for do tipo que só não esquece a cabeça porque está grudada, pode deixar a chave aqui que ele toma conta. Particularmente, eu não recomendaria, mas é uma opção.

— Por que não recomendaria? — Adam perguntou.

— Porque o desgraçado dorme em serviço. E porque ele pode ir embora se der o horário, e aí sua chave fica nesse painel, sem ninguém tomando conta.

Adam ergueu as sobrancelhas.

— Que horas ele sai?

— Três, quatro. Vai saber… Cansei de controlar o horário daquele crápula. Só não o despedimos porque o condomínio não poderia arcar com a indenização. — Apesar das ofensas, havia um tom caloroso na voz de Marcos.

Adam olhou para o painel e refletiu.

— As pessoas realmente deixam suas chaves aqui? Tipo… isso aqui não é um hotel, né?

— Absolutamente, senhor. Mas é como eu disse: deixe sua chave por sua conta e risco. Enfim, no raro evento de alguém receber visitas, ele também se encarrega de interfonar e avisar. Ou, claro, se o senhor chamar alguma companhia num dia solitário…

O zelador deu um cutucão com o cotovelo no braço de Adam e soltou uma risada tão forçada quanto desagradável. Adam respondeu com uma encarada feia que fez o velho pigarrear e retomar a pose.

— Venha, vamos subir.

Eles começaram a subir as escadarias.

— São seis apartamentos por andar. O único que está totalmente ocupado é o primeiro. Nos outros há pelo menos um vazio. No seu, mora só a velha ranzinza do 44 e, agora, você. Quer um conselho? Fica longe dela. E mantenha a sua porta trancada, mesmo quando estiver em casa. Ela tem mania de xeretar por aí. Se encontra alguma porta destrancada, vai logo entrando. A bruaca é doida — ele fez um sinal, girando o dedo indicador próximo da têmpora. — Na semana passada, saiu andando pelada no meio da tarde pelos corredores e acabou entrando na casa da dona Juliana, do 25. O senhor não acredita no banzé que a desgraçada da velha armou. E, lógico, sobrou pra quem limpar a bagunça e pôr panos quentes?

— Pro senhor, imagino.

— Claro. Pra quem mais? Bom, então é isso. Ela é inofensiva, mas, pra ser sincero, coisas estranhas acontecem quando ela tá por perto. Luzes piscam. O vento assobia. Uma vez o rádio da portaria estava ligado e trocou sozinho de estação. — Adam deu um assobio agudo, fingindo estar perplexo. Marcos concluiu. — Deixe a porta trancada e evite surpresas desagradáveis.

Ao chegarem ao terceiro andar, de um total de cinco, Adam viu um garoto sentado no corredor, brincando com um carrinho de plástico. Não devia ter mais de dez anos. Era magro, de cabelos pretos cortados no estilo tigelinha e dentes dianteiros podres, o que Adam reparou quando ele sorriu. Suas roupas estavam sujas, como se estivesse brincando em um lixão, e sob os pés descalços, uma sola grossa e cascuda denunciava que ele não era muito íntimo de calçados; provavelmente só os usava quando necessário.

— Oi — Adam disse para o garoto. Ele se levantou e foi até a dupla, parando a poucos metros de distância.

— O senhor é o novo morador? — Perguntou, eufórico. — Nunca vemos gente nova por aqui.

— Sim. Eu me chamo Adam.

O garoto estendeu a mão.

— Eu sou o Pedro. Mas todo mundo me chama de Pombo.

— Por quê?

— Porque eu levo recados sempre que as pessoas precisam. Posso visitar seu apartamento depois?

Adam ia responder, quando o zelador se intrometeu e grasnou como um corvo espantando um pombo:

— Ah, moleque, sai daqui. Não tá vendo que o moço acabou de chegar? Abusado… — Pombo saiu correndo e, após desaparecer na terceira porta à direita do corredor, Marcos emendou, antes de continuar a subida. — Se der a mão pra esse aí, ele puxa o braço. É melhor ficar esperto por aqui, senhor Adam. E vê se deixa a…

— Porta trancada. Sim, eu entendi.

O zelador revirou os olhos numa calculada reação teatral e subiu em silêncio o último lance. A dupla parou em frente a uma porta onde estava pintado o número 42 em amarelo. Marcos tirou uma chave do bolso e a abriu. Um cheiro bolorento atingiu Adam e despertou nele uma careta. Ao perceber a reação, o velho disse:

— Faz tempo que ninguém abre as janelas — e entrou destemido. Adam o seguiu.

Era um apartamento velho, porém espaçoso. As paredes estavam com a pintura bastante suja e descascada em alguns pontos. Os lustres eram antiquados, um pouco cafonas, mas Marcos mostrou que tudo estava funcionando, apertando os interruptores ao lado da porta de entrada. No centro, um sofá de couro bonito, mas numa extravagante tonalidade roxa.

— Bem… é isso. Água quente só até as 22 horas. Depois disso, desligamos o gás.

— Sério?

— Sério.

— Então, não posso tomar banho mais tarde?

— Claro que pode… frio.

O comentário foi seguido de uma gargalhada, que fez Adam ter vontade de esmurrar aquele velho caolho e anão. Optou por deixar a mala na sala e ir explorar a cozinha. Encontrou uma geladeira velha, mas que incrivelmente mostrou-se funcional quando ligada à tomada, e um fogão um pouco mais moderno, porém soterrado por uma camada de gordura. Os armários estavam caindo aos pedaços e não havia qualquer utensílio de cozinha, mas tinha um antigo rádio de pilhas em cima da geladeira. Marcos fez uma observação:

— A geladeira está aí desde a época em que levantaram o muro. Agora, o muro caiu e, no ano passado, foi a vez da maldita União Soviética… Vamos criar um novo mundo, senhor Adam. O senhor não é comunista, é?

Adam riu:

— Não. Sou um advogado.

— Bah… Ainda pior — Marcos ralhou. — Precisa de mim pra mais alguma coisa?

— Não. Mas, se precisar, como falo com o senhor?

— Meu apartamento é o 11.

Não havia televisão. Não havia livros. Não havia rádio. Não havia ninguém com quem conversar além dos próprios pensamentos. Na primeira noite, o tempo pareceu se arrastar.

Adam pensou em sair para comprar umas cervejas, mas foi vencido pela preguiça. Tomou uma ducha quente enquanto ainda podia e, ao sair do chuveiro enrolado na toalha, pingando, ficou observando a cama de casal. O colchão era velho e cheio de manchas; não havia travesseiro e o cheiro de mofo o nauseava levemente.

Ele não tinha lençóis ou cobertores, então vestiu uma roupa que julgou que o protegeria razoavelmente dos efeitos nocivos daquele colchão e se deixou afundar na cama. Só quando parou na posição horizontal que percebeu o quanto estava cansado. Ainda assim, não conseguiu dormir. Passou horas estirado sem se mover, com as mãos cruzadas sobre o peito, olhando para um teto sujo.

Pensou na vida até ali, em toda a sua trajetória estúpida e trôpega, mas, sempre que sentia estar se cobrando demais, desviava os pensamentos para o enorme trabalho que teria para tornar aquele apartamento habitável. Uma firme melancolia ameaçava tragá-lo para dentro de um buraco negro. Poucas vezes na vida sentira-se tão triste e diminuído quanto naquela longa primeira noite.

Ele tinha ido para longe para fugir da sua realidade, para escapar dos problemas, mas não era tão simples assim. Uma angústia o consumia lá no fundo da alma, e Adam se viu forçado a admitir que ela já estava lá há bastante tempo, desde antes do término de seu casamento. Seria por causa dela que traíra a esposa? Ele não tinha as respostas.

Quando mais jovem, escutara falar sobre aquela crise que os homens tinham ao se aproximarem dos 40 anos, mas achara tudo besteira. Agora, Adam estava com 38 e, consumido por aquela profunda angústia, teve de dar a mão à palmatória. O vazio existia. Ele era real. Palpável. E acometia homens como ele, tirando-os do rumo, forçando-os a serem fugazes e superficiais. Álcool e outros vícios o supriam momentaneamente, mulheres podiam ajudar a esquecê-lo, assim como dinheiro, viagens, jogos e apostas, filmes e concertos musicais, noitadas em boates e passeios no parque… tudo para não pensar naquele vazio da alma. Mas o desgraçado sempre voltava; foi o que Adam aprendeu, ele *sempre* voltava. É possível passar uma vida inteira ignorando-o ou fugindo dele, mas não é algo que se resolve como uma coceira. Ele percebeu que não se varre o vazio para baixo do tapete.

Enfim, em algum momento da noite, quando já estava quase dormindo, tendo extenuado a mente de tanto refletir, e flutuava entre a vigília e aquele estado de relaxamento que antecede o sono em si, aconteceu pela primeira vez.

Sua mente havia espiralado numa curva descendente rumo à inconsciência, permitindo que uma ligeira nuvem cobrisse os seus olhos, como se um véu tivesse sido posto diante de seu rosto.

O que primeiro chamou sua atenção foi um ruído como um ganido. Seu cérebro entorpecido tratou aquilo com desdém; provavelmente o som tinha vindo de fora, da rua, trazido para o quarto pela brisa suave da noite. Então, ele se repetiu e ficou claro que o ganido era um lamento, quase um choro. E que estava próximo demais para ter vindo da rua.

Ligeiramente desperto, mas ainda mergulhado na letargia, por uma pequena fenda deixada pelos olhos entreabertos, coberta por uma teia de cílios entrelaçados, ele viu uma silhueta na porta.

As cortinas da janela do quarto eram finas, quase transparentes, e a única luz vinha de fora, talvez da rua, talvez da lua, ele não saberia dizer ao certo. Após tantas horas na penumbra, sua visão tinha se acostumado a ponto de distinguir todas as formas do quarto, de ver os detalhes do lustre de cobre com suas três lâmpadas, de conseguir enxergar até as manchas mais fracas nas paredes, inclusive uma enorme marca paralela ao teto que identificava onde outrora havia um armário.

Os olhos começaram a se desgrudar aos poucos; os cílios foram se desvencilhando uns dos outros, até se abrirem por completo. A imagem foi, aos poucos, se formando, se constituindo e calibrando. A silhueta tomou corpo e forma. Contornos…

De repente, sua mente gritou. Estava vendo algo que não devia estar ali. As associações se fizeram e a primeira coisa que Adam pensou foi que havia trancado a porta. Ele tinha certeza de que havia trancado. Mas será que a velha do 44 estava ali, ao seu lado?

Alguém estava ali, delineado pela luz externa, emoldurado pelo batente da porta do quarto. E, com certeza, era uma silhueta feminina.

Adam teve uma súbita falta de ar. O coração disparou. Uma liberação de adrenalina no corpo. Sentiu as palmas suarem. Um formigamento nos pés. Os pelos da nuca se arrepiarem. Era o medo se instaurando, querendo mantê-lo paralisado na cama.

Amanda! Amanda veio me perseguir! Não, isso era irracional demais para ocorrer, ainda que uma parte de si desejasse que fosse verdade.

Lutando contra a sensação de pânico e rompendo os grilhões invisíveis que o mantinham deitado, ergueu-se de uma só vez, arremetendo na direção da silhueta.

Não sabia o que faria, provavelmente só a afugentaria, berrando e acenando os braços. E torceria para que não fosse um ladrão. Ou melhor, uma ladra.

Assim que se pôs de pé, Adam viu que não havia necessidade de altercações.

Não tinha ninguém ali.

Há alguns anos, ele foi a um bar e estacionou o carro a duas esquinas de distância. Quando voltou, o carro não estava mais lá; havia sido *roubado*. Ele ficou alguns segundos diante do local, dizendo a si próprio que tinha parado ali, que não estava nem louco nem bêbado, vivenciando uma sensação estranha. Uma confusão letárgica e abobada. Nunca mais tivera aquela sensação de estar perdido num lugar conhecido. Até agora.

Revistou o apartamento e certificou-se de que a porta da frente *realmente* estava fechada. Ninguém poderia ter se escondido tão rápido. Se alguém estivera ali, tinha desaparecido. Lembrou-se de Conan Doyle: "Ao descartar o impossível, o que restar, por mais improvável que seja, terá de ser a verdade". No caso, a resposta não parecia nada improvável... Adam tinha apenas sonhado. E, no seu sonho, viu uma silhueta observando-o dormir.

Um sonho... por mais real que tivesse sido, só um sonho. Um pouco tenebroso, talvez. Decerto incômodo. Mas isso era tudo.

Sentindo-se um tolo, voltou para a cama, mas não conseguiu pregar os olhos.

— Quer ganhar uns trocados, Pombo? — Adam perguntou ao garoto. Não pôde deixar de notar que ele vestia a mesma roupa do dia anterior.

— O que eu tenho que fazer?

— Você deve conhecer bem a região, né? Eu preciso sair e comprar algumas coisas pro apartamento. Se alguém me mostrasse onde ficam as lojas, tudo seria mais rápido.

— Fechado.

O garoto se levantou, bateu nas pernas, como se sacudisse a poeira, e emendou:

— Vamos?

— Não é melhor você avisar sua mãe ou alguém?

— Pode ficar tranquilo, seu Adam.

No íntimo, Adam sabia que era errado sair com o garoto daquela maneira, mas decidiu que não se importava. Ao chegar ao térreo, viu o porteiro referido por Marcos, o senhor Albuquerque. Ele estava concentrado em um caderno de ponto, tomando nota de alguma coisa que, para Adam, parecia tediosa. Era um homem franzino, na faixa de uns cinquenta anos, que apresentava uma calvície precoce e um portentoso bigode acastanhado. Seu queixo era afundado, como se tivesse sido arrancado do útero da mãe por um fórceps. Usava óculos quadrados que pareciam saídos de qualquer filme de época e estava sentado numa postura absolutamente perfeita, costas retas, peito aberto, ombros alinhados. Adam parou diante dele e estendeu a mão:

— Bom dia. Sou o novo inquilino do…

— O senhor vai deixar a chave, senhor Adam?

O homem tinha dito aquilo sem dignar-se a desviar o olhar do caderno. Adam hesitou um pouco, então falou:

— Não, senhor.

Albuquerque parou o que estava fazendo, olhou para ele e ergueu uma sobrancelha cínica.

— O que posso fazer pelo senhor, então?

Adam recolheu a mão, deu um leve aceno com a cabeça e saiu, seguido de Pombo, que estava nitidamente se divertindo. Ao cruzarem a porta, perguntou:

— Todo mundo aqui é grosso desse jeito?

O garoto sorriu.

— Quase todo mundo. O senhor se acostuma.

— Duvido…

— Aonde quer ir primeiro?

Eles caminharam por várias horas e o recém-chegado pôde se familiarizar com as redondezas. Tudo na cidade tinha um aspecto antigo. As ruas laterais eram de paralelepípedos; apenas as avenidas principais eram asfaltadas. Várias casas e lojas possuíam arquitetura estranha, com batentes de portas e janelas decorados em madeira ou gesso, sempre formando imagens curvilíneas, que despertavam uma sensação sinistra em Adam. Algo que remetia a ondas, espirais ou tentáculos. Adam reparou que havia pouquíssimas pessoas nas ruas.

Ele passou em algumas lojas da cidade, onde comprou o que precisava. Ou melhor, o que conseguiu encontrar, principalmente utensílios de cozinha e banheiro, além de lençóis para a cama. Acabou encomendando também um novo sofá e uma televisão, que só seriam entregues dali a três dias. Fez compras no mercado, que pediu para serem levadas no final da tarde, depois passou em uma loja de ferragens e em outra de tintas, onde adquiriu tudo o que era necessário para deixar o apartamento mais habitável. Explicou a Pombo que faria sozinho a reforma, já que tinha tempo de sobra e gostava daquele tipo de atividade manual.

— Aprendi com meu pai.

— O senhor e o seu pai se davam bem?

— Mais ou menos. Durante um tempo, sim. Depois as coisas se complicaram um pouco.

Por fim, para ter alguma coisa para fazer à noite, Adam quis comprar um livro. Com aquele seu característico sorriso largo, o garoto disse que conhecia o lugar ideal para levá-lo a seguir.

— Que lugar é este? — Adam perguntou.

— O senhor disse que queria comprar livros.

Ele olhou para a loja. A porta era de madeira pintada de verde musgo, de aspecto velho e com uma placa de "ABERTO" pendurada no vidro. Ao lado dela, uma grande vitrine abrigava meia dúzia de pilhas de volumes amarelados; encostados às pilhas, alguns livros estavam de pé, com as capas viradas para a rua. O primeiro exemplar que viu era uma encadernação de couro bastante antiga que dizia *The Book of Thoth.*

Adam torceu o nariz. O livro de Thoth era um tomo escrito no Antigo Egito, supostamente pela própria divindade Thoth, que servira de guia para diversos faraós. Ele ensinava um iniciado a controlar os elementos e a compreender a linguagem dos animais, entre outros prodígios. Perseguido e queimado durante anos, pouco restara do texto original, e uma encadernação completa não era feita há séculos. Ao lado dele, reconheceu outro título, *A Chave de Salomão*. A edição não era nem de longe tão antiga quanto a do anterior, mas, mesmo assim, parecia ter uns cem anos. Não era um grimório original, e sim uma tradução para o português. Intrigado, olhou para a fachada da livraria mais atentamente e percebeu que, ao lado do nome da loja, O Código Seraphinianus, havia um pentagrama desenhado. Franziu a testa e fitou Pombo com atenção por alguns instantes. Enfim, perguntou:

— Como sabe que eu gosto desse tipo de livro?

— Se o senhor não gostasse, o que estaria fazendo aqui?

— Aqui?

— Sim, aqui em Arkham.

— Como é? — Adam retrucou surpreso e tornou a olhar confuso para o nome da livraria. — Por que a chamou assim? Este não é o nome deste lugar.

Pombo fez outro muxoxo, sem compreender ao certo o mal-entendido.

— Se o senhor diz. Vai entrar ou não?

Um sininho anunciou a presença deles. Em poucos segundos, uma mulher de quadris largos apareceu dos fundos da loja. Ela tinha cabelos ruivos tingidos, curtos e encaracolados, como se tivesse acabado de tirar bobes da cabeça, usava batom vinho brilhante e trazia uma distintiva pinta preta no meio da bochecha. Seus olhos eram claros como um lago congelado.

— Boa tarde, meu senhor. Em que posso ajudá-lo?

— Eu só estou dando uma olhada. Acabei de chegar à cidade e quero alguma coisa pra ler nas próximas noites.

— Ah… Um forasteiro. Não vemos muitos de vocês — ela disse.

— É… tô sabendo — ele respondeu, olhando para Pombo.

— Procura algo em específico?

Adam hesitou um pouco. Então perguntou:

— Aquela versão do livro de Thoth que está na vitrine… Ela não é de verdade, né?

A mulher sorriu.

— É um livro para poucos, não? Quem sabe o senhor prefira algo mais… palatável. Afinal, dizem que aquele que ler o livro de Thoth…

— Está fadado a morrer — Adam completou. — Sim. Conheço a lenda. Por isso perguntei se era uma versão real. Eu… bom, fiquei curioso.

A mulher ergueu as duas sobrancelhas, e Adam percebeu que elas não passavam de um lápis preto pintado no lugar onde deveria haver pelos. Expressando falsidade quase palpável, ela apenas sorriu e o segurou pelo braço, conduzindo-o mais para dentro da loja.

— Meu bom senhor… — disse. — Claro que aquele livro é só uma gozação. Antiga, mas, mesmo assim… Todos sabem que *The Book of Thoth* se perdeu nas areias do tempo. Venha comigo… vou oferecer algo que será de seu interesse real.

Ele se deixou ser arrastado. Pombo seguiu os dois enquanto passavam por muralhas de livros erguidas por todos os lados, penetrando cada vez mais fundo naquele labirinto de papel mofado e bolorento. Então, o garoto disse de forma quase despretensiosa:

— Ele se mudou para o 42.

A dona da loja parou no lugar. Após dois segundos de silêncio, repetiu:

— 42? Que 42?

Pombo retorquiu:

— O 42. A senhora sabe. *Aquele* 42. Do meu prédio.

Adam olhou para ela, para o garoto e novamente para ela. Sentiu a pegada da mulher em seu bíceps ficar um pouco mais firme, quase alarmada. Perguntou:

— Tem alguma coisa que eu precise saber?

Ela devolveu ao rosto aquele sorriso falso e fingiu que nada havia acontecido:

— Oh, não, senhor. É só que, se está morando no 42, tenho o livro ideal. Espere um pouco aqui.

Antes que ele pudesse responder, ela o deixou sozinho com Pombo e desapareceu em meio às colinas de celulose. Adam olhou para o garoto:

— O que você não tá me dizendo, Pombo? Por que ela ficou assim quando mencionou meu apartamento?

O menino mirou o chão e ficou alisando-o com o ponta do pé, movendo-o de um lado para outro, sem responder.

— E que lugar é este? — Adam continuou. Ele apanhou um livro aleatoriamente de uma pilha ao seu lado. Era pequeno, de páginas amarronzadas e quebradiças. Na capa estava escrito *Oera Linda*. Ele folheou o exemplar. Não reconheceu o título logo de cara, então lembrou-se que o volume ocultista, supostamente de origem atlante, se tornara um favorito entre oficiais nazistas durante a Segunda Guerra Mundial.

Por algum tempo, principalmente no período de faculdade e nos anos subsequentes, Adam tivera um grande interesse por esoterismo. Lia tudo o que conseguia pôr a mão, mas poucas coisas eram originais. Em geral eram livros escritos sobre livros, que mencionavam outros livros místicos. Mas ali, naquela livraria, tudo parecia autêntico; volumes que deveriam estar lacrados numa grande biblioteca ou na coleção particular de algum grã-fino de gostos peculiares e excêntricos. Mostrou o livro para Pombo:

— Garoto, isso tudo é muito esquisito.

Naquele instante, a dona da livraria retornou carregando um tomo grande, de lombada absolutamente destruída e sem capa.

— Desculpe pelo estado do livro — ela disse de imediato. — Mas, visto a raridade deste volume, acho que não tem problema. Não há traduções para o português ou espanhol, mas existem cópias em francês e inglês. O senhor fala inglês?

— Sim.

— Então este é o livro de que precisa — ela disse, estendendo para ele a cópia que segurava com um largo sorriso.

Adam a apanhou. Na página de rosto, leu o título: *Talking to the Dead*.

No caminho de volta, ele perguntou várias vezes a Pombo por que a mulher da livraria dissera que aquele seria um livro bom para ele e por que tivera aquela reação desconjuntada ante a menção do apartamento 42, mas o garoto só desconversou.

Sem cabeça para mistérios provavelmente idiotas, optou por ficar quieto o resto do trajeto. Ao chegar ao condomínio, as sacolas do mercado já haviam sido entregues e estavam jogadas no saguão, o que significava que ele teria de levá-las sozinho para seu apartamento. Pombo recusou-se a ajudar, mesmo ante a promessa de mais alguns trocados. Segundo ele, tinha de "estudar" para o dia seguinte ou algo assim. Adam não se incomodou, afinal, sabia o quanto crianças podiam ser preguiçosas quando lhes era conveniente. E nem era tanta coisa assim…

Ele passou o resto da tarde fazendo uma bela faxina, depois guardou os utensílios de cozinha e de banheiro. Ainda não tinha onde deixar as poucas roupas que trouxera em sua pequena mala, portanto, empilhou-as sobre a mesa da sala. Revestiu o colchão com a roupa de cama, mas sabia que também precisaria comprar um novo, assim como travesseiros decentes, mas isso poderia ficar para depois.

Calculou que a pequena reforma levaria menos de uma semana, incluindo a pintura. Não estava disposto a fazer nada apressadamente, afinal, tempo era algo de que dispunha. *Temos todo o tempo do mundo*, pensou, lembrando-se de Renato Russo.

Por volta das 19 horas tomou um banho e resistiu à tentação de ligar para Amanda, preferindo beber algumas cervejas enquanto preparava um jantar simples.

A televisão tinha sido entregue, uma antecipação inesperada da compra. Após vários minutos zapeando, decidiu desligá-la ao ver que a opção mais interessante era *De Corpo e Alma*, e ele não era muito de curtir novelas. Enfim, olhou para o livro, descansando sobre a mesa ao lado das roupas. Não sabia dizer se a edição era antiga ou se só estava malconservada.

Adam a apanhou e começou a manuseá-la.

Não havia autor identificado na página de rosto, apenas o título escrito em letras decorativas. Procurou em vão algo sobre a editora. Também não tinha ficha catalográfica ou data de publicação. Deu uma folheada aleatória e notou que algumas páginas no meio tinham sido arrancadas. Relutou um pouco em começar a leitura, mas logo concluiu que não tinha nada melhor para fazer. Foi até a cozinha, apanhou uma cerveja e acomodou-se no sofá.

Os Mortos fornecem respostas a questões simples. Eles compreendem a condição dos Vivos, pois já estiveram entre nós, e podem se comunicar de diversas maneiras. Recomenda-se a presença de um intermediário experiente no assunto para facilitar a comunicação, mas, em situações e locais onde a energia residual for forte, qualquer indivíduo é capaz de interagir com o Outro Lado.

De modo geral, os Mortos se aproximam dos Vivos para auxiliá-los, mas, em algumas poucas ocasiões, é possível que guardem rancor de sua antiga vida — ou até mesmo que se ressintam da sua atual situação. Nessas condições, podem se tornar perigosos. Quando isso ocorre, a presença precisa ser expurgada ou exorcizada do local onde habita, pois passa a contaminá-lo e a causar perturbações palpáveis. Crianças e animais costumam ser os primeiros a perceberem a presença dos Mortos, já que eles possuem seus canais abertos e não têm a percepção embotada por anos da negação característica ao convívio social.

Em alguns poucos e raros casos, os Mortos desconhecem a sua verdadeira condição. Nessa situação, eles estão confusos, seu raciocínio não funciona de forma adequada e são eles que precisam do auxílio e da orientação dos Vivos. Um alerta: não existe nada mais perigoso do que o momento da descoberta dos Mortos sobre sua real condição. O desencarnado pode se tornar extremamente agressivo e descontar sua frustração em quem lhe trouxer essa revelação.

Adam fechou o livro. Por sorte falava inglês perfeitamente e não tinha qualquer dificuldade de compreensão. Mesmo hoje, gostava de estudar assuntos esotéricos e possuía um conhecimento razoável, acumulado ao longo dos anos, mas aquele livro, do qual jamais ouvira falar, ao contrário de tantas obras clássicas e renomadas que vira na livraria, parecia um amontoado de bobagens. Considerou a escrita superficial e oportunista, digna de um charlatão qualquer. Perguntou-se por que o havia comprado. Quando se deu conta, já estava saindo da loja, puxado pelos cotovelos por Pombo e carregando uma sacolinha de plástico usada, com o livro dentro, em troca de uma quantia exageradamente alta.

Sentiu que havia sido enganado pelo garoto e pela dona da livraria, que, sem dúvida, se conheciam. Será que Pombo e ela tinham um acordo? Algo do tipo... traga novas vítimas para a loja em troca de uma comissão?

Deu o último gole na quarta cerveja e refletiu se devia abrir mais uma. O relógio marcava quase meia-noite. Achou melhor tentar dormir; a noite anterior tinha sido cansativa e, no dia seguinte, pretendia acordar cedo por conta da reforma.

Adam gostaria de dizer que o motivo pelo qual bebia era o período difícil que vinha passando, o divórcio, a perda do emprego, o afastamento do filho e tudo mais, mas não era verdade. Ele já vinha bebendo há muito tempo. Cada gole de álcool era uma tentativa de tapar o vazio, de tentar afogar a insatisfação que lhe acompanhara durante a maior parte da vida adulta e que ele, de forma leviana, culpava a ex-esposa por sentir. Sem dúvida, era mais fácil rotular Amanda como a bruxa do que admitir que o grande responsável por todos os seus problemas era ele próprio. E, claro, era mais fácil tomar uma dose e postergar para o dia seguinte a delicada tarefa de lidar com seus sentimentos do que efetivamente *lidar* com eles.

Talvez aquele recomeço significasse isso: uma mudança interior. Concluiu que já bebera o bastante e foi se deitar.

Aquele som de novo.

Adam não sabia por quanto tempo conseguira dormir antes que o som o despertasse. Um gemido. Um lamento. Quase um choro.

Desta vez não havia dúvida: ele identificou a voz como sendo a de uma mulher.

Seus olhos estavam fechados. Queria abri-los, sabia que *devia* abri--los, mas, ao mesmo tempo, não conseguia. Abri-los tornaria real aquilo que ouvia. Mas, enquanto não visse, havia uma chance de tudo estar em sua imaginação ou de ser um efeito do álcool. Não ver permitia que sua mente oferecesse uma desculpa.

O som se repetiu, mais próximo. Ele engoliu em seco. Seu pé estava para fora do lençol, e ele teve a nítida sensação de que algo o tocaria; um toque frio como a morte. Praticamente pôde sentir uma dormência no tornozelo, um torpor gelado que se materializava sobre a pele desnuda. Como uma criança intimidada pela escuridão, puxou o pé para baixo das cobertas, ainda abrigado pela ignorância abençoada oferecida por suas pálpebras.

A expectativa aumentou. Seu coração era o rufar de um tambor. O oxigênio do quarto parecia ter diminuído, ficado rarefeito. O ar que entrava em seus pulmões era gelado, e ele tinha certeza de que soltava fumaça de condensação pela boca. Ou, talvez, fosse novamente só a sua cabeça pregando-lhe peças.

O silêncio era brutal e opressor. Lutou contra a própria respiração ofegante, tentando acalmá-la. Sabia que era uma batalha perdida. Suas mãos tremiam de medo e de frio. De onde viera toda aquela sensação opressora? Enfim, vencido pela curiosidade, incapaz de se conter por mais um segundo, decidiu abrir os olhos.

Relutou, suspirou… e o fez.

Lá estava ela, a poucos metros de distância. Estática, à sua frente. Foi a primeira coisa que Adam viu. A silhueta, novamente delineada pela luz que vinha de fora.

A forma parecia desconjuntada; o pescoço pendendo para a lateral, a orelha quase tocando o ombro. Os braços exageradamente estendidos ao lado do tronco delgado, num paradoxal *rigor mortis* vivo, culminando em mãos espalmadas e dedos como gravetos. Todo o corpo, embora fosse difícil divisar detalhes, parecia coberto por uma substância viscosa e reluzente; os cabelos eram longos e desapareciam atrás das costas num emaranhado de cachos grosseiros, envoltos por aquela gosma tóxica e pegajosa. A forma parecia usar um vestido longo de alça, que deixava os ombros cadavéricos expostos. O rosto, mergulhado na escuridão, revelava pouco; era possível perceber apenas dois olhos grandes e arregalados, que o encaravam sem piscar.

Adam virou para o lado e apertou os olhos com firmeza. Ele não estava vendo aquilo. Não podia estar.

Então, a sensação que tivera quando seu pé estava descoberto retornou. Um senso de perigo iminente. Mesmo sem olhar, sabia que a silhueta tinha se aproximado, ainda que não tivesse feito som algum; ele a sentiu debruçar na cama, ao seu lado, praticamente baforando em seu pescoço. A sensação foi tão real que Adam pôde sentir o hálito gelado tocando a sua pele. Não ousou abrir os olhos. Apertou com as duas mãos a fronha do travesseiro e contraiu o abdômen para impedir que um jato de urina fosse expelido. Seu coração pulsava em semifusa, a respiração arfando entredentes.

Os lamentos da silhueta retornaram, mais altos, mais definidos, penetrando agudos em seus ouvidos como um ser estranho e indesejado. Então, enquanto ainda tremia, lutando para se recompor e prestes a fazer uma tentativa racional de se convencer de que estava vivendo nada mais do que um pesadelo desperto do qual poderia facilmente acordar caso tentasse, ele foi tocado.

Não foi sua imaginação. Com certeza não era sonho. Era real.

Ele sentiu o leve roçar de dedos no braço. Gelados como a brisa que vem da serra. Um toque úmido e coloidal.

Adam deu um grito, um pulo e correu em busca do interruptor, ao lado da porta de entrada. Em seu sobressalto gigantesco, não viu nada, exceto o próprio pânico. Ao acender a luz, virou-se na direção da cama.

Não havia nada. Nada de anormal.

As cortinas oscilavam levemente, embaladas por uma brisa vinda de fora. A noite estava silenciosa e calma.

Esfregou a testa e percebeu que suava profusamente, como se estivesse febril. Foi acometido por uma sensação de irrealidade que ameaçou descambar para o ridículo, a qual combateu de imediato.

— Não foi um sonho. Tenho certeza de que não foi — disse em voz alta. Não costumava falar sozinho, mas estava tão contrariado que sentiu a necessidade de se expressar daquela maneira.

Será que estava enlouquecendo? Era a pergunta mais lógica. Será que seu divórcio o afetara mais do que pensava, a ponto de ver coisas e inventar o que não existia? Será que estava se tornando uma daquelas pessoas estranhas e perturbadas sobre as quais fazem-se matérias sensacionalistas na televisão?

Então, seus olhos se desviaram para o chão e viram claramente, marcada no piso de taco de madeira, uma trilha que ia da porta, ao lado de onde estava, até a lateral da cama. Uma trilha com marcas no formato de um pé mediano. As pegadas eram como uma breve umidade gravada no chão, uma insinuação de impressão deixada por pés descalços que, em poucos segundos, também desapareceria, deixando-o, enfim, sozinho com os fantasmas da própria imaginação.

Adam acordou sentindo como se tivesse tomado uma surra. Na verdade, "acordar" seria um eufemismo; durante a maior parte da noite, ele mal tinha conseguido pregar os olhos, caindo em um sono leve somente pela manhã.

Se tivesse se recordado dos pesadelos que tivera naquele breve período, é provável que seu destino seguinte fosse alguma instituição especializada no tratamento de pessoas mentalmente perturbadas, mas, para sua sorte, ele fora brindado com o oblívio. Entretanto, embora sua mente consciente não soubesse o que sucedera, seu subconsciente tinha plena ciência de tudo.

Ele se arrastou para fora da cama, cuidou da higiene pessoal, fez o desjejum e saiu. Menos de dois minutos depois, estava batendo na porta do apartamento 11.

Adam poderia jurar que o zelador Marcos estava em casa. Seus ouvidos escutaram sons vindos de dentro, mas ninguém apareceu. Após uma breve insistência, o ímpeto de arrancar respostas do velho diminuiu, tal qual a tendência do ardor de qualquer chama. Dando de ombros, foi embora.

Enquanto rumava para as escadas, trombou com um homem de meia-idade, terno de linho, gravata quadriculada e sapatos de couro. Adam abriu seu melhor sorriso de advogado e deu um cumprimento amistoso. Em resposta, o homem abaixou a cabeça, grudou o queixo no peito e encolheu os ombros, puxando ambas as mãos para junto do peito. Sem dizer uma só palavra, apertou o passo e, antes que Adam se desse conta, já havia desaparecido pela porta da rua.

— Aquele é o senhor Marcelo Rosa de Queiroz — disse uma voz vinda de trás dele. Adam virou-se para dar de cara com Pombo, vestindo a mesma roupa de sempre. — Ele mora no 22. Era médico. — O garoto deu aquele seu sorriso maroto e arrematou. — Ele usa o cabelo repartido ao meio.

Adam olhou para a porta fechada. Na sua maneira de pensar, simplesmente não lhe entrava na cabeça uma pessoa não responder a um mero cumprimento.

— Ele parece ter bom tato com as pessoas. Qual é a dele?

— Teve alguns problemas. Coisa de adulto. Não sei direito o que fez, só sei que não pode mais ser médico.

— É mesmo?

— É. Mas ele não liga muito pra isso.

— Como assim?

Pombo olhou para ambos os lados, certificando-se de que eles estavam sozinhos, mesmo sabendo que sim. Então, deu dois passos na direção de Adam e fez um movimento com os dedos para que se abaixasse.

— Dizem que ele ainda consegue resolver problemas. Se você tiver dinheiro pra pagar.

Adam franziu a testa.

— Deixe-me adivinhar… ele resolve o tipo de problema que você não conseguiria resolver num hospital?

Pombo pareceu não dar importância:

— O que eu sei? Sou só uma criança.

— Você sabe bastante. Mais do que aparenta. E agora vai me dizer o que sabe do meu apartamento.

Ele meneou a cabeça.

— Eu não sei de nada, seu Adam.

— Quem morava lá antes de mim?

— Eu não sei.

— Era uma mulher, não? Sabe alguma coisa disso?

O garoto arregalou os olhos, sem saber o que responder.

— Como o senhor sabe?

Adam o segurou com firmeza pelo braço e o puxou para o canto, dizendo:

— Desembucha, moleque.

— Ai, cê tá me machucando.

Ao perceber que tinha exagerado na dose, soltou o garoto e se desculpou. Então, respirou fundo e disse:

— Isso é sério, Pombo. É a minha segunda noite aqui e sinto que alguma coisa não tá certa naquele apartamento.

O garoto olhou para ele com uma seriedade e atenção que não eram compatíveis com os olhos de alguém tão jovem. Então, olhou além dele, como se visse alguma coisa mais atrás. Quando Adam se virou, ele saiu correndo escadarias acima, desaparecendo na curva que os degraus faziam.

Adam respirou fundo e coçou a cabeça. Olhou para o lado e viu o porteiro Albuquerque atrás do balcão. Tinha certeza de que o homem não estava lá poucos segundos atrás. Acenou cordialmente com a cabeça, mas o outro permaneceu imóvel, encarando-o com um ar de superioridade, sentado numa postura perfeita e imperturbável.

Cansado, Adam bufou e decidiu dar uma volta.

Andou sem rumo definido, disposto a conhecer melhor a cidade, familiarizar-se um pouco mais com o bairro e tentar não pensar nos estranhos ocorridos da noite anterior. O aspecto positivo era que aquela sequência de bizarrices fornecera uma trégua para a comiseração causada por todos os eventos recentes de sua vida, cuja culminação fora justamente a decisão de se refugiar do mundo naquela cidadezinha peculiar, quase fora do mapa, que ele descobrira por acaso.

Enquanto andava, percebeu que a população era majoritariamente composta por indivíduos da terceira idade; até aí, nada de incomum para uma cidade de interior como aquela. Passou por uma praça onde avistou uma igreja, cuja arquitetura em nada se parecia com a de uma igreja católica. Os símbolos incognoscíveis que viu desenhados acima da porta de entrada lhe chamaram particularmente a atenção, mas decidiu seguir caminho. Não havia um papel sequer no chão. Não havia arranha-céus e os poucos prédios não tinham mais do que quatro ou cinco andares. O benefício imediatamente visível de uma cidade sem crescimento vertical exagerado era não haver grandes concentrações de pessoas numa mesma área; logo, tudo fluía melhor. O fluxo de carros não era intenso; na verdade, era sossegado até demais. Aos olhos de Adam, parecia até que a maior parte das pessoas gostava de andar a pé, o que também era justificável.

Até que Arkham é uma cidade bem agradável.

Arkham, ele pensou surpreso, corrigindo-se. *De onde veio isso? Esse não é o nome deste lugar. Por que pensei isso?*

Tentou lembrar-se de onde já tinha escutado aquele nome, mas, antes que pudesse questionar melhor o suposto ato falho, uma senhora trombou com ele. Mesmo não sendo culpado, Adam se desculpou.

A mulher, enrugada como uma uva-passa, vestida toda de preto, com as costas recurvadas e apoiada numa bengala, sorriu e disse que ele se parecia com o filho dela. A senhora Chapman, como se apresentou, vivia numa pensão no lado oeste da cidade, após sua casa ter sido inexplicavelmente queimada até não restar nada além de um monte amorfo de cinzas, história que ela contou três vezes em pouco menos de dez minutos de conversa.

— Eu era só uma menina quando aconteceu. A casa estava vazia porque estávamos viajando. Quando voltamos, tudo tinha queimado. Misteriosamente. Papai ficou muito bravo, mas não havia a quem recorrer.

— E não havia suspeitas do responsável?

— Ah, sim. Muitas suspeitas. Mas o senhor sabe como são as coisas, né? E, para ser bem honesta, acredito na justiça divina. Ou pelo menos em carma.

— O que a senhora quer dizer?

— Sabe aquele ditado, "A justiça vem a cavalo"? Pois é.

— Quer dizer que o responsável pelo incêndio teve o que merecia, senhora Chapman?

A velha consultou seu relógio.

— Oh, querido, perdi a noção da hora. Veja só como estou atrasada. Estão me esperando para o chá da tarde.

— Então, não quero atrasá-la ainda mais.

Adam fez uma reverência exagerada, pediu licença e preparava-se para seguir caminho, quando a velha completou:

— O senhor veio parar num local bastante peculiar, senhor Adam. Mas, se gozar do espírito certo, poderá aproveitá-lo muito bem.

Adam perguntou-se o que ela queria dizer com a frase, mas a velha já havia dobrado a esquina, demonstrando uma agilidade serelepe incomum para sua idade.

O dia foi se desenrolando, enquanto ele descobria as ruas e vielas estreitas da cidade. Seus passos o levaram a um bar, onde decidiu que passaria as próximas horas bebendo em silêncio.

Estava na terceira caipirinha, imerso nos próprios pensamentos, quando uma voz o trouxe de volta ao mundo dos vivos.

— Posso me sentar?

Disfarçando o sobressalto, ele desviou os olhos do copo e da porção de salame que continuava intocada sobre a mesa para ver uma moça de pé, segurando uma caneca de cerveja, com um sorriso convidativo estampado na face.

— Por favor.

Ele acompanhou a frase com um sinal das mãos. Ela abriu uma cadeira de ferro, sentou-se e perguntou se podia beliscar o salame. Adam sorriu. Tinha praticamente esquecido que pedira aquela porção. Os dois começaram a conversar.

— Não é meio cedo pra caipirinha? — Ela perguntou.

— Tanto quanto para uma cerveja.

Ele descobriu que ela se chamava Thaís com "H", que tinha passado a vida inteira naquela cidade e que conhecia todos os rostos locais. Obviamente, o seu chamara atenção.

Thaís com "H" tinha por volta de trinta anos, rosto bonito, um pouco maquiado demais para o gosto de Adam, especialmente para o meio da tarde, mas olhos meigos. Ela estava um pouco acima do peso, diferente da sua ex-esposa, que se tornara uma rata de academia, e tinha uma voz simpática e trejeitos divertidos.

Thaís era espontânea e falava bastante, o que para ele era ótimo. Adam nunca fora bom de papo, o que colidia diretamente com sua *persona* treinada na arte da advocacia. Na verdade, sua dificuldade era relaxar; uma vez que o fazia, ninguém mais o segurava. Talvez nisso a bebida ajudasse.

Thaís era antenada, compreendia com lucidez a geopolítica do Brasil e do mundo, não era leiga em assuntos diversos como economia e negócios, e demonstrava um amplo conhecimento de história e geografia, além de um senso de humor mordaz. Longe do estereótipo da garota desinformada do interior, sabia como ser desafiadora.

— Não, nunca estudei nada disso. Só assisto muita TV.

Esse era o típico comentário dela. Durante seu casamento, Adam havia se anulado consistentemente, até perder toda a espontaneidade. A conversa com Thaís foi revigorante de várias maneiras. Ele não se lembrava da última vez que conseguira ser tão verdadeiro quanto naquelas horas que passou ao lado da moça.

Numa parede próxima a eles havia um pôster com os dizeres *Cerveja: desde 1516 ajudando pessoas feias a transarem.* Adam não sabia como se sentir em relação à frase e expôs sua opinião.

— Não consigo me decidir se isso aí é preconceituoso ou espirituoso.

Thaís riu:

— Eu diria que é impreciso, já que a cerveja tem milhares de anos.

O dono do boteco, que estava próximo deles e que já havia se acostumado àquele tipo de comentário, explicou que a data se referia a uma situação documentada, quando o duque da Baviera, Guilherme IV, promulgara algo que ficou conhecido como *Lei da Pureza*, que ditava que os únicos ingredientes possíveis para a produção da cerveja eram água, cevada e lúpulo.

— Então esse cara meio que registrou a fórmula da cerveja? — Thaís perguntou.

— Sim, senhorita — confirmou o dono.

Adam adorou o tom informal da conversa e sentiu-se cada vez mais desinibido. Logo, já havia relatado metade da sua vida, culminando em seu malfadado relacionamento e na traumática separação. Sem perceber, esbarrou nos próprios sentimentos e na confusão que predominava em sua mente agora. Ele devia se sentir livre, sem ter de dar satisfação de horário a ninguém, sem ter de dizer onde ou com quem estava, sem ter de relatar como foi o dia ou partilhar obrigatoriamente cada polegada de sua vida, a ponto de ser obrigado a esconder pequenos tesouros para conseguir manter algum nível de individualidade. Sim, ele devia se sentir livre, mas era o contrário… estava mais prisioneiro do que nunca. E ainda havia a questão do filho e da sensação de pai relapso que o consumia. Diante dos relatos desconexos, Thaís com "H" apenas sorriu e comentou:

— É… no final das contas, o amor nos rotula.

— Acha mesmo?

— Sim. Ou, quem sabe, a ausência dele.

— Não acredita no amor?

Ela pensou antes de responder.

— Faz diferença no que acredito?

— Você fugiu da pergunta.

— Assim como a maioria foge do amor.

Adam franziu a testa.

— Não é verdade. As pessoas buscam amor. As pessoas anseiam pelo amor. É o sonho da vida delas.

— Não, é só um ideal romântico que está arraigado na maioria. As pessoas buscam a representação que têm do amor. Que nunca é a coisa real. Se fosse, se as pessoas realmente quisessem amar, elas amariam. E o mundo não estaria como está. No fim das contas, a maioria é egoísta na sua visão pessoal e intransferível do amor. Elas falam em amar, mas o amor que expressam é sempre condicionado. E isso, claro, não é amor. Eu tive um namorado que dizia que me amava, assim como você já deve ter dito pra sua esposa. A *minha* relação acabou em tragédia pior do que a sua. Pergunto: isso é amor? E, se dizemos essas besteiras… e elas *são* besteiras… será que sabemos o que é amar?

Aquilo fez Adam refletir. Será que um dia havia amado Amanda? Ou será que tinha uma imagem dela, à qual queria que a verdadeira Amanda se adequasse? Teria sido isso a raiz do fracasso do seu relacionamento?

Não era hora para tais elucubrações, ainda que elas fossem ficar gravadas por muito tempo em seu subconsciente, desafiando-o a encontrar uma resposta. Logo, eles estavam dando novas gargalhadas e permitindo-se ficar mais bêbados, conforme a noite chegava. Então, ele disse onde estava morando. De repente, o rosto dela enrijeceu.

— Aquele é um prédio com… alguma história — Thaís disse, tentando disfarçar qualquer que fosse o sentimento que a possuíra.

— É, parece que sim… ainda que ninguém esteja disposto a falar sobre isso.

— É compreensível…

Ele ficou um pouco em silêncio, esperando que Thaís completasse a observação, mas ela não comentou mais nada. Então, ele tomou a iniciativa.

— Estou morando no apartamento 42. Isso te diz alguma coisa?

Ela disfarçou, mas o desconforto foi nítido. Enfim, após refletir um pouco, sugeriu:

— Talvez você devesse procurar o corretor que alugou o local para você…

Ele coçou a cabeça.

— Só falei com ele por telefone. Nem fui na imobiliária pessoalmente; eu a encontrei nas páginas amarelas. Thaís… por favor, sempre que toco no assunto, todo mundo foge dele. Eu mereço saber o que aconteceu lá.

— E por que tanta curiosidade?

— Tenho meus motivos.

Claro que ele não podia falar que estava vendo sabe-se lá o que nas suas noites maldormidas. Duas noites, diga-se de passagem. Infelizmente, seu comentário estragou um pouco o clima.

— Olha, eu realmente queria te ajudar, Adam... mas acho que não cabe a mim. Se a imobiliária não te contou tudo o que já rolou com o apartamento, e isso é obrigação deles, não me cabe fofocar. Vá atrás dos seus direitos... ou não. Depende do que estiver te incomodando.

— Parece que todo mundo é dúbio neste lugar. Ninguém dá uma resposta direta.

Ele foi ríspido. De propósito.

Ela levantou-se e começou a abrir a carteira. Ele fez um sinal.

— Por favor... é por minha conta.

Thaís tentou negar àquela maneira que as pessoas negam, mas não muito. Ele insistiu duas vezes até que ela fosse embora, deixando a conta e nenhuma resposta para perguntas inquietantes.

Já era quase noite quando Adam chegou em casa. Ele havia se perdido ao longo do caminho, e não só por causa da bebedeira. Era como se as ruas fossem diferentes à noite, como se constituíssem outra cidade. Parecia que todas as referências mudavam. Não havia mais pessoas ou carros perambulando; as fachadas das lojas fechadas, com suas portas de metal abaixadas, pareciam portais lacrados de uma cidade-fantasma. Não havia ônibus transitando, gente levando cachorros para passear ou casais de mãos dadas. Tudo era um moroso silêncio. Ao menos reconheceu a praça com a igreja. As luzes estavam acesas e ele escutou do lado de fora que um culto estava em andamento. Uma sensação ruim embrulhou seu estômago, mas ele a atribuiu ao álcool.

A portaria do prédio estava vazia. Ao caminhar pelo saguão de entrada, seus passos ecoaram altos e dramáticos. Sentiu como se adentrasse um mausoléu. Foi direto para seu apartamento.

Checou o relógio e constatou que ainda tinha algumas horas até que a água quente fosse desligada. Fez a opção de descansar os olhos por uns minutinhos antes de tomar banho. O inevitável aconteceu e, em questão de instantes, Adam roncava profusamente.

Seu corpo estava exausto. Sua mente estava exausta. E tal condição reverberava em seu estado de espírito. Se perguntado, ele não saberia dizer quando tinha sido a última vez que se desligara tanto da realidade, permitindo-se um sono tão reconfortante. Como o de uma criança, macio e sedoso. Quem o visse de fora perceberia até um sorriso curvando o canto dos lábios, pois, na imensidão bem-aventurada da inconsciência, vieram os sonhos. Não os tradicionais pesadelos angustiantes — dos quais ele nunca se recordava, mas que o faziam despertar pela manhã com os pijamas suados e os músculos do pescoço rígidos, como se tivesse passado exaustivas horas na academia —, mas sonhos de verdade.

Com o olho do inconsciente, ele viu o rosto de Thaís. Em seu sonho, Adam não sabia que aquela face era a dela; ele não a conhecera suficientemente bem para conectar a imagem mental à pessoa, contudo era ela quem o observava com olhos marotos e postura felina. Era uma imagem por ele idealizada, não a real; ainda assim, uma fusão que fazia sentido no sonho.

Thaís caminhou em sua direção, enquanto ele se acomodava na cama. Ela tocou seus pés; as mãos estavam frias e eram ásperas. Não como uma lixa, mas... porosas. A sensação do toque foi diferente, inesperada. Ela deslizou a mão pelas canelas, avançando pelo corpo dele, engatinhando como uma gata manhosa. Em seu sonho, Adam sentiu a ereção começar. Ela percebeu, deu um sorriso de satisfação e progrediu das canelas para as coxas, deslizando gentilmente as mãos pela pele arrepiada.

Adam deixou escapar um suspiro quando ela esbarrou de propósito em seu membro, rígido como uma tora, e afundou a cabeça no travesseiro, olhando para o teto ainda com os olhos da mente. Sentiu a Thaís de seu sonho desabotoar suas calças e arriá-las até as canelas. Sentiu um hálito gelado sobre o membro. Algo como um pequeno choque elétrico percorreu sua espinha.

Abriu os olhos de verdade desta vez, desperto sem saber que estava, e desviou o olhar do teto para Thaís. Exceto que não era Thaís.

Então aquele ganido agudo tocou um sinete de reconhecimento dentro de sua cabeça. O lamento, evocando uma resposta emocional negativa, conturbada, oriunda do medo e descrita por Sartre como “náusea”.

Debruçada, abocanhando seu pênis até que ele entalasse no fundo da garganta, estava uma forma magra, de pele purulenta e acinzentada, recoberta por uma substância viscosa e com os cabelos caindo sobre o rosto. Era ela… o súcubo.

Adam sentiu o coração disparar. Estava sonhando, tinha que estar. O sonho bem-aventurado, outra enganação em sua vida, tornara a ser um pesadelo; não seria novidade. Tentou sentar-se, mas com uma força desproporcional para aqueles braços magros, a coisa o segurou pelos quadris, sem parar o que estava fazendo. Desesperado, ele via aquele emaranhado de cachos negros que pareciam um amontoado de algas marinhas podres se moverem para cima e para baixo, enquanto a boca desempenhava a função do sexo. Dividido entre o medo e o prazer, ele tentou fugir sem querer fugir, tentou gritar, quando seu desejo era gemer, tentou empurrá-la, mas acabou apenas segurando aquela cabeleira, os dedos afundados naquele ninho úmido e negro. Então, a cabeça inclinou-se levemente para cima, encontrando uma posição em que conseguisse olhá-lo de frente, sem parar o sexo oral. Adam sentiu o escrutínio de dois olhos vítreos e amarelados, de pupilas dilatadas que pareciam brilhar no escuro como pepitas de ouro. O rosto que o encarava era de uma mulher jovem, de vinte e poucos anos, de traços delicados, porém decisivos, cortados por veias roxas na testa e nas bochechas, cinzento e lustroso. O pesadelo real havia chegado ao ápice. Adam desviou os olhos e murmurou baixinho:

— Tenho que acordar… tenho que acordar…

As mãos dela deslizaram dos quadris para a barriga, e Adam sentiu um agrupamento de unhas rígidas escavarem sua pele. Abandonando o membro, ela ergueu o corpo, ainda debruçada sobre ele, e tirou o vestido em farrapos, que era sua única vestimenta, para revelar um corpo esquálido, igualmente pálido e viscoso. Os seios eram pequenos e murchos, com auréolas enormes e escuras, e mamilos grandes e rígidos. As costelas se pronunciavam das laterais como espaldares e podiam ser contadas a olho nu. Sua vagina, parcialmente oculta pela escuridão do cômodo, era um arbusto negro de odor fétido que fez Adam prender a respiração.

Ele lutou para rechaçá-la, mas, em seu íntimo, sabia que não estava lutando o suficiente. A forma delgada que devia ter metade do peso dele montou sobre seus quadris, apanhou o membro que continuava ereto e o enfiou dentro do arbusto.

Adam jamais havia enfiado seu pênis dentro de uma bacia de gelo, mas julgou que, se o tivesse feito, a sensação teria sido aquela. Um gelo gosmento, como gel. Sentiu o frio percorrer seu estômago, subir como um raio até a nuca e descer para a ponta dos pés. E, a seguir, refazer todo o caminho com a mesma intensidade glacial.

Ele nunca tivera prazer mais intenso em toda a sua vida.

Ela rebolou sobre seu corpo, permitindo-se um sorriso. Os dentes eram podres e amarronzados, presos como estalactites na caverna esbranquiçada que era a gengiva. Da testa, aquela gosma escorria no lugar do suor e pingava sobre o peito dele. Ela segurou ambos os punhos dele acima da cabeça e debruçou sobre seu tronco, roçando aqueles seios murchos na pele febril de Adam. Como se tivesse perdido todo o controle sobre suas ações, ele abocanhou um mamilo, sentindo uma textura mole como um cogumelo e, ao sugá-lo, sua boca se encheu de leite azedo. Regurgitou o líquido sobre o próprio peito, numa explosão fedorenta que arrancou um sorriso do súcubo.

Sentindo o pico do prazer do homem, a coisa deu uma mordida firme em sua omoplata e arranhou o peito, deixando marcas por onde as unhas passaram, como sulcos na terra. No local da dentada, larvas de moscas se contorceram sobre a pele de Adam, fugindo do santuário seguro que era a boca da criatura.

Ela intensificou as rotações da cintura. Adam sentiu uma pressão no peito, que desceu para o estômago e, a seguir, mais para baixo. Sabia que o momento se aproximava. Sua pele coriscava repleta de eletricidade. Um ruído úmido acompanhava o tocar dos corpos. Fechou os olhos, arqueou o tronco e pensou mais uma vez que tinha que acordar daquele pesadelo. A seguir, soltou um brado grave que acompanhou o jorro.

Respirou fundo e relaxou por alguns momentos, apreciando o breve lampejo de prazer proporcionado pela sensação.

Quando voltou a raciocinar, se deu conta de que não estava mais sentindo o peso extra sobre seus quadris. Abriu os olhos e viu que estava só.

Adam olhou para o relógio. Ele marcava 02h47. Levantou-se com dificuldade e acendeu a luz. Olhou para a cama. Os lençóis estavam imundos e fedorentos, como se alguém tivesse saído de uma fossa e se enrolado neles. O cheiro de decadência impregnou o quarto e, tapando o nariz e a boca, ele correu para abrir a janela.

A seguir, foi ao banheiro e olhou-se no espelho.

Teve tempo apenas de levantar a tampa da privada e vomitar dentro dela, poupando o chão que estava limpo. A visão que tivera não foi nada agradável, com seu corpo coberto por um muco pavoroso, larvas contorcendo-se e tentando perfurar a pele de sua omoplata, arranhões e vergões no peito e toda a sua região genital envolvida por um negócio marrom que parecia ser uma camada de bosta seca.

Ele correu para o chuveiro e tomou um banho gelado, beliscando o próprio braço várias vezes para comprovar que não estava sonhando. Apesar de tudo, a dúvida sacudia a realidade, mesmo diante das evidências irrefutáveis.

Após o banho gelado, Adam pôs-se a dar um jeito no apartamento. Apanhou um saco de lixo de cem litros, tirou toda a roupa de cama e pôs dentro dele. Limpou o colchão com álcool e o virou ao contrário, já que algumas manchas teimavam em não sair. Também lavou o quarto com um esfregão e desinfetante, na tentativa de fazer o cheiro desaparecer. No final, acendeu um incenso para ajudar a disfarçar o fedor bolorento que parecia ter empesteado o cômodo. Incapaz de voltar a deitar-se naquela cama, permaneceu na sala, olhando pela janela aberta, como se contasse os segundos para o raiar do dia.

A luz do sol trouxe algum entendimento. Ele estava mais calmo, embora ainda duvidasse de sua sanidade. Será que encontraria roupas de cama limpas se abrisse o saco de lixo? Teria sido tudo uma peça pregada pela sua mente?

Não... aquilo não tinha sido um pesadelo. Tinha sido real, e ele sabia.

O dia ainda não havia raiado quando decidiu sair de casa. Tomou um café preto numa padaria próximo de casa e seguiu apressado para a porta da imobiliária responsável pelo seu contrato de aluguel. Pensou no quanto havia sido difícil a negociação, mas na época, atribuiu ao fato de ele ser alguém de fora. Adam passara horas a fio ao telefone com o corretor, antes de conseguir fechar o contrato para o apartamento 42. Em retrospecto, percebia agora que era quase como se o corretor não quisesse fechar o negócio com ele; a cada etapa nova do processo, um empecilho surgia. Já familiarizado com as redondezas, chegou rapidamente, mas, de tão ansioso, não se deu conta do horário e foi obrigado a esperar duas horas até que o estabelecimento abrisse. Lá, tiraria a limpo o mistério.

A faxineira e a recepcionista foram as primeiras a chegar, mas ele teve de aguardar mais quarenta minutos até que o corretor que o atendera, o senhor Fernando França, finalmente aparecesse.

Era um homem bonachão, de rosto redondo e jeito brincalhão e contagiante. Mas Adam não estava para amigos naquela manhã. Após as apresentações, ele perguntou o motivo da visita. Adam respondeu, taciturno:

— Pode começar contando tudo o que aconteceu no apartamento que me alugou. E você sabe do que estou falando.

A expressão no rosto de Fernando mudou drasticamente. Ele pigarreou, extremamente sem jeito, e ofereceu um café. Adam já havia tomado o da padaria, mas aceitou mesmo assim. Crucificado entre uma realidade que não podia ser real e as sensações terríveis que defendiam a veracidade dos fatos, sentia os nervos em frangalhos.

Os dois foram para o escritório de Fernando, para terem mais privacidade.

— Olha, senhor Adam… na verdade, o que aconteceu no seu apartamento foi só um acidente. Eu não queria alarmá-lo sem necessidade.

— Não queria me alarmar? Você ficou maluco, Fernando? *Eu* deveria decidir o que é necessário saber ou não. Pode contar tudo… agora!

Então, Adam escutou o relato sobre uma jovem chamada Rosa Gutierrez, que viera de fora para estudar na Universidade Miscatônica. São raros os estudantes que vêm de fora, mas ela parecia ter se adaptado. Era uma garota aplicada e querida, não causava problemas para ninguém e, durante um tempo, tudo correu bem. Então, de acordo com as suas amigas, ela começou a agir de forma estranha.

— Estranha? — Adam perguntou. Tinha certeza de que a história se complicaria.

— Sim, estranha — Fernando confirmou. — Rosa parecia obcecada pela morte e pelos mortos. Ela se tornou uma menina extremamente mórbida, desagradável até. Ninguém a queria por perto e suas amigas começaram a evitá-la. Quando saíam à noite, ela espantava qualquer pretendente com seu papo. Nessa época, sua aparência começou a se deteriorar; ela emagreceu a ponto de parecer anoréxica. Todos ficaram preocupados e uma das amigas chegou a tentar avisar seus pais, mas não sei o que resultou disso. Quando qualquer um tentava argumentar e apelar para o bom senso, Rosa dizia estar descobrindo grandes coisas ao lado de seu orientador e defendia que seu nome ficaria gravado para sempre na História.

— Então, ela estava envolvida em alguma pesquisa... O que aconteceu?

— Um dia ela surtou. Uma das amigas, a mesma que tentou contatar os pais dela, estava em sua casa, dormindo, e acordou assustada, ouvindo soluços. Ela se sentou na cama encolhida nos lençóis e viu a Rosa dentro do seu quarto, rindo que nem louca e dizendo coisas desconexas. Disse não saber como ela entrou.

— Que tipo de coisas?

— Nomes estranhos... coisas irreais... palavras que não existem... Eu sinceramente não sei. Ouvi uma coisinha aqui e outra ali, mas é difícil saber o que aconteceu de verdade. Li muita baboseira escrita no jornal, mas não tenho os detalhes. Pra isso, você teria de falar com essa colega dela. Não lembro o nome, mas não deve ser difícil de descobrir. As duas estudavam juntas e, depois que se formou, a amiga foi trabalhar no hospital. Mas uma das coisas sobre as quais Rosa falou foi "os Antigos". Disso me recordo fácil, porque chegou a ser citado nas matérias sobre sua morte.

— Ela disse mais alguma coisa?

Fernando respirou fundo.

— Só ficava repetindo que o que eles fizeram foi grandioso.

— "Eles" quem? Ela e o orientador?

Fernando fez um gesto de "tanto faz":

— Vai saber... é provável. De qualquer maneira, essa moça foi a última pessoa a interagir com Rosa. Ela ficou assustadíssima e, quando Rosa foi embora, decidiu que tomaria alguma atitude pela manhã. Alertaria pessoas responsáveis na universidade ou tentaria contatar os pais dela de novo. Infelizmente, não fez nenhuma dessas coisas. Sabe como são os jovens, né? Seja como for, não teria adiantado de nada. Rosa voltou pro seu apartamento, encheu a banheira e cortou os pulsos. Levaram seis dias para encontrá-la. Dizem que o cadáver estava sorrindo...

— Seis dias? — Adam enfatizou. — Uma mulher ficou seis dias apodrecendo no apartamento onde eu tô morando e você não me disse nada? E não foi acidente coisa nenhuma, foi suicídio, cacete!

— Foi há muito tempo, senhor Adam — defendeu-se Fernando.

— Isso não é resposta. Quanto tempo?

— Uns sete anos. E o apartamento ficou fechado desde então. O senhor foi o primeiro a alugá-lo. O caso repercutiu... sabe como são as coisas em cidade do interior, né? Mas acabou virando uma espécie de tabu. Todo mundo sabe, mas ninguém fala a respeito.

Adam não acreditava que aquilo estava acontecendo.

— Você tem noção do tamanho do processo que posso tacar em você e na sua imobiliária?

Fernando suspirou:

— Sinto muito, senhor Adam. Eu só queria ajudar. Não achei que fosse ficar tão…

— Quem a encontrou? — Adam inquiriu, cortando a fala do homem.

— O zelador do seu prédio. Aquele velho mal-encarado, o senhor…

— O senhor Marcos, sim. Ele fugiu do assunto comigo. Não é pra menos…

— Entendo que esteja contrariado, senhor Adam. Mas, se me permite a curiosidade, queria entender qual a relevância disso tudo. Foi uma tragédia, é verdade, mas aconteceu já faz tempo. E perdoe-me a indiscrição, mas não o tomaria pelo tipo supersticioso.

Adam não respondeu. Em vez disso, perguntou:

— Por acaso você teria alguma foto da senhorita Rosa?

— Não, senhor. Mas deve ser fácil conseguir algo na própria universidade. Ou, se visitar o arquivo do jornal local, encontrará alguma imagem dela da época.

Adam deu mais uma bronca no homem, afirmando que ele deveria tê-lo alertado, fez um discurso sobre ética profissional e o ameaçou com alguns jargões legais. Chegou a pensar em pleitear um abatimento no aluguel, mas estava sem paciência para tanto. Apenas se despediu e foi embora.

Adam ficou quase dez minutos parado diante da sede do jornal. Era um prédio velho, caindo aos pedaços, de enormes janelas verticais e uma porta de madeira cheia de entalhes esquisitos, os mesmos que pareciam permear metade das construções da cidade. Era um edifício saído de um filme da Hammer, da década de 1950. Ensaiou entrar várias vezes, mas acabou retrocedendo as amplas escadarias que levavam ao interior do prédio. De repente, sua curiosidade sobre o assunto não era mais tão grande.

O que significaria ver a foto de Rosa Gutierrez num jornal? A confirmação de que ele estava absolutamente maluco ou de que havia um espírito morando em seu apartamento? Ambas as opções não eram nada auspiciosas. Enfim, concluiu que nenhuma verdade que pudesse confirmar naquele lugar seria capaz de resolver seu problema e, assim, deu meia-volta e foi para casa.

Adam tentou falar com seu zelador várias vezes ao longo do dia, sem resposta. Deixou recado na portaria, interfonou e bateu na porta do apartamento 11. Afinal, desistiu.

Quando a noite caiu, sentou-se no centro da sala com seu único livro em mãos, mas, embora o tivesse segurado diante dos olhos por mais de meia hora, não conseguiu ler uma só página; seus olhos apenas corriam pelas palavras, sem registrar o que liam. Cada barulho o fazia ter um sobressalto.

Enfim, quando o cansaço de uma noite praticamente em claro começou a cobrar seu preço e Adam sentiu as pálpebras pesadas e os membros começarem a relaxar, aquele som agudo feriu seus ouvidos.

Seu coração disparou e o sangue enregelou nas veias. O livro caiu no chão, rodopiou e fechou-se como uma tumba.

Lá estava ela, gemendo no canto da sala onde as sombras eram mais densas. Ele recuou de pavor, a boca aberta em busca de ar, as mãos trêmulas, a visão embaçada como se uma caligem tivesse se erguido do chão de sua sala, uma bruma espessa saída de uma charneca lamacenta e fumegante.

A criatura deu dois passos vacilantes em sua direção, com pernas rígidas como se fossem feitas de pedaços de pau sem articulações. Ela estendeu os braços para ele, os olhos reluzindo, duas esferas amarelas vivas.

Adam não hesitou. Simplesmente saiu correndo porta afora, deixando-a bater atrás de si.

Naquela noite, dormiu num motel barato.

— O senhor está bem? — Pombo perguntou ao ver Adam aparecer na manhã seguinte. O garoto brincava no saguão do prédio.

— Você não deveria estar na escola?

Ele fez uma expressão de pouco caso.

— Hoje eu não tava a fim.

Adam não quis discutir. Começou a subir as escadarias devagar. Embora tivesse dormido na segurança de um quarto afastado dali, mais uma vez mal pregara os olhos. Tinha certeza de que estava enlouquecendo e seu corpo parecia ter passado por um moedor de carne.

— Passou a noite fora, foi? — Pombo perguntou num tom malicioso. Adam olhou para ele e retorquiu:

— Viu o zelador por aí?

— Ele saiu pra comprar materiais elétricos. Disse que tá precisando consertar sei lá o que no porão.

— Certo… bem, se o vir… diga que preciso falar com ele.

Entrou no apartamento com cautela, examinando cada canto. Durante o dia, aquela atmosfera pesada não se fazia presente. O lugar parecia outro. Trocou de roupas, escovou os dentes e descansou um pouco, sentado ao lado da janela, onde podia tomar um pouco do sol matinal. Lá pelas onze horas, saiu novamente.

Andou a esmo pelas ruas da cidade por tempo indeterminado. Quando seu estômago finalmente roncou, almoçou num pequeno restaurante no centro, onde comeu feijoada. A nutrição caiu bem e seu espírito pareceu ligeiramente revigorado. Como se tivesse voltado a pensar de forma mais clara, decidiu que visitaria O Código Seraphinianus novamente. Não fora por acaso que a proprietária de cabelos ruivos tinha indicado aquela obra sobre os mortos. Ela tinha de saber alguma coisa a mais do que dissera. Certamente sabia sobre Rosa; a cidade inteira sabia. Mas, será que tinha alguma suspeita daquele espectro sinistro que o visitava à noite? Seus planos foram interrompidos enquanto pagava a conta.

— Já está de saída? — Disse uma voz que ele reconheceu imediatamente. Ao olhar para o lado, viu Thaís parada com um sorriso no rosto.

— Oi, Thaís com "H" — ele disse. Não soou muito bem e ela percebeu que ele parecia perturbado.

— Qual o problema?

Ele guardou o troco e começou a ir na direção da saída. Ela o acompanhou. Sem responder de fato à pergunta da moça, comentou:

— Sabe que pensei em você?

Ela deixou escapar um sorriso magro, porém sincero.

— Eu estaria mentindo se dissesse que não pensei em você também. É difícil aparecer gente nova na cidade. São sempre as mesmas caras e bocas.

— Então, quando aparece, a cidade poderia tratar um pouco melhor os forasteiros.

— Qual o problema?

— Se eu contar, você vai me achar louco. Com certeza.

Thaís gracejou:

— Adam, pode apostar que já vi muita coisa mais louca do que pensa. Vamos lá... sou boa ouvinte.

— Tem a ver com meu apartamento... Eu segui o seu conselho e fui até a imobiliária. O senhor Fernando me contou tudo o que aconteceu lá. Ou pelo menos a maior parte.

Ela meneou.

— Então agora sabe por que eu não queria dizer nada?

— Sim, eu sei. Não vou dizer que levei numa boa, mas entendi. O problema é que a história não para por aí.

— Como assim?

— O que você diria se eu te falasse que ando vendo coisas?

Ela franziu os sobrolhos e refletiu um pouco antes de responder num tom sóbrio:

— Eu diria que não é de todo incomum. Você veio parar num lugar bem esquisito, Adam. Quase todo mundo aqui já viu ou ouviu falar de alguma coisa estranha. Então, vai dizer o que tá rolando ou prefere me matar de ansiedade?

Adam contou todos os estranhos eventos que vivenciara em seu apartamento desde a primeira noite. No último instante, decidiu omitir a suposta relação sexual que tivera com a criatura; suposta porque não queria acreditar que ela tenha sido real, mesmo sabendo que fora. Achou que aquilo seria demais para relatar a uma estranha, por mais que se sentisse à vontade ao lado de Thaís. Ao término da conversa, a jovem soltou um assobio agudo.

— Uau — ela disse.

— Pois é. Então é isso... ou estou ficando doido ou tem um fantasma vivendo no meu apartamento. Qual opção é menos pior? Sinceramente, não sei.

Ela deu uma gargalhada.

— Posso dar uma sugestão? — Ele confirmou com a cabeça. — Que tal tomarmos mais umas doses enquanto esperamos anoitecer? Mais tarde, investigamos o que está acontecendo na sua casa.

— Investigamos? No plural mesmo?

— Eu não tenho nada melhor pra fazer. Se estiver ok pra você.

Ele sorriu.

Algumas doses acabaram sendo bem mais do que ele previa. A visita à livraria foi deixada de lado, enquanto o casal se divertia na mesa do pequeno restaurante.

Era incrível como se sentia bem ao lado de Thaís; e estava claro que era recíproco. A maior parte do tempo os dois conversaram sobre trivialidades, riram bastante e se provocaram com olhares e insinuações. Quanto mais as horas passavam, mais ele sentia como se estivesse recuperando uma parte sua, uma parte que fora podada durante a longa e extenuante relação com Amanda. Só agora dava-se conta do quanto sentia falta daquela fatia de sua vida e do quanto se sentia emasculado sem ela. A impressão era boa, como se sua confiança tivesse retornado, trazendo consigo um pouco da alegria de viver que fora perdida ao longo do caminho.

A certa altura, ela aproximou-se dele e pousou a mão sobre sua coxa, enquanto explicava algo totalmente irrelevante. O beijo foi inevitável. Quente, molhado, demorado. Há quanto tempo ele não dava um beijo como aquele numa mulher? Nos últimos anos, beijava Amanda pela manhã, na hora do almoço e antes de dormir, todo santo dia... mas eram beijos mecânicos, meros cumprimentos. Uma simples formalidade. Havia esquecido como era o toque das línguas se entrelaçando como um combate de serpentes; a troca de fluidos e paixão; o resultado exultante e exuberante.

Quando ela sugeriu que fossem para o apartamento dele, investigar fantasmas era a última coisa que tinham em mente.

Usou o telefone do restaurante e ligou para o único ponto de táxi da cidade, pois queria chegar mais rápido. Durante o trajeto, agarraram-se no banco de trás, abusando das mãos em zonas erógenas, o que deixou o taxista desconfortável, mas Adam não deu a mínima. Pela primeira vez, em um bom tempo, sentia-se vivo! Compensou a indiscrição com uma gorjeta polpuda.

Subiram as escadas para o apartamento 42 quase correndo, sem escapar ao olhar atento de Pombo, que brincava no corredor. Era fim de tarde e uma luz laranja fogo entrava pela janela da sala.

— Por que não nos serve uma bebida enquanto eu tomo uma ducha? — Ela perguntou.

— Boa ideia, já que só tenho água quente até as dez da noite.

— Sério?

— Uísque, vinho ou cerveja?

— O que você for beber.

Ele escutou o som do chuveiro enquanto abria uma garrafa de vinho argentino. Deixou a bebida respirar e foi preparar alguns aperitivos: queijos, azeitonas, uvas e torradas com patê. Por sorte, tinha comprado algumas coisas para uso pessoal; jamais imaginara que receberia uma visita feminina.

Thaís saiu do banheiro enrolada numa toalha branca, trazendo outra nos cabelos como se fosse um turbante. Ela parou diante da porta da sala, permitindo-se emoldurar pelos batentes, e fez uma pose sensual de propósito, flexionando levemente uma perna. Adam foi até ela segurando duas taças cheias, entregou-lhe uma e começou a beijar o pescoço da moça. Contudo, ao tentar agarrá-la, recebeu ordens taxativas para se lavar também. Claro que Thaís tinha razão, mas, na verdade, estava mesmo era se divertindo. Quando Adam viu a moça sentar-se só de toalha no sofá e cruzar as pernas, exibindo aquele par de coxas grossas, voou para o banheiro e tomou a ducha mais rápida que conseguiu.

Os dois esvaziaram a garrafa em poucos minutos, cutucaram-se, fizeram cócegas e começaram as preliminares. Tudo fluiu de forma natural e sem pressa, acompanhando o cair da noite. Thaís perguntou se ele tinha camisinha.

Afastado da vida de solteiro pelo que pareciam ser décadas, evidentemente Adam não tinha. A mulher apenas riu, abriu a bolsa e tirou uma, exibindo-a como se fosse uma joia rara. Ela abriu a embalagem com a pontinha dos dentes da frente e o vestiu, enquanto ele se estendia para tentar apalpar os seios fartos. Sentia-se desengonçado, desinibido, sentia-se bem; um sexo totalmente espontâneo e delicioso. Enfim, ela subiu em seu colo e começou a cavalgá-lo, enquanto o velho sofá de couro roxo emitia ruídos que pareciam uma sequência de flatos. Os dois riram.

Perdido em meio ao prazer, relaxado e feliz, ele apoiou as costas dela para ajudá-la na movimentação. Foi quando olhou por cima do ombro da parceira e viu de relance algo que não devia estar lá.

Demorou alguns instantes para que a sua mente captasse o que os olhos perceberam e mais ainda para que compreendesse. Olhando além do corpo dela, Adam viu de pé, sob o mesmo batente que há pouco emoldurara o corpo de Thaís, a silhueta esquálida e cinza da criatura.

O mundo pareceu parar por um segundo. O nó em sua garganta foi tão apertado que ele sentiu como se estivesse em um cadafalso. Thaís movia-se em câmera lenta; seus gemidos eram abafados, ecos distantes em uma caverna.

A criatura estava sem o vestido, completamente nua, com o corpo revestido por aquela gosma que escorria por toda a derme, deixando-a com a aparência pegajosa de uma lesma. Os olhos brilhavam em tom ameaçador, duas brasas no escuro; a boca se mantinha aberta de modo não natural, como se o maxilar estivesse deslocado. A postura era a mesma de quando Adam a avistara pela primeira vez, com as mãos espalmadas como garras e ombros contraídos, escondendo o pescoço. Ela parecia um predador acuado prestes a atacar.

Adam tentou não acreditar no que viu. Sua mente lógica e analítica de advogado assumiu o comando e afirmou que ele estava delirando, que aquilo era a manifestação de um sentimento de culpa inconsciente por estar com Thaís, que ele ainda não tinha superado Amanda e que estava sabotando a própria felicidade. Tudo isso passou pela sua mente num lampejo, enquanto ele se forçava a refutar a presença da abantesma.

Thaís, de costas para a criatura, continuava montada em seu colo, alheia ao que se avolumava atrás de si. Súbito, o senso de perigo superou as falácias da mente analítica e, numa rápida tomada de decisão, Adam respirou fundo e tentou tirá-la de cima, mas lhe faltaram forças. Talvez seu ímpeto ainda não estivesse totalmente no lugar. Talvez uma obscura parte de seu ser, que residia lá no âmago da alma, quisesse ver o que aconteceria. Talvez ele ainda não estivesse dando crédito ao que via. Adam jamais saberia.

A criatura investiu; rápida… rápida demais! Brutal… violenta!

Em apenas três ou quatro passos, já estava sobre eles. Sem emitir som algum, a aparição atacou de cima para baixo; as unhas podres e infecciosas, rígidas e afiadas como as de um leopardo, rasgando a carne da vítima.

O corte emitiu um ruído seco de tecido esgarçando as costas nuas, e Thaís contorceu-se imediatamente, encolhendo-se de dor. Adam sentiu todo o corpo da moça comprimir e, se ainda tinha alguma dúvida de que a visão era real, esta se dissipou naquele preciso momento.

Sem dar trégua, a aparição desferiu um novo ataque contra Thaís, que enfim virou de frente para ela num movimento reflexivo, buscando se proteger. Tendo superado a surpresa inicial, agora a dor se instaurara em todas as nervuras de seu corpo, e ela gritou antes mesmo de conseguir identificar o que a atacava.

Adam deu um pulo e se pôs na frente da moça para tentar defendê-la, mas a silhueta o segurou pelo braço e arremessou para o lado como se não pesasse nada. Ele passou por sobre o braço do sofá e caiu com o traseiro para o alto, surpreso, abalado e desajeitado, derrubando uma mesinha com um abajur em cima. Seus ouvidos ainda captavam os gritos de Thaís, que logo foram substituídos por sons abafados de desespero.

Levantou-se e viu a criatura sobre ela, tapando sua boca com uma mão, enquanto com a outra tentava retalhar sua barriga. Thaís se defendia dos ataques da maneira que podia, mas um golpe feroz furou os seus bloqueios e as unhas cortaram a pele de seu peito, deixando sulcos vermelhos. Adam deu um salto à moda de um jogador de futebol americano e trombou com o monstro, tirando o vulto de cima dela.

Thaís estava coberta de profundos arranhões nas costas, peito e barriga, mas ainda não sofrera nenhum ferimento grave. Ela se pôs de pé e saltou nas costas da atacante, envolvendo-a como uma mochila.

— Filha da puta! Eu vou te matar, sua filha da puta!

Enquanto berrava, espancava sem efetividade a cabeça da agressora. As duas rodopiaram pela sala, virando primeiro o sofá e depois a televisão, até que Adam deu um novo bote, agarrando as pernas da criatura com ambos os braços, e os três foram ao chão. Thaís rolou e conseguiu cair por cima, esmurrando o monstro que, estranhamente, parecia não revidar mais.

— Quer me matar, vagabunda? Então mata isso aqui!

E ela gritava e batia, enquanto Adam permanecia agarrado às pernas da criatura como um carrapato. Em meio ao desvairo, Thaís cravou as unhas na pele deteriorada da criatura e puxou. Sua mão arrancou um enorme naco de carne podre, que escorreu por entre os seus dedos. Ela arregalou os olhos; um reconhecimento da situação transparecendo lentamente por eles. Enfim, ela tinha se dado conta de que não estava enfrentando uma pessoa comum. Não se tratava de uma invasora, alguma lunática fantasiada. Não era máscara ou maquiagem, como ela supunha ao iniciar o confronto; era tão real quanto a palavra "real" pudesse ser aplicada.

A percepção a fez estancar no lugar e olhar para a mão que segurava a carne podre. A hesitação de um segundo foi o que o monstro precisou.

As unhas descreveram um arco rápido e pontual, da direita para a esquerda, e encontraram a jugular desprotegida. O pescoço esgarçou numa explosão vermelha de fluidos. Por um instante, Thaís levou as duas mãos à garganta e a pressionou, com uma expressão de incredulidade gravada no rosto. Então, seu corpo pendeu para a frente e caiu.

A criatura a empurrou para o lado, tirando-a de cima de si, e parou de lutar. Adam, que continuava abaixado, agarrado à perna dela, não tinha visto a cena, mas, ao sentir que a resistência cessara, levantou a cabeça, ressabiado, afrouxando involuntariamente a pegada.

Seus olhos examinaram o contexto, levando alguns segundos para compreenderem que Thaís estava morta. A poça de sangue que escorria do pescoço da moça e se espalhava pelo chão, criando um círculo escarlate ao redor do corpo inerte, era evidência irrefutável disso.

— Não! O que foi que você fez? — Foi tudo o que ele conseguiu dizer.

Num acesso de fúria, ele saltou sobre a criatura e começou a esmurrá-la sem se conter. Esbravejava e babava, cada pancada pulverizando um pouco mais a massa podre que era o rosto do súcubo, mas, mesmo assim, ela não revidava. Bateu e gritou até suas forças acabarem; os braços pesando uma tonelada, caídos ao lado do tronco. Olhou para a silhueta e ela não passava de uma massaroca disforme, como pão sovado, deixado para mofar.

Enfim, saiu de cima dela e sentou-se com as pernas abertas, as mãos descansando sobre o colo e a cabeça pendendo como se quisesse cair do pescoço. Ela permaneceu inerte, como se estivesse morta.

— Que foi que você fez...? — Murmurou em meio a lágrimas sinceras.

Olhou para as próprias mãos, recobertas pela gosma fedorenta. O asco o nauseou e ele virou para o lado para vomitar. O cheiro de vinho azedo misturou-se ao fedor da morte e da decomposição.

A seguir, o impossível. O ganido familiar. O lamento. Vindo de trás dele.

Mas a criatura estava bem à sua frente, massacrada. Como o som poderia ter vindo de trás?

Em resposta à dúvida, alguma coisa tocou seu corpo. Algo macio, úmido e gelado. Quase que imediatamente, braços álgidos envolveram seu peito, fazendo-o estremecer. A sensação foi a de entrar no oceano durante o inverno. Dedos espalmados percorreram sua pele, enquanto sons inarticulados feriram seus ouvidos.

Adam virou-se em um sobressalto e deu de cara com Thaís. Um pavor quase incontrolável comprimiu o grito que brotou em sua garganta, impedindo-o de ganhar vida. Ele olhou para a esquerda e constatou que o corpo dela continuava caído. Ela se aproximou, segurou-o pelas maçãs do rosto e o beijou. Um novo súcubo. Um novo pesadelo. Um sabor glacial percorreu seus lábios; um toque frio, seco e repugnante. Daquela distância, o pescoço esgarçado era visível; o ferimento aberto revelando uma carne, da cor de fígado de boi, com fiapos de pele pendurados como bandeirolas de uma festa junina macabra. A pele coberta com a familiar substância viscosa, flácida e pútrida, como se a carne pudesse se desprender dos ossos a qualquer instante e cair no chão.

Enquanto ele ainda ensaiava alguma reação que não fosse passiva, tentando se libertar do torpor que o acometera, algo o segurou por trás. Ele se desvencilhou de Thaís, virou o rosto e viu a primeira criatura, Rosa Gutierrez, o rosto de volta ao que era antes de ser destruído a murros.

Os dois súcubos colaram os corpos ao dele. Por que ele não resistia? Sabia que tinha de resistir, sabia que tinha de fazer alguma coisa. No chão, o corpo de Thaís com “H” era uma realidade. Será que estava louco? Será que ele próprio havia assassinado a moça e aquelas visões eram fruto da sua psicose?

As duas criaturas começaram a conduzi-lo até o quarto. Num derradeiro arroubo de forças, Adam decidiu que, esquizofrênico ou não, psicótico ou não, ele não seria objeto sexual para dois monstros. Desvencilhando-se do abraço duplo, correu para o banheiro e se trancou pelo resto da noite; um prisioneiro em sua própria casa.

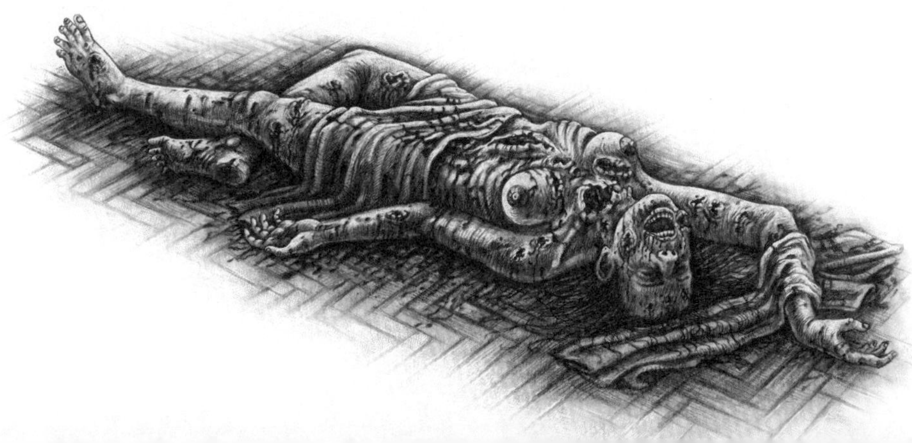

"Teria sido tão sem sentido se matar que, mesmo se ele quisesse,
a falta de sentido o teria impedido."

Franz Kafka, *O Processo.*

2 Quando Adam percebeu que sua vida não prestava

Adam havia pensado seriamente em se matar. Foi assim que tudo começou.

Em algum momento, quase todas as pessoas já pensaram em suicidar-se ou em matar alguém; talvez quando crianças, talvez na adolescência. Algumas na idade adulta. Não que elas fossem admitir; nem mesmo para si próprias. A maior parte prefere esquecer, afinal, só pensar não significa grande coisa, certo? Todo mundo pensa todo tipo de absurdo o tempo todo. E podem ser muitos "todos" numa só frase, mas isso não muda o fato, só o confirma. Outro fato relevante é que a esmagadora maioria jamais concretiza seus pensamentos nefastos. Eles ficam no plano das ideias... Não obstante, o impulso existe. Está presente, nascido em um recanto sombrio da alma que poucos ousam explorar.

Logo ali, a apenas um péssimo dia de distância. No caso de Adam, o impulso foi bastante real.

O único motivo de não o ter feito é porque sentiu que isso o tornaria um clichê ainda maior do que já era.

Seu pai havia se matado vinte anos atrás. Um drama. Um pesadelo compartilhado por muitos. Um filme de terror que Adam repetiria, com a diferença de que, desta vez, ele próprio não o assistiria; a sessão seria exibida apenas para os outros.

O que as pessoas diriam durante o seu velório?

"Tal pai, tal filho."

"Ele não aguentou a pressão… igual ao pai."

"Mais um que tinha sangue de barata."

"Ficou traumatizado pela morte do pai. Coitado, nunca superou…"

Reprisar o drama de seu genitor não o agradava. Era pueril, para dizer o mínimo. Reiterando: um clichê. Curiosamente, a verdade é que a morte do pai não tinha nada a ver com o ímpeto que tomara conta de Adam.

Não que alguém fosse de fato compreendê-lo. Por experiência, ele sabia que as pessoas falam e pensam o que querem. Independentemente da verdade e da realidade, ou do esforço que qualquer um faça para que ambas sejam compreendidas. Talvez justamente por isso, Adam não deveria se importar com o que qualquer um diria ou pensaria após sua morte, afinal, para todos os efeitos, ele estaria… morto.

E, como tal, não teria consciência de nada do que seria dito ou feito; não escutaria as lamúrias nem teria de lidar com o cáustico humor negro de alguns; não veria as lágrimas reais e nem as de crocodilo; não veria quem fizesse piadinhas inconvenientes; nunca saberia do vazio que deixara… ou não.

E essa deveria ser a beleza da morte, certo? A única beleza? A inconsciência, o mergulho dentro do abismo, o abraço gélido, mas paradoxalmente caloroso, do vácuo. O não ser. O não sentir. Quando nada mais importa e tudo se transforma numa profunda paz de espírito, isenta de dor, sofrimento, mágoa e decepção. A não ser, claro, que os cristãos e outros estejam certos e existam Céu e Inferno. Ou que os budistas estejam certos e, dentro em pouco, ele voltasse reencarnado para mais uma rodada. Ou que os muçulmanos estejam certos e ele se deparasse com algumas mulheres aguardando-o do outro lado. Esquisito seria se os mórmons estivessem certos, mas ele tinha quase certeza de que não estavam.

De qualquer modo, em sua crença pessoal, gostava de considerar o além como um local, ou melhor, um não local, despido de atrativos ou continuidade. Mas nem isso era garantido, afinal, ninguém voltou de um encontro com a Ceifadora com provas de como é o outro lado. Quanto aos que dizem ter voltado? Mesmo o discurso desses é conflitante.

Adam estremeceu ao pensar na mera possibilidade de, no final das contas, suas interpretações do pós-vida estarem erradas e de ele ter consciência de tudo que transcorresse ao redor. E se, ao morrer, ele se tornasse como o fantasma de Patrick Swayze em *Ghost*, zanzando impotente de um lado para o outro, enquanto via e ouvia tudo que acontecia no nosso plano de realidade? Será que conseguiria lidar com a situação? Será que suportaria descobrir o que as pessoas pensavam de fato dele?

Incapaz de conceber tortura maior, ele se olhou no espelho e disse em voz alta:

— Eu sou um clichê ambulante!

E sentiu-se mais ainda como tal ao perceber que nenhum ser humano diria aquilo em sã consciência, como se estivesse sendo observado por uma plateia invisível. A não ser, claro, se fosse *mesmo* um clichê.

Ele quis negar, mas isso não teria mudado o fato.

Até pouquíssimo tempo atrás, Adam tinha tudo. Uma esposa, um filho, uma casa, um emprego e um cachorro. Não que ele amasse tudo isso... talvez parte. Dava-se particularmente bem com o cachorro, que parecia o menos interesseiro. Mas era uma vida confortável. Estável. Fácil de viver e de se habituar. Rotineira.

Para Adam não podia haver nada pior do que uma pessoa se habituar à vida e cair na rotina, mas, na época, foi justamente o que fez.

O tempo passou e algumas coisas se acomodaram. Outras não.

Ele não saberia dizer exatamente como aconteceu. Foi um flerte amoroso o pivô da derrocada, sim, mas de que maneira ele chegara àquilo? Sua mente parecia incapaz de responder, de traçar os caminhos que o levaram até aquele dia. Foi um flerte, não, um momento que lhe custou tudo.

Mas não adiantava tentar se enganar, estava claro que aquilo tinha sido mais sério do que um mero flerte. Não que fosse necessária muita compenetração para ver o óbvio. Sua esposa o tinha apanhado com as calças arriadas após o expediente, enquanto ele transava com sua recém-contratada secretária, segurando-a pelas ancas e comendo-a de quatro. Talvez fosse uma imagem mental decrépita, mas não para seu filho. Sim, pois o menino estava de mãos dadas com a mãe na hora em que ela entrou no escritório, com uma sacola de grife na mão, óculos escuros importados e saltos altos. Ela não deveria estar lá… ninguém deveria. E o filho não deveria ter testemunhado uma cena de sexo selvagem, numa posição particularmente traumática para um menino de oito anos.

A cena seguinte, com a esposa partindo para cima da secretária, com quem trocara unhadas e puxões de cabelo, não ajudou em nada. Sentira-se ridículo, com as calças na altura dos tornozelos, impedindo-o de andar corretamente, bamboleando entre as duas mulheres, tentando impedir as bofetadas. O garoto chorara em silêncio e Adam sabia que aquilo estava deixando uma cicatriz que permaneceria aberta por anos, que talvez nunca se curaria por completo. Quantas cicatrizes como aquela ele próprio adquirira ao longo da vida? Quem sabe o garoto viria a ter uma aversão por relacionamentos sérios, quem sabe se tornasse socialmente inepto, quem sabe decidisse tratar pessoas como lixo ou virasse um psicopata… quaisquer que fossem as consequências, a única certeza que Adam tinha era a de que elas existiriam.

Adam era casado com Amanda Fortte, filha do senhor Laurindo M. Fortte, sócio majoritário da renomada empresa Fortte, Ribeiro, Lima & Associados, especializada em Direito Empresarial. Estavam juntos há dezoito anos, seis de namoro e doze de casamento, e ele jamais havia trabalhado em qualquer outro lugar. Começara como estagiário logo no primeiro ano da faculdade, onde o casal se conheceu, e fora galgando seu caminho com um empurrão do sogro que, verdade seja dita, enxergava alguma competência no rapaz.

Adam trabalhou duro e conquistou seu espaço na firma. Juntou as próprias economias e alcançou certa autonomia financeira, mas não dava para negar que a dona do dinheiro era mesmo Amanda. O luxuoso estilo de vida que eles tinham estava diretamente ligado ao sobrenome Fortte. Ele tinha uma conta bancária estável, mas as festas regadas a uísque envelhecido e caviar, os passeios no iate e os cavalos premiados dificilmente teriam feito parte do seu cotidiano se não fosse por ela.

Visto as circunstâncias, brigar por qualquer suposto direito que ele pudesse ter sobre o patrimônio da família seria desperdício de tempo. Ele aceitou que seu padrão de vida baixaria drasticamente, o que, a seu ver, não era um grande problema. Afinal, Adam não estava exatamente pobre. Refletiu se realmente gostava daquele estilo de vida, com todas as pessoas falsas, hipócritas e demagogas que o cercavam, mas não chegou a uma conclusão aceitável. No final, foi apenas conduzido pela situação, em vez de conduzi-la.

Não foi surpresa que o senhor Laurindo o tivesse despedido logo após a filha entrar com o pedido de divórcio.

Adam recebeu cada centavo da indenização, portanto, não tinha muito do que reclamar. Nesse sentido, Laurindo sempre foi uma pessoa justa; se trabalhou, então tem direito; simples assim. O divórcio em si foi mais complicado.

Amanda não queria que ele visse mais o filho, agora referido como "a vítima". Uma vítima que, supostamente, acordava chorando todas as noites e carecia da atenção de uma dezena de profissionais, de pessoas especializadas no comportamento infantil a um guru de origem indiana, mas com cara de caiçara. Tudo para driblar o trauma sofrido.

Adam não aceitou numa boa, e tudo complicou quando o senhor Laurindo comprou a briga da filha. O que significava que a Fortte, Ribeiro, Lima & Associados, mesmo não sendo especializada no segmento, também a comprara. O que significava que Adam jamais conseguiria fazer frente a uma potência daquelas, ainda mais estando errado, ainda mais devido ao fato de que o filho não queria falar com ele, de que não queria vê-lo sob hipótese alguma. De acordo com o psicólogo caríssimo, o garoto precisava de tempo para se recuperar do trauma de ver o pai correndo com o pirulito de fora enquanto tentava apartar a briga entre a mãe e outra garota pelada, de seios turbinados.

Talvez ele não estivesse de todo errado.

Como se a situação já não fosse suficientemente ruim, de alguma maneira, a tal secretária ainda entrou com um processo de assédio sexual contra ele.

Assim, um juiz simpatizante do senhor Laurindo julgou que Adam era um perigo para o filho em fase de crescimento. Visitas só quando o psicólogo liberasse. Outro juiz o condenou por conduta imoral, e parte do dinheiro que havia recebido ao ser despedido teve de ser usada para “compensar” a secretária que, incrivelmente, manteve o emprego. E, embora sua mulher fosse cinco vezes mais rica do que ele, também teve direito a receber uma bela indenização. Danos morais ou algo assim.

— A gente pode apelar — seu advogado disse. — Tá tudo errado nesse processo.

Ele suspeitava que fosse verdade. Mas, ao mesmo tempo, não teve vontade de levar nada para outra instância. O martírio lhe caía bem, assim como a punição. O processo estava errado… mas não tanto. Ele *merecia* tudo aquilo que estava acontecendo. E foi assim que se tornou um clichê, sem mulher, sem filho, sem casa, sem amigos, sem emprego, sem dinheiro. E sem cachorro.

Um arremedo de vida.

Naquele dia, diante do espelho, Adam observou com cuidado o seu reflexo. Pensou nas antigas questões dos sábios sobre este e outros mundos, esta e outras realidades; será que ele era o verdadeiro Adam que se via no espelho, aquele da vida medíocre, ou será que havia outro, um Adam do lado oposto, mirando seu reflexo inferior? Se isso fosse verdade, havia esperança de que, em algum lugar, o outro fosse um vencedor…

Mas há algo de mágico no ato de se observar quando se está no fundo do poço. De repente, ele se deu conta de algo extraordinário. Percebeu que nunca havia olhado de verdade para aquela pessoa que o encarava na superfície plana. Nunca tinha visto aquele homem. Não sabia quem era, não sabia a que ele aspirava ou do que gostava. Adam cursara uma faculdade que não queria, ingressara num emprego que não queria, comprometera-se com um casamento que não queria e, como tudo era “fácil”, foi empurrando com a barriga, dia após dia. Como a maioria faz. Talvez não todos, claro… Sempre há quem não se renda à máquina social. Mas ele fazia parte das estatísticas e dezoito anos se passaram num piscar de olhos.

Adam pensou seriamente em se matar, mas foi a percepção de não ter vivido que afastou a ideia. E o desejo de se conhecer, de fazer, de acontecer…

Ele pensou no pai. A última lembrança que tinha do genitor era feia, muito feia. Seu pai dormindo no sofá, após três anos em pé de guerra com a mãe. Ao acordar pela manhã, Adam vira aquela figura patética, deitada só de cuecas, encolhida como um ser pequenino e sem propósito. A cueca branca de algodão, larga e laceada, típica de um homem domesticado, deixando aparecer uma insinuação de rachadura das nádegas. As costas brancas e peludas movimentando-se ao acompanhar o ribombar dos roncos.

Ele ficara observando o pai por alguns segundos e um misto de asco e dó coriscara pelo seu ser. Aquele homem tinha perdido o emprego. Falido. Brigado com a esposa. Perdido o respeito dos filhos. Gastado as economias de uma vida e contraído dívidas impossíveis de serem pagas.

Naquele instante em que era fácil julgar, Adam jurara que jamais seria como o pai. Jamais seria um perdedor. Então… o que fazia *ali?* Será que a situação que vivia era algo que estava gravado em seu DNA? Será que ele não tinha culpa?

E culpa foi o que sentiu quando, mais tarde, na noite fatídica que sucedeu aquela manhã em que condenara o pai como uma figura patética, reencontrou seu genitor num quarto de motel barato, após ter recebido um telefonema da polícia. O velho tinha passado o cinto em volta do pescoço e amarrado a extremidade numa grade da janela. Sem dúvida, ele tivera muito trabalho de se enforcar daquela maneira.

Determinação. Ao menos na hora da morte.

Quando Adam entrou, contrariando as recomendações das autoridades, os olhos da vítima estavam vítreos e a língua para fora, grossa e seca. Ele desviou o olhar. Ficou um tempo mirando o chão, enquanto tentava absorver a cena pungente. Não conseguiu chorar. Nunca conseguiu chorar. O que significava a ausência das lágrimas?

Agora, tantos anos depois, lá estava ele, de frente para o espelho, pensando se deveria ceifar a própria vida.

Aquele clichê…

Enfim, deixou isso pra lá. Decidiu que não tinha estrutura emocional para ser suicida. Talvez fosse um covarde. Talvez estivesse cansado. Talvez quisesse realmente se descobrir. Partir poderia ser a melhor opção, ao menos por um tempo. Afastar-se, esquecer tudo, recomeçar, se possível…

Ele juntou suas economias e verificou que não havia sobrado muita coisa. Estava vivendo em um *flat* na região sul da cidade de São Paulo. Tinha pouco mais do que uma mala. Pensou em se despedir das pessoas queridas, mas percebeu que não restara ninguém. Sua mãe morrera há sete anos. Ele não tinha irmãos. Nenhum parente próximo. Seus amigos eram os amigos de Amanda, e todos estavam contra ele agora. Tinham tomado partido. Natal, fim de ano, Páscoa… todo feriado era passado junto da família dela. E seu filho o via como um estranho.

Partir não seria problema.

Por mero acaso, folheando a Enciclopédia dos Municípios Brasileiros, publicada pelo IBGE, encontrou uma cidade quase na divisa de São Paulo com Minas Gerais. Não era grande, mas também não era pequena demais, algo em torno de vinte mil habitantes, conforme um senso provavelmente desatualizado. Parecia pitoresca, de acordo com o mapa, cortada ao meio por um largo rio chamado Miscatônico, um nome cuja raiz ele não conseguiu identificar e que não se parecia com nenhuma palavra indígena que conhecia. O termo era nitidamente de origem estrangeira, o que chamou sua atenção. Havia também uma universidade de medicina com o mesmo nome do rio, mas da qual ele nunca tinha sequer ouvido falar.

Atraído por um insensato senso de aventura, embelezado pela mente cansada e entorpecida, decidiu que era para lá que iria. Demorou um pouco, mas localizou uma imobiliária local e fechou um contrato por telefone. Então, sem dizer nada a ninguém, pagou a conta do hotel e iniciou a jornada para o que deveria ser sua nova vida.

“Era mentira, mas ele acreditava em mentir para as pessoas. Medicina e dizer a verdade simplesmente não se misturam (...)”

Mario Puzo, *O Poderoso Chefão.*

3 O médico que mentia

Adam tinha plena certeza de que os gritos de Thaís haviam sido ouvidos a pelo menos dois quarteirões de distância, então ficou esperando a inevitável visita da polícia na manhã seguinte, mas isso não aconteceu. Nem no outro dia. E nem no seguinte. Inexplicavelmente, nada ocorreu.

Depois de transcorrido algum tempo, contra as suas expectativas, concluiu que as autoridades não viriam. Para seu espírito, que recepcionava bem um martírio, foi quase decepcionante num primeiro momento. Depois, quando racionalizou o ocorrido, sentiu alívio.

Não havia nada nem ninguém que o conectasse à Thaís, com quem se encontrara em apenas duas ocasiões. Claro, ele era o rosto novo na cidade e isso, por si só, poderia levantar alguma suspeita. Mas, se a polícia estivesse investigando o desaparecimento dela, refazendo seus passos e conversando com as últimas pessoas que a viram com vida, que depoimentos obteria? Thaís estava bebendo num bar com um homem. Só isso. Um rosto na multidão. Mesmo numa cidade pequena, era uma agulha num palheiro. Havia, claro, a hipótese de ela ter comentado sobre ele com alguma amiga, contudo, após seis dias, o silêncio continuava mandatório. Nem uma nota no jornal sobre o sumiço da moça. Nada. O que o levou a concluir que a investigação estava sendo mantida em sigilo ou, por alguma razão, o desaparecimento não fora percebido ou notificado.

Ele não conhecia Thaís para saber quem poderia dar pela falta dela; familiares, amigos ou colegas de trabalho, mas, pelo modo como ela dissera conhecer todos na cidade, achou que alguém repararia. A não ser, claro, que ela estivesse mentindo. Talvez Thaís com "H" fosse um pária, uma grande solitária, e tivesse se aproximado dele após obter uma dose de coragem motivada pelo álcool. Quem sabe?

Adam ainda não imaginava como desaparecimentos eram corriqueiros naquela cidade e o quanto as pessoas lamentavam umas pelas outras sem nada fazer quanto ao problema. Logo ficaria sabendo sobre a vista-grossa que as autoridades faziam, e descobriria coisas que o fariam se arrepiar de medo, mas, por ora, sua ignorância era a única bênção que tinha.

Decidiu ser cuidadoso por um período. Saiu menos de casa e tentou não chamar muita atenção. O momento mais angustiante foi na manhã seguinte ao crime. Após aquela noite absolutamente surreal, a mais surreal de toda a sua vida, a pergunta era: Que diabo faria com o corpo de Thaís?

Ainda trancado no banheiro, enquanto o dia raiava, sua primeira reação foi chamar a polícia, mas percebeu que existia uma grande chance de se tornar imediatamente o principal suspeito do assassinato. Afinal, como poderia culpar a silhueta acinzentada que o visitava à noite? Quem acreditaria nele? Sua avó costumava dizer que nem sempre é fácil explicar que nariz de porco não é tomada. Curiosamente, não sentia comiseração ou culpa por ter indiretamente causado a morte da moça; isso, sem dúvida, dizia alguma coisa sobre sua personalidade, mas preferiu não se aprofundar na questão. No final das contas, o que importava era o problema imediato, e sua mente começou a elaborar insanas estratégias para resolvê-lo.

Pensou em filmes e séries de televisão, mas concluiu que a vida real não era cinema. Dificilmente conseguiria desovar um corpo das maneiras que eles propunham. Por fim, concluiu que, de todas as ideias ruins, talvez a menos pior fosse desmembrar o corpo e descartá-lo aos poucos em sacos de lixo. Só precisaria de um cutelo, uma serra para os ossos e muito estômago.

Mas, na manhã seguinte à fatídica noite, quando ainda trêmulo abriu a porta do banheiro pronto para fazer o que fosse preciso, Adam teve uma surpresa. Nada daquilo seria necessário pelo simples fato de que não havia cadáver. Não havia marcas de sangue. Os sinais de luta estavam lá — a televisão quebrada, o sofá virado —, assim como as evidências em sua própria pele na forma de arranhões e hematomas. Também havia os dois copos de vinho servidos sobre a mesa, as toalhas que Thaís usara ao sair do banho e suas roupas espalhadas pela sala, além de outros detalhes que confirmavam que ela estivera presente. Mas nada de corpo. Nenhuma gota de sangue, como se o apartamento tivesse bebido cada resquício de evidência.

Preocupado por chegar a uma conclusão absurda com a naturalidade de quem lida com o corriqueiro, Adam calculou que, de alguma maneira, Rosa Gutierrez havia dado um jeito no corpo; talvez levado para qualquer que fosse a dimensão sombria onde ela se escondia durante o dia, talvez devorado ou transformado em cinzas. Qualquer proposição, por mais imaginativa que fosse, poderia ser válida.

O temor inicial pela perda da própria sanidade acabou se tornando uma relativa tranquilidade quando concluiu que, ainda que a polícia chegasse até ele por qualquer meio que fosse, sem corpo não havia crime; bastava dar sumiço nas roupas e limpar o apartamento.

Não saber o que fora feito do corpo dela o incomodava, mas sabia que conseguiria lidar com o fato. E, para Adam, “lidar” obviamente significava “ignorar”.

O dia se arrastou. Na noite seguinte, seu coração estava disparado de ansiedade. Aguardou com expectativa até aproximadamente três horas da madrugada, quando enfim ocorreu. Num momento, estava só na sala, no seguinte, recebeu uma nova visita da dupla.

Tornou a trancar-se no banheiro, temendo a ocasião em que elas entrariam, afinal, uma porta fechada não deveria ser capaz de detê-las, mas isso não ocorreu. E, assim, a vida seguiu. Quase todas as noites, lá estavam elas, mudas e selvagens, vorazes e grotescas, belas e brutais. Às vezes, chegavam a tocá-lo, adormecido no sofá da sala; sempre um toque úmido e viscoso. Noutras, ele ficava observando Thaís de longe, tentando sentir-se responsável, mas sem conseguir. Sabia que tinha de fazer alguma coisa a respeito; o mais coerente era sair imediatamente daquele apartamento amaldiçoado, mas não conseguia se mobilizar a fazê-lo. Estava entregue, vencido. Era praga de Amanda, só podia ser. Ele jamais teria uma vida. Decidiu não pensar muito a respeito; racionalizar era o que poderia fazer de pior. Abraçou a anomalia, torcendo para que ela nunca se voltasse contra ele.

Alguns dias depois, Adam estava tomando sol na fachada do prédio, quando Pombo chegou. Eles começaram a conversar trivialidades, até que Adam tentou tirar uma dúvida:

— Já escutei mais de uma vez o pessoal daqui chamar aquela área nos limites da cidade de Colina do Enforcado. Sabe o motivo?

O garoto olhou na direção que ele apontava.

— Isso é história antiga, seu Adam. Pelo que sei, ali já foi um cemitério, muito tempo atrás, quando a cidade ainda era bem jovem.

— Um cemitério? É mesmo?

— Sim, senhor.

— Mas agora o cemitério oficial fica do outro lado da cidade?

— Isso mesmo. Hoje o mato cobriu tudo lá na colina, mas ainda dá pra ver algumas lápides de pedra antigas.

— Interessante. E imagino que alguém tenha se enforcado nesse cemitério... daí o nome?

— Sim, um gringo chamado Frank Elwood, seu Adam. Mas isso foi bem depois. É uma história estranha. Dizem que ele ficou louco depois de ter visto umas coisas bem horríveis.

— Me conta tudo, Pombo.

O garoto fez um biquinho e estendeu a mão, sem nada dizer. Adam lançou uma expressão contrariada, mas assentiu. Tirou uma moeda do bolso e jogou. Pombo a apanhou no ar e guardou na bermuda.

— Não sei muita coisa sobre o cemitério e nem quando ele deixou de ser usado. Parece que também foi uma coisa estranha. Meu avô me contava histórias quando eu era menor, sobre um povo estranho que morava debaixo da terra.

— Debaixo da terra? Quer dizer nos subterrâneos?

— Sim. Parece que há muitos anos, o povo da cidade fez um pacto com o povo dos subterrâneos e a Colina passou a ser domínio deles. Por isso quase ninguém mais vai lá e o cemitério foi mudado de lugar.

— Interessante… E o que mais pode dizer sobre isso?

— Não muito. Mas posso contar a história do seu Elwood.

— É melhor que nada — Adam disse. Percebeu que, no fundo, gostava do garoto. — Então, vá em frente e faça valer seu dinheiro.

— O senhor Elwood era muito amigo do senhor Walter Gilman, outro gringo que também morava na cidade. Os dois estudavam na Universidade Miscatônica. O senhor Gilman morava num sótão alugado que existe até hoje e que dizem ser assombrado.

— Assombrado?

— Sim, pela bruxa que vivia nele. Não lembro o nome dela, mas a lenda conta que todos que moraram nesse sótão tiveram mortes horríveis.

— Credo, garoto, que é isso?! — Adam bradou.

— É verdade. O senhor Gilman foi ficando obcecado por causa de uns sonhos que vinha tendo e as pessoas começaram a ficar preocupadas. Achavam que ele tava ficando maluco. Ele falava daqueles sonhos em que ia pra outras dimensões, conversava com a velha bruxa e tinha experiências com os Antigos.

— De novo isso de Antigos? Parece que faz parte do folclore daqui…

O garoto suspirou:

— Faz parte do folclore de todo lugar, seu Adam. As pessoas só não se lembram disso.

— Sei… Uma hora vou descobrir o que põem na água deste lugar.

— Quê?

— Nada. O que aconteceu com o tal Gilman?

— Morreu. Dizem que foi dilacerado. Ou algo assim.

Adam fechou o cenho.

— Essa é uma péssima história, garoto. Mas ainda não entendi qual a relação dela com o outro… como ele chama?

— O senhor Elwood. O negócio foi que o senhor Elwood disse ter testemunhado a morte do amigo. Ele contou que um bicho horroroso saiu de dentro do peito dele, uma criatura metade homem, metade rato.

No final das contas, as suspeitas da morte caíram nele, mas nada nunca ficou provado. Mesmo assim, ele foi mandado pra um sanatório.

Ao ouvir aquilo, Adam não conseguiu evitar traçar um paralelo entre o relato e o assassinato de Thaís por um ser de outro mundo. Estremeceu involuntariamente, identificando-se com a situação do senhor Elwood. Perguntou:

— E quanto tempo ele ficou lá?

— Dizem que por um ano. Depois que o senhor Elwood saiu do sanatório, nunca mais conseguiu se recuperar. As pessoas tinham medo dele e evitavam a sua presença. Ele foi se isolando cada vez mais. No final das contas, não conseguiu aguentar a pressão, foi até a colina e se enforcou. Dizem que segurava um pequeno ídolo de pedra, um bicho esquisito, cheio de tentáculos, que foi achado aos seus pés. Demorou dias pra ser encontrado e o caso chocou a população.

— Típico. A população adora ficar chocada quando ocorre uma desgraça, mas ajudar o homem quando ainda estava vivo, nem pensar… É mais fácil pôr ele numa instituição, né? — O garoto fez um muxoxo. Adam buscou confirmar o nome do local. — Então o nome Colina do Enforcado vem daí?

— Bom… mais ou menos.

O garoto parou de falar e estendeu a mão novamente.

— A informação tá ficando cara, hein, seu pequeno mercenário? — Adam replicou.

— O que posso dizer? Uma fonte confiável também precisa sobreviver, seu Adam. Além disso, vivemos num mundo capitalista — o moleque respondeu cinicamente.

— Mundo capitalista… Você nem sabe o que isso quer dizer.

— Sei, sim, senhor! — Protestou o outro.

— Tá bom, tá bom. — Adam tirou todas as moedas que tinha do bolso, que não eram tantas assim, e as entregou ao garoto. — O que aconteceu?

— Toda a história poderia ter morrido depois de um tempo… se não fosse por um detalhe. Algumas semanas depois da tragédia, os avistamentos começaram.

— Que avistamentos?

— O senhor Elwood continuava sendo visto.

Adam ergueu as sobrancelhas, surpreso.

— Como é?

— É sério. Principalmente nas noites de tempestade, escuras e sem lua. Dizem que aqueles que são idiotas o bastante pra passear pela região encontram mais do que gostariam.

— Besteira — Adam tentava se manter cético frente ao garoto. — Aí já entra aquela coisa da crendice popular. As pessoas exageram...

— Só tô repetindo o que todo mundo sabe. O corpo dele continuava sendo visto pendurado nos galhos das árvores. E não só onde ele se matou, mas em vários lugares diferentes. Dizem que foi quando as árvores começaram a perder as folhas e nunca mais recuperaram. No começo era uma área bem pequena, mas depois foi se espalhando, que nem uma doença. E tem mais: elas foram ficando cinzentas, com as raízes pulando pra fora da terra, como se quisessem sair dali. Como se quisessem fugir da colina.

— Para de me sacanear, Pombo.

— É verdade. Você mesmo pode ir conferir, seu Adam. Quase nem cresce mais grama no chão. Os pássaros não vão mais lá. Os únicos animais que entram na Floresta das Árvores Retorcidas são insetos e ratos.

— Floresta das Árvores Retorcidas? É sério isso? As pessoas realmente chamam o lugar assim? Qual é, Pombo!

— Não é assunto pra brincar, seu Adam. Muita gente viu o seu Elwood pendurado naqueles galhos sem folhas. Garotos que nem eu e adolescentes, mas também gente de respeito. Gente da universidade. Médicos. Acho que até um advogado, que nem o senhor. Antigamente, tinha uma igreja no topo da colina, então, muita gente passava por lá. Qualquer um que esteja por perto à noite corre o risco de ver o corpo pendurado, balançando mesmo quando não tem vento, com o pescoço estrangulado por um nó invisível e os pés flutuando do chão. E teve gente que também viu os tentáculos. Vindos debaixo, da terra... às vezes enrolados nos tornozelos dele. Tentáculos com ventosas que nem de polvos, só que maiores e com pequenas bocas no meio de cada uma. Dizem que as bocas gritam coisas numa língua que ninguém compreende.

— Por favor, me diz que você inventou essa última parte.

— Quisera eu, seu Adam. Mas a história é real. Ou pelo menos é o que contam. Depois que um monte de gente viu o corpo pendurado do seu Elwood, começaram a chamar o lugar de Colina do Enforcado, e acho que pegou. Teve matéria no jornal e tudo. Veio um monte de especialistas pra estudar o caso, mas nunca descobriram nada. O povo da cidade jura de pé junto que é verdade. Meu tio disse que já viu ele. O seu Toninho, da mercearia no centro, também. O lugar acabou virando a Colina do Enforcado e, hoje em dia, duvido que alguém lembre qual é o nome verdadeiro. E a colina acabou virando a nova casa do seu Elwood.

— A Floresta das Árvores Retorcidas, sei. É uma história e tanto, Pombo. Como você sabe de tudo isso?

— Tô estudando pra ser guia de turismo.

— Então que tal praticar mais um pouco? Acha que pode me levar ao sótão onde morou o tal Gilman?

— Sim, senhor. A casa não fica muito longe daqui. Quer ir?

— Quero. Mas vamos deixar pra amanhã. Já está ficando meio tarde.

Adam passou pela portaria e acenou com a cabeça para Albuquerque, que manteve a mesma expressão de enfado de sempre. Ele já estava habituado ao comportamento grosseiro do homem, uma vez que era obrigado a encontrá-lo todos os dias, mas, de vez em quando, ficava um pouco contrariado por tanta falta de decoro. Achava um absurdo que aquele sujeitinho fosse pago para destratar as pessoas e pretendia dar voz às suas opiniões no momento adequado. Passou reto e seguiu para as escadas.

A escadaria que interligava todos os andares era ampla e aberta, de modo que, mesmo do térreo, era possível olhar para cima e ver os corrimãos que se distribuíam para a esquerda e direita. Voltara a encontrar com frequência o senhor Marcos. Aparentemente, assim que o zelador percebeu que Adam não o estava mais "caçando" para resolver qualquer que fosse o problema que o levara a bater repetidamente à porta do apartamento 11, voltara a dar as caras. A única conclusão a que Adam chegou foi que, a despeito do discurso que o homem fizera no primeiro dia, não poderia contar com ele para nada.

Subiu os dois primeiros lances de escadas e, quando estava no meio do terceiro, escutou um "Psiu". Parou no meio do movimento de um degrau para outro e olhou por sobre o ombro. Viu um homem parado no início das escadas daquele andar. Adam forçou a memória para tentar lembrar quem era e, num estalido de reconhecimento, disse com um pouco de hesitação:

— Senhor... Queiroz, certo? Marcelo de Queiroz?

O homem não negou ou confirmou, apenas disse:

— Preciso da sua ajuda.

— Minha?

— Sim. Agora. Venha.

O senhor Queiroz era um homem magro, de trejeitos nervosos e caminhar rápido. Sua voz era branda, mas não calma; na verdade, parecia que estava preocupada o tempo todo, ligeiramente trêmula e insegura. O homem arregalava os olhos mais do que o normal, e eles brilhavam sob duas sobrancelhas que pareciam taturanas pretas, por pouco não se beijando no meio da testa. Ele tinha a pele pálida e mãos repletas de manchas de sol. Parecia ter passado uma temporada internado num leito hospitalar.

O homem se dirigira a Adam de modo abrupto e ríspido, o que o deixou bem contrariado. Adam não pedia muito dos seus vizinhos, apenas uma interação normal, um cumprimento sincero, um papo rápido e despretensioso no saguão, um mínimo de respeito à sua privacidade... Mas ser interpelado no meio das escadarias, e pior, intimado a fazer sabe-se lá o que, não era seu ideal de uma boa vizinhança.

— Sinto muito, senhor Queiroz, mas eu tenho... uma... coisa pra fazer... agora.

O homem se adiantou, subindo dois degraus na direção dele. Estava trepidante e nitidamente apreensivo.

— Você tem que vir. Por favor. Não posso contar com mais ninguém.

Desta vez, a frase soou mais como súplica, despida do tom imperial de antes. Adam suspirou fundo e olhou para cima. Tudo que tinha de fazer era seguir caminho para seu apartamento; sabia que assim evitaria confusão. Sabia que assim seria poupado da dor de cabeça que certamente estava prestes a despencar sobre ele. Mas também havia aquela personalidade de advogado, inquisitiva e gladiadora, que não estava de todo submersa no atoleiro que sua vida se tornara. A verdade era que, tal qual a maior parte das pessoas, ele tendia a não escutar aquela sábia vozinha que murmurava em seus ouvidos. Convenceu-se naqueles breves instantes de que, no fundo, não tinha nada melhor para fazer e que fazer qualquer coisa era melhor do que nada. Enfim, após hesitar mais um pouco, assentiu:

— Tudo bem.

Desceu até Marcelo e estendeu a mão:

— Aliás, eu me chamo Adam.

— Eu sei. Venha comigo!

Marcelo deu as costas e foi na direção de seu apartamento sem retribuir o cumprimento. Já se recriminando por não ter ido embora, Adam respirou fundo, mirou a porta do 42, visível de onde estava, contou mentalmente até cinco e o seguiu.

O homem tirou um molho de chaves do bolso e abriu três fechaduras diferentes. Adam franziu a testa ao ver aquilo, refletindo que sua porta tinha só uma fechadura, e ela nem funcionava direito. Não que ele tivesse algo de valor para ser roubado. Sua maior preocupação desde que chegara era ser invadido pela velha louca do 44, a quem ele nunca sequer vira. E, claro, os fantasmas.

Quando a porta do apartamento 22 se abriu, um odor rançoso escapou, nauseando o estômago de Adam, que hesitou entrar. Percebendo o impasse do colega, Marcelo o instou a mover-se, sinalizando com a mão. Adam olhou para os batentes de madeira que delimitavam a fronteira para adentrar o apartamento e teve a nítida certeza de que dar aquele passo seria cometer um erro terrível. Ainda assim, o fez, vencido por algum sentimento que ele próprio não conseguia sondar. A porta bateu após o ingresso dele, e Marcelo trancou as três fechaduras.

Adam olhou para o apartamento e percebeu que a disposição não era tão diferente do seu, embora parecesse maior. De fato, uma olhadela mais apurada revelou que o 22 tinha um quarto a mais do que o 42. As paredes eram todas brancas e o chão feito de algum tipo de material sintético ligeiramente afofado, também branco. Mas o local não transmitiu uma sensação de asseado para Adam, pelo contrário, todo aquele branco parecia tentar esconder uma mácula, compensar uma vergonha ou destacar as trevas por meio do contraste.

— Por favor, tire os calçados. — Marcelo pediu enquanto removia os seus, deixando-os ao lado da porta de entrada. Mimetizando suas ações, Adam começou:

— Olha, não sei bem o que quer de mim, mas…

Marcelo o interrompeu entregando um par de meias descartáveis de hospital:

— Vista isso — pediu.

Adam as vestiu e, descontente pela volta daquele tom imperativo, deu um ultimato:

— Vai me contar o que está acontecendo ou não?

Naquele instante, Marcelo olhou para uma porta à direita da sala de estar, fechada. Pareceu ainda mais apreensivo. Adam acompanhou seu olhar e concluiu que, embora não houvesse nada de anormal na porta cerrada, ela emanava uma atmosfera misteriosa.

— Que foi? — Perguntou. — O que tem lá dentro?

— Você acredita em coisas que não pode ver, Adam?

— Como assim? Quer saber se acredito em Deus?

— Não em Deus, mas nos deuses — Marcelo corrigiu. — Deuses mais antigos do que o Deus cristão. Seres incríveis e inomináveis, de sabedoria espantosa, capazes de singrar o cosmo desnudos, capazes de cruzar a barreira entre as dimensões, capazes de sussurrar verdades espantosas nos ouvidos dos homens... verdades tão atemorizantes que poderiam fazer os tímpanos derreter e a lucidez se esvair como um punhado de areia ao vento. Acredita que isso seja possível?

Adam ergueu a sobrancelha e suspirou:

— Ok... — Começou a tirar as meias hospitalares, enquanto se abaixava para apanhar os calçados de volta. No fundo só estava fazendo cena. O fato é que parecia ter se tornado um ímã de malucos nos últimos tempos, mas, justamente por ter presenciado algumas coisas inexplicáveis, o ímpeto de investigá-las por conta própria estava nascendo.

— Eu posso provar — Marcelo insistiu.

Adam respondeu sem olhar para ele, ainda calçando os sapatos:

— Provar o que exatamente?

— Que digo a verdade, Adam. Entenda que realmente preciso de ajuda e que não estaria me expondo ao ridículo desta forma se não fosse um caso sério.

Já totalmente calçado, Adam respondeu num tom rude:

— Minha ajuda? Você nem me conhece, moço! Por que não vai pedir a qualquer outro? Vai falar com o zelador, pô. Tô cansado de gente doida neste prédio... pra dizer a verdade, nesta cidade!

— Eu sei que não te conheço... mas, de todos os moradores do prédio, você é o único a quem posso recorrer no momento. É o único com a completude física adequada. Acredite... eu não pediria se não fosse extremamente vital.

Adam pressionou a carne entre os olhos com o polegar e o indicador. De repente, sentiu uma poderosa enxaqueca. Olhou para a porta lacrada. Ela parecia imprimir um inexplicável magnetismo. Era como se estivesse viva, pulsando dentro daquele apartamento; um batimento cardíaco lento e cadenciado: tum-tum... tum-tum... tum-tum...

— E você vai me provar que existem essas... coisas? É isso? Vai provar que elas são reais... tudo porque quer a minha ajuda?

— As duas proposições não são excludentes. Preciso da sua ajuda, Adam. E, se me ajudar, verá provas de que digo a verdade. Peço apenas cinco minutos do seu tempo, nada mais. Terá apenas que me acompanhar para dentro daquele cômodo.

— E aí? O que vai acontecer?

— O senhor concorda?

— Não se não me disser o que terei de fazer.

Marcelo olhou para a porta lacrada e mordeu o lábio inferior. O impasse durou alguns instantes; então, ele andou na direção oposta da porta, perguntando:

— Quer beber algo?

Adam viu um carrinho de madeira de tampa espelhada, cheio de garrafas diversas, próximo da parede adjacente, ao lado de uma mesinha redonda com um cinzeiro.

— Por que não? Pode ser qualquer coisa.

Marcelo pegou uma garrafa de cerveja que já estava aberta e encheu os copos. O anfitrião virou o seu num gole só e acendeu um cigarro, enquanto Adam apenas bebericou; não esperava que, no meio de tantas opções, ganharia justo uma cerveja choca. Mas ao ver a reação do outro, como se não quisesse ficar para trás, também entornou seu copo. Marcelo abriu outra garrafa, serviu ambos e, novamente, virou a bebida, desta vez, imediatamente mimetizado pelo visitante desconfiado. A seguir, falou:

— Lá dentro há uma coisa que preciso pegar. O problema é que ela está sendo guardada por outra coisa. Quando eu abrir a porta e entrar, você me dá cobertura. Se eu pegar o que preciso, resolvo toda a situação. Entendeu? — Perguntou enquanto tragava o cigarro.

Adam encarou Marcelo com cara de paisagem e respondeu de forma espontânea:

— Não.

— Tudo bem, não faz diferença — Marcelo disse, enquanto enchia os copos uma terceira vez, evidentemente buscando refúgio e coragem no álcool. — Olha... nós entramos, eu pego o que preciso e saímos. É bem simples. Se acontecer alguma coisa, você me dá cobertura. Fechado?

— Como assim, “se acontecer alguma coisa”? O que pode acontecer?

— Adam, vamos colocar as coisas da seguinte maneira… se me ajudar agora, vou ficar te devendo um favor. E é sempre bom ter um médico que lhe deva favores.

— Pelo que ouvi falar, um ex-médico…

— É verdade… mesmo assim, meu acesso a muitas coisas continua irrestrito. E ainda possuo certa influência, se é que me entende…

Adam refletiu. A ideia de ter um médico comendo na palma da sua mão não seria de todo ruim. Nunca se sabe quando poderia precisar dele. Como advogado, aprendera a importância de ter pessoas devendo-lhe favores… e a conveniência de cobrá-los quando bem entendesse. Tornou a olhar para a porta. Que diabos poderia haver lá dentro? Mais espíritos? Fez um sinal com o copo para ser novamente servido:

— Tudo bem, negócio fechado. Eu ajudo no que precisar agora, doutor… e você fica me devendo uma.

— Certo — o outro disse de imediato.

— Indefinidamente — Adam emendou. Marcelo pausou por um instante, nitidamente avaliando a proposta, então tornou a concordar. Para validar o acordo, ambos deram as mãos e o médico repetiu:

— Indefinidamente.

Os dois se posicionaram em frente a porta. Adam sentiu o estômago revirar de antecipação. Racionalmente, sabia que nada daquilo era uma boa ideia. Talvez ainda houvesse tempo para desistir…

Olhou para Marcelo, que tirou uma chave do bolso e destrancou a fechadura. Ele segurou a maçaneta e disse:

— Está pronto?

Adam viu pela postura do homem que ele ia abrir a porta de uma vez e ergueu a mão para impedi-lo. Quer Marcelo tenha telegrafado suas intenções de dar para trás, quer estivesse tão agitado que nem as percebera, o resultado foi o mesmo.

A porta aberta dava para um cômodo completamente escuro, cujas trevas eram tão densas que pareciam sólidas. Marcelo não hesitou; apenas mergulhou em seu interior, sendo engolido pelo piche como se tivesse sido transportado para outra dimensão, quem sabe movido por um buraco de minhoca para outro ponto do espaço. Adam ameaçou segui-

-lo, mas, então, escutou um alarido de sons, uma cacofonia de suspiros e rosnados que, para a sua imaginação intimidada, pareceu uma legião de seres malditos, oriundos diretamente de um texto de John Milton.

Um vórtice gelado vindo de dentro do quarto o paralisou tanto quanto os sons grotescos, e Adam sentiu uma pressão no peito que lhe dificultou a respiração.

Seu primeiro instinto foi dar meia-volta para sair dali. Nada daquilo fazia sentido; entrar num quarto escuro atrás de um homem que ele não conhecia para recuperar algo que não sabia o que era, enquanto dava proteção contra alguma outra coisa potencialmente perigosa. Era a receita para um desastre. Infelizmente, Adam tinha dado a sua palavra e, para sua personalidade, aquilo significava alguma coisa.

Regurgitou um palavrão, girou nos calcanhares e penetrou na escuridão.

Foi um instante de suspensão, seguido de uma tentativa de reconhecimento. Privado de um dos sentidos do qual os homens mais dependem, Adam tateava às cegas o breu, mantendo os braços estendidos à frente do corpo. Olhou para trás e, num resultado bizarro, a porta parecia não estar mais lá; tudo era um negrume impenetrável, mesmo ele sabendo que não podia estar a mais do que poucos centímetros da entrada.

Deu dois passos relutantes à frente antes que seu pé esbarrasse em algo. Abaixou-se e tocou o corpo, reconhecendo ser de Marcelo. Tateou o homem até chegar ao rosto e verificou se estava respirando.

— Marcelo — sussurrou algumas vezes, enquanto sacudia o corpo inerte. O homem ainda vivia, embora estivesse desacordado.

— Que bosta tá acontecendo aqui? — Ele disse, escrutinando a escuridão.

Foi quando o alarido de vozes retornou com intensidade atroz. Talvez elas nunca tivessem sumido. Adam levou ambas as mãos aos ouvidos, respondendo ao súbito terror que o aturdiu. Tentou se levantar, mas o berreiro descontrolado pareceu golpeá-lo como se fosse uma coisa viva, com vontade própria, e cada golpe era um bastão de madeira direto contra seu estômago. Então, à sua frente, as trevas foram salpicadas por centenas de pontos luminosos, não como o céu estrelado, mas sim como a bioluminescência de plânctons no mar noturno.

E ele viu algo nas trevas. Alguma coisa que não conseguia discernir.

Engoliu em seco. Seria verdade? Seria possível? Ele não estava num quarto qualquer, não estava num cômodo daquele prédio; a porta o levara a outro lugar, outra possibilidade, outra realidade. Recuou involuntariamente, tremendo tanto que achou que fosse perder o controle sobre todas as funções do corpo, quando uma mão segurou a barra de sua calça. Ele quase regurgitou o almoço, tamanho o susto, mas se tratava de Marcelo, que recobrava a consciência.

Sob aquela nova luminescência, Adam viu que o rosto do homem estava extremamente machucado, embora a extensão dos ferimentos não pudesse ser avaliada. Também viu que segurava com ambas as mãos algo contra o peito. Forçando a vista, percebeu que se tratava de um livro.

— Me... ajude — o médico disse num tom fraco, quase inaudível.

Então, o exército de vozes e luzes investiu contra Adam e o mundo ficou preto.

Adam abriu os olhos.

Ele levou alguns segundos para perceber onde estava; primeiro, sua mente reconheceu a natureza do quarto branco, depois, se deu conta de que estava deitado num leito. A seguir, assimilou as duas mulheres que o cercavam.

— Olá, senhor Adam — disse a mais nova. — Sabe onde está?

Ele sacudiu a cabeça.

— Você está no Hospital Santa Maria das Dores. Eu sou a doutora Villarubia e esta é a enfermeira Simona. O senhor se recorda de alguma coisa?

Adam tentou se mover e sentiu uma dor lancinante cortar todo o seu corpo. Sua mente brilhou num lampejo de reconhecimento, quando uma centena de imagens dos últimos acontecimentos retornou de uma só vez. Contudo, sabia que relatá-los seria um atestado de insanidade.

— Não — respondeu hesitante e percebeu que havia um gosto amargo em sua boca. — Como vim parar aqui?

— O zelador do seu prédio nos chamou. Ele contou que escutou gritos vindos do apartamento do doutor Marcelo. Tentou abrir a porta com a chave-reserva, mas havia outras trancas. Como os gritos aumentaram, a arrombou com alguma ferramenta e encontrou vocês dois desacordados no chão. A princípio, achou que haviam brigado, até ver que ambos tinham sofrido ferimentos sérios... e estranhos.

Adam lutou para sentar-se no leito, mas a enfermeira pousou a mão sobre seu peito, contendo-o.

— Por favor, fique deitado — ela disse.

A médica prosseguiu:

— Você tem vários cortes no tórax e no lombo, duas costelas trincadas e algumas contusões, mas, tirando isso, está bem. Seu amigo é outra história. Ele se encontra em estado grave. Pode nos contar o que aconteceu?

— Ele não é meu amigo — Adam explicou para a jovem médica.

— Como?

— Eu… eu não o conhecia. Só fui no apartamento pra ajudar a…

Adam parou de falar. Como poderia dar sequência àquela história bizarra? Em vez disso, perguntou:

— Você disse que ele se machucou?

— Sim. O doutor Queiroz sofreu múltiplos ferimentos, mas o que mais nos chamou a atenção foi a natureza deles. Tem certeza de que não se recorda de nada?

— Por quê?

A doutora Villarubia hesitou, claramente avaliando se deveria abrir o jogo. Por fim, prosseguiu:

— O peito dele foi esmagado por alguma coisa… com uma força considerável. As marcas das pancadas são consistentes com… cascos.

Ante a menção dos cascos, a mente de Adam viajou de volta ao quarto escuro. Cercado pela fluorescência azulada, flutuando em meio ao nada. E esse nada parecia um piche negro e fosco, embora, por definição, o "nada" não devesse ter aparência. Os gritos dissonantes e volumosos ameaçavam explodir seus tímpanos quando algo amorfo o cercou, algo gelatinoso, uma espécie de lodo que assumia simultaneamente milhares de formas sem adotar nenhuma de fato. Elas formaram um turbilhão infernal, algo aberrante e lascivo, uma cria do Hades que escapava à compreensão de Adam e à sua capacidade de descrição, mesmo se ele estivesse disposto a relatar o que vira. Seus lábios entorpecidos quase murmuraram a palavra "inominável", mas ele se conteve. Em vez disso, gaguejou:

— C-cascos? Mas isso não faz sentido.

— Nós sabemos. Não é como se pudesse haver um touro ou um cavalo no segundo andar de um prédio. Vai ajudar bastante se conseguir se lembrar de alguma coisa.

Ele meneou a cabeça.

— Sinto muito.

Villarubia demonstrou desinteresse:

— Tudo bem. Mesmo assim, a polícia vai querer interrogar você.

Adam arregalou os olhos e enrijeceu:

— A... polícia?

— Sim. Como disse, foi um acidente grave. Vocês foram atacados por um ou mais agressores e vamos precisar de toda informação possível. Digo, eles vão precisar... a polícia. Bom, por enquanto, é só. A enfermeira Simona vai cuidar de você. Não há muito o que fazer quanto às costelas. Você já foi medicado com antibióticos para combater as infecções que poderiam ser causadas pelos cortes. Receitei também um anti-inflamatório e vai precisar enfaixar o tronco ou usar uma cinta elástica por um tempo. Hoje vai permanecer em observação porque sofreu uma pancada forte na cabeça, mas acho que amanhã já poderá ser liberado.

— Eu posso ver o Marcelo?

— O doutor continua inconsciente. Vamos torcer pra que acorde.

Pela forma como se referia a Marcelo, Adam percebeu que ela devia conhecê-lo de outros verões. A médica prosseguiu:

— Bom, por enquanto é isso. Se precisar de algo, é só tocar essa campainha ao seu lado. Vamos deixar que descanse agora. Os policiais não estão no momento, foram fazer sei lá o que enquanto você não acordava, mas seu zelador está lá fora e quer falar contigo. Se quiser, posso pedir que volte depois...

— Não, tudo bem, doutora. Pode pedir pra ele entrar.

A médica deu uma olhadela para a enfermeira, que foi até a porta e a abriu, fazendo um sinal para alguém que aguardava do lado de fora. Adam viu a silhueta peculiar de Marcos entrar, com seu andar manco de pinguim e um olho fechado.

— Até mais tarde, senhor Adam.

Ele observou a médica desaparecer pela porta seguida pela enfermeira, e pensou no quanto tinha gostado dela. Era uma mulher gentil, carismática, segura e bonita, provavelmente inteligente, dona de um magnetismo pessoal. Percebeu que já estava ansioso para revê-la no dia seguinte.

A visão do velho debruçando sobre o leito fez o entusiasmo do pensamento se dissolver.

— O que aconteceu, rapaz? — Ele perguntou. Adam sabia que não adiantaria nada contar a verdade e tornou a mentir:

— Eu não me lembro. Tudo é um apagão na minha cabeça.

O homem coçou a testa. Pareceu titubear um pouco.

— Vocês não brigaram, né? Digo... foi você que fez aquilo?

— Quê? Não, pelo amor de Deus. Eu juro! Ele me chamou pra...

Naquele momento, Adam se deu conta de que precisava inventar uma boa desculpa para estar no apartamento de um homem que mal conhecia. E, qualquer que fosse a história contada, ela teria que ser convincente o bastante para ser relatada também para a polícia.

— ...pra ver umas... coisas... que ele queria vender.

— Coisas? — Inquiriu o zelador. — Você quer dizer... — ele olhou para os lados à maneira que as pessoas olham quando temem estar sendo vigiadas, então prosseguiu — ...pílulas e coisas assim?

— Quê? Não! Deus, não! Eu tava interessado em comprar... uns móveis e tal. Pensei em comprar uma mesa de cozinha e ele... parece que queria trocar a dele.

— Sei...

Não dava para saber se a história tinha ou não convencido o zelador. Seu olhar enigmático continuava divergindo a atenção de Adam.

De repente, o enfermo pensou no objeto que Marcelo segurava firme contra o peito. Achou que poderia arriscar-se um pouco e perguntar algo sobre a situação, já que eles tinham sido encontrados por alguém tão distinto quanto o velho Marcos.

— Você... por acaso...?

— Sim...?

— Você encontrou um livro com o doutor Marcelo?

O homem suspirou. Relutou em responder. Enfim, disse:

— O que vocês estavam fazendo lá de verdade?

— Como assim?

— Senhor Adam... é evidente que essa história está muito mal contada. Se há alguma coisa que afete a segurança do prédio, eu preciso saber.

Decerto o homem não estava pondo todas as cartas na mesa. Será que havia algo que ele sabia e que Adam ignorava? Preferiu não forçar a barra; o que quer que fosse, a verdade apareceria na hora certa.

— Não... não que eu saiba — respondeu.

— Certo... — O velho murmurou, nada convencido. — Bom, só encontrei você e Marcelo espatifados no chão. Nenhum objeto.

Como advogado, Adam captava mentiras no ato, entretanto não era hora de discutir. Foi quando, de modo providencial, a enfermeira Simona voltou ao quarto e pediu que Marcos fosse embora, justificando que o paciente precisava descansar.

No dia seguinte, a conversa com a polícia foi bem mais tranquila do que Adam antecipara. Dada a natureza dos ferimentos de ambos e as evidências encontradas no local, aparentemente as autoridades não suspeitavam de Adam como sendo o agressor, mas sim outra vítima, e só queriam colher informações sobre o ocorrido. Ainda assim, pediram que ele não saísse da cidade e que se mantivesse à disposição para novos esclarecimentos; era possível que fosse chamado para prestar outro depoimento na delegacia a qualquer momento. Já a conversa com o hospital não foi nada tranquila. Adam fora levado a um local que seu plano de saúde não cobria, e o pagamento das despesas comeu mais da metade das suas economias, que já estavam minguadas. Mas ele não reclamou; estava vivo e bem… só não sabia o que diabos estava acontecendo naquela cidade esquisita.

Ocorreu-lhe que, por algum motivo, vinha aceitando bem demais todas as ocorrências inexplicáveis que permeavam cada centímetro daquele lugar. Adam sempre fora curioso acerca do sobrenatural, mas isso não significava que acreditava no assunto. Mas, naquela cidade, era como se uma natureza mística e excelsa estivesse impregnada em todas as coisas, nos objetos, animais, fatos e na mente das pessoas, mesmo na dele. Ali parecia um universo à parte, onde o fantástico reverberava num mar de improbabilidades e tornava tudo corriqueiro; onde nada parecia fazer sentido, exceto que fazia.

Adam sempre acreditou que o mundo empírico é a realidade vigente, afinal, não se pode negá-lo; ele está *lá*. Mas isso significaria que ele é a única possibilidade? Quando jovem, assistia a filmes e seriados de terror e de fantasia que contestavam a realidade, coisas como *Além da Imaginação* e filmes do Zé do Caixão. Dizer que sua mente não divagava teria sido mentira, mas ela nunca foi, de fato, influenciada. Agora, naquela estranha cidade, camadas diferentes da existência pareciam se abrir.

Ou isso ou ele estava ficando louco.

Após o almoço, a doutora Villarubia veio lhe dar alta, novamente acompanhada da escudeira Simona. Adam não sabia dizer se era fetiche por uniformes ou deslumbre pela beleza da moça, mas sentiu-se incrivelmente atraído por ela; mais ainda do que na noite anterior. Assim que ela o liberou, reiterando alguns cuidados que deveria ter para não agravar os ferimentos, ele tomou coragem e perguntou:

— Então, agora não sou mais seu paciente?

— Não.

— Nesse caso, o que acha de tomar um café comigo qualquer dia desses?

Ele havia dito aquilo de forma direta, sem pudores, e na frente de Simona. Não era do seu feitio. Preparava-se para receber uma negativa quando a médica sorriu e disse, estendendo a mão:

— Pode me chamar de Amanda.

Adam a cumprimentou com uma expressão abobada, sacudindo-a mais do que o necessário. Não deixou de captar a ironia de o nome ser o mesmo da sua ex-esposa, mas não vislumbrou nenhuma imagem cabalística na mente. Para ele, tratava-se somente de uma coincidência. A moça completou:

— Meu plantão acaba hoje às cinco. O que acha de um chá da tarde?

— Por mim, fechado. Onde?

— Certo. Se você seguir reto a rua do hospital…

— A Rua do Coletor?

— Isso. Siga reto, sempre em frente. Você vai passar por uma casa abandonada, que todo mundo chama de Casa da Bruxa. A próxima é a Rua do Presbitério. Na esquina tem um café de fachada colonial chamado Café Curato. Não tem erro.

— Nos encontramos lá? — Ele perguntou animado.

— Às 17h15.

Adam deixou o hospital pensando bastante no encontro. Sentia-se como um garotinho afoito para abrir os presentes de Natal.

Decidiu voltar para casa caminhando, a despeito da dor nas costelas. O hospital não ficava longe do prédio onde morava, talvez uns vinte minutos andando, no máximo. Tinha alguma dificuldade em respirar e sentia uma pressão na caixa torácica, como se houvesse um enorme peso comprimindo-a, mas, de algum modo, seus ferimentos pareciam não importar. O que aquele estado de espírito dizia? Ele deveria estar apavorado por conta dos eventos do dia anterior, mas, em vez disso, sentia-se quase leve. Concluiu que, apesar do trauma recente ocorrido com Thaís, queria permitir-se dar esse passo, queria a chance de ser feliz.

Confirmou as horas e viu que ainda era cedo. Mesmo seguindo a pé, daria tempo de comer algo na rua, voltar para casa, tomar um banho e vestir uma roupa limpa. Sentia-se absolutamente à vontade e satisfeito por não ter compromissos, como cumprir horário num escritório. Refletiu que a vida deveria ser sempre assim. Em retrospecto, seus anos dedicados à firma, ao estresse do cotidiano e a um casamento malfadado pareciam uma ilusão.

Aquele era um Adam patético, comprometido com coisas idiotas e absurdas, entregue a uma rotina descabida e perniciosa que, a bem da verdade, acomete a maioria das pessoas. Será que ele estava entrando na famosa crise da meia-idade ou será que apenas percebia finalmente a angústia que acomete os homens quando se veem obrigados a fazer um balanço geral, ao se aproximarem da metade da vida? Será que eram a mesma coisa?

O otimismo perdurou alguns segundos em sua mente, preenchendo-o com um sopro de brisa fresca e um genuíno desejo de mudar e de fazer diferente.

Para não correr o risco de se perder ou atrasar, decidiu ver onde ficava o café antes de ir para casa. Tomou o caminho que Amanda Villarubia ensinara, seguindo pela Rua do Coletor. Passou diante de uma casa tenebrosa que só podia ser a tal "Casa da Bruxa", o que o fez lembrar-se da conversa que tivera com Pombo há alguns dias. Era uma construção bastante antiga, de três andares, quase toda feita de madeira. As janelas tinham perdido os vidros, tapadas agora apenas com tábuas velhas, e a coloração predominantemente marrom conferia um aspecto ainda mais sombrio ao local. No último andar, havia apenas uma pequena janela redonda, cujos batentes haviam desaparecido. Teria sido aquele o sótão onde morrera o senhor Gilman, uma história que ainda queria investigar? O assunto foi deixado para depois. Passou diante do café, memorizou a localização e seguiu caminho, pelas ruas de paralelepípedos.

Não era fetiche por uniforme. Adam continuava achando-a bem bonita mesmo sem as roupas de médica.

Ele observou discretamente os seios dela apertados contra uma comportada camisa de botões e visualizou uma ou duas cenas picantes.

Censurou o pensamento lascivo quase tão rapidamente quanto censurou tê-lo censurado. Entretanto, a atração que tinha não era só sexual; a doutora Villarubia era uma pessoa extremamente agradável, tão inteligente quanto ele imaginara, desenvolta e espirituosa. Ela era loira, usava óculos largos, de armação leve, e quase nada de maquiagem. Notou como suas mãos eram delicadas e expressivas; ao falar, ela as gesticulava, tornando-as parte integrante de seu discurso. Os olhos eram amendoados e pareciam mudar de tonalidade dependendo da forma como o sol batia. Naquele final de tarde, estavam quase dourados.

— A boa notícia — ela disse, parando de sugar seu *milk-shake* pelo canudinho branco e rosa — é que o doutor Queiroz acordou.

— É mesmo? — Adam disse, surpreso. — Como ele está?

— Falou pouco. Parece não se lembrar de nada, como você.

Adam imaginou que a amnésia do doutor devia ser tão seletiva quanto a sua, mas estava feliz por ele ter acordado. Assim que pudessem conversar, quem sabe ele tivesse algumas perguntas respondidas.

— Você já o conhecia de antes, não? O doutor Marcelo?

— Sim — ela respondeu. — Ele trabalhava lá no Santa Maria com a gente.

— O que aconteceu?

Amanda titubeou um pouco, como se não quisesse responder. Então, desatou a falar:

— Aconteceu há uns anos. O caso repercutiu bastante na região, então acho que não tem problema contar… as informações são públicas mesmo. O doutor Marcelo teve a licença cassada e não pode mais praticar.

— Por quê?

— Alguns diriam que foi porque deu a um cretino o que ele merecia. Outros, que agiu de forma antiética e que o cretino foi ele.

— O que ele fez?

— Mentiu. De forma escabrosa. E grave. O negócio é que ele tinha um paciente, o senhor Antônio Leal, um homem bastante poderoso da cidade. Ele é de uma família bem tradicional, dona de várias terras ao norte, incluindo grande parte da Colina Francesa. Ele é um grileiro de mão cheia, foi prefeito da cidade três vezes e enriqueceu desviando dinheiro público e por abuso de poder e autoridade.

— E como é que um babaca desses é eleito prefeito três vezes?

— E como é que todos os babacas como ele são eleitos? Seja como for, o senhor Leal já é um homem idoso hoje em dia. Bem, não tão idoso assim, mas o problema é que ele nunca se cuidou. Deve estar chegando aos setenta agora, mas sua saúde começou a ficar precária já há alguns anos.

— Ele foi se consultar com o Marcelo?

— Sim. E o doutor decidiu que já era hora de alguém dar uma lição no crápula e assumiu a tarefa. Dizem as más línguas que a picuinha entre os dois vinha de longa data. Os pais deles tiveram uma altercação séria... alguma coisa relacionada a terras. Não sei direito. O caso é que o Leal se achava intocável e o doutor Marcelo se aproveitou da sua posição para dar a ele um falso diagnóstico.

Adam deu um assovio agudo e ergueu as sobrancelhas:

— Eita. Isso é sério.

— Se é. Leal havia feito uma batelada de exames, tudo o que você possa imaginar... não me pergunte, não tenho os detalhes, só sei que o doutor pediu ao laboratório que os resultados fossem enviados diretamente para seu consultório. Ele tava armando o bote. Pra ser honesta, não sei se ele alterou os resultados ou se simplesmente mentiu, mas inventou um câncer de próstata pro velho.

— Caraca.

— A coisa não para por aí. Ele sustentou a mentira a ponto de o senhor Leal dar início ao tratamento, submetendo-se a uma intensa radioterapia.

— Não acredito nisso. Como Marcelo conseguiu manter uma farsa dessas?

— É uma cidade pequena. Ele era médico, nascido aqui. Vinha de uma família conhecida. Sabe como são as coisas, ele era uma personalidade. Todos confiavam nele. O único hospital além do Santa Maria é público e mal tem recursos pra tratar uma gripe, é praticamente um posto de saúde, portanto, não havia opção. Duvido que teria conseguido fazer algo mais ou menos parecido em outro lugar, mas aqui...

— Entendo. O bairrismo saiu pela culatra. Isso fere não só uma quantidade inacreditável de leis, como também o próprio Juramento de Hipócrates. Até onde ele levou a mentira?

— É só especulação minha, mas creio que o plano era dar um susto no velho e fazê-lo pastar um pouco. Acho que Marcelo o teria submetido a algumas sessões de quimioterapia por uns meses e, quando Leal refizesse os exames, o doutor diria que o câncer sofrera uma remissão. Essa é a minha teoria.

— Mas não foi o que aconteceu?

— Não. A cortina caiu.

— Como?

— Parece que a esposa de Leal o convenceu a pedir uma segunda opinião de um médico de fora. Você sabe como estamos longe de tudo, mas isso não foi um grande obstáculo pra alguém de posses. Leal fez novos exames e confirmou que estava com vários problemas. Anemia, reumatismo, triglicérides alterado, problemas ortopédicos e sei lá mais o quê… Mas nem sombra de câncer. Consegue imaginar o escândalo?

— Amanda… como foi que Marcelo não parou na cadeia? Ainda mais tendo mexido com um cara tão poderoso?

— Na verdade, ele foi condenado. Não acompanhei o processo, então não sei bem o que rolou, mas sei que ele teve a licença cassada e cumpriu um ano de regime aberto. Desde então, dizem as más línguas, ele opera na clandestinidade.

Adam estava surpreso. Jamais diria que aquele homenzinho que parecia covarde e mirrado pudesse ter a audácia de enfrentar um mandachuva da cidade daquela maneira. Sentiu-se ligeiramente satisfeito por tê-lo ajudado. Ficou um pouco pensativo, então, disse quase para si próprio:

— Um médico mentiroso. Essa é nova…

Eles não se beijaram. Não se insinuaram. Os flertes foram limitados a olhares e à certeza de que estavam curtindo a companhia um do outro. Quando se despediram, ela lhe passou seu telefone e combinaram de se reencontrar dali a alguns dias. Mas aquilo bastou para que Adam não parasse de pensar no sorriso de Amanda Villarubia, a médica de olhos cor de mel.

À noite, deitou-se na cama e ficou olhando para o teto. Tinha tirado, contra as recomendações médicas, a cinta elástica que comprimia suas costelas e dificultava a respiração. Ou será que ele estava ofegante somente por se lembrar dela?

O rádio de pilha tocava algum clássico romântico. Ele não sabia quem cantava, mas acompanhou a melodia do vocal, assobiando. Sentiu que as coisas iam melhorar. Elas *tinham* que melhorar.

Então, um som familiar o tirou do transe.

Adam enrijeceu. Seu tempo no hospital quase o fizera esquecer, mas lá estavam elas, aquelas duas lâmias. Elas podiam não ter metade do corpo em forma reptiliana, mas, com certeza, eram mais perigosas do que qualquer serpente que rastejasse nas selvas do planeta.

O pranto era um misto de lamentação com luxúria, um gemido trêmulo que, na verdade, eram dois; um que dava a tônica e era reproduzido uma oitava abaixo com um breve atraso, como se quisesse formar um contraponto, um arremedo de melodia que deixava a penúria mais fúnebre.

Adam sentiu o lençol ser lentamente puxado, revelando-o para o mundo como se o desnudasse; então, um toque frio em seu pé o fez estremecer. Ele levantou a cabeça e as viu de pé, ao lado da cama. Suas noivas. Suas diabas. Suas proprietárias. Ele jamais saberia como ou por que duas garotas comuns haviam sido transformadas naquelas criaturas, sedentas pela energia liberada no ato sexual. Jamais conheceria a natureza da força que havia possuído suas almas, jamais saberia se eram demônios, espíritos ou apenas manifestações distorcidas de quem um dia foram. O fato era que elas estavam ali, mais uma vez ali.

Sentiu um peso nos ombros e a barriga doer. Elas moviam a cabeça de um lado para o outro, como numa dança do ventre macabra, parecendo prestes a desconjuntarem as próprias vértebras por pura vontade. Ele tornou a fechar os olhos. Pensou em Amanda Villarubia e teve vontade de chorar. Naquela noite, não conseguiu se trancar no banheiro.

“Coisas reais nas trevas não parecem mais reais do que sonhos.”

Murasaki Shikibu, *O Romance do Genji.*

4 O câncer na lavanderia

— Por onde andou, Pombo? Fazia um tempo que não te via.

Pombo levantou os olhos das bolinhas de gude no chão e encarou Adam. Ele estava com uma fisionomia triste. Fez apenas um muxoxo e respondeu:

— Por aí.

O menino sentava-se de pernas cruzadas, quase na frente de seu apartamento. Adam afastou-se das escadas e foi até ele, ajoelhando-se para ficarem na mesma altura:

— Está tudo bem? — Perguntou.

— Sim, senhor.

— Tudo bem com o seu pai?

Pombo fez cara de surpresa.

— Por que tá me perguntando do meu pai?

— Porque nunca o vejo por aí. E nem a sua mãe. Não quero ser intrometido. Só queria saber se está mesmo tudo bem.

— Meu pai… não mora mais comigo.

— Mesmo? Sinto muito. O que aconteceu?

O garoto fugiu da pergunta, tergiversando o assunto:

— Fiquei sabendo que você foi parar no hospital…

— Sim, foi na semana passada. Mas já tô bem. Só as costelas que ainda doem.

— Que bom…

Adam o observou um pouco, ciente de que não poderia ajudá-lo, qualquer que fosse o problema. Não enquanto ele não se abrisse por vontade própria. Levantou-se com um gemido de dor ao forçar os joelhos e falou:

— Sabe que pode contar comigo se precisar, né?

— Sim, seu Adam.

— Ok, então. Se cuida. E lembra que você ainda me deve uma visita ao sótão do senhor Gilman.

Uma pequena luzinha se acendeu no rosto do jovem. Adam pensou ter visto um segundo de animação irromper na expressão apática, mas esta logo foi substituída pela tristeza amedrontada que o dominava naquele dia. Adam emendou:

— Não se preocupe. Eu só quero tirar a limpo essa história do Gilman. Comigo você estará seguro, qualquer que seja o problema.

— Não é isso, seu Adam. É que o senhor não conhece o mês de outubro… — Pombo respondeu cabisbaixo, quase num murmúrio.

Sem dar atenção ao comentário, mais preocupado com as próprias necessidades, Adam tornou a se aproximar e se ajoelhar ao lado dele:

— Façamos assim. Te dou dez pilas e você me leva à casa do Gilman…

— Fechado! Mas tem que ser no mês que vem — o garoto respondeu, arremessando uma bolinha de gude contra um agrupamento de outras.

— Quê? Por que no mês que vem?

— É outubro, seu Adam… o mês das bruxas. O mês dos mortos. O mês dos demônios. Crianças que nem eu não devem sair de casa. Elas podem ser pegas…

— Como é que é? Do que você tá falando, moleque?

— No mês de outubro, as crianças desaparecem. É sempre assim aqui. Elas desaparecem e nunca mais são vistas. A Floresta engole elas. E eu não quero desaparecer. Por isso, não tenho saído de casa.

— Garoto, juro que, pelo tanto que conversamos desde que nos conhecemos, não achei que você acreditasse em besteiras que nem bruxas. Vai dizer que acredita em Papai Noel também?

— É o mês das bruxas, seu Adam. A gente da cidade leva isso a sério. E eu também. O senhor não devia brincar.

Pombo falou com a seriedade incomum que alguém da sua idade ocasionalmente demonstra. Adam ficou intrigado. Sua mente de advogado, às vezes, se sentia entre a cruz e a espada; a lógica indicava que palavrório daquele tipo não contribuía para os fatos, então deveria ser ignorado. Ao mesmo tempo, a experiência lhe ensinara que onde há fumaça há fogo; se muita gente dá crédito a alguma coisa, por mais improvável que seja, ela merece no mínimo ser levada em consideração. E, obviamente, as últimas semanas haviam derrubado a maior parte de seus ceticismos, mesmo que, por fora, ele teimasse em não demonstrar. Ele inquiriu:

— E o que isso tem a ver com a Floresta das Árvores Retorcidas?

— É pra lá que elas são levadas. As crianças que são capturadas. Todo mundo sabe. São levadas para o povo do subterrâneo. Para a raça velha. É o que dizem…

Adam coçou a cabeça.

— Pombo… percebe que isso não faz sentido? É só uma fábula, menino. Olha, pensa assim… supondo que isso tudo seja verdade… se as pessoas soubessem pra onde as crianças desaparecidas são levadas, por que não iriam buscá-las? Por que a cidade abandonaria seus filhos na floresta?

Pombo deu uma risada forçada:

— O senhor é mesmo novo aqui. Ainda tem muito o que aprender.

Adam não gostou do comentário.

— Para com isso, Pombo. Olha… Eu disse que pode contar comigo, não? — Ele balançou a cabeça. — Então me conta direitinho essa história.

— Mas eu contei. As crianças desaparecem em outubro.

— E o que sua mãe pensa disso?

Pombo voltou a abaixar a cabeça:

— Acho melhor eu entrar — ele começou a se levantar com dificuldade, como se estivesse cansado.

— Calma lá, mocinho — Adam o conteve pelo ombro. Seu instinto de advogado estava atiçado. — Esse papo é sério. Bem sério, aliás. Posso duvidar de histórias de bruxas, mas se você tá dizendo que no mês de outubro crianças desaparecem, o negócio toma outro rumo. Há provas disso?

Ele deu de ombros. Adam continuou:

— E isso é recorrente? Tem certeza?

O outro concordou com a cabeça.

— Quantas crianças desaparecem?

— Oito, nove. Não sei.

Adam, já habituado ao jeito evasivo do garoto, retorquiu:

— Pois eu acho que você sabe. Quantas?

— Treze! — ele respondeu com firmeza. — Posso ir agora?

— Treze crianças já desapareceram? — Adam repetiu, querendo confirmar a informação.

— Não, seu Adam. Você não está ouvindo! É o mês de outubro! São treze por outubro! Treze crianças desaparecem para o Dia das Bruxas! Treze crianças por ano! Posso ir agora?

Adam arregalou os olhos. O número "treze" brotou num sussurro em sua boca. Seria verdade? A cada ano, treze crianças desapareciam? Não podia ser. Isso teria chegado à imprensa de alguma maneira, mesmo em uma cidade tão afastada de tudo como aquela. Teria sido necessário um esforço colossal de muita gente para manter o sigilo; dezenas de envolvidos, talvez centenas, para impedir que algo daquela envergadura vazasse. E, se tal insanidade fosse recorrente, dada a quantidade de pais afetada, a pressão que a população imporia sobre as autoridades já teria forçado à resolução do caso. Simplesmente não fazia sentido que algo assim ocorresse. Mas, ao mesmo tempo... e se fosse verdade?

Tornou a olhar para o introspectivo Pombo. Sabia que não conseguiria arrancar mais nenhuma informação do jovem agora. Não que precisasse; já tinha várias coisas para investigar, coisas que havia adiado por tempo demais. Preferiu mudar de assunto:

— Só mais uma coisa. Você me leva até a casa do Gilman no mês que vem... — o garoto assentiu — ...e à Floresta das Árvores Retorcidas!

Pombo empalideceu e fez o sinal da cruz.

— A Floresta das... não. Não diga isso nem de brincadeira, seu Adam. Eu não posso ir até lá.

Adam percebeu que o garoto tremia. Não era exagero, ele realmente estava apavorado. Embora estivessem no corredor, olhava para os lados, como se desconfiasse que alguém pudesse escutá-los através das paredes. Então, sussurrou:

— O senhor não entende. Acha que é brincadeira, mas aquelas são as matas do Diabo. Ir até lá é um convite pra Ele se sentar à sua mesa.

— Comentário interessante. Ainda mais vindo de um garoto… — Adam refletiu em voz alta. — E se formos durante o dia? Você não precisa ir comigo até lá; vai só até a metade do caminho e me aponta a direção.

— O senhor não precisa de mim pra chegar na Colina do Enforcado.

— Não mesmo, é verdade. Mas eu gosto da sua companhia.

Ficaram um pouco em silêncio, o garoto com expressão de súplica no rosto. Enfim, Adam disse:

— Certo… que seja só o sótão do Gilman, então. Fechado?

E estendeu a mão para selar o acordo, como se Pombo fosse um adulto.

Ainda que hesitante, Pombo assentiu e apertou a mão do homem. Então, carregando seus brinquedos, deu as costas para voltar ao seu apartamento.

— Espere — Adam falou com energia, impedindo a evasão do jovem. Ele se aproximou e cochichou. — Você acha que corre algum perigo, Pombo? Seja honesto.

O garoto olhou de um lado para o outro, então respondeu:

— É outubro, seu Adam. Todas as crianças correm perigo em Arkham.

Então, correu para casa, deixando a porta bater atrás de si.

Adam ficou aguardando que a dona da loja O Código Seraphinianus terminasse de atender uma cliente. Ela trazia a mesma atitude positiva e simpática de quando ele a conhecera, e estava empurrando alguma baboseira sobre a língua dos anjos a uma vítima deslumbrada.

Adam sabia do que aquilo se tratava; na infância, quando era obrigado pela mãe a ir a igrejas e a participar de cultos, vira as pessoas “falando em línguas”. Desde sempre achara aquilo pura cachorrada, algo que estava entre o fingimento descarado e uma espécie de auto-hipnotismo, mas quando ousara dizer à sua genitora que aquelas pessoas não estavam fazendo nada além de balbuciar aleatoriamente, tomara uma bronca enorme. Não havia argumentação lógica em favor da "língua dos anjos"; mesmo assim, o repreendido havia sido ele. Aprendeu a guardar suas opiniões para si, mas a lição mais importante foi perceber que, uma vez dentro de um grupo fechado que cultua suas próprias regras, quem começar a agir como contestador será marginalizado e posto de lado.

As pessoas querem que você siga as normas delas e não que as questione. Aquilo ficou claro para Adam, que nunca mais contestou a mãe ou seu grupo bilíngue, mas, assim que teve autonomia para tanto, deixou de frequentar os cultos.

Quando a vendedora se viu liberada, foi até ele e perguntou:

— *Talking to the Dead*, certo? Gostou do livro?

— Bem… mais ou menos. Na verdade, foi por isso que vim até aqui. Eu não li o livro.

— Não?

— Não. Digo, li algumas partes, mas a leitura não me cativou muito…

— Não aceitamos devoluções — ela disse logo de cara, debandando com as mãos.

— Não é isso. É que… não sei bem como explicar…

Ele coçou a cabeça. Ela premeu os olhos, observou-o atentamente, e pareceu extrair uma síntese natural da resposta do que Adam não ousara verbalizar:

— O seu problema continua, lá no 42?

A naturalidade com que ela disse aquilo o deixou ligeiramente contrariado. Quando estivera lá da primeira vez, tanto ela quanto Pombo sabiam o que havia acontecido em seu apartamento, sabiam da morte da antiga inquilina, mas ninguém dissera nada. Na verdade, a cidade inteira parecia saber. Ela também demonstrara que conhecia o seu jovem guia e Adam se perguntou se ele levava muitas pessoas à loja dela. *Estudando para ser guia de turismo*, o moleque dissera. Ela tornou a perguntar:

— E aí? Seu problema continua ou não?

— Sim.

— Pois devia ter lido o livro.

Ela falou com ele como se desse uma bronca numa criança travessa. E foi exatamente assim que Adam se sentiu. Mas a intimidação lhe fez bem, porque, no instante seguinte, ele se recompôs e partiu para o ataque.

— Ouça, senhora… qual é seu nome mesmo?

— Rogéria.

A dona da loja disse a palavra com dignidade singular, erguendo o queixo e as sobrancelhas falsas.

— Ok, dona Rogéria…

— Só Rogéria.

— Ok, Rogéria. Desde que me mudei pra este lugar, vi e vivi muita coisa esquisita. Na verdade, o próprio desejo súbito de me mudar pra cá já foi esquisito.

Ela apenas sorriu. Ele esperou que a mulher dissesse algo, mas ela não o fez. Refletindo, Adam pensou que aquela, afinal, tinha sido uma péssima maneira para começar a expor seu caso. Ele seguramente conseguia ser mais eloquente. O silêncio se manteve quase insuportável, até que ela perguntou, num tom suave, mas, de algum modo, ríspido:

— E o que tenho a ver com isso?

— Nada. Mas eu quero saber como você sabia qual livro me dar.

— Ora, não é óbvio? Pombo me disse que você está morando no 42. Eu sei o que aconteceu no 42. Aliás, todos sabem. Então, achei que você poderia encontrar algumas dificuldades lá e indiquei o livro.

— Que tipo de dificuldade?

Ela forçou uma gargalhada:

— Como se você não soubesse. Mortos normalmente deixam uma energia residual. Suicidas, o dobro. Indiquei o livro na melhor das intenções. Agora, vou perguntar de novo: o que você quer?

— Achei que estivesse claro. Estou pedindo ajuda.

— Que tipo de ajuda?

— Preciso de respostas!

— Ah… mas será que está fazendo as perguntas certas?

Ele parou por um instante e pensou a respeito. Então emendou:

— E quais seriam elas?

— Quer que eu diga o que fazer da sua vida, senhor Adam? Não acha um pouco de exagero da sua parte? Não cabe a mim dizer quais perguntas devem ser feitas.

— Você está se desviando do assunto. Que nem todo mundo nesta droga de cidade. Pode simplesmente conversar comigo? Sem desvios?

— Então por que não tenta ser honesto e dizer qual o problema? Diga em voz alta.

Adam sentiu o peso do desafio. Ela tornou a sorrir de modo cínico. Ele sabia que estava sendo vítima de um joguete. Mesmo assim, decidiu ser sincero.

— Muito bem… O problema é que estou morando num apartamento onde uma jovem se matou e ficou seis dias apodrecendo. E, vira e mexe, essa mesma jovem aparece pra dar um "olá". Pra piorar, ela assassinou uma garota que conheci num bar, que agora, de tempos em tempos, também aparece pra me fazer uma visita.

— Pra te visitar? — Rogéria perguntou.

— Elas surgem, me assediam, às vezes transam comigo e somem. Como se só isso não fosse estranho o bastante, meu vizinho de baixo, com quem eu nunca tinha falado, me pediu ajuda pra fazer algo que até agora não entendi. Fomos atacados dentro da casa dele por uma criatura esquisita, que não sei se era uma geleia gigante ou um touro metamorfo. Pra você ver o nível da esquisitice. Fomos os dois parar no hospital, e tudo parece ter a ver com um livro maldito que não sei onde está. Agora, o Pombo diz que outubro é perigoso pras crianças, porque elas desaparecem e são levadas para aquela floresta onde vivem mais criaturas bizarras, uma raça antiga dos subterrâneos ou alguma outra maluquice. E eu só tô aqui há um mês. E aí? Isso foi honesto o bastante pra você?

— Se foi — Rogéria comentou alegremente. — Devia ter lido o livro. Quem sabe assim, seu fantasma não teria matado sua namorada.

Adam se irritou:

— Não é o *meu* fantasma! E não era a *minha* namorada!

— Talvez não fossem, mas agora são. *Você se torna responsável por aquilo que cativa.*

— Sério? Vai citar *O Pequeno Príncipe* pra mim? Que merda!

— Estamos numa livraria, não? Olha, senhor Adam, vou dar o melhor conselho que posso. O senhor está num lugar incomum. Pode não saber, mas não veio parar aqui à toa. O senhor foi atraído. Negue se quiser, mas é assim que as coisas são. Dito isso, tem duas opções. Tente se envolver o mínimo possível com qualquer assunto e, se tiver sorte, poderá ter uma vida quase normal, com ênfase no "quase". É como um condenado dentro de uma prisão que resolve se tornar um fantasma e chamar o mínimo de atenção possível, torcendo para que os problemas se esqueçam dele.

— Ou…?

— Ou caia de cabeça no extraordinário, correndo o risco de tornar-se um rei ou um louco. A escolha é sua. Tente ir embora daqui e descobrirá que não é assim tão fácil. Controle seus fantasmas, termine o que começou com seu vizinho e não deixe aquela criança sair de casa no mês de outubro. Ele tem razão; *é* perigoso. Faltam quatro dias para o dia 31. Você sabe o que ocorre nessa data, senhor Adam?

— Se está falando da Igreja, pelo que sei é o início das celebrações de Finados. Começa no 31, com a Véspera de Todos os Santos, continua do dia primeiro com o Dia de Todos os Santos e acaba no dia dois, com o Dia de Finados. É feriado e todo mundo sabe.

Ela sorriu:

— É mais polido chamar de Dia de Finados do que Dia dos Mortos, não concorda? Vou contar uma coisa interessante. Sabia que, para os celtas, o outubro marcava o fim do ano? E, na véspera do Ano-Novo, eles acreditavam que os mortos caminhavam pela terra. Eles celebravam o Samhain nessa época e, quando os romanos invadiram as ilhas britânicas, acabou existindo uma fusão das culturas. Será coincidência que a data dos distantes celtas corresponde à dos mexicanos? E que é a mesma do Halloween celebrado nos Estados Unidos, que, por sua vez, está relacionado ao nosso Dia de Finados, comemorado pelas igrejas católicas e protestantes? Será mera coincidência?

— Só o que sei é que estamos bem longe dos druidas, Rogéria. E não me parece lógico que um bando de crianças desapareça ano a ano em uma cidadezinha minúscula sem que isso chame a atenção.

Ela esboçou uma expressão enigmática:

— Poucas coisas são lógicas neste mundo, senhor Adam… ou razoáveis. De qualquer maneira, é sua prerrogativa aceitar o que quiser e descartar o que não quiser. O mundo é um lugar sombrio… e a maior parte das pessoas não faz ideia do quanto. O desaparecimento das crianças é real… e suas razões estão além da sua compreensão, senhor Adam.

Adam esfregou a testa com força, como se quisesse espantar uma dor de cabeça:

— Que lugar é este, Rogéria?

— É a minha livraria? — Ela respondeu cínica.

— Não, droga. Estou falando da cidade. Que droga de lugar é este?

Ela abriu um sorriso quase maquiavélico.

— É o Nexo. Arkham, como chamam alguns… Não tente entender, pois eu não poderia explicar. Mas reitero que você não veio aqui por acaso. Isso eu garanto.

— Ah, tá! Então, eu estava destinado a vir aqui…? Qual é!

— Acredite no que quiser, mas faça como sugeri. É para o seu bem. Leia o livro… talvez ele te ajude com seu espírito, talvez, não. Se gosta do garoto, evite que ele saia de casa. No final, o mês de outubro cobrará seu pedágio de um jeito ou de outro. Com sorte, ele não será envolvido. É tudo que vou dizer. Agora, se não se importa, tenho afazeres.

Sem mais, ela deu as costas e afastou-se, deixando Adam com mais dúvidas do que quando chegara e uma vontade tremenda de quebrar aquele pescoço arrogante.

— Quando vou conhecer seu apartamento? — Amanda perguntou.

— Quê?

Ela repetiu a pergunta um pouco tímida e acrescentou:

— Eu tô apressando as coisas?

Aquele era o terceiro encontro deles. Adam não era um homem de pudores, mas, com Amanda, queria mesmo ir devagar. Mesmo assim, negou com um gesticular de mãos:

— Nada disso. É que gosto de sair pra ver a cidade. Ela pode ser pequena, mas tem um monte de cantinhos bacanas que eu quero conhecer.

Ela sorriu. Em seu íntimo, não sabia o que estava fazendo ao lado daquele homem. Por que se expor assim? Seria porque ele vinha de fora? Na mente de Amanda, qualquer um vindo de outro lugar trazia consigo uma carga de mistério, um conhecimento de mundo que ela própria não tinha e uma percepção mais moderna das coisas. Decerto, era uma visão romantizada. Não ocorria a ela que Adam talvez só estivesse ali para se esconder do mundo; aos seus olhos, ele parecia um desbravador, um aventureiro e alguém que tinha muito a oferecer.

As condições em que eles haviam se conhecido enfatizavam ainda mais aquele sentimento de que havia mais naquele homem do que os olhos diziam. Na verdade, ela só estava atraída por algo que fugia à rotina, à mesmice do dia a dia. E não havia nada de errado com isso; em medida maior ou menor, todas as pessoas buscam a mesma sensação extraordinária na vida, estejam elas viajando pelo mundo ou celebrando milagres num culto religioso. Sem saber bem o motivo, insistiu:

— Legal. Mas, mesmo assim, queria conhecer o seu apartamento.

— Ainda tá tudo muito bagunçado. Você com certeza não vai achar nada de interessante, muito pelo contrário.

— Que tal se me deixar decidir isso?

Estava difícil escapar daquela. Adam viu-se obrigado a assentir:

— Bom... então tudo bem. Se quer tanto assim conhecer o lar de um homem das cavernas, vamos combinar. Que tal um almoço?

Ela abriu um sorriso largo e branco como as teclas de um piano:

— Fechado! — Disse. — Vou confirmar meus plantões e te falo.

A relação entre Adam e sua ex-médica seguira um curso natural. O tempo passou e as ressalvas iniciais que ele guardara para si, fruto do bizarro destino de Thaís, começaram a diminuir. Antes que se apercebesse, havia sido afetado por aquela saudade quase infantil que acomete os tolos, embasbacado por algo que não é nem amor nem paixão, mas que, dado o devido tempo, pode se tornar ambos.

Como médica da cidade, Amanda parecia conhecer todo mundo; as pessoas passavam pelos dois e a cumprimentavam com respeito. Adam sentia certo orgulho de estar ao lado dela. Na cidade grande, ele trabalhara para uma poderosa firma de advocacia, mas, mesmo assim, continuara anônimo. Aquela atenção era novidade.

Não sentia nenhuma pressão, nenhum peso ou cobrança. Apesar de mal se conhecerem, tudo parecia transcorrer de forma espontânea. Talvez estivesse tão mortificado pelo que ocorrera na fase terminal de seu casamento, não só o divórcio, mas todos aqueles últimos e embotados anos, que havia se esquecido de como devia ser um relacionamento saudável.

Percebeu que estava feliz e, justamente por isso, a proposição de levar Amanda ao seu apartamento o petrificava. Sabia o que poderia acontecer; só não tinha uma boa justificativa para continuar evitando a questão. Além disso, como quase todo mundo na cidade, Amanda devia saber sobre o suicídio de Rosa. Até aí, tudo bem, ela sabia que Adam estava morando no mesmo prédio, afinal ele dera entrada no hospital ao lado do doutor Marcelo, mas que cara faria ao descobrir que ele se mudara para o *mesmo apartamento*?

A rádio estava tocando uma música da Legião Urbana. Ela fez uma expressão afável, de quem estava curtindo a melodia, e disse:

— Acho essa letra brilhante.

— É mesmo? Gosto bastante da voz dele, mas acho supervalorizado como letrista. Ele, sem dúvida, diz coisas bonitas, mas não é esse suprassumo que todo mundo diz. A maior parte é superficial. Ou filosofia de botequim.

— Ah, para com isso. Você não tá falando sério, Adam. Aquela parte em que ele diz que não é mais criança a ponto de saber tudo é superprofunda.

Ele refletiu um pouco, enquanto seus ouvidos absorviam as palavras. Achou que ela estava exagerando nos adjetivos, mas era uma frase realmente bacana. Comentou:

— Já parou pra pensar que, quando somos crianças, temos um entendimento do mundo que vira o oposto de quando ficamos adultos? Não é uma questão de "não saber tudo", mas sim de prioridades diferentes.

— O que quer dizer?

— Quero dizer que coisas que parecem desafios inimagináveis quando se é criança perdem a importância mais tarde. Simplesmente viram besteira. Como, por exemplo, tirar nota baixa numa prova.

Ela abanou o ar, negando:

— Não, você tá vendo sob a ótica errada. Continua sendo a mesma coisa, só que num universo mais macro. Se você trabalha num banco ou numa empresa e seu relatório é criticado pelo gerente ou supervisor, a sensação é a mesma de receber uma nota baixa. No fundo, você quer obter êxito. Quer aprovação. Todo mundo é ensinado a alcançar o êxito na vida e, quando não conseguimos, achamos que somos fracassados. O sistema nos condiciona a isso desde o começo.

— Pode ser. Na verdade, dei um péssimo exemplo.

A música tinha acabado. Ele não conhecia a que veio a seguir.

— Mudando de assunto... — ela disse — ...o doutor Queiroz recebe alta hoje.

— É mesmo? Mas que boa notícia. Quando me contou que ele tinha despertado, quase fui visitá-lo, mas achei melhor esperar um pouco. Dar um tempo pra ele se recuperar. E aí, ele se lembrou de alguma coisa?

Amanda hesitou. Enfim, após um breve combate contra uma batatinha desgarrada em seu prato, respondeu:

— Não. Mas desconfio que esteja mentindo.

— Sério? Por quê?

— Conheço ele de longa data. De qualquer maneira, não faz mais diferença. Se estiver mentindo, deve ter os seus motivos — ela olhou para ele com alguma gravidade e prosseguiu. — Ele está mentindo, Adam?

A pergunta tencionava encurralá-lo de modo nada sutil.

— Acho que não. Se eu não me recordo de nada, é bem provável que ele também não lembre.

Ela pareceu satisfeita.

— Bem… isso não muda o fato de que vocês sofreram um ataque. O que é muito sério.

Ele abaixou a cabeça:

— Eu sei… a polícia já liberou o apartamento dele?

Ela ergueu os ombros:

— Sei lá. É você que mora lá, como eu vou saber? Mudando de assunto, nosso jantar mais tarde tá de pé?

Adam sentiu certa ansiedade corroer seu estômago. Odiava ter de mentir para Amanda, mas o que poderia dizer? Os acontecimentos marcantes decorridos no apartamento do doutor Marcelo eram tão malucos e tenebrosos quanto os que ocorreram no seu próprio.

Mas o que mais o surpreendia era a forma como vinha encarando aquelas situações, com tranquilidade quase atroz, como se fossem absolutamente corriqueiras. Sempre que pensava a respeito e tentava trazer alguma lógica aos fatos, atribuía aquele embotamento a um sentimento que transbordava da própria cidade, um anseio que não podia ser racionalizado, mas que era perceptível a um espírito atento. E estar naquele lugar o colocava em contato íntimo com seu eu, um contato tão profundo que ele arriscaria dizer que jamais sentira.

Quando estava chegando em casa, Adam viveu uma cena digna de comercial de televisão. Absorto nos próprios pensamentos, estendeu a mão para segurar a maçaneta da porta da frente ao mesmo tempo que outra pessoa, que ele nem percebera estar lá. Seus dedos resvalaram nos dela e ele puxou o braço, reagindo alarmado ao contato da carne.

Era uma mulher negra, cabelos longos e olhar penetrante. Devia estar beirando os cinquenta anos, mas estava em forma para a idade. Usava calça jeans e camiseta curta. Os olhos eram grandes e escuros como jabuticabas, e parecia ter um sorriso perene no rosto.

— Você é o inquilino do 42, né? — Ela perguntou.

— Isso mesmo — confirmou ele.

— Boa tarde. Eu sou a Juliana, do 25.

Ela estendeu a mão acompanhada de um aceno de cabeça. Ao cumprimentá-la, Adam imediatamente se recordou da história contada pelo zelador em seu primeiro dia, sobre como a velha do 44 invadira o apartamento da dona Juliana.

— Eu me chamo Adam.

Assim que disse aquilo, pensou que sua apresentação fora tão tosca que talvez pudesse até causar alguma impressão positiva, dada a naturalidade. Os dois seguiram conversando pelo saguão e pelas escadas.

— Você já mora aqui há... o quê? Um mês? É incrível que a gente não tenha se encontrado antes.

— Acho que os horários não batem.

Chegaram ao segundo andar. Despediram-se com sorrisos, mas então, ela perguntou:

— Posso pedir um favor, senhor Adam?

— Mas é claro. Só que corta essa de senhor. Parece que todo mundo nesta cidade só fala assim. Me chama de Adam, que já tá bom.

— Ok, Adam. Preciso de ajuda pra levar a roupa até a lavanderia. O cesto ficou muito pesado.

Adam franziu a testa:

— Eles não têm serviço de entrega e retirada de mercadorias?

Ela riu:

— Não... a lavanderia fica aqui no prédio. Vai dizer que nunca lavou roupas aqui? Aquele ranzinza do Marcos não te mostrou a lavanderia?

Adam sentiu-se um idiota. Sabia que, em algum momento, alguém lhe apresentara a lavanderia, mas apagara por completo aquilo da mente, afinal, lavanderia coletiva não era exatamente comum no Brasil; as pessoas tinham máquina de lavar em casa ou mandavam as roupas a uma lavanderia especializada. De sua feita, ele lavava as roupas íntimas no chuveiro, assim como as bermudas e algumas camisetas, e a única vez que tinha realmente ficado sem roupas para usar, teve que apelar para o antigo tanque que havia na área de serviço de seu apartamento e resolver o problema à moda antiga. Agora, não conseguia encontrar nenhum motivo para não ter utilizado os serviços que o próprio prédio oferecia; estava tendo trabalho a mais desnecessariamente.

— Certo. Vamos lá.

Juliana era metódica lavando roupas.

— Precisa mesmo de tudo isso? — Adam perguntou.

Roupas brancas separadas. Roupas pretas separadas. Roupas coloridas separadas. E dentro desses grupos, ela criava outros subgrupos, separando roupas de baixo, roupas macias, roupas de brim… Calcinhas e sutiãs eram postos dentro de um saquinho vazado, para que a renda não estragasse. Para Adam, que desde que saíra do escritório não se dera ao trabalho nem de passar uma camiseta, parecia um pouco exagerado.

— Claro que precisa. A não ser que queira suas roupas pretas cheias de pelinhos brancos. Ou que queira suas roupas brancas manchadas. Ou então suas roupas de tecido fino amarrotadas. Além do mais, não é trabalho nenhum. É só separar e pronto.

Ele deu um suspiro.

— Você provavelmente tá certa. Eu que ando muito vagabundo.

— Por quê?

— Acho que entrei naquela crise que homens da minha idade entram. Um pouco melancólico, um pouco desencantado com a vida, um pouco sem vontade de fazer nada. Ou pelo menos estava assim até uns dias atrás.

— Vou adivinhar… conheceu uma garota?

Ele deu um sorriso adolescente involuntário.

— Li um artigo, uma vez — ela emendou, enquanto punha as roupas brancas na máquina —, que prevê que, nas próximas décadas, o homem se sentirá cada vez mais oprimido por conta das mudanças que estão em curso.

— Como assim?

— Durante anos a sociedade não sofreu mudanças. Do bisavô, para o avô, para o pai, para o filho, para o neto… todo mundo vivia mais ou menos a mesma vida no passado, com pouquíssimas alterações. Mas hoje, tudo é muito rápido; não dá pra acompanhar. A tecnologia avança a passos largos. Ninguém consegue ficar antenado em tudo, nem mesmo dentro de um campo específico do conhecimento. E tem também as mudanças sociais, que não são poucas. Sabia que, em 1988, ocorreu o I Encontro Nacional de Mulheres Negras, no Rio de Janeiro? E que, no ano passado, teve o I Encontro Nacional das Entidades Negras, em São Paulo?

Adam sacudiu a cabeça, em negativa. Ela prosseguiu:

— Pois é, posso morar no interior, mas assisto televisão. E, escreve o que estou falando, as mudanças não vão parar por aí. Vai chegar o dia em que todos terão vez. Acho que um homem como você terá mais dificuldade de encontrar seu papel na sociedade, no futuro.

— O que quer dizer com "um homem como eu"?

— Caucasiano. Relativamente atraente. Classe média. Provavelmente divorciado.

— Ei… como sabe disso?

Ela riu:

— Foi só um palpite. Se bem que você tem "divórcio" escrito na testa. Mas, voltando ao assunto, o artigo dizia que sua gente terá que expiar os pecados cometidos no passado num futuro não muito distante. Tudo caminha para isso.

— Sua gente. Minha gente. Estávamos indo bem…

— Não fica bravo. Foi só modo de dizer.

— Tá… agora vai vir com a conversa de negros socialmente excluídos, colonialismo e sei lá mais o quê?

— Mas isso é fato. Sabe qual foi o percentual de alunos brancos nas universidades públicas no ano passado? 78%. Isso não é uma forma de opressão? Claro que sim. E os negros não são os únicos. Vocês oprimiram asiáticos, indígenas, mulheres e homossexuais, só pra mencionar os mais óbvios. Mas estamos encontrando nossa voz. Tenho certeza de que, um dia, ainda teremos uma mulher presidente.

— Então passamos de opressores a oprimidos? — Ele disse, com ironia.

— Vocês não são oprimidos. Talvez nunca sejam — ela corrigiu. — Mas as coisas estão mudando. Você não faz ideia do que é crescer uma mulher negra e pobre neste país. Não consegue dimensionar isso. Pode fazer um exercício para se pôr na minha pele, mas, no fundo, vai continuar sendo só isso… um exercício.

— Ah, qual é? Acha que vocês foram as únicas que sofreram? Todo mundo tem que encontrar seu lugar no mundo. E todo mundo pasta pra isso. Todas as pessoas têm sua história, suas dificuldades. Não se deve minimizar o sofrimento e os problemas de ninguém.

— Não é isso que eu tava fazendo. Só observei que um fazendeiro da sua idade no século XVIII sofria menos a pressão social do que você sofre hoje. A dificuldade de se enquadrar. Essa angústia que mencionou, a angústia do homem moderno. Se aquele fazendeiro estivesse frustrado, simplesmente chicoteava alguém até ficar sem forças.

Adam se irritou:

— É isso que não entendo. Eu nunca oprimi ninguém. Sou só um cara normal, espezinhado pela vida tanto quanto qualquer um. Mesmo assim, quando a conversa é essa, sou tratado como se tivesse sido um canalha do pior tipo. Toda hora gente que nem você vem dizer que…

— Que nem eu? — Ela o interrompeu com uma expressão de censura. Ele revidou:

— Não levanta a sobrancelha e não vira o jogo. Foi você quem começou a fazer distinção de "minha gente" e "sua gente". Pra mim, isso tudo é besteira. Pra mim, só tem gente… ponto final! Hoje em dia, todo mundo encontra alguma coisa pra reclamar. Minha esposa… digo, minha ex-esposa… leu *Um Teto Todo Seu*, da Virginia Woolf, e depois começou a dizer que cavalheirismo era uma forma horrorosa de preconceito contra as mulheres.

— E é.

— Não é, não. Ela reclamava, mas toda vez que tinha uma mala pesada pra carregar, pedia que eu levasse.

Juliana sorriu:

— E você fazia?

— Claro. Isso é cavalheirismo. Eu o faria por qualquer mulher… qualquer pessoa que precisasse. Que nem carreguei o seu cesto.

Ela fechou a tampa da máquina e iniciou o ciclo de lavagem:

— Talvez você tenha razão. Ou pelo menos parte dela. Talvez o que chama de cavalheirismo não passe de boa educação.

— Talvez — ele ecoou, refletindo. — Mas será que é preciso fazer tanto alarde? Não é tempestade demais num copo de água? Daqui a pouco vai querer que mulheres sejam metalúrgicas.

— E qual seria o problema?

— O problema é que uma mulher nunca vai desempenhar esse papel tão bem quanto um homem. E contratá-la seria um desperdício do cargo!

Juliana abriu um sorriso largo e apontou para ele:

— Viu? Você é um cara esclarecido e, mesmo assim, o opressor continua aí dentro. É desse ranço que nasce a angústia de que me falou.

Adam engoliu em seco. Tentou responder, mas não conseguiu; sabia que ela estava com a razão. Ficou observando-a encher a terceira máquina e pensou se a teria ajudado caso ela não fosse voluptuosa e bonita. Provavelmente sim, afinal era da sua índole, mas será que seu préstimo teria sido tão… espontâneo? Não tinha respostas para aquelas especulações.

— Tem visto a senhora do 44? — Ele perguntou para mudar de assunto e também para sacaneá-la um pouco.

— Aquela desgraçada — ela murmurou sem o menor pudor, o que o chocou um pouco. — Não acreditaria se eu contasse o que ela fez na minha casa outro dia.

— Foi tão ruim assim?

— A safada entrou, baixou as calças e defecou no meu sofá. Acredita? E isso foi só o começo.

Adam segurou uma risada porque percebeu que Juliana se irritara bastante ao lembrar-se do caso. Provavelmente, tivera uma boa dor de cabeça com tudo. Em vez de brincar com a situação, disse:

— Tudo bem. Não preciso saber dos detalhes. Mas acredita se disser que nunca a encontrei?

— A velha?

— Sim. Moramos no mesmo andar e nunca nem a vi.

— Bom… que posso dizer? Sorte a sua. — Ela conferiu algo em seu cesto e resmungou. — Droga. Não trouxe meu amaciante. Pode me esperar aqui um minutinho e ficar de olho nas roupas e nos ciclos?

Adam não se mostrou muito simpático com a ideia de ficar naquele porão soturno por mais tempo, mas concordou. Em segundos, Juliana havia desaparecido escada acima, deixando-o só, junto dos barulhos produzidos pelos ciclos de lavagem das máquinas.

As roupas giravam de forma quase hipnótica dentro da máquina de lavar, acompanhadas pelo olhar atento de Adam.

Tudo o mais estava estático, como se o tempo tivesse parado de se mover. Mas ele não sentia paz, somente uma profunda letargia. A lavanderia ficava um andar abaixo do térreo; era úmida e bolorenta, de paredes escuras e descascadas, e um cheiro estranho que ele não conseguia identificar. Não era bem iluminada e, no canto dela, dois bancos longos de madeira, típicos de vestiários, acomodavam os que aguardavam.

De repente, sentiu-se tenso, como se soubesse que alguma coisa ruim ia acontecer. Quis levantar e ir embora, mas havia prometido esperar Juliana. Será que aquela era uma atitude cavalheiresca?

A elucubração não durou muito. Uma espécie de farfalhar súbito o fez dar um pulo. De pé, ao seu lado, estava o doutor Marcelo de Queiroz.

— Meu Deus, homem… você me deu um baita dum susto — Adam disse, levando a mão com sinceridade ao peito.

Não houve resposta. O outro andou lentamente até ele, arrastando um pouco as pernas, como se os seus joelhos estivessem rígidos demais para se dobrar. Sua aparência, frágil e adoentada desde o dia em que Adam o vira pela primeira vez, parecia ainda pior; a pele apresentava um aspecto pálido que contrastava com os olhos amarelados, como se ele sofresse de uma hepatite aguda. A respiração era profunda e barulhenta, podendo ser ouvida de longe; ele parecia fazer força para puxar o ar para dentro dos pulmões, que emitiam um ruído estranho, como se estivessem cheios de fluidos. Os lábios descoloridos estavam um pouco inchados, tais quais os de um boxeador após um extenuante combate, e sua expressão era apática, praticamente sem vida.

A poucos metros de distância, Adam sentiu um odor nauseabundo que quase o fez cobrir nariz e boca com uma das mãos.

— Você… recebeu alta? — Ele perguntou, mal acreditando que o hospital tivesse a coragem de liberar um indivíduo naquelas condições.

— Onde está o livro? — Marcelo inquiriu, ignorando a pergunta de Adam. Mas sua fala não foi consistente; foi trêmula e falhada, entrecortada por arfadas. A impressão que Adam teve foi a de que falar, assim como respirar, era um ato difícil para Marcelo, que requeria compenetração e esforço.

— Livro? Olha, doutor, não sei bem do que você tá…

O médico deu dois passos na direção dele e repetiu a pergunta com ênfase e agressividade. Gotículas de saliva voaram da boca dele e Adam teve a impressão de ver dentes podres em seu interior. Assustado, recuou:

— Não sei o que rolou com você, doutor, mas pra mim tá claro que você não tá bem. Por que não subimos e…

O médico fez um sinal com a mão para que ele parasse de falar. Estava trêmulo, como alguém que passa por uma crise de abstinência. A pele das palmas apresentava rachaduras de tão seca. Adam se deu conta de que tudo estava errado naquele quadro, e sentiu uma vontade ainda maior de dar o fora dali. Ficaram em silêncio por um instante. Enfim, Marcelo disse para ninguém em específico, como se estivesse apenas lançando palavras ao vento:

— Eu preciso… do livro… Preciso do livro… para voltar… Se você não pegou… Eu preciso…

Adam sentiu um leve tom de relaxamento na postura dele e se aproximou de forma espontânea:

— Ei, calma. Não sei bem do que você tá falando, mas me lembro de você abraçado a alguma coisa naquela confusão toda. É esse o livro? A polícia pode ter recolhido, ou então o zelador. Seja o que for, nós vamos achar…

Enquanto falava e se aproximava, seus instintos começaram a alertá-lo para se afastar, mas a racionalidade dizia para confortar o perturbado homem. Combatendo o primeiro ímpeto, Adam forçou-se a uma gentileza e tocou o ombro de Marcelo… apenas para sentir a alma gelar.

Mesmo por debaixo do pano da roupa, era perceptível que aquela pele não era a de um ser humano; não podia ser. A sensação do toque foi como apertar uma superfície esponjosa; uma inflamação mole, talvez um tecido cancerígeno. Sua mão afundou na carne mais do que devia, mais do que era humanamente aceitável, como se tivesse sido sugada para dentro dela. A temperatura da pele estava quente, febril, e o odor cáustico era duas vezes pior ali, próximo a Marcelo. Quase corrosivo.

Adam recolheu a mão e começou a se afastar, intimidado. Onde ele pusera a mão, a camisa branca de Marcelo ficou manchada, igual a um tecido utilizado para envolver um ferimento aberto. Como que instigado pela reação dele, o médico pareceu despertar de um transe. Sua postura tornou a ficar agressiva e ele começou a caminhar na direção de Adam.

— O livro… eu quero o livro…

Recuando de costas a passos rápidos, Adam tentou explicar novamente que não sabia do que ele estava falando, mas tropeçou em algo e caiu de maduro.

Ao atingir o chão, viu de relance o cesto de Juliana rodopiar, enquanto peças de roupas se espalhavam à sua volta.

— Eu quero o livro…

Marcelo se avolumou sobre ele, os ombros contraídos, expressão furiosa e mãos imitando garras. Sua voz, de início pouco mais do que um sussurro, era agora um urro inumano; uma série de tons superpostos que não poderiam ser produzidos por cordas vocais normais. De certo modo, ela lembrava um disco de vinil tocado numa baixa rotação; grave e arrastado.

Mais respondendo ao pânico do que desempenhando uma ação pensada, Adam rolou para o lado, escapando das mãos que visavam seu pescoço, reposicionou-se e deu um chute contra o estômago do doutor, atirando-o para o outro lado da lavanderia.

— Ficou louco? — Ele berrou, pondo-se imediatamente de pé. O médico caiu contraindo e agarrando a barriga. Então, com os olhos arregalados e o maxilar inferior totalmente estendido, emitiu um grito que Adam não soube dizer se era de dor ou de ira.

— Olha… desculpa… não queria te machucar, tá? Que tal se a gente se acalmasse e…

Adam parou de falar. Marcelo levantou a camisa e revelou o que havia por baixo, onde o chute o atingira. Ao contrário da palidez no rosto e membros, a derme estava quase rubra, enegrecida em alguns pontos, como se necrosada. Pelotas que pareciam pão sovado queimado se pronunciavam umas sobre as outras num crescimento desordenado e voraz, que compreendia quase a extensão total do estômago e subia ao longo do externo, desaparecendo em direção aos ombros e trapézios. A massa disforme de pele e carne supurada dançava de um lado para o outro conforme ele se movia, um bolo infeccioso que poderia ter vontade própria, dotado de olhos escuros como carvão, um nariz deformado e uma boca escancarada na forma do umbigo que se tornara um pavoroso buraco negro, de onde escorria um líquido amarronzado e pegajoso que desaparecia dentro da calça. O corpo era um tumor ambulante, uma afronta à vida, algo que simplesmente não podia estar andando e se movendo. A visão explicou aquela sensação que Adam tivera ao tocar o ombro de Marcelo, assim como o cheiro pútrido que impregnara todo o ambiente.

Adam deu um grito espontâneo de puro pavor. Jamais sentira um medo daqueles, nem mesmo diante dos súcubos que o assaltavam em seu apartamento. A visão era uma profanação à vida, uma corrupção das leis naturais.

Marcelo, os olhos ainda arregalados como se estivessem presos a uma pavorosa e extrema viagem de heroína, imitou o grito nos mínimos detalhes, mas duas oitavas acima, o que fez o sangue de Adam congelar nas veias quase tanto quanto a terrível visão.

— Que merda é essa, caralho? — Ele berrou, tentando num pinote passar pela lateral da lavanderia, quase se espremendo entre as máquinas e a coisa que Marcelo se tornara.

Tendo calculado mal o movimento, tomou uma trombada firme da criatura que o derrubou novamente. Desesperado, começou a atirar tudo que estava ao seu alcance contra o monstro: as calças de Juliana caídas no chão, uma caixa velha de Omo e um pedaço de sabão que já devia estar lá há décadas, de tão petrificado. Berrando sem parar para que a coisa o deixasse em paz, Adam se arrastou pelo chão, buscando se afastar da criatura, que se defendeu dos projéteis com facilidade, ainda exibindo aqueles tumores vivos como se fossem troféus. Nunca em toda a sua vida o ex-advogado se sentira tão impotente. Os pés se debatiam e deslizavam no chão liso, empurrando-o para trás quase sem efetividade, enquanto a criatura se avolumava; o ângulo que Adam a via, de baixo para cima, quase tornando-a um colosso.

De repente, uma nova voz se intrometeu na balbúrdia:

— O que tá acontecendo aqui?

Era Juliana, parada na entrada da lavanderia, segurando uma embalagem de amaciante. A súbita intromissão dela fez a criatura pausar, e Adam, após um segundo de reconhecimento, pensou rápido e aproveitou a oportunidade para se levantar e correr para a outra extremidade da sala. Confusa, a mulher perguntou:

— Adam… o que é essa coisa?

Antes que ele pudesse responder, Marcelo se contorceu e investiu na direção dela.

— Cuidado! — Adam berrou, mas Juliana apenas saiu da frente, abrindo caminho para que o doutor passasse reto e desaparecesse porta afora. A mulher levou a mão ao peito ofegante e gritou:

— Que diabo foi isso?

Adam ficou um segundo parado, em estado de choque, buscando recuperar-se do horror. Então, sacudiu a cabeça, permitindo que o ato o sacudisse também do torpor em que sua mente mergulhara, e, segurando-a pelo punho, respondeu:

— Não faço ideia. Vem comigo — e a arrastou para fora dali.

— Esse filho da puta nunca atende quando você precisa! — Adam berrou, enquanto espancava firmemente a porta do senhor Marcos. Talvez procurar o zelador não fosse o melhor dos cursos de ação, afinal, o que ele poderia fazer? Mas o fato é que a mente de Adam, treinada para funcionar dentro do sistema, estava habituada a recorrer à autoridade mais imediata, no caso, a pessoa supostamente responsável por aquele condomínio.

Juliana continuava atônita. Seu olhar perdido, a respiração ofegante. Os lábios murmurando palavras inaudíveis.

— O que você disse? — Adam perguntou, sem se aperceber que ainda estava berrando.

— O que é toda essa comoção aqui?

A voz tinha vindo de trás e tomou-lhes de sobressalto. Era o porteiro Albuquerque, que abandonara seu posto para verificar o motivo da algazarra. Sem titubear, Adam foi até ele:

— Chama o Marcos agora.

— O senhor Marcos se encontra indisponível.

— Escuta aqui, seu cretino — Adam o segurou pela gola da camisa e o prensou contra a parede. O baque emitiu um barulho seco. — A coisa aqui é séria. A gente precisa do Marcos agora!

— É verdade! Tem alguma coisa dentro do prédio — Juliana emendou, contaminada pela histeria. Com a maior calma do mundo, Albuquerque respondeu:

— O senhor Marcos não se encontra. Ele saiu. Pode soltar a minha camisa agora? Ou o senhor pretende concretizar um novo tipo de violência contra minha pessoa?

Adam percebeu o que estava fazendo e o soltou.

— Desculpe. — Um pouco mais calmo, perguntou num tom comedido. — O Marcos vai demorar pra voltar?

— Eu diria que não. Ele foi ao hospital buscar o senhor Marcelo, que teve alta esta tarde.

Adam levantou as sobrancelhas em surpresa imediata. Ele e Juliana trocaram olhares:

— Como é? Ele foi buscar o Marcelo?

— Sim, senhor.

— E ainda não voltou?

— Por acaso o senhor o vê por aqui?

Adam levou a mão à testa e a esfregou repetidas vezes.

— Adam… é melhor chamar a polícia — Juliana falou.

— E por que precisaríamos das autoridades neste prédio? — Albuquerque inquiriu.

Após refletir brevemente, Adam disse:

— Não, nada de polícia. Não até que eu tenha certeza do que está acontecendo e com o que estamos lidando. — Adam não tinha ideia do que enfrentara na lavanderia, mas alarmou-se ante a naturalidade com que seu cérebro estabelecera não se tratar de algo humano. Ele estava sendo afetado pelas circunstâncias; estava sendo afetado por qualquer que fosse a força oculta que emanava naquela cidade, e tinha ciência disso… só não podia fazer nada a respeito. Não naquele momento. Encontrar a monstruosidade era mais importante. *Sempre parece que tem algo mais importante.* Será que essa outra criatura havia escapado pelo portal no apartamento do doutor Marcelo, se é que de fato aquela dimensão negra que vira era um portal, e permanecera escondida até então? Era uma hipótese viável, ele concluiu. Dentro de toda aquela situação absolutamente ilógica, tal proposição parecia ser a que fazia mais sentido. A adrenalina o arrancou das breves reflexões e o trouxe de volta ao presente. Voltando-se para o porteiro, indagou. — Vou fazer uma pergunta e preciso de uma resposta honesta. Você tem algum tipo de arma aqui?

Albuquerque olhou fundo dentro dos olhos do homem e relutou em responder, mas, enfim, lendo naquela fisionomia que o assunto era realmente grave, confirmou:

— Tenho uma carabina calibre .22 debaixo do balcão. É antiga, mas funciona.

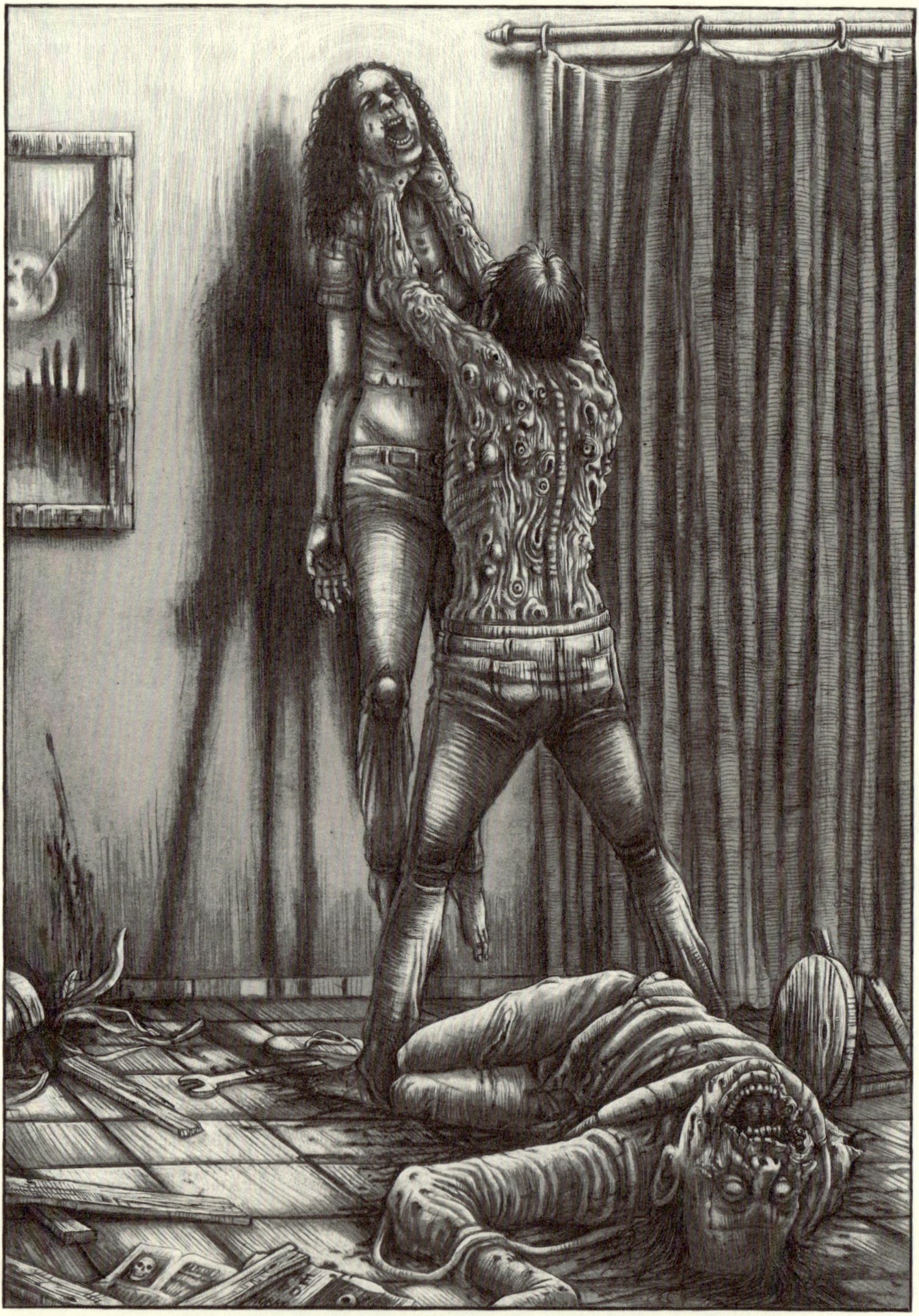

"O mal é sempre possível. E a bondade é eternamente difícil."

Anne Rice, *Entrevista com o Vampiro.*

5 O livro do ruído dos insetos

Quando conseguiu a primeira promoção e alcançou um cargo de destaque na Fortte, Ribeiro, Lima & Associados, Adam ainda namorava a jovem Amanda Fortte, filha do senhor Laurindo M. Fortte, e tinha pouca intimidade com o grande mandachuva da empresa. Assim, ao receber o convite para passar uma tarde num clube de tiro ao lado dele e de outros figurões da empresa, ele se surpreendeu.

Ninguém o deixou esquecer quem era, nem seu cargo, e não só por causa das constantes piadas, da forma como o tratavam e das provocações, mas também porque, quando chegou a hora de atirar de fato, após mais de uma hora com os idiotas comparando o tamanho dos pintos, dizendo quem podia mais e quem podia menos, e contando histórias absolutamente sem graça, eles lhe entregaram uma arma calibre .22.

Não era preciso ser um gênio para perceber a analogia. Ele era um rapaz júnior, logo, receberia uma munição de calibre menor.

Demonstrando um talento natural, Adam surpreendeu os demais quando cravou alguns bons disparos de uma distância de quarenta e, depois, de cinquenta metros. Quando, aos oitenta metros, continuou acertando as marcas enquanto alguns dos seniores erravam, mesmo eles sendo mais experientes, sentiu os olhares predatórios sobre seu lombo enquanto mirava. Aos cento e vinte metros, a situação se agravou. Agora era ele quem, discretamente, lançava suas bravatas sobre os senhores que "talvez precisassem trocar as lentes dos óculos" ou, quem sabe, "devessem ir ao médico para ver aquela tremedeira".

O senhor Laurindo não o censurou; talvez por ainda acertar o alvo com precisão cirúrgica. Claro, ele era o macho alfa do grupo, o grande líder que, se desafiado, devorava seus oponentes. Adam se perguntou o que aconteceria quando aumentassem a distância. Ele se sentia seguro, como se tivesse disparado a vida inteira. Sua visão era ótima e, mesmo a cento e cinquenta metros, enxergava o alvo em detalhes. Suas mãos eram firmes, sua respiração continuava calma. Sentia o pulso lento e cadenciado.

Foi quando a surpresa o aturdiu. Seus disparos a cento e cinquenta metros começaram a se tornar ineficazes. O calibre .22 batia nos alvos que, na ocasião, eram silhuetas metálicas de vaquinhas, e mal tinha força para derrubá-los. Por outro lado, as balas do senhor Laurindo e dos três ou quatro que continuavam atirando, qualquer que fosse o calibre que estivessem usando, simplesmente atravessavam as silhuetas, abrindo rombos do tamanho de bolas de pingue-pongue. À distância de duzentos metros, Adam percebeu que aquele tiro poderia ser desferido contra uma pessoa. Deixaria quando muito um hematoma. A certa altura, Laurindo disse com uma expressão de escárnio:

— Calibre .22… coisa de criança.

Mas não fez a menor menção de oferecer outro tipo de munição para Adam, que, naquele dia, aprendeu algumas lições valorosas. Ele aprendeu a aproveitar os momentos bons que a vida oferece, apesar de não ter conseguido seguir essa máxima com a frequência que gostaria. Aprendeu que os poderosos sempre encontram uma maneira de ficar por cima, mesmo estando visivelmente superados. E aprendeu que um calibre .22 não tem eficiência se disparado de longe; um conhecimento que jamais achou que usaria. Até pôr as mãos naquela espingarda malconservada que estava sob o balcão de Albuquerque, com o cabo de madeira lascado, a mira torta e o cano enferrujado.

— Esse troço funciona? — Juliana perguntou.

— Acredito que sim, madame — Albuquerque respondeu. Adam olhou para o homem por um instante. Era impressionante, mas ele poderia estar lendo a lista telefônica em voz alta que, de alguma maneira, ainda conservaria aquele ar de superioridade que impregnava qualquer coisa que dissesse. — Devo acrescentar que acho isso tudo muito errado — ele completou.

— E eu acrescento que é errado ter uma arma num local público, ao alcance de todos, sem que as pessoas saibam — Juliana respondeu.

— Não está "ao alcance de todos". Está sob o meu balcão.

— Ah, como se isso resolvesse tudo. Pelo amor de Deus, Albuquerque… tem crianças que brincam no saguão!

— E elas sabem que não devem mexer no que não lhes pertence!

— Chega os dois! — Adam gritou. — Temos assuntos mais importantes no momento — ele virou-se para o porteiro. — Pode não acreditar, Albuquerque, mas tem uma coisa idêntica ao Marcelo zanzando por aí. Uma criatura que, com certeza, é perigosa.

— O que quer dizer com "uma criatura", senhor Adam?

— Exatamente o que eu disse. Tem uma coisa que me… abordou na lavanderia. Me atacou. Ela é deformada, com um corpo que não parece humano. E ela quer… quer um tipo de livro ou sei lá o quê.

— Bem, o senhor tem sorte de a dona Juliana corroborar sua história. Do contrário, eu diria que o senhor estaria abusando de alucinógenos ou algo do tipo e, neste instante, insistiria para que as autoridades o levassem contido numa camisa de força.

Enquanto carregava a arma, Adam respondeu:

— Quisera eu, meu colega. Isso responderia muitas coisas.

De repente, Juliana deu um grito que fez os outros dois estremecerem. Adam virou-se e deu de cara com a criatura que entrava pela porta da frente. Ela estava debilitada, com hematomas no rosto, um braço numa tipoia, mancando e apoiada na diminuta silhueta de… Marcos?

— Senhor Adam? O senhor enlouqueceu? Abaixe isso! — O velho gritou, pondo-se entre a arma que Adam prontamente apontara e o corpo frágil de Marcelo, que, ao perder o apoio do zelador, quase foi ao chão.

Adam demorou alguns segundos para se dar conta do seu erro. Enfim, percebeu que aquele que entrava pela porta da frente era o verdadeiro ex-médico, chegando do hospital, acompanhado pelo ranzinza zelador do prédio. Ele abaixou a espingarda e suspirou. Juliana levou a mão à testa, percebendo que eles poderiam ter atirado num inocente. Albuquerque permaneceu impassível como sempre, mas havia um esboço de sorriso em sua face, algo que dizia sutilmente "bem feito".

— O que está acontecendo aqui? — Marcos inquiriu. — É eu sair um minuto que todo mundo enlouquece?

— Eu achei que ele fosse... Me desculpe.

Adam sabia que tinha pisado na bola e abaixou a cabeça. Mas não demorou a se recompor e decidiu que era hora de obter algumas respostas:

— Marcelo... onde está o livro?

A pergunta fez o médico estremecer. Uma reação nervosa do zelador ante a menção do objeto também não escapou ao escrutínio de Adam.

— Não vou perguntar de novo — ele emendou.

— Q-que... que livro? — Gaguejou o homem. Juliana se antecipou:

— Ouçam os dois... se nossas vidas estão em risco aqui, é hora de vocês abrirem o jogo. Eu sempre tentei ficar longe do monte de merda que acontece nesta cidade, e pode apostar que não me agrada nada que elas me persigam até onde moro!

Marcos olhou para Albuquerque, certamente censurando-o por causa da entrega da arma. O porteiro disse apenas:

— Ele foi convincente.

O zelador sacudiu a cabeça e resmungou:

— Pelo amor de Deus, Albuquerque... sabe o tamanho da encrenca que isso pode causar pra todo mundo?

Mas, quando se preparou para tomar a arma das mãos de Adam, este recuou e escondeu o braço para impedir que ela fosse apanhada.

— Não! — Disse, recuando. — Cansei dessas coisas esquisitas acontecendo comigo. Fui parar no hospital por sua causa, Marcelo. Podia ter morrido. Mereço algumas respostas. Que livro é esse? O que foi aquilo que atacou a gente no seu apartamento? E que coisa é essa que tá andando por aí, querendo o tal livro, e que é idêntica a você?

Marcelo e Marcos trocaram olhares. O médico engoliu em seco:

— Que coisa?

Adam relatou brevemente e com um mínimo de detalhes o que ocorrera na lavanderia. Marcelo ouviu com atenção, suspirou e murmurou:

— Pensei que conseguiria deixá-lo fora disso, Adam.

— Me levar ao seu apartamento não foi a melhor maneira de fazer isso. Agora, já era. Conta o que sabe.

Marcelo olhou para Marcos como quem pede ajuda, mas o zelador afirmou:

— Cavou a cova, então pode deitar. Tudo que fiz foi te dar uma carona. Nada disso é da minha conta.

— Não, senhor — Adam o segurou pelo braço, impedindo-o de se afastar. — Ninguém sai daqui enquanto a gente não apanhar aquela coisa e enquanto vocês não me contarem o que realmente tá acontecendo.

Marcelo interferiu. Apesar da evidente fraqueza, adiantou-se e pôs a mão sobre o ombro de Adam, dizendo:

— Compreendo que esteja contrariado, Adam. Mas, se o que disse é verdade… e imagino que deva ser, já que você nos recepcionou com uma arma na mão, creio que as explicações devam ser deixadas para mais tarde.

Juliana se viu concordando:

— Ele tá certo. A prioridade é pegar aquela coisa.

Adam olhou para ela:

— Ok. Mas não vou poder fazer isso se vocês não estiverem em segurança — ele olhou para todos os presentes, pensou um pouco e deu o veredito. — Juliana, você vai pra casa e não sai de lá. O senhor também, doutor. Você tá ferido demais pra ajudar. Marcos, Albuquerque e eu vamos dar um jeito nessa criatura. Minha costela tá ruim, mas nem tanto.

— Eu? — Marcos se surpreendeu, ilustrando a frase com ambas as mãos apontando para o próprio peito. — Eu sou caolho e deficiente.

Juliana cruzou os braços:

— O que o faz pensar que pode me dizer o que fazer, Adam? Por acaso o "opressor" aí dentro voltou a gritar?

Ele suspirou e aproximou-se dela:

— Não disse isso pra te injuriar. Se fizer isso, vou considerar um… favor pessoal. Não quero que nada aconteça contigo. E tô falando do fundo do coração.

— "Cavalheirismo"? — Ela perguntou.

— Pode apostar — ele sorriu. — Ou apenas boa educação.

— Ei, se ela quer tanto assim, pode ir no meu lugar — Marcos falou.

Adam se irritou:

— Olha, vocês dois são funcionários do condomínio. Ambos têm obrigação de vir comigo!

Marcos encarou Marcelo e rosnou, apontando para ele:

— Isso é culpa sua!

— Discutimos isso depois — o médico respondeu de cabeça baixa.

— Vocês têm certeza de que não é melhor chamarmos a polícia? — Juliana perguntou.

O quarteto respondeu um "Não!" quase em uníssono.

— Tá bom, tá bom — ela disse a contragosto. — E as outras pessoas não estão em risco? Elas têm que ser avisadas.

— Não tem quase ninguém no prédio a essa hora — Albuquerque afirmou. — Mesmo assim, o seguro morreu de velho…

Adam virou-se para Marcos:

— Você tem mais alguma arma? — Ele negou com a cabeça.

— Tem ferramentas no almoxarifado — Juliana afirmou. — Martelo, chave inglesa, chave de fenda… Dá pra usar pra gente se defender. Aí, em vez de ir pro apartamento, eu fico aqui na portaria. Se alguém aparecer, mando ir direto pra casa.

— Tudo bem, mas não faça alarde — Adam pediu. — Inventa alguma história, diz que a área comum tá sendo dedetizada, sei lá.

Marcos foi ao almoxarifado e retornou com as ferramentas. Mesmo estando com a .22, Adam enfiou um estilete no bolso da calça. Albuquerque apanhou um martelo e Marcos, um grifo. Juliana pegou uma chave inglesa. Todos eles guardaram chaves de fenda nos bolsos. Podia não ser o ideal, mas um golpe bem dado funcionaria quase como uma punhalada. Mais uma vez, Adam surpreendeu-se pela facilidade com que todos, ele incluso, haviam aceitado a impossibilidade da situação. Estavam iniciando uma caçada à criatura da lavanderia com a naturalidade de um exterminador de pragas que se prepara para dedetizar um prédio. Marcelo, debilitado, desculpou-se por não poder ajudar e começou a longa e penosa subida ao seu apartamento.

— Alguém não deveria ir com ele? — Juliana perguntou.

— Eu vou ficar bem — disse o ex-médico. — Vocês tratem de encontrar essa coisa.

Juliana ficou parada ao lado da porta em silêncio, sentindo o peso da ferramenta nas mãos.

As paredes ao seu redor pareciam ter adquirido uma coloração terrosa, cercando-a de forma opressiva. Sua respiração era uma explosão de decibéis naquele silêncio petrificante.

Ela não era nativa daquela cidade, mas vivia lá desde criança. Isso significava que não era estranha à bizarrice local; nenhum de seus habitantes podia ser, mas, nem por isso Juliana coadunava com ela. Em sua mente, acreditava que tinha a opção de ser diferente. Decidira há muito tempo que levaria a vida à sua maneira, fora do radar, sem se deixar envolver pelo cotidiano extraordinário que a cercava. Escutava histórias, mas se mantinha distante; conversas casuais, murmúrios nos bares, na fila do mercado… comentários fingindo surpresa quando algo fora do comum ocorria, uma observação aqui e outra ali. Mas, não se envolver era seu mantra.

Gostava de pensar em si própria no mesmo papel da cidadã que, embora entenda a política do mundo onde vive, não pende nem para um lado nem para o outro; que não é nem de esquerda nem de direita, mas, mesmo assim, consegue levar uma vida tranquila, qualquer que seja a inclinação do governo que esteja no comando. Uma cidadã que atravessa períodos turbulentos com a mesma paz de sempre, preocupada somente com a maneira como conduz a própria vida. Uma cidadã que consegue vencer por méritos próprios, sem depender de ninguém, insensível a influências externas. Ela era essa cidadã; alguém que vivia na torcida de nunca encontrar a estranhice… e de jamais ser encontrada por ela.

Um grito surdo a fez estremecer e quase derrubar a chave inglesa no chão.

Tinha vindo de cima, dos andares superiores, e foi logo seguido de alguma agitação, como alguém correndo. Sem saber ao certo para onde fora o trio de exploradores — ela estava tão compenetrada em cuidar do seu posto que não percebera as direções que os demais tinham seguido —, deu dois passos vacilantes em direção às escadas e chamou:

— Adam?

Quando não obteve resposta, repetiu o chamado um pouco mais alto. O silêncio persistiu. Teria imaginado os sons? Será que aquele suspense todo estava pregando algum tipo de peça nos seus nervos, fazendo com que escutasse coisas?

Então, outro grito, mais claro do que o anterior.

Este tinha sido inequívoco. Alto e desesperado, um grito de pânico, cujas ondas sonoras que viajaram até ela estavam nitidamente impregnadas de dor.

Pressionando a ferramenta, Juliana não hesitou e subiu as escadas, seguindo o som. Ao passar pelo primeiro andar, viu uma das portas se abrirem. Era o senhor Anderson, do 13.

— Fica aí! — Ela berrou com autoridade, apontando a chave inglesa para o velho, que imediatamente voltou para dentro do seu apartamento.

Os gritos continuavam, vindos de cima, do segundo andar. De repente, ela soube qual era a origem deles:

— Apartamento 22... Marcelo!

Adam e seus companheiros tinham decidido que a melhor forma de encontrar a criatura seria fazendo uma varredura completa no prédio. Para tanto, precisariam de tempo e paciência. Também teriam de ser minuciosos; do andar mais baixo para o mais alto, da esquerda para a direita, examinando cada fresta onde ela poderia estar, cada cômodo, cada armário, cada recanto.

A abominação que se passara por Marcelo havia fugido da lavanderia, que ficava no subsolo, mas Adam não sabia dizer se ela tinha subido ou não. A criatura poderia ter se escondido em outros cômodos lá embaixo, como a despensa ou a sala do gerador. Poderia igualmente ter ido para o térreo, bem debaixo dos bigodes deles, e se ocultado no salão de estar ou na cozinha. Poderia ter arremetido para qualquer um dos andares superiores ou ainda ter ido para o terraço. Embora Albuquerque não tivesse visto ninguém passar — e, para ser sincero, ele não era a mais confiável das testemunhas —, existia a chance até de a coisa ter simplesmente saído do prédio pela porta da frente. Os rastros viscosos que deixava desapareciam poucos metros além da porta da lavanderia.

Com tantas possibilidades, eles não tinham opção senão seguir o plano, que era bem simples: explorar, caçar, eliminar.

Checaram a lavanderia mais uma vez para ter certeza de que o monstro não retornara. A seguir, a sala do gerador. Progrediam com lentidão, como o faz qualquer pessoa que desempenha uma função contra a sua vontade, sendo retardados pelo medo de encontrar o objeto de sua busca. Estavam ainda no porão, indo para o cômodo seguinte, quando escutaram algo que se pareceu com um grito.

— Ouviu isso? — Marcos perguntou. Ele tremia mais do que gostaria de admitir.

— Parece que veio lá de cima — comentou Albuquerque. Adam, que seguia na frente do grupo, respondeu:

— Acho que foi um grito.

— Será? — Perguntou o zelador. — Pode ter sido... qualquer outra coisa.

De onde estavam, embora fizessem silêncio, não conseguiam escutar a agitação e a correria que se seguiram ao grito; eram muitos andares de diferença. Adam começou a perguntar:

— Será que a gente devia...

A frase foi abreviada pelo segundo grito, mais longo, vívido e poderoso. A reação do trio não foi imediata. Eles congelaram no lugar, as batidas do coração sofrendo uma síncope, o ar parado no meio do caminho até os pulmões. Mas, após alguns instantes, não havia dúvida. Alguém estava com problemas lá em cima.

Subiram as escadas correndo, o mais rápido que puderam. Marcos, com sua perna coxa, ficou para trás, mas Albuquerque, surpreendentemente, deu seu melhor para acompanhar o ímpeto de Adam.

Eles não eram atletas e não estavam em forma. Eram movidos mais pela adrenalina e pela iminência do perigo do que pela musculatura. Após chegarem ao térreo e progredirem pelo saguão até a ampla escadaria aberta que interligava todos os andares, ambos já estavam esbaforidos. Mas, naquele momento, gritos femininos se somaram ao rebuliço.

Adam sentiu as forças se revigorarem. Em seu íntimo, sabia o que havia acontecido, sabia que Juliana, que havia saído do posto na portaria, estava em risco. Subiu os últimos degraus sem se preocupar consigo mesmo e com sua segurança; sua cabeça era um vácuo movido por um único objetivo. Quando seus pés tocaram o segundo andar, os olhos buscaram a porta do apartamento 22. Dava para ver que estava escancarada, contudo, das escadas, não havia ângulo para enxergar lá dentro.

Foi quando um novo e agonizante grito ecoou pelos corredores; um grito cortado pela metade. Ele ergueu a arma como um caçador, com a mira na altura dos olhos, fitou compenetrado Albuquerque, que conseguira acompanhá-lo durante todo o trajeto, e sinalizou com a cabeça que ia progredir na direção do barulho.

Eram poucos os passos que os separavam do apartamento de Marcelo, mas cobrir aquela distância foi como dar um salto de braços abertos na eternidade e não parar de cair. Um redemoinho de coisas espiralou pela mente dos dois homens, que suavam profusamente e tentavam controlar as fortes arfadas regurgitadas pelos pulmões ofegantes.

Enfim, a poucos centímetros da entrada, Adam colou o corpo à parede, respirou fundo e espiou… e entendeu por que os gritos haviam cessado repentinamente.

A criatura estava lá, de pé no outro lado do cômodo; foi a primeira coisa que ele viu. A seguinte foi que ela tinha as mãos cravadas no pescoço de Juliana, estrangulando com força sobre-humana todo e qualquer som que tentasse escapar da boca dela. Adam teve o desprazer de testemunhar exatamente o instante em que os braços da mulher largaram os dois punhos que a apertavam, desistindo de resistir não por vontade, mas porque suas forças haviam sido minadas. Eles penderam moles junto ao corpo, que perdera por completo o domínio das suas faculdades.

Juliana estava prensada contra a parede, sustentada por aquelas mãos pavorosas grudadas em seu pescoço; os dedos, pequenas jiboias enroladas na carne da vítima.

No chão, ao lado da dupla, o corpo de Marcelo estava desfalecido; o pescoço visivelmente quebrado, deslocado vários centímetros da posição normal, descansando como um objeto decorativo sobre a escápula direita. Nem o maior contorcionista do planeta poderia retorcer o pescoço de modo a deixar a cabeça naquela horrenda posição.

Adam suspeitou que a face do morto lhe renderia pesadelos para o resto da vida: os olhos estavam debilmente revirados para cima, mas apenas de forma parcial, o que conferia uma expressão abobada ao cadáver; um pedaço da bochecha havia sido arrancado, deixando expostos na lateral do rosto os molares superiores do lado direito.

O monstro estava mais aberrante ainda. Sua camisa havia desparecido e, agora, Adam podia enxergar em toda extensão a deformidade que era seu tronco; aquele tecido esponjoso, mole e úmido tomava as costas, o pescoço, os ombros; e talvez fosse ilusão ou a angústia causada pelo momento, mas Adam jurava que aqueles tumores sobrepostos formavam rostos conforme a criatura se movia; rostos que persistiam por meros segundos, reconfigurando-se em novas e horrendas expressões naquela repugnância cadenciada. A criatura também parecia inflada, mas, no lugar dos músculos, havia abscessos viscosos, que vertiam sem parar uma gosma horrenda e grosseira. O ar estava denso e sulfuroso, talvez contaminado por alguma substância nociva exalada por aquela pele.

— Atira nele!

A voz de Albuquerque foi como um despertador alto e histérico, capaz de arrancar do mundo dos sonhos até mesmo o mais embotado sonhador, fazendo-o saltar da cama pela manhã e ver-se escovando os dentes mecanicamente, mesmo sem estar totalmente desperto.

Adam recuperou o controle dos membros. Mirou… e disparou.

Por um instante, temeu ter errado. Não errou nenhuma vez o alvo no clube de tiro, mas como diz a máxima que existe entre os técnicos de futebol, "treino é treino, jogo é jogo". Ali, sofrendo a pressão e a tensão, tremendo que nem uma flâmula ao vento e ciente de que a vida daquela mulher estava em suas mãos, engoliu em seco. Após o disparo, a cena se enregelou, exceto por uma pequena fumaça cinza que escapava do cano fumegante. A pausa no tempo não foi uma dádiva, mas uma admoestação aos sentidos. Então, os joelhos da criatura cederam. Ao mesmo tempo, os dedos que cortavam a passagem do ar perderam a força e largaram o pescoço da vítima. Juliana resfolegou, tossindo repetidas vezes enquanto caía de madura no chão.

Súbito, tudo voltou a se mover normalmente. O tempo recuperou sua qualidade e Adam percebeu que estava prendendo a respiração. Ele exalou, voltou a puxar o ar para dentro dos pulmões e pensou em atirar novamente. Uma análise do quadro indicou que não seria necessário. Um buraco negro bem no centro da cabeça da criatura cuspia um filete de sangue escuro como piche, que escorreu contornando nariz e boca e pingou do queixo.

Juliana, engasgada e tossindo, arrastou-se como pôde para longe da criatura, que pendeu para a frente e caiu de cara no chão.

Adam ficou estático, como se estivesse posando para um retrato, ainda com a arma apontada para a cena. Então, novamente foi tirado do seu estado de catatonia por Albuquerque, que deu uma cotovelada no seu ombro e exclamou:

— Belo tiro, senhor Adam!

No instante em que fez isso, Adam deu outro disparo, um pouco de susto, um pouco por reflexo. A bala atingiu o chão e explodiu em algumas centenas de fragmentos, que acertaram a perna desprotegida de Juliana. Ela deu um grito e ralhou:

— Que porra é essa?! Você atirou em mim!

Ele abaixou a arma:

— Desculpa. Meu Deus, desculpa!

— Ficou doido, moleque? — Albuquerque perguntou. Naquele instante, Marcos entrou no apartamento, brandindo seu martelo acima da cabeça e grunhindo como um homem das cavernas. Ao ver a cena, um pouco desorientado, abaixou a arma e perguntou:

— O que aconteceu?

— Adam matou a criatura — Albuquerque explicou. — *E* atirou na dona Juliana.

— Eu *não* atirei nela! — Ele protestou. — Na verdade, a culpa foi sua!

— Minha?

— Calem a boca os dois! — Ela disse, recuperada do susto. — Eu tô bem.

— Tem certeza? — Marcos perguntou.

— Sim. Foi só o susto. E uns estilhaços que voaram na minha perna.

Albuquerque andou calmamente até a porta e a fechou na cara do senhor Anderson e de outro morador que, atraídos pela balbúrdia, tentavam espiar dentro do cômodo. A seguir, foi até o corpo do doutor Marcelo. Ajoelhou-se ao lado dele e disse:

— Pelo menos você está melhor do que esse aí. Como vamos explicar isso para as autoridades?

Adam também se adiantou:

— Bom… com uma criatura deformada e homicida morta ao lado dele, não vai ser tão difícil.

Marcos deixou os ombros caírem com um suspiro:

— Na minha experiência, nada é simples assim por aqui.

Antes que Adam pudesse questionar a observação, uma sobressaltada Juliana, ainda se recuperando, apontou para a criatura e disse:

— Olhem!

De repente, aquela carne esponjosa esparramada pelo chão começou a verter um líquido fervilhante, parecido com água oxigenada jogada sobre uma ferida, mas com um efeito triplicado. O líquido oscilava entre uma nojenta coloração esverdeada e veios inteiros vermelhos, como se uma artéria tivesse acabado de se liquefazer. Adam recuou enojado enquanto observava o tecido desnudo se dissolver numa nuvem fedorenta, como se tivesse sido banhado em ácido; as calças murcharam, liberando uma matéria orgânica que escorrera pela barra, até que, em questão de segundos, nada restava do ser que se passara por Marcelo além de uma poça asquerosa que se parecia com quantidades anormais de bile estomacal e era duas vezes mais fétida.

— Ok… sem dúvida ficou um pouco mais difícil de explicar — Juliana comentou.

— Você sabia que esse negócio ia acontecer? — Adam perguntou para Marcos, com uma expressão de nojo.

— Saber, não sabia… Mas vivo aqui há tanto tempo, que me acostumei a ver as coisas darem errado. E aprendi a esperar pelo pior…

A paciência de Adam acabou de vez. Ele prensou Marcos contra a parede, usando o corpo da espingarda descarregada para apertar o pescoço do velho. Estava genuinamente nervoso e esbravejou:

— Cansei dessa merda. Você vai me dizer tudo que sabe e vai ser agora.

Com bastante dificuldade, tentando empurrar o cano da garganta, o zelador murmurou:

— Você… tá… me… sufocando!

— Adam… solta ele! — Juliana berrou. Albuquerque estava quase investindo para separar os dois, quando Adam se afastou.

— Por que fez isso? — Marcos perguntou, massageando o pescoço.

— Por quê? Por quê? Você tem coragem de perguntar isso? Porque não aguento mais essa porra, só por isso. Este lugar tá todo errado, caralho, todo errado! Eu consigo senti-lo me afetando e estou com medo disso! E você sabe de muita coisa, então tá na hora de pôr pra fora!

— Não sei o que tanto quer que eu diga — Marcos falou.

Adam fez um sinal apontando para a cena:

— Acha que me engana? Eu sinto cheiro de mentira de longe. Olha, desculpa pela agressão. Não costumo agir assim, mas o último mês foi de foder. Vi um monte de coisa que achei que só existisse em filme. Agora dá só uma olhada ao redor. O Marcelo tá morto. Eu poderia ter morrido. A Juliana quase rodou também. Fiquei na minha porque achei que você só tava escondendo algum segredinho sujo. Alguma besteirinha. Mas a coisa é séria. Nossas vidas estão em risco. A sua inclusa. Então, vai abrir o jogo ou não? Tá todo mundo na mesma berlinda, Marcos. E tenho a nítida sensação de que essa coisa foi só o começo!

O zelador olhou para o trio. Enfim, após alguns segundos, balançou a cabeça e disse:

— Certo. Vou ajudar no que puder. O que quer saber?

Adam apontou para a poça e perguntou:

— Pra começar, que diabo é aquilo e o que queria?

— Não sei o que era — o velho começou a explicar. — Tenho alguma desconfiança, mas não sei. Se fosse dar um palpite, diria que é um ser "do outro lado".

— Outro lado? Então o Marcelo abriu mesmo um portal?

— Não sei a que portal se refere, rapaz, mas o Marcelo se envolveu numas paradas bem brabas. Estou falando de umas coisas pesadas mesmo.

— Ok... vamos chegar a isso daqui a pouco. Por mais estranho que pareça, o bicho disse que estava procurando um livro. E me recordo do doutor Marcelo abraçado a um livro naquele dia em que fomos atacados. Pode não ter visto o portal, Marcos, mas o que sabe sobre esse livro?

— O *Necronomicon*.

— Então... ele é real? — Adam perguntou. Obviamente, em seus estudos esotéricos, já havia topado mais de uma vez com menções ao livro místico. Marcos fez um sinal afirmativo com a cabeça. — Sempre achei que fosse só uma lenda.

— Ah, ele é bem real, isso eu garanto — Marcos afirmou.

— Alguém vai explicar que porcaria de livro é esse? — Juliana questionou, exaltada. Ela ainda não tinha se recuperado do susto e ficava involuntariamente passando a mão no pescoço, como se quisesse confirmar por meio do toque que ainda respirava.

— É um livro místico escrito por um autor árabe há muito tempo, em Damasco — explicou Marcos. — Ele supostamente tem o poder de invocar seres de outros mundos, de outras realidades. De comunicar nosso mundo diretamente com o mundo deles. É a chave para feitos inacreditáveis, como trazer os mortos de volta do além e abrir portais transdimensionais direto pra cá, pro nosso plano de existência.

— Transdimensionais? — Inquiriu Albuquerque, que estava quieto até então. — Espere um pouco. Um autor árabe? Isso não faz sentido. Não sei quanto ao resto da palavra, mas *necro* tem origem grega e significa morte ou mortos. Como em necrologia, necrofilia ou necrofagia. Por que um árabe usaria um nome grego?

Marcos esbravejou:

— Esse obviamente não é o título original. Pros árabes, ele se chama *Al Azif*, ou algo assim. Mas isso não tem qualquer relevância pra gente. Vão me deixar falar ou não?

— Prossiga — Adam o encorajou.

— Ele foi escrito por um tal Abdul Alhazred, que ficou conhecido no meio como o Árabe Louco. Nunca entendi direito o que exatamente o nome do livro quer dizer, mas, pelo que sei, está associado ao demônio Belzebu, o Senhor das Moscas. Ao barulho que os insetos fazem.

— William Golding — Juliana disse.

— O quê? — Marcos perguntou.

— O livro, *O Senhor das Moscas* — ela confirmou. — Um dos melhores romances que já li. A cabeça do porco conversando com o moleque... vai dizer que nunca ouviu falar?

— Bem, *este* livro... — prosseguiu o zelador — ...promoveu uma série de catástrofes por onde passou. Ou pelo menos é o que diz a lenda.

— Você... acredita que ele é capaz disso mesmo? De abrir portais para outra dimensão? — Albuquerque perguntou. Marcos fez apenas um sinal na direção da poça de gosma:

— Isso não responde à sua pergunta? O *Necronomicon* é um grimório antiquíssimo, com mais de um milênio de idade. Ele esteve na Arábia antiga, esteve em Constantinopla, esteve na Inglaterra elisabetana. Dizem que estava até de posse da Alemanha nazista. E é capaz de outorgar poderes ao seu usuário. Quer escutar uma coisa realmente pavorosa? De acordo com um biógrafo do autor do livro...

— Kareem Abdul-Jabbar — Adam riu.

— Eu não brincaria com isso, senhor Adam. Você pediu explicações e eu estou dando. Não seja desrespeitoso.

— Me desculpe. Continue o que estava dizendo.

— Dizem que Abdul Alhazred morreu três anos após escrever o livro, tendo sido despedaçado por uma criatura invisível em um bar, no centro de Damasco, em plena luz do dia e diante de dezenas de testemunhas.

Adam meneou a cabeça:

— Olha, entendo o que está dizendo. Mas, até aí, um povo inteiro disse que viu um cara separar um mar ao meio e afogar um exército de egípcios. Existe esse monte de histórias fantásticas, todas ocorridas no passado, mas quer saber? Eu não vejo ninguém fazendo essas coisas hoje em dia. Nenhum prodígio. Com o passar do tempo, coisas que supostamente aconteceram há séculos viram feitos incríveis, por mais impossíveis que sejam. Não quer dizer que tenham sido verdade.

— Nem bem passaram poucos minutos e já voltou a falar como o advogado pragmático, senhor Adam? Tudo precisa ser corroborado por provas? O que seus olhos acabaram de testemunhar não bastou para convencê-lo de que deveria esquecer o que acha que sabe e abrir sua mente para outras possibilidades? Ou será que nega o óbvio por medo do que ele pode resultar? Pode até não querer abrir essa porta, mas independentemente do seu querer, ela já está aberta. Entenda, senhor Adam, que esse é um livro muito, muito perigoso. Se cair em mãos erradas, pode acarretar uma verdadeira tragédia sobre todos nós e isso é a única coisa que importa.

Adam abaixou a cabeça. A raiva cedeu lugar ao embaraço. Sabia que Marcos tinha razão. Por mais que bancasse o cético diante dos outros, sempre negando e refutando, em seu íntimo, sabia a verdade. Sopesou a arma em suas mãos, respirou fundo e disse:

— Você está certo. Me desculpe. Continue a história.

— A população local já vivia com receio de Alhazred e vários boatos que se espalhavam. Após sua morte, um pânico generalizado se instaurou. A casa dele foi queimada como uma tentativa de exorcizar o mal que ele trouxera ao mundo, mas alguns de seus discípulos conseguiram salvar os manuscritos que ele havia deixado. Esses manuscritos seriam reunidos e ordenados ao longo dos anos, tornando-se a base para o livro maldito.

— Como ele adquiriu conhecimento para escrever o livro? — Juliana perguntou.

— Dizem que era um homem extremamente letrado. Cientista, astrônomo, filósofo... ele passou a vida buscando algo além do que os olhos são capazes de ver. Seus estudos se transferiram para as artes arcanas, para o misticismo. Foi quando conheceu a seita de Yog-Sothoth. Um culto muito antigo a um ser que já era velho quando nosso universo não passava de uma criança. Abdul Alhazred mergulhou num mundo que não lhe pertencia e, no processo, descobriu coisas terríveis. Espantosas. Segredos esquecidos. Abriu portas que não deveriam ser abertas, possibilidades que não deveriam existir. E registrou suas experiências da forma como conseguiu. Elas foram compiladas após sua morte e rodaram o mundo ao longo dos séculos, enquanto novas cópias se espalhavam. Algumas distorcendo o texto original, outras adicionando novas vivências e experiências. Algumas verídicas, outras, invenções. Mas não é assim com qualquer um desses textos antigos? Dois séculos depois, veio a primeira tradução para o grego, mas o livro foi rebatizado porque o tradutor sabia que seria alvo de censores. Daí pra frente, o resto é história.

— Como você sabe disso tudo? — Juliana inquiriu.

— Todas as informações me foram passadas pelo senhor Marcelo.

— E posso perguntar como *ele* sabia? Digo, isso não é o tipo de coisa que ensinam num cursinho.

— Ebn-Khallikan, o biógrafo do Abdul Alhazred que mencionei. Ele registrou a maior parte do que se sabe sobre a vida do Árabe Louco.

— Então… se outro cara registrou essas histórias, tudo isso pode ser invenção também? Ele pode ser tipo os autores dos Evangelhos, que nem conheceram Jesus — Adam questionou.

— E o que é verdade? O que é o real? Só sei o que vi, senhor Adam. Só sei o que li e o que escolhi acreditar. O senhor Marcelo também fez as suas escolhas. E as evidências irrefutáveis estão diante dos nossos olhos.

Como se só tivesse computado a informação naquele momento, Juliana perguntou:

— Quê? Espera. Como assim, os autores dos Evangelhos não conheceram Jesus?

— Talvez João… — Adam explicou, desinteressado. Então, ergueu as sobrancelhas e voltou-se para Marcos. — E você quer que eu acredite que um livro desses estava nas mãos de um médico, cuja licença foi cassada, numa cidadezinha do interior?

— Sim.

Albuquerque riu. Adam olhou para ele e bronqueou:

— Acha graça nisso tudo?

— Sim, senhor. Alguma graça. Afinal, uma mente sagaz como a minha não consegue perder de vista o absurdo inusitado, porém ululante, do que se desenrola. É um drama de proporções cósmicas que se desenvolve na intimidade de um edifício. Shakespeare não faria melhor.

Adam virou-se para Juliana:

— Ele sempre fala assim?

— Não sei. Nunca o vi falar tanto desde que moro aqui.

— Ok… na verdade, esse arremedo de porteiro até que tem razão, Marcos. Onde foi que Marcelo conseguiu esse livro? Com a dona Rogéria?

— Quem?

— Rogéria. Dona da livraria O Código Seraphinianus.

Marcos deu risada. Ela soou forçada:

— Não. Aquela picareta jamais teria um livro como esse. A loja dela só serve pra enganar trouxas. — Adam pensou que ele próprio ficara bastante impressionado com algumas edições que vira lá, e por pouco não deixou escapar sobre *Talking to the Dead* e os acontecimentos no seu apartamento, mas conteve-se. Em outro momento, pretendia interrogar o zelador sobre o quanto sabia a respeito do seu apartamento, afinal, se ele tinha todo aquele conhecimento sobre o livro maldito, certamente teria informações valiosas sobre Rosa Gutierrez. Marcos continuou a história:

— Havia uma cópia na biblioteca da Universidade Miscatônica. Ela foi adquirida em 1895 pelo próprio fundador da biblioteca e patrono da cidade que, aparentemente, desconhecia a fama do livro. Ele havia comprado o espólio de um tal Whipple Phillips, algumas centenas de obras raras, e o livro veio junto. E Marcelo… bem… ele o surrupiou de lá. Ou foi o que me disse.

— Por que não estou surpreso…? E onde está o tal livro agora? — Adam exigiu saber.

Marcos olhou timidamente de um lado para o outro e respondeu:

— Comigo. Eu o peguei quando encontrei vocês, após o ataque.

— Eu sabia! Seu velho tratante… eu tinha certeza!

— Não se exalte, senhor Adam! — Alertou o velho. — Fiz com a melhor das intenções e para proteger o senhor Marcelo. Eu apenas o levei a um lugar seguro antes da chegada da polícia e da ambulâcia.

Adam olhou para o cadáver do médico:

— Seguro? *Seguro*? Aquilo parece "seguro" pra você? Se aquela coisa fez isso com Marcelo e estava prestes a matar Juliana, o que poderia fazer com você? O que poderia ter feito com todos nós?

Marcos deu de ombros:

— Como eu podia saber que essa coisa viria atrás dele?

Adam prosseguiu:

— Se você e Marcelo já tinham história juntos, por que ele veio atrás da *minha* ajuda?

— Porque eu disse a ele que queria distância das loucuras com as quais ele estava metido, senhor Adam. Que não queria me envolver com essa história. Já tive problemas demais na vida e sei como essas coisas acabam… Elas acabam mal!

Adam continuava irascível:

— E, afinal, de onde veio essa monstruosidade? Eu vi uma coisa naquele dia com o doutor, uma espécie de passagem. Se aquilo era um portal, será que a criatura escapou por lá?

Marcos suspirou:

— Senhor Adam… você está começando a fazer perguntas para as quais não tenho respostas. Não estou dando uma de desentendido, acredite. Estou sendo honesto. Tem certas coisas acontecendo que… bem, não sei explicar. Há um tempo, o senhor Marcelo me pediu ajuda e eu fiz o que pude, assim como o senhor. Mas ele não abriu sua vida pra que eu lesse. E nem eu queria que fosse assim. Não sei de onde veio essa criatura, assim como não sei o que foi que aconteceu dentro do apartamento dele, quando vocês foram atacados. Agora, independentemente do que passou, temos de decidir o que fazer a seguir.

Eles ficaram pensativos.

— Como você sabe disso tudo? — Juliana perguntou.

— Já disse, moro nesta cidade desde que nasci. A senhora mora há bastante tempo também, mas nunca procurou se inteirar das… como posso dizer…? Das peculiaridades da nossa comunidade.

— Pode apostar que não! — Juliana confirmou. — Eu quero mais é distância daqueles cultos malucos que ocorrem à noite e dessa gente neurótica.

— Pois bem. Nem todos são assim, dona Juliana. Há aqueles que, na intimidade, investigam o extraordinário. Eu sou um desses exploradores — ele finalizou com orgulho.

— O senhor é mesmo uma piada… — ela resmungou.

— Parem com isso os dois — Adam falou. Concentrou-se um pouco, tentando ordenar as ideias. — Certo. Vou tentar ser lógico dentro de uma situação absolutamente maluca. Mas preciso que me responda com objetividade, Marcos. Tem alguma pista de como aquela criatura veio parar aqui?

— Não.

— Mas, se tivesse de adivinhar, o que diria?

— Eu diria que o senhor Marcelo usou o livro para abrir um portal. Foi assim que vocês se machucaram. Se ele tem alguma relação com esta criatura, não posso dizer. Qualquer resposta que eu der vai ser só um chute.

Adam coçou o queixo.

— Uma última pergunta — ele disse. — Por que a criatura queria o livro?

— Eu não faço ideia, rapaz. Aos nossos olhos, o *Necronomicon* pode parecer apenas um tomo comum, mas Marcelo era taxativo ao defender que ele era capaz de realizar portentos maravilhosos… e terríveis!

O grupo ficou um pouco em silêncio após aquela frase funesta.

— Quem mais sabe disso? — Albuquerque perguntou.

— Ninguém — Marcos respondeu sem convicção. — Digo, acho que ninguém. Vai saber…

Adam suspirou. Sentia-se exausto e pensou nas palavras de Rogéria, que dissera que ele não conseguiria deixar a cidade, mesmo se tentasse. Será que não poderia simplesmente arrumar suas coisas e pegar o primeiro ônibus para fora dali?

— Olha, não sou nenhuma especialista… — Juliana comentou — …mas o certo não seria pegar esse livro e devolver pra universidade? Afinal, ele ficou lá durante anos sem causar nenhum incidente.

— Talvez seja uma opção… — Adam comentou.

— Pelo tom, você não parece convencido — ela disse.

— Não. Conheci bem pouco o senhor Marcelo, mas, ao me procurar, ele disse que precisava da minha ajuda para acabar com tudo, seja lá ao que estivesse se referindo. Ele realmente demonstrava ter uma preocupação genuína com algo. Além disso, ele não parecia ter o perfil de alguém que roubaria um livro de uma universidade.

— O que tem em mente, senhor Adam? — Marcos inquiriu.

— Não sei ao certo, mas penso que, antes de abrirmos mão de algo tão perigoso quanto esse livro, é melhor termos certeza de que não faremos besteira.

— Você está coberto de razão, rapaz. Agir sem conhecimento de causa é receita para um desastre — disse o porteiro. Então, virando-se para a terrível cena no apartamento, perguntou. — Foi uma conversa esclarecedora, mas, se me permitem, volto à questão inicial. Como explicaremos isso?

Adam coçou a testa e sentiu-se mortificado pelo que estava prestes a dizer:

— Acho que, no final das contas, teremos que chamar a polícia.

— Talvez não — Albuquerque observou.

— Pretende dar um sumiço no corpo? — Juliana esbravejou. — Não somos mafiosos.

Adam estremeceu ante a familiaridade da situação, sendo tomado por uma sensação de *dèjá-vu*, mas nada disse. O porteiro se explicou:

— Eu não faria isso, dona Juliana. Tinha respeito pelo senhor Marcelo e não o enterraria numa vala nem nada assim. Mas… não sei bem como explicar em termos simples.

— Parece que há muita coisa que vocês não sabem como explicar — Adam insinuou.

— É a natureza desta cidade, senhor Adam. Explicar numa conversa o que aprendemos ao longo de uma vida não é nada fácil.

— Tenta.

— Vivemos num lugar peculiar. E muitos prédios antigos possuem história.

— Me deixa adivinhar. *Este* aqui é um desses prédios? — Adam perguntou.

— Sim, senhor — confirmou o outro. — Antes que pergunte, este prédio tem sua própria maneira de… desaparecer com sangue.

— O que quer dizer com isso? — Juliana franziu a testa.

— Quer dizer que as paredes deste lugar bebem o sangue, a carne, a pele e os ossos dos mortos. Ele absorve cada fração do ser até não restar nada, e mantém seu espírito aprisionado.

Adam olhou para ele:

— Como é?

— Você ouviu.

— Como sabe disso? — Juliana inquiriu.

— Eu trabalho aqui há anos. Posso não ter muito traquejo com as pessoas, mas acredite quando digo que me relaciono bem com elas assim que passam para o outro lado.

Adam deu uma gargalhada forçada:

— Mas o dia só tá melhorando. Agora vai me dizer que você conversa com os mortos?

— Sim, senhor Adam. E os mortos sabem de coisas que nenhum vivo pode saber.

— E qual a relação entre o que este prédio pode fazer e esse seu… dom? Se é que posso chamar assim — Adam perguntou.

— Dom… Talvez seja isso mesmo. Ou uma maldição. Seja como for, as coisas são o que são.

— Vai explicar ou não? — Adam perdeu a paciência.

— Eu não posso explicar — Albuquerque disse. — Às vezes acontece, noutras, não. Os tijolos, as vigas, a argamassa, os azulejos… tudo que compõe esta estrutura onde estamos… simplesmente absorve sangue, veias, ossos, cabelos, tutano. Um corpo pode simplesmente desaparecer. O prédio devora a carne… e aprisiona a alma. De um rato morto a um ser humano.

— Rosa Gutierrez não foi devorada — Adam refutou. — O corpo dela foi encontrado na porra do meu apartamento, depois de dias apodrecendo. Como essa sua teoria explica isso?

— A senhorita Gutierrez… — Havia lamento na voz de Albuquerque. — Uma pena o que aconteceu com ela. Uma moça tão bonita, que se permitiu corromper pelas trevas.

— Como assim? — Quem havia perguntado fora Juliana.

— A senhorita Gutierrez estava mexendo com forças obscuras. Histórias escabrosas foram veiculadas na época da sua morte… histórias sinistras demais, até para esta cidade. E essas forças acabaram por transformá-la em algo mais.

Adam deu um passo na direção dele e rosnou tão próximo de seu rosto, que o porteiro pôde sentir o hálito quente:

— Você sabia o que havia no meu apartamento? Sempre soube?

— A senhorita Gutierrez tornou-se um súcubo. Sim, disso eu sei. Ambição e maldade transformadas em ira lasciva. Como disse, é uma pena…

— Você sabia… e não disse nada?

— O que os mortos dizem não deve ser partilhado de modo leviano. Não é para ouvidos alheios, Adam.

— Ouvidos alheios? — Adam berrou. — Uma pessoa inocente morreu! E isso poderia ter sido evitado.

— Quê? — Marcos se intrometeu. — Do que está falando?

— E sinto muito por isso, mas a responsabilidade não era minha — Albuquerque se defendeu. — Eu ouço a confissão deles. Só isso. Não cabe a mim me envolver.

Súbito, um estalo mental dissipou brevemente a raiva de Adam:

— Espere um pouco… Se você escuta os mortos… — ele olhou para Marcos antes de concluir a frase — …e estou engolindo meu ceticismo natural e dando um grande crédito a esse dom… Mas, se realmente escuta os mortos, você poderia falar com o Marcelo? Poderia perguntar por que ele roubou o livro?

Albuquerque levantou as sobrancelhas:

— Sim, por que não? É uma ideia doentia, mas brilhante.

Juliana levou as mãos à cabeça, numa atitude teatral de desespero:

— Todos enlouqueceram, menos eu.

— Vocês estão se esquecendo de um detalhe — observou Marcos. — Supondo que esse crápula não esteja senil, se permitirmos que o prédio devore o senhor Marcelo, seu espírito ficará aprisionado aqui.

— Tem ideia melhor? — Adam perguntou.

— Não. Só que, raciocina comigo… Temos a chance de fazer o certo, mas estamos sugerindo fechar aquela porta e esperar o doutor ser devorado por forças ocultas. Com certeza, ele não ficará nada feliz se o deixarmos aprisionado aqui pela eternidade.

— Uau, que explosão de moralidade, Marcos. — Adam comentou. O velho fez um muxoxo.

— O que posso dizer?

— E ele vai saber que fomos nós que permitimos que o prédio se apossasse dele? — Adam perguntou.

— Ah, pode apostar que vai, senhor Adam — o porteiro confirmou.

— Tudo bem. Ele me deve uma — Adam observou após refletir por alguns instantes. — Vai ser a hora de cobrar.

— Isso não faz sentido — disse Juliana. — Ele morreu. Seu espírito… já era, não tá mais aqui. Ele não deveria ter ido pro Céu ou algo assim?

Marcos abriu um sorriso falso:

— Minha querida… eu já vi e vivi algumas coisas. E, acredite ou não, há evidências concretas para os Deuses Antigos. Entidades cósmicas adormecidas que poderiam nos destruir com um bocejo. Há evidências para mortos acéfalos andando como os vivos e até pra seres mitológicos como vampiros e lobisomens. Até arrisco dizer que sereias existem em algum lugar deste mundo. Mas, sinto informar, duvido que haja um Céu.

— Fale por si — esbravejou a mulher.

Todos sentiram um peso sobre os ombros. Não sabiam o que era, mas, se Adam tivesse de adivinhar, diria que era a falta de esperança recrudescendo. O impasse persistiu por alguns segundos sem ninguém encontrar nada para dizer, até que Juliana comentou:

— Não acredito que vou falar isso. Sendo honesta, não acredito em nada do que estão dizendo, mas costumo ser uma pessoa prática. Sendo assim, supondo que toda essa loucura seja mesmo verdade, me ocorreu uma coisa…

— O quê? — Adam perguntou.

— Já que pareço ser a única com um pingo de moralidade quanto a conspirar para manter alguém aprisionado pela eternidade, sugiro deixar o prédio devorar Marcelo, extrair as informações que precisamos dele com a ajuda do Albuquerque e, depois, exorcizar o edifício.

— Como é? — Marcos perguntou.

— Pode ser feito, não? Que nem nos filmes? Ele é um espírito. Quem sabe um exorcismo o liberte. Quem sabe liberte todas as almas que, de acordo com o Albuquerque, estão aprisionadas aqui.

— Tem noção do perigo do que está propondo, garota? — Marcos observou. Adam o contestou:

— Não, espere. Faz sentido. É insano, quase idiota, mas tem sua lógica. Resolveria todos os nossos problemas.

— É a coisa mais demente que já ouvi — Albuquerque murmurou entredentes. Então, abriu um sorriso. — Talvez funcione! Mas vocês estão se esquecendo de um detalhe: Rosa Gutierrez. O súcubo jamais permitiria isso.

— Ela também estaria livre — Adam argumentou.

— Ela é fúria. Ela é dor. Ela é raiva. Ela é desejo. Garanto que, se tentarmos fazer isso, teremos de enfrentá-la. E talvez outros também. Ela tem uma influência sobre esta estrutura que excede em muito meu dom. Em linguagem coloquial: a coisa pode ficar feia!

— Não vejo alternativa — Juliana comentou.

— Todos de acordo? — Adam perguntou.

— Sim — Juliana confirmou, num estranho arroubo de animação. Marcos fez um sinal fatigado com as mãos, indicando que concordava. O porteiro balançou a cabeça:

— Estou de acordo, senhor Adam.

— Ótimo. Então, se o que disse está certo, Albuquerque, o prédio consumirá Marcelo. Temos que esperar para ver se vai funcionar. Enquanto isso… que tal darmos uma olhada nesse *Necronomicon?*

O apartamento 11 parecia uma pocilga.

Marcos era um acumulador daqueles que seguramente renderiam um programa sensacionalista inteiro de televisão. Era difícil andar sem trombar em alguma coisa.

— O que é isso tudo? — Juliana perguntou perplexa.

— Sou um colecionador! — Respondeu com orgulho austero o dono da casa, o que motivou uma risadinha de Albuquerque. — Que foi? Eu sou mesmo…

— Vá dizendo isso a si, colega. Quem sabe se convença.

Marcos bufou.

O lugar fedia a mofo. Havia prateleiras com livros para todos os lados, dispostos sem qualquer ordem perceptível. Duas vitrolas no chão, bem ao lado da porta, e um gramofone. Adam nunca tinha visto um pessoalmente. Uma parede de discos de vinil, a maioria clássicos, formava um forte ao redor delas. À direita, uma arara com pelo menos duas dúzias de casacos de pele femininos. *Pra que ele quer isso?*, Adam pensou. *O diabo do velho mora sozinho e não deve saber o que é uma mulher há anos.*

Conforme andavam, avistaram todo tipo de tralha inusitada. Um pote de vidro do tamanho de um balde cheio de moedas, uma pedra do tamanho de um punho que Marcos defendeu ser de origem lunar, outra pedra que era um suposto pedaço do Muro de Berlim e ainda outra pedra que seria uma pepita de ouro africana. Juliana achou que aquilo não se parecia nem um pouco com ouro. Havia carcaças de geladeiras e máquinas de lavar antigas, abajures e revistas em quadrinhos, um espelho milenar e algo que Adam poderia jurar que foi o primeiro microcomputador a ser fabricado. Peças de carros, garrafas de vinho e de cerveja, apetrechos do período colonial e um monociclo enferrujado.

— Algumas dessas coisas devem valer dinheiro — Adam balbuciou, mais para si do que para os demais.

— Não vendo nada. Um dia minha casa vai ser transformada num museu.

— Nos seus sonhos, homem — comentou o porteiro, que obviamente já estava habituado ao ambiente e sentia um prazer mórbido em cutucar o colega.

— Como você se encontra no meio de tanta coisa? — Juliana perguntou, mas antes que ele pudesse responder, Adam o interpelou:

— Deixa isso pra depois. Cadê o livro?

Marcos os conduziu até os fundos do apartamento, passando pela cozinha e chegando onde deveria ser uma lavanderia, mas que de fato era só mais uma extensão de todo o resto da bagunça. Abriu um armarinho e tirou um pequeno baú de couro.

Adam engoliu em seco, sentindo o coração palpitar. Sua imaginação febril traçava todo tipo de fantasia. Em sua mente, ele se preparava para encontrar um volume pavoroso, feito de pele humana, escrito em sangue e protegido por correntes e cadeados para evitar que os incautos o lessem. Um livro perigoso e milenar, cujas páginas eram indestrutiveis, conservando até hoje as impressões digitais do próprio Demônio. Mas, quando o zelador abriu o baú, lá dentro havia apenas um livro comum. De aparência bem antiga, é verdade, mas, para todos os efeitos, comum. Encadernação de couro, três dedos de espessura, uns 25 centímetros de altura por 20 de largura. Não trazia nada escrito na capa cobreada; nem título, nem autor. A lombada também era lisa. Adam não soube estimar quantos anos tinha aquele volume.

Marcos o estendeu com ambas as mãos, dizendo:

— Pegue.

Havia algo de pernicioso na oferta, como um encantador de cobras que oferece uma serpente a um espectador apenas para ver a reação de pânico dele quando o réptil se enrolar em seu braço. Adam hesitou. Sentindo a excitação amainar, pensou mais uma vez em sair dali, arrumar as malas e partir de uma vez da cidade, provando para Rogéria que ela não sabia do que estava falando. Em vez disso, tomou com cuidado o livro nas mãos e o abriu.

Albuquerque e Juliana se debruçaram por sobre o ombro dele e observaram a folha de rosto. Em branco. Bege, devido à ação do tempo. Lateral puída. Adam virou mais uma página e lá estava o título, gravado em letras decorativas:

NECRONOMICON

Embaixo, uma identificação do nome do autor:

ABDUL ALHAZRED

A grafia diferia do que ele imaginara. Não havia nada de empolado, nada extraordinário. A tinta estava um pouco desbotada.

Adam abriu uma página a esmo no meio do volume. Do lado direito, uma ilustração pueril; algo que parecia ser uma pessoa da cintura para baixo nua, com um pênis exageradamente longo, quase chegando à altura dos joelhos. Da cintura para cima era um ser peludo, como o tronco de um macaco. O rosto era algum tipo de animal de chifres, talvez um bode, talvez um veado ou mesmo um boi. O desenho era tão malfeito que ficava difícil precisar. Do lado esquerdo, texto corrido... e uma surpresa.

— Está escrito em espanhol? — Juliana perguntou.

— Até onde sei, foi a única cópia que chegou ao nosso continente — Marcos respondeu. — O senhor Marcelo contou que ela veio de navio no final dos anos 1800 e rodou por alguns países antes de acabar aqui. Dizem que há uma cópia em inglês em algum lugar dos Estados Unidos, mas sua localização desapareceu há décadas. Sei de um exemplar em grego também, mas é provável que existam outras cópias que desconheço, afinal, não sou nenhuma autoridade no assunto.

— E o Marcelo era?

— O doutor Marcelo fez um levantamento sério sobre todas as cópias de que se tinha notícia e chegou a um número que considerava verossímil.

— Quantas? — Adam perguntou curioso, enquanto folheava a esmo o volume.

— Doze. Mas isso não quer dizer nada. Foi só o que ele conseguiu localizar após muita pesquisa.

— E você tem acesso a essa pesquisa?

— Não, senhor Adam. Isso foi só algo que ele me disse durante uma conversa informal. O senhor superestima meu envolvimento nesta questão. Se bem que o material deve estar em algum lugar do apartamento dele. Acha que pode haver algo relevante?

Adam desviou o olhar do livro para ele:

— O cara passou sei lá quanto tempo estudando isso. Claro que deve haver algo relevante! Infelizmente, não temos tempo para procurar.

Continuou examinando a obra. Era difícil imaginar que algo tão pueril pudesse ser alvo da cobiça de seres inimagináveis. Será que as demais cópias que estavam espalhadas pelo mundo, conhecidas ou não, também o eram?

Por um instante, seu ímpeto foi desvendar o tomo, mas, ao pensar no que acontecera com o médico, refreou os instintos. Fechou de uma só vez o volume, produzindo um som alto, que fez Juliana se assustar.

— Que foi? — Ela perguntou.

— É bem menos extraordinário do que eu pensava.

— Não se deixe levar pelas aparências, senhor Adam. Não julgue o livro pela capa — Marcos falou.

— Não é o que estou fazendo. É só que… foi um dia longo, não? Acho que agora só nos resta esperar.

— E se houver outras coisas que nem aquela? — Juliana questionou, deixando a aflição que sentia transparecer na inflexão das palavras. Adam refletiu um pouco. Guardou o *Necronomicon* de volta no baú de couro e o fechou, antes de dizer:

— Senhor Marcos, o melhor a fazer agora é passar o resto da noite trancado em seu apartamento. Talvez seja até bom se algum de nós puder ficar com o senhor…

Imediatamente, Albuquerque observou:

— Senhores… senhorita… o horário do meu expediente já terminou há tempos. E devo ressaltar que, na tarde de hoje, excedi em muito as funções para as quais sou contratado.

Adam suspirou:

— Tudo bem, Albuquerque, pode ir. Descanse, pois amanhã vamos descobrir se você falava sério… precisaremos que faça uma sessão com os mortos! — A seguir, emendou para si próprio: — Nem acredito que disse isso em voz alta.

O outro não se abalou:

— Não se preocupe, senhor Adam. Farei conforme prometi.

Ainda que não houvesse qualquer relação entre uma coisa e outra, a observação do porteiro fez Adam pensar no horário e, ao consultar o relógio, ele disse em voz alta:

— Droga!

— Que foi? — Juliana perguntou.

— Já são quase sete da noite. Eu tinha ficado de ir jantar com uma amiga. Ela deve estar esperando já há um tempo.

— Pode ir — Juliana o assegurou. — Eu fico aqui com ele.

— Tem certeza?

— Claro. Não tem muito mais que possamos fazer agora. Temos que esperar e torcer pra que tudo saia nos conformes.

Marcos decidiu protestar:

— Vocês estão decidindo a minha vida como se eu precisasse de babá. Não quero ninguém aqui comigo. Já não basta ter deixado vocês entrarem?

— Vai dar uma de criança? — Juliana provocou.

— O livro estava seguro até vocês aparecerem, não estava? Pois bem, ele vai continuar seguro até amanhã. Agora, vamos dando o fora da minha casa. Tenho mais o que fazer do que ficar aqui, pajeando um bando de desocupados!

Ele começou a enxotar o trio, retomando o comportamento ríspido de sempre.

— Tudo bem, velho. Nós vamos — Adam concordou. No fundo, não tinha a menor vontade ou intenção de continuar ali. Encontrar-se com Amanda era uma ideia bem mais atrativa. Mesmo assim, achou melhor arrematar o assunto. — Mas amanhã teremos que cuidar dessa questão. Que horas?

— Às cinco, pra mim, tá bom — Marcos respondeu.

Albuquerque fez um sinal afirmativo com a cabeça. Adam olhou para Juliana e disse:

— Você não precisa se envolver mais nisso, Juliana. Se não quiser…

Ela o interrompeu:

— Nem a pau que vocês vão me deixar de fora depois disso tudo. Se vão fazer uma sessão espírita e conversar com um morto, podem apostar que eu vou querer ver.

"Sentiu um dedo de gelo tocar seu coração."

Stephen King, *O Iluminado*.

6 O sangue dos aterrorizados é espesso

— E aquele almoço que você me prometeu? Vai rolar? — Amanda perguntou, escondida atrás de uma taça enorme com várias bolas de sorvete, coberturas de sabores variados, cerejas, um canudinho de chocolate e pêssegos em calda. A sobremesa de Adam era bem mais modesta, apenas uma fatia de bolo de chocolate com uma bola de sorvete de creme. Doce nunca fora o seu forte.

— Ué… é só a gente marcar.

Era o tipo de resposta propícia a quem está encurralado. Não chegava a ser uma negação, então não irritava o interlocutor; ao mesmo tempo, não chegava a ser precisa a ponto de comprometê-lo, e ainda abria um precedente para um futuro que poderia ser facilmente adiado.

Adam estava sendo razoável. Se a conversa que os moradores do prédio haviam tido naquele fim de tarde no apartamento do doutor Marcelo tivesse um mínimo de chance de funcionar, ele não arriscaria levar Amanda para sua casa antes de exorcizar o espírito de Rosa Gutierrez. Primeiro resolveria a questão e eliminaria todo e qualquer risco. Gostava demais da garota para cogitar minimamente que o caso Thaís com "H" se repetisse. Adam percebera certa inflexão na voz da moça ao mencionar seu apartamento daquela vez, mas não deu importância. Por tudo que ocorrera no dia, era provável que ele é quem estivesse nervoso, projetando nela seus temores.

— Que tal amanhã? — Ela perguntou — Olhei meus horários e não posso no almoço, mas tô livre na janta. Vamos aproveitar que é sexta e o Halloween tá chegando!

Súbito, a ficha dele caiu. Já era o Dia das Bruxas? Mal estava se dando conta da passagem do tempo. Pensou em Pombo e nas observações que o jovem fizera poucos dias antes. Um arrepio percorreu sua espinha, mas logo a seguir dispensou a ideia, dizendo a si próprio que o garoto estava bem.

Mesmo assim, sentiu um gosto amargo na boca. Não soube explicar, mas lembrou-se de um ditado que dizia que a negação é o remédio dos tolos.

— Ah, não, né? Amanhã é dia de estarmos nas ruas, nos divertindo — ele respondeu, disfarçando o incômodo. — Como são as comemorações por aqui? Tem procissão? As pessoas se fantasiam? Tem festa de rua rolando? Não quero ficar trancado em casa… A gente deixa pra semana que vem.

Ele disse aquilo com tanta naturalidade que quase convenceu a si próprio do que falava. Com certeza havia convencido Amanda, que concordou com um sorriso no rosto. Logo estavam falando de outras coisas.

Adam pagou a conta, que ficou um pouco mais alta do que esperava. A situação não passou despercebida por Amanda, que perguntou:

— Quer rachar?

— Não. Você é minha convidada.

Ela ficou um pouco calada, observando-o chamar o garçom. Então, emendou:

— Você não pensa em procurar um emprego?

— Penso, sim. Mas não sei ainda o que quero fazer. Por quê?

— Porque, sabe como é… dinheiro acaba, né?

— Sim. Mas tenho tentado me controlar. Minha vida é regrada e os gastos são baixos.

— Quando quiser procurar alguma coisa, me dá um toque. Eu conheço metade da cidade.

Ela sorriu e segurou a mão dele. Foi ótimo sentir o reconforto do calor humano após aquele dia bizarro. Ele confiava em Amanda, e essa também era uma sensação incrível. Ela completou de forma afável:

— Nunca é bom ficar muito tempo parado. A gente começa a ficar improdutivo e se acostuma a não fazer nada.

Não fazer nada é a última coisa que tenho feito, meu amor.

O casal saiu do restaurante e decidiu caminhar um pouco. Estava uma noite quente e abafada, de nuvens estáticas e sem brisa. Conversavam sobre trivialidades, banhados pela luz prateada do luar, que enfatizava a atmosfera gótica das ruas estreitas. De repente, um grito despedaçou a ternura do momento.

Os dois olharam para o outro lado da rua seguindo o som e viram uma mulher titubear, perder o equilíbrio e cair, como se as forças tivessem lhe faltado.

— É a dona Antônia! — Exclamou Amanda.

— Conhece ela?

— Sim. É professora do ensino médio.

Os dois correram para acudir a mulher, sendo os primeiros a se aproximarem, mas nem bem haviam se ajoelhado ao lado dela, meia dúzia de pessoas já tinha se juntado. Talvez por causa do calor, aquela era uma noite incomumente movimentada na cidade.

A mulher devia estar beirando os cinquenta anos, era obesa e bastante pálida. Estava ferida. Os braços traziam longos arranhões que iam da linha dos cotovelos até os punhos. Dois vergões roxos se pronunciavam do pescoço como marcas de chibatada, e sangue escorria do centro do escalpo, espalhando-se por todo o rosto como vários riachos vermelhos tingindo a face alva. Outros arranhões e hematomas dividiam espaço com varizes roxas e esverdeadas nas pernas brancas como giz. Ela estava caída de lado e, com cuidado, Adam virou seu corpo. Deu de encontro com dois olhos azuis esbugalhados, como se tivessem perdido a razão.

Antônia reagiu ao toque dele e, num sobressalto, pareceu ser arrancada de outra realidade. Ela segurou com força surpreendente os braços de Adam e gritou:

— Eles pegaram Felipe! Eles pegaram meu menino!

Assim que disse aquilo, as pessoas que haviam se reunido ao redor dela começaram a debandar, olhando para o chão como se estivessem envergonhadas. Amanda berrou:

— Aonde vocês tão indo? Voltem aqui!

Mas já era tarde. Em poucos segundos, ela e Adam eram os únicos em volta da mulher.

— Mas são mesmo uns cretinos — a médica disse para si mesma, e então rosnou o mais alto que conseguiu. — Covardes!

— Esquece eles! Chama uma ambulância! — Adam urgiu.

Um pouco constrangida por não ter feito aquilo ainda — afinal, *ela* era profissional da área da saúde —, Amanda correu até um orelhão que havia na esquina, a poucos metros dali. Enquanto isso, Adam voltou-se para a vítima e disse:

— Senhora, por favor, se acalme!

Ela continuava se remexendo, quase fora de si. Olhava para a frente, repetindo a mesma frase, mas parecia não ver mais a figura de Adam. Suas palavras eram cuspidas aleatoriamente para o vento, enquanto ela tentava alcançar uma imagem invisível a todos, exceto a ela. Ele a segurou pelos braços e sacudiu, aumentando o tom de voz:

— Se acalma!

A energia que empregou pareceu surtir algum efeito. Ela calou-se e o encarou direto nos olhos.

— Quem pegou seu filho? — Adam perguntou, ao perceber que havia uma faísca de lucidez no rosto da mulher.

— Eles… — ela respondeu numa voz derrotada. — O povo do subterrâneo.

A ambulância demorou mais do que deveria para chegar. Adam e Amanda aguardaram ao lado da vítima, após a médica fazer uma checagem rápida e constatar que os ferimentos eram superficiais. Aparentemente, o trauma psicológico e emocional parecia ser o mais problemático. Ninguém mais apareceu para dar assistência e, como se a notícia tivesse se espalhado, os transeuntes atravessavam a rua para fugir da cena.

— Maldita cidade — Amanda murmurou raivosa. Adam tocou seu ombro e tentou acalmá-la, mas a mulher vociferou. — Esses desgraçados. Todo mundo sabe o que acontece e ninguém faz nada.

Dia 31 de outubro. O Dia dos Mortos estava chegando. Dia das Bruxas. Dia dos Demônios. De repente, Adam começou a sentir um frio na barriga; não conseguia tirar o rosto de Pombo da mente e, de alguma maneira, tinha a sensação de que o garoto estava em perigo.

— Amanda... — ele arriscou perguntar — ...por que as pessoas se afastaram? Por que ninguém ficou pra ajudar essa senhora?

Amanda suspirou. Olhou para o luar, indiferente aos problemas mundanos deles, brilhando no céu estrelado. Então, respondeu:

— Elas não se atrevem. Não querem se envolver. A dona Antônia disse que o filho dela foi levado... Todo mundo por aqui sabe o que isso quer dizer.

— E por que ninguém faz nada a respeito? Estamos falando de crianças, não?

Ela apontou para o final da rua. Adam seguiu a direção do dedo e seus olhos se depararam com uma pequena igreja.

— Reparou em quantas igrejas existem por aqui? — Ela perguntou. — É um número desproporcional pra uma cidade tão pequena. Acha que as pessoas que frequentam o culto são o quê, Adam? Católicas? Evangélicas?

Ele não arriscou uma resposta, mas a expressão em seu rosto a estimulava a prosseguir. Foi o que ela fez:

— As pessoas têm suas próprias crenças por aqui, Adam. Elas coadunam com isso porque acreditam. E, mesmo quem não acredita, tem medo. Entenda que há um grupo no comando de tudo, Adam. Um grupo que manda na cidade há décadas. E essas pessoas, esses fanáticos, são capazes de qualquer coisa pra proteger suas crenças...

O socorro chegou, abreviando a explicação.

Mesmo sendo sua noite de folga, Amanda estava disposta a ir ao hospital com Antônia e ficou surpresa quando Adam disse que não iria:

— Adam! Pelo amor de Deus, a mulher tá ferida.

— Eu sei, mas... Amanda... tem um garoto no meu prédio... Pedro... Pombo. Ele é meu amigo e eu... eu tô com um mau pressentimento.

— Acha que pode ter acontecido alguma coisa com ele?

— Eu não sei, mas… nos últimos dias, ele estava com medo. Ele me disse isso. Disse que estava com medo. E eu o ignorei. Depois do que essa mulher falou, fiquei preocupado. Preciso ir pra casa ver se ele está bem. Você me entende?

— Então vou com você — ela afirmou.

— Quê? Não, não precisa. Vai com sua amiga. Você é médica e ela…

— Ela vai ficar bem. Eu vou com você.

Naquele momento, o paramédico interrompeu a discussão:

— Olha, não quero ser desrespeitoso, mas dá pra vocês se decidirem? Tenho de levar ela pro hospital.

Era evidente que ele estava mantendo a calma porque conhecia a médica.

— Pode ir — Amanda falou. — Mais tarde eu passo lá pra ver como ela está.

Ele assentiu e, sem dizer mais nada, entrou no carro ao lado do parceiro. Em poucos segundos, haviam desaparecido na primeira esquina.

— Bom… — ela comentou. — Vamos lá ver o seu garoto.

Adam não conseguiu escapar dessa vez. Seguiram em silêncio por todo o caminho. Ao chegar ao seu prédio, ele subiu diretamente para o apartamento 33, onde Pombo morava, e bateu repetidas vezes, sem resposta. Forçou a maçaneta. Estava trancada.

— E agora? — Amanda perguntou.

— Vamos falar com o zelador.

Desceram ao apartamento 11 e Adam começou a espancar insistentemente a porta. De novo. Vários minutos se passaram.

— Tem certeza de que ele tá aí?

— Ah, tenho, sim.

Enfim, após muitas pancadas, gritos e toques de campainha, Adam escutou as travas se abrirem. Marcos colocou apenas a cabeça descabelada para fora por uma fresta. Mesmo assim, deu para ver que estava de camisa regata branca justa e cueca samba-canção.

— Senhor Adam! Sabe que horas são? Não creio que tenha vindo me perturbar após o dia intenso que tivemos!

Adam estava prestes a responder, quando foi aturdido por um cheiro familiar. Ele ficou uns segundos quieto, assimilando a nova informação e, a seguir, retrucou:

— Marcos! Você tá fumando maconha?

Num arco reflexo, o zelador abanou o ar à sua frente e seu único olho se arregalou, surpreso:

— Eu? Não… eu…

— É assim que vai tomar conta do nosso negócio? Seu velho escroto…

— O que faço no meu tempo livre é problema meu! E quem diabo é essa aí?

Adam percebeu que Amanda estava apreensiva, olhando ao redor sem parar, com certeza receosa por estar naquele edifício. Contudo, aquele anão caolho, vestindo só roupas de baixo e envolto numa nuvem de erva era uma figura tão peculiar, que arrancou um risinho dela.

— Não tenho tempo pra isso — Adam disse. — Põe uma roupa. Preciso que você abra o apartamento do Pombo.

— Quê? Por quê?

— Porque tenho certeza de que algo ruim aconteceu.

Marcos examinou o rosto de Adam com cuidado, raciocinando tanto quanto sua mente entorpecida por dois cigarros da erva pura permitia. Concluiu que o inquilino falava sério.

— Tudo bem. Espera aí.

Após o zelador vestir um roupão, o trio subiu as escadas. Quando ninguém respondeu também às batidas de Marcos, ele tirou seu molho de chaves, inseriu uma na fechadura e olhou para Adam:

— Tem certeza disso?

Adam fez um sinal de positivo com a cabeça.

— Ok.

O velho abriu a porta. Dentro do apartamento estava bastante escuro. Escutaram o som da televisão ligada, sintonizada num canal qualquer. Adam foi o primeiro a entrar, sentindo o coração disparar. A única luz que vinha era mesmo a da TV, na sala ao lado.

— Oi… tem alguém aí? — Ele perguntou temeroso, antes de dar mais algum passo. Marcos deu um empurrão nas costas dele, mandando-o para o interior do apartamento.

— Entra.

— Tô indo, droga, tô indo.

Então ele viu uma silhueta feminina estirada no sofá, imóvel.

— Ali...! — Alertou os demais.

Amanda e Marcos se adiantaram para ver um arremedo de ser humano deitado, os olhos vidrados mirando o teto, a boca aberta, dando a impressão de que diria algo a qualquer instante, mas apenas balbuciando sons sem sentido. A mulher tinha pele clara, cabelos escuros e, se o seu rosto não estivesse cadavérico, poderia ser bonito. Ela estava só de calcinha, e Adam achou indecoroso portar-se daquela forma numa casa onde havia uma criança. O corpo fedia; cheiro de suor, como se ela não tomasse banho há dias. Então, eles viram a agulha ainda enfiada no antebraço.

Marcos se aproximou, fez uma careta e rosnou, meneando a cabeça:

— Heroína! Queria saber como essa porcaria chega até aqui! — A seguir, tirou a agulha e a jogou sobre a mesa. A atmosfera era sepulcral. — Dona Sônia... a senhora está bem?

Não houve resposta. Ele insistiu, acompanhando a pergunta com uma chacoalhada:

— Dona Sônia... onde está seu filho? Cadê o Pedro?

Os lábios dela se moveram, mas nenhum som escapou. Ele perguntou uma terceira vez, novamente sem resultado. Perdendo a paciência, Adam tomou a dianteira, ajoelhou-se ao lado da mulher e deu dois tapinhas em seu rosto. Marcos fez menção de protestar, mas se calou no último instante.

— Acorda! Acorda, droga! Preste atenção!

Mais dois tapas. Ela pareceu começar a reagir.

— Cadê seu filho, dona?

— Eles... eles levaram...

Ela respondeu tão baixo, que Adam não soube dizer se havia realmente escutado aquilo. Em seu íntimo, torceu para que não.

— O que você disse?

Um novo tapa, um pouco mais forte. Enfim, ela respondeu de forma adequada, ainda olhando para ele como se conseguisse enxergar através da sua cabeça:

— Ele... t-tava brincando... lá embaixo... foi a vez dele...

Em seguida, voltou à catatonia, sendo incapaz de limpar a baba que começou a escorrer pela lateral da boca.

Adam a largou, ficou de pé e olhou para Marcos:

— Eu tinha certeza. Eu sabia. Temos de fazer alguma coisa.

Então, ele notou a expressão de desespero gravada no rosto do zelador.

— Senhor Adam, eu… eu sinto muito.

— Como é?

— Não há nada que possamos fazer. Se o que ela disse é verdade… eu temo que… Pedro esteja condenado.

Ele havia dito aquilo com uma dor quase palpável na voz. Seus lábios tremiam. Os olhos estavam desamparados. Estava verdadeiramente mortificado.

— Não, você não tá entendendo — Adam protestou. — Eu conversei com o Pombo há alguns dias. Disse pra ele não se preocupar… porque ele *tava* preocupado! Eu não acreditei nele. Disse para ele não se preocupar e que tudo ia ficar bem. Cê tá me ouvindo? — Ele ergueu o tom de voz. — Eu disse que tudo ia ficar bem! Tranquilizei o moleque. Fiz pouco caso dos temores dele. E agora ele desapareceu!

— Eu entendo, senhor Adam, mas… Não há nada que a gente possa fazer. Sinto muito.

— Não! — Adam berrou. — Não aceito isso!

— É como as coisas são, senhor Adam!

— Não desta vez, velho. Eles não podem ter apanhado ele há mais do que algumas horas. A gente tava reunido aqui até agora há pouco.

— E o que te faz pensar que eles não o levaram ontem? Ou anteontem?

— Não é hora pra pensamento negativo, meu senhor — Amanda defendeu.

— Eu sei quem você é — Marcos bradou. — Você é a médica, não é? Lembro que já te vi com o doutor Marcelo. Vocês dois estão juntos agora? — Ignorando a pergunta, Amanda afirmou:

— Os garotos podem ser salvos!

— Você é moradora da cidade tanto quanto eu, moça. Sabe como as coisas funcionam aqui.

— Pois talvez seja a hora de mudar as coisas. Não é porque “foi sempre assim” que precisa ser “assim para sempre”. É a nossa chance de tomar uma atitude.

Adam se adiantou e disse com calma:

— Olha… ainda dá tempo de salvar o moleque… e os outros. Sei que tem outros… Droga, talvez a gente possa salvar vidas, Marcos! Salvar crianças… se o que Pombo contou é verdade, a atrocidade mais horrível de todas acontece aqui, neste momento. Não podemos mais deixar os responsáveis impunes.

Ele havia dito aquela última frase com esperança renovada. O zelador não se deixou comover:

— Você não tá entendendo, rapaz. Eu sinto tanto quanto você. Tenho sentido por toda a vida. Mas esses meninos… eles estão além de qualquer ajuda.

Adam rosnou num tom quase perigoso:

— Você sabe onde eles estão?

— Todos sabem onde eles estão!

Quem havia dito aquilo fora Amanda. Adam olhou para ela. Sua expressão estava enigmática, dura e carrancuda, iluminada somente pela televisão. Adam fez uma pergunta para a qual já tinha a resposta:

— Na Colina do Enforcado?

— Sim — ela assentiu. E completou. — Na Floresta das Árvores Retorcidas.

— Se todos sabem onde as crianças raptadas estão, como ninguém vai buscá-las?

— Porque não pode ser feito! — Marcos afirmou.

— Ou isso é o que todos esses tapados acreditam! — Amanda contestou. — É uma crença absurda, Adam. E os cretinos de quem falei punem qualquer um que ouse interferir. Intimidam… ou pior. É o segredinho sujo desta cidade. — Ela estava em polvorosa, extremamente exaltada. Dava para perceber que punha para fora anos de sentimentos reprimidos. Adam virou-se para Marcos:

— Me leve até lá!

— Quê? Ficou louco?

Ele se inclinou para que seu rosto ficasse na mesma altura do zelador.

— Eu pareço louco? Olha, nem a pau que vou deixar o moleque na mão! A vida já fez isso demais com ele. Dá uma olhada na mãe que o pestinha tem!

Ele apontou para o espantalho deitado no sofá. Marcos observou a mulher e limpou o suor da testa. Seguramente, tinha pensado em passar a noite de forma bem diferente após o turbilhão de acontecimentos do fim de tarde.

— Senhor Adam… é a segunda vez no mesmo dia. Você vai acabar matando todos nós!

— Não estou pedindo sua ajuda. Só preciso que você me mostre o caminho. Depois pode voltar pra cá e chafurdar nessa porra de erva até seu cérebro virar geleia.

O zelador suspirou:

— Você faz ideia do que te espera?

— Você me conta no caminho. Vou precisar daquela espingarda do Albuquerque… e de qualquer coisa que você puder me arrumar.

Marcos fez uma última súplica:

— Senhor Adam, por favor… você vai literalmente mergulhar no Inferno… debaixo da terra. É impossível entrar e voltar com vida. E as consequências pra todos podem ser… Eu imploro, não faça isso!

— A gente tá perdendo tempo — ele virou-se para Amanda. — Desculpa, mas preciso que fique aqui. Sei que você conhece o caminho, mas será perigoso. E vai que essa mulher precisa de ajuda…

— Adam… — Amanda disse — …eu escutei as histórias. As tenho escutado por toda a vida. Coisas diabólicas demais para serem reais, exceto pelo fato de que são. Sempre detestei cada aspecto disso, sempre me senti enojada pelo que ocorre aqui, sempre quis fazer algo a respeito… só que, como tantos, nunca tive coragem. Mas, com você, sinto que é diferente. Você vem de fora e não está contaminado por toda essa crença, essa superstição. Tome cuidado, mas faça alguma coisa. Já passou da hora de alguém fazer. Vou ficar aqui como pediu, mas só porque essa mulher precisa de assistência e sou a melhor pessoa pra isso. Mas trate de voltar o mais rápido que puder. E inteiro

— Pode contar com isso. Se precisar de algo, meu apê é o 42 — Adam respondeu, dando suas chaves para ela. Estava tão afoito, que nem sequer lembrou-se de Rosa Gutierrez ou percebeu a expressão de transtorno no rosto da médica. Virou-se para Marcos — Vamos?

— Alguém já negou alguma coisa pra você? — O zelador perguntou.

— Minha ex-esposa!

— Certo… — o zelador disse, com resolução surpreendente. — Então, se não tem jeito, é melhor irmos. Mas vou te arrumar coisa melhor do que aquela carabina velha.

Pela segunda vez Adam pôs a mão dentro do bolso largo da calça de moletom que vestia e sentiu o peso da arma. Marcos guiava seu Chevette em direção aos limites da cidade, assobiando algo que parecia ser *Você é linda*, do Caetano. A noite continuava abafada, mas, como a hora já estava um pouco mais avançada, não havia mais nenhuma alma viva na rua. Adam já estava habituado àquilo; após determinado horário, as pessoas simplesmente desapareciam, encerradas dentro de quatro paredes. Deixou a arma descansando no bolso e perguntou:

— Posso saber por que você não pegou esta arma antes?

— Antes?

— Sim. Quando a gente tava atrás daquela coisa que matamos no apartamento do doutor.

— Pra ser sincero, de início, eu não botei muita fé na sua história. E não sabia direito quais eram as suas intenções. Além disso, a arma estava no meu apartamento.

Adam olhou para ele:

— E...?

— Bom, você foi lá, não foi? Demorou um tempinho pra encontrar.

Adam deu risada. O velho o mimetizou. Então, alcançou algo dentro do bolso da camisa, levou à boca e acendeu.

— Você não vai fumar um baseado agora, vai?

— Qual o problema?

— A gente tá no meio da rua. E se a polícia...

— Fique tranquilo, senhor Adam. Garanto que essa é a menor das nossas preocupações.

Adam meneou:

— Você precisa mesmo fumar agora?

— Eu fumo quando fico nervoso. Não tem jeito.

— Então me dá um pega dessa porra!

Adam arrancou o baseado da boca dele e deu uma tragada profunda. Não fumava maconha desde a faculdade. Pensou por um instante no quanto sua vida ficara quadradinha depois de conhecer a ex-esposa, a ponto de nunca mais pôr um baseado na boca. *Não, não é culpa dela*, disse para si próprio. E era verdade. Não seria justo culpar Amanda, a velha Amanda, não a nova. Embora fosse cômodo.

Deu outra tragada. Marcos reclamou:

— Eu só tenho esse, pô.

— Eu também tô nervoso.

— E daí? O cigarro é meu! Preciso dele para usos medicinais…

— Dá pra você ser menos chato?

A frase foi dita enquanto Adam tentava prender a fumaça dentro do peito. Enfim, soltou a baforada e devolveu o baseado para o zelador que, ao levá-lo à boca, reclamou:

— Cacete, rapaz. Você babou em tudo!

— Eu não! Já tava babado quando peguei.

— Nem a pau que tava. Você não fuma mais meu cigarro!

— Larga mão de ser egoísta!

Adam arrancou a erva de novo da boca do velho e deu outra tragada. Marcos fez menção de tentar tirar o cigarro dele, mas estava dirigindo. O carro deu uma guinada, então, contentou-se apenas em xingá-lo:

— Filho da puta!

Eles se entreolharam por alguns instantes em silêncio. De repente, desataram a rir.

— Não tava uma noite quente? — Adam perguntou ao velho quando desceram do carro.

— Nunca é quente na Colina do Enforcado — ele respondeu. Não tinha dito aquilo de forma teatral, mas sim como a constatação de um fato. Pareceu falar sério.

Adam olhou em todas as direções, confirmando que estavam sós, e tirou a arma do bolso. Era um revólver .38 simples, de seis tiros. Devia ter umas duas décadas. Perguntou a si mesmo se sua mira seria tão boa quanto com a espingarda no clube de tiro. Por segurança, tinha guardado alguma munição no bolso. Não conseguia decidir se estava ansioso para usá-la ou se preferia não dar um tiro sequer. Marcos procurou algo no banco de trás do carro e, para a surpresa de Adam, apanhou a arma que estava sob o balcão da portaria.

— O que você tá fazendo? — Adam perguntou.

— O que parece? Vou com você, diabo.

— De repente tornou-se o bom samaritano?

— O que posso dizer? Aquele moleque pode ser uma praga, mas, no fundo, gosto dele. E vim até aqui, não foi?

Adam pôs a mão no ombro do zelador. Foi um gesto sincero:

— Obrigado, meu amigo.

— Eu vou fazer isso por ele, senhor Adam. Vou fazer isso porque ele não merece o destino que vai ter.

— E alguém merece?

Adam tinha dito aquilo sem saber qual era o destino das crianças. O que o tal povo do subterrâneo fazia com elas? Pensou em perguntar, mas então percebeu que não queria saber. Sua mente estava alerta, pensando com lógica e velocidade apesar da maconha, e não queria embotá-la ao preenchê-la de fúria. Quanto menos detalhes soubesse, melhor. Ainda assim, *alguma* coisa precisava saber.

— E agora? Pra onde vamos?

O velho o encarou com gravidade.

— Não é óbvio? Para baixo!

Adam olhou para a colina, que parecia uma enorme pirâmide disforme, recortada contra o céu escuro. Percebeu que a vegetação seguia rasteira até a metade, mas, a partir de certo ponto, grandes árvores começavam a aparecer; primeiro aqui e ali, mas logo em enorme quantidade. Árvores grossas, cujos galhos apontavam para norte, para sul, para leste, para oeste, para cima e para baixo sem nem uma única folha adornando suas extensões. Árvores nuas que, em resposta à vergonha que sentiam por terem sido despidas das folhagens, tornaram-se más e rancorosas. Ele supôs que ali deveria ser o local dos avistamentos. A Floresta das Árvores Retorcidas. Era algo impressionante de ser visto, ainda mais numa noite como aquela. Um reduto espectral, a casa perfeita para todo tipo de criatura maldita. Percebendo a perplexidade dele, Marcos disse:

— É realmente uma visão e tanto, não?

— Elas parecem… petrificadas.

— Talvez estejam. Quem pode saber?

— Você já viu o…?

— O Espírito que Flutua? Deus me livre e guarde, senhor Adam. Mas, cá entre nós, conheço quem já viu — ele se achegou a Adam e cochichou o resto da sentença —, e te garanto uma coisa… essas pessoas ficaram meses dormindo de luz acesa.

Adam estremeceu. De repente, tudo aquilo pareceu uma péssima ideia. Sentiu sua vontade fraquejar por um instante. Será que o certo não seria voltar, reunir um mutirão e, gozando da segurança fornecida pelos números, esquadrinhar aquela colina de cima a baixo? Ele ficou parado, detido pelos pensamentos, vencido pelo receio que sente qualquer um que se dá conta de estar numa situação em que deve temer pela própria vida. Marcos suspirou e perguntou:

— Caiu a ficha?

De forma pausada e lenta, o outro respondeu.

— Sim. Acho que caiu.

— É assustadora, não?

— O quê?

— A expectativa da morte.

Eles se entreolharam. O mais estranho foi que, naquele momento, Adam sentiu-se mais próximo do zelador do que já se sentira da maior parte das pessoas que cruzaram sua vida.

— Quer desistir?

— Sim… mas, infelizmente, não posso.

Adam sempre defendera que os mais fortes têm o dever moral de proteger os mais fracos. Talvez por isso tenha escolhido sua profissão, numa época em que era mais idealista. Talvez não. Quis, do fundo do coração, que aquela noção não estivesse arraigada em seu peito. Enfim, suspirou e disse:

— Bom, tá na hora. Mostra o caminho.

Marcos foi ladeando o sopé da elevação, afastando-se cada vez mais da estrada. O caminho era acidentado, com bastante mato que chegava à altura dos joelhos e rochas enormes que começaram a surgir espaçadas umas das outras, mas logo se transformaram numa via labiríntica por onde eles precisavam passar, ora se abaixando, ora escalando, ora contornando.

Andaram por uns quinze minutos. A certa altura, Adam olhou para cima e percebeu algo estranho: não havia estrelas no céu. Examinou o horizonte de ponta a ponta. Nada. Estava tudo preto como petróleo.

— Marcos…

O outro respondeu com um “Shhhh!”

— Desculpe — ele retomou num tom mais baixo. — As estrelas… o que está acontecendo? Elas sumiram.

— Elas não sumiram, rapaz. Continuam lá. Você é que não pode mais vê-las.

— Por quê?

O velho parou de andar e virou-se para ele. Respondeu com olho no olho:

— Porque estamos entrando nos domínios dos Antigos. Aqui vemos as coisas como eles veem. Aqui só existe o vazio, o nada, o vácuo. Aqui nos aproximamos do mundo deles. Aqui chegamos perto do âmago do Nexo!

Adam percebeu que respirava com dificuldade:

— É sério isso?

Marcos coçou a cabeça:

— É o que as histórias contam. Quem sou eu pra contestar?

Súbito, ele parou. Apontou para uma fenda na rocha, que parecia uma vagina gigante, esculpida em pedra; o corte longitudinal, os lábios voltados para fora, a glande do clitóris coroando a abertura. Não havia a luz natural da lua para guiá-los; sob aquele céu sem estrelas, a realidade parecia sofrer uma metamorfose, transformada num buraco negro que absorvia toda e qualquer luminosidade.

— Você trouxe lanterna? — Adam perguntou.

— Não. E você?

— Caralho… não acredito nisso. Bom, parece que não temos muitas opções. Assim que entrarmos, sabe para onde ir?

— Para baixo. É só o que sei. Toma… Pega o meu isqueiro.

Adam iluminou a vagina de pedra gigante. Fechou os olhos por um instante e tentou acalmar a mente. A seguir entrou, seguido pelo zelador.

Sentiu uma mudança imediata no ar. Assim que saiu do relento, penetrando no interior da pedra, a temperatura caiu pelo menos cinco graus, levando-o a esfregar involuntariamente os braços. A pedra era gelada e úmida ao toque, e o chão feito de um barro duro e grosso, provavelmente marrom escuro. O corredor de pedra tinha pouco mais de quatro palmos de largura e um metro e setenta de altura. Adam tinha de ficar o tempo todo com as costas arqueadas. Refletiu que, se fosse ficar naquela posição o caminho inteiro, sua coluna iria para o espaço. Felizmente, após uns cinquenta metros, o vão se alargou um pouco e a altura permitiu que ele endireitasse as costas.

Eles tinham desembocado numa espécie de câmara, com três passagens à frente. Adam fez um sinal a Marcos, perguntando qual deveria seguir. Ele devolveu uma expressão de indiferença. Decidiram tomar a trilha do meio.

Se perguntado, ele não saberia dizer por quanto tempo andaram. Lá dentro, o progresso era tão lento e difícil, que avançar poucos metros tomava um tempo considerável. Logo, embora a temperatura continuasse baixa, Adam percebeu que estava suando por causa do esforço.

Após um longo período, percebeu uma mudança no ambiente e sussurrou para Marcos:

— Tá vendo isso aqui?

— O quê?

Embora estivessem mergulhados no mais denso breu de suas vidas, iluminado aqui e ali pelo isqueiro, tendo de tatear o caminho uma polegada após a outra, aos poucos, a visão noturna se ajustou, os contornos foram ficando mais delineados, e Adam viu uma tênue luminescência emitida pelas próprias paredes, como se partes delas estivessem forradas por veios de fósforo.

— Isso — ele falou.

E parecia que, quanto mais para baixo iam, mais claro ficava. Daquele ponto em diante, seguiram guiados pela luz oriunda das paredes.

Quando a tensão alcançou o ápice e a mente parecia não aguentar mais o desgaste daquele labirinto de pedra, um som chegou aos ouvidos de Adam. E foi como se o mundo tivesse desabado.

Ele e Marcos se viraram assustados para a esquerda e deram de cara com algo que se parecia com a anedota perversa de um homem.

O povo do subterrâneo, Adam pensou no ato. Mesmo indo contra o desenrolar dos fatos, ainda nutria esperanças de que tudo aquilo não passasse de um terrível engano; de que não estivesse lidando com nada além dos delírios coletivos de toda uma população. Mas não. Ali, diante dele, estava a prova: um espécime daquela raça amedrontadora.

A frase que aquele arremedo de ser humano falou, incompreensível aos ouvidos de Adam, saíra de uma garganta que cuspia sons guturais, ditos numa intensidade e cadência similares aos das línguas anglo-saxãs. Pelo pouco que ouviu, Adam diria que a base da língua eram dois sons vocálicos distintos, r e lh, embora não fossem exatamente iguais aos *nossos* r e lh.

Aquele ser era extremamente baixo, talvez até menor do que Marcos, mas, diferente do zelador, seu corpo exibia uma musculatura invejável, com bíceps tonificados, peito largo e veias que pareciam cabos de aço no pescoço, ombros e por toda a extensão dos braços. A pele tinha uma coloração parda e a barriga era redonda e pronunciada para fora, como se ele sofresse de ascite. Exceto por uma tanga suja e por adornos em volta do pescoço, ele estava completamente nu. O rosto apresentava feições estranhas; evidentemente era um homem, mas, ao mesmo tempo, parecia não evoluído de uma forma que Adam não soube precisar. E os olhos eram recobertos por uma fina membrana transparente, similares aos de um anuro. Ele segurava uma espécie de lança primitiva de ponta de pedra, apontada para a dupla. Continuava vociferando aquelas frases incompreensíveis, apontando a arma de modo ameaçador. Estava visivelmente tão ou mais nervoso do que os intrusos.

— Aquela lança pode matar — comentou Marcos num tom assustado.

— Nossas armas também.

O habitante do submundo bateu o cabo da arma no chão, deu uma cuspida na parede e voltou a rosnar como uma fera, numa atitude que parecia um desafio.

— Acho que ele quer que a gente vá por ali — Marcos disse, indicando com a cabeça a direção em que o selvagem parecia apontar. — Devemos cooperar?

Adam refletiu um pouco antes de responder:

— Sim. Vamos fingir que somos prisioneiros e ver aonde ele leva a gente. Talvez seja melhor do que continuar andando a esmo neste labirinto.

Com movimentos bem suaves, Adam ergueu as mãos no sinal universal de rendição. Aquilo instigou a confiança do captor, que bradou ainda mais alto, aproximando-se ligeiramente com a lança apontada para os dois. Ela podia ser tosca, mas, se estocada com força, perfuraria a barriga deles no mesmo instante.

Adam e Marcos seguiram as indicações do homem e constataram que, ao menos, estavam indo na direção certa. Continuaram descendo e, conforme o faziam, a luminosidade natural ficou mais intensa. Os caminhos estreitos também se alargaram e a temperatura aumentou. Quando a luz se tornou suficiente para permitir que eles divisassem detalhes dos túneis, Adam percebeu que não se tratava de uma galeria totalmente natural.

— Esses túneis… — comentou.

— O que foi?

— Parece que foram feitos à mão.

Marcos observou as paredes e percebeu que, a despeito da erosão que tinham sofrido, elas realmente apresentavam marcas de escavações feitas por ferramentas, como antigos túneis de mineração.

— Acho que você pode ter razão.

O homem do subterrâneo se manifestou com uma daquelas frases guturais nervosas. Não era preciso falar a língua dele para perceber que estava mandando os dois se calarem.

Adam tentou memorizar o caminho o máximo que pôde, mas tinha certeza de que teria dificuldade em retornar à superfície.

Eles adentraram um túnel um pouco mais estreito, pelo qual Adam teve de se curvar para passar. Devia ter uns oito metros de extensão e, ao final, numa abertura que parecia cilíndrica, uma luz diferente emanava; uma luz amarelada. O ar também ficou mais quente e vaporoso, e Adam começou a escutar algo que parecia um cântico, composto por dezenas de vozes que entoavam uma melodia cadenciada e hipnótica.

Sabia que havia chegado ao seu objetivo. Só podia ser ali o local que procuravam; onde as crianças estavam sendo mantidas. Apertou o passo para atravessar logo o túnel e, ao sair, desembocou numa enorme câmara, de uns sessenta metros quadrados. O pé-direito tinha pelo menos cinco metros de altura e uma luz forte emanava de uma enorme fogueira bem no centro do local, projetando sombras ameaçadoras nas paredes irregulares feitas de pedra pura.

Aos pés do fogo, mais de uma dúzia de seres iguais ao que os havia capturado estavam de joelhos, com os braços estendidos acima da cabeça, oscilando para cima e para baixo em adoração servil, enquanto emitiam aquele cântico gutural. Todos nus, salvo um adorno aqui e outro ali, os cabelos curtos e enrolados como molas, os mesmos olhos que pareciam recobertos por uma camada de plástico. Numa cadência enjoativa, abaixavam o tronco até a testa encostar no chão poeirento, apenas para tornarem a erguê-lo, sem parar de cantar um segundo sequer aquele uníssono diabólico.

À frente deles, de pé, estava um homem mais velho que, ao contrário dos demais, vestia trajes de couro de animal e um penacho na cabeça. Adam julgou que, pela postura e autoridade natural que emanava de sua forma, ele devia ser uma espécie de xamã ou feiticeiro, talvez até o líder dos demais.

Atrás da fogueira havia uma plataforma natural de pedra, de uns oito metros de comprimento, como um gigantesco degrau esculpido. Tal qual um palco, era iluminada de baixo para cima pela luz do fogo. Sobre a plataforma natural, Adam viu as crianças.

Sua reação seguinte foi dar um grito… de terror.

Amanda confirmou uma verdade que sempre desconfiou ser universal: realmente, a televisão não passa nada que preste. Ainda mais quando é a única opção de entretenimento de que a pessoa dispõe.

A mãe de Pombo continuava desmaiada no sofá, vivendo sua viagem particular. A médica não fazia ideia sobre o paradeiro do pai do garoto; nada na casa indicava sua presença. Não havia fotos ou utensílios masculinos espalhados.

Olhou no relógio e constatou que Adam e o zelador haviam saído há mais de uma hora. Desligou a TV ao perceber que a busca infrutífera por algum bom programa só a estava deixando nervosa. *Se acalma, Amanda. Você sabe por que está angustiada… e não é por causa da TV.*

Deu uma volta pelo apartamento. O lugar estava sujo e bagunçado, mas, de modo geral, achou que, para o lar de uma viciada — e Amanda já atendera dezenas para saber o tamanho do buraco em que poderiam se enfiar — até que o local se encontrava em boas condições. *O garoto deve fazer a maior parte da limpeza.* Já vira casos assim; pais relapsos que se entregam a uma vida de abusos, perdem o rumo e obrigam os filhos a assumir tarefas que deveriam ser deles. *Uma pena que essas crianças sejam privadas da própria infância.* Era em momentos como aquele que gostaria de uma presença mais forte, severa e atuante do Estado.

Estava com fome, mas não havia nada na geladeira. Ao menos nada que prestasse; duas garrafas de cerveja, algo que parecia ser um repolho podre, um vidro de mostarda pela metade e um pedaço de goiabada num prato.. Sentiu-se tentada pela cerveja, mas acabou desistindo.

Enquanto decidia o que fazer, oscilando de um lado para o outro, suas mãos buscaram no bolso a chave de Adam. Ela sempre soubera em qual prédio ele morava, já que havia dado entrada no hospital com o doutor Marcelo… só não sabia que era no apartamento 42.

Será que ele vai ficar bravo se eu for lá? Claro que não. Ele mesmo me deu a chave.

Seu estômago roncou, reforçando a noção de que deveria subir. *Com certeza lá tem comida.* Assim que pensou naquilo, se reprovou. *Quem eu quero enganar? Só cogitei ir até lá por causa de um senso insalubre de curiosidade.* Admitir o fato a fez torcer o nariz.

Sentiu a consciência pender de um lado para o outro, como se nitidamente tivesse um diabinho e um anjinho sussurrando em cada ouvido. Após uma breve reflexão, percebeu que não adiantava mais adiar; a decisão já tinha sido tomada. Apoiada na justificativa do estômago vazio, trancou o apartamento de Pombo para evitar que a mãe dele saísse andando por aí doidona, e seguiu para as escadas.

Tudo estava quieto. Amanda sentiu-se o único ser no universo a se mover naquela hora avançada da noite. Cada passo reverberava nas paredes grossas e antigas do edifício. Ela parou diante do apartamento 42 e olhou para a fechadura. Foi repentinamente aturdida por falta de ar e uma poderosa taquicardia. Percebeu que estava sofrendo de uma crise de pânico. Ela sabia o que havia acontecido do outro lado daquela porta, portanto, o que estava fazendo ali? Estava pondo em risco um relacionamento que nem sequer havia se iniciado. O que Adam pensaria se soubesse os verdadeiros motivos de ela ter ido até o apartamento 42? A veria como uma pervertida mórbida? Aquele tipo de gente que gosta de ver fotografias de pessoas mortas? Talvez… Mas o lado diabólico costuma ser sedutor, e o dela falou mais alto. Preparou-se para abrir a porta.

— Quem é você?

A voz viera de trás dela, das escadas. O susto não fora tão grande assim, mas bastou para que Amanda largasse a maçaneta e desse um passo para trás, como uma criança pega fazendo arte. O molho de chaves dançou em suas mãos num tilintar agudo de metal. Viu uma mulher encarando-a com expressão desconfiada. Respondeu no tom mais petulante que conseguiu:

— Eu? Quem é *você*?

A mulher levou ambas as mãos à cintura, numa postura desafiadora. Parecia ser o tipo que não levava desaforo para casa:

— Meu nome é Juliana e sou amiga do rapaz do 42. Agora vai me dizer quem é você e por que tá fuçando no apartamento dele ou vou ter que engrossar?

— Eu me chamo Amanda — disse a médica um pouco mais relaxada. Sabia que estava errada e não queria arrumar confusão. Adiantou-se até a beirada das escadas e estendeu a mão. — Também sou uma… hã… amiga do Adam.

As duas se cumprimentaram trocando olhares desconfiados.

— Moro dois andares pra baixo. Saí pra tomar um ar, escutei um barulho e achei que fosse ele. A gente teve um dia… difícil… aqui no prédio e queria… ver se tudo estava bem.

— Bom… a gente tava junto até agora há pouco — afirmou a outra.

— Eu sei. Ele disse que ia sair pra dar uma desanuviada. Encontrar a namorada ou algo assim.

Amanda sorriu de forma quase involuntária:

— Namorada?

Juliana devolveu o sorriso, ciente de que Adam havia se referido a Amanda como "uma amiga":

— Foi o que ele disse. — Ela olhou com mais cuidado para a cena. — Espera… Você tá com as chaves do Adam? Tá tudo bem com ele?

— Tá sim, não se preocupa. Foi o Adam quem me deu as chaves.

— E o que você tá fazendo com isso?

— Longa história.

— Pode me contar enquanto tomamos um chá. O que acha?

A médica mediu a mulher. Seu primeiro impulso foi negar:

— Olha… agradeço o convite e tudo, mas eu nem te conheço. O Adam pode chegar a qualquer momento. Além disso, eu…

— A gente fica ligada pro caso dele chegar. Dá pra escutar.

— Mas é que prometi pra ele que…

Amanda parou de falar, sabendo que a promessa de ficar de olho na mãe do Pombo já havia sido quebrada há muito. Sentiu-se péssima. E se a mulher voltasse a se drogar e tivesse uma *overdose* ou qualquer piripaque? *Bela médica*, pensou com seus botões. Juliana prosseguiu:

— Sendo sincera, o dia hoje foi…

— Difícil? Sim, você já disse.

— E eu não queria mais ficar sozinha, é isso — a súbita honestidade de Juliana pegou Amanda de guarda baixa. — Só até ele voltar. Pode ser?

A ideia não agradou, mas a médica não viu opção. Ao menos Juliana parecia ser simpática, embora fosse claramente enxerida. Havia algo nos olhos dela que passavam confiança. Acabou concordando:

— Certo. Vamos lá.

Pombo acordou naquela manhã sentindo-se cansado. Ele respirou fundo e ficou olhando para o teto. Refletiu que as pessoas não deveriam acordar daquela maneira. Como era a palavra nova que havia aprendido? Fadigadas. Não, fatigadas. Ou seriam a mesma coisa? Ele não sabia dizer. De qualquer maneira, ele sabia que as pessoas deveriam acordar descansadas e revigoradas, mas a noite tinha sido longa. Já há bastante tempo, todas elas eram longas.

Motivou-se a levantar e cuidar da higiene pessoal. Feito isso, foi ver o desafio que o esperava na sala. Havia meia dúzia de garrafas de cerveja sobre a mesinha e mais duas de vinho. Tudo fedia a azedo. Ele nunca entendera por que bebidas cheiravam bem quando recém-abertas, mas fediam radicalmente após algumas horas. Apanhou um saco preto de lixo, recolheu todos os vasilhames vazios e limpou os três cinzeiros da sala, que estavam transbordando. Encontrou a mãe caída no banheiro. Ela estava só de calcinha, deitada no piso frio, sobre uma poça de vômito, que também cobria metade da privada e respingara nas paredes. Ela respirava pela boca, com dificuldade.

O menino ficou olhando para a figura patética que recobrava lentamente a lucidez e, como de costume, reprimiu seu choro. Com a coragem que Deus outorga aos sofridos e desesperados, puxou a mãe para baixo do chuveiro, deixando que a água quente a reanimasse. Enquanto isso, voltou para a sala para terminar a limpeza; passou um pano sobre a mesa, recolheu os restos de comida do sofá, varreu o chão e lamentou ao olhar para o relógio, constatando que chegaria atrasado na escola mais uma vez.

Nos dias bons ele se atrasava. Recentemente, o mais comum era que nem fosse.

A rotina era quase sempre a mesma. A mãe só conseguiria se colocar no prumo lá pelo meio-dia, quando faria um café preto bem forte e, com um pouco de sorte, alguma coisa para ele comer. Depois, ficaria assistindo à televisão durante toda a tarde e início da noite, até que aquele ímpeto noturno que parece transformar as pessoas em outro ser a atraísse com seus olores de fel para recônditos sombrios. Então, ela voltaria a beber e a fumar profusamente. Se a necessidade fosse grande, também cheiraria ou injetaria alguma coisa. Durante esse tempo todo, não trocaria mais do que meia dúzia de palavras com o garoto, mas, em algum momento do dia, talvez motivada pela culpa, talvez desejosa de redenção, encontraria espaço para lhe fazer um cafuné e dizer que o amava, sibilando palavras doces por trás daqueles dentes podres. Uma ou duas vezes por semana, ela saía maquiada, usando roupas de cores berrantes, e ficava fora por umas três horas. Quando voltava, sempre trazia algum dinheiro. Pombo sabia o que ela fazia e ao menos ficava satisfeito por não fazer isso em casa.

Era o mesmo ciclo. A mesma rotina. Os mesmos hábitos. Mas nem sempre fora assim.

Ele se lembrava do pai, uma figura austera, de poucas palavras, que impunha respeito com um olhar. Seu pai era calado, lia muito e, aos olhos do garoto, parecia um gigante, sempre disposto a fazer a coisa certa. Ele não sabia exatamente como era a vida que tinham quando o pai estava presente, era jovem demais para tanto, contudo, conseguia perceber a diferença de estabilidade, mesmo se a mãe não ficasse vomitando pelos cantos. Talvez por isso, por ter essa noção, ele se lembrava com detalhes da noite em que tudo mudou; daquela discussão terrível em que os berros dos pais pareciam trovões. Quando ele afirmou que alguma coisa tinha que ser feita.

Sua mãe chorava e tentava dissuadir o homem, enquanto ele, escondido atrás da poltrona, espiava tudo e também chorava. Enfim, provavelmente ciente de que a discussão não levaria a nada, ele fez um cafuné no filho e saiu. Foi a última vez que sentiu o toque do pai. Foi a última vez que viu o pai.

A derrocada da mãe foi vertiginosa após o ocorrido. Embora o garoto não compreendesse exatamente os mecanismos que a levaram ao fundo do poço, esteve presente o tempo todo, assistindo, abarcando cada detalhe à sua maneira tão simplória quanto correta. Ela perdeu o marido. Perdeu o emprego. Perdeu os amigos. Perdeu o dinheiro. E, por fim, perdeu o desejo de viver.

Agora, Pombo cuidava dela como podia, tentando manter o apartamento e sua genitora em condições habitáveis. Ele não era daquelas crianças que gritavam e esbravejavam, que protestavam e faziam malcriações. Tendo aprendido desde cedo o significado da perda, era um garoto amargurado demais para sua idade, que carregava responsabilidades desproporcionais, que conhecia o lado sombrio da alma e, por isso, se tornara tão carente quanto desconfiado. Ousava sonhar com a volta do pai, mas suas aspirações eram só um verniz que ocultava a verdade: aos dez anos de idade, ele se tornara uma criança velha e sofrida.

Naquele dia, sua mãe não cozinhou. Se tinha algo que ele nunca aprendera direito era como se virar na cozinha. Odiava a própria comida, mas, sem opção, preparou um ovo cozido e ferveu duas salsichas com o caldo Maggi da galinha azul, que sempre via na televisão.

Decidiu que não iria para a escola. Apesar das aparências, foi uma escolha madura; sua professora, que constantemente perguntava sobre a existência de problemas domésticos, ameaçara chamar supostas autoridades competentes para investigar o problema que existia na vida do garoto, com o agravante de que a mãe também se recusava sistematicamente a comparecer às reuniões escolares. Faltar mais uma vez seria uma espécie de desafio do tipo "pagar pra ver". Será que ela teria coragem de fazer isso? E, se fizesse, quais seriam as consequências?

No meio da tarde, resolveu ir brincar um pouco na rua. Apanhou seu velho carrinho de rolimã, e foi na direção da porta. Olhou para um calendário pendurado no móvel da sala. Metade dele trazia uma foto da dupla Leandro e Leonardo, a outra metade, os dias do mês.

— Dia trinta — murmurou baixinho. Mais do que ninguém, sabia que seria prudente ficar em casa. A seguir, olhou para a mãe, um espantalho que se erguera do milharal e se refugiara no sofá de sua casa. Movido por um ímpeto raivoso, alertou. — Vou descer pra brincar um pouco, mãe.

A mulher nem se moveu, apenas fez uma leve dispensa com dois dedos.

Por um instante, Pombo chegou a *querer* que algo de ruim acontecesse consigo, como se sofrer fosse uma maneira de atingi-la. Fechou a porta e foi para fora. Era meio da tarde e tinha gente andando pelas ruas. O que poderia acontecer?

Ficou brincando em frente ao prédio durante algumas horas, mergulhado no próprio mundo à maneira que somente crianças conseguem, alheio a todo o resto, desconectado da nossa realidade. Viu quando Marcos e o médico do 22 chegaram; o primeiro escorando o outro até a porta de entrada, mas não deu muito mais atenção do que isso.

O sol iniciou seu poente. Havia uma espécie de eletricidade no ar que não podia ser identificada, mas podia ser sentida. Pensou no que seria da sua vida se a mãe morresse, porque frequentemente *desejava* a morte dela, e nunca sabia se estava falando sério ou não. Por um instante, as voltinhas e descidas de ladeira com o carrinho de rolimã pareceram pueris, como se ele não tivesse dez anos, mas o dobro.

Súbito, um ruído desviou sua atenção. Um som estranho, que era repelente e atrativo ao mesmo tempo, angariando sua curiosidade conforme se propagava pelo ar. Nunca escutara nada similar. Parecia um instrumento musical, mas era, ao mesmo tempo, nitidamente de origem orgânica; uma espécie de assobio que assemelhava-se mais ao canto de uma baleia-jubarte do que ao aparelho fonador humano. Não que o garoto soubesse o que era uma baleia-jubarte.

Como um ratinho mesmerizado pelas harmonias do flautista, começou a seguir a fonte do barulho, contornando bem devagar o prédio pelo lado esquerdo do jardim. O que era aquilo? Seus passos o levaram para a via lateral, onde a sombra do edifício o cobria como um mau agouro, onde não havia mais tanta gente na rua e onde o ruído começava a ficar mais alto.

Racionalmente, o garoto sabia que estava fazendo algo errado, mas viu-se incapaz de evitar. Estava além da sua capacidade; uma atração, um encanto que o arrastou pé ante pé.

Pombo se aprofundou nas trevas… e não saiu mais.

O coração de Adam decaiu. Suas forças se esvaíram. Os olhos marearam. E o grito perdurou até que a voz falhasse. Para sua sorte, não estava diante de um espelho, pois, se estivesse, a própria expressão de pavor teria minado em definitivo todas as suas forças, sem qualquer esperança de recuperá-las.

Ele sentiu-se no Vale dos Cadáveres e das Cinzas, onde sacrifícios humanos eram feitos ao deus Moloch, particularmente crianças indefesas. Sentiu-se testemunhando o terrível e solene Capacocha dos incas. Sentiu-se no Cartago, onde almas tão confusas quanto levianas sacrificavam infantes ao deus Baal, enquanto cantavam, rogavam e faziam sexo. Sentiu-se testemunha de tudo de pior que a humanidade já fez ou concebeu.

As treze crianças estavam lá, sobre a plataforma de pedra, presas umas às outras por uma longa e grossa corda que passava na forma de um laço ao redor do pescoço, transformando-as numa peça única coligada, uma versão perturbada de uma obra de arte contemporânea. Elas não estavam com mãos ou pés amarrados... porque as mãos e os pés de quase todas haviam desaparecido.

Adam testemunhou a visão mais grotesca de toda a vida e sentiu que seus olhos estavam sendo ofendidos pelo que via. Sentiu-se profanado, como se tivesse sido seu próprio corpo a sofrer aquela penúria.

As crianças estavam nuas; os braços haviam sido decepados na linha média, deixando apenas tocos deformados e enegrecidos por uma cauterização cruel. As pernas também tinham sido cortadas na linha média das coxas e cauterizadas com brasas ou ferro quente para evitar que as vítimas sangrassem até a morte. Ao lado da plataforma de pedra havia um enorme machado encostado, coberto de sangue coagulado; sem dúvida, o responsável pelas amputações grosseiras. Ao vê-lo, Adam calculou que, apesar de bojudo, dificilmente cortaria um membro de uma só vez, e que aquelas crianças deviam ter sofrido golpe atrás de golpe, pelo menos três ou quatro em cada membro, até que este fosse separado do tronco.

A tortura era inimaginável, mas o horror não acabava ali. Sob a luz intensa da enorme fogueira, viu que a boca delas havia sido costurada para evitar que gritassem; os lábios marcavam o início de rastros de sangue coagulado que haviam escorrido pelos ferimentos, descendo ao longo dos pescoços delgados e culminando nas delicadas clavículas. Bem no centro do peito, um estranho símbolo tinha sido pintado com algum tipo de tinta preta: três círculos dispostos na posição de um triângulo, dois na base e um no alto, tocando-se de forma breve e fugaz, os três encapsulados por outro círculo maior. O símbolo daquele que é Todos em Um, embora Adam não fizesse ideia disso.

Das treze crianças, Adam viu que as três últimas eram as únicas que ainda não estavam mutiladas. Uma delas era Pombo.

Mais tarde, quando tivesse chance de pensar no assunto, ele concluiria que as primeiras tinham sido raptadas no início do mês — pois, conforme seu jovem vizinho relatara, as abduções duravam o mês inteiro e cessavam no dia 31 de outubro —, enquanto Pombo e os outros dois infelizes tinham acabado de ser pegos. Agora, por mais distorcida e perniciosa que fosse aquela realidade, ele também compreendia a motivação dos raptos: um ritual terrível e obsceno, que estava prestes a ser realizado.

O motivo das amputações, Adam jamais saberia. O que sabia é que era tarde demais para as outras crianças; era provável que, mesmo recebendo socorro imediato, a maioria não conseguisse resistir. Isso estava escrito nos rostinhos pálidos, esgotados pela dor e pelo sofrimento. Contudo, ele não deixaria que nada acontecesse a Pombo e aos outros dois que ainda tinham uma chance. Não podia deixar. Sentia como se sua própria alma dependesse disso.

Seu grito involuntário alertou o xamã, que apontou para ele e disse algo aos companheiros, pondo-os em alerta. Naquele instante, Marcos desembocou do túnel, sendo empurrado para fora pela ponta da lança de seu captor e, ao ver a cena, soltou o "Puta merda!" mais espontâneo que Adam já ouvira.

A sentinela não havia tomado as armas da dupla; talvez não soubesse o que eram, talvez não as tivesse visto, talvez não se importasse ou não acreditasse que eles estavam ali para romper uma trégua firmada com a população da cidade há tantos anos. Será que o povo da cidade sabia de fato o que acontecia nas entranhas da terra? Será que seria tão conivente com os horrores perpetrados, caso visse o destino derradeiro de seus filhos?

Adam não raciocinou a decisão que tomou a seguir e nem hesitou; não pensou numa estratégia ou no que faria, não considerou qualquer préstimo ou cuidado pela própria segurança. Ele apenas reagiu. E, em tudo que fez, foi seguido pelo zelador, que estava tão ou mais furioso do que ele.

E assim a batalha nos subterrâneos se iniciou.

O primeiro tiro acertou em cheio o peito da sentinela que os conduzira, o habitante do subterrâneo que estava mais próximo deles e que era a ameaça mais premente. Não queriam correr o risco de uma perfuração traiçoeira. O estampido soou alto dentro da câmara, sendo encontrado por vários pares de olhos perplexos. Imediatamente, uma dúzia de urros selvagens e inumanos eclodiu. Como um enxame de vespas, os seres que estavam prostrados diante da fogueira, parecendo apáticos e em transe, levantaram-se e investiram contra eles. Todos, menos o xamã.

Adam deu um novo tiro, que acertou a testa de um agressor, fazendo-o rodopiar e cair para trás sobre as pernas flexionadas. Marcos derrubou um segundo, atingindo-o na barriga, e fez um terceiro dar um giro no próprio eixo e aterrissar no chão de cara quando uma bala dilacerou sua perna. Daquela distância, era quase impossível errar.

— Preciso recarregar! — Marcos berrou. Sua espingarda só tinha dois disparos. Adam o cobriu, atingindo mais dois. Então, o canto dos olhos captou movimento sobre a plataforma.

Ao focar a visão, viu o xamã de pé, ao lado da primeira criança e com o machado em punho. Ele o ergueu acima da cabeça, evidentemente adiantando seus planos. Disse algo que se perdeu em meio ao caos e descerrou a arma, rachando o crânio indefeso ao meio num esguicho de sangue e miolos que se espalharam pelo chão. A cena foi tão seca quanto impressionante. O corpo inerte tombou e o feiticeiro virou-se para a segunda vítima, que tentava se afastar, mas, amarrada e desmembrada, mal conseguia se mover. A pobre criança não pôde nem gritar quando viu a lâmina chanfrada subir um metro acima de seu rosto e descer numa reta mortal. Desta vez, o monstro errou o golpe, atingindo a junção do pescoço com o tronco. O esguicho de sangue foi ainda maior, chegando a mais de um metro de distância e cobrindo o carrasco de vermelho. O machado travou no corpo, ficando entalado. O xamã apoiou o pé direto no rosto da criança e a empurrou, fazendo força contrária para soltar a arma, que, após alguma resistência, saiu em meio a uma explosão carmesim. Emitindo uma série de novos cânticos, ele terminou o ataque, golpeando uma segunda e definitiva vez. A expressão em seu rosto mantinha-se plácida, irritantemente calma, revoltantemente serena.

Adam mirou nele e sua mão tremeu de desespero. Quando ia atirar, Marcos, ainda ajoelhado e recarregando sua arma, gritou:

— Senhor Adam, pelo amor de Deus!

Ao olhar na direção do grito, Adam viu que um atacante estava a menos de um metro do velho, preparando-se para saltar sobre ele com a ferocidade de uma hiena raivosa. Sem pestanejar, Adam apontou e disparou, salvando o velho com um tiro certeiro entre os olhos. A seguir, foi obrigado a dar outro, quando viu a própria integridade em risco ao ser atacado por uma fêmea selvagem, de dentes serrilhados e olhar insano, com uma argola dourada atravessando o nariz.

Ele não viu, mas seus ouvidos perceberam que o xamã fizera outra vítima.

— Atira nele! — Berrou para Marcos.

— Não dá! — Retrucou o zelador, que descarregou a arma novamente e, desta vez, sem tempo de repor os cartuchos, usou a espingarda como porrete para atingir na têmpora um agressor que saltava como um jaguar. Deu mais duas pancadas para garantir que não seria atraiçoado e pôs-se a recarregar, praguejando.

Um clique ao pressionar o gatilho fez Adam sentir um frio no estômago. Quantos tiros havia dado? Ele não contara. Nem mesmo checara se a arma estava totalmente carregada. *Amador*, pensou. *Maldito amador*.

Um membro daquela raça hedionda agarrou sua perna e cravou os dentes na coxa. Adam deu um berro e se sacudiu. Por sorte estava de calça jeans, senão a criatura teria arrancado um naco de carne. Ele era maior e mais forte do que o anão selvagem, e o atingiu com uma coronhada bem dada na cabeça. O barulho do osso rachando só não foi mais impressionante do que o veio escarlate que começou a escorrer pelas escápulas, enquanto as pernas do oponente solapavam, levando-o ao chão.

— Eles são muitos! — Marcos observou. — Temos que dar o fora daqui!

Adam olhou para a plataforma. O machado já havia bebido o sangue de sete crianças. Pombo e as outras duas que ainda tinham pernas tentavam desesperadamente correr, mas a corda os mantinha atados e os enforcava conforme se mexiam, impedindo-os. Mesmo com os braços livres, não tinham força para desatar os nós em volta do pescoço. Ao longo de toda a pedra, uma densa poça vermelha se espalhara, formando um espelho que refletia sob as chamas da fogueira as silhuetas das vítimas e de seu algoz. Sangue grosso e espesso. O sangue dos aterrorizados.

— Não sem os moleques! — Adam gritou e acertou um chute em outro que investia contra suas pernas, atingindo o centro do rosto numa explosão de dentes, muco e sangue.

— Puta que o pariu! Me dá cobertura — disse o velho.

— Não tenho mais balas!

— Só não deixa que me ataquem.

Ao dizer isso, Marcos se ajoelhou, encostando a espingarda no ombro e, como se tivesse todo o tempo do mundo, pôs-se a mirar. Adam correu para protegê-lo de um selvagem que estava a poucos centímetros de cravar as garras em seu pescoço. Os dois rolaram pelo chão duro e, apesar da diferença de tamanho, o atacante ficou por cima. Fechando os dedos na garganta de Adam, começou a pressionar a traqueia.

Ele tentou se livrar da pegada, mas os dedos eram como tenazes contra a carne. Adam sentiu as forças fraquejarem ao que o oxigênio parou de chegar aos pulmões e ao cérebro. Súbito, um estampido soou alto e a figura foi literalmente arrancada de cima dele, caindo para trás. Tossindo enquanto recuperava o fôlego, Adam olhou para Marcos e disse:

— Não liga pra mim. Atira nele.

Na plataforma, o xamã se preparava para sacrificar a décima criança. O zelador voltou a fazer mira e disparou. Num golpe do acaso, o disparo acertou em cheio o cabo do machado, que oscilou para o lado e pendeu, ficando pendurado. Inútil. Com descaso, o xamã olhou na direção do tiro e viu Marcos buscando novos cartuchos no bolso. Voltando a atenção novamente para a criança, largou a arma, que quicou ao cair no chão duro, e disse algo naquela língua gutural. Então, suas mãos pequenas pressionaram as laterais da cabeça infante e, em meio ao cântico, ele deu um tranco brutal, quebrando o pescoço do jovem, que desfaleceu aos seus pés.

Em pânico, Adam correu na direção da plataforma. Havia poucos agressores agora. Se ao menos conseguisse passar por eles e chegar até o feiticeiro…

No meio do caminho, foi derrubado por três selvagens, que começaram a espancá-lo, batendo, chutando e mordendo. Eles eram fortes… muito fortes para o tamanho que tinham. Adam rolou para tentar se proteger do castigo; suas mãos tatearam o chão poeirento e encontraram uma pedra, que ele agarrou como se fosse a derradeira salvação de sua vida e usou para se defender, golpeando o que quer que estivesse em sua frente.

Um novo tiro. Olhou para a plataforma esperançoso. Marcos tinha errado. O xamã estava de frente para o décimo primeiro garoto agora, a primeira vítima que ainda não tinha sido desmembrada. As mãos pressionaram a cabeça indefesa tal qual o fizeram anteriormente.

— Atira, Marcos! Diabos!

Com a mesma calma e ritmo cadenciado, o xamã deu um novo tranco com as mãos. Um estalo seco. O corpo desfaleceu.

— Não! — Adam gritou, tentando se desvencilhar das mãos que mantinham seus bíceps presos ao chão. Num acesso de fúria, debateu-se e escapou. Estava machucado, mas a dor não importava agora. Tropeçou num atacante e rolou por cima dele; a pedra em sua mão arrebentou o meio do rosto do selvagem caído. Um golpe, dois golpes, três... a face reduzida a uma massa.

De repente, Adam sentiu uma dor aguda, oriunda de um baque seco. Ele chegou a ver faíscas flutuando ao lado das têmporas instantes após a pancada e, enquanto caía, percebeu que um dos selvagens o atingira na cabeça pelas costas com uma tora da fogueira em chamas. Sem dar tempo para que seu inimigo se recuperasse, o homem do subterrâneo investiu, mas, num arco reflexo, Adam ergueu os pés, apoiou-se na barriga do agressor e o empurrou para longe. O impulso não fora premeditado para ocorrer daquela forma, mas aconteceu mesmo assim: o selvagem foi arremessado para o centro da enorme fogueira, estatelando-se em meio às brasas e toras em chamas.

As faíscas subiram como uma chuva de vagalumes vermelhos. O grito de dor foi tão intenso que poderia ter derrubado as próprias paredes do covil. O selvagem oscilou em meio às chamas por alguns segundos, mas, assim que se recompôs, saltou da fogueira, cabelos e sobrancelhas queimados, o corpo recoberto de bolhas e a carne empretecida. Sem hesitar, Adam desferiu um novo chute no peito, derrubando-o de novo no fogo. Desta vez, o homem não saiu, e os olhos de Adam se desviaram para o altar. O xamã segurava a cabeça do décimo segundo garoto.

Adam não teve nem ao menos forças para murmurar algo. Sentiu um aperto no coração. Sentiu que tinha falhado.

Então, o tiro. Certeiro.

Um esguicho escapou da têmpora do xamã por onde a bala saiu, borrifando o rosto do garoto que ele segurava. Imediatamente, suas pernas dobraram e ele caiu de cima da plataforma, os olhos abertos e vitrificados.

Adam olhou para Marcos, ainda parado com a arma apontada para a plataforma de pedra, completamente congelado. Enfim, os dois suspiraram e abaixaram a guarda. Ao redor deles, corpos por todos os lados transformavam a câmara de pedra num matadouro. Mortos... mas também vários feridos, que se arrastavam, tentando se levantar. Gemidos de dor se misturavam ao que pareciam ser súplicas naquela língua pavorosa. O zelador foi até ele e pôs a mão em seu ombro. Seu rosto trazia uma expressão determinada que Adam ainda não tinha visto.

— Solta os dois garotos — o velho disse.

— O que você vai fazer?

Marcos olhou para o massacre:

— Tenho que dar um fim nisso.

Imediatamente, algo convulsionou dentro de Adam; a mesma sensação que acomete homens no campo de batalha, que num segundo estão matando o inimigo, mas no seguinte se atêm às regras e fazem prisioneiros após o cessar-fogo:

— Vai... matá-los a sangue-frio?

— Você compreende o que fizemos, senhor Adam? Nós ferimos um pacto centenário. Não podemos deixar nossas ações pela metade.

Ele disse aquilo com austeridade e Adam acreditou. Não haveria prisioneiros naquela noite.

— Apenas... seja rápido.

Então, correu para a plataforma para libertar Pombo.

O garoto deu um forte abraço na cintura de Adam. Foi reconfortante e pareceu algo real em meio a toda aquela loucura. Conduzindo as duas crianças pelos ombros, Adam as levou para fora da câmara. Antes de sair, deu uma última olhadela para Marcos. Tentou decifrar a expressão no rosto do velho, mas não conseguiu. Era determinação e receio, alívio e um pouco de satisfação. Eles trocaram um aceno de cabeças e Adam saiu, aguardando o companheiro além do corredor, a uma distância em que não poderiam escutar os ganidos inumanos de dor que Marcos arrancaria do povo do subterrâneo ao ceifar a vida dos sobreviventes, um a um.

Esperou mais ou menos no ponto onde encontrara o homem que os rendera. Estava exausto e, após o surto de adrenalina minguar, sentia o corpo pesado, a cabeça latejar e a dor nas costelas voltara. Não sabia se sofrera algum ferimento grave, mas suspeitava que a pancada na cabeça poderia ter causado uma concussão. Mas não cogitou ir para o hospital; só o que queria agora era um bom banho e uma cama. Um pensamento estranho lhe ocorreu quando se deu conta de que, se quisesse um banho quente, ainda teria de esperar algumas horas até o amanhecer. Quase deu uma risada que era mais nervosa do que alegre.

— Você está bem? — Ele perguntou para Pombo quando pararam. O garoto sacudiu a cabeça de forma espontânea, sem nem tentar bancar o durão. — Sinto muito — Adam reiterou.

— Eu disse pro senhor que isso podia acontecer... — Ele murmurou em meio a uma torrente de lágrimas. — Outubro é o mês dos mortos.

Adam ajoelhou-se como sempre fazia, nivelando sua altura à dele.

— Eu sei, Pombo. Eu sei. Cê tava certo. Eu devia ter prestado mais atenção, devia ter dado um jeito de te proteger. Mas vim te buscar, não foi?

Deu um novo abraço no vizinho, mais longo que o anterior, e perguntou ao outro jovem:

— Qual é o seu nome?

— Ricardo, senhor.

Ele parecia em estado de choque. Sem gozar da intimidade que Pombo e Adam tinham, ficou parado com as duas mãos cruzadas à frente do corpo, numa postura de timidez e suspeita.

— E você mora onde, Ricardo?

— Duas ruas pra trás da universidade, moço.

— Certo. Nós vamos te levar de volta pra sua família, ok?

O jovem assentiu. Seu rosto era inescrutável.

Adam olhou ao redor. Seu principal medo era que houvesse mais daquelas coisas espalhadas pelas galerias. Nada garantia que os selvagens na câmara de sacrifício eram os únicos membros do povo do subterrâneo; poderia haver mais uma centena espalhada por ali. Quanto antes eles dessem o fora daquele Inferno, melhor. Sentiu uma tensão quase palpável percorrer sob a pele. Naquele momento, Marcos apareceu um pouco ofegante. Se Adam não o conhecesse, diria que ele tinha corrido até onde estavam.

— Tudo certo? — Perguntou. Marcos fez sinal de positivo enquanto recuperava o fôlego.

— Acho que já podemos ir embora deste lugar, senhor Adam.

— Acho que tem razão.

Adam se aproximou dele e perguntou em voz baixa:

— O que acha melhor fazer?

— Como assim?

— Precisamos trazer as autoridades aqui. E temos de notificar as famílias das vítimas.

Marcos torceu o nariz:

— Acho que o senhor não entendeu como as coisas funcionam aqui, senhor Adam. Não podemos notificar ninguém.

Adam olhou para os dois garotos que acompanhavam a conversa. Puxou Marcos de lado e falou ainda mais baixo, quase cochichando:

— Como é? Do que diabo cê tá falando, Marcos? Tem onze crianças mortas naquela câmara. Onze crianças de cujos corpos precisamos prestar contas. Isso sem contar uma dúzia de coisas que não sei nem se são homens. Nós temos…

— Senhor Adam — Marcos o interrompeu. — Vou repetir pela centésima vez: o que fizemos foi uma violação. Achei que o senhor já tivesse compreendido. Nós quebramos o pacto e, se souberem disso, seremos penalizados.

— Se quem souber? — Adam inquiriu. Eles conversavam enquanto começavam a longa e confusa subida até a superfície.

— Há um grupo seleto de famílias no comando desta cidade, senhor Adam. As mesmas que mandam em tudo há décadas. Foram seus antepassados que firmaram o pacto com o povo do subterrâneo e nós, que os sucedemos, o honramos.

— Isso não faz sentido. Se o acordo fosse outro, eu entenderia, mas não algo doentio e monstruoso como o que vimos. As pessoas sabem o que acontece de verdade nestes rituais?

— A cidade sabe o que acontece no mês de outubro, senhor Adam — ele narrou. — Sempre soube. Mas duvido que alguém conhecesse a natureza da crueldade dos atos perpetrados aqui embaixo. Certamente tem gente que imagina que as crianças ainda estão sãs e salvas, vivendo sob a terra, por mais que essas pessoas estejam se enganando.

— Independentemente disso, pais permitiram que seus filhos fossem levados. Não uma, mas repetidas vezes.

— Sim… Mas decidiram não interferir porque as consequências poderiam ser piores. Essas pessoas foram condicionadas a isso, senhor Adam.

— Como assim?

— É a crença local. Os cultos celebrados às quartas, sextas, sábados e domingos, sempre à noite, servem para lembrar todos da nossa missão sagrada. E eu diria que oitenta, talvez noventa por cento da cidade acredita nela. Os que são contra, não ousam se pronunciar por medo. Já houve… represálias. Sofremos com a perda dos nossos filhos há gerações, mas concordamos com ela porque é para o bem maior.

— Ficou louco? Todos vocês ficaram loucos?

— Parece loucura e talvez seja. Após tantos anos, estou inclinado a concordar com o senhor. Mas, na mente do povo daqui, é altruísmo. O sacrifício derradeiro, a exemplo do que Abraão estava disposto a fazer. Ele não ia matar seu filho, Isaque, a pedido de Deus? O fim não justifica os meios? Pois é exatamente essa a visão das pessoas daqui.

— Exceto que Isaque não morreu. Insisto que a gente…

Marcos fez um sinal com a palma erguida para que ele parasse de falar e continuou:

— Não sei de que maneira posso deixar mais claro — ele meneou e ficou um pouco calado, buscando as palavras certas. — Olha, o que vamos fazer é o seguinte… nós vamos levar o garoto resgatado para a família dele.

— Ricardo. O nome dele é Ricardo! — Adam interrompeu com irritação.

— Isso, Ricardo… Seus pais ficarão felizes em tê-lo de volta, senhor Adam, pode apostar que sim. Mas vamos torcer para que, daqui a dois ou três dias, eles não comecem a ter ideias. Vamos torcer para que não comecem a achar que nossa blasfêmia merece uma reprimenda. Vamos torcer para que eles não sejam fanáticos e isso não se volte contra nós. E, justamente por isso, permaneceremos ocultos.

— Blasfêmia? — Adam gritou. — Esses desgraçados sacrificam crianças!

— Eu sei. Mas isso faz parte da trégua. E a trégua faz parte da tragédia. É assim que é, desde a época dos patriarcas da cidade. Há muita coisa que você ainda não compreende, senhor Adam.

— Então por que não me explica?

Marcos esfregou a testa e suspirou antes de falar.

— Enquanto as crianças forem sacrificadas uma vez ao ano, os Antigos se manterão satisfeitos. É isso. E, se eles estiverem satisfeitos, o mundo continuará seguro. Essa é a crença. Os patriarcas fizeram um pacto com o povo do subterrâneo, um pacto para manter todos nós a salvo. A cidade oferece as ovelhas; o povo do subterrâneo as abate. O sangue vertido mantém nossa existência segura. Enquanto as crianças forem mortas, os Antigos se manterão saciados e não terão desejo de vir à nossa dimensão, ao nosso mundo, onde trariam o caos definitivo. Agora, fizemos o impensável e rompemos essa… tradição. E ninguém, absolutamente ninguém pode saber disso. Do contrário, acredite quando digo que sofreremos as consequências. Se não das famílias, com certeza dos outros.

Adam estava mortificado.

— Você está querendo me convencer de que, todo ano, treze crianças são raptadas e sacrificadas com o consentimento dos pais e de toda a cidade por uma raça de anões que vive nos subterrâneos, para evitar que supostos seres de outra realidade se aborreçam e venham destruir nosso mundo?

— Bom… da forma como você colocou, soa terrível… mas, a grosso modo, é isso.

— E todas aquelas crianças? — Adam se exasperou. — E seus corpos? Elas não podem simplesmente ficar ali!

— Não ficaram. Isso eu garanto — Marcos respondeu com ar sério. O rosto dele se trancou como um cadeado. Adam ficou um pouco em silêncio, juntando as peças. Então, murmurou:

— Você…

— Elas tiveram um fim digno.

Naquele instante, como se a frase tivesse trazido esclarecimento, Adam compreendeu o que fora um repentino cheiro adocicado que começara a sentir há pouco, durante a discussão. Era cheiro de carne queimada. Ele levou a mão à testa, controlando-se para não começar a chorar:

— Não dá. Isso é demais, Marcos. Isso é demais.

— Senhor Adam… nossos problemas já são muitos. Se isto vazar, teremos de lidar com os citadinos, com outros membros daquela raça maldita e sabe-se lá com o que mais. Confie em mim… não gosto disso mais do que o senhor, mas o sigilo é nossa maior arma… e segurança.

Adam suspirou. Não entendia completamente tudo aquilo. Há quanto tempo tamanha obscenidade acontecia, sem que ninguém fizesse algo a respeito? Qual era a verdadeira natureza do acordo entre o povo da cidade e o povo do subterrâneo? Há quantos anos fora feito? O que eram os tais Antigos a quem tanta gente se referia? Como a situação podia ser tão séria a ponto de pais entregarem seus filhos para a chacina e se resignarem? Por que as famílias simplesmente não partiam? Será mesmo que achavam que estavam fazendo algum bem ao doar o sangue de suas crianças para manter o planeta longe das garras de seres cósmicos de outra dimensão? Ou será que, como Adam, elas simplesmente não conseguiam deixar a cidade, por mais que quisessem, por mais que tentassem?

Não fazia sentido, mas até aí, sacrifícios de infantes não eram uma novidade se pensados em termos históricos. E eles nunca fizeram sentido.

Adam vasculhou a memória e refletiu em silêncio, enquanto subia. Diversas culturas ao redor do globo os perpetraram em um momento ou outro. Nas Américas, a lista era grande: astecas, maias, incas, toltecas e moches... Adam lembrou-se das advertências de Moisés ao seu povo no livro de *Deuteronômio*, em que condenava o sacrifício dos filhos e filhas feitos em nome de outros deuses, e afirmava que o mesmo não deveria mais ocorrer para o seu Deus; um claro indício de que se tratava de algo comum na época. Na verdade, o próprio Moisés era sobrevivente de um massacre de bebês, assim como Jesus. O Cartago também era uma região notória pela prática, citado em diversos textos clássicos ao lado de outras colônias fenícias.

Adam conseguiria pensar em mais meia dúzia de exemplos da Antiguidade, mas foi um caso recente que lhe veio à mente e o fez estremecer. Na Índia, numa pequena cidade a apenas quatrocentos quilômetros de Calcutá, o corpo de um garoto havia sido encontrado num campo de cultivo. Sua cabeça fora decepada por um culto de fanáticos conhecido como orkas, que o sacrificaram num ritual cujo objetivo era espantar uma avassaladora onda de calor que varria o país e trazer as chuvas de volta. Assim salvariam a colheita e alimentariam a nação. A lógica distorcida era a mesma: uma morte para salvar milhares. Exceto que o sacrifício daquele jovem garoto não trouxe as chuvas de volta, da mesma forma que Adam não acreditava que a morte de treze crianças pudesse ter qualquer influência sobre os tais Antigos; divindades a cuja existência dava tanto crédito quanto ao panteão de deuses gregos. Para ele, crianças vinham sendo mortas há décadas, talvez séculos, em vão.

Outro caso pavoroso sobre o qual lera a respeito ocorrera na Inglaterra, quando o corpo de um garoto de dez anos foi encontrado no Tâmisa. As investigações levaram à identificação de traços de um poderoso veneno utilizado em rituais de vodu no intestino da vítima. Seus braços e pernas tinham sido decepados, assim como a cabeça. A substância encontrada não possuía qualidades anestésicas, contudo, causava paralisia; a vítima se vê impedida de falar, de chorar ou mesmo de gritar, mas ainda sente cada corte imputado ao corpo até o coraçãozinho parar de bater. Aquele fora o detalhe mais impressionante do sádico ritual, que jamais saiu da cabeça de Adam.

Ele conhecia outras histórias sobre sacrifícios de crianças do presente e do passado, rituais ligados à fertilidade, à criação de feitiços e poções, à invocação de espíritos e demônios, e todo tipo de causa astronomicamente maluca. Em Uganda, crianças eram mortas por xamãs há décadas, por conta de suas crenças religiosas. Um grupo extremista, em particular, assassinava jovens albinos de maneira sádica. A Convenção dos Direitos da Criança, de 1989, exigiu que o governo do país criasse leis que protegessem seus infantes, contudo, o problema se estende para outros locais da África, como o Zimbábue e a Namíbia.

Por um instante, Adam sentiu vergonha de fazer parte da raça humana. Há quanto tempo aquela tragédia ocorria ali? Talvez jamais soubesse a resposta. Talvez não quisesse saber, já que não faria diferença. Mas, em seu íntimo, sentiu-se feliz por ter feito alguma coisa para acabar com ela. Não sabia se alguém descobriria a interferência e qual seria a sua reação. Não sabia se, no ano que vem, as abduções prosseguiriam; não sabia se alguém do povo do subterrâneo viria atrás dele e de Marcos. E não sabia se os Antigos ficariam enfurecidos, caso existissem de fato. Por ora, nada disso importava. Ele tinha salvado duas vidas e sentiu-se regozijado, a despeito das que perdera.

— Tudo bem — concordou. — Ninguém saberá o que fizemos aqui. Ao menos ninguém além das pessoas que já sabem. Não vou dizer que estou feliz, mas compreendo a necessidade de manter o silêncio. Real ou não, as pessoas acreditam no ritual. E não quero uma cidade enfurecida inteira nos nossos calcanhares. Por enquanto, é assim que vai ser. E se esses malditos Antigos existirem, é melhor que se contentem com onze crianças e um bando de anões selvagens, porque juro que nenhum outro garoto vai morrer.

Marcos deu um sorriso aliviado e um tapinha no ombro dele:

— Bom rapaz. Agora vamos nos concentrar em sair deste Inferno.

Eles levaram menos tempo do que esperavam para sair das galerias; basicamente, apenas tiveram de subir. Acabaram desembocando num lugar diferente daquele pelo qual haviam entrado, mas não fazia diferença. Respirar ar fresco foi uma sensação sem igual. O caminho de volta foi silencioso, exceto pelas reiterações de Marcos para Ricardo de que não podia comentar aquilo com absolutamente ninguém: nenhum parente, nenhum conhecido, nenhum amigo da escola. Ninguém poderia saber.

— Mas as pessoas não sabiam que ele estava desaparecido? — Adam perguntou.

— Como Pombo, ele acabou de ser pego. As pessoas raramente costumam comentar sobre as crianças desaparecidas. Se isso acontece, por exemplo, se duas amigas se encontram no mercado e uma pergunta sobre o filho da outra, a mãe dá um sorriso torto e fala: "Meu filho foi viajar". Todo mundo entende.

— Então, ninguém perceberá que faltaram duas?

— Improvável. Ninguém dá queixa, como você já sabe. Já vi pais inconformados espalharem cartazes de "desaparecido", mas é só. Você já deve ter visto alguns por aí, nos postes. Ao longo dos anos, vi mães que surtaram, mas elas não têm a quem recorrer e acabam se entregando à depressão. É uma situação bem triste. Chego a me perguntar por que alguém decide ter filhos nesta cidade… sei bem por que eu não tive. Mas creio que, com um pouco de sorte, os pais de Ricardo ficarão calados e nos sairemos bem.

Eles deixaram o garoto na porta da sua casa e o observaram tocar a campainha a distância. Não queriam se mostrar além do necessário. Quando a porta da frente foi aberta, uma mãe emocionada se ajoelhou e abraçou o filho. Adam sorriu. Pombo começou a chorar.

Já estava amanhecendo quando chegaram ao prédio. Marcos estacionou o carro na rua, a poucos metros da entrada. Parecendo ter saído de uma guerra, o trio titubeou pela calçada até a porta no exato instante em que o senhor Albuquerque chegava para cumprir sua jornada de trabalho.

Ele olhou para os três, sujos, suados e cobertos de sangue, e deu um assobio:

— Uau. O que aconteceu com vocês?

— Você voltou, meu pequenino — disse a mulher cujo nome Adam não sabia, conhecendo-a apenas como "a mãe de Pombo". Ela tinha tomado banho e se trocado, sob a supervisão de Amanda e Juliana.

Observou a reunião e sentiu uma pontinha de desgosto. Enquanto a abraçava, o garoto lançou por sobre o ombro um olhar de difícil interpretação para Adam. Ele sabia que Pombo estava aliviado, mas, certamente, não estava feliz. Mas o que Adam poderia fazer? Legalmente, nada. Ainda que chamasse o Serviço Social para relatar as condições de vida da mulher, Pombo seria encaminhado a um orfanato ou algo do gênero, o que provavelmente agravaria sua situação. Por ora, Adam teria de se resignar e descobrir alguma forma de desagravar as condições dele.

Também precisou se resignar com o fato de Ricardo não ser o filho de dona Antônia; gostaria muito de ter ajudado a aplacar a dor daquela mulher.

Fez um sinal positivo para Pombo e saiu do apartamento, seguido pelos demais. Albuquerque estava do lado de fora, conversando com Marcos.

— Desconfio que vamos adiar nossos planos? — Ele perguntou.

Adam olhou para o zelador.

— Nós… precisamos descansar. Vamos ter de remarcar.

O porteiro deu de ombros e comentou:

— Se quiser, posso seguir em frente sozinho e, depois, conto o que descobri.

— Não. Acho melhor todos darmos um tempo. As últimas horas foram meio… vertiginosas.

Albuquerque e Marcos concordaram. Amanda, que escutara tudo calada, disse:

— Acreditem se quiser, mas estou de plantão hoje. Daqui a uma hora tenho de estar no hospital. Ainda bem que o plantão é *só* de doze horas.

— Boa sorte com isso, docinho — disse Juliana. — *Eu* vou dormir.

— Se você não fizesse o melhor chá com bolachas que já tomei, poderia levar a mal essa provocação — respondeu a médica, bem-humorada.

— Então está decidido — Adam comentou. — Vamos todos descansar, nos preparar e, amanhã, faremos o programado.

“O que é um fantasma? Algo morto que parece que está vivo.
Algo morto que não sabe que está morto.”

Richard Silken, *A Guerra das Raposas.*

7 Nem todos são felizes do outro lado

Adam dormiu como uma pedra. Estava tão cansado que acordou na mesma posição em que se deitara, treze horas depois. Já era noite novamente, e o que o arrancou da inconsciência foi o som de batidas à sua porta.

Ele levantou-se devagar e literalmente se arrastou para atender quem quer que estivesse batendo. A luz que veio do corredor quando abriu a porta o cegou momentaneamente, e ele demorou alguns segundos para se adaptar. Juliana estava diante dele. Ela estendeu uma xícara de chá e perguntou:

— Achei que você tivesse morrido.

— Ainda não.

— E aí? Pronto pra mais uma aventura?

— Você tá falando sério?

— Sim. O pessoal se reuniu lá embaixo e tá te esperando.

— E o "pessoal" seria…?

— Marcos e Albuquerque. E Amanda telefonou dizendo que tá chegando.

— Quê? — Surpreendeu-se Adam. — Ela ligou na recepção?

— Sim.

Ela fez um sinal com o chá novamente, já que ele ainda não o havia apanhado. Adam tomou a xícara nas mãos e agradeceu com a cabeça.

— É camomila, adoçado com mel.

Ele bebericou e disse:

— Gostoso… Pede pro pessoal me aguardar um pouco. Vou lavar o rosto e me trocar.

— Faça isso. Cê tá com uma aparência péssima.

— Obrigado.

Ele sorriu forçosamente e fechou a porta. Sentia como se um rolo compressor tivesse passado por sobre seu corpo. Era, claro, o efeito de toda a adrenalina da noite anterior e da terrível surra que tomara do povo do subterrâneo. Ao tirar a camisa diante do espelho do banheiro, viu que seu tronco estava coberto de hematomas. A cabeça latejava. A área da coxa que levara a mordida estava com um aspecto terrível, e ele concluiu que precisava tratar daquilo imediatamente, antes que infeccionasse. Tomou um banho rápido para tirar a sensação de fadiga do corpo, passou antisséptico nas feridas mais graves e, na da coxa, fez um curativo improvisado. As costelas trincadas ainda incomodavam.

Enquanto cuidava de tudo, concluiu que o povo lá embaixo estava afoito demais para voltar a "brincar com o sobrenatural". E, por mais moído que estivesse, percebeu um entusiasmo similar dentro de si. Será que isso era mais uma coisa que aquela estranha cidade promovia nas pessoas? Tornou a pensar por que simplesmente não arrumava suas coisas e ia embora, mas não conseguia chegar a qualquer conclusão. Era como se estivesse envolvido numa teia, incapaz de se libertar, mas, diferente da mosca que luta para escapar das garras da aranha, ele *queria* estar ali. Prestes a participar de uma sessão em que alguém supostamente conversaria com os mortos, em vez de assustado, estava animado.

Resignou-se de vez e concluiu que a cidade, qualquer que fosse sua atração, tinha-o fisgado.

— Bardo? — Marcos perguntou. — Ele vai cantar ou recitar alguma coisa?

— Isso não é brincadeira, senhor Marcos — Albuquerque respondeu. — Quando conversamos com um espírito do outro lado, ele precisa ser referido da forma apropriada. E temos de usar os termos certos para não confundi-lo. O Bardo é o estado intermediário que existe entre a morte e o renascimento, aquele instante infinitesimal que pode ser alongado indefinidamente conforme a natureza da situação do espírito.

— Te juro que nunca ouvi falar desse termo.

— É a profunda doutrina exposta no *Bardo Todol*, o *Livro Tibetano dos Mortos*.

— Bom, se você acha que ajudaria chamar ele de Sidney Magal, por mim, tudo bem — intrometeu-se Juliana. — Você sabe o que faz.

Adam passava a mão na cabeça, na região dolorida onde sofrera a pancada:

— E agora, Albuquerque… o que nós faremos?

— Vocês? Nada. Vocês nem precisavam estar aqui — o porteiro respondeu. — Concordei que viessem como uma cortesia. Mas preciso que fiquem em silêncio e não me atrapalhem.

— Isso não vai ser difícil — comentou Marcos.

— Há algum alerta pra gente? — Juliana quis saber.

— Alerta?

— Sim. Algo que não devemos fazer… ou com que devemos tomar cuidado? Digo, nem todos são felizes do outro lado, não é mesmo?

Albuquerque pensou um pouco. Então, respondeu:

— O senhor Marcelo teve uma morte violenta e brutal, fora de hora, nas mãos de uma criatura de outra realidade. Certamente não foi o mais radiante dos momentos. Talvez sua energia residual conserve a necessidade premente de resolver as coisas que ficaram em aberto. Talvez, por causa da brutalidade do ocorrido, ele se encontre em Loka.

— O que é isso? — Ela perguntou.

— O Loka é o nome dado aos estados infernais que nascem do sofrimento. A angústia, a ansiedade, o terror, o desespero... todas as condições que podem aturdir o espírito e atrapalhar seu julgamento. Neste caso, o diálogo será mais difícil. E, se ele se tornar agressivo, precisaremos ter cuidado.

Juliana engoliu em seco:

— Pensei que espíritos não pudessem nos ferir.

— Pois a senhora pensou errado, dona Juliana. Um espírito enfurecido pode representar um perigo bem real. Pode, inclusive, representar risco de morte a qualquer um de nós. Mas acredito que não teremos problemas e que nada dará errado.

Adam pensou no quanto sabia que aquilo era verdade. Testemunhara em primeira mão a fúria de um espírito em seu quarto. Será que a resposta era somente aquela? Rosa Gutierrez estava "envenenada" e, na sua amargura, espalhava o fel na ânsia de atrair terceiros à sua condição? Pessoas furiosas fazem coisas impensadas; por que o mesmo não se daria com espíritos furiosos? Adam lera certa vez que dor partilhada é dor minimizada. Será que o mesmo princípio se aplicava àquela situação?

Súbito, escutaram um bater à porta da frente, que estava trancada. Marcos foi abrir e retornou ao lado de Amanda, que, esbaforida, perguntou:

— O que perdi?

Ela trazia um esboço de sorriso no rosto, e Adam percebeu que estava tremendamente empolgada.

— Você não ficou de plantão todo esse tempo?

— Sim.

— Amanda, você deve estar morta de cansaço. Por que não vai pra casa relaxar?

— E perder a festa? Nem a pau. Tô trocando aquele jantar que combinamos por um pouco de emoção. Além disso, nós, médicos, sempre encontramos um jeitinho pra driblar o cansaço.

Ela deu uma piscadela marota para ele.

Médicos não podem se automedicar, Adam bem o sabia, mas isso nunca os impediu de consumir uma substância ou outra, caso desejassem. Amanda não precisou explicar mais.

— Tem certeza de que está bem? — Albuquerque perguntou, percebendo que a médica estava frenética até demais. Ela se irritou:

— Que coisa, gente. Eu vim ajudar e todo mundo fica me discriminando? Eu tô ótima.

— Tudo bem. Foi só uma pergunta...

— Que tal se a gente andasse logo com isso? — Juliana perguntou.

— De acordo — Marcos disse. — Onde vai ser a invocação?

— O apartamento do Marcelo será o melhor lugar — Albuquerque observou. — E parem com essa história de "invocação". Parece que eu estou num terreiro ou algo do gênero. Não vai ter nada disso. Ou vai funcionar ou não.

— Certo. Alguém chegou a entrar lá desde ontem? — Adam inquiriu.

Todos balançaram a cabeça em negativa. Ele prosseguiu:

— Espera um pouco! Vocês nem ao menos sabem se deu certo? Ninguém viu se o corpo dele foi... como se diz... consumido?

Albuquerque pôs a mão no ombro dele:

— Concordamos que faríamos isso juntos... então é o que faremos. Todos prontos?

— Sim! — Amanda respondeu animada, como se estivesse num *show* de calouros. Os demais concordaram e pareciam prestes a subir quando Adam pediu que Marcos apanhasse a espingarda.

— Pra quê? — Perguntou o velho.

— É melhor ter e não precisar usar, do que precisar e não ter.

O zelador refletiu e respondeu:

— E não é que você tem razão?

Foi até debaixo do balcão e apanhou a arma. Juliana ralhou:

— Não acredito que vocês continuam guardando isso aí!

— Qual o problema?

— O problema é que é uma área pública. Por onde crianças transitam. Achei que já tínhamos discutido isso.

— Sim, de fato. E em que momento eu disse que tiraria a espingarda do balcão da recepção?

— Mas por que deixar uma arma sob o balcão?

— Segurança, oras.

Adam interrompeu:

— Sério que vocês querem discutir isso agora? Eu podia ter dormido mais quinze minutos nesse tempo todo.

Marcos empurrou a porta que, desde que fora arrombada, não tinha sido consertada, e ficou parado diante dela. Não falou nada, mas estava claro que não ia entrar primeiro.

— Ah, pelo amor de…

Albuquerque não terminou a frase e passou por ele, dando uma trombada no ombro de propósito. Acendeu a luz. Todos continuavam amontoados do lado de fora, espichando o pescoço para tentar discernir qual fora o resultado da noite.

De fato, ali estava a gosma que quase fora o algoz dos moradores no dia anterior; porém, ao lado dela, onde deveria estar o corpo do doutor Marcelo, não havia nada, salvo as roupas no chão. Nenhum sinal de que um homem morrera.

— Deu certo! — Juliana berrou com um entusiasmo que não se aplicava à situação.

— Aquela coisa nojenta é…?

Amanda, cujos olhos obviamente estavam fixos na gosma, nem terminou a pergunta, quando Adam confirmou:

— A própria. A criatura maldita.

Ele já havia relatado toda a desventura que antecedera a participação dela à epopeia da tarde anterior, mas, como sempre, ver com os próprios olhos era totalmente diferente. A médica achou que a substância parecia aquele tipo de poluição densa na água do mar, que aparece principalmente em regiões portuárias, sendo trazida à praia pelas marolas. Tinha uma coloração ocre e um cheiro azedo.

Adam entrou e foi até Albuquerque.

— E agora?

O porteiro olhou para os demais e falou:

— Dá para vocês entrarem e fecharem a porta?

Juliana empurrou o resto deles para dentro e, embora ressabiada, obedeceu.

— Agora, fiquem quietos e me deixem trabalhar.

— A gente não faz nada, mesmo? — Juliana insistiu.

— Não! — Respondeu o outro, de forma enfática e ríspida. Amanda teve vontade de rir. Não sabia por quê. Olhou para Adam, que também parecia estar segurando as risadas.

— Posso saber o que é isso? — O porteiro perguntou. De repente, todos desataram numa gargalhada insana, quase em uníssono. — Acham que isso aqui é brincadeira? Juro que ponho todos vocês pra fora.

— Desculpa, Albuquerque. É que…

Adam tentou explicar, mas caiu em outra gargalhada. Até mesmo Marcos acompanhou os demais.

— Não tem nada de engraçado nesta situação!

— Eu sei. Não tem mesmo. Foi bobeira, desculpa. Só dá um tempo pra gente.

Eles demoraram alguns segundos até conseguirem se recompor do ataque de riso. O porteiro aguardou quase perdendo a paciência. Na verdade, todos estavam acometidos por um descarrego de emoções, que surgiu naquela hora na forma de riso. Evidentemente, isso não diminuía a irritação dele para com o que parecia um grande desrespeito.

Enfim, quando todos se calaram, Albuquerque fechou os olhos e suspirou, movendo a cabeça de um lado para o outro, como se quisesse estalar as vértebras do pescoço. Adam achou que, pela expressão em seu rosto, ele estava mais interpretando do que sendo sincero, mas não era verdade. O porteiro levava muito a sério a singular habilidade que possuía. Pouquíssimas pessoas sabiam sobre ela, e não era do conhecimento de absolutamente ninguém que se tratava de um dom hereditário. Sua mãe… sua avó… seu bisavô… sua trisavó… e sabe-se lá mais quem no histórico da família possuíram aquele dom.

— Aprende-se muito com os mortos — sua avó lhe dissera quando ele não passava de uma criança, ainda tentando compreender o que eram os sussurros que ouvia na intimidade de seu quarto na calada da noite, quando as luzes estavam apagadas e todos dormiam. — Eles têm uma visão mais ampla das coisas. Você sabe o que é um cabresto? Já viu um cavalo usando um? Pois bem, quando a gente morre, nossa perspectiva da vida muda. É como se tirassem o nosso cabresto. Tudo se alarga…

Ela deu um sorriso.

— Mas, vovó… — ele perguntou. — Se a morte é boa, por que as pessoas têm medo dela?

— Porque as pessoas são confusas. Não compreendem a passagem. Não compreendem a transição. E raramente têm alguém que possa ajudá-las nisso. Alguém para orientar. Gente como nós é chamada de "oficiante", Albuquerque. E nós podemos ajudar esses espíritos confusos. Somos alguns dos poucos que podem.

— Como?

— Você vai compreender, meu pequenino. Por ora, faça apenas o que sua mãe mandar daqui em diante. Ela sabe o que faz. Pode ser?

Ele concordou com a cabeça.

— Bom garoto. Agora a vovó precisa ir.

— Eu vou voltar a ver você, vovó?

— Não, meu anjo. Infelizmente, não. Nós não vamos nos ver por muito, muito tempo.

— Por quê?

— Porque eu não estou confusa. E, quando você não está confuso, segue o seu caminho para o outro lado do véu. Você continua girando ao longo da Roda…

— Roda?

— É como eu chamo, meu anjo. Não é o nome oficial. Mas a Roda é redonda, é um círculo. E o círculo não tem nem começo nem fim. Ele apenas está lá. Agora, preciso ir.

Naquele momento, o garoto escutou a voz da mãe, vinda do corredor:

— Albuquerque… você tá aí?

Poucos segundos depois, ela abriu a porta do quarto. Estava vestida inteira de preto, incluindo o chapéu e os sapatos. A mulher perguntou:

— Com quem estava falando, meu filho?

Ele olhou para o lado e o quarto estava vazio. Mesmo assim, sem timidez, respondeu àquela maneira natural que crianças falam do extraordinário:

— Com a vovó.

Os olhos da mulher se encheram de lágrimas. Ele percebeu que a maquiagem dela já estava borrada. Ela se aproximou, abaixou diante dele e disse:

— Filho… isso não é possível. A sua avó, ela… eu acabei de vir do…

Então, a mãe parou de falar. Mesmo jovem, Albuquerque sentiu o escrutínio da mulher varrendo cada polegada de seu corpo. A expressão no rosto dela começou a mudar, conforme a compreensão a inundava, ficando mais desanuviada. De repente, ela o abraçou, abarcando uma verdade que raramente era partilhada fora da família... e que pouquíssimas pessoas eram capazes de entender. Ele era um deles!

Ficaram estáticos naquela posição por um bom tempo, sem falar, sentindo os últimos resquícios da energia que compunha aquela velha senhora se volatizarem, até desaparecerem por completo. Foi uma das maiores bênçãos de sua vida.

Daquele dia em diante, Albuquerque seguiu o conselho da avó a quem tanto estimava e aprendeu. Desenvolveu-se e especializou-se. E ajudou tantos quanto pôde a dissipar a confusão. Jamais tornara a ver a avó, mas não precisava; sabia que uma parte dela ainda vivia dentro de si.

Eles não saberiam dizer quanto tempo passou. Mas foi o suficiente para o grupo começar a ficar irrequieto. Amanda já havia suspirado profundamente três vezes; Marcos ficava trocando o peso do corpo de uma perna para outra; e Juliana olhava continuamente para os lados e para o teto.

— Tudo bem. Na festa de casamento, o mestre de cerimônias apanha o microfone e diz, "Senhoras e senhores, é hora de fazermos uma brincadeira"...

— Senhor Adam! — Albuquerque o recriminou. Adam coçou a cabeça.

— Me desculpe. Quando fico nervoso, tendo a usar humor como mecanismo de defesa.

— Pois se não fechar essa boca, juro que vou costurá-la com linha de pesca.

O porteiro tornou a fechar os olhos, tentando se concentrar. Menos de trinta segundos depois, Juliana se aproximou de Adam e cochichou:

— E aí?

— E aí o quê?

— Como acaba a piada?

Adam espiou para ver se o porteiro havia percebido algo e, ainda cochichando, contou:

— O mestre de cerimônias falou, “É hora de fazermos uma brincadeira. Quero que todos os homens casados fiquem ao lado da pessoa mais importante da sua vida neste salão”. Então, o *barman* quase foi sufocado.

Juliana ficou séria olhando para ele. Aos poucos, o riso começou a aparecer e logo ambos estavam tentando reprimir uma gargalhada. Albuquerque estrebuchou, esmurrou o ar e bradou:

— Vocês só podem estar de gozação comigo!

Adam se encolheu, ainda sem parar de rir:

— A gente jura que vai ficar quieto!

Eles ficaram seguramente mais de uma hora no apartamento, apenas aguardando. Enfim, quando o tédio estava prestes a levar a melhor sobre o grupo novamente, Albuquerque ergueu as palmas das mãos. Seus lábios começaram a tremer levemente e o peito arfou repetidas vezes, denunciando seu nervosismo.

— Ó, meu nobre filho, ouça-me com atenção — ele disse em voz alta, diante dos olhos atentos dos demais. — Você sofreu. Você fez a passagem. Mas seu sofrimento não pode ser atribuído ao seu carma. E a passagem lhe foi negada no meio do caminho. Sua dor foi um acaso. Mas eu posso ajudá-lo. Sei que deve estar nervoso. Sei que o Senhor da Morte surgiu diante de você. Sei que ele pode tê-lo estrangulado, cortado seu pescoço e removido seu coração ainda palpitante, mas tudo não passou de uma ilusão. Seu estado transitório é uma ilusão. Sua dor é uma ilusão. Sua prisão é uma ilusão. Uma ilusão da qual você não pode sair agora, por mais que queira, por mais que tenha tentado. Mas eu posso ajudar. Se você me permitir, eu posso ajudar. Diga-me, meu filho, você se lembra de quem era?

Ele fez alguns segundos de silêncio e, então, sorriu, perguntando:

— E você se recorda de quem eu sou?

Novo silêncio. Adam e os demais se entreolharam, incapazes de aferir o que estava acontecendo. Será que estava havendo uma comunicação genuína com o outro lado? Tudo parecia tão… pueril.

Então, o rosto de Albuquerque se modificou.

— Isso é bom, meu filho. É um bom começo. Agora nós… o quê? Não, não, você está equivocado, ó, nobre filho. Esta não é a forma correta de pensar. Por favor, me deixe…

Um cinzeiro que estava sobre a mesa da sala voou e se espatifou na parede oposta, arrancando um grito de Juliana e de Amanda, e fazendo Marcos e Adam darem um pulo no lugar. Com a espingarda em mãos, Adam sussurrou para Albuquerque:

— O que tá acontecendo?

Extremamente irritado, o porteiro abriu apenas um olho e ralhou:

— Cale-se, senhor Adam. Isso não lhe concerne! — Então, voltou a conversar num tom manso, de olhos fechados. — Seus medos são infundados. Pense comigo… como pode o vazio temer o vazio? Você é o vazio, você é uno a todas as coisas. Sim… exatamente… e eu posso mostrar como. Mas você precisa se livrar dessa raiva, nobre filho. Precisa saber que não foi culpa nossa. O Bardo precisa…

Adam voltou a se intrometer, dizendo em voz alta:

— Foi culpa nossa!

— Senhor Adam! Quer, pelo amor de Deus, calar essa boca?! — Rosnou Albuquerque.

— Fica quieto, Adam! — Juliana reiterou, tomando partido do porteiro.

— Não! Isso tá indo pelo caminho errado. Não minta pra ele! Ele sabe da verdade, então não tente enganá-lo! Diz pra ele que a situação dele é culpa nossa, sim. Diz que ele está aprisionado aqui por nossa causa e pede desculpa, mas precisamos da ajuda dele. Nós precisamos saber a verdade, e não havia outra forma. Explique isso a ele. Sabemos que ele foi aprisionado pelo prédio, sabemos que está neste… limbo. Mas, se ele nos ajudar, nós vamos ajudá-lo. Não sei bem como, mas vamos. Diga isso a ele, Albuquerque. Direto, sem subterfúgios.

De repente, as luzes do apartamento piscaram. Marcos engoliu em seco. Albuquerque abriu a boca para dizer algo, quando seu rosto fez o nítido movimento de ter sido estapeado, embora não houvesse mão alguma à vista. O porteiro deu dois passos para trás e protestou:

— Não, nobre filho! Você não pode deixar a raiva vencer. Você…

A mesa de centro da sala rodopiou no alto e quicou no chão, espatifando-se. As luzes piscavam como num curto-circuito. Albuquerque olhou para Adam e ralhou:

— Satisfeito agora?

Adam não soube como se explicar, apenas gritou, torcendo para que o espírito o escutasse:

— Você me deve uma! Você me deve uma!

Então, as luzes pararam. Um senso de calmaria pairou no ar, como num campo aberto após a passagem de um furacão.

— Ele consegue me ouvir?

— Sim — disse o porteiro, um pouco magoado por ter deixado de ser o porta-voz.

— Doutor, nós vamos ajudá-lo. É uma promessa. Só que antes você precisa responder às nossas perguntas. Precisa nos contar sobre o *Necronomicon.*

À menção do nome, todos sentiram um calafrio, como se uma brisa fria penetrasse no cômodo. Adam estancou, olhou de um lado para o outro e tornou a fitar Albuquerque, incerto do que fazer a seguir:

— Prossiga, senhor Adam — incentivou o porteiro.

— Não. Você faça isso. É o seu papel. Só não tenta mentir, não tenta fazê-lo crer que a culpa não é nossa. Jogue limpo. É o que eu gostaria que acontecesse se fosse comigo.

Amanda, ao lado dele, segurou com as mãos seu bíceps e deu um sorriso de satisfação. Estava orgulhosa daquela demonstração de integridade. Ante a reação dela, Adam sentiu o próprio ego inflar.

Albuquerque respirou fundo e retomou a conversa:

— Sim… Sim, é verdade. Nós deixamos seu corpo aqui de propósito. Sim, sabíamos que o prédio o aprisionaria. Por quê? Porque, como o senhor Adam disse, precisamos de respostas. E você sabe que talvez o mundo venha a depender do que vai nos dizer agora.

Albuquerque voltou a falar com o espírito. Adam procurou ficar de canto e escutar, decidido a interferir o mínimo possível na conversa. Conhecia sua personalidade; sabia que anos diante de um júri o faziam querer gritar "Protesto" espontaneamente, só para não perder o hábito. Seria fácil assumir o comando da situação e fazer as coisas do seu jeito, mas tinha que se conter. Tinha consciência de que ali não era ele quem sabia mais. Naquela situação, não passava de mais uma carta no baralho. Impor sua vontade incorreria no risco de cometer uma enorme burrada, assim, se policiou. Sentiu a apreensão dos demais que estavam, naquele momento, bem mais compenetrados do que ele.

Fechou os olhos por um instante, apenas para relaxar. Súbito, um *flash* passou diante da sua vista, mesmo fechada.

Abriu os olhos num sobressalto, boquiaberto, e olhou para os demais. Todos continuavam vidrados em Albuquerque. *Que diabo foi isso*?

Como era típico da sua natureza, repetiu a operação para ver se o fenômeno tornaria a ocorrer. As pálpebras se fecharam com certa cautela e, uma fração de segundo depois, veio um novo lampejo. Como um clarão branco, que seria capaz de cegá-lo se estivesse de olhos abertos. Desta vez, preparado, ele não se assustou.

O que era aquilo? Uma visão? Ele nunca tivera visões; não era esse tipo de cara. Por que começaria a ter agora? O *flash* cruzou seus olhos, rápido, lento, raso, profundo, suave, intenso… causando todo tipo de sensação e, ao mesmo tempo, nenhuma. Não saberia como verbalizar, se fosse necessário. Sua percepção foi subitamente sacudida… seguida pela dor. Sentiu como se um prego tivesse sido martelado na sua moleira. Uma pancada… duas… três… entrando até o fundo. Mas não era uma dor física, e sim uma dor psíquica. Estremeceu e tentou abrir os olhos, mas não conseguiu. Eles estavam colados, além do controle do corpo, incapazes de responder às ordens do cérebro. Adam sentiu que seus ouvidos não eram mais seus e que sua voz não lhe pertencia. As sensações na pele eram todas externas, alienígenas, infundindo seu ser à revelia. Ele era um observador dentro do próprio corpo, participando de um evento que não compreendia.

Seu estômago começou a revirar; um alimento estragado caído dentro dele, incapaz de ser dissolvido e absorvido pelo organismo, fermentando, ganhando força, contaminando tudo ao redor a ponto de a barriga começar a pesar como se houvesse uma bigorna dentro dela. Por duas vezes pensou que vomitaria, chegou a abrir a boca, mas lembrou-se de que não estava mais no controle do corpo, então, apenas pensou que a abrira.

Percebeu que não enxergava mais a realidade como ela era. Ou como deveria ser. Abriu os olhos, mas sabia que não os tinha aberto, pois o quarto estava diferente. Tudo mais escuro, mais sombrio e soturno. E as paredes… as paredes pareciam feitas de algo… orgânico. Não vivo, mas orgânico, como tecido interno, como órgãos, como a fáscia, só que mais nojento, quase gelatinoso. Elas começaram a verter algo, a escorrer um muco vermelho, tingindo todo o cômodo de uma tonalidade escarlate. E pareciam ter bocas e olhos e narizes que se moviam de forma concêntrica conforme a sala girava no próprio eixo; bocas sem dentes, olhos vazios e narizes que eram apenas profundos orifícios negros.

De um instante para o outro, Adam não estava mais limitado pelas paredes da sala, mas num espaço aberto. Algo que poderia ser uma planície, exceto que o chão era todo feito daquele material orgânico, que afundava levemente conforme ele pisava.

Ele começou a caminhar e cada passo naquela gosma foi ficando mais difícil, sempre afundando um pouco mais, centímetro por centímetro, como areia movediça, até que suas canelas estivessem engolidas por aquela substância nojenta, seguidas de seus joelhos e, então, as coxas. Ele estancou, incapaz de prosseguir. Por mais que tentasse, não conseguia se mover, atolado, chafurdando numa lama orgânica, fétida, que poderia ser um ecossistema, lar de criaturas vivas, vermes com dentes e garras, seres terríveis capazes de entrar pelos poros de sua pele e pelos buracos de seu corpo e montar acampamento dentro de seu cérebro, mastigando os últimos resquícios da sanidade.

Adam estremeceu, debateu-se, mas não conseguiu sair do lugar.

E escutou os sons. Era uma revoada, porém mais alta. Enormes asas batendo num horizonte inexistente. Não havia sol. Não havia céu. Era como se tudo estivesse de cabeça para baixo. Como se a realidade tivesse se tornado um oceano de muco escarlate. Como se norte e sul tivessem se unido numa mesma fronte, deturpando a própria realidade.

Os sons ficaram mais próximos, mas não eram pássaros. Pareciam membranas; asas de morcegos vencendo a resistência do ar com força e agressividade.

Novos sons chegaram aos seus ouvidos. Era o som de um Titã regurgitando uma vítima que engolira por inteiro, mastigada e escarrada, ainda se debatendo em meio a ossos quebrados, vísceras espalhadas e carne dilacerada. Era o Leviatã, era a Quimera, era o Gugalana. Uma criatura tão grande que Adam poderia caminhar para dentro de seu corpo pela narina, como se fosse uma caverna. Num instante, a criatura estava diante dele; no seguinte, desaparecera.

Ele percebeu que estava afundado até a cintura quando as sombras passaram sobre a sua cabeça, rentes, quase tocando-o. Ele não viu o que era; não pôde ver. Mas sentiu. Seu coração estava disparado. Para onde teriam ido?

Adam só queria sair dali, só queria voltar à segurança da sala de Marcelo, mas não sabia como. Não sabia de onde vinham aqueles sons guturais, altos como a implosão de um prédio, obscenos como a alma do Marquês. A gosma chegara ao seu peito e, daquele ponto, foi como se afundasse mais rápido, tragado para o fundo por um sumidouro negro, denso e pegajoso que abraçava seu pescoço, tocando a pele com garras geladas que queimavam e resfriavam, numa contradição única de polos opostos e complementares.

A gosma subiu pelo seu rosto como se tivesse vida, na forma de dedos, de tentáculos, espalhando-se pela pele... Ele a sentiu verter para dentro de sua boca, nariz e ouvidos, e o senso de escuridão se potencializou. O coração era um tambor disparado; ele tentou gritar, mas, em vez de voz, regurgitou aquele muco escuro. Tudo se tornou aflição e sofrimento; não sofrimento físico, como uma perna quebrada, mas de outro tipo. Um tormento que Adam jamais sentira, uma dor indecifrável que não podia ser localizada, que estava em todos os lugares e em lugar nenhum.

Num último e reverberante esforço de pânico e desespero, soube em seu íntimo que, se não saísse dali imediatamente, era provável que jamais sairia. E soube também de várias outras verdades; coisas que ninguém precisou contar, mas que foram reveladas mesmo assim. Reveladas pelo toque do muco escuro. Reveladas pelo deboche dos Antigos que se refestelaram em sua breve expiação.

— Adam?

De onde viera aquela voz? Macia e suave. Ele a conhecia, sabia que a conhecia, mas não lembrava de onde. A voz o chamara, mas estava tão fraca, tão distante... e as garras da escuridão eram fortes, subjugando-o... Seria tão mais fácil se entregar, tão mais fácil se submeter e passar a fazer parte daquilo que era inevitável. Por que tanta resistência? Resistência é uma forma sutil de violência, imputada ao corpo e ao espírito. Entregar-se era mais fácil. Fluir... Havia um senso de pertencimento na entrega... e somente dor na resistência.

— Adam!

A voz soara mais forte agora. Ele definitivamente a conhecia. A familiaridade despertou um senso dentro dele que se sobrepôs aos grunhidos guturais, ao toque gélido da noite, ao bater das asas, à visão dos rostos desfigurados na gosma escarlate. Era sua última chance; aquela era sua última chance. Ele tinha de fazer alguma coisa, tinha de lutar... mas sentia os membros pesados... e a mente sonolenta.

De repente, um estalo. Forte! E um grito:

— Adam!

Adam abriu os olhos, sentindo o rosto arder. Diante de si, Juliana, Albuquerque e Marcos o rodeavam com expressões assustadas. Amanda, mais próxima, afagava a própria mão. A mão que desferira um firme tapa em seu rosto.

— O que aconteceu? — Ela perguntou.

Ele não sabia nem como começar a explicar. Estivera, durante aquela espécie de transe inexplicável e incompreensível, em outro lugar. Outro mundo. Será que a visão tinha sido real? Será que, de algum modo, obtivera um vislumbre do tão falado "outro lado"? Do lugar de onde a criatura que se passara por Marcelo havia vindo? Será que aquele era o mundo dos Antigos? Será que o Titã que vira de relance era um deles? Ainda consternado, disse:

— Eu... acho que fui... transportado pra lá.

— Pra lá onde? — Juliana perguntou.

— Eu vi, Juliana. Não me pergunte como, mas vi. Eu vi os Antigos. Ou pelo menos algo que acho que era eles. Vi o mundo deles. Fui arrastado pra esse mundo, um lugar onde nada fazia sentido. Onde em cima era embaixo e vice-versa. Onde o chão era feito de matéria orgânica, o ar era sulfuroso e onde não havia céu ou horizonte. Onde nossas leis da física não se aplicam. Eu senti a força deles... senti o ódio. Ele penetrou meu corpo goela abaixo, me envolveu. Deus do céu, gente... Vocês não fazem ideia de como é do outro lado.

Amanda não aguentou e deu um abraço nele:

— Você deu um baita susto na gente. Não acordava de jeito nenhum.

— Quanto tempo fiquei fora do ar? — Adam perguntou.

— Uns cinco, seis minutos — Marcos respondeu. — O senhor estava de olhos abertos, que nem um sonâmbulo. Não respondia, mas ficava murmurando uns sons estranhos. Íamos jogar água na sua cara, quando Amanda tomou a iniciativa de acertá-lo.

Ele olhou para a garota e afagou o rosto no lugar do tapa:

— Valeu… acho.

Albuquerque ergueu as sobrancelhas. Suas mãos e pescoço estavam cobertos por uma substância fluídica que parecia emanar de seu próprio corpo.

— Bom, eu também tenho algumas novidades — disse. — Mas, quando ia partilhá-las, descobrimos que o senhor tinha… apagado.

— O que aconteceu com você? — Adam perguntou a ele.

— Ectoplasma. Às vezes, ele emana do corpo do médium durante o contato. Peço que me deem alguns minutos para tratar da minha higiene pessoal; conversemos a seguir. Temos coisas importantes a tratar.

— As revelações? Devo supor que Marcelo tinha muito a dizer?

— Sim, senhor. Mas é melhor a gente se sentar, rapaz — ele respondeu. — Não será fácil digerir tudo que tenho a relatar.

Foram todos ao apartamento de Juliana, que se propôs a preparar um chá com bolachas para o grupo. Adam estava apreensivo, mas resistiu à tentação de questionar os demais ao longo do caminho. Ao chegarem, houve pouca conversa, até que a dona do apartamento trouxesse uma bandeja que deixou descansando sobre a mesinha de centro, na sala.

Amanda, espontânea como sempre, foi logo se servindo. Adam seguiu no embalo e foi só quando comeu que percebeu que estava faminto. A estranha experiência o deixara extenuado. Olhou em volta, observando cuidadosamente o quinteto. Como havia acontecido aquilo? Cinco pessoas que mal se conheciam, reunidas em torno do assunto mais insólito do mundo… era estranho demais para ser verdade. No entanto, ali estavam.

— Outro dia, li uma coisa maravilhosa — Amanda disse do nada.

— O quê? — Marcos perguntou.

— O cara que criou a Mulher-Maravilha era um sujeito genial. Ele era advogado, psicólogo, escritor e inventor. Uma das coisas que o cara criou foi o polígrafo.

— E por que diabos você tá dizendo isso pra gente? — O zelador retrucou, mal-humorado.

— Sei lá. Só achei que todo mundo tava muito tenso.

— Pois eu achei interessante. Mesmo sendo a Mulher-Maravilha um péssimo modelo para as mulheres, desfilando por aí de calcinhas que imitam a bandeira dos Estados Unidos e resolvendo seus problemas à base da porrada — Juliana emendou, saboreando uma bolacha doce. Ela a abriu ao meio, comeu o recheio e devolveu uma metade ao pote.

— Você não fez isso! — Marcos exclamou, um pouco surpreso, um pouco indignado.

— Nossa! — Ela disse caindo em si e apanhando o resto da bolacha — Desculpa! Eu não tô acostumada a receber tanta gente.

— Isso é nojento mesmo se você estiver sozinha — retrucou o outro.

— Mas que mau humor… — Amanda comentou, defendendo a colega. As duas pareciam estar virando comparsas.

— Isso não tem a ver com humor. Ou vai dizer que você acha bonito pôr bolacha mordida de volta no pacote? — Marcos ralhou.

— Que tal se a gente fosse ao que interessa? — Albuquerque disse, interrompendo a discussão.

— Sim, senhor, sim! — Amanda bradou, batendo uma continência. Sem dar atenção a ela, o porteiro iniciou a narrativa:

— De fato, conforme cogitamos, o doutor Marcelo tinha seus motivos para roubar o livro da universidade.

— E quais foram?

— Na verdade, uma razão: o senhor Roberto W. Peaslee.

— E quem é esse?

— Reitor da Universidade Miscatônica. Um sujeito de bastante renome e influência na cidade.

Para Adam, o nome não queria dizer nada. Foi Marcos quem contextualizou com seus conhecimentos enciclopédicos sobre a cidade e seus habitantes:

— Ele é descendente do famoso Nathaniel W. Peaslee, professor de Economia Política, que imigrou dos Estados Unidos no início do século passado e ficou famoso após envolver-se numa história insana, que escandalizou a sociedade na época. O sujeito acabou trancafiado num sanatório, defendendo a existência de seres extraterrestres capazes de trocar de corpos ou alguma coisa assim. Não sei os detalhes, pois é uma história bem antiga, mas sei que os jornais se esbaldaram.

— Parece que aqui há um histórico e tanto de pessoas que se envolveram em coisas macabras e acabaram em instituições psiquiátricas — Adam observou.

— E, se não tomarmos cuidado, seremos os próximos — Apesar do tom casual de Amanda, a frase soou profética aos ouvidos de todos.

— Credo, menina — Juliana fez o sinal da cruz. Albuquerque engoliu em seco, antes de prosseguir:

— Quaisquer que sejam seu passado e as origens da família, o senhor Roberto Peaslee é uma figura pública querida por muitos na cidade. Chegou a se candidatar a prefeito, há mais de uma década, mas acabou desistindo da vida política para se concentrar em seu trabalho na universidade. Na época, deu um discurso sobre a necessidade de formar as futuras mentes que vão curar o país e coisas assim. Também lembrou que sua família tinha uma história bastante próxima da instituição e que romper essa tradição seria bastante penoso. O povo ficou triste, mas apoiou sua decisão. Hoje, compreendo que a única coisa que ele queria era estar próximo do *Necronomicon*.

— E qual a relação entre o reitor e nosso doutor? — Adam perguntou.

— Roberto e Marcelo eram amigos desde a adolescência. Não dá pra dizer que eram inseparáveis nem nada do gênero, mas se conheciam bem. Ambos vinham de famílias ilustres e influentes. Há uma década, Roberto descobriu que o livro fazia parte do acervo da biblioteca da universidade e comentou o caso com o doutor Marcelo. Naquela época, os dois trabalhavam juntos e partilhavam de uma mesma curiosidade esotérica. Foi natural começarem a estudá-lo. Brincavam sobre a possibilidade de tentar reproduzir alguma das invocações ou dos encantos que havia em suas páginas. Traduziram por conta própria textos que estavam em outras línguas e deram início a um extenuante trabalho de pesquisa. Como o livro não era uma versão fidedigna do original, sendo uma tradução da tradução, e tendo sofrido várias revisões e tal, eles começaram a tentar localizar outras cópias e a conversar com pessoas que tinham acesso a elas. Roberto ficou obcecado. Descobriu toda uma rede ligada ao livro e mergulhou nela, trocando informações e experiências com gente de todo o mundo, comparando passagens da sua cópia com as de outras, registrando os relatos de gente que supostamente reproduzira os rituais do livro profano. Não foi algo que aconteceu de uma hora para a outra, mas sim um processo gradual, que levou anos. Juntos, os dois descobriram os casos mais escabrosos envolvendo o livro, enquanto se comunicavam com pessoas dessa rede secreta. Histórias pavorosas que não ouso mencionar aqui e que, sinceramente, duvido da veracidade. E, mais sinceramente ainda, que espero serem apenas delírios de uma mente afetada pela penúria da sua atual situação. De qualquer maneira, a leitura do livro trouxe uma nova visão para o senhor Roberto acerca do culto que rege a nossa sociedade.

— Como assim? — Adam perguntou.

— Já vou chegar lá. O caso é que, por um tempo, o senhor Marcelo acompanhou o senhor Roberto nessa empreitada, mas foi ficando cada vez mais claro que o reitor havia levado o assunto muito além do saudável e do aceitável. Não que o doutor também não o tivesse feito. Ele admitiu o quanto tudo era sedutor; a mera ideia de saber algo que o resto da raça humana não sabe gerava a sensação de que eles eram superiores, de que estavam acima dos demais. A empreitada deles foi ganhando contornos cada vez mais sérios, mais insanos e macabros. Com o tempo, as propostas de Roberto pareceram perder o caráter fantasioso. O doutor começou a desconfiar que seu amigo realmente queria executar aqueles ritos descritos nas páginas. Foi quando o senhor Marcelo passou a relutar. Porém, antes que pudesse pensar em fazer alguma coisa a respeito, teve de se retirar completamente da questão.

— Me deixa adivinhar… — Adam disse — O período corresponde aos problemas legais que ele teve?

— Exatamente. Nosso doutor tinha coisas mais importantes para se preocupar do que o livro. Como, por exemplo, evitar que o sol nascesse quadrado.

— O que não aconteceu, como todos sabem — Juliana falou.

— Precisamente. Ele foi obrigado a ficar distante do reitor e do *Necronomicon*. Durante esse tempo, repensou muitas coisas. Entre elas, o motivo de estar fazendo aquilo e agindo daquela maneira. A pesquisa daquele tomo ancião e perigoso lhe pareceu uma súbita irresponsabilidade e ele percebeu que, durante aquele período, não estivera agindo como si mesmo; era como se algo o impelisse a tanto. A época longe do livro lhe fez bem, mas, com o senhor Roberto, foi exatamente o oposto. O reitor foi ficando uma pessoa cada vez mais sinistra. Ele se tornou uma das maiores autoridades do grupelho de pessoas que debatiam sobre o livro. O círculo estava se fechando.

— O que aconteceu? — Marcos perguntou.

— O reitor tem mais um interessante destaque nesta história. Assim como o senhor Marcelo, também é formado em Medicina, embora jamais tenha exercido, apenas ministrado aulas. Na verdade, os dois estudaram juntos. Há alguns anos, ele escolheu ser orientador de uma aluna brilhante que vinha se destacando de várias maneiras.

— Me belisca se eu estiver errada — interrompeu Juliana. — Era a Rosa Gutierrez.

— Precisamente — confirmou o narrador. Ante a menção do nome, Amanda estremeceu, contudo, sua reação passou sem ser notada pelos demais. Ela disfarçou o desconforto alcançando mais uma bolacha. Adam, no entanto, bradou de modo tempestuoso:

— O quê?!

— É isso mesmo, senhor Adam. A senhorita Gutierrez mergulhou de cabeça nas pesquisas do senhor Roberto, desempenhando todos os papéis que o senhor Marcelo relutara em assumir. Só que, desta vez, não havia ninguém para pôr um freio na questão. E todos sabem o resultado das explorações dos dois.

— Um corpo apodrecendo uma semana numa banheira — afirmou Adam.

— E uma dose de insanidade tão grande que contaminou todo um edifício — completou Juliana.

— Então, o suicídio dela foi consequência direta de pessoas brincarem com forças que desconhecem — Marcos apontou. — Isso me leva a questionar o que estamos fazendo aqui.

— É coincidência que Rosa e Marcelo morassem no mesmo prédio? — Adam inquiriu, refletindo. — Não parece.

— Absolutamente, senhor Adam — prosseguiu o porteiro. — Após resolver seus problemas legais, o doutor Marcelo pretendia se aproximar da senhorita Gutierrez e cooptá-la para seu lado, sem saber que ela estava mais insana do que seu orientador. Enquanto ele ainda conservava certa lucidez, a pupila fora completamente seduzida, o que acarretou seu fim. Com os estudos, Roberto passou a colocar em xeque, secretamente, o que nossa sociedade e seu culto sempre apregoaram; algo que, diga-se de passagem, nunca foi privilégio dele, afinal, falamos de uma trégua feita por ancestrais que jamais conhecemos, com um povo que poucos viram, para deter uma força que, possivelmente, não existe... Mas, para o reitor, não havia dúvidas quanto aos Antigos existirem ou não. Na mente dele, a questão que o *Necronomicon* atiçou foi outra. O que ele passou a questionar é que seres tão poderosos deveriam ser trazidos ao mundo, não mantidos afastados. Nem o suicídio da senhorita Gutierrez diminuiu seu ímpeto; ele só falava em abrir o portal para trazer de volta à nossa realidade seus donos por direito. O tempo passou e, o que estava apenas no campo das intenções, começou a tomar formas cada vez concretas. Quando Marcelo percebeu que a situação estava além do diálogo e que Roberto realmente faria o que pretendia...

— Ele roubou o livro — Adam adivinhou.

— Isso mesmo.

— Espera aí — Amanda contestou no mesmo instante. Ela parecia um pouco perturbada pela narrativa, mas Adam não conseguia dizer o motivo. — Tem uma coisa que não faz sentido.

— O quê? — O porteiro quis saber.

— Se Roberto se tornou tamanha autoridade sobre o livro, chegando até a comparar versões com outros grupos e tal, se tinha anotações e mais anotações, então devia ter cópias das páginas, traduções dos feitiços ou sei lá o quê. Se bobear, até sabia de cor as passagens. Pra que precisaria do livro?

— Também perguntei isso — Albuquerque explicou. — Aparentemente, para a elaboração de diversos feitiços mais simples, bastaria recitar as fórmulas mágicas que estão escritas. Se o rito for proferido da forma correta, funcionará. Foi assim que ele trouxe a criatura que matou o senhor Marcelo e que deveria recuperar o livro para ele.

Juliana soltou uma interjeição:

— Meu Deus! Então aquela coisa foi obra dele?

— Sim. E a missão dela era matar o traidor e quem quer que o defendesse. E recuperar o livro. O senhor Roberto realmente fez isso, realmente chegou a esse extremo… Conjurou um demônio. Mas a criatura era um meio e não um fim.

— Devo supor que abrir o portal para a vinda dos Antigos é algo bem mais complicado… — Marcos disse.

— Sem dúvida. Na verdade, é o rito mais complicado que existe, algo que não pode ser transcrito ou copiado, algo que não pode ser memorizado ou recitado, algo que, segundo o doutor Marcelo, precisa ser *vivido*.

— E o que isso quer dizer? — Adam perguntou.

— Eu não sei. Mas, pelo que compreendi, o ritual não pode ser feito sem o livro. O senhor Roberto levou todos aqueles anos estudando para compreender como o ritual tinha de ser executado e se preparando, mas, quando tudo estava quase pronto…

— O tomo foi surrupiado — Amanda completou. — Mandou bem, Marcelo.

— O senhor Marcelo planejava roubá-lo e destruí-lo, mas… não conseguiu. Cada vez que pensava em atear fogo ao tomo ou rasgar as suas páginas, sentia uma voz dentro da sua cabeça compelindo-o do contrário. No final das contas, como muitos antes dele, o doutor achou que poderia controlar os poderes do livro.

Adam deu um tapa na testa:

— Agora entendi tudo. Ele quis se adiantar a Roberto e fez um ritual?

— Sim, senhor. Afinal, os dois iniciaram suas pesquisas juntos.

— Lógico que tudo só podia dar errado — Amanda afirmou. Então, respirou fundo, à medida em que uma ideia se assentava em sua mente. — Espera um pouco. Eu cresci com medo nesta cidade, escutando as histórias sobre o mês de outubro. Minha avó… minha mãe… e outros adultos… sempre os mesmos relatos. Aqueles malditos cultos fanáticos, os cânticos, as pessoas falando em línguas, as incorporações… Deus, quando cresci, eu me afastei disso tudo. Fingi que nada acontecia; durante anos fingi que nada acontecia!

A última frase ela havia berrado, exaltada, antes de prosseguir:

— Quer dizer que tudo isso… todos esses anos de sangue derramado, de inocentes mortos para que os Antigos ficassem longe… tudo isso foi por nada?

— É controverso. Como eu disse, tem gente hoje que acredita que os sacrifícios eram balela. Em especial, a geração mais jovem — Albuquerque afirmou. Marcos se contorceu ante a frase, o que não passou despercebido para Adam. — Mas isso não vem ao caso. Se Roberto completasse o ritual, nenhum sacrifício teria mantido os Antigos longe. Nem mesmo ele poderia pôr fim a anos de tradição só para cumprir sua vontade.

Fez-se uma breve pausa, enquanto o grupo refletia.

— Em defesa do doutor… — Albuquerque prosseguiu — …suas intenções eram boas. Ele queria dar um fim nisso tudo e, para tanto, bolou o plano mais simples possível: abrir um portal, arremessar o livro dentro dele e fechá-lo. Assim, ao menos esta cópia estaria para sempre deslocada da nossa realidade. Mas, como agora bem sabemos, a ideia era melhor na teoria do que na prática… e o doutor Marcelo nem de longe possuía as mesmas qualidades e conhecimentos que o senhor Roberto. O resultado foi aquela balbúrdia em seu apartamento que o senhor Adam testemunhou. Ele libertou as forças de outra criatura, uma monstruosidade perigosa com cascos de cavalo; amorfa e selvagem. Antes que ela o atacasse, trancou-a em um cômodo…

— E o livro junto — Adam confirmou.

— Daí para frente vocês já sabem tudo. Ele recorreu à ajuda do senhor Adam e ambos acabaram no hospital.

Adam coçou o queixo, enquanto meditava em silêncio. Por fim, falou:

— Quer saber? Acho que é hora de ir bater um papo com esse reitor. Ficar cara a cara e olho no olho.

— Acha mesmo que é uma boa ideia? — Amanda perguntou.

— Temos alguma opção? — Ele respondeu.

— Esse pode ser um curso de ação, senhor Adam. Mas, antes, temos outra questão a resolver — Albuquerque alertou. — Temos de cumprir nossa parte na barganha com o senhor Marcelo.

Adam franziu a testa:

— Não entendi. Qual parte?

— Ele nos disse tudo que queríamos saber — lembrou o outro. — Agora, temos de libertar o espírito dele, que aprisionamos deliberadamente neste prédio.

Marcos deu um assobio agudo. Adam respondeu de bate-pronto:

— Isso vai ter que esperar.

— Impossível, senhor Adam. Se não cuidarmos do problema do senhor Marcelo agora, ele pode se irritar. Muito. E com razão. Se isso ocorrer, todos seremos penalizados.

— O que quer dizer? — Juliana quis saber.

— O que já disse em outra oportunidade. Um espírito furioso pode ser muito, muito perigoso.

— De que forma? — Ela insistiu.

— O senhor Kardec definiu quatro influências que espíritos podem exercer sobre determinados indivíduos. As duas mais graves são a Fascinação e a Subjugação. A primeira é quando eles tomam ações diretas, agindo espontaneamente no mundo material.

— E a segunda?

— Achei que o nome fosse autoexplicativo, senhorita Juliana. O espírito exerce certa constrição sobre as pessoas. Sua subjugação pode ser apenas moral… ou corporal.

— Jura que está citando Kardec, Albuquerque? — Irritou-se Adam.

— Apenas busquei uma explicação que seria fácil para que entendessem. Independentemente da doutrina que usem para explicar ou dar suporte aos ocorridos, o fato permanecerá o mesmo.

— Que é? — Inquiriu Juliana.

— Temos de cumprir o prometido!

— Você está sugerindo que, como retaliação por quebrarmos nossa promessa, um de nós pode ser possuído pelo espírito do Marcelo? — Amanda perguntou.

— Estou sugerindo que a gente não deve brincar com fogo. Já temos problemas demais e não precisamos de mais um jogado contra nós. Além do mais, nós demos a nossa palavra. *Eu* dei a minha palavra. Achei que o senhor compreendesse isso, senhor Adam.

— Tá bom, tá bom — Adam respondeu. — Não precisa vir com lição de moral. Você tá certo, me desculpa. De qualquer maneira, o livro está conosco. Talvez o melhor mesmo seja esperar o tal reitor vir atrás dele.

— E dar tempo pro cara se planejar? — Amanda perguntou. — Não me parece a melhor das estratégias. O cara invocou um tumor ambulante que quase matou todos vocês.

— Nisso você tá certa — Marcos a apoiou. — Quer saber o que não entendo? Por que esse cara não vai atrás de outras cópias do livro?

— Talvez não seja tão simples assim — Juliana refletiu. — Vai saber quem eram esses outros grupos com quem ele conversava. De repente, as outras cópias estão guardadas, sei lá, no porão do Vaticano.

— Não duvido nada — Amanda apoiou.

— Gente, uma coisa por vez — Adam tornou a tomar a dianteira. — Cuidamos do reitor depois. Por ora, a gente precisa dar um jeito de exorcizar um prédio que devora pessoas. Alguma ideia?

Ninguém respondeu, mas todos se entreolharam. Após alguns segundos, Amanda comentou:

— Bom, não é lá uma pergunta muito convencional, né? Você há de convir…

— Eu sei. Acredite, sou o mais cético daqui. Mas precisamos de uma solução mesmo assim.

— É um exorcismo, né? — Arriscou Juliana. — Que tal chamar um padre?

— Acho que não é *esse* tipo de exorcismo — Adam respondeu.

— E tem algum outro? — Ela treplicou.

— Não sei se seria uma boa ideia envolver mais gente — Albuquerque expôs. — Não vamos nos esquecer de que uma pessoa morreu aqui. Em algum momento, alguém dará falta do senhor Marcelo. Quanto menos gente souber do ocorrido, melhor, porque cedo ou tarde teremos de prestar explicações.

— A gente lida com o sumiço dele depois — Marcos observou. — Mas concordo com a parte de não envolver mais ninguém. Além disso, o senhor Adam está certo. Não acredito que um espírito maligno possa ser removido apenas pela presença de um sacerdote que venha, diga algumas palavras e jogue água benta nos cômodos. Isso não faz sentido.

— Por que não? — Juliana insistiu. De todos os presentes, ela era quem tinha as crenças mais tradicionais.

— Raciocine comigo. Esses exorcismos se apoiam em ícones religiosos, em rituais e em palavras supostamente poderosas, capazes de expulsar um espírito. Mas isso é coisa de folclore, que vem lá da Idade Média. E se o espírito que você pretende expulsar não tiver sido cristão em vida? Por que ícones cristãos teriam alguma influência sobre ele? Da mesma forma que meras palavras não poderiam deter o ataque de um assassino, seriam ineficazes contra um espírito encalacrado num ambiente.

— Mas então… — ela disse, murcha como uma bexiga.

— Acho que já sei — Adam se intrometeu. — Vou dar uma passadinha lá na livraria, O Código Seraphinianus. Pode ser que a dona Rogéria tenha algo que nos ajude.

— Aquela picareta de novo? — Marcos retrucou na hora. — Duvido.

Juliana deu risada, recuperando o humor.

— Que foi? — O zelador rosnou.

— Eu sabia — ela comentou, apontando o dedo com uma expressão de chacota. — Fiquei com essa sensação quando você desdenhou da primeira vez, mas agora tive certeza.

— Certeza do quê?

— É como diz o ditado: "Quem desdenha quer comprar".

— Você ficou maluca!

Ela caiu na gargalhada, acompanhada pelos demais. Apesar da tensão, foi impossível não rir diante do rosto corado do velho e sua expressão de fúria. Enfim, Adam afirmou:

— Ok, então, se ninguém tem ideia melhor, é o que vou fazer. De qualquer maneira, todos precisam descansar. Eu vou até lá e tentarei buscar a melhor solução para libertar o doutor Marcelo. De acordo?

— Vou com você — Amanda falou.

— Já tá tarde. Eu só vou pela manhã.

— Lógico, né… Mas não tem problema. Estou com minha mochila e amanhã é minha folga. Acabei de dar plantão, lembra?

Adam percebeu que aquilo significava que ela dormiria na sua casa. Seria uma boa ideia? Provavelmente não, mas não viu alternativa para fugir à situação.

Acabou concordando. De sua feita, Amanda tentava exorcizar seus próprios traumas.

Ele abriu uma garrafa de vinho. Achou que seria vital para ajudá-lo a passar a noite.

Sua vida se tornara uma sucessão de bizarrices e a capacidade de lidar com elas lhe escapava. Certa vez, alguém, talvez sua mãe, lhe dissera que Deus nunca nos dá mais do que podemos suportar na vida. Quando pensava na quantidade de pessoas que simplesmente quebravam como um galho seco por causa da pressão, duvidava da veracidade da frase. Entretanto, para todos os efeitos, lá estava ele, sendo capaz de absorver todas as merdas que a vida lhe imputava. Para bem ou para mal.

Amanda entrou ressabiada, olhando para os lados. Era quase como se seus olhos reconhecessem o local, o que Adam concluiu que não poderia ser verdade. Ela devia estar apenas tensa. A médica tomou uma ducha, mesmo tendo sido alertada por Adam de que a água estaria gelada. Deu um grito quando entrou debaixo do chuveiro, o que pôs Adam imediatamente de prontidão, mas as risadas que sucederam fizeram com que ele abaixasse a guarda. Ficava o tempo todo olhando ao redor, temendo o momento em que suas companhias indesejadas apareceriam.

Indesejadas? Seriam mesmo? Ele negava a violência que elas traziam, mas aceitava seu prazer. Tinha consciência disso; e essa mesma percepção o fazia sentir-se diminuto. E sujo. Por que não as repudiara da forma como deveria? *Porque você é um fraco*, disse a si próprio. Mas a segurança de Amanda era primordial, mormente à noite, e Adam não queria se distrair pensando em outras coisas. Quando escutou o chuveiro sendo desligado, sentiu um arrepio percorrer sua espinha.

A voltagem era elétrica no ambiente. Ela faiscava. Ele percebeu que não tinha controle sobre si, sobre seus atos, sobre suas percepções. Estava numa espécie de transe; um anastenário que caminha de forma paranormal por fogueiras acesas, alheio a tudo que o cerca, zombando das leis da física.

Amanda estava dizendo alguma coisa do banheiro, mas ele não se importou em discernir as palavras. Apenas deu-se conta de que gostava dela; gostava de verdade. Conhecia-a há pouco tempo, mas isso não fazia a menor diferença; não podia deixar que nada de ruim acontecesse com ela. Tinha a sensação de que poderia rumar para uma ruptura do próprio espírito caso ela se ferisse. Adam tinha consciência de não ser um vernáculo daquela cidade; ele era um estrangeirismo. Mesmo assim, ali estava ele, desempenhando um papel fundamental em uma história conturbada e absolutamente fora do comum. O curioso era que, mesmo fadado a desvendar portentos e maravilhas, só o que conseguia pensar era na mulher que tomava banho frio em sua casa. Sim... ele gostava dela.

Sem que se apercebesse, Amanda estava diante dele.

Adam jamais compreenderia como ela havia feito aquela bruxaria. Como o enfeitiçara de tal maneira que fazia seus olhos brilharem de desejo e admiração. A moça tinha acabado de sair do banho, mas os cabelos não estavam molhados; em vez disso, tinham sido presos num coque que deixava escapar dois cachos pela lateral do rosto. Ela tinha passado batom e rímel para provocá-lo, e seu corpo ainda estava molhado pelas gotículas do banho.

Adam olhou para aquela figura nua, parada no limite entre o quarto e o banheiro, e sentiu uma brasa queimar em seu estômago. Ela era como a Vênus, nascida de uma concha de madrepérola, saindo de seu invólucro e abrindo os braços delgados para saudar o mundo com sua beleza e sensualidade.

Ela estendeu o dedo indicador e fez o sinal universal do chamado, pedindo que ele fosse até ela. Em seu rosto, um sorriso sedutor de quem sabia que tinha sua presa na palma da mão. Adam não titubeou. Levantou-se de uma vez.

— Traz o vinho — ela disse.

Eles se deitaram, beijaram-se pela primeira vez e se entregaram.

A paixão apagou tudo de ruim e as horas passaram. Ou quem sabe tenham sido minutos; Adam não saberia dizer. Para ele, era a melhor noite que tinha em tempos e isso era o que importava.

Ele parecia ter tomado uma caixa de pílulas azuis; o poder de um adolescente num corpo maduro. Fizeram amor uma vez; duas. Na terceira, ela começou a dar risada e perguntou:

— De novo? Como assim?

Sim, ele sentia-se um adolescente, mas também sentia uma completude inédita ao lado dela.

— Posso acender um cigarro? — Amanda perguntou quando tudo acabou.

— Você fuma?

— Não. Mas gosto de fazer tipo.

Era aquela sinceridade que Adam adorava. Deitados na cama, nus e suados, olhando para o teto e partilhando um cigarro que nenhum dos dois tragava… aquele pareceu ser o momento mais próximo do Paraíso que ele já tivera.

— Adam… não sei bem se é bom dizer isso, mas… acho que gosto de você mais do que deveria. E tem uma coisa que queria falar sobre este prédio…

Vulnerabilidade. Ele nunca se sentira excitado pela vulnerabilidade antes. Sempre a achara patética, um sinal de fraqueza. Jamais suportara aquilo. Mas ali foi diferente. Achou lindo e sincero.

— Pode me contar outra hora — respondeu. — Mas quero que saiba que também gosto muito de você.

Ela sorriu e o abraçou. Uma sensação cálida. Ele sentiu-se íntimo da moça, sentiu que podia confiar nela de verdade. Não era romântico, mas teve a sensação de ter encontrado uma alma gêmea; se é que esse tipo de coisa existia. Então, quando a noite já estava bastante avançada, a perfeição do momento foi quebrada por um som que Adam conhecia bem. Algo que se parecia com um lamento.

— O que foi isso? — Amanda perguntou, atenta. Estava com a cabeça deitada no peito dele.

Adam a afastou de modo quase brusco e sentou-se na cama. Sentindo os pelos da nuca arrepiarem, disse com energia:

— Ponha a roupa!

— Que foi?

— Só se vista!

Ele próprio começou a pôr as calças, o que fez com que Amanda o imitasse. A expressão preocupada gravada no rosto dele dava um tom de urgência à situação. De repente, todos os seus temores haviam se consolidado.

Enquanto se vestia, ela falou:

— Adam, o que tá rolando? Você tá me assustando…

— Eu sei. Me desculpe — então, segurou o rosto dela com ambas as mãos, fitando olho no olho. Era hora de ser sincero. — Tinha um motivo pra eu não querer trazer você aqui, Amanda… e não era por causa da bagunça, porque eu não confiava em você, por causa da minha privacidade, nem nada assim.

— Eu meio que desconfiava. O que aconteceu?

— Sabe o que aconteceu com o doutor Marcelo? De como ele foi consumido pelo prédio?

— Sim.

— Pois bem, eu já tinha visto isso. Aqui, no meu apartamento, com alguém que morou antes de mim…

Ele ficou apenas olhando para ela firmemente, esperando que a ficha caísse. Aos poucos, os olhos da moça começaram a se iluminar e alguns pontos se uniram em sua mente. Então, quando a percepção veio, quer ela tivesse feito todas as conexões de forma correta ou não, resmungou:

— Calma aí… Você quer dizer que…

— Eu quero dizer que você está em risco. Nós dois estamos em risco! Conto os detalhes depois, vamos sair daqui.

Mal havia dito a frase e um novo choro fez ambos estremecerem; mais alto, mais próximo. Ao olhar para a porta do quarto, lá estavam elas. Os dois súcubos. Estáticos como estátuas de gesso. O quarto estava apagado, mas as silhuetas escuras eram delineadas pela pálida luz que vinha da sala, uma imagem à qual Adam aprendera a se acostumar.

— Parece que nosso exorcismo vai ter de começar um pouco antes — disse, como se estivesse num filme de Hollywood.

Amanda premeu os olhos sentindo um tremor percorrer o corpo. Mas não foi medo que a acometeu. Foi uma espécie de espanto envolvido numa mortalha de torpor. Na verdade, o que a afetou foi algo que até então havia guardado para si. Hesitante, murmurou:

— Rosa…?

A palavra saiu trêmula e aerada, como se tivesse sido projetada sem um pingo de força. Adam olhou para sua amante, perplexo:

— Quê? Você a conhecia?

Amanda não respondeu. Aturdida pela irrealidade das circunstâncias, gaguejou para o vento:

— Meu Deus… c-como pode s-ser você?

O rosto da coisa, contra a luz, era inescrutável. Penalizada, Amanda começou a chorar. Lágrimas sinceras caíram e tocaram o chão do quarto.

— Eu… eu sinto muito, amiga… sinto muito mesmo.

Posteriormente, Adam descobriria que a protagonista do relato feito por Fernando sobre a amiga que tentou alertar os pais de Rosa acerca das loucuras que ela vinha fazendo na universidade ao lado do orientador era a própria Amanda. As duas haviam estudado juntas, todos aqueles anos atrás. Mas só depois essa história seria relatada em detalhes, junto de várias caras e bocas indignadas da parte de Adam, que não entendia por que ela se mantivera em silêncio, inclusive quando o grupo discutira a história de Roberto e Marcelo. Era evidente que Amanda já conhecia ao menos parte dela, já que tinha sido aluna dos dois e, embora não tivesse sido testemunha ocular de nada, estivera de corpo presente nas rodinhas de fofocas que correram entre os universitários antes mesmo de os escândalos eclodirem. Mas lavar a roupa suja ficaria para depois; por ora, necessidades bem mais imediatas se faziam presentes.

Ante o choro de Amanda, a criatura emitiu um som sufocado, que Adam não conseguiu identificar se era um lamento ou um grunhido de ameaça.

Amanda fez menção de dar um passo à frente e se aproximar, estendendo a mão em sinal de paz e amizade, mas Adam a segurou pelo braço:

— Elas são perigosas.

— Ela é minha amiga — Amanda retrucou entredentes, ainda chorando.

— Aquilo não é mais a sua amiga, Amanda. Aquela coisa pode rasgar a sua barriga.

Ela libertou o braço e o encarou com seriedade. Em seu rosto não havia medo, apenas culpa. Será que, durante todos aqueles anos, ela achara que poderia ter feito algo para salvar a vida de Rosa?

— Ela só está confusa...

Amanda não tinha visto o que os olhos de Adam testemunharam. Não compreendia a ferocidade daquela criatura, sua insanidade transformada em fúria, sua perda gerando um ciclo de dor e perplexidade raivosa. A percepção que tinha era outra, a de uma jovem que perdera uma amiga querida de forma trágica e que agora tinha chance de fechar um ciclo.

A postura da criatura fez Adam pausar. Será que, de algum modo, Amanda poderia estar certa? Haveria algum nível de redenção para aquela monstruosidade que habitava o quarto dele?

Os instintos de Adam se contraíram numa única palavra, estampada em seu cérebro como se fosse um *outdoor* de neon: NÃO!

Seus reflexos foram providenciais. No mesmo instante em que teve a percepção, puxou Amanda para trás pela gola, em tempo de livrá-la de uma garra que riscou o ar e que teria acertado fatalmente sua garganta.

— Cuidado! — Ele berrou e, tomando a dianteira, chutou o estômago da criatura, que se afastou.

Não fora um golpe preciso. Na verdade, o ataque tinha sido bem desajeitado, mas a brecha era tudo que eles precisavam.

— Corre! — Falou para Amanda que, estagnada de surpresa diante da ofensiva, apenas se deixou ser puxada pelo punho e acompanhou a ação dele.

Os dois passaram do quarto para a sala e Adam perdeu alguns preciosos segundos girando a chave para destrancar a porta da frente. Algo voou nas suas costas, entrelaçando as pernas em sua cintura como uma jiboia. Ele sentiu uma pressão incrível comprimir suas costelas, enquanto um braço esquálido apertava seu pescoço com ossos que pareciam facas, de tão afiados. Amanda deu um grito quando a monstruosidade que um dia fora Thaís cravou os dentes no pescoço do seu namorado e arrancou um naco de carne.

Ao sentir a dor, Adam se contorceu furiosamente, mas não conseguiu derrubá-la. Por sorte, embora horrível, o ferimento era superficial, mas outra dentada daquelas poderia acertar uma artéria. Como último e desesperado recurso, ele virou de costas para a parede e investiu contra ela com toda a força que conseguiu, esmagando o corpo da criatura. O baque foi seco e firme, e fez as costelas feridas gritarem de dor. Thaís o largou e, antes que pudesse contra-atacar, foi detida por um poderoso chute no rosto, que literalmente afundou o seu nariz.

— Que diabos são essas coisas, Adam?

Sem tempo para responder, ele abriu a porta e a puxou para fora, ganhando o corredor. Os dois desceram as escadas correndo e, já no andar de baixo, o terceiro, encontraram moradores dos outros apartamentos saindo de seus lares, ainda anestesiados de sono, para ver o que era toda aquela algazarra.

Havia o senhor Müller, alemão naturalizado, que vestia um pijama de calças e blusa de manga comprida com ilustrações de folhas e flores, meias brancas e um gorro. Havia Ricardo e Zanete, ambos de dezenove anos, que moravam ali e estudavam na Universidade Miscatônica. Havia Iasmin, mãe solteira que ganhava a vida como confeiteira e raramente era vista fora do apartamento. Juliana, que morava no segundo andar e possivelmente nem tinha conseguido dormir naquela movimentada noite, também saíra e subira o lance de escadas até o terceiro andar. Ao todo, uma dezena de pessoas fora até as escadarias abertas, de onde se tinha um panorama geral de todos os andares superiores e inferiores.

E todas viram o espectro de Rosa Gutierrez.

Adam estava no pé da escada, na dianteira. Atrás dele, os moradores do edifício se amontoavam, olhando surpresos para aquela aparição que permaneceu estática durante alguns segundos, como uma modelo que para na extremidade da passarela e faz uma pose antes de concluir seu percurso. A criatura não fez uma pose para os moradores; não obstante, estava claramente se exibindo. Ela *queria* ser vista. O jogo tinha mudado.

Rosa começou a descer as escadas lentamente, um degrau por vez, como se tivesse todo o tempo do mundo. Um odor pestilento a precedia. Vestia uma camisola que aderia à pele úmida, viscosa e acinzentada, revelando o corpo descarnado que havia sob ela. Seus braços tinham aspecto fraco, entresilhados, mas Adam não se deixava enganar; sabia que uma força sobrenatural se ocultava naqueles membros desprovidos de músculos. Ao lado dela, Thaís se pronunciou; seu olhar desprovido de sentimento, igual ao de uma boneca. À luz do corredor, bem mais forte que a de sua casa, Adam percebeu que a pele dela parecia esburgada, molenga, como se tivesse sido separada dos ossos. Em meio a interjeições e exclamações de surpresa das pessoas, que apontavam num misto de desespero e temor, as duas começaram a se aproximar aos poucos. A presença das monstruosidades era nauseante, corruptora e dava a sensação de engolfar os presentes com gigantescas asas negras, sufocando-os, como se todo o ar tivesse se transformado em fuligem.

A cada passo que avançavam, um passo a multidão recuava. A cena quase parecia ensaiada.

Então, o inesperado…

Outra figura surgiu ao lado de Rosa. Um homem obeso, calvo, de cavanhaque ralo. A metade direita de seu rosto estava devastada; da boca ao olho uma avenida havia sido escavada, como que devorada por vermes, revelando os ossos por baixo, ainda levemente cobertos por tecidos que há muito deixaram de ser vermelhos para assumir uma coloração pálida e sem vida. O olho direito era uma esfera branca cortada por veias que parecia verter lágrimas purulentas. Ele estava completamente nu, mas o meio das suas pernas não tinha genitália. Emasculado, a região peniana trazia apenas tiras de pele e carne penduradas, indicando que o membro havia sido literalmente arrancado e deixado um buraco pavoroso no local.

Ao lado dele, outra criatura surgiu. Uma velha flácida, cujos seios chegavam até o umbigo, de unhas grandes como as de um falcão. Seus cabelos eram brancos e lambidos, os olhos pareciam feitos de vidro e a pele era como a superfície de uma caixinha de areia, porosa e irregular.

E outro espírito surgiu. E mais um. E outro. Até que, atrás de Rosa, uma pequena multidão havia se amontoado. Uma revoada de corvos que, em vez de grasnar, encarava os moradores num silêncio perturbador.

Um trovão cortou os céus e sua luz entrou pela janela do corredor, lançando um brilho fantasmagórico sobre as criaturas. Elas não eram meras aparições, não eram meros espíritos. Não eram assombrações no sentido convencional, nem zumbis ou avejões. Eram outra coisa, outra substância.

Adam estava tão paralisado quanto os demais. Conseguia sentir no peito um impacto de pura perversidade a cada nova criatura que se fazia presente, materializada para nossa realidade de qualquer que fosse a dimensão sombria onde se ocultava, invisível aos nossos olhos. Será que elas conseguiam nos ver? Será que tocavam nossos pés à noite, enquanto dormíamos, causando calafrios noturnos? Será que viam todas as indiscrições que nos permitimos fazer na intimidade, todas as coisas que amamos fazer quando ninguém está vendo, mas que desgraçariam nossas vidas se uma única pessoa soubesse? Será que aquelas coisas estavam o tempo todo sintonizadas no nosso canal, assistindo enquanto tomamos nossas patéticas decisões, mas sem nunca serem vistas?

As criaturas se multiplicavam atrás de Rosa e o estômago de Adam se revirou a ponto de ele precisar se segurar para não vomitar. *Recomponha-se! Recomponha-se, droga!*

De relance, pensou ter captado um breve sorriso no rosto de Rosa, uma expressão que dizia que aquela era sua vitória final, o ás na manga, a última cartada. Sua face dizia que não havia dados na mesa, havia somente uma certeza: aquele era o arremate, para bem ou para mal. Ele jamais saberia por que ela havia decidido se revelar. Talvez não houvesse um motivo concreto, talvez tudo não passasse de mais um capricho naquela história de corrupção. De qualquer modo, lá estava ela, seguida de uma pequena, porém fiel, horda.

— Meu Deus, Adam — Amanda balbuciou diante das criaturas. — Quantas pessoas morreram aqui dentro?

— Eu… eu não sei.

Devia ter lido o livro, ele pensou, arrependendo-se de não ter seguido o conselho de dona Rogéria. Talvez *Talking to the Dead* tivesse oferecido alguma solução, qualquer que fosse ela. Agora era tarde demais.

Ou não. Ao pensar no livro, sua mente se acendeu. Se havia algo capaz de resolver aquilo, era o livro. Olhou para Amanda e urgiu:

— Vai no apartamento do Marcos e traz ele aqui.

— Como é?

— Você ouviu! Traz ele aqui agora. E manda ele pegar o *Necronomicon*.

— Tem certeza?

— Tenho. Vai!

Tudo ocorreu ao mesmo tempo. Assim que a médica correu escadaria abaixo, as criaturas avançaram sobre o grupo atônito. As expressões eram inequívocas: elas queriam sangue e não se satisfariam com menos.

Amanda nunca correra tanto na vida. Chegou ao apartamento 11 em meros segundos e espancou a porta com um vigor que não sabia possuir. Como sempre, Marcos não atendeu.

— Marcos, abre essa droga, pelo amor de…

Ela parou de falar. O canto do olho captou algo que não devia estar lá. Sua cabeça virou-se devagar, alargando paulatinamente o campo de visão. A pouco mais de três metros, viu o contorno de Rosa contra a luz, tendo cruzado o espaço que as separavam com a facilidade que um fantasma o teria feito. Os olhos da criatura estavam inflamados, seus ombros contraídos numa postura ameaçadora. Amanda voltou a bater na porta e a berrar como louca.

Thaís lançou-se do meio das escadas sobre o corpo de Adam; seus dentes buscando novamente o pescoço. Os demais se abriram em forma de cunha e atacaram os moradores. Zanete tentou correr, mas unhas fétidas e putrefatas laceraram suas costas, escavando uma trilha de ferimentos na carne que arrancou um grito de dor. Seu companheiro de quarto saltou sobre a criatura que o atacava, impedindo o pior. Enquanto se digladiava com o monstro, outro o puxou pelo braço e o derrubou no chão. Ele não conseguia pensar em mais nada, exceto que aquele seria o seu fim, vendo o pé da criatura se avolumar diante de seu rosto desprotegido.

Em segundos, a querela estava instaurada, mas havia mais criaturas do que pessoas.

Rosa investiu contra Amanda. As duas trombaram e rolaram, com a viva segurando os punhos da morta para impedir que as garras a ferissem.

— Marcos, abre essa maldita porta!

Os gritos pareciam cair em ouvidos moucos.

Adam conseguiu empurrar Thaís para trás com os pés. Ela foi arremessada por mais de um metro e trombou com Juliana, que até então estava levando a melhor sobre uma criatura descarnada. No chão, o senhor Müller jazia derrotado, a jugular aberta e os olhos revirados; sobre ele, um monstro numa pose muda de vanglória. Ao ver aquilo, Adam pensou, *Vamos todos morrer. Meu Deus, vamos todos morrer.*

Ele estava certo. Não havia como resistir. Eles não eram lutadores, eram um grupo de moradores sonolentos que enfrentavam uma força sobrenatural. Ninguém estava preparado para aquilo. Ninguém!

Rosa continuava por cima, forçando Amanda aos limites. Ela começou a sentir sua musculatura fraquejar ante a pressão que a criatura fazia. O espaço que havia entre sua carne e os dentes e unhas pontiagudas do monstro estava diminuindo, uma polegada após a outra.

— Pare com isso, Rosa. Por favor. Eu sou sua amiga.

Mas não havia argumentação. Os dentes estavam se aproximando do pescoço; um filete de baba escorreu da bocarra aberta e pingou no ombro de Amanda.

Thaís caiu por cima e, antes que Adam pudesse evitar, cravou as presas nas costas de Juliana, que teve de largar a criatura que enfrentava. Seu grito não passou despercebido, mesmo em meio à balbúrdia. Ela encontrou forças para puxar a criatura pelos cabelos e desferir contra seu nariz um soco que ela soube não ter causado impacto algum.

Adam a acudiu e trombou com Thaís usando o ombro direito. Ofereceu a mão à Juliana, ajudando-a a se levantar.

Os dentes penetraram a carne do ombro de Amanda. Ela deu um grito e estrebuchou, mas não conseguiu se soltar. Rosa era forte demais. O sangue escorreu e pingou no chão. Naquele momento, o desejo de ter uma aventura na vida, algo que quebrasse a monotonia, pareceu absurdo. Rosa apertava seu punho com tanta força que Amanda temeu que ele se partiria. A criatura montou sobre o corpo estirado dela, quase entregue, e curvou o tronco para trás, preparando o ataque definitivo. Mas, para a sorte de Amanda, o destino interferiu.

Ela não viu de que forma aconteceu, mas, de um instante para o outro, sentiu Rosa ser arrancada de cima de si. Ao seu lado, Marcos estava de pé; os olhos vermelhos atordoados pela erva cujo cheiro escapava de dentro do apartamento aberto. Ele segurava um taco de sinuca quebrado; a outra metade estava no chão, ao lado do súcubo.

— Que diabo é isso? — Ele perguntou. Amanda apenas berrou:

— Adam mandou você pegar o *Bertodomiron.*

— Pegar o quê? — Ele indagou, confuso.

— O livro. A porcaria do livro!

Rosa se pôs de pé. Amanda arrancou das mãos de Marcos o pedaço do taco e o segurou como um bastão de beisebol.

— Vai logo! — Ordenou. Então, voltando-se para a antiga amiga, disse com confiança. — Agora é pra valer, sua vaca!

De repente, uma silhueta mirrada que poderia ser facilmente confundida com outra criatura estava de pé, no topo das escadas, olhando a cena de cima para baixo.

— Parem com isso, todos vocês! — Disse uma voz fraca e rachada, mas que, de algum modo, conseguiu ser escutada por todos os presentes.

A autoridade na voz fez com que todos pausassem por um segundo, humanos e criaturas. Adam nunca tinha visto aquela pessoa, mas, uma vez que descera do seu andar, soube que só podia ser a velha do 44. Era uma senhora baixa e gordinha, de penetrantes olhos azuis. Vestia uma camisola vermelha felpuda que chegava até abaixo dos joelhos, e estava de chinelos. Era possível ver um mapa de varizes subindo pelas panturrilhas alvas. Seu dedo indicador direito, grosso como uma cenoura, apontou para a bagunça que se desenrolava nos andares abaixo do seu:

— Vocês não deviam estar aqui.

Uma criatura arremeteu na direção dela, subindo as escadas.

Amanda golpeou duas vezes o vazio, incapaz de acertar a distância entre ela e Rosa. Suas mãos estavam suadas, o ombro doía e era difícil se concentrar. As luzes começaram a piscar e um estrondo ribombou por toda a edificação, fazendo com que tudo tremesse como que sacudido por um leve terremoto.

A criatura arregalou os olhos e abriu a boca, emitindo um sibilo assustador. No rosto fora de si da monstruosidade, uma pitada de satisfação. Ela avançou.

A médica bateu com toda a força e, desta vez, acertou. Foi como golpear uma coluna de concreto. O taco partiu-se mais uma vez e voou das suas mãos. Ela sentiu as vibrações da pancada subirem por seus braços e ombros; a musculatura do pescoço travou como se tivesse sofrido uma contratura, mas não houve tempo para lamentar-se. Rosa estava sobre ela, desferindo um tabefe com as costas da mão que jogou Amanda contra a parede. Ela bateu as costas e escorreu como geleia. Diante de si, a figura do súcubo se avultou, expondo as garras predatórias.

— Cuidado! — Adam berrou ao ver a criatura escalar as escadarias na direção da velha. Ele jamais a alcançaria a tempo. De um instante para o outro, a recém-chegada se tornara estranhamente o centro de toda a luta. Impassível, ela não moveu um músculo do lugar.

— Ela vai ser estraçalhada! — Juliana previu.

Marcos saiu de dentro do apartamento abraçado ao *Necronomicon* e deu de cara com Rosa segurando Amanda pelo pescoço, prensando-a contra a parede; a outra mão preparada para o ataque final. Segurava o livro, conforme pedido, mas não sabia o que fazer.

Outros moradores tinham se juntado à confusão, transformando a escadaria e os corredores balaustrados do edifício num campo de batalha improvisado. Humanos contra um exército das trevas em uma luta que seguia desigual; as criaturas continuavam em maior número. Era questão de tempo até a próxima baixa. Naquele momento derradeiro, todos estavam envolvidos no confronto, com exceção de Pombo e sua mãe, que não haviam saído do apartamento 33. Mas Adam não tinha tempo para se preocupar com ele agora; sua prioridade era evitar outra morte… só não sabia como.

A criatura estava quase sobre a velha. Era um arremedo de homem descarnado, de pele pálida como a personificação de uma doença. As pernas eram finas e sem pelos. Ele era careca, tinha as orelhas apontando para fora, e as vértebras da coluna podiam ser contadas a olho nu. Quando estava prestes a dar o bote que ceifaria a vida da velha, ela esboçou um sorriso maroto e, com toda a calma do mundo, ergueu dois dedos unidos, comentando com descaso:

— Pobre criatura confusa.

Como que por encanto, o monstro estancou. Ele pareceu tocado por uma aura de serenidade, capaz de fazê-lo vacilar. Ela deu uma olhadela ao redor e concluiu:

— Todos vocês. Confusos. Merecem mais do que isso…

Então, um estalar de dedos. Um chavão. Um clichê. Um milagre.

Adam sentiu uma onda varrer o ambiente numa única explosão invisível aos olhos, uma espécie de expansão de ar quente que atingiu seu peito e o atravessou, surgida de um núcleo, uma fonte que de alguma maneira era a própria velha. Ele piscou… e tudo desapareceu.

As luzes voltaram ao normal e não havia nenhuma criatura à vista. A sensação foi surreal, como se nitidamente tudo tivesse sido só um sonho… exceto que fora real. Ele sabia que fora real. Ele gaguejou:

— C-como…?

Amanda tinha se encolhido e fechado os olhos, incapaz de testemunhar seu próprio destino. Se aquela era a sua morte, a vida estava demorando demais a passar diante dos seus olhos. Nada de sabores infantis, nada de flertes adolescentes, nada dos estudos na universidade, nenhum dos momentos bons, nenhum dos momentos ruins… apenas uma poderosa aflição que fazia seu peito queimar. Então, a pressão no pescoço desapareceu. Ainda ressabiada, ela abriu apenas um olho e, na sequência, mais confiante, o outro.

— O que aconteceu? — Perguntou a Marcos.

Naquele andar e nos outros acima, as pessoas estavam exaustas, caídas pelos corredores. Sua razão ainda se debatia contra os acontecimentos em que elas mesmas jamais acreditariam se não tivessem vivenciado. Começaram a se recompor aos poucos. Adam subiu titubeante até a velha, que continuava parada no meio das escadas entre o quarto e o terceiro andar, com uma expressão enigmática estampada no rosto.

— Como… como você…?

Ela fez um sinal para que ele se calasse. Olhou para todos e disse:

— Vão pra casa.

De imediato, os moradores obedeceram a ordem, como cachorros treinados. Em questão de segundos, os únicos que permaneceram ali foram Adam e Juliana. Instantes depois, Amanda apontou pelas escadas, ao lado de Marcos, ainda abraçado ao tomo.

Como ela sabia?, Adam pensou. *Como ela soube que só nós estávamos envolvidos nisso*? Por mais improvável que fosse, apenas os que realmente tomaram parte direta na questão haviam permanecido; os demais, meros coadjuvantes da trama, tinham retornado ao cotidiano. Quando despertassem pela manhã, resquícios de lembranças da noite anterior pareceriam um mero sonho e, com o tempo, desapareceriam por completo, a despeito das evidências físicas.

Súbito, algo o aturdiu. Ele olhou na direção onde estava o corpo do senhor Müller e nada viu; apenas uma poça de sangue. *Impossível.* De algum modo, ele soube que o velho também havia sido restaurado à vida. E soube que o prédio, outrora uma esponja de sangue e cárcere de almas, jamais tornaria a sorver uma vida. E soube que Marcelo estava livre.

Adam permitiu-se um sorriso. Os gregos antigos introduziram em seu teatro uma figura que foi batizada, na língua latina, de *Deus ex machina*, ou o Deus surgido da máquina. Era um recurso que ocorria quando a trama, de tão complexa e enredada, não poderia se resolver exceto por intermédio divino. Assim, no ato final da peça, os deuses literalmente apareciam para promover uma resolução. Ao olhar para aquela estranha figura que o encarava de volta com expressão enigmática, não pôde deixar de pensar nas peças gregas de Eurípedes e na fragilidade daquilo que conhecia como sendo, até pouco tempo, a realidade mundana do ser humano.

— O que você…?

— Eles não mereciam a dor — ela respondeu. Em sua face havia uma convicção, uma determinação, que Adam não esperava. Quando uma pessoa sofre, ela se torna esse sentimento e a angústia do mundo aumenta, mas, naquela noite, a velha detivera o processo. Ao menos um pouco.

Adam a encarou com admiração, mas, de um instante para o outro, tudo evanesceu. Como se fosse papel molhado, as convicções dela se desfizeram. A solidez da velha dissolveu-se, sua firmeza, sua segurança; os olhos se arregalaram numa expressão que beirava a insanidade e o rosto tornou-se o de uma maníaca. Ela mediu Adam de cima a baixo, buscando reconhecimento como se o estivesse vendo pela primeira vez, e expôs todos os dentes podres numa risada larga, quase assustadora. A seguir, deu um passo e apertou suas bolas. Estupefato, ele deu um pulo pra trás, dizendo:

— Que é isso? Ficou doida?

Amanda chegou a se adiantar, mas foi impedida por Marcos, que disse baixinho:

— Deixe.

Como se nada tivesse acontecido, a velha desceu as escadarias rodopiando, quase cantarolando, como se fizesse parte de um musical da Broadway e deu um beijo na bochecha de Juliana, que a limpou com asco.

— O que foi que aconteceu? — Amanda perguntou. A velha continuou a descer em meio a rodopios, passou pelo primeiro andar e foi para o térreo.

— Você fez alguma coisa? — Juliana perguntou de onde estava, ao ver Marcos segurando o *Necronomicon*, mais abaixo.

— Não — ele respondeu. — Eu peguei o livro, conforme o senhor Adam pediu, mas não sabia o que fazer. Nada disso foi coisa minha ou do livro.

— Foi ela — Adam afirmou, convicto, descendo na direção deles. — Foi tudo ela. A velha do 44 limpou o prédio.

Todos olharam ao mesmo tempo para as escadas vazias com um senso de incredulidade. Adam e Juliana desceram até o primeiro andar.

— Mas… como? — Amanda perguntou, ainda pasma.

— Não sei. Mas ela salvou todos nós. E salvou todos que estavam presos aqui também. As almas se foram.

— Não pode ser, Adam.

— Mas é, Juliana.

— Ele está certo — Amanda falou, pensando no confronto com Rosa. De algum modo, o ambiente estava ameno, quase plácido. Adam olhou para Marcos e, com um aceno de cabeça, recomendou:

— Acho melhor guardar isso de novo.

— Sim. Acho melhor — ele concordou, sentindo o peso que o livro representava. Mancando mais do que de costume, o velho voltou para seu apartamento, desaparecendo da vista dos demais. Juliana olhou para Adam e inquiriu novamente, incapaz de se contentar com evasivas:

— Como foi que ela fez isso?

— Acho que nunca saberemos — ele respondeu, ciente de ter visto aquele fragmento de consciência despedaçar-se, deixando somente uma mente fragmentada no lugar. Eles se debruçaram no beiral do primeiro andar e olharam para o térreo. A velha estava abaixada junto a um vaso, ao lado da recepção. Juliana gritou:

— Dona Elza, não faça isso. Não é pra fazer xixi no vaso.

— Tarde demais — Amanda observou.

Ninguém queria rir, visto o contexto geral, mas foi inevitável. Amanda deu uma gostosa gargalhada, seguida dos outros dois. De algum modo, tudo estava bem, e a situação fora resolvida. Adam sabia que não só o espírito do doutor Marcelo estava livre, como o de todos os demais, incluindo o de Rosa Gutierrez; não uma causadora, mas outra vítima.

Agora era hora do reitor.

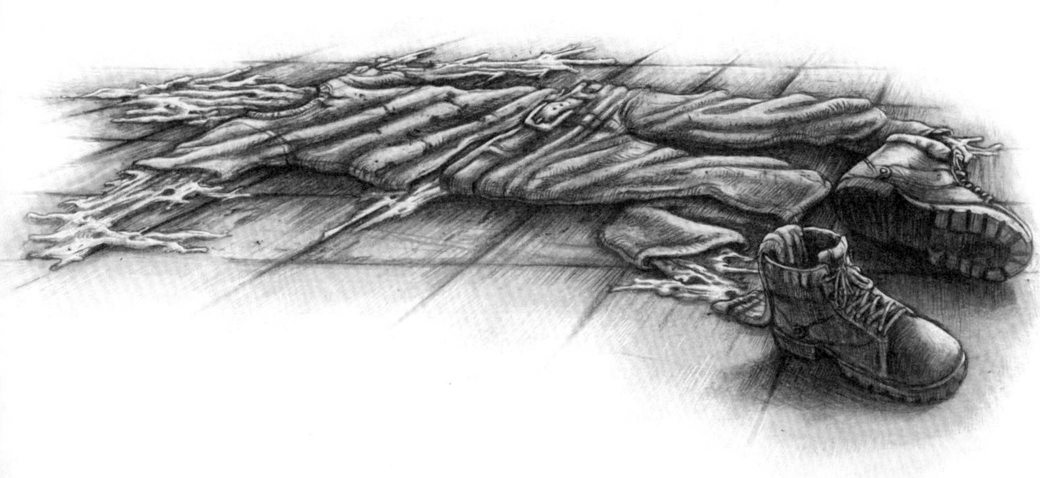

"Anjos possuem um temperamento terrível.
Especialmente quando eles estão se sentindo justos."

Cliver Barker, *Mister B. Gone.*

8 A balada de Elza

O grito da mãe penetrou nos ouvidos de Elza como uma faca quente. Encolhida dentro do armário, comprimida pelas quatro paredes, sapatos fedorentos, casacos e calças penduradas e caixas de papelão empilhadas num canto, ela apertava as orelhas com ambas as mãos, na tentativa de não escutar. Mas era em vão; por mais que tentasse, Elza ouvia tudo. A louça quebrando, as cadeiras sendo viradas, o estalido do cinto de couro e os gritos, que ora eram berros de raiva e indignação, ora eram manifestações de medo e de dor.

A vontade de Elza era abrir a porta do armário e sair, mesmo contra as ordens explícitas da mãe:

— Jamais saia do armário quando seu pai estiver assim, ouviu, mocinha? Não importa o que aconteça, não importa o que escute, nunca saia desse armário!

E aquilo foi dito com tamanha seriedade e tantas vezes, que Elza sempre obedeceu. Por horas ela se trancava no armário, aguardando que a comoção acabasse. A mãe costumava ir buscá-la em algum momento da noite, quando já era seguro sair. Em geral, trazia um olho roxo, lábios cortados ou o nariz inchado. Certa vez, abriu a porta do armário com uma tala improvisada no braço, mas Elza era jovem demais para saber que o membro estava quebrado. Havia *algo* errado, claro, mas a menina não sabia o quê.

Sua mãe a tirava da escuridão e as duas passavam a noite inteira abraçadas em algum lugar da casa, no sofá, na poltrona, uma vez até no banheiro.

Mas não era uma relação carinhosa; era só companheirismo nascido entre irmãs de batalha, nada mais. Havia entre ela e a mãe uma distância perceptível; não o abismo que o pai traçara, mas, ainda assim, uma distância. E a gênese de tudo fora aquele dia, quase dois anos atrás, mas falar sobre ele agora seria adiantar a história, mesmo tendo ocorrido antes. Para contextualizar o presente de Elza, é preciso primeiro falar de seu pai e sua mãe.

Naquelas noites ruins, a jovem perguntava sobre o comportamento do pai para a mãe, questionava aquela violência e vez por outra até protestava de forma pueril, mas a mãe sempre punha panos quentes. “Ele está sob muita pressão”, ou então, “Seu pai não é um homem ruim de verdade. Ele cuida de nós”, ou “Ele é o homem da casa”, ou ainda, “Ele põe comida na mesa, Elza. O que faríamos sem ele?”; como se todas essas coisas fossem desculpa ou justificativa para as atitudes dele. Ao mesmo tempo, Elza também era jovem demais para compreender todas as camadas que envolviam a situação.

De alguma maneira, o pai tinha seus motivos. Quais eram? A mãe passava a mão no rosto dela, os olhos mareados, mas não o bastante para que as lágrimas vertessem, e dizia que a menina era jovem demais para se lembrar.

— Você esqueceu, Elza. Tanto melhor.

A frase era coroada por um sorriso amarelo.

— Esqueci o quê?

— Nada. É melhor assim.

Nada disso ajudava a aplacar os questionamentos furiosos de uma criança que rumava para a pré-adolescência. E as desculpas, claro, não impediram que Elza crescesse odiando o genitor, cujos atos atrozes desmentiam com folga qualquer defesa que a mãe preparasse. Os dias eram moldados num torpor claustrofóbico, e as noites, numa agitação febril e cáustica. O ar quente escapava de todos os orifícios da casa e das pessoas, como uma panela de pressão fervendo.

Mas nem sempre fora assim. Nem sempre o pai bebera e nem sempre fora violento. Se Elza pudesse traçar um calendário da sua vida, uma única linha clara e fidedigna que guardasse os registros de tudo que ela vivera até então, dia após dia, seria capaz de ver exatamente o momento em que tudo mudara; ver qual havia sido o instante infinitesimal em que a tristeza e a dor tinham cravado suas garras no pai, transformando-o nelas próprias daquele momento em diante.

O pai se tornara dor e bebia para esquecer. Essa era sua desculpa, ou talvez o seu pretexto. A bebida o levava aos excessos. Ou, quem sabe, apenas permitia que ele se tornasse o homem que sempre foi, mas que deixava ocultado, maquiado por aquele verniz de pai de família.

Ao menos o pai jamais tinha batido nela. Muitas vezes sua ira parecia forte o bastante para pôr as paredes da casa abaixo, ainda mais para uma criança de oito anos, mas ele nunca tocara na garota. E Deus sabia que ele queria; como queria, mas, de algum modo, sempre fora detido.

Talvez o mérito fosse da mãe, que a mantinha longe da vista dele quando estava em crise; talvez fosse uma manifestação da própria personalidade dele. Quem sabe, por mais que a raiva estivesse presente, um resquício de sanidade, bom senso e humanidade o impedia de cruzar aquela linha, impedia que o abuso se estendesse até a única filha.

Única filha?

Isso também nem sempre foi assim, mas, novamente, a história não deve ser adiantada. Falaremos sobre o irmão de Elza na hora certa; por ora, basta saber que o pai a poupara da punição infligida à mãe… até aquela noite. Fatídica. Irreversível.

Era uma noite de tempestade, como convém a todas as histórias de terror. Raios cruzavam os céus iluminando o pequeno sobrado onde eles moravam, no topo daquele aclive, onde as ruas ainda eram feitas de paralelepípedos e a população da cidade era tão pequena que praticamente todos se conheciam. A chuva açoitava as árvores com a violência do chicote que castiga um escravo, atendendo aos comandos taciturnos de

Éolo, cujos ventos destelhavam casas menos preparadas para suportá-los. Trovões ribombavam, fazendo a terra tremer sob os pés da garota.

Seu pai estava num daqueles dias, os olhos vermelhos de choro e de álcool, uma garrafa pela metade na mão. Durante quarenta minutos ele estivera sozinho na cozinha, o radinho sintonizado numa estação que tocava apenas músicas clássicas. Ele assobiou Wagner, cantarolou Brahms e regeu Vivaldi enquanto esvaziava a garrafa; as lágrimas desidratando seu corpo, o álcool consumindo a mente.

A mãe, conhecendo o marido, começou a ficar preocupada. Quando vieram os gritos de indignação, os xingamentos despropositados, as lamúrias e os tropeços, ela foi até Elza e deu a tradicional ordem:

— Não saia do armário, entendeu?

Elza obedeceu. A princípio, obedeceu. Mas, naquela noite, tudo estava diferente; tão diferente que mesmo ela, uma garotinha de oito anos, percebeu.

Os gritos da mãe soavam mais desesperados do que nunca, e a cada coisa que se quebrava na casa — um copo, uma louça ou um espelho —, Elza estremecia. Um calor começou a subir das suas entranhas, passando pelo estômago e chegando à garganta com um sabor amargo de bile. Ela suava profusamente; os trovões faziam com que sentisse calafrios, suas mãos tremiam e os lábios estavam colados de tanto que a boca estava seca. Ela não podia distinguir exatamente o que era dito naquela gritaria, mas parecia algo como "Cala a boca. Eu vou te matar! Eu vou te matar!".

Seria isso mesmo?

Entregue ao desespero, a menina fez o que nunca fizera naqueles últimos dois anos e saiu de dentro do armário. Correu para a sala, onde deu de encontro com o pai segurando a mãe pelo pulso enquanto a golpeava violentamente com a outra mão. Raios brilhavam na janela da sala ao fundo; a noite escura sem estrelas debochava dela; a chuva açoitava o terreno. A mãe estava de joelhos, cuspindo sangue, o olho direito inchado como o de um boxeador, arranhões nos braços e no peito. Chorava copiosamente.

Elza olhou para o que parecia ser uma cena congelada. Os dois adultos a encararam, fazendo-a se sentir uma intrusa, uma penetra num mundo que não lhe pertencia, onde não deveria estar. Seu pai largou o pulso da esposa, apontou para a garota e berrou:

— Você! Isso tudo é culpa sua! Sua vadiazinha!

Não havia sanidade naqueles olhos, apenas raiva. Ele arremeteu na direção dela como um urso selvagem, uma expressão desvairada, completamente fora de si. Em resposta, a menina deu um grito e correu de volta para o quarto. Sua mãe grudou na perna do marido, berrando algo sobre não tocar nela. Os dois se engalfinharam no que foi a primeira vez que a mulher revidara. Mais coisas se quebraram. Mais gritos se seguiram. Aquela foi a noite em que fel escorreu pelas paredes, quando corações se comprimiram e verdades foram ditas.

Elza não ficou para ver o resultado, mas escutou quando o pai disse algo que machucou mais do que qualquer surra que poderia ter tomado.

— A culpa é dela. Essa desgraçada acabou com as nossas vidas.

Se Elza tivesse um calendário que marcasse com exatidão o momento em que tudo mudou, o momento em que ela "acabou" com a vida do pai, esse calendário marcaria o dia de número 2235 da sua vida. Então, tendo completado pouco mais de seis anos, ela era uma garotinha feliz, com um futuro brilhante à sua espera.

O pequeno Luiz era só um bebê e viera para iluminar ainda mais a vida de uma família abençoada.

Quem visse a cena de fora diria ser quase uma propaganda brega de margarina. A família se reunia em volta da mesa da cozinha, o pai fazia brincadeiras com o bebê no cadeirão, enquanto a mãe preparava o café da manhã; suco, torradas, ovo mexido e café preto. Por um tempo, pareceu que não haveria chuva, que não haveria dias cinzentos e que, para todo o sempre, a existência seria iluminada e calorosamente abençoada.

O pai dizia como amava Elza, mas não perdia oportunidades de expressar sua felicidade por ter ganhado um filho. Ele o ensinaria a jogar bola. Seria seu companheiro e melhor amigo; na hora certa, os dois conversariam sobre garotas, ele lhe mostraria como se barbear, dirigir e, se Deus fosse grande, o garoto poderia até seguir sua profissão.

Sendo apenas uma criança, Elza não percebia o ciúme exacerbado que seu pai tinha do filho; o excesso de zelo parecia normal, uma necessidade de proteger uma criaturinha frágil… mas não era. Qualquer pessoa minimamente saudável perceberia que não era. Infelizmente, no dia 2235, o zelo foi posto à prova da pior maneira possível. E a loucura do pai provou-se justificada.

Era um sábado pela manhã. O sol estava quente e todos descansavam na varanda da grande casa onde moravam. O bebê Luiz estava começando a engatinhar, mas ainda passava a maior parte do tempo apenas sentado ou no colo.

Elza nunca o havia segurado; seu pai não deixava.

— É perigoso, Elza — ele dizia. — Você ainda é muito pequena. E se deixar ele cair?

A mãe balançava a cabeça em negativa, reprovando aquela postura. Havia sido criada entre cinco irmãs e umas cuidavam das outras. Para ela, confiar os cuidados de Luiz à Elza era absolutamente normal. Mas, pelo bem do relacionamento, nunca havia contestado o marido.

Até aquela manhã.

— Posso segurar o Luiz, mãe?

— Claro, filha.

As orelhas do pai ficaram em pé. Sua respiração mudou, os dedos dedilharam, irrequietos; a preocupação estava escrita em sua face.

— Tem certeza de que é uma boa ideia? — Perguntou para a esposa.

— Uma hora ou outra ela vai ter de aprender.

— Por quê?

— Porque vai, oras.

Aquilo não era resposta e ambos sabiam. Mas Elza sentiu-se vingada. Ela já era uma mocinha, já era madura. Tinha dado um beijo no rosto do Marcinho na escola; era a única menina da sala que tinha dado um beijo em um garoto. Ela sabia das coisas. Seu pai não tinha que ficar duvidando da capacidade dela o tempo todo. Agora sua hora chegara; ia mostrar sua maturidade; ia mostrar que podia segurar um bebê que nem uma pessoa responsável.

A mãe lhe ofereceu um olhar afetuoso e deu uma piscadela, um sinal de cumplicidade que dizia, "Eu confio em você, garota. Vai em frente. Você consegue".

Elza inflou o peito, atravessou a pequena varanda e colocou os braços na mesma posição que vira a mãe fazer uma centena de vezes. Luiz estava no chão, sentadinho, brincando com algumas peças grandes de plástico para montar uma casa ou algo do tipo.

A mãe o pegou e depositou nos braços da filha. Seu pai chegou a se mobilizar na direção dos três, projetando levemente o corpo, numa clara tentativa de impedir a ação. Mas a seguir, recolheu-se. Talvez por um instante, até ele tivesse pensado que era exagero intervir.

A menina se sentiu vitoriosa. Uma daquelas pequenas vitórias da vida que carregamos conosco e que nos moldam no que somos.

Olhou para o irmão em seus braços. Ele não era tão pesado assim; seus olhos eram bem pretos e meigos, os cabelos claros e encaracolados, a pele alva como mármore. Olhou para os braços gordinhos e a mãozinha minúscula, para aquele peito sem um único pelo e para os joelhos fofos. Teve a sensação de que aquele pequeno ser que segurava não era de verdade, que era um bonequinho, uma criatura feita de pano e enchimentos. Mas essa sensação não teve nada a ver com o que aconteceu a seguir.

Foi um lapso. Uma falha. Mau funcionamento. Quem poderia dizer? O fato é que ele estava inerte em seus braços, aquele boneco de carne que respirava brevemente e mal se movia. Então, enquanto ela o encarava atentamente, mergulhada naqueles olhos pretos, ele se contorceu e tossiu.

Elza estremeceu, assustou-se e soltou o irmão.

Não.

"Soltou" não é a palavra certa. Ela quase o arremessou.

Escutou o grito do pai. Um "Não!" enérgico, ressentido, comprometido e fatalista. Ele sabia que aquilo aconteceria; não exatamente *aquilo*, mas algo assim. Tinha pressentido em suas entranhas. A mãe tentou segurar a criança, mas não conseguiu. O corpo do bebê quicou firme no chão.

Elza caiu em si imediatamente. Ficou aguardando que ele começasse a chorar e pensou na sucessão de broncas que tomaria. Talvez um tapa na bunda. Talvez ficasse uns dias sem sobremesa. Além disso, teria de lidar com a vergonha da própria incapacidade e com a realidade do fracasso, afinal, em última instância, o pai estava certo. Não passava de uma garotinha irresponsável, incapaz de segurar o próprio irmão sem machucá-lo. Sentiu pela primeira vez, mas não pela última, o amargo gosto da decepção.

Mas Luiz não chorou. Apesar do baque, nenhum som escapou de seus lábios.

Elza viu sua mãe ajoelhar-se diante dele e o apanhar.

O rosto da mulher se transformou.

Ela olhou para o marido. Seus lábios tremiam, a boca aberta incapaz de expressar uma única sílaba; os olhos úmidos brilhando, incrédulos, espantados. Suplantada por uma torrente de sensações, tudo que ela queria era gritar… algo… qualquer coisa… mas nenhuma voz saía.

Elza jamais vira expressão similar no rosto de uma pessoa. Não reconheceu as sensações exprimidas naquela face; só muito depois as associaria aos sentimentos que haviam despertado.

Até aquele momento, Elza não conhecia a morte.

O braço gordinho e desfalecido de Luiz, pendurado no colo da mãe, foi a primeira comunhão que Elza teve com a ceifadora. Haveriam outras.

Daquele dia em diante, tudo mudou. Se Elza tivesse um calendário fidedigno que marcasse todos os dias da sua vida, apanharia uma caneta e riscaria o de número 2235. Quem sabe apagando-o do calendário, conseguisse apagá-lo também da existência.

A mãe chegou a ter uma longa conversa com ela, explicando como Luiz havia quebrado o pescoço na queda, como fora tudo um terrível acaso e como a culpa não era dela. Não fez com que se sentisse melhor, mesmo porque o olhar da mãe desmentia suas palavras. Seu pai raramente voltou a falar com ela e, nas poucas vezes que o fez, foi para injuriá-la.

Elza passou a carregar um estigma na testa.

O pai começou a beber. Um manto negro foi estendido sobre o pequeno sobrado. A mãe chorava diariamente, no início quando ninguém estava olhando, mas, depois, quase a todo o momento.

Ela nunca deixou de proteger Elza, sempre prevendo os rompantes de fúria do marido antes que se iniciassem, mandando a garota se refugiar na relativa segurança do armário e aguentando na carne todas as consequências do porvir. A mãe tornou-se sua maior protetora, mas Elza não era boba. Em seu íntimo, sabia que o olhar da mãe para com ela também havia mudado.

Elza cresceu. As memórias do incidente se nublaram. O sentimento despertado, não.

Então, chegou aquela noite, quase dois anos após a partida precoce do bebê; uma noite de tempestade que foi a culminação de uma sequência de quedas indescritíveis, uma noite em que o pai estava mais bêbado e violento do que nunca, quando todos os diabos do Inferno estavam à solta; uma noite temperada pela solidão insalubre de ter uma parte de si arrancada do peito; justamente aquela que representaria a continuidade de seu ser neste mundo.

Após a audácia de ter se mostrado quando não deveria, Elza voltou para o armário tão rápido quanto saíra. Escutou a briga dos pais. Os gritos, os palavrões, as verdades duras que, àquela altura do campeonato, ninguém se arrependeria de ter dito. Será que pensavam mesmo aquilo um do outro? Ou será que haviam apenas sido contaminados pela dor a ponto de se perderem na vida?

Então, os gritos cessaram.

Elza ficou apreensiva, encolhida dentro do armário, comprimida pelas quatro paredes, sapatos fedorentos, casacos e calças penduradas, e caixas de papelão empilhadas num canto. Será que havia acabado? Será que, em poucos minutos, a mãe surgiria para resgatá-la e ambas dormiriam abraçadas no chão do banheiro?

Alguns segundos se passaram, até que a porta do armário foi escancarada com tamanha violência que escapou dos trilhos.

— Então você tá aí, sua bostinha!

Seu pai era um indivíduo encorpado, que provocaria receio até em um homem adulto. Para ela, que via o mundo de uma perspectiva tão pequena, ele era como um gorila, avolumando-se contra a luz. Suas costas eram montanhas, os olhos eram brasas.

Ele a apanhou pelo punho e puxou de dentro do armário, arremessando-a sobre a cama.

Elza gritou como se sua vida dependesse disso. E, de fato, dependia.

A mãe correu em seu auxílio e adentrou o cômodo, saltando no cangote do homem. Elza se encolheu entre o criado-mudo e a cama, observando a mulher ser arrancada das costas do marido e jogada sobre o colchão. Ela quicou e também caiu no chão.

Um trovão ribombou. Os deuses estavam apreciando a cena. Eles adoravam dramas mundanos.

— Como você pode defender essa... essa... coisa? — O homem berrou.

— Essa "coisa" é a sua filha! — Foi a resposta, dita num tom de dignidade.

— Ela é uma assassina!

— Ela é uma criança!

Discutir além seria inútil e ambos sabiam. A diferença de visão estava traçada, assim como as duas perspectivas. Curiosamente, ninguém queria convencer o outro do contrário. A vida era o que era. Agora só faltava fazer algo a respeito.

Todas as sombras do quarto sussurraram algo que somente o pai escutou. Ele sentiu as dúvidas daqueles últimos 600 dias ou mais se dissolverem. Sentiu uma resolução inabalável comprimir seu peito e dar ordens aos seus membros. Sabia o que tinha de fazer.

O homem alcançou algo enfiado na parte de trás da calça. O objeto metálico reluziu no escuro. Lá fora, trovões continuavam a irromper em ira indômita.

— Ficou louco, homem? — A mãe disse. — Larga isso!

— Ou o quê? O que você vai fazer?

— Não faz besteira. Você vai se arrepender pro resto da vida se fizer besteira…

Ele olhou para a arma. Pensou que não se importaria de fazer besteira. Sua vida havia acabado há tempos. Há dois anos, para ser preciso. E ele não pretendia que ela se estendesse muito além.

Apontou a arma para a esposa. O cano caolho a encarou com uma expressão debochada de poder e superioridade. Elza, testemunha ocular de tudo, mesmo com a pouca idade, sabia o que estava prestes a acontecer.

Nenhuma outra palavra foi dita. Ninguém implorou. Não houve troca de impropérios. Não houve lamentos ou juras. Apenas um choque de olhares impetuosos. Então, o estampido… alto como mil trovões, que ficou reverberando dentro do cômodo.

Elza viu o peito da mãe explodir em respingos escarlates e seu corpo ser lançado para trás, chocando-se contra o peitoril da cama. O último ato da mulher, lábios e mãos trêmulas, foi oferecer um olhar de ternura para a filha. Nenhuma palavra; sua expressão paralisou… e foi isso.

Ela olhou para o pai. Havia uma calma estranha e maníaca em seus olhos mareados. O cano da arma estava apontado para ela agora. A garota não teve medo. Do alto de seus oito anos, apenas suspirou e aguardou. A dignidade em seu rosto amedrontou o pai, que hesitou, tremeu e desatou a chorar. A menina sentiu uma compressão no peito.

— Pai…

Foi tudo que ela conseguiu dizer, insinuando-se na direção dele. A arma desviou-se dela para a têmpora do portador. O esguicho vermelho borrifou a parede, pintando um quadro abstrato. O corpo caiu numa pose idiotizada, deixando Elza sozinha no mundo.

— Me dá isso! — Disse a menina gorducha que todos chamavam de "Bujão". Elza não entendia como ela não só aprovava aquilo, mas também gostava.

— Você já tá gorda demais — ela respondeu sem medo.

O objeto da contenda era um sanduíche de amendocrem oferecido como lanche da tarde no orfanato para onde Elza fora levada após a morte dos pais. Todas as meninas ganharam um, mas Bujão comeu o seu, o de duas outras garotas menores que faziam parte do seu coreto de injuriadas e, agora, partia para cima do de Elza. Mas, ainda que soubesse que apanharia e que no final teria o lanche roubado da mesma maneira, afinal Bujão dava o dobro dela, Elza nunca cedia aos caprichos da menina. Nunca. O resultado era ser surrada três, até quatro vezes por semana. As responsáveis não se importavam. Ninguém se importava. À noite, quando o escuro do quarto conjunto onde dormiam vinte meninas conferia certo grau de anonimato, várias choravam com o rosto enterrado nos travesseiros, mas não Elza. Suas lágrimas tinham secado.

— Que foi que você falou?

— Além de gorda, tá surda agora?

A provocação fora calculada. Ela viu o rosto de Bujão ficar vermelho de raiva. No instante seguinte, estava com as costas no chão pedregoso, com oitenta quilos sobre seu estômago, estapeando seu rosto. O lanche se perdera no meio da confusão.

— Repete — Bujão gritava, enquanto batia sem parar. — Repete se tiver coragem.

— Você é uma baleia idiota e retardada — Elza conseguiu gritar entre um tapa e outro. — Além de feia, é burra. Burra!

A última palavra foi acompanhada de um esforço desesperado para tentar escapar. Ela guinou o corpo para o lado, fazendo uma ponte instintiva com o tronco para tentar arrancar o peso de cima, mas falhou miseravelmente. Só o que conseguiu foi ficar um pouco de lado, o que favoreceu Bujão, já que agora ela não conseguia nem se defender.

A agressora a segurou pelos cabelos e bateu a cabeça dela algumas vezes no chão.

— Para! Para com isso!

— Não escutei. Por acaso você pediu desculpa?

— Vai pro Inferno, gorda desgraçada!

Novas pancadas. Uma delas foi tão forte que Elza sentiu o mundo rodar, quase mergulhando-a na inconsciência. Enfim, escutou uma voz firme, embora não tenha discernido as palavras, e Bujão foi tirada de cima de seu tronco. O alívio foi indescritível.

Aos poucos, ela se recompôs. Sentiu que sua cabeça sangrava. Alguém estava falando com ela... uma adulta. Elza não conseguia perceber nem quem era, quanto mais o que fora dito. Alguém a segurou pelo braço e tentou ajudá-la a se levantar. A dor foi atroz, superior a tudo que sentira até então. Ela gritou de forma implacável.

— Que ótimo! Você quebrou o braço dela, Cristina — disse a adulta, no caso a senhora Cidinha, uma das responsáveis pelo orfanato. Outras mulheres chegaram, mas a dor era tão forte, que Elza não conseguia nem pensar. Bujão tentava se explicar, mas não muito. Sabia que não daria em nada. Afinal, o que poderiam fazer com ela?

Elza foi levada para a enfermaria, onde a senhora Adelaide, um nome que Elza simplesmente odiava, a atenderia. Adelaide também era a diretora da unidade.

— O que foi desta vez, Elza? — Ela perguntou, enquanto fazia uma tala para o braço. Na verdade, os conhecimentos da diretora na área médica eram precários. A chance de o membro calcificar errado era enorme; como de fato ocorreu.

— A senhora sabe. Ela sempre implica com todas só porque é grande e mais forte.

— O que ela queria?

— Roubar meu lanche.

— Por que não chamou uma supervisora?

— Elas não estão sempre por perto. Na vida, a gente tem que cuidar da própria pele.

Adelaide ergueu as sobrancelhas:

— Foi isso que a vida te ensinou? Que não podemos confiar em ninguém? Que temos de nos virar sozinhos? — A menina deu de ombros. — Nenhum homem é uma ilha, Elza.

Ela pensou um pouco e respondeu:

— Não sei o que isso quer dizer.

A mulher suspirou. Deu um apertão firme de propósito na tala, tentando arrancar um gemido da menina. Quando ela não correspondeu, engolindo a dor, a diretora teve de engolir a raiva.

— Você chegou há mais de um ano e não tem uma amiga aqui dentro.

— Eu não quero amigas.

— Não podemos viver reprimindo o que sentimos, Elza.

— Não sei o que isso quer dizer também.

— Sabe, sim. Você não é boba. Nem um pouco.

O curativo ficou pronto. A diretora a encarou por alguns segundos e perguntou:

— Quer sair daqui?

— Como assim?

— Do orfanato… quer sair daqui?

A garota não hesitou:

— Eu odeio este lugar. Odeio todas aquelas meninas idiotas. E odeio todas vocês, que fingem que querem ajudar a gente, mas, no fundo, não estão nem aí.

— Isso não é verdade, Elza!

Ela tornou a fazer um muxoxo. A diretora prosseguiu:

— Bem, seja como for, você não pode sair. Não poderá por muitos anos. Então, acho melhor encontrar uma forma de viver em paz. Do contrário, seus dias serão bem mais terríveis do que precisam ser.

— Amanhã você completa quantos anos, Elza? — Perguntou o jovem Henrique. Ele tinha dezenove anos e trabalhava para o seu Monteiro, dono da mercearia que entregava duas vezes por semana produtos para o orfanato.

— Dezesseis — ela respondeu desinteressada, enquanto o ajudava a descarregar um engradado com garrafas de vidro de leite.

— Já tá virando mocinha…

A insinuação a fez parar e fulminar o rapaz com o olhar:

— E o que você tem com isso?

— Calma… só estou comentando.

Ela continuou a descarregar o pequeno caminhãozinho sob os olhares atentos dele. Elza era uma garota feia. Qualquer um diria que era feia à primeira vista, com seu rosto coberto de sardas e espinhas, os cabelos emaranhados e secos, e aquele osso pronunciado na região do ombro direito, resultado de um braço quebrado mal curado. Mesmo assim, ela exercia certo… magnetismo em alguns rapazes, que era difícil explicar.

Henrique olhou para as meias brancas e longas, para a saia xadrez na altura dos joelhos tortos e para o pulôver cinza que pouco fazia para disfarçar os seios bojudos. Sentiu uma súbita vontade de agarrá-la.

Ela levou os mantimentos para dentro e retornou sob a mira atenta do rapaz.

— Posso saber o que você tá olhando? — Perguntou, mal-humorada.

— Para você — ele respondeu sem despeito algum.

Elza não esperava aquela sinceridade e corou. Não se recordava de já ter recebido algum elogio, se é que aquilo contava como um. Ao menos, os olhos dele denotavam certo… interesse. Ela abaixou a cabeça, deixando que a vergonha aflorasse na forma de um sorriso discreto. Henrique, claro, percebeu.

Ele se aproximou; seu corpo tão próximo que quase dava para sentir o calor da pele. Ele espremeu os olhos e gracejou:

— Alguém já te disse que você é uma moça bastante atraente?

— O que quer dizer? — Ela perguntou, tentando se afastar… mas não muito.

Ele tornou a se aproximar:

— Quero dizer que aposto que a gente poderia se divertir um pouco.

— Eu… não sei do que você está falando.

Ela tentou apanhar uma sacola com mantimentos da caçamba do caminhãozinho, mas ele segurou sua mão. O toque foi elétrico.

— Que tal se a gente fosse ali atrás? Onde teremos privacidade?

Ele fez um sinal com a cabeça, indicando os fundos do quintal do orfanato. O dia estava cinza e uma fina garoa caía. Não havia ninguém na área externa.

— Não podemos!

— Ninguém vai nos ver. A gente vai atrás da árvore e volta antes que deem por nossa falta.

Naquele momento, Elza pensou no lixo de vida que levava naquele lugar, esfregando o chão, limpando banheiros, lavando louça… escutando o tempo todo que era uma inútil sem futuro, lidando com o desprezo de quem se achava melhor do que ela. Uma vida estéril, sem amigas, sem jamais ter ganhado um beijo ou conhecido o toque de um rapaz… sendo obrigada a estudar a Bíblia três vezes ao dia… comendo uma comida que tinha gosto de lavagem… e presa dentro de um muro cinza, triste e implacável, que cortava todo o contato dela com o mundo exterior. Pensou no quanto sua vida era desgraçada; lembrou-se do grito de seu pai que a chamara de "assassina", do armário opressor e dos respingos de sangue na parede.

Olhou para os lados para certificar-se de que não estava sendo vigiada, segurou Henrique pela mão e o conduziu até os fundos.

Atrás de uma árvore, ela pôs o volume do rapaz para fora da calça e virou-se. Ele a segurou pelas ancas e, sem o mínimo cuidado, enfiou-o dentro dela. Doeu. Muito. E ela achou que era merecedora da dor.

Henrique a bolinou algumas vezes e gozou em meio a um suspiro quase doce. Na verdade, ele não tinha sido cruel, apenas inexperiente. Talvez por ter percebido isso, apesar de dolorida, Elza também apreciou a experiência. Sentiu que, por meros instantes, tudo que existia dentro e fora dela havia desaparecido, incluindo o ego, a dor, a decepção e os problemas. Ela não pensou em nada, não julgou, não temeu, não desejou. Por um mágico momento, anulou seu ser. E o que sentiu foi inigualável e inexprimível.

Permaneceram em pé por alguns instantes, um corpo encaixado no outro, como que ligados por um cordão. A baforada quente de Henrique no pescoço seria uma lembrança guardada com carinho. Os olhos fechados, sentindo a fina garoa cair sobre a nuca.

Uma voz estridente arrancou a dupla dos Campos Elísios:

— Elza!

A poucos metros de distância, a cozinheira Denise observava a cena, ainda segurando uma colher de pau. Que, no instante seguinte, golpeava intercaladamente a cabeça da menina e do rapaz, deixando galos doloridos, cobertos por um pouco de chocolate quente.

Daí para frente, o trem descarrilou.

O senhor Monteiro recebeu uma visita bastante séria da senhora Adelaide que, ao relatar todo o caso, exigiu que o jovem Henrique nunca mais pisasse no orfanato. Reconhecendo a gravidade da situação, ele consentiu. Sabia que isso significava que ele próprio teria de fazer as entregas ou contratar outra pessoa que o fizesse. Sem problemas; tudo para manter um bom cliente. Também cuidaria para que o rapaz recebesse algumas cintadas como punição, o que nunca ocorreu. Já Elza descobriu que, até então, seu período no orfanato tinha sido um passeio pelo campo.

Todos odiavam Elza. Agora ainda mais.

— Essa menina tem o Diabo no corpo! — Afirmou uma ultrajada Denise para a senhora Adelaide.

A responsável pelo orfanato pediu que todas se acalmassem, mas, na semana seguinte, quando num acesso de fúria Elza agrediu e arranhou o rosto de uma colega, a situação piorou. Ninguém levou em consideração que a dita cuja passara a semana inteira atazanando a garota; só o que observaram foi o resultado. Quando não aguentou mais tanta provocação, Elza perdeu as estribeiras e saltou sobre a menina; elas rolaram pelo chão da sala sob uma ovação de gritos histéricos. Ao separar as duas, a senhorita Edna, professora de português, disse que se sentiu numa briga de rua.

— Denise tem razão — ela reiterou para Adelaide. — É hora de tomar medidas mais sérias. Se a gente não colocar a menina em rédeas curtas agora, o que ela fará amanhã?

Mas não eram só rédeas curtas. Não era só um esquema para pressionar a garota ou mesmo uma punição pela indiscrição dela que, já sendo do conhecimento das demais meninas do orfanato, resultara em ciúme, desprezo e violência motivada pela inveja. Como todas odiavam Elza, o martírio começou, e o que as responsáveis pelo orfanato não fizeram com a menina, as colegas trataram de fazer.

— Já passou da hora de aprender que o mundo não é assim, garotinha. Que você não pode fazer tudo que quer, na hora que quer.

Elza refletiu que a única coisa que fazia era o que aquelas desgraçadas autoritárias mandavam, e gostaria de saber de que forma exatamente seu comportamento era um ultraje libertino. Sabendo que qualquer protesto ou contestação seria levado pelo vento, limitou-se a comentar com sarcasmo:

— E creio que você vai me ensinar a me comportar?

— Sim — a outra respondeu sem esconder a alegria. — Eu e todas as outras.

— Mal posso esperar.

Denise a segurou pela orelha, dobrou a cartilagem e puxou, provocando uma dor horrível que fez Elza curvar o corpo.

— Ai, ai, ai…

— Continue sendo engraçadinha, garota.

E assim começou uma nova rotina. Elza não compreendia o sadismo coletivo daquele lugar e se perguntava diariamente o que fizera de tão errado para despertar tamanho ódio. Quando refletia, gostaria que a vida fosse como aquele fugidio momento que vivera com Henrique, livre de qualquer peso e medida. Infelizmente, não era.

Desnutrição. Elza começou a ganhar só uma sopa rala, que era pouco mais do que água suja, e um pedaço de pão por dia. Ela não jantava nem tomava café da manhã.

Serviços forçados. A limpeza de todos os banheiros cabia a ela, em tempo integral. Não havia mais rodízio com as demais internas. Limpar privadas, desentupir ralos e esfregar o chão era a ordem da vez.

Catequese. Os estudos bíblicos seriam dobrados. Além das quase duas horas diárias que passava estudando a Bíblia ao lado das outras, teria de cumprir duas adicionais. Só assim conseguiria "ter Deus no coração".

Medicação. O uso de pílulas ajudaria a domar a personalidade selvagem da menina.

Terapia. A terapia era o pior. Para as responsáveis, era um sistema de apaziguamento. Era feita de três a quatro vezes por semana… dentro de uma sala de eletrochoque. Elza entrava desafiadora, debatendo-se, resistindo e xingando… e após meros quinze minutos, saía babando, mansa como um gatinho doméstico, os olhos revirados, a pele pálida e as mãos trêmulas. Conforme era levada pelos corredores, quase incapaz de andar, sendo literalmente arrastada, ainda tinha de lidar com as chacotas das demais, as risadinhas e os trocadilhos, os apelidos e as piadas… mesmo que muitas vezes estivesse tão mal, que o meio à sua volta era incognoscível.

Aquela foi a decisão mais radical tomada na história do orfanato. Os precedentes eram inexistentes; as consequências poderiam ser funestas.

Há pouco tempo, a lobotomia tinha sido proibida, sendo considerada um procedimento invasivo demais, mesmo tendo seu criador, o médico português António Egas Moniz, recebido o Prêmio Nobel pela descoberta, alguns anos antes. Havia comitês em todos os lugares demonstrando preocupações pelos maus-tratos de internos, pacientes e detentos em todo tipo de instituição, e era preciso ter cuidado com o que se fazia.

O orfanato jamais fora uma casa que abusava de crianças; seu objetivo era *cuidar* delas. Prepará-las para o mundo. Ensinar não só matérias escolares, mas boas maneiras também. Só que aquela menina... aquela Elza... parecia viver num mundo só dela. No início das sessões, a senhora Adelaide sentiu remorso.

— Isso aqui não é um manicômio — chegou a confessar para uma colega de trabalho, num momento de fraqueza em que se sentiu penalizada.

Não era um manicômio, mas já havia sido, o que explicava a presença de um aparelho de eletrochoque da década de 1950 no porão; plenamente funcional. Adelaide o utilizava a seu bel-prazer, sem a presença de um médico, sem nem sequer ter as recomendações de um médico. Ela e suas funcionárias simplesmente se decidiram que dobrariam a vontade daquela garota rebelde. E a “terapia” era parte do processo. Não havia mais o que discutir.

Às vezes, parecia que todo aquele ditame fora estabelecido por uma consciência maligna, surgida das profundezas, que minara a vontade de todas e as fizeram crer que aquela era a única maneira. Fantasias à parte... ou não... quanto mais Elza resistia, quanto mais enfrentava suas tutoras-torturadoras, maior era a raiva que despertava nelas. E mais assertiva era a resposta.

O tempo passou rápido e sem gentileza.

Ela começou a emagrecer muito. Sua saúde se debilitou. Sua condição mental se agravou. Em algumas semanas, o mundo tornou-se um borrão; os dias não tinham começo nem fim; as falas das outras pessoas eram somente sons incoerentes que entravam pelos seus ouvidos. As próprias falas eram balbucios. Em médio prazo, o impiedoso tratamento extirpou uma fatia do cérebro da garota de forma quase tão eficaz quanto o lamentavelmente premiado procedimento do doutor Moniz.

— Ela vai completar dezoito anos na semana que vem — disse Adelaide para o conselho, formado por mais seis profissionais. — E não tem a menor condição de viver em sociedade.

— Com todo o respeito… — Denise falou — …a partir da semana que vem, ela não será mais problema nosso.

Um firme sentimento de culpa se abatera na diretora nas últimas semanas. Ela meditou um pouco. As demais respeitaram seu silêncio. Enfim, comentou:

— Estava pensando em mantê-la aqui… talvez realizando as tarefas domésticas que ela já faz.

O coro foi unânime. Adelaide descobriu como se sentem artistas de circo medíocres ou humoristas fracassados quando o público reage negativamente a uma *performance*. Sua vontade foi entrar debaixo da mesa, mesmo porque sabia que eram a culpa e o arrependimento falando, e não um desejo genuíno de reparação. Ela ainda tentou argumentar:

— Elza não incomoda ninguém há muito tempo… a garota virou praticamente um fantasma…

E a culpa disso é de quem?, Adelaide pensou a seguir, mas não ousou externalizar aquela verdade desconfortável. A senhorita Edna, que em geral tinha bom senso, exceto no que se referia a Elza, disse:

— Ela vai completar dezoito anos. Não pode mais ficar aqui. Aliás, já nem devia mais estar aqui. As condições dela são ruins demais para serem tratadas com os recursos que temos.

E a culpa disso é de quem?, Adelaide tornou a pensar. Edna prosseguiu:

— Ela não está apta a viver em sociedade? Pode ser… mas isso terá de ser responsabilidade do Estado e não nossa. Ninguém pode nos obrigar a mantê-la aqui. E minha opinião é que, já que não temos tal obrigação, por que fazê-lo?

— Porque somos boas cristãs? — Adelaide perguntou.

— Ninguém quis ser uma boa cristã quando demos todos aqueles choques na cabeça da menina e a entupimos de remédios até o cérebro dela derreter.

Quem disse isso foi dona Maria das Graças, a mais velha do grupo que atuava como faz-tudo no orfanato. Ela gostava de pensar em si própria como uma espécie de bedel, mas suas atribuições eram bem mais elásticas do que isso. A crueza com que disse a sentença expôs o elefante branco dentro da sala, mas Denise rechaçou rapidamente a proposição, antes que alguém se compadecesse:

— O que está feito está feito e não podemos mudar. Talvez a gente tenha errado? Pode ser. Talvez a gente pudesse ter sido mais paciente e tentado compreender melhor a menina e a sua situação? Quem sabe? Mas todas vocês estão esquecendo o contexto. Elza chegou aqui com um histórico complicadíssimo. Não respeitava autoridades, brigava a todo instante, era respondona… e teve aquele episódio com o rapaz que trabalhava para o senhor Monteiro.

— E ela foi a única menina que pegamos fazendo coisa errada nesses anos todos, não é? — Dona Maria argumentou.

— Não, mas foi a única que pegamos fornicando com um garoto no meio do quintal, em plena luz do dia. E, o que é pior, ela nunca demonstrou estar arrependida. Olha… não sei nem por que estamos discutindo isso. Sei que estão se sentindo culpadas, mas repito: o que está feito, está feito. A partir da semana que vem, ela não é mais responsabilidade nossa, então por que procurar sarna pra se coçar?

Denise disse a última frase olhando diretamente para Adelaide, que sentiu uma coceira por todo o corpo, como se os seus trajes pesados estivessem empesteados de pulgas. Todas se entreolharam. No fim das contas, o que Denise dizia fazia algum sentido. Nos últimos tempos, Elza limitava-se a arrumar as camas, tirar o lixo, varrer o chão e executar outros serviços domésticos. Ela não conversava com ninguém… na verdade, era incapaz de manter uma conversa coerente, ainda mais sem babar. Por que manter uma pessoa como aquela por ali? Ela só dava trabalho.

— Então está decidido — Denise finalizou. Adelaide expressou certo descontentamento, mas, no fundo, ficou aliviada.

Elza estava morando nas ruas há dez semanas. Ela não mendigava, recusava-se a pedir dinheiro nos faróis e nas esquinas. Apenas encontrou uma vizinhança onde se sentia bem e lá permaneceu. Não tinha planos ou pretensões; como poderia? Ela nem sabia que ano era. Apesar disso, daí para frente, de algum modo, as coisas aconteceram em prol dela; o que talvez seja um atestado de que ainda existe alguma bondade nas pessoas.

Havia uma oficina mecânica na esquina que fechava por volta das sete da noite. A loja tinha uma boa cobertura que a protegia do vento, do frio e da chuva; Elza esperava que todos os funcionários fossem embora para deitar-se na sua frente, amparada pelo toldo, onde permanecia até as seis da manhã, quando a loja abria. Após duas semanas, o dono apareceu com um colchão velho e um cobertor e deu para ela.

As pessoas do bairro passaram a cuidar da moça, mesmo sem ela pedir. O rapaz da padaria sempre levava um pão com manteiga pela manhã, moradores da vizinhança davam algum dinheiro, roupas e, principalmente, comida. Ela articulava com alguma dificuldade um agradecimento e sorria de maneira honesta e pasmada. Descobriu que viver nas ruas não era tão ruim; ao menos não transitava de lá para cá com olhos tristes e expressão fadigada, como a maioria das pessoas que via. Qual o mérito de possuir tudo, mas viver uma vida infeliz?

O tempo passou e, talvez justamente por ela não incomodar ninguém, tornou-se menos invisível aos moradores do que a grande maioria dos pedintes e mendigos.

Algumas pessoas até paravam para conversar com ela, e dona Severina, nortista simpática que vencera na vida por méritos próprios, certo dia apanhou a garota, levou ao seu salão de beleza e deu de presente a ela o pacote completo: lavagem, corte, unha dos pés e das mãos… Elza ganhou até uma taça de vinho. Foi um dia mágico.

Então aconteceu.

Certa noite, Elza estava deitada de lado, encolhida no colchão quase em posição fetal. Seus sonhos eram nebulosos, agitados e febris… ela nunca se lembrava deles, mas acordava às vezes suando, com um nó na garganta e vontade de chorar. Mas sempre engolia as lágrimas, enquanto se concentrava num resquício de memória… um nome que estava na ponta da língua… Ela não lembrava mais qual era… Alguma coisa que começava com L… Elza se esforçava para trazer a lembrança à tona, mas a palavra fugia. Ela tentava dar coerência ao pouco que lhe restara de capacidade de raciocínio, premia os olhos até as veias das têmporas saltarem. Chegava perto de lembrar… e então o nome se perdia.

As noites eram tensas e longas — Elza não se lembrava mais da última vez que tivera um sono tranquilo —, e aquela não era exceção.

Mas havia algo diferente, algo que não podia ser posto em palavras. Uma inquietação… como uma coceira nas costas que você não alcança, uma verruga no lombo que não pode ver, mas sabe que está lá. Ela sentiu um pinicar na nuca, como se tivesse sido cutucada por uma pequena agulha.

Deu um pulo do colchão. À sua frente, um homem estava parado. Ele vestia um terno preto extremamente alinhado, sem gravata, com uma camisa branca por baixo. Usava sapatos pretos, sem meias, e era muito alto. Com certeza, tinha mais de dois metros. Também era bastante magro; o rosto afilado, os ossos malares salientes e penetrantes olhos azulados.

Elza esfregou a vista, recuperando-se do susto. Torceu para que a imagem desaparecesse. Olhou novamente, mas ela continuava lá.

O homem deu um sorriso:

— Boa noite.

Ela não respondeu. Sua mente tinha se recuperado bem desde que saíra do orfanato; na verdade, vinha se recuperando paulatinamente desde que os choques pararam. Além disso, uma vez posta para o lado de fora daquele muro cinza, nunca mais colocara qualquer medicação na boca. Seu organismo reagiu à limpeza. Ela ainda era paranoica, e um pouco lenta e destrambelhada, mas estava melhor do que antes.

O homem deu um passo na direção dela. Por instinto, a garota se encolheu.

— Calma… eu não vou te machucar.

A voz era aveludada, um som reconfortante. Se ela fosse uma cor, seria azul-celeste; se fosse um material, seria algodão; se fosse um sabor, seria um suculento favo de mel.

Os olhos da moça pareceram compreender o que ele dissera. Sua fisionomia aos poucos começou a se acalmar. Do homem emanava uma aura de confiança e segurança. Ele deu mais um passo, parando bem próximo dela agora, e se abaixou, ficando de cócoras.

— Estou ensaiando já há algum tempo para vir falar com você, minha querida Elza.

— Você… sabe… quem… sou? — Ela perguntou, com alguma dificuldade. Sua fala ainda era um pouco prejudicada, como se articulasse as palavras com uma batata dentro da boca, mas ao menos ela não babava mais. Por mais que estivesse lesada, sempre tivera consciência de que babava ao falar, e aquilo a penalizava sobremaneira.

— Sim. Sei. Tenho acompanhado seu caso… me desculpe… que coisa feia tratá-la como um "caso". Tenho acompanhado sua vida… há algum tempo. Achei que agora era o momento ideal para conversar.

— Acompanhado… minha… vida?

Ela repetiu as palavras ciente de que tinha compreendido o sentido delas, mas incapaz de encaixá-las num contexto lógico.

— Você sofreu — ele prosseguiu. — Sofreu coisas que uma garotinha não deveria. E a culpa nunca foi sua. Você foi uma vítima, Elza. Uma vítima das coisas cruéis que acontecem no mundo.

Ela sentiu o coração comprimir e teve vontade de chorar. Uma lágrima quase escorreu, e Elza teve de lutar para segurá-la. Não foram as palavras em si, mas sim a forma como ele as dissera. Aquela voz… macia e segura. E havia algo também nos olhos…

— Qual… o seu… nome?

— Eu me chamo Dima.

— É… bonito.

— Obrigado.

— De onde… você apareceu… moço?

Ele sorriu. Ergueu levemente a cabeça para o alto.

— Vim de cima — limitou-se a dizer. Ela franziu a testa, sem compreender. Ele fez um sinal com a mão dispensando a noção. — Não importa. Vim aqui para lhe conceder uma dádiva, Elza. Um benefício que equilibrará a balança.

— Balança…?

— Sim. Todo o seu sofrimento indevido. É necessário que haja certa… reparação. Essa é a minha missão. Ou ao menos a missão que tomei para mim na noite de hoje.

Ela não estava compreendendo nada, mas não fazia muita diferença, porque já começava a perder o interesse na conversa. Mas o que ele disse a seguir a manteve focada:

— Além disso, você é muito bonita. É bonita desde quando era pequena.

Elza arregalou os olhos. Os dois pareciam ter a mesma idade, talvez uma diferença de três ou quatro anos… como aquele homem poderia tê-la conhecido quando era pequena? Mas, se fosse verdade, teria sido filho de um amigo de seu pai? De sua mãe? Será que sabia de coisas que ela queria se lembrar, mas não conseguia? Sua cabeça começou a doer, o que *também* não acontecia há tempos.

— Eu a observei durante anos, Elza. Sabe como meus pares me chamam? — Ela balançou a cabeça em negativa. — Eles me chamam de "Aquele a quem o Senhor concedeu benefícios". E talvez seja verdade. Eu possuo benefícios… eu e alguns poucos como eu podemos… como posso dizer? Interferir. Essa é a palavra. Por isso estou aqui hoje…

Ele tornou a sorrir.

— Eu… não entendo.

— E nem precisa. Depois desta noite, não tornaremos a nos ver, minha jovem. Justamente por isso, decidi fazer esta visita… e lhe conceder uma dádiva.

— Um… presente?

— Sim — ele respondeu. Então, aproximou-se dela ainda mais. Sua enorme mão tocou gentilmente o queixo da jovem, erguendo-o para o alto. Dima colou seus lábios nos da garota e a beijou durante um longo tempo. Os dois mantiveram os olhos fechados. Elza sentiu uma espiral de emoções correr pelo seu corpo. Uma energia que passou pelos lábios e coriscou sua pele. Ela sentiu um calor no ventre, que se espalhou por todo o corpo como micro-ondas. A seguir, tão rápido quanto começara, tudo havia acabado.

Abriu os olhos. Examinou a sua volta. Estava sozinha.

Teria sido um sonho?

Sentiu-se bem menos lesada do que em todos aqueles últimos anos; pelo contrário, seu senso era de descoberta. O coração começou a palpitar, os pelos dos braços eriçados. Dima… Aquele a quem o Senhor concedeu benefícios. Toda a educação católica que recebera no orfanato, mesmo a contragosto, deixara algumas marcas em sua mente. Refletiu um pouco e, ao dar vazão a uma proposição, ergueu as sobrancelhas. Seria possível?

Ela passou as mãos sobre os lábios.

Será que eu beijei um… Não! Não pode ser…

Sem delongas, ela dispensou a hipótese. Preferiu seguir a vida sem atropelos e expectativas, mas os efeitos daquele cálido toque entre lábios não foram tão facilmente dispersados. Sua mente se fragmentaria com o tempo; a loucura ocupando cada vez mais espaço, crescendo como um câncer, até que os rompantes de lógica se tornassem mais raros.

Ela decidiu ir embora, partir para outro lugar. Um lugar mais calmo, de preferência. Seus pés mostraram o caminho, não sua mente. Anos se passaram… décadas… Embora não fosse tão velha assim, seu corpo feneceu, talvez acompanhando a deterioração da mente. Louca, lunática, maluca… ela ganhou asilo no mais improvável dos lugares. E lá permaneceu.

Elza jamais se ajustou à sociedade. Mas quem precisa disso quando se é tocada pelo divino?

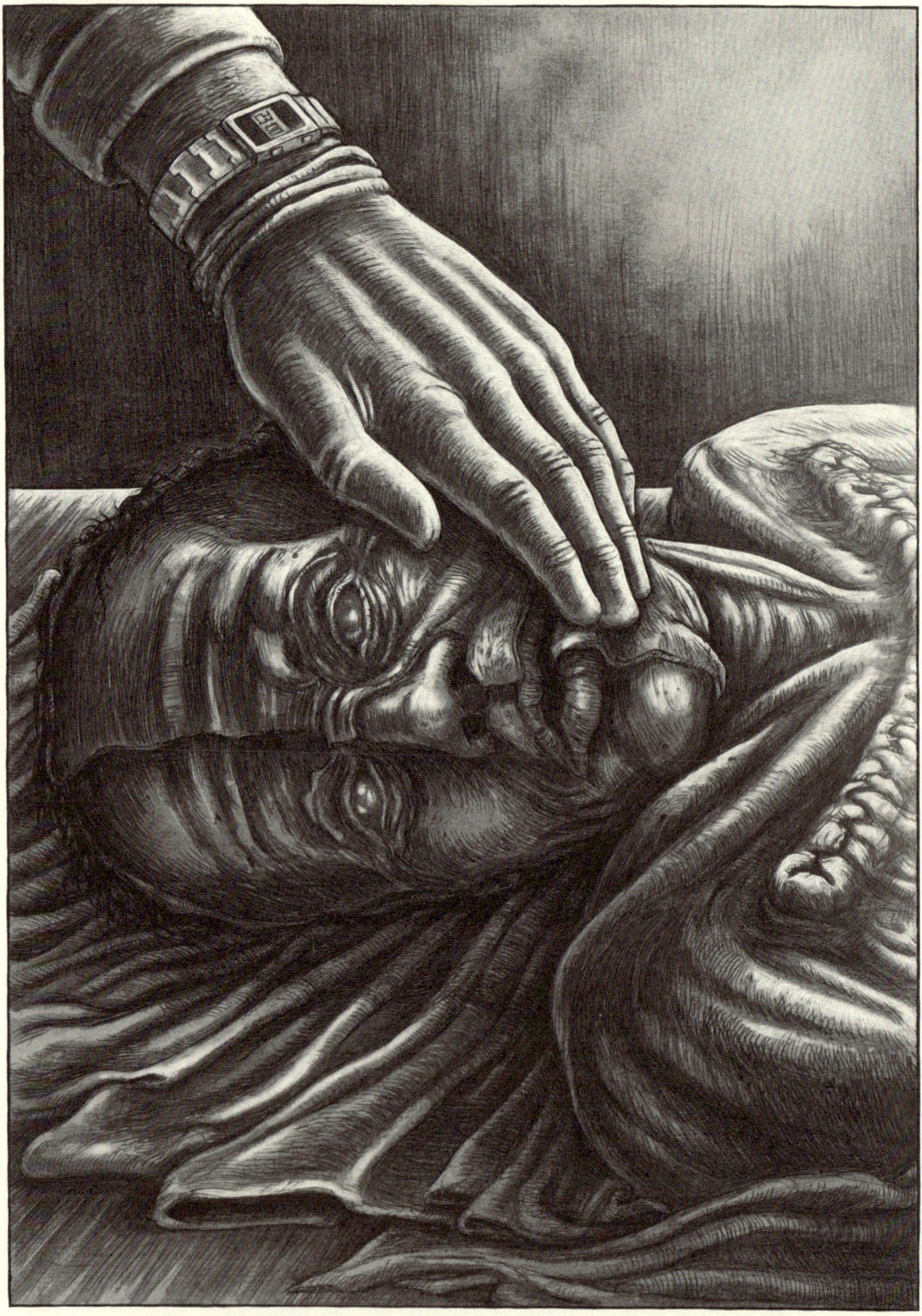

"Ninguém pode usar magia negra, sem forçar a alma até o limite...
e se macular na barganha. Ninguém pode infligir sofrimento, sem também sofrer.
Ninguém pode lançar feitiços mortais, sem caminhar no abismo da morte em si (...)"

Fritz Lieber, *Espadas e Diabolice.*

9 "Às vezes, sinto como se a noite nunca fosse acabar!"

— Boa tarde, senhor Adam. Meu nome é Anita de Castro Freitas e vou acompanhá-lo em sua visita pelo *campus* da Universidade.

Adam, sentado com uma perna cruzada sobre a outra, desviou os olhos de uma revista de fofoca de três meses atrás e observou a figura que viera recepcioná-lo. Anita devia ter uns 25 anos de idade, cabelos loiros e lisos, presos num rabo de cavalo, pele branca, com sardinhas no rosto e mãos, olhos castanhos e óculos redondos. Usava uma saia justa que deixava a roupa de baixo marcada.

Se Anita recepciona todos que vêm conhecer a Universidade, com certeza captar alunos novos não é problema.

Levantou-se e deu a mão para ela.

— Me corrija se estiver errada. No contato que fez, o senhor disse que está checando opções de estudo para o seu filho?

— Exatamente. A universidade mais próxima daqui deve estar a... o quê? Uns 300 ou 400 quilômetros? Sou novo na cidade e fiquei surpreso quando soube da existência da Miscatônica. Aí, decidi vir dar uma olhada.

— Tudo bem. Por favor, venha comigo.

Anita levou Adam para conhecer as instalações. Quanto mais caminhava pelos corredores largos de piso gasto de madeira, teto abobadado, arcos amplos e janelas de madeira ornamentadas, mais Adam tinha a sensação de estar viajando no tempo... e no espaço. A Universidade Miscatônica era um local de arquitetura singular, que misturava aspectos góticos e bizantinos de forma orgânica e natural, exceto por destoar completamente de qualquer coisa que ele já tivesse visto no país. Ele poderia topar com uma gárgula empoleirada em uma coluna ao entrar numa sala qualquer, que provavelmente não acharia estranho. Sentiu-se, não em uma instituição de ensino, mas em um antigo castelo da Europa Oriental.

Não viu muitos funcionários ou alunos. Na verdade, pouquíssimas pessoas transitavam pelos corredores. As poucas com quem cruzou fugiam ao seu olhar, andando velozmente e cabisbaixas. Em contraste com a peculiaridade do local, estava Anita. Desenvolta e elegante, ela apresentava cada um dos espaços, comportando-se com mais intimidade, Adam concluiu, do que deveria. A forma como levava ocasionalmente a caneta à boca e dava uma leve mordida em meio a um olhar sensual o fez pensar que, dificilmente, um pai não seria fisgado pela lábia da moça.

— E seu filho tem interesse em cursar Medicina mesmo? — Ela perguntou, entre uma explicação e outra.

— Isso.

— Entendo. Nosso curso é bastante tradicional. Vou mostrar o nosso laboratório...

— Soube que o reitor da Universidade é formado em Medicina! — Adam a interrompeu.

— Sim. O senhor Roberto é uma pequena celebridade em nossa cidade e um grande homem na área da educação. Mas ele nunca atuou como médico, embora seja até hoje um pesquisador. A paixão do senhor Roberto é mesmo a educação.

— Sei. E seria possível conhecê-lo?

Ela parou e pensou um pouco.

— Ele é um homem bastante ocupado — disse, numa resposta padrão.

— Todos somos — Adam afirmou. — Mas com certeza ele encontrará alguns minutinhos para receber o pai de um futuro aluno, não?

Anita o examinou com aquele sorriso maroto, premendo os olhos numa expressão pensativa. Enfim, suspirou:

— Tudo bem. Vou ver o que dá pra fazer.

Adam foi conduzido por um corredor austero, ornado com diversos retratos dos diretores da Universidade ao longo dos anos. *Um pouco de exagero*, pensou ao ver as imagens, pinturas a óleo em sua maioria. As mais recentes eram fotografias.

Anita pediu que ele esperasse numa antessala. Ela era mal iluminada, sem revistas para passar o tempo, música ambiente ou televisão. Nitidamente não fora feita para que pessoas aguardassem. Adam concluiu que era atípico que o reitor recebesse convidados ali. Após alguns minutos, a loira retornou e disse:

— O senhor Roberto vai vê-lo agora.

Adam levantou sentindo um surto de adrenalina percorrer os membros. Lembrou-se de seu caso de estreia, quando falou diante de um juiz pela primeira vez. Foi uma sensação que misturava temor e ansiedade, temperada com curiosidade e o desejo de fazer tudo corretamente.

Entrou numa sala que era tão séria quanto o corredor. Os móveis pareciam datar do século XIX, feitos de madeira escura maciça, com detalhes entalhados nos pés da mesa e das cadeiras. Havia uma janela enorme num formato triangular, cujas persianas filtravam a luz do sol. O chão era acarpetado e o pé-direito alto tinha, pelo menos, três metros. Uma grande estante ocupava a parede principal, decorada por livros ricos e variados, cujo tipo de encadernação deixava claro que eram antigos. Adam se perguntou se o *Necronomicon* havia sido surrupiado da biblioteca ou direto daquela sala. De qualquer modo, tendo conhecido as dependências sufocantes da Universidade, concluiu que Marcelo fora não só corajoso, mas também engenhoso.

Um homem mirrado levantou-se e estendeu a mão para Adam. Devia pesar uns cinquenta quilos, mas era possível perceber uma expressão de astúcia marcada em sua face. O nariz era aquilino, olhos juntos e pequenos, as sobrancelhas praticamente grudadas a eles, de modo que os cílios se emaranhassem aos seus pelos. Havia algo rapinante naquele rosto, quase como se o nariz fosse intercambiável com um bico pontiagudo e os olhos pudessem ver através da alma, tal qual a visão de longo alcance das aves.

— Muito prazer. Eu sou Roberto Peaslee, reitor da Universidade Miscatônica. Você deve ser o senhor Adam?

— O próprio. É um prazer.

As mãos se tocaram. A expressão amigável que o reitor fizera ao receber Adam modificou-se completamente assim que trocaram aquele aperto. Ele fez uma pausa que durou uma fração de segundo, em que foi possível perceber algo sendo maquinado naquela mente. A seguir, se recompôs, empregando falsidade ao rosto, mas Adam, experiente em todos aqueles anos lidando com mentirosos, desvendando o rosto de réus, membros do júri e até juízes, percebeu aquela sutil gradação. Ele não sabia o que havia acontecido, mas notou a diferença.

Era muito difícil enganar Adam nesse sentido; a boca podia dizer uma coisa, mas ele quase sempre conseguia ler o todo. Dizia que era só ficar atento ao geral, sem perder os detalhes. Como se fosse fácil, respondiam seus colegas.

— Sente-se, por favor.

Adam deu uma olhada ao redor e levou seu personagem adiante:

— As instalações da Universidade são impressionantes, senhor Peaslee…

— Roberto, por favor.

— Certo. Roberto… Tenho certeza de que meu filho seria acolhido de modo primoroso aqui.

O reitor o observou compenetrado, então comentou:

— Quer um café ou uma água?

— Não. Eu estou bem.

— Como quiser — ele fez um sinal para que Anita saísse, o que ela atendeu sorrindo. Então tornou-se a sentar. — O senhor deve ter tido filhos bem jovem. Eu jamais diria que tem um rapaz na faculdade.

Adam pensou no seu filho. Não o via há bastante tempo. De repente, sentiu-se relapso e negligente, mas não deixou que o sentimento o consumisse. Tinha uma missão ali.

— Pois é. A vida foi difícil no começo, mas, felizmente, deu tudo certo.

Roberto se recostou, levando uma caneta à boca. Sua sensualidade em comparação com a de Anita foi a de um orangotango sorrindo.

Adam olhou para a mesa e observou como tudo era milimetricamente disposto. Havia duas pilhas de papéis, ambas da mesma altura e ordenadas de forma imaculada. As canetas e lápis organizados dentro de um estojo obedeciam a ordem de tamanho e, aparentemente, seguiam as cores do arco-íris, formando um desenho familiar à mente de Adam.

— Tudo bem aí? — Roberto perguntou, apontando para o curativo no pescoço do hóspede.

— Quê? Ah, sim… Um gato me arranhou.

— Cuidado para não infeccionar. Então seu filho quer ser médico…?

— Exato. Soube que o senhor é médico…

— Eu não diria isso. Sou formado em Medicina, mas meu forte sempre foi a paixão por ensinar e pelas pesquisas científicas. Meu vício é a descoberta; isso é a verdadeira adrenalina. Cheguei a fazer residência e me especializar em… Mas por que estou falando sobre mim? Me desculpe, meu amigo, velhos hábitos de quem adora jogar uma conversa fora. Por favor, diga-me em que posso ajudar.

— Bom… eu insisti em conhecê-lo por conta da sua formação.

— Sei.

— Na verdade, meu filho não está totalmente seguro de estudar Medicina. Eu diria que o estou pressionando um pouco.

— Entendo.

— É um curso difícil, mas que leva a uma vida estável. O senhor certamente sabe do que estou falando.

— Claro — Roberto apertou um botão vermelho no telefone que havia sobre a mesa. — Anita, pode vir aqui um instante, por favor?

Como se nem percebesse o que estava fazendo, tirou um lenço branco do bolso da camisa e passou sobre o botão que apertara. Dobrou-o com agilidade e perfeição e tornou a devolvê-lo ao ponto de origem. Adam pressentiu que havia algo errado, além, claro, de todas aquelas manias que Roberto parecia ter. Não foram só as respostas evasivas do homem, mas o seu comportamento como um todo. O reitor voltou-se para ele e retomou o fio da meada:

— Como dizia?

— Sobre meu filho. Estudar…

— Qual o nome dele?

— De quem? Do meu filho?

— Claro.

— É Alessandro. E ele quer…

— E da sua esposa?

— Amanda. Mas não estamos mais casados.

Fazendo com que a mentira se embrenhasse à verdade, Adam teve a nítida sensação de estar traindo Amanda. Não a antiga; a nova. Percebeu que estava se complicando. Dissipou o pensamento rapidamente. Precisava de foco.

— É uma pena. Gostaria de conhecer a senhora Amanda.

— Bem. Sim, eu… mas falando do Evandro…

— Evandro?

— Sim. Ele…

Adam viu que estava se perdendo na mentira, sem nem saber por que mentia, para começo de conversa. *Puta merda. Qual o nome que acabei de dar pro moleque? Por que diabos fui mentir?* Antes que pudesse se corrigir, duas batidas na porta atraíram a atenção do reitor.

— Ah… Anita. Pode entrar. Acho que vou precisar da sua ajuda aqui.

Adam observou a loira entrar rebolando exageradamente, abraçada a uma pasta e uma resma de papéis.

— Pois não, senhor Peaslee.

Ela parou de pé, ao lado dele, que abraçou a cintura da moça, colando a orelha na lateral do quadril. Seu rosto era uma máscara inescrutável. A cena deixou Adam altamente desconfortável. Concluiu que era melhor ir embora:

— Olha, eu acho que…

— Mentiras, senhor Adam… Mentiras! São uma péssima forma de iniciar uma conversação. Em especial se você pretende ganhar a confiança do interlocutor.

Adam deu um sorriso sem graça ante a observação dita em tom jocoso:

— Senhor Roberto, eu… Eu não estou entendendo… Creio que o senhor…

— Ah, mas você entende, sim. Entende muito bem — a fisionomia do homem se modificou, ficando altamente carregada. Aquelas sobrancelhas grossas pareciam vivas, dançando sobre os olhos sombrios. — Achou que eu não perceberia? Achou que eu não saberia que você andou tocando o que me pertence? Eu soube no instante em que entrou!

— Do que o senhor está falando?

— Do livro! — Berrou Roberto, alterando-se e ficando de pé. De repente, aquele homenzinho minúsculo, dono de uma mesa ridiculamente grande, parecia ter dobrado de tamanho. Ele começou a piscar profusamente, como se os olhos tivessem vida própria. Sua postura era intimidadora para Adam, mas arrancou um sorriso de lado de Anita que deixou clara a sua admiração. Era provável que fosse sua cúmplice ou até… assistente de pesquisas? Uma nova Rosa Gutierrez?

Adam respirou fundo. Não era hora de pensar naquilo. Seu blefe falhara; sua tentativa de colher informações sobre o inimigo saíra pela culatra. Mas não havia riscos. Eles estavam dentro da Universidade, em pleno horário letivo. Havia funcionários e alunos pelos corredores; o que de mal poderia acontecer? Sim, ele havia dado uma cartada e, talvez, mostrado a mão cedo demais, mas o jogo ainda era o mesmo. Estava na vantagem e decidiu usá-la em seu favor. Adam se recompôs, inflou o peito e disse de queixo erguido:

— Sim. Estou de posse do livro.

Roberto tornou a se sentar, resmungando:

— Eu sabia. Eu sabia! Senti o cheiro dele em você!

— Sabe que isso não é possível, certo?

Roberto meneou:

— Você vem aqui… na minha casa e ainda… — Ele respirou fundo, nitidamente querendo se acalmar. — O que espera que eu faça, senhor Adam? Eu fui roubado… por alguém em quem confiava. Agora o senhor entra aqui, contando mentiras e mais mentiras e me esfrega na cara que está de posse do que me pertence. Nestas circunstâncias, pergunto: qual o papel do senhor nisso tudo? Veio devolver o que é meu?

Adam se deu conta naquele momento de que Roberto não tinha a menor ideia de quem ele era e que, provavelmente, nem sabia que o doutor Marcelo estava morto. O que não mudava o fato de que enviara um demônio do outro lado para apanhá-lo. Será que poderia usar isso em seu favor?

— Marcelo está morto — disse de supetão.

— O quê? — O reitor trocou um olhar de urgência com Anita. — Quando? Como?

Que ator! Como se ele desse a mínima!

— Não importa. Foram circunstâncias… estranhas, que levaram o livro à minha mão. Pensei em sumir com ele… eu poderia fazer isso —

Adam dissera aquilo apenas para estudar a reação do reitor. O homem nitidamente controlou-se para não saltar por sobre a mesa. — Suponha que eu queira devolver o livro ao lugar que pertence. Por que deveria?

Roberto o observou com gravidade. Sabia que estava sendo manipulado. E Adam sabia que ele sabia.

— Vamos cortar os jogos?

— O que sugere? — Adam perguntou.

— Você me entrega o livro imediatamente.

— O que ganho com isso?

— A chance de fazer o certo? — Disse Anita, intrometendo-se na discussão. Adam deu uma de João-sem-braço.

— Olha… não quero parecer um cretino. Sim, eu vim aqui contando uma mentira sobre meu filho e isso pode não ter sido bacana… Mas precisava sondar o terreno. Estou de posse do livro e tenho de decidir o que fazer com ele. Talvez vender? Quanto o senhor me pagaria?

Roberto espremeu os olhos já miúdos:

— Como sabia que o livro pertencia à Universidade Miscatônica? Como soube de mim?

— Eu… tem um carimbo da biblioteca.

Idiota, ele se censurou no mesmo instante. *Por que não disse que foi o Marcelo quem contou?*

— Mentira. Não há carimbo algum naquele livro. Por que não me diz logo o que quer, senhor Adam?

Deveria virar mais uma carta? Por que não?

— Marcelo foi morto por uma abominação. Uma criatura que era como um reflexo distorcido dele mesmo, uma coisa inarticulada e apodrecida, saída sabe-se lá de que fosso infernal. Creio que sabe do que estou falando.

Roberto o encarou com tamanha compenetração que Adam sentiu como se estivesse na mira de um tigre que se prepara para dar o bote.

— Meça com cuidado suas próximas palavras, senhor Adam.

— Poderão ser as últimas — Anita concluiu.

— Deixa eu ver se entendi direito. Vocês dois me ameaçaram? Foi isso?

Roberto se levantou:

— Creio que nossos assuntos se encerraram aqui, senhor Adam. Se o senhor tiver um mínimo de bom senso, voltará amanhã pela manhã e me entregará o livro. Nada mais justo. Ele é meu!

Adam também se levantou:

— Eu vim aqui com um propósito, Roberto: fazer um tira-teima. Não sabia se Marcelo estava certo ao afastar o livro das suas mãos. Agora já sei. Muito obrigado por me elucidar essa questão, revelando o maluco que você é. Com sua licença, posso encontrar a saída sozinho.

Com um breve aceno de cabeça para Roberto, Adam se dirigiu para a porta. Quando estava a poucos passos dela, o reitor o chamou:

— Senhor Adam? — Assim que Adam se virou, o homem disse. — Agora eu sei quem você é. Não se esqueça disso. O livro... amanhã... ou haverá retaliação.

Adam respondeu com o sorriso mais petulante da sua vida, saiu e deixou a porta bater às suas costas. Andou por aquele corredor cheio de quadros, sentindo como se todos o observassem. O coração parecia um tambor. Ele tinha mostrado todas as cartas... e percebeu que não conseguira formar jogo algum.

Assim que ele saiu, Anita olhou para seu chefe:

— Vai mesmo dar até amanhã para ele?

— De jeito nenhum. Me encontre no laboratório hoje, às dez horas. Agora preciso sair pra resolver umas questões.

— E aí? Como foi?

— Bem estranho — Adam respondeu para Juliana. Estavam os dois e Marcos no saguão de entrada do prédio.

— Por quê? — O zelador perguntou.

— Não me pergunte como... mas ele sacou a minha.

Marcos bateu com um punho fechado numa mão espalmada:

— Sabia que não era uma boa ideia. O senhor acabou nos entregando...

— Juro que não foi isso. Assim que entrei e dei a mão pro homem, ele soube. Foi um lance meio... sei lá, não sei como descrever. Pareceu psíquico. Ele simplesmente sabia... Falou que sentiu o "cheiro" do livro em mim. Acredita nisso?

— Com aquele ali eu não duvidaria — respondeu o outro, mal-humorado.

— O que aconteceu a seguir? — Juliana perguntou.

— Conversamos um pouco, mas um estava percebendo o "verde" que o outro jogava. A certa altura, ele pediu para eu cortar o papo furado e ir direto ao ponto.

Marcos coçou a cabeça e exclamou para ninguém em particular:

— A máscara caiu! — Adam confirmou com a cabeça. — Acha que estamos em perigo?

Adam suspirou. Tinha vindo o caminho inteiro pensando naquilo.

— Ele disse que tenho até amanhã para entregar o livro. Foi categórico! Então, teoricamente, teríamos mais uma noite antes que agisse.

— O que sua experiência como advogado diz? — Juliana inquiriu.

— Que ele não vai cumprir o que prometeu. Tem algo nos olhos dele que… Não sei como expressar, mas estou certo do que vi.

O trio ficou um pouco em silêncio. Era meio da tarde. Amanda estava no hospital. Para variar, ninguém sabia onde Albuquerque estava.

— E agora? — Marcos quebrou a expectativa.

— Não faço ideia. Eu nem sei o que esse livro é capaz de fazer, Marcos. Não sei como defendê-lo e nem se devemos defendê-lo. Há pouco tivemos a experiência mais surreal da face da Terra, quando uma velha lunática nos salvou de coisas que não deveriam nem existir.

— Nossa situação agora não tem nada a ver com o que aconteceu há três noites, Adam — Juliana observou.

— Talvez… Nada me tira da cabeça que todas as loucuras que acontecem nessa merda de cidade estão interligadas. E suspeito que a chave de tudo seja essa droga de livro, mas não sei o que fazer com ele.

— Já considerou começar a lê-lo? — Juliana arriscou.

— Nem a pau. Em primeiro lugar, você viu o livro. Tem mais de 800 páginas. Como vou localizar algo que realmente importe lá dentro, no meio de todas aquelas passagens em espanhol? Marcelo e Roberto passaram anos investigando o tomo, e, mesmo assim, aparentemente estavam longe de solucionar todos os seus mistérios. Além disso, não estou nem um pouco a fim de me expor ao conteúdo dele.

— E se Marcelo deixou anotações? Talvez marcações no próprio livro? — Ela arriscou perguntar.

— E se… procurarmos alguém que já conheça o tomo? — Marcos cortou o raciocínio dela, antes que Adam respondesse.

— Como? — Adam perguntou de volta. — Não podemos exatamente sair anunciando "precisa-se de um especialista em livros arcanos místicos".

O zelador não se deu por satisfeito:

— Vamos maturar a possibilidade. Talvez não seja tão difícil quanto estamos imaginando… se pensarmos por outro ângulo.

— Certo. Mas vamos deixar isso quieto por enquanto? Estou devendo uma visita pro Pombo desde que o resgatamos.

— Você vai lá agora? — Marcos perguntou.

— A mãe dele supostamente me convidou pro almoço.

Juliana olhou no relógio:

— São três da tarde.

— Bem… creio que o fuso horário dela não seja o mesmo que o nosso. Mas não importa. Vou lá mesmo é pra ver o garoto.

De repente, Marcos adquiriu uma expressão angustiada. Adam perguntou o motivo.

— Senhor Adam… me dei conta de que nós estamos envolvidos em uma situação muito perigosa. E, por conseguinte, estamos pondo em risco todos os moradores deste prédio também. Se o nosso reitor antagonista teve a audácia de enviar uma criatura da escuridão para matar seu antigo amigo e parceiro… o que fará a seguir? O que fará conosco, pessoas que ele nem conhece e que o desafiaram?

— Eu não sei. O pior de tudo é que nem sei como podemos nos preparar para isso.

O dia vinha sendo relativamente calmo para Amanda. Ela gostava de trabalhar pela manhã e à tarde. No período noturno, nunca conseguia funcionar muito bem, em especial após a meia-noite. Não era natural para ela dar longos plantões; sua fisiologia reclamava, a atenção ficava comprometida, assim como a capacidade de raciocínio e de tirar conclusões. Ela só o fazia por necessidade. Sonhava em um dia abrir seu consultório e nunca mais ter de se sujeitar aos horários malucos do hospital. Hoje era residente e praticava clínica geral, mas gostaria de se especializar em cardiologia, o que poderia ser sua porta de saída daquela cidade insana que tanto a deixava contrariada. Era um sonho distante, mas não despropositado.

Amanda gostava do que fazia. Já tinha ajudado muita gente, tendo diagnosticado desde quadros de depressão até infecções urinárias, passando por hipertensão, alergias, gastrite e todo tipo de doença que se possa imaginar. Ela descobriu que era muito boa em fechar diagnósticos. Certa vez, conseguiu perceber a presença de um tumor cerebral com base apenas nos sintomas, o que salvou a vida da senhora Carolina de Jesus, dona da mercearia no centro da cidade. Era seu maior orgulho.

Ao mesmo tempo, a rotina do hospital não era fácil, mesmo numa cidade pequena como aquela. Embora ela não passasse necessidade, o salário ainda não era bom, e as horas de trabalho pareciam se multiplicar. Sabia que não aguentaria para sempre aquele ritmo e já vira vários colegas cederem à pressão. Alguns entravam em depressão e acabavam sendo afastados. Outros abusavam de álcool e drogas; algo que ela própria fazia de quando em vez. Não conseguia enxergar outra forma de suportar a rotina feroz e o ritmo desenfreado. Havia também o fato de ser obrigada a aturar um chefe que, em verdade, nem era de todo mau. O problema era que ela detestava ter de responder a alguém e mais ainda ter de seguir regras com as quais nem sempre concordava. Ter sua própria clínica poria fim a todos esses conflitos. Mas, para tanto, ainda teria de comer muito arroz e feijão.

Felizmente, nem todos os dias eram uma zona de guerra em que ela precisasse se arrastar pelas trincheiras. Aquela tarde era um daqueles momentos tranquilos, em que tinha tempo até de tomar café. Ela fizera apenas oito atendimentos entre manhã e início de tarde, o que a deixara quase preguiçosa. Olhou no relógio e conferiu a hora. Quatro horas. Precisava checar alguns pacientes que estavam internados. Um caso grave de enfisema pulmonar, um pós-operatório e um caso agudo de anorexia nervosa. Os três tinham sido seus pacientes desde o início; ela fora responsável pelos diagnósticos e, como tal, fazia questão de acompanhar o processo de recuperação. Preparava-se para as rondas, quando algo lhe chamou atenção.

O que ele faz aqui?

Foi uma surpresa ver o doutor Roberto Peaslee, reitor da Universidade Miscatônica, sair de uma sala, seguido do chefe dela, o doutor William Reis Fontana. Os dois conversavam animosamente, trocaram um aperto de mão e se despediram. Roberto seguiu caminho, desaparecendo pelo corredor, enquanto William tomou a direção oposta.

Não é coincidência. Não pode ser.

Ela sabia que Adam tinha ido visitar o reitor mais cedo. Não imaginava qual fora o resultado da conversa; nem mesmo sabia se os dois tinham de fato se falado, mas, com tudo que estava acontecendo, Roberto simplesmente aparecer no hospital? Era suspeito demais. Vestindo seu melhor sorriso forjado e impassibilidade, pôs-se no caminho do doutor William.

— Oi, doutor.

William parou e a encarou:

— A gente já se viu hoje.

Ele não tinha sido malcriado, apenas um pouco seco e confuso.

— Eu sei — ela disse, sem perder o rebolado. Então, esticando o pescoço para o corredor, perguntou com descaramento. — Aquele era o doutor Roberto?

O homem a mediu de cima a baixo. O doutor William tinha dois metros de altura e fora jogador de basquete amador na juventude, antes de concluir que o esporte não tinha futuro no Brasil.

— O próprio.

— Há quanto tempo não o vejo…

— Acho que ele tem andado ocupado com a Universidade.

— O que ele queria? — Ela tentou fazer soar o mais casual possível.

O médico franziu a testa e a encarou. Sua expressão de início dizia "Isso não é da sua conta". Mas logo a testa desanuviou e ele respondeu desinteressado:

— Nada de mais. Queria adquirir alguns artigos pro laboratório da Universidade.

Ele claramente estava mentindo, mas, óbvio, não precisava se explicar. Apenas acenou com a cabeça e saiu sem dizer mais nada.

Amanda permaneceu parada no corredor. Camas hospitalares eram empurradas por atendentes, cobertas por tecidos verde-água. Um homem com uma sonda estava sendo levado numa cadeira de rodas. No balcão à esquerda, duas enfermeiras conversavam despreocupadas, mesmo sabendo que tinham pacientes a atender.

As mesmas frases repetiam-se sem parar na mente da médica: *Não é coincidência. Não pode ser.*

Ela sabia o que tinha de fazer. Tinha de pegar sua prancheta e dar prosseguimento aos atendimentos. Isso é o que tinha de fazer. Certa vez, alguém lhe dissera que quando você se torna paranoico, qualquer coisa se transforma em conspiração. Seria esse o caso?

Não é coincidência. Não pode ser.

A prancheta ficou onde estava, num invólucro de plástico preso à parede, ao lado do balcão das enfermeiras. Os pacientes teriam de esperar.

Como uma gatuna, ela se esgueirou até a sala do doutor William, olhando o tempo todo para os lados, com medo de que alguém a percebesse. Tentava agir de forma natural ao cobrir aquelas duas dezenas de passos que a separavam da porta de onde Roberto e William tinham saído, contudo, se qualquer pessoa tivesse parado para prestar um mínimo de atenção a ela, perceberia que havia algo de errado.

Na verdade, poderia dar uma centena de desculpas para entrar na sala do chefe e, se tivesse calma, até conseguir alguma justificativa para fuçar na sua mesa. Mas não se continuasse com aquele *outdoor* escrito CULPADA na testa. Contudo, por mais que tentasse, não conseguia evitar; ela não nascera para ser espiã. Era incapaz de ser dissimulada.

Já conseguia ver as manchetes no jornal local: *Médica é despedida por tentar roubar informações confidenciais.*

Súbito, teve um acesso de pânico. *Será que posso perder a licença?*

Forçou-se a se acalmar. Estava a duas portas de distância da sala do doutor William. Dezenas de pessoas a tinham visto indo para lá; na verdade, estavam vendo *agora mesmo*. Bastava ser natural. Tentou fazer cara de paisagem e seguiu em frente.

Lera certa vez que, se você tiver a atitude certa e uma postura confiante, é capaz de entrar em qualquer lugar. Peito aberto, expressão altiva, olhos de quem sabe o que está fazendo... Se agir assim, ninguém vai barrá-lo, não importa se queira entrar num bar, num espetáculo ou na sala do prefeito. Tinha sérias dúvidas quanto à veracidade da informação, mas, naquele momento, quis acreditar que era real.

Inflou o peito e, antes que percebesse, estava dentro da sala.

As luzes estavam apagadas; ela as deixou assim. O computador já estava ligado. Uma tela preta, com letras verdes, encarando-a no breu.

Sentou-se diante dele e olhou para a tela por alguns instantes. *O que estou procurando?*

Não sabia bem. Desviou o olhar para a mesa e viu uma pilha de disquetes. Não deveriam estar ali, espalhados. Apanhou o primeiro e enfiou dentro da máquina. Enquanto esperava que fosse lido, examinou os outros. Um deles, o último, trazia uma anotação: L. RESPONDE. Sem saber bem o motivo, o enfiou mecanicamente no bolso do jaleco.

Após um minuto interminável, uma tela mostrou o conteúdo do primeiro disquete. Nada fora do comum.

Droga. Devo estar ficando louca.

Barulhos ao lado da porta a deixaram aflita. *Vão me pegar aqui. Vão me pegar aqui e eu tô ferrada.*

Quase levantou e foi embora; ninguém a censuraria por pensar na própria pele, certo? Quando estava prestes a se levantar, reparou em uma gaveta fechada na lateral da mesa. A chave estava na fechadura.

Sua idiota. Claro que os recibos não estariam no computador. Isso se existirem recibos.

Abriu a gaveta e começou a vasculhar um mar de documentos. Procurou recibos de compra e venda em nome da Universidade Miscatônica. Tudo parecia nos conformes. Notas fiscais, promissórias, guias para pagamentos de impostos... Então, encontrou uma pasta parda que diferia do restante. Amanda arregalou os olhos. A pasta a atraiu como uma lâmpada atrai uma mariposa. Ela a apanhou e começou a examinar seu conteúdo. Sua mente espirituosa já estava elaborando a história que contaria para Adam. Provavelmente daria uma aumentada nos fatos, para parecer ainda mais heroica. Entretanto, quando compreendeu o que era aquela papelada extraoficial, Amanda quase ficou sem ar. *Não pode ser... tem coisa errada aqui.* Os olhos liam, absorviam os dados e mal acreditavam. Fragmentos de informações iam se completando em sua mente, criando um quadro cada vez mais assustador.

Meu Deus. Isso vem acontecendo há quanto tempo? Pra que ele poderia querer isso tudo?

Amanda só repetia a si própria que aquilo não era possível, quando, sem aviso, William entrou na sala e deu de cara com sua residente enxerida, de luz apagada, fuçando em sua mesa.

— Que diabo é isso, Amanda? O que você está fazendo aqui? — Ele bradou, acendendo a luz.

Se fosse há poucos minutos, Amanda pensaria que sua vida estava acabada. Mas não agora. Não depois do que tinha visto. Em suas mãos, ela possuía a moeda de troca perfeita para comprar o silêncio do chefe. E talvez até barganhar mais horas de folga.

A mãe de Pombo recepcionou Adam com um sorriso largo e profundas olheiras, que denotavam que ela estava "limpa"... ao menos há algumas horas.

— Senhor Adam. Que bom que veio.

— Só Adam, por favor.

— Entre.

A casa estava bem mais arrumada do que da última vez, mas não escondia o ranço que havia no ar. Adam olhou para a mulher e se perguntou se ela estava tentando de verdade ou se era só uma fase breve. Pelo pouco que sabia, viciados dificilmente conseguem se livrar dos seus males por conta própria. Internados em clínicas já era difícil, quanto mais sozinhos... Ao mesmo tempo, também sabia que a internação tinha um efeito sazonal e a grande reincidência indicava que, caso a pessoa *não queira* ser ajudada e esteja lá à revelia, volverá ao vício na primeira oportunidade. A conclusão de Adam era simples: por causa dos efeitos colaterais, superar sozinho a abstinência era difícil, mas uma internação de nada adiantava sem a vontade expressa do indivíduo. Logo, era preciso o melhor dos dois mundos.

Havia exceções, claro. Ele conheceu o senhor Heleno de Freitas, viciado durante anos em calmantes, que, certo dia, acordou e decidiu que não queria mais aquilo para a sua vida. Havia também o jovem músico João Catarino, pianista prodigioso que mergulhou de cabeça nas drogas depois de ser aceito em um dos conservatórios mais prestigiosos do país. Após ver a carreira quase afundar antes mesmo de começar, cortou vícios extremos, que incluíam cocaína e heroína, apenas pela força de vontade. Adam achava o caso do garoto notável, só pelo fato de contradizer todos os especialistas. Afinal, parar de fumar é uma coisa. Parar de se injetar? Ninguém explicava como ele não havia sofrido os efeitos da ausência da química no corpo ou, se sofrera, como os superara sem nem suar. De qualquer modo, assim aconteceu.

Infelizmente, Adam olhava para a mãe de Pombo e tinha certeza praticamente absoluta de que ela não era nenhum Heleno de Freitas ou João Catarino. O que não queria dizer que não estivesse tentando de verdade; apenas significava que, quando a abstinência batesse, ela cederia.

— Dá licença.

Pombo veio correndo do quarto e o abraçou. Eles trocaram cumprimentos e Adam perguntou como o garoto estava. Após uma série interminável de agradecimentos da mãe dele, tantos que foi quase constrangedor, sentaram-se à mesa.

A refeição estava péssima. A mulher tinha conseguido queimar o arroz, queimar o feijão e queimar o bife. A cada três garfadas, Adam precisava de um copo de refresco para ajudar a gororoba a descer. Pedro comia tudo sem reclamar ou fazer cara feia. Devia estar habituado àquilo. A mulher brincava um pouco com a comida no prato, tendo dado meia dúzia de garfadas apenas. Era evidente que estava sem fome. Adam imaginou se seu organismo já não estava pedindo outra coisa. Num dado momento, ela disse:

— Foi muito ousado o que fez, Adam.

Ele parou de mastigar. Olhou para o garoto e sentiu um calor no peito. Respondeu com um sorriso:

— É… mas compensou.

Ela segurou a mão dele, aflita:

— O povo daqui não pode saber. Ninguém pode saber.

— Ei, calma. Ninguém sabe.

Os trejeitos da mulher se tornaram nervosos, como se suas emoções tivessem entrado subitamente em erupção. Seus olhos se encheram de lágrimas.

— Já vivi isso antes, sabe?

— É mesmo?

— Sim. Matias… meu sobrinho. Foi por isso que eu… soube que meu filho tinha sido raptado. Mesmo sem ver.

Adam largou o garfo. A história prometia ficar interessante. Não insistiu ou fez perguntas, apenas deu tempo a ela, sabendo que logo começaria a falar. A expressão da mulher ficou perdida um pouco no vazio, como se visse a cena dentro da própria mente. Então, como ele esperava, ela prosseguiu:

— Foi há cinco anos. Eles vieram e levaram o pequenino. Meu marido adorava o irmão. Ele também era nascido aqui e sabia as regras tanto quanto eu, mas isso não o impediu de tentar ir atrás dele. — Ela mergulhou o rosto nas mãos. — O mês de outubro é horrível, Adam. Horrível. Sempre a mesma dor. Famílias inteiras… destruídas. Feitas em pedaços, em nome dessa… dessa… coisa que chamam de crença. Pois, pra mim, é uma abominação!

A narrativa fez uma pequena pausa. A mulher ergueu a cabeça e olhou para Pombo. A visão do garoto pareceu reconfortá-la.

— O que aconteceu?

— Nós éramos jovens. Todos os velhos da cidade aceitavam o que tinha acontecido. O desaparecimento das crianças sempre fez parte da nossa história… talvez sempre o fará. Mas meu marido não quis saber de nada daquilo. Achava que já havia passado da hora de as coisas mudarem. O pai dele alertou a gente. "Existe a trégua", ele disse. "Existe o acordo. Com as criaturas do outro lado". Sabíamos que não podíamos rompê-lo. Mas, ao ver a dor do seu irmão, meu marido não se importou.

— O que ele fez?

— Começou a recrutar outros que pensavam igual. No final das contas, não foi nada difícil. Quase todo mundo perdeu alguém em algum momento aqui. Muita gente estava em ponto de bala. Toda essa frustração… O senhor pode imaginar? Consegue entender? Isso sem contar que o acordo foi firmado há tantos anos, que várias pessoas mais jovens, gente que nem era nascida na época, começou a achar que tudo era só balela. Antigos… Bah! Como acreditar nisso. Estamos falando de um monte de gente afetada por decisões alheias, compreende? Em algum momento a coisa tinha que explodir. — Adam fez um sinal positivo com a cabeça, visualizando em sua mente a cena. — Enfim, meu marido juntou um grupo de meia dúzia de homens e se preparava para ir atrás das crianças. "Essa aberração de pigmeus é uma afronta à vida e à nossa sociedade", ele dizia. E era convincente. Ele dizia que o pacto era uma enganação. E, mesmo que não fosse, um acordo tão pavoroso não deveria existir. Ele dizia que era hora de encontrar outra saída, afirmava que estávamos sendo enganados; que fomos enganados durante todos esses anos, e que o pacto não servia pra afastar as monstruosidades, mas pra alimentá-las. E ele conseguiu ser ouvido por muita gente. Eles se reuniram no bar do Alfredo. Depois disso, o lugar foi fechado; Não existe mais. Eles cuidaram disso.

— Você fica falando isso… "Eles". Quem são eles?

— Eles, Adam… Os que estão no comando. Os que mandam nas coisas. Todo lugar tem um grupo assim e aqui não é diferente.

— Você está dizendo que tem um grupo de pessoas que firmou esse acordo com o povo do subterrâneo, anos atrás, e que mantém a cidade inteira refém dessa loucura? Não faz o menor sentido. Por que vocês não procuraram as autoridades?

— Eles são as autoridades, Adam — ela afirmou. — Influenciam as pessoas com seus cultos, com suas mensagens nojentas... Nunca reparou nas igrejas cheias à noite? Nos cultos celebrados? Nunca escutou os barulhos sinistros que escapam desses lugares, quando as ruas estão vazias e o vento sopra congelante? Eles convenceram a maior parte das pessoas e amedrontaram o restante. É uma doutrinação que vem de anos.

— Poderiam ter procurado ajuda externa.

— Abra o olho, Adam. Estamos a centenas de quilômetros longe da cidade mais próxima. E, de qualquer modo, não é assim que fazemos as coisas por aqui. Lidamos com nossos próprios problemas. Quase ninguém entra em Arkham, você foi uma exceção, assim como os poucos alunos que a universidade aceita... mas ninguém sai. Isso é fato! Aqui lidamos com...

— Sangue? — Adam a interrompeu, obviamente cortando o raciocínio. Ela abaixou a cabeça e ficou muda. Enfim, algumas peças se encaixavam, mas não todas. Ele se perguntou quem eram aquelas pessoas no comando. Políticos? Juízes? Sacerdotes? Quem mais? Quantos eram? Eles, ou outros que os antecederam, haviam tomado o controle de uma cidade inteira, alienado a população e feito coisas pavorosas, em nome de uma crença horrível e, provavelmente, infundada. Ele a estimulou a prosseguir o relato. — Por favor, não estou julgando você. Prossiga.

— Naquela noite de outubro, meu marido, seu irmão e seus colegas se reuniram na frente do bar. Estavam armados com revólveres, rifles e espingardas. Você já deve ter reparado que há uma cultura de armas na cidade. Praticamente todo mundo tem uma debaixo do balcão.

— Por quê?

— Vai saber. Já era assim quando eu era criança... Continua sendo.

Adam estava sentado na ponta da cadeira:

— Eles foram atrás das criaturas?

— Não. Quando estavam prestes a sair, uma milícia de cidadãos apareceu. Todos armados. Mais de trinta. Souberam das intenções do meu marido e vieram para impedi-lo. Para eles, a morte das crianças era uma tragédia, mas perturbar a trégua incorreria em tragédia ainda maior. O povo daqui se considera herói, Adam. As pessoas acham que estão certas. É um paradoxo. Elas adoram os Antigos, mas sabem que precisam mantê-los longe. Sofreram lavagem cerebral.

— O que você acha?

Ela tornou a olhar para o filho. Após longos segundos de introspecção, respondeu:

— Meu garoto está aqui… inteiro. Que se danem os Antigos. — Ela teve uma súbita vontade de chorar naquele momento, abominando todo seu comportamento recente diante do filho, mas se segurou. Poderia culpar as drogas, claro, mas sabia que, no fundo, a culpa era dela própria. Jurou que agiria diferente dali em diante.

— E aí? O que seu marido fez? — Adam perguntou.

— Ele era uma pessoa bastante determinada e não estava disposto a voltar atrás. Os ânimos se alteraram. A discussão progrediu e virou luta armada.

— Meu Deus! — Adam mirou diretamente o menino, que havia abaixado a cabeça, fitando o próprio colo. — E a polícia?

— O prefeito era o próprio líder da milícia, Adam. Ao lado dele estava o delegado da Guarda Civil. Preciso continuar?

— Não. Já entendi. Por isso o Marcos estava tão assustado com isso tudo. O povo daqui leva essa história mais a sério do que eu pensava.

Ela trancou uma carranca.

— Que foi? — Ele perguntou.

— O senhor Marcos… — a mulher disse hesitante. — Ele fazia parte da milícia também.

As feições no rosto de Adam começaram a se modificar aos poucos. Quando a ficha finalmente caiu, ele se levantou de supetão e, com ambas as mãos posicionadas ao lado do prato esquecido, vociferou:

— Como é que é? Nosso zelador participou da…

— Execução do meu marido? — Os dois tornaram a olhar para Pombo, que continuava imóvel como uma estátua. — Creio que sim. É por isso que moro aqui. Por isso ele me atura.

— Culpa?

— Ele diz que nunca chegou a apertar o gatilho. Diz que, quando o tiroteio começou, só se escondeu. Não sei se é verdade, talvez seja. Mas ele tava lá, fazia parte da milícia e o resultado foi o mesmo.

— Todos morreram?

— Os seis. A história foi enterrada; não se falou mais nisso. A lição estava dada. Ninguém nunca mais se atreveria a sequer pensar em romper o acordo. O povo voltou a se conformar. Com o tempo, o assunto foi esquecido. Coincidência ou não, depois disso, os cultos ganharam mais força e estão aí até hoje.

— Você disse que ninguém sai daqui. Por que as pessoas não vão embora?

— O culto mata a vontade delas. Nas igrejas, dizem que quem sai, nunca retorna. Entenda, Adam, eles pregam que somos melhores do que vocês, que vivem lá fora. Nós somos os mártires que mantêm o mundo seguro, nós somos especiais… Nós os tememos e nós os louvamos. Temos altares no nome deles e damos nosso sangue em troca de piedade. Esse fanatismo todo, ele… Ele envolve as pessoas, sabe? Elas ficam cegas e querem acreditar. Querem tanto que, depois de um tempo, realmente acreditam.

— O que aconteceu a seguir?

— Depois disso, a situação da minha família complicou. Acabamos ficando na rua, sem lar. Pedro era pequenino. Ele gosta de acreditar que o pai foi embora e que um dia voltará, mas, no fundo, sempre soube a verdade. Não é, garotão?

Adam viu que Pombo estava chorando. Sentiu-se impotente. Não sabia o que fazer. Logo percebeu que não havia o que ser feito. Foi por isso que Marcos decidiu acompanhá-lo naquela empreitada ao âmago da montanha? Expiação? Deveria tomar satisfações com o velho ou ele já estava envolvido demais com os próprios fantasmas?

Tomou um copo de água para se acalmar. Aos poucos, foram se distanciando do assunto e não voltaram mais a falar nele. Quando abraçou Pombo antes de ir embora, foi com ainda mais peso nos ombros. Antes de sair, disse para a mãe do garoto:

— Tudo que aconteceu foi horrível. E eu sinto muito. Mas não é motivo para agir dessa forma. Você tem um filho pra criar. Precisa parar com isso.

Ela ficou cabisbaixa:

— Eu sei. No fundo… eu… me entreguei. Achei que era… inevitável. Que eu perderia o meu garotinho também.

Adam sabia quando lágrimas eram sinceras.

— Olha… a hora é agora. Você pode dar uma virada na vida. Vá procurar ajuda. Fique bem. E, depois, tente dar o fora desta maldita cidade. Você e seu filho merecem mais.

— Então? Pro que eu tô olhando? — Adam perguntou, após alguns segundos examinando os documentos, sem entender muita coisa. Na verdade, estava com preguiça de ler com mais atenção.

Amanda achegou-se ao seu lado e, como uma professora faz com um aluno, apontou cuidadosamente alguns pontos nos papéis, conforme explanava:

— São recibos de compra, Adam. Consegui juntar um histórico dos últimos três anos.

— Todas são transações entre o hospital…?

— E a Universidade Miscatônica — ela terminou a frase por ele. — Tudo feito por debaixo do pano. Mesmo assim, mantiveram alguns registros. Acho que nenhum lado confiava muito no outro.

— Não entendo. O que isso tudo quer dizer?

Perdendo a paciência, ela tomou os papéis da mão dele e ralhou:

— Ai, Adam, pelo amor de Deus. Achei que você fosse advogado.

Ele riu:

— Nunca disse que era dos bons.

— Não é hora de brincadeira. Veja aqui. A primeira compra foi feita quatro anos atrás. Pode não ter sido a primeira, claro, mas foi a primeira que localizei. Essa foi uma compra formal e legalizada, tem até nota fiscal. Entre esse pedido e o segundo, que também foi feito dentro dos ditames, há um espaço de seis meses. Em ambos, a quantidade adquirida foi apenas um.

— Um o quê?

Ela o encarou com seriedade. Ao responder, sua voz soou tão sóbria quanto alarmada:

— Um corpo, Adam. Um defunto. Um presunto. Há anos a Universidade Miscatônica vem adquirindo cadáveres do hospital.

Ele franziu a testa e recuperou os papéis, tornando a examiná-los, desta vez com mais cuidado.

— Como é?

— É sério. Todos os recibos foram assinados pelo seu amigão Roberto. O primeiro foi há três anos, seis meses depois teve o segundo, e dali a outros seis meses, o terceiro. Mas, observe que esse já foi um trato informal, que não envolveu as instituições.

— Roberto começou a desviar verbas? — Adam perguntou.

— Se fosse só isso — ela explicou. — O quarto pedido já teve um espaço de quatro meses de diferença e, desse ponto em diante, as janelas entre os pedidos começam a diminuir.

Adam coçou a cabeça:

— Mas isso é… tem coisa errada aí. De onde vêm esses cadáveres?

— É exatamente essa a questão. Peças vendidas para estudos não são exatamente novidade. Costumam ser de indigentes, pessoas sem família nem ninguém que possa reclamar o corpo. Indigentes são responsabilidade do Estado, que é obrigado a dar um funeral. Quando uma instituição precisa adquirir peças anatômicas, negocia diretamente com o IML, sem a intermediação de hospital algum.

— Mas aqui tivemos duas vendas diretas…?

— É uma burocracia chata esse negócio de comprar um corpo para pesquisas, mas, como disse, é prática comum. Diversas universidades que possuem laboratório os usam em aulas de anatomia e coisas assim. E não preciso nem mencionar que, além de burocrático, é um negócio caro pra danar. Quando universidades adquirem corpos para estudos, usam-nos por anos a fio.

— Essa era minha segunda pergunta… de acordo com esses documentos… Caralho, Amanda! Quantos corpos a Miscatônica adquiriu nesse meio-tempo?

— Apurei 42. Pode ter sido mais.

Ele olhou para a médica assustado.

— Pra que diabo a universidade precisa de 40 cadáveres?

— Como vou saber? — Ela respondeu. — Com certeza coisa boa não é. Minha suspeita é que os dois primeiros foram realmente pra valer. Uma transação entre as duas instituições. Mas, daí pra frente, uma aproximação foi feita e as coisas tomaram outra proporção.

— E como foi que você descobriu isso?

— Acaso. Eu tava lá no meu plantão e vi o Roberto sair da sala do meu chefe.

— Espera! O *seu chefe* tá metido nisso?

— Essa assinatura aqui é dele — ela apontou para um visto no rodapé de um documento. A mesma assinatura se repetia em todos os recibos, com exceção das duas notas fiscais iniciais, que estavam em nome do departamento financeiro do hospital.

— E onde você conseguiu estes dados, Amanda?

— Fuçando na sala dele.

Adam deu um tapa na testa:

— Amanda… você… invadiu a sala dele e roubou isso? — Ela assentiu. — Sabe que pode ser despedida por isso, não é? Se quisermos usar esses documentos legalmente, não poderíamos, porque foram obtidos de forma ilícita. A única que pode se ferrar é você. Pode perder a licença se alguém descobrir. Ou pior.

— Ah, mas ele descobriu. Me pegou com a boca na botija.

Adam ficou mais pálido que mármore. Quis dizer algo, mas não soube o quê. Ela continuou, percebendo a perplexidade dele:

— Não se preocupa. Eu dei um jeito. Posso perder minha licença, mas ele pode ser preso. Podendo usar esses documentos legalmente ou não, imagina o tamanhão do escândalo. Ele vem fraudando o hospital há anos, Adam. Quando ele me pegou, disse isso a ele.

— Você… chantageou seu chefe?

— Ele tá traficando cadáveres, não? Eu não sou especialista, mas deve haver alguma penalidade grave pra isso. De qualquer modo, não pensei muito no que tava fazendo. Quando vi o Roberto conversando com ele, decidi investigar. Invadi a sala dele, encontrei esses documentos e percebi que deveria ser coisa quente.

— E não existe alguma chance de que, de alguma maneira, isso tudo esteja dentro da Lei?

— Você é o advogado. Você me diz.

Adam percebeu a falta de sentido em sua proposição.

— De onde vieram 42 corpos em três anos? — Perguntou.

— Como vou saber? — Ela respondeu. — Só sei que as janelas entre as compras foram diminuindo e que o Roberto foi adquirindo cada vez mais corpos.

— Sinistro — ele murmurou para o ar.

— Tem mais uma coisa. — Ela apontou para o recibo mais recente.

— O que é isso?

— O Roberto foi finalizar uma compra hoje. Se ele estava lá pessoalmente, a coisa devia ser importante, certo? Veja só o que ele adquiriu…

Adam esbugalhou os olhos:

— Seis cadáveres!!! Vai me dizer que havia seis indigentes de uma só vez no IML?

— Lógico que não. O que piora tudo. Se o doutor Roberto adquiriu seis corpos de uma só vez, isso indica que não é só meu chefe que está envolvido na falcatrua, mas também alguém da...

— Secretaria de Estado da Segurança Pública, claro. O IML é subordinado a ela. Ou então alguém da Superintendência da Polícia Técnica. Meu palpite é que tem alguém transferindo cadáveres de outras cidades para cá.

— Assino embaixo — Amanda afirmou.

— Se for isso mesmo, a propina tá correndo solta. Seu chefe tá, com certeza, embolsando uma grana forte, pois ele é o contato com o lado de fora. Acha que ele fez um acordo pra...

— Adquirir os cadáveres? Claro. Indigentes são um estorvo para o Estado. Quem vai ligar se eles desaparecerem? E não estamos falando de pouca grana.

— Qual o propósito de adquirir 40 cadáveres? E por que Roberto quer seis de uma vez? — Adam inquiriu.

Eles ficaram se olhando por um longo período. Adam sentiu uma repentina dor no peito e vontade de chorar. Não o fez, mas estava sendo esmagado por tudo que vivera desde que chegara àquele lugar amaldiçoado, àquela cidade que o capturara e da qual não conseguia ir embora.

— O que foi? — Amanda perguntou.

— Às vezes, eu acho que a noite nunca vai ter fim. Por que isso tudo tem que acontecer, Amanda? Tem rolado uma coisa horrível atrás da outra. Não aguento mais isso.

Ela aproximou-se e o abraçou. O consolo sincero e o contato quente de pele com pele o acalmaram quase tanto quanto as palavras firmes na medida certa:

— Você aguenta. Todos precisamos aguentar. Não temos opção.

O ex-advogado respirou fundo, deixou que o ar inflasse seus pulmões como se fossem balões e expirou devagar.

— Mais calmo? — Ela perguntou.

— Um pouco. O que vamos fazer?

— Acho que o primeiro passo é compartilhar a informação com os outros. Cinco cabeças pensam melhor do que duas.

Adam lembrou-se das descobertas que fizera sobre Marcos. Seu primeiro impulso foi rechaçar a ideia de dividir o que quer que fosse com ele, mas, a seguir, pensou em como ambos enfrentaram a horda juntos. A confiança estabelecida naquela noite não poderia ser quebrada facilmente. Talvez o zelador tivesse apenas errado no passado e, quando surgira a chance de compensar, ele não a desperdiçou. Aquilo devia ter, no final das contas, algum valor. Adam sabia mais do que ninguém a importância de segundas oportunidades. Quando o momento fosse apropriado, perguntaria sobre o pai de Pombo, mas não em meio àquela crise.

— Tudo bem — disse. — A gente precisa se preparar pro que der e vier. O desgraçado tá armando alguma; eu vi nos seus olhos. Não sei o que é, mas tenho certeza de que ele vai dar sua cartada esta noite.

Anita terminou o expediente às seis da tarde. O resto do dia havia sido corriqueiro e, como Roberto saíra logo após a visita de Adam, cancelando todos os demais compromissos, suas tarefas seguiram bastante reduzidas. Ela deveria ter ido direto para casa e, a bem da verdade, tentou se obrigar a fazê-lo duas vezes. Chegou a ir em direção ao ponto de ônibus do outro lado da rua, mas suas pernas pareciam ter vontade própria. *Quem eu quero enganar? Não são minhas pernas que têm vontade própria, é outra coisa…*

Ela tomou a direção oposta e foi para um boteco, onde sentou-se num banco alto ao lado do balcão e pediu uma cerveja. Era uma cliente habitual, mas não do tipo que conversa com todos e sabe o nome do dono do bar. Sempre ficava na sua… caçando. Cruzou as pernas e aguardou.

O bar costumava ficar cheio logo após o horário de expediente e aquele dia não era exceção. Vendedores, contadores, mecânicos e pedreiros se misturavam em um terreno neutro, que era uma das principais diversões da cidade. No tempo recorde de dois minutos, um sujeito veio falar com ela. Nunca o tinha visto. Baixo, barba bem-feita, um pouco cheinho e pele branca. Usava camisa social branca de vendedor, que ela achou horrível. Já devia estar bebendo há algum tempo, a julgar pelo hálito; isso sem mencionar a ligeira dificuldade de articular as palavras. Mas, para Anita, não fazia diferença.

O homem se apresentou e fez alguma piada infame. Ela não levou em conta nem o nome nem a piada. A alguns metros dali, dois comparsas igualmente bêbados observavam a cena, esperando o fora que seu audacioso amigo tomaria. Qualquer um diria que Anita era areia demais para aquele caminhãozinho. Em vez disso, ela abriu um sorriso malicioso, puxou-o pela gravata e cochichou algo em seu ouvido.

— O quê? Agora? — Ele perguntou surpreso, praticamente dissipando a embriaguez.

Ela roçou a unha longa e vermelha no peito dele. Levantou-se sem dizer nada e foi para o banheiro.

O homem olhou pasmo para os dois amigos. Parecia em estado de choque. Sem perder tempo, entornou sua bebida e foi atrás daquela loira maluca. Parou na porta do banheiro feminino, olhou para os lados e por cima do ombro, ainda descrente, e bateu. Ela abriu e o puxou para dentro.

O sexo durou menos de cinco minutos; os dois apertados num cubículo que mal dava para uma pessoa. Foi rápido e feio. Mesmo assim, ele teria uma história para contar pelo resto da vida em festas e reuniões com os amigos, gozando do benefício de ter testemunhas oculares. Como quase sempre, ela nem sequer sentira prazer.

Quando terminaram, ele queria um número de telefone, queria saber o nome dela, queria beijos, mas a expressão no rosto da moça beirava o asco. Os olhos eram tão bons em afugentar quanto em seduzir. Para não ser totalmente cretina, limitou-se a beijar o rosto dele e deixou-o recolhendo as calças, sozinho no banheiro.

Voltou para o bar como se nada tivesse acontecido e pediu mais uma cerveja. O rapaz voltou logo em seguida, atordoado, passou por ela e seguiu direto até seus amigos. Poucos minutos depois, despediu-se dos demais e foi embora, lançando um olhar de soslaio para ela.

Anita ficou. Tornou a cruzar as pernas e aguardar. Não precisava fazer nada. Em pouco tempo, a cena se repetiu. Desta vez, foi abordada por um homem negro, magro, que não estava nada bêbado. A secretária o achou realmente bonito e quase desejou conhecê-lo de verdade. Quase.

Ele recusou a proposta, ligeiramente ultrajado. De vez em quando ela encontrava alguém assim… com escrúpulos que o impediam de transar num banheiro com uma estranha.

Babaca.

Antes das nove horas, ela já tinha ido três vezes ao banheiro, e não foi para pôr para fora a cerveja. Quando o bar começou a esvaziar, julgou que era hora de ir para casa. A noite ainda prometia ser longa.

Sua compulsão por sexo era uma doença, ela sabia. Tinha consciência de que, em algum nível, aquilo deveria degradá-la perante o comportamento que a sociedade tem como normal. Sabia disso, não era idiota; só não queria fazer nada a respeito. No começo, tinha sido um pouco difícil; hoje, racionalizando, comparava sua condição com a de um homossexual que luta para sair do armário; ele sabe que as roupas não fazem o homem, mas nem sempre é fácil enfrentar os preconceitos que o cercam.

Anita sofreu. Tinha a sensação de estar o tempo todo fazendo algo errado. Pior, fazendo algo venenoso, prejudicial, danoso. Mas quem ela estava ferindo? O que todos tinham a ver com sua vida? Por mais que o desprendimento pudesse ser uma bênção, parar de se importar com o que os outros pensavam e diziam não foi fácil. Com algum afinco, ela conseguiu. Agora, não se martirizava mais.

"Nunca se desculpe por ser quem é". Essa frase fora dita a ela pelo doutor Roberto na noite em que ele recusou os avanços da moça, afirmando que preferia manter a relação de ambos profissional. Ela era sua secretária há menos de duas semanas e, quando foi rejeitada, desatou a chorar, dizendo o quanto sua cabeça era fodida. Ele fez um carinho e, em vez de mandá-la embora como Anita esperava, disse aquela frase. Ela não o chamou de babaca como fizera com o negro bonito, pelo contrário. Tinha muito a aprender com o homem… Sua decisão de respeitá-lo mostrou-se, no fim das contas, acertada. Ela logo supriu um posto que estava vago há algum tempo. Desde então, foi testemunha de incríveis prodígios.

Juntos, os dois haviam prosperado. Haviam alcançado resultados que só existiam na ficção; na mente de Shelley e de um punhado de outros. Dentro do ônibus, voltando para casa, ela olhava para as pessoas e sentia dó delas. *Esses simplórios. Se ao menos soubessem…*

Anita sentia-se importante por ter um conhecimento que pouquíssima gente possuía. E mais ainda por saber que ocuparia um lugar de destaque na nova ordem que estava prestes a ser erigida. Ela estivera ao lado do doutor naqueles últimos anos, participara dos estudos e das experiências… Vira com os próprios olhos o que provavelmente não era testemunhado desde a época de Cristo. Desde Lázaro… Agora, eles se preparavam para dar o passo final. O que fariam a eternizaria. Ela seria a personificação do *ouroboros*, a serpente que devora a própria cauda, elevada ao nirvana, mas com os pés fincados no chão e na realidade. Sim, o momento se aproximava… eles só precisavam pegar o livro de volta. O hipócrita do Marcelo o roubara num momento crucial. Por mais que Roberto conhecesse diversas passagens de cor e pudesse recriar sozinho feitiços simples, precisavam do livro para dar o passo final. O livro, com suas páginas impregnadas de séculos de sangue, suor e ambição... Roberto precisava dele, visto a complexidade do último ato.

Mas tudo bem. Era só um contratempo que seria facilmente eliminado. Roberto tinha pedido que ela o encontrasse às dez horas da noite. Anita sabia que testemunharia mais um milagre, e ser parte da história sendo escrita inchava seu ego.

Tomou uma ducha para acalmar os ânimos, comeu alguma coisa e descansou diante do insípido televisor, antes de voltar para a Universidade.

Já era tarde quando Adam, Amanda e Juliana se reuniram no apartamento de Marcos, onde foi difícil encontrar um bom espaço para que todos se sentassem confortavelmente. Ele serviu bolacha de maisena e café. Quando trouxe tudo na bandeja, brincou:

— Bem, não são os biscoitos e o chá da senhorita Juliana, mas vão quebrar o galho.

— Obrigada, Marcos. É gentileza sua — Juliana falou.

Os biscoitos estavam murchos, e o café, nada palatável. Marcos sentou-se folgadamente no sofá em meio a três almofadas. De baixo delas, um gato saiu miando, por pouco escapando de ser esmagado pelo corpo roliço do zelador.

Amanda teve um sobressalto:

— Cuidado!

Ele apenas riu de forma debochada:

— Ah! Você tá aí, Frajola?

O animal estancou à maneira que os felinos fazem, com o corpo retesado numa pose de ultraje, olhando para algum lugar distante, como se visse algo que mais ninguém via. O que era bem possível. Pareceu ressentir-se por um instante, mas a seguir passou por sobre o colo de Juliana e foi se acomodar do outro lado, no braço do sofá.

— Não sabia que você tinha um gato — Adam falou. — Não vimos ele da última vez.

— O Frajola passa a maior parte do tempo escondido por aí. Só sai quando quer comer. Ele é meio lesado.

Marcos riu da própria piada, como sempre, sem graça.

— Por que será, né? — Adam resmungou.

— O que quer dizer com isso, senhor Adam?

— Estive em Amsterdã uma vez. Tinha um *coffee shop* perto do meu albergue. O dono tinha um *pit bull* que ficava o tempo todo lá dentro. O bicho usava uma camisetinha em que se lia *security guard*. Nunca vou esquecer. Era o cachorro mais bonzinho que eu já tinha visto… e também o mais lesado. O olhar dele é igualzinho ao do Frajola.

Amanda riu e mimetizou a frase do namorado:

— Por que será, né?

Marcos cruzou os braços:

— Não entendo o que estão insinuando.

— Gatos são especiais, sabiam? — Amanda discursou. — São os únicos animais que se aproximaram do ser humano por vontade própria e não por terem sido domesticados.

— Como assim? — Marcos perguntou.

— O homem sempre domesticou os bichos por propósitos definidos. Para que servissem como ferramentas. Cachorros caçam e protegem a casa. Galinhas põem ovos, bois são usados na agricultura e vacas fornecem leite e carne, entre outras coisas. Cavalos eram meios de transporte. Mas os gatos começaram a se aproximar do homem há milhares de anos, lá no Antigo Egito, porque viram vantagem na civilização. Eles obtêm abrigo, comida e proteção sem dar nada em troca. Os mais empolgados dizem que, até hoje, felinos nunca foram domesticados de verdade. Por isso fazem o que querem, como querem.

— Bem… só diz isso quem não tem um gato. Eles não fazem o que querem, como querem — protestou o outro.

— Fazem, sim.

— Quê? Virou especialista em gatos agora?

Juliana mudou de assunto:

— Dá pros dois pararem? Vocês parecem crianças — Adam escondeu o riso. Ela prosseguiu. — Alguém sabe do Albuquerque?

O silêncio reinou. Ninguém tinha resposta para aquela pergunta, que os lembrou de que estavam numa situação delicada. O porteiro parecia ter sumido da face da Terra. De acordo com Marcos, não estava atendendo o telefone. E não aparecera para trabalhar. Ele não era casado nem tinha parentes. Ninguém para perguntar seu paradeiro.

— Devemos nos preocupar? — Amanda inquiriu, sua voz ligeiramente aflita. O tom jovial de segundos atrás havia desaparecido por completo.

— Visto as circunstâncias, eu diria que sim… — Adam emendou com honestidade. — Estamos mexendo com forças perigosas aqui. Mas não há muito a fazer agora. São quase dez da noite. Amanhã, se ele não aparecer, vou até sua casa.

— Isso se sobrevivermos até amanhã — Amanda murmurou num tom jocoso, porém fatalista ao mesmo tempo.

— Para com isso, menina — Marcos bradou. — Não diz uma coisa dessas nem de brincadeira.

Ela o ignorou e tentou dar outra chance para os biscoitos. Arrependeu-se, ainda mais por não ter coragem de devolver ao pote o que havia mordido.

— Então… dá pra vocês nos atualizarem? — Juliana pediu. Adam relatou seu encontro com Roberto e o que Amanda descobrira. Ao final, Marcos coçou a cabeça:

— Senhor Adam, desculpe-me dizer, mas o senhor é um ímã de problemas.

— Tá! Agora a culpa é minha!

— Só estou dizendo… De qualquer modo, que diabo aquele maluco quer com seis cadáveres? — Marcos ralhou, mais para o ar do que para os demais.

— Não pode ser nada bom. Consegue imaginar um sujeito como nosso reitor adquirindo corpos e mais corpos ao longo de meses pra fazer qualquer coisa que não seja trazer o fim do mundo? — Adam disse. Então pensou um pouco. Lembrou-se de Rosa Gutierrez e do diálogo que tivera na imobiliária com Fernando. Talvez alguma luz pudesse sair daquilo. Olhou para Amanda. — E aquela conversa que você teve com sua amiga Rosa?

Ante a menção do nome, a médica arregalou os olhos. Rosa era praticamente um tabu agora:

— Que conversa?

— Quando você acordou no meio da noite e ela estava dentro da sua casa, em seu quarto, dizendo um monte de coisas sem sentido. Pouco antes de ela… bem, você sabe.

— Que é que tem?

Adam sentou-se à beirada da poltrona e encarou a garota:

— Consegue lembrar se ela disse algo relevante?

— O que isso tem a ver, Adam? — Amanda respondeu, um pouco nervosa. Ele tomou a mão dela de modo caloroso.

— Fica calma. Como advogado, sempre precisei fazer perguntas difíceis. Não é nada pessoal.

— Eu não sou sua cliente — ela respondeu, puxando a mão. Sem se abalar, ele tornou a segurá-la. O toque transmitiu segurança, assim como suas palavras.

— Eu sei. Mas isso não muda o fato de que talvez você tenha informações importantes sobre a nossa situação.

— Não tenho!

— Só vamos saber se você sair da defensiva. Por favor. Nunca entendi por que você não disse que era a amiga dela.

Amanda respondeu num tom penalizado:

— Eu queria contar. Eu queria, Adam… queria de verdade. Mas o momento nunca parecia adequado. Até tentei falar quando estávamos no seu apê… Sabe, não foi fácil entrar neste prédio de novo, mesmo tendo se passado tantos anos. Não queria enganar ninguém, acreditem. Mas, acho que, no fundo, eu ainda não tinha superado a perda dela.

Juliana reforçou com suavidade:

— Ele só quer ajudar, Amanda.

Ela olhou para o rosto da mulher e, a seguir, para Marcos, que parecia neutro. Voltou a mirar Adam, que não insistia com os lábios, mas carregava uma expressão que já dizia tudo. Detestava ser posta contra a parede, mas, aos poucos, se acalmou. Disse meio que para ninguém:

— Fique tempo suficiente em Arkham e isso começará a te afetar. É uma coisa que entra na sua cabeça, mesmo que não queira. — Então, virou-se para Adam. — O que quer saber?

— Rosa foi assistente do Roberto por bastante tempo. Pelo que sabemos, qualquer que seja a loucura que o homem vem fazendo, começou lá atrás. E isso levou, no final, ao colapso que a menina sofreu. Eu quero que você pense naquela noite, Amanda. Preciso que volte para aquele momento e se recorde do máximo de detalhes que puder. Sei que estou pedindo uma coisa horrível, mas preciso que lembre tudo que Rosa disse. Qualquer coisa que possa nos ajudar.

— Eu passei anos tentando esquecer tudo isso, Adam.

— Eu sei. Mas é um luxo ao qual não podemos nos dar agora.

Ela suspirou. Olhou mais uma vez ao redor, para os rostos que a encaravam e fechou os olhos. As lembranças daquela noite foram voltando aos poucos. Ela dormia. A janela estava aberta, pois era uma noite quente. Uma leve brisa entrava, esvoaçando as cortinas. Sentiu uma mão tocar seu tornozelo. Sensações indistintas. Achou a princípio que era parte do sonho; um sonho cujo conteúdo há muito se perdera. Mas a pressão em sua pele foi firme demais, real demais, arrancando-a do universo onírico num sobressalto.

Ela deu um pulo e se encolheu, pressionando as costas contra a cabeceira de madeira ao dar-se conta de que não estava só no quarto. Na penumbra, seus olhos divisaram os contornos da amiga, sentada aos pés da cama. Que diabos fazia ali? Como havia entrado em seu quarto? Os ombros dela tremiam. O toque da mão fora úmido e gelado. Mesmo na escuridão, era possível discernir uma expressão maníaca gravada na face.

— Lembrou algo? — Adam perguntou, após o longo tempo em que a médica ficou sem dizer nada.

— Sim. Ela murmurou… um monte de frases sem sentido, Adam. Ela disse que que eles mudariam o mundo. Disse que Roberto traria os Antigos de volta. Eu achei que ela tava bêbada. Ou drogada. Demorei pra perceber que era outra coisa. Tinha acabado de acordar e ainda estava um pouco anestesiada. Ela ficava rindo sem parar.

— Pense, Amanda. Tente lembrar alguma coisa que você não contou aos jornais.

Amanda se concentrou ainda mais. As lembranças eram dolorosas. Em sua mente, a amiga voltou à vida e conversava com ela. Havia delírio e demência em sua voz, percebidos em cada inflexão das frases desconexas. Sua silhueta tremia como se estivesse com frio. Amanda quis abraçá-la, resgatá-la de seu torpor insano, mas teve medo. Ficou ali, congelada, as costas pressionadas contra a cabeceira, como se quisessem atravessá-la e sair do outro lado. Não conseguiu agir, apenas escutar.

— As coisas que ela disse…

— O que ela disse, Amanda? — Adam foi incisivo.

— Eu não sei.

As memórias eram dolorosas demais.

— Pense!

Então, o rosto da médica se iluminou. Adam percebeu que ela se lembrara de algo.

— Quê? Que foi?

Ela olhou alarmada para o advogado, depois para Juliana e Marcos, antes de dizer:

— Deus, Adam! Eu tinha apagado isso da memória!

— O que foi, moça? — Marcos estava interessado agora. — O que ela disse?

— Ela disse que eles iam trazer os mortos de volta!

O *Necronomicon* não foi o único livro que Roberto encontrou na biblioteca da Universidade Miscatônica. De forma quase inocente, chegou às suas mãos um volume pequeno, quase um livro de bolso, de páginas extremamente amareladas e quebradiças. Não trazia título na capa ou na lombada e também não continha o nome de quem o escrevera, apenas uma data: 1921.

Redigido à mão, Roberto logo o identificou como sendo uma espécie de diário. O que a obra fazia na biblioteca, ele não tinha ideia; talvez justamente por isso ela tivesse chamado sua atenção. Talvez pertencesse a alguém que tivesse vivido na cidade, alguém que tivesse estudado na Miscatônica. O pequeno volume o atraiu como um ímã.

O reitor, que na época da descoberta ainda estava anos distante do cargo, começou a leitura e, impressionado, chegou a mostrá-lo para seu grande amigo e parceiro no crime, Marcelo, para que ambos discutissem a veracidade dos fatos ali narrados.

Esses eram fantásticos demais para ser verdade. De acordo com o autor do diário, que não se identifica em momento algum ao longo do texto, um tal doutor West descobrira no passado uma forma de superar a natureza da morte. Embora ridicularizado por seus pares, West trabalhou com afinco e conseguiu desenvolver, após inúmeros fracassos, uma solução de reanimação orgânica, capaz de reproduzir por meio de processos químicos as funções vitais que haviam parado de funcionar num organismo, depois do colapso dos processos naturais.

Marcelo desconsiderou a ideia logo de cara:

— Ficou louco, Roberto? Isso são só delírios de um sujeito bastante perturbado.

Talvez. Mas a fórmula para criar a solução estava descrita em detalhes no rodapé de uma página; não só os bizarros ingredientes, como também todas as medidas, tempo de cozimento de alguns químicos, tempo de decantação... Tudo esmiuçado como uma receita de bolo. Que mal havia em reproduzi-la?

De acordo com o diário, aquela fora a pesquisa de toda uma vida, que se iniciara com uma fixação pela morte, ou pela ausência de vida, e pela necessidade de vencê-la. O texto narrava em detalhes como pequenos, mas significativos sucessos foram sendo obtidos por West e seu colega anônimo, este cada vez mais relutante, cheio de querelas morais e dilemas éticos. Roberto não conseguia compreender o pudor que o autor do diário tinha, questionando o brilhantismo e a audácia do doutor West a cada passo, chegando a acusá-lo em alguns momentos de estar criando abominações. Ambição? Roberto pensava que até podia ser. Mas também acreditava que todas as revoluções da raça humana nasceram a partir de homens ambiciosos. Tradicionalistas estão sempre estancados, incapazes de progredir, satisfeitos com a forma como as coisas são; só caminham aqueles que se arriscam e buscam quebrar barreiras. E West era um desses, Roberto tinha certeza de que era. Ele jamais desistiu, mesmo depois de a Universidade Miscatônica interditar seu trabalho. Gênios costumam ser incompreendidos... assim como os loucos. Há quem diga que são duas faces da mesma moeda.

De vez em quando, Roberto apanhava o diário e lia algumas passagens que mais gostava. Ler sobre a vida de West era quase como ler sobre a sua própria; o relato de alguém com quem ele conseguia se identificar. Como gostaria de ter conhecido o homem... Sozinho no laboratório da Universidade, à noite, o reitor tirou o pequeno livreto do bolso do casaco e reviu os passos de seu herói.

“Seguíamos o obituário local como vampiros, pois nossos espécimes demandavam qualidades particulares. Queríamos cadáveres enterrados logo após a morte e sem preservação artificial, preferencialmente isentos de más-formações e, sem dúvida, com todos os órgãos presentes. Vítimas de acidentes eram nossa maior esperança. Demorou muitas semanas até que encontrássemos algo adequado.”

Roberto fechou o diário e permitiu-se um meio sorriso. Ele tinha dado sorte; obtivera uma facilidade bem maior em conseguir seus espécimes. De início, fez compras pelos canais legais, com a desculpa de utilizar as peças anatômicas para o laboratório de pesquisa da Universidade. Conhecer pessoas, ter uma boa lábia e depositar a quantia certa nos bolsos certos cuidou do resto. O reitor logo se viu capaz não só de seguir os passos de West, como de levar adiante toda a pesquisa de seu predecessor; afinal, ele possuía algo que o velho doutor jamais tivera em mãos: o *Necronomicon*. Dessa forma, triunfaria onde West falhou.

Seus devaneios foram interrompidos por uma interjeição de espanto.

— Uau!

Roberto virou-se na direção da porta e deu de cara com sua secretária encarando as seis macas que estavam enfileiradas ao longo do laboratório, cada qual coberta por um lençol branco.

— Isso é o que estou pensando, doutor?

— Evidentemente.

— Mas… seis? — Ela não conseguiu conter o espanto. — Como conseguiu tantos de uma vez?

A pergunta era justa. Nos últimos tempos, eles haviam adquirido uma boa quantidade de "peças", mas sempre paulatinamente, por motivos óbvios. A logística de conseguir cadáveres não era uma operação matemática exata e nem sempre as coisas saíam como o esperado. Era preciso paciência, cuidado e jogo de cintura, mas, enfim, Roberto havia se superado. E o *timing* não poderia ter sido mais perfeito, como se ele tivesse tirado os dados das mãos de Deus e os jogado por conta própria.

— Segredo profissional — disse, sorrindo sem nenhuma modéstia.

Anita aproximou-se da primeira maca e levantou o lençol, revelando um homem de lábios leporinos, com um corte no externo de ponta a ponta, costurado com fio preto. Embora jovem, aparentava ter perecido por causa de alguma doença.

— Sabe a causa da morte?

— Esse rapaz tinha câncer no pâncreas — ele indicou com a cabeça o corpo que ela revelara.

— "Câncer"? Não é o melhor dos espécimes para ser reanimado.

— Eu sei, mas não pude me dar ao luxo de escolher.

Em geral, Roberto buscava cadáveres frescos para seus experimentos. Embora West tivesse passado pelas mesmas dificuldades, tendo de aprender na prática que a reanimação de corpos deteriorados era mais complicada por aumentar as variáveis que levavam ao fracasso, o reitor decidiu tirar suas próprias provas.

Claro que seu predecessor estava certo, assim como também estava ao registrar que quanto mais "limpa" tivesse sido a morte, melhor. Reanimar um corpo que tivesse perdido algum órgão, por exemplo, provou-se uma tarefa de efetividade limitada. Câncer era uma sentença que debilitava sobremaneira um corpo, com toda radiação e química que o bombardeara durante extensivos períodos, o que diminuía a durabilidade da cobaia, mas, como dissera, naquela noite, Roberto não tinha opção.

— O Jaime ainda estava na portaria? — Ele perguntou para a moça, mudando de assunto. Jaime era o porteiro da noite.

— Sim. Abriu pra mim, arrumou suas coisas e foi pra casa, dizendo que você o tinha dispensado. Somos só nós até a próxima troca de turno.

— Ele não podia ficar. Não para o que faremos esta noite.

A frase foi precógnita e Anita sentiu aquela comichão entre as pernas. A ninfomaníaca dentro dela queria assumir o controle. O coração disparou:

— E o que faremos hoje?

— Nós os traremos à vida, claro…

— Isso nós já fizemos, doutor.

— Mas hoje lhes daremos propósito.

Os olhos dele brilharam como duas brasas. Anita sentiu o ar faltar. Estava extasiada. Aguardava ansiosamente por aquele momento há tempos, desde que se tornara assistente e parceira do senhor Roberto Peaslee, tendo caído de cabeça no mundo mágico e ritualístico dele.

— O senhor… fará um feitiço?

— Eu não chamo assim, minha flor. E você sabe. Não é magia… para mim, é ciência. Avançada, sem dúvida. Não obstante, ciência.

— Por um instante, a mente de Roberto flutuou. Pensou em sua antiga assistente, Rosa Gutierrez. Em sua ansiedade insana, ela havia ceifado a própria vida, crente de que ele poderia trazê-la de volta. Infelizmente, suas pesquisas não estavam tão avançadas na época, e o sacrifício dela foi em vão. Mal sabia Roberto que a jovem retornara na forma de algo muito pior.

Ela vestiu um avental e luvas cirúrgicas. Sentia-se radiante. Roberto ligou o aparelho de som e sintonizou uma rádio que só tocava músicas antigas. Encontrou Tony Bennett cantando *Winter Wonderland*. Começou a estalar os dedos acompanhando a condução no prato da bateria. *Jazz* da mais alta classe. Anita se deixou contagiar e sacudiu os quadris ao som dos metais, enquanto preparava as ampolas que continham a solução mágica. Ou melhor, a solução científica, tirada de um estoque na geladeira do laboratório. Na letra da música, é natal e está nevando. Os presentes estão sendo abertos.

Antes que a canção terminasse, seis seringas grandes, de 500 ml cada, estavam postadas sobre o balcão. Com autoridade, Roberto apanhou a primeira e administrou todo o conteúdo, um líquido verde-limão, no braço do oriental que Anita descobrira.

A moça observou com orgulho. Aquela era a noite pela qual tanto esperara. Não sentia tamanha adrenalina desde que vira um corpo retornar pela primeira vez. Tinha sido há quase dois anos, após algumas tentativas fracassadas. Foi o de uma senhora gorda, falecida há apenas dois dias.

O experimento em si fora incompleto, falho, e a reanimação se limitara a alguns espasmos que poderiam ser confundidos com meras reações nervosas, como o rabo de uma lagartixa se debatendo; nada que tivesse *intenção*. Nada que comprovasse a *vida* sendo trazida de volta; apenas reflexos físicos, convulsões. O corpo se debateu, agitou, sentou-se e abriu os olhos arregalados, emitindo um frêmito pela garganta. Não havia como ter certeza se aqueles olhos estavam vendo algo ou se continuavam cegos pelas brumas da morte. Meros instantes depois, o corpo caiu, espumando uma baba branca, e voltou para o outro lado do véu, desta vez para sempre.

Anita literalmente urinou nas calças. Jamais soube se foi de medo ou de excitação. Tinha consciência de que um novo mundo havia se aberto. Ainda que reanimações posteriores tivessem sido mais bem-sucedidas, aquela fora a mais impactante. Até agora.

Ela sabia o que aconteceria a seguir. Após a administração da solução, em mais ou menos quarenta minutos, os efeitos começariam e as peças deixariam de ser peças para voltarem a ser pessoas. Infelizmente, até então, todos os experimentos haviam resultado em seres acéfalos, incapazes de raciocínio lógico e de executarem ideias coerentes; as criaturas redivivas se limitavam a responder aos estímulos do meio de modo instintivo.

As cobaias eram trazidas de volta, estudadas e depois abatidas como porcos, pois Roberto jamais permitiria que acontecesse consigo o mesmo que com o doutor West. Ao menos de acordo com o trágico relato do diário.

Mas não daquela vez. Outra coisa estava em jogo naquela noite. A hora chegara; o tudo ou nada; o momento da ofensiva. Anita vira gravado nos olhos de seu mentor; eles estavam decididos e iluminados. E o que ele dissera sobre dar *propósito*... Era tudo que ela sempre sonhara. Enfim, veria uma ressurreição de verdade. Enfim, veria os mortos trabalhando para eles, seguindo suas ordens, *executando*... Enfim, veria um feitiço em andamento, ou melhor, ciência em ação. Ela seria testemunha do milagre pleno.

Após as seis seringas serem administradas, olhou para Roberto e perguntou:

— Agora você lhes dará *propósito*?

— Sim, minha cara.

— E qual será esse? Recuperar o *Necronomicon*?

— Sim. E matar qualquer um que tentar impedir.

— Você não pode estar falando sério — Marcos disse, assustado. Então olhou para os demais. — Pode...?

Adam apertou seu lábio inferior com dois dedos, puxando-o ligeiramente para frente. Também estava um pouco perplexo, mas talvez não tão anestesiado quanto deveria. Fez o papel de advogado do Diabo:

— E se ela estiver? E se isso realmente estiver acontecendo?

— Finalmente deixou de ser cético, senhor Adam? De uma hora pra outra?

— Não adianta mais negar, não é? — Virou-se para Amanda. — Você se recorda de mais alguma coisa?

Ela sacudiu a cabeça. Não parecia capaz de responder com palavras. Juliana deu um suspiro:

— Acho que este é o momento ideal pra considerar fazer uma longa e definitiva viagem pra bem longe daqui.

O quarteto ficou estático por longos instantes, sem ninguém saber o que fazer a seguir. Então, Marcos se remexeu no sofá, enfiou a mão no fundo do bolso e tirou um baseado.

— Ah, pelo amor de...

— Me deixe em paz, senhor Adam. Não estou fazendo mal para ninguém. E pode ficar longe, porque esse aqui você não vai roubar.

Juliana olhou para Adam:

— Você roubou um baseado dele?

— Depois, Juliana — disse Adam, dispensando a discussão. — Precisamos ser práticos. Que horas são?

Amanda, voltando ao mundo dos despertos, olhou para o relógio e respondeu:

— Vinte pras onze.

— Certo. Vamos nos preparar. Não podemos esquecer que tem gente inocente aqui dentro…

— Ei! *Eu* sou inocente! — Juliana protestou.

— Me refiro aos moradores. Nem todo mundo na cidade é fanático, concordam? Da última vez, as criaturas vieram de dentro do prédio; não deu pra evitar. Mas, se agirmos direito agora, poderemos manter qualquer abominação que Roberto lançar contra nós lá fora.

— Como assim? — Amanda perguntou.

— Podemos barricar as portas. Fazer uma resistência.

— Pode até ser possível, senhor Adam, mas devo alertá-lo de uma coisa. O prédio está quase vazio hoje… É dia de culto.

A frase fez Adam ter um arrepio.

— O culto… — ele balbuciou, sem conseguir concluir.

— Sim, *aquele* culto — Marcos confirmou. — Claro, nem todos os moradores estão na missa. Os dois rapazes, Ricardo e Zanete, por exemplo, até onde sei se mantêm à parte da tradição. Por outro lado, sempre chegam tarde da noite. Já imaginou se trancarmos eles para fora?

Ele acendeu a erva. Suas mãos tremiam ligeiramente.

Adam coçou a cabeça. Lançou no ar uma ideia:

— Eles querem o livro, certo? Então é isso, vamos protegê-lo de forma estratégica.

Marcos deu uma tragada e segurou o ar no peito por alguns segundos. Soltou tudo de uma vez e perguntou:

— O que tem em mente?

— *Manobras* — Adam respondeu.

— O quê?

— É um capítulo de *A Arte da Guerra*, de Sun Tzu. Ele sugere que um exército se posicione numa localização favorável e espere de longe a vinda do inimigo. Se sua posição for melhor, descanse e aguarde a fadiga do oponente. Se conhece o terreno, faça uso dele. Use tudo que puder em seu favor. Mantenha-se forte, sacie-se e aguarde que seu inimigo passe fome.

— Acha mesmo que esperar a vinda do inimigo é uma boa estratégia? — Amanda perguntou. — Me parece passivo demais.

— "Esperar" neste contexto não significa ser passivo. Na verdade, o que Sun Tzu recomenda é preparar-se para a batalha sem ser negligente. Ele sugere que o exército proteja e preserve a própria força, enquanto desgasta a do inimigo. Qualquer bom advogado conhece a teoria.

— Traduzindo… — disse Juliana — …isso quer dizer o quê?

— Podemos escolher o local da batalha.

— Se é que haverá uma — Marcos comentou. — Ele não deu uma chance de levar o livro amanhã?

— Ah, mas haverá. Posso apostar nisso. Você não viu a expressão no rosto dele. Com certeza o Roberto pretende agir. E, se o câncer na lavanderia servir de parâmetro, a cobra vai fumar. Mas podemos ser mais inteligentes ao nos prepararmos pra ela. Olha, a gente pode não saber o que aquele maluco lançará contra nós, mas ele também não tem como saber que tipo de resistência vamos preparar. É a *nossa* casa, logo, a vantagem é nossa!

Adam estendeu a mão, pedindo o cigarro. Marcos hesitou, mas quando Adam fez um sinal insistindo, ele cedeu e compartilhou a preciosa erva.

— Vamos levar o livro lá pra cima, pro meu apartamento — Adam continuou. — É melhor que esteja nos andares mais altos do que no primeiro.

— O que mais? — Amanda indagou.

— Acho que a gente devia ir atrás do Albuquerque. Mais um par de mãos viria a calhar — Juliana lembrou.

— Na verdade, por que não levamos o livro pra casa dele? Se a ideia é proteger o tomo, o certo seria tirá-lo deste lugar, que é conhecido, certo? — Amanda disse.

— Não adiantaria — Adam respondeu. — Tenho a sensação que, de algum modo, Roberto consegue rastrear o livro. E, supondo que isso não seja verdade e a gente saia daqui, as consequências podem ser ainda piores.

— Por quê? — Juliana inquiriu. Foi Marcos quem respondeu:

— Porque as pessoas que vivem aqui podem pagar com a vida. Não sabemos o que pode acontecer se simplesmente fugirmos. Isso sem mencionar que não podemos fugir pra sempre. Não… nisso o senhor

Adam tem razão. Temos que ficar e proteger os moradores. Eles não vão ficar fora de casa pra sempre.

— Tá… mas ele pode estar em perigo — Juliana insistiu.

— Não tem jeito… Albuquerque vai ter de esperar até amanhã — Adam reafirmou. — Mas a ideia de um par de mãos a mais não é má. Se os outros inquilinos não tivessem se envolvido na briga contra Rosa, é possível que a gente não estivesse aqui pra contar a história.

Amanda sugeriu:

— Acha que os dois rapazes, os tais Ricardo e Zanete, podem ajudar?

Adam retorquiu:

— Estava pensando em alguém um pouco mais maduro.

Como Adam não devolvia o cigarro, Marcos se levantou e o arrancou da mão dele. Ele também pescara a insinuação:

— Ah, não. Ela de novo, não.

— Deu certo uma vez, não foi?

— Não temos como controlar a velha, senhor Adam. Ela ter tido um momento de lucidez não muda o fato de que é maluca.

— Um momento que salvou o traseiro de todo mundo. Além do mais, não precisamos controlá-la. É só deixá-la ao nosso lado pra ajudar se precisarmos.

Marcos deu uma última tragada e apagou o cigarro. Levantou-se e guardou a ponta dentro de uma caixinha de metal, originalmente usada para acomodar pastilhas para a garganta. Olhou para os demais e disse:

— Como conseguimos ter ideias tão ruins assim? Já li romances de terror de segunda linha melhores!

Adam alertou os demais que queria conversar com Pombo. Apesar do horário, sabia que ele ainda devia estar acordado.

Amanda se encarregou de levar o *Necronomicon* para cima e também de fazer algo para o grupo comer. Todos estavam famintos e as bolachas murchas de maisena tinham caído como pedras nos estômagos vazios.

Marcos ficou com a detestável tarefa de bater no apartamento 44 e, de algum modo, convencer a desatinada Elza de que precisariam da sua ajuda. Juliana poderia ter feito uma dezena de coisas diferentes, mas a noite estava bem agradável, então abriu a porta da rua e decidiu fumar no jardim de entrada do prédio. Sentiu a súbita necessidade de ficar um pouco sozinha e refletir. Na verdade, Juliana não fumava, mas, na casa de Marcos, deixou seu lado traquina aflorar e surrupiou um cigarrinho batizado que estava dando sopa sobre uma cristaleira. *Como se ele fosse dar pela falta.*

O zelador bateu à porta de Elza. Esperou. Bateu de novo. Nada... Bufou e perguntou-se em que momento sua vida tinha virado de cabeça para baixo.

Amanda, que o acompanhara até lá, já que ambos iam para o mesmo andar, fez um sinal de que estava indo para o apartamento de Adam. Ele consentiu e tornou a bater.

Lógico que a maluca tá em casa; onde mais estaria? Só não quer atender. Aquela alienada...

Quando ia espancar novamente a madeira, a porta abriu-se de uma só vez, revelando a figura nada notável de Elza, enrolada numa camisola preta, cheia de bobes nos cabelos, nas mais variadas cores. Ela ficou encarando o zelador sem nada dizer, até ele se pronunciar.

— Boa noite, senhora Elza.

Nada.

— A senhora se lembra de mim, certo? Sou o zelador do prédio, Marcos.

Ela espremeu os olhos:

— Eu sei quem você é — afirmou. E bateu a porta.

— Espere...

Mas já era tarde demais. Marcos falava com a madeira. Amanda, que assistira a tudo da entrada do apartamento de Adam, com a porta aberta, deixou escapar uma risadinha para que o zelador percebesse que ela ainda estava lá. Vermelho de raiva, com veias saltadas nas têmporas e o maxilar trancado, fez um sinal para que ela sumisse e murmurou em voz alta:

— Vai ser outra noite daquelas.

Pedro abraçou a cintura de Adam ao atender a porta. O menino estava criando um vínculo que jamais tivera com uma figura-modelo, embora não soubesse disso racionalmente. Ele apenas adorava Adam e se sentia seguro perto dele.

— Como está sua mãe? — Adam perguntou, depois que se separaram do abraço. O garoto deu uma espiada para o interior de casa. Seus olhos retornaram com aquele aspecto melancólico que ocasionalmente ostentavam.

— Ela… não tá nos seus melhores dias.

— Entendo.

Adam sentiu vontade de entrar e esganar aquela mulher que, mesmo depois de tudo que acontecera, voltara à mesma rotina. Braços roxeados e furados. Química correndo nas veias e mutilando o cérebro, privando-o de neurônios e das suas principais faculdades. Fraqueza muscular, apatia e enfraquecimento do sistema imunológico… E, claro, episódios de loucura.

O garoto não merecia aquilo, com certeza não. Lembrou-se de que, quando conheceu a mãe dele, ela contou a triste história de sua família, sorrindo com aqueles dentes podres e gengivas inflamadas. No fundo, Adam sempre soube que a mulher teria uma recaída, mas é como diz o ditado: "A esperança é a última que morre".

Ele não quis entrar e ver as condições em que ela se encontrava. Apenas refletiu que, quando tudo acabasse, teria de fazer alguma coisa pelo garoto. Algo pra valer, que o tirasse daquelas condições antes que ele também se perdesse, o que fatalmente aconteceria se nada mudasse. Não sabia bem o que poderia fazer, mas daria um jeito, nem que fosse por baixo do pano. Afinal, ele era advogado, não?

Abaixou-se e ficou de cócoras:

— Pombo, preciso que faça uma coisa pra mim.

— É só dizer, seu Adam.

— Esta pode ser uma daquelas noites perigosas.

— Outra?

— Pois é. Parece que tirei a sorte grande ao vir parar nesta cidade.

— "Sorte grande", seu Adam. Pois pra mim parece que você joga os dados e tira sempre um par de um.

Adam deu uma gargalhada espontânea. Lembrou por que adorava o garoto. Quem mais diria uma frase espirituosa como aquela? Pôs as mãos sobre os ombros dele e recomendou:

— Preciso que me prometa que, aconteça o que acontecer, você não abrirá esta porta.

— Mas, seu Adam…

— Ouça, Pombo. Isso é importante. Não vou poder te proteger. Mas, enquanto estiver quieto, dentro do apartamento, você vai estar seguro. Então, preciso que cuide da sua mãe e não abra a porta por nada neste mundo, entendeu? — Ele sacudiu a cabeça. — É sério,

Pombo. Quero que passe a chave, meta uma cadeira debaixo da maçaneta e não abra por nada, mesmo que alguém esmurre a porta. Estamos entendidos?

Os olhos do garoto começaram a se encher de lágrimas:

— Seu Adam… o senhor vai… ficar bem?

— Pretendo, garoto. Pretendo.

Adam se levantou e afagou os cabelos revoltos de Pombo como se estivesse espanando pó de uma estante. Completou dizendo:

— Agora, pra dentro.

Eles apertaram as mãos e Pombo entrou. Adam se dirigia pra escada, quando deu de frente para Marcos descendo… sozinho.

— Que foi? — Ele perguntou.

— O que posso fazer, senhor Adam? A mulher é completamente pinel.

Adam respirou fundo e contou até três silenciosamente. *Se quer algo bem-feito…*

— Certo. Vá apanhar as armas. Eu cuido da senhora Elza.

— O revólver já tá aqui comigo — Marcos disse, levantando a camisa e revelando a arma enfiada no cós da calça. — A espingarda tá no lugar dela, debaixo do balcão.

Adam levantou a sobrancelha:

— Você tava com isso aí o tempo todo?

— Sim, senhor. Um homem prevenido vale por dois.

— Certo. Então pega o raio da .22 e munição.

Sem mais dizer, foi para o quarto andar.

Juliana estava no meio do baseado. Não fumava há um bom tempo, mas não porque não gostava, e sim por ser carola demais. *Se é contra a Lei, eu não faço.* Era seu lema. Ou quase. Olhou para o cigarro, fininho, fumo de má qualidade, e assoprou a fumaça na ponta para reavivar a brasa. *Mas que porcaria de erva, Marcos.*

Algo chamou sua atenção à esquerda. Ela andou alguns passos pelo jardim, aproximando-se do limite da propriedade com a rua, para ter uma visão melhor. Estava tudo deserto e nenhum som se propagava… exceto algo que, à primeira vista, pareceu um… rosnado. Não, um ronco. Talvez um gorgolejo. Um som produzido por uma garganta rouca, em meio a um conjunto frouxo de cordas vocais, que viajou pela calada da noite e chegou aos seus ouvidos, atiçando a curiosidade. O que era aquilo?

Ela contornou o portão e, com alguma hesitação, pôs o pé na rua. Forçou a vista. Na esquina algumas silhuetas apontavam. Sem dúvida, o som vinha delas.

— Mas que diabo é isso? — Juliana chegou a dizer em voz alta.

Ao longo da rua, a cada dez metros, um poste de iluminação deixava a via mais clara na região imediatamente abaixo dele, abrindo um círculo de claridade. Naquele momento, os contornos passavam por um daqueles amplos fachos de luz branca que se formavam e, sob ele, ganhavam forma, conteúdo, materialidade e realce. Juliana abriu a boca e se esqueceu de respirar por alguns instantes. Diante de seus olhos nus, o impossível caminhava.

Seis figuras, relativamente lentas, arrastavam as pernas como se os membros estivessem congelados. Sob a luz do poste, viu que a pele era pálida, sem vida, enrugada como se fosse feita de borracha. Os corpos estavam inchados; carcaças que, de algum modo, haviam recuperado a robustez… e agora caminhavam. Olhos vítreos, braços estendidos diante do corpo como se quisessem constantemente agarrar algo; talvez agarrar a vida e trazê-la de volta, talvez agarrar a morte e ter de volta o descanso que lhes fora negado. Os seis estavam nus, vestindo apenas jalecos brancos, que agora já se encontravam sujos, manchados de sangue, pus, fezes e sabe-se lá mais o quê. Duas mulheres e quatro homens, vociferando rugidos incompreensíveis, aproximando-se mais a cada passo desatinado. O peito do indivíduo que encabeçava a fila trazia um enorme corte de autópsia, com uma costura que unia as duas partes para que não esgarçasse; purulência escorria de dentro dela, escura como a noite, infecciosa e podre. Uma leve brisa carregou até Juliana um fedor de vurmo que fez suas pernas balançarem, mas que ao menos serviu para arrancá-la da estupefação em que a visão lhe arremessara.

Ela correu de volta para o prédio e por pouco não atravessou a porta, dando de cara com Marcos, que checava a arma na recepção..

— Meu Deus, mulher, você tá branca!

A primeira vez que tentou falar, Juliana não conseguiu, o que obrigou o zelador a dizer:

— Se acalma e respira. Isso. Agora fala.

— Elas tão lá fora, Marcos. As coisas.

Por um instante, o homem a encarou com uma expressão cética. Então, percebendo que ela não podia estar fingindo ou exagerando tamanha exasperação, andou até a porta de entrada e a abriu. Seu sangue gelou. Ali, a pouco mais de vinte metros, na divisa do terreno com a rua, um grupo de coisas do outro mundo vinha em sua direção.

Marcos travou. Seu esfíncter teria enforcado uma ratazana, talvez até decepado a cabeça.

Juliana puxou a metade do corpo dele que estava para fora e bateu a porta. A agitação o fez voltar a si.

— Puta que pariu! Pega aquele sofá, mulher… me ajuda aqui!

Os dois correram para a lateral da recepção e começaram a arrastar um sofá de três lugares na direção da porta:

— Quem mesmo foi contra barricar essas portas? — Juliana disse em meio ao esforço. Marcos não respondeu. Apenas deu um berro o mais alto que pôde:

— Adam! Adam! Desce tua bunda aqui agora mesmo.

Quatro andares acima, alguns segundos antes, Adam batera infrutiferamente à porta de Elza durante mais de um minuto, quando o cheiro de carne assada chegou às suas narinas. Ele olhou para o lado e viu Amanda com a porta do seu apartamento aberta.

— Fiz um bifinho pra gente — ela disse, sorridente.

— Vou chamar os outros.

— Vem comer primeiro. Depois faço mais pro pessoal.

Assim, Adam entrou em seu lar e fechou a porta, de modo que, quando Marcos gritou, ele não escutou.

— Cadê aquele filho da puta? — O zelador perguntou, vendo os contornos das criaturas se avolumarem do outro lado do vidro. O sofá enviesado diante da porta seria só um mero inconveniente que os mortos-vivos atravessariam em segundos. Marcos engatilhou a espingarda e apontou. Teve de usar todo o autocontrole para não atirar. Não podia desperdiçar balas.

— O que eu faço? — Juliana perguntou. Ele raciocinou rápido. Avaliar uma situação sob tensão não é fácil. Olhou ao redor e calculou suas chances. Percebeu que não tinha nenhuma. Não da forma como as coisas estavam.

As criaturas começaram a bater no vidro da porta. Felizmente, o raciocínio delas parecia estar tão lesado quanto o físico.

— Rápido — Marcos disse, colocando a arma de lado. — Me ajuda aqui também.

Ele andou até a sala de estar adjunta à recepção e segurou uma das pontas de uma mesa de madeira. Não era muito grande, mas era maciça e os atrasaria mais um pouco. Viraram a mesa por cima do sofá, travando uma extremidade dela no chão, o que bloquearia um pouco mais a entrada.

— Agora corre e chama aqueles desgraçados. E, pelo amor de Deus, não desce aqui sem aquela velha caduca.

— Mas...

— Traz ela nem que cê tenha que arrombar a porta!

Quando ele gritou isso, o soco de uma criatura arrebentou o primeiro vidro. Juliana deu um berro e subiu como uma flecha as escadarias circulares. O braço desbotado se movia sem rumo, os dedos tentando agarrar o nada por alguns instantes, a pele rasgando num caco de vidro que ficara preso à moldura, mas aparentemente sem que a dor incomodasse o agressor... se é que ele sentia dor.

Marcos se recompôs, respirou fundo e caminhou lateralmente para a direita, a fim de encontrar um ângulo melhor. Tentou não deixar a pressão abalar ainda mais seus nervos; imaginou que era um caçador, espreitando numa selva. Seus passos foram suaves e milimétricos. Apoiou a .22 contra o ombro e mirou como se tivesse todo o tempo do mundo. Então, ao sentir-se seguro, pressionou o gatilho.

Estava a uma distância de menos de cinco metros. Mesmo tendo de atirar pelo vidro quebrado, o vão era grande o suficiente para que conseguisse ver quase o peito inteiro da criatura do outro lado. Não tinha como errar. E não errou. A bala viajou certeira e atingiu o monstro diretamente no peito. O impacto fez com que a criatura recuasse meio metro.

Marcos deu um pulo de alegria e celebrou... por pouco tempo.

— Que porra é essa?

Ignorando o ferimento fatal, a criatura voltou a investir, trombando o corpo contra a madeira velha da porta e os outros nichos de vidro. Seus companheiros fizeram o mesmo. O disparo havia sido inútil.

Juliana subiu os quatro andares como se fosse uma atleta olímpica, chegou ao apartamento de Adam em menos de quarenta segundos e abriu a porta esbaforida, encontrando o casal saboreando uma bela refeição:

— Deu merda! — Gritou, apoiada na maçaneta da porta, o peito ardendo tanto que achou que fosse ter um infarto.

Adam levantou de uma vez e berrou para Amanda:

— Fica aqui e não deixa que peguem o livro.

— Adam, eu…

— Protege isso, Amanda! Ouviu o que eu disse? Não sai daqui!

Então correu para a pia e apanhou uma faca de cozinha grande e afiada. Ao passar por Juliana, achou que a mulher fosse desmaiar. Ela estava pálida e inexpressiva. Mesmo assim, urgiu:

— Dá um jeito de arrancar a velha do apartamento. Juliana? Acorda! Olha pra mim! Vou ajudar o Marcos; vê se desentoca a velha!

Ela não conseguiu responder com palavras, então apenas assentiu. Assim que Adam saiu, colapsou. Amanda correu para auxiliá-la.

Adam estava no meio das escadarias quando escutou o primeiro tiro dado por Marcos. Suas pernas tentaram correr mais do que ele podia e tropeçaram. Rolou um lance inteiro de degraus. *Idiota! Podia ter quebrado o pescoço!* Ele se recompôs, praguejou e retomou a descida, quando escutou um segundo tiro.

Marcos disparou contra outra criatura que arrebentara mais um nicho da porta e metera o braço inteiro para dentro. O tiro acertou a mão e arrancou dois dedos, mas isso não incomodou a monstruosidade, que continuava investindo, debatendo-se em meio a grunhidos inumanos.

— Que porra é essa?

O grito vindo do pé das escadas quase fez com que Marcos botasse os bofes para fora. Ele olhou e deu de cara com seu homônimo, Marquinho, do apartamento 20. Embora tivessem o mesmo nome, era impossível confundir os dois. O diminutivo no apelido de Marquinho era uma gozação; ele era alto, de cabelos pretos como petróleo e músculos trabalhados em horas de academia, tão másculos quanto seus trejeitos eram femininos.

— Marquinho! Sai daqui!

O rapaz segurava um martelo de bater carne; a melhor arma que pensou em levar para investigar a confusão que chegara aos seus ouvidos. Naquele instante, outro nicho estourou ao lado de um que já havia sido arrebentado. Os dois buracos se juntaram num só; uma abertura grande o suficiente para que uma das criaturas metesse o tronco através dela. Ignorando a ordem dada pelo zelador, Marquinho se adiantou e começou a bater repetidamente com o martelo na cabeça do invasor.

Ao ver que outro monstro o seguraria pela gola da camisa, Marcos gritou:

— Cuidado!

Mas já era tarde demais. Marquinho foi puxado para próximo da porta. No susto, o martelo havia voado e, agora, a primeira criatura que fora golpeada tentava abocanhá-lo. De seu rosto escorria um sangue ébano e fedorento, misturado à saliva borbulhante que escapava dos lábios. Marquinho berrou em pânico; o arroubo de coragem desfeito. Seu homônimo mais velho mirou a espingarda contra o braço do monstro que o segurava, mas, antes que pudesse disparar, sentiu uma mão forçar o cano da arma para baixo. Olhou e deu de cara com Adam ao seu lado, que sacudiu a cabeça e disse:

— Nada pessoal… Mas tua mira não é lá essas coisas, né?

Ele correu na direção da balbúrdia, puxou Marquinho e cravou a faca no braço que o segurava, libertando-o daquele totem maldito de membros e dentes sobrepostos, de rostos fugazes que surgiam em meio a nichos arrebentados, como se estes revelassem o que estava do lado de lá do véu, no Hades, no Inferno.

A dupla caiu para trás e se afastou um pouco da porta. Marcos os ajudou a se recompor. Adam olhou para o novo companheiro e disse:

— Prazer. Meu nome é Adam.

— Péssima hora pra humor, senhor Adam — Marcos falou.

— Só não quero morrer sem me apresentar a um estranho — ele persistiu.

— Prazer, Marcos! — Marquinho respondeu encarando as criaturas, enquanto deixava uma insinuação de determinação nascer em seu rosto.

— Eu sei. E seu nome é? — Adam tornou a perguntar, interpretando mal a entonação.

— Marcos.

— Não… o seu…

Ele olhou para Adam e disse de forma que não houvesse equívoco.

— Eu me chamo Marcos!

— Marquinho para os íntimos — retificou o zelador.

Adam olhou para o tamanho dos braços de Marquinho e comentou:

— Sei…

Lá em cima, após conseguir fazer o coração parar de parecer uma britadeira, Juliana espancava a porta de Elza, sem qualquer resultado. Tendo escutado novos tiros e a gritaria que vinha do saguão, desistiu de ser boazinha. Voltou para o apartamento de Adam e perguntou para Amanda:

— Sabe onde estão as ferramentas?

— Não.

Elas procuraram nos lugares mais prováveis e encontraram uma caixa simples dentro do quartinho nos fundos, ao lado da cozinha.

— Isso serve? — Amanda perguntou, mostrando um martelo. Juliana pegou outra coisa e sorriu:

— Isso aqui é melhor. Vem comigo.

As duas voltaram para o apartamento 44 e Juliana meteu o cinzel de metal que encontrara entre a porta e o batente, na direção da fechadura. Forçou uma vez. Duas. Três. Nada aconteceu.

— Me ajuda aqui!

Forçando juntas, as duas exerceram o máximo de pressão que conseguiram. De repente, a madeira estalou.

Lá embaixo, o jovem Zanete se juntara à resistência. Seu companheiro de apartamento estava fora. Ao chegar ao saguão, deu um grito de susto. Sua presença trouxe mau agouro, ainda que Adam não acreditasse nessas coisas. A porta da frente cedeu, explodindo numa convulsão de madeira, cacos de vidro e músculos retorcidos. Duas criaturas capotaram para dentro, rolando por sobre o sofá e a mesa, que formavam uma firme barreira. Marcos tornou a disparar. O tiro acertou a coxa do primeiro, e o impacto o fez rodopiar. Marquinho investiu bravamente e desferiu uma martelada de baixo para cima que praticamente arrancou o queixo do monstro, deixando-o dependurado apenas pela metade. Todos fizeram uma pausa ante a cena pavorosa: o ser hediondo ajoelhado, os olhos anuviados e sem vida, o maxilar pendurado, deixando vazar aquela gosma preta como petróleo. Então, a criatura continuou a se arrastar na direção deles. O pânico fez com que Adam gritasse:

— Pra trás! Recuar! — Sem saber por que, a imagem do pescoço retorcido de Marcelo lhe voltara à mente.

A porta escancarou de vez e as criaturas entraram numa torrente atroz, em meio a rosnados arrepiantes. No alto, Juliana e Amanda invadiram o apartamento de Elza.

— Tenho certeza de que existe alguma Lei contra o que acabamos de fazer — Amanda disse.

— Não se preocupe. Seu namorado é advogado.

Encontraram a velha encolhida num canto, protegendo-se atrás do braço do sofá. Ela tinha uma atitude febril e agressiva que quase fez com que a dupla invasora se recolhesse:

— Quem são vocês? Saiam daqui! Saiam daqui!

Juliana se adiantou:

— Dona Elza, sou eu, sua vizinha. A Juliana. Precisamos da sua ajuda.

Elza continuava a gritar e a se debater. Parecia que a qualquer instante voaria na jugular de uma delas. A lucidez que demonstrara da última vez, ausente.

— Isso não é bom — Amanda falou e se adiantou, aproximando-se da velha com ambas as mãos espalmadas e erguidas. — Por favor, dona Elza, se acalme... Precisamos que você nos ouça.

Elza respondeu arremetendo contra a garota. As duas colidiram e Amanda foi ao chão:

— Tira ela de cima de mim! Tira! Tira! — Gritou em pânico, enquanto a velha a espancava sem qualquer precisão e tentava abocanhar sua orelha. Juliana interferiu e as três rolaram pelo chão sujo da sala. Elza, a despeito da aparência judiada, não era tão velha quanto os moradores pensavam e, naquele momento, mostrava um vigor físico inesperado.

As criaturas se chocaram contra a mirrada resistência.

— O que a gente faz? — Marquinho berrou em pânico, enquanto desferia uma quantidade inacreditável de golpes de martelo contra o rosto de um invasor sem nem sequer atrasá-lo, ainda que o crânio tivesse rachado e o cérebro exposto.

— Essas coisas são zumbis — Zanete observou. — Nos filmes, tem que atirar na cabeça!

Marcos estancou por um segundo. Por que não pensara naquilo? Mirou com a espingarda e pressionou o gatilho num monstro que vinha em sua direção. O clique seco que se seguiu quase o fez urinar nas calças. A criatura avultou-se sobre ele, os braços envolvendo-o num abraço mortífero. Os dois caíram e o zelador gritou de dor e agonia ao sentir dentes infecciosos se cravarem em seu antebraço.

Adam deu um salto nas costas do monstro e tentou arrancá-lo de cima do zelador, mas simplesmente lhe faltaram forças para tanto. Embora parecesse debilitada, a criatura revelou-se inacreditavelmente forte. Enfim, deu tudo de si num impulso para trás. O tranco repentino deu certo e Adam caiu de costas, ainda abraçado ao morto-vivo. Contudo, ao tirá-lo de cima de Marcos, o zelador deu um grito ainda mais desesperado do que os anteriores. A criatura trouxera consigo um naco enorme de carne do braço abocanhado.

Marcos rolou de dor e gritou sem parar, agarrando o ferimento que quase deixara o osso exposto. Adam mantinha firme o abraço de urso, mas não conseguiria conter o monstro por muito mais tempo. Marquinho continuava ocupado com a outra criatura. Tendo escutado o que Zanete havia gritado, ele concentrou-se, segurou o monstro pelo pescoço, prensando-o contra o balcão de madeira da recepção, e enfiou o cabo de metal do martelo dentro do crânio aberto, perfurando o cérebro. A criatura estremeceu numa série de espasmos e suas pernas bambolearam. Então, ela colapsou. Antes mesmo que pudesse comemorar, sentiu as costas sendo puxadas e um bafo escaldante e pútrido sobre o seu cangote.

— Me ajuda aqui, moleque! — Adam berrou para Zanete, mas já era tarde. Absolutamente apavorado, o jovem saiu correndo escadaria acima, decidido a voltar para o seu apartamento.

— Filho da puta!

Com bastante dificuldade, conseguiu firmar a base e se pôr de pé. Empurrou a criatura no chão e emendou um chute em sua boca para ganhar tempo. A seguir, foi até Marcos, que continuava encolhido no chão, tentando estancar o sangue que vertia como uma cascata do braço. Lembrando-se do revólver enfiado no cós da calça do zelador, ele puxou a arma, mirou na criatura e disparou direto contra a sua cabeça. O tiro atravessou certeiro a testa e saiu pela parte de trás. O invasor desfaleceu no mesmo instante.

— É isso, porra! — Adam berrou, celebrando.

Outro monstro estava sobre Marquinho, a bocarra aberta, tentando morder a garganta do jovem, sendo contido apenas pelo volumoso antebraço que, cravado no pescoço do agressor, mantinha-o afastado. Adam deu dois passos na direção de ambos, colou a arma na têmpora da criatura e tornou a pressionar o gatilho. O estampido levantou um esguicho negro que lavou o rosto de Marquinho. Ele engasgou, empurrou o monstro para o lado e saiu se arrastando, cuspindo a substância viscosa que entrara pela sua boca.

Adam sentiu-se confiante. Tendo recuado para longe da porta de entrada após a invasão, eles estavam no início do primeiro lance de escadas. Os monstros eram perigosos, porém lentos, e, agora, ele sabia como vencê-los. Segurou o revólver com as duas mãos. Sabia o que estava fazendo. Deu mais um tiro. Certeiro. A cabeça de um monstro foi varada pela bala à queima-roupa. Marquinho deu um berro comemorando. Marcos havia rasgado a parte inferior da camisa e a enrolava no braço, parecendo aos poucos voltar a tomar contato com o meio externo.

Faltava uma única criatura. Ela fez uma pausa no meio do saguão e olhou ao redor. Por um instante, Adam chegou a pensar que ela reconheceu que estava sozinha e que seus companheiros diabólicos haviam sido mandados novamente para o outro lado. Então, ela se endireitou e arremeteu contra o grupo. Adam respirou fundo e deu o tiro derradeiro, direto contra a testa.

A arma estava vazia, mas ele não precisava de mais balas. Cinco criaturas estavam estiradas no chão. Ao redor delas, uma mancha escura como piche começava a se formar. O fedor era nauseante. Por um instante, tudo ficou quieto e o único som que se ouvia era dos tiros ecoando nos corredores do prédio. Então, o silêncio imperou.

Aos poucos, Marquinho começou a se levantar, olhando ao redor ainda ressabiado:

— Conseguimos? — Ele perguntou. Adam abriu um sorriso.

— Sim.

No apartamento 44, Amanda e Juliana finalmente tinham conseguido conter o ímpeto de Elza. A velha estava caída no chão, com ambas as mulheres deitadas sobre ela desajeitadamente, segurando seus membros e tronco. Ela tentava se debater, mas o peso extra era demais para sua estrutura. Quando viu que estava dominada, mordeu os lábios e rosnou uma imprecação. Então, disse a contragosto:

— Dá pra vocês me soltarem?

Amanda olhou para ela, surpresa pela súbita loquacidade de alguém que, até então, era só grunhidos:

— Vai parar de tentar matar a gente?

A velha não respondeu. Apenas desviou o olhar para o lado. Amanda sentiu uma pequena contração no corpo dela e, então, um ruído que pareceu o estouro de um escapamento de carro antigo. Juliana fez cara de nojo e, levantando-se e largando Elza, disse:

— Ah, não é possível. Essa mulher só peida o tempo todo.

Curiosamente, Elza não tentou arrancar Amanda de cima de seu corpo agora que Juliana deixara de ajudá-la; apenas ficou ali, deitada, arrebentando-se de rir. Segundos depois, quando o cheiro subiu, Amanda também fez uma expressão de quem recebera carne de gambá no desjejum e a soltou:

— Meu Deus do céu, mulher. Que foi que você comeu?

Elza apenas ria sem parar, ainda estirada no chão. Juliana pôs a mão no ombro da amiga:

— É impressão minha ou os barulhos lá embaixo pararam?

Amanda escutou com atenção e, após alguns segundos, confirmou:

— Sim. Parece que tudo ficou quieto. — Então, abanou o ar à frente do seu nariz. — Minha nossa, o cheiro tá encalacrado aqui.

Elza começou a se levantar.

— Vamos descer pra ver? — Juliana perguntou.

— Pega o martelo e o cinzel. Vai que o silêncio não é coisa boa.

— Tem razão.

As duas apanharam as ferramentas que haviam utilizado para arrebentar a porta de Elza e foram na direção das escadas. Ressabiadas, olharam pelo parapeito, tentando ver o que havia acontecido lá embaixo. Viram os contornos dos moradores de pé, em meio a vários corpos. Não parecia estar havendo ação alguma e, mais relaxadas, desceram para encontrar os demais. O olhar clínico de Amanda identificou o ferimento do zelador no mesmo instante.

— Ele precisa de ajuda — Adam falou.

— Não diga — Juliana comentou.

— Deixe-me ver, seu Marcos — Amanda obrigou o velho a tirar a mão do ferimento mal e porcamente embalado naquela tira de camisa. — Está bem feio. Não sei se vou conseguir tratar aqui. O melhor seria levá-lo para o hospital.

— Nada de hospital — Adam falou. — Vai levantar perguntas demais.

— Adam… — Marquinho se intrometeu — …caso não tenha percebido, acabou de rolar um tiroteio bem aí na porta. Logo mais a polícia vai chegar, você querendo ou não. Na verdade, não entendo como ainda não chegou.

— Acredita em mim, Marquinho… não vai aparecer polícia nenhuma. Esses desgraçados só querem…

Um barulho de vidro sendo espatifado fez todos olharem para o alto.

— Veio lá de cima! — Juliana falou.

— Elza? — Adam perguntou.

O grupo arremeteu para o quarto andar. O apartamento de Elza continuava com a porta escancarada e, ao entrar, Adam tomou um susto. A velha estava estirada no meio da sala, os olhos esbugalhados. O pescoço tinha sido esmagado, claramente pela pressão de alguma coisa.

— Puta merda! Ela tá morta! — Marquinho falou.

— Cuidado! Devemos ter deixado passar um. O que matou a velha ainda pode estar por aqui — Adam alertou.

— Mas nós acabamos de descer! — Juliana falou. — Como foi que não vimos nada?

A pergunta ficaria sem resposta, mas o fato é que a criatura que passara por elas, demonstrando uma inteligência superior à de seus pares, tinha se ocultado num nicho entre a parede e um vaso. As moças, atentas aos sons que vinham de baixo, ficaram cegas ao que pudesse estar ao seu lado. Aquela mesma astúcia, à qual Roberto chamara de "propósito", também permitiu que o monstro engabelasse os inquilinos defensores durante a peleja e subisse em busca do *Necronomicon*.

Adam e os demais foram entrando aos poucos no apartamento a passos cautelosos. Para o relativo alívio geral, uma breve investigação constatou que estavam sozinhos. Juliana olhou para o corpo da velha:

— Isso é culpa nossa.

— Não foi a gente que a matou, Juliana — Adam comentou.

— Mas fomos nós que atraímos ela pra esse caos todo!

Então, Amanda comentou o óbvio:

— E aquele barulho de vidro que escutamos?

Adam olhou ao redor e sentiu-se o maior idiota da face da Terra. Aproximou-se de Amanda e comentou:

— Por favor, me diz que você escondeu o livro.

— Eu levei pro seu apartamento… que nem você pediu.

Ele já sabia. Em seu íntimo, já sabia. Mesmo assim, deu um pinote desesperado, cobrindo em segundos os metros que separavam seu apartamento do de Elza. Ao entrar, deu de cara com a janela da sala arrebentada. Marquinho entrou logo atrás dele, seguido dos demais. Foi até a janela com relativa cautela e olhou para baixo, quase com medo de que algo pudesse engolir sua cabeça, caso a projetasse para fora:

— É uma queda livre de quatro andares! — Comentou.

— Acha que faz alguma diferença pra essas coisas? — Marcos falou, ainda abraçado ao ferimento. Adam olhou para a namorada:

— Onde você deixou o livro?

Ela apontou para a cozinha:

— Debaixo da pia, no meio das panelas.

Adam respirou fundo, tentou se acalmar e caminhou lentamente até a cozinha. Em sua mente, imagens de todo aquele esforço inútil e desesperado eram projetadas. Pensou no filho. Pensou na efemeridade da vida. E pensou no fim de tudo… até da esperança. Abriu a portinha do móvel sob a pia e sentiu-se decair. A visão personificou seus temores. Havia apenas algumas panelas e um cesto de vime com temperos. A caixa onde ficava o *Necronomicon* havia desaparecido.

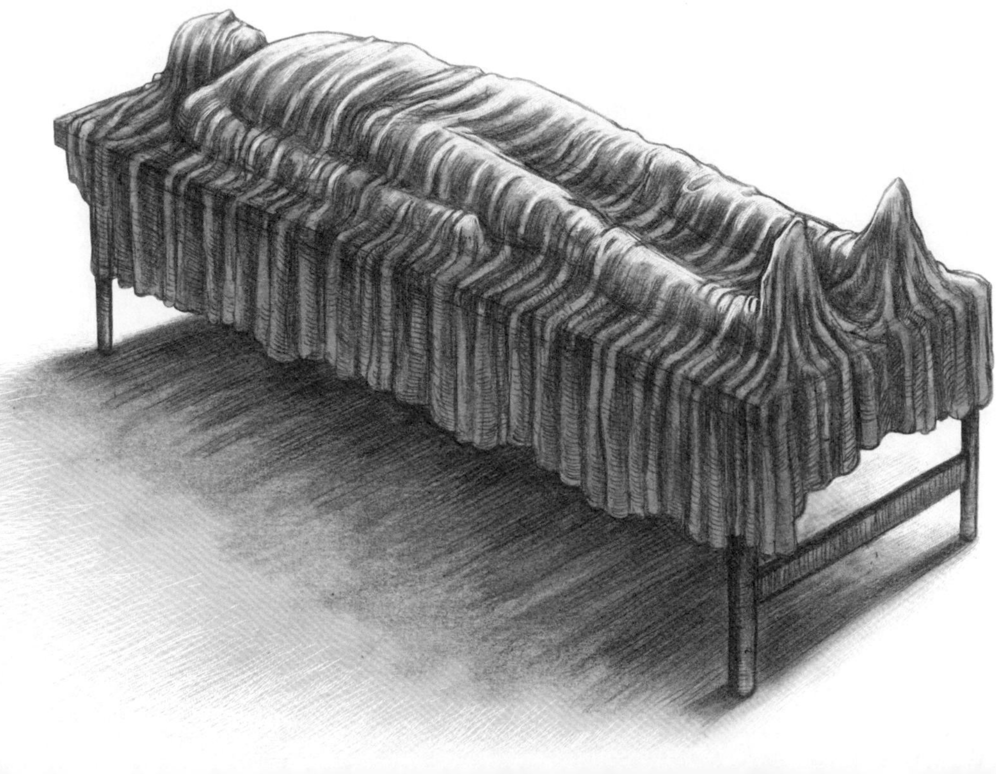

"O que se parecia com a manhã era, na verdade, o início de uma noite sem fim."

William Peter Blatty, *O Exorcista*.

10 Uma alma mergulhada na escuridão

— Você disse que ia ficar aqui e cuidar do livro! — Adam lamentou-se para Amanda.

— Quê? Agora a culpa é minha?

— Eu não disse isso… é que…

— Se eu tivesse ficado aqui, estaria daquele jeito agora! — Ela berrou, apontando para a parede, na direção do corpo de Elza.

Marquinho deu um suspiro:

— Olha, entendo que não queriam a polícia aqui antes, mas agora acho que vai ser difícil evitar. Tem um corpo estirado no chão, no apartamento ao lado. E, assim que julgarem viável, que tal me explicarem que porra tá acontecendo?!

Ele concluiu a frase quase aos gritos. Adam ia retrucar, quando Marcos apoiou o inquilino:

— Ele tem razão.

— E aí? O que a gente faz? — Juliana perguntou. Em sua voz, havia um sentimento de que tudo estava perdido.

— Certo. Uma coisa por vez — Adam disse. Sabia que sua cabeça precisava voltar a funcionar. Forçou-se a estabelecer ordem onde não existia. — Marcos, chama a polícia. Alguém conhece algum oficial dentro da Força que possa nos ajudar? — Ao que todos sacudiram a cabeça, ele fez uma careta e prosseguiu. — Tá… chama a polícia mesmo assim e a gente vê no que dá. Afinal, não dá pra negar as criaturas espalhadas pelo *hall* de entrada. Juliana, você é boa com pessoas. Agora que a baderna acabou, vai haver outros inquilinos assustados pelos corredores. Pode acalmá-los? E recepcionar o pessoal que vai chegar do culto. Aliás, já passou da meia-noite. Que horas esse culto acaba?

— Meia-noite — Marcos respondeu. — Logo estarão chegando.

— Deixa comigo — ela disse. — Vou evitar que o pânico se espalhe.

— Vou cuidar do braço do Marcos — Amanda alertou. — Se não der, a gente leva ele pro hospital. Também temos que dar um jeito de recuperar aquele livro.

A vontade de Adam era sair imediatamente atrás do morto-vivo que o levara. Sabia que, se ele estivesse indo para a Universidade, tinha chance de encontrá-lo na metade do caminho, já que ela ficava a uma distância de uns quinze minutos a pé. Mas era só um ímpeto, tão insensato quanto perigoso. Ao raciocinar com mais calma, desistiu da ideia. Exausto, comentou:

— Precisamos de uma nova estratégia. Algo melhor do que as *Manobras* do Sun Tzu.

A espera foi longa e até um pouco angustiante, mas Roberto abriu um sorriso de orelha a orelha ao ver a criatura retornar com as mãos cheias.

— Eu sabia. Eu sabia! — Anita bradou de empolgação, batendo repetidas palmas, sem fazer barulho.

Eles continuavam no laboratório da Universidade. O cheiro de formol parecia impregnado nas paredes; o branco tinha uma aparência viscosa e o único ruído era produzido pelos ventiladores, cujas cabeças giravam intermitentemente de um lado para o outro. Havia uma estante num canto, cheia de potes com partes de corpos dentro, imersos em um líquido amarelado. Antigos microscópios e tubos de ensaio sobre o balcão, ao lado de frascos com compostos químicos. Era um ambiente estranho e opressor.

Anita pensou no quanto aquela noite havia sido singular. Primeiro, o processo de reviver os cadáveres; seis de uma vez, algo jamais feito. Depois, observar seu mentor executar impecavelmente o feitiço, dotando pedaços de carne acéfalos de um objetivo. A seguir, ajudou a vestir as criaturas com jalecos sobressalentes, recriando um arremedo de humanidade, quase uma anedota cruel e mefistofélica, e as observou deixar o laboratório. Uma matilha de caça seguindo um líder alfa, escolhido ao acaso ou instinto, ela jamais saberia. Só o que sabia é que os monstros não parariam por nada até completar o comando implantado. Criaturas sem pena ou remorso, incapazes de sentir medo ou dor, exalando toda a violência encalacrada na alma, caso alguém ou algo se interpusesse entre elas e o *propósito*. Algo que o doutor Roberto, claro, esperava que acontecesse. Ele também sabia que, na cidade, àquela hora da noite, raramente havia alguém na rua, incluindo autoridades. Assim, as chances de as criaturas serem barradas antes de chegarem ao local onde o livro estava eram mínimas. Caso acontecesse, coitado do pobre diabo que se pusesse em seu caminho.

Então, após todos aqueles prodígios, veio a pior parte… esperar. As horas passaram lentas e zombeteiras, mas eis que a espera foi recompensada. Lá estava um deles.

A mulher entrou arrastando a perna esquerda. Um exame de raios X teria mostrado que ela estava fraturada em três partes. O tornozelo direito tinha sido pulverizado por conta da queda, de modo que ela caminhava “pisando” com o pé torto, quase virado de lado. A tarefa de cobrir todos aqueles quarteirões que separavam a Universidade do prédio onde o *Necronomicon* estava teria sido impossível para qualquer ser humano; a dor excruciante teria sido o impedimento definitivo. Mas não para aquela monstruosidade regurgitada pelos fossos do Inferno.

Ainda trajando o mesmo jaleco, a criatura entrou rosnando, parecendo bem mais deteriorada do que quando saíra, vazando aquela gosma preta que corria nas suas veias pelos olhos, narinas, orelhas, boca, mamilos, vagina e ânus. Todos os orifícios de seu corpo vomitavam a substância, como se ela não pudesse mais ser contida pelo corpo; o alcatrão líquido escorria, desenhando uma teia pegajosa sobre a pele pálida. O livro vinha seguro por ambas as mãos, abraçado contra o peito. A visão da chegada da mulher, um cadáver decrépito caminhando, por mais pavorosa que fosse, não causara qualquer comoção em Roberto ou em Anita.

O médico riu e estendeu os braços. Não moveu um só músculo, esperando que a criatura caminhasse toda a extensão do laboratório até ele e depositasse em suas mãos o conteúdo que trouxera.

— Finalmente — ele disse de modo teatral, encarando o livro com reverência. — Finalmente! — E o ergueu acima da cabeça, sacudindo-o algumas vezes.

Os olhos de Anita estavam petrificados. Roberto já havia permitido que ela visse o *Necronomicon* em duas ocasiões, mas nunca tão de perto. E só de forma bem fugaz. Agora ele estava ali, a lenda, o mito, a fábula, a menos de dois metros do alcance dela. Sentiu seus pelos arrepiarem e foi como se centenas de moscas voassem dentro de seu estômago.

Ainda segurando o livro com ambas as mãos, Roberto tocou a própria testa com ele, pressionando a encadernação contra a pele durante longos segundos. Em sua mente, repassava todos os planos que haviam sido elaborados tão cuidadosamente, mas que acabaram interrompidos.

A criatura permaneceu estática, agora despida de propósito. Era uma visão lastimável. Anita tentou imaginar por um instante se algo do antigo "eu" daquela mulher estava ali; algum resquício, uma reminiscência. Se estivesse, isso significaria que nem na morte podemos descansar? Mesmo do outro lado, algo agarra nossa essência e, como um fórceps, arranca-nos da merecida e tão sonhada paz, para nos trazer de volta a um mundo onde não teremos nem mais controle sobre nossos atos? Existiria algo mais cruel? O pensamento a fez ter um novo arrepio. Naquele momento, escutou um sussurro no fundo da mente. Controlou-se para não ter um sobressalto. O que foi aquilo?

O médico depositou o volume sobre o balcão, apanhou dois instrumentos cirúrgicos para rinoplastia que estavam em uma bandeja, um cinzel reto e um martelo, e deu a volta na criatura. Ela nem pareceu desconfiada. Continuava parada, mirando o nada. Roberto posicionou o cinzel na base da nuca, de baixo para cima, mirou, e descreveu uma única e precisa martelada. O instrumento, projetado para a frente com violência, perfurou o cérebro da morta-viva num borrifo negro, fazendo-a colapsar instantaneamente. Com uma expressão de soberba no rosto, olhou para sua assistente. Ela parecia estranhamente distante.

— Anita? — Perguntou.

Sua voz a arrancou de um transe em que sussurros lhe diziam coisas estranhas. Coisas em que não havia pensado antes. E a voz que lhe falava diretamente dentro da cabeça era um capítulo à parte. Se insetos tivessem voz, seria algo como aquilo; mil asas de mariposas batendo ao mesmo tempo, mas não em uníssono. E que língua era aquela? Certamente não era português ou inglês, as duas línguas que ela conhecia. Então como compreendia o que era dito?

Ela sacudiu a cabeça e conseguiu dizer apenas:

— Hã?

— Você está bem?

— Claro.

Anita olhou para o livro. Com o canto dos olhos, percebeu que Roberto estava sorrindo. Ele deixou os instrumentos no balcão e tornou a apanhar o tomo:

— Você nunca o tinha visto tão de perto, não é?

Ela sacudiu a cabeça. O homem prosseguiu:

— Sabe o que vai acontecer a seguir? — Ele deu as costas para ela, encarando o tomo com fascínio tresloucado. — A nova ordem surgirá. E eu serei o seu arauto. Consegue imaginar honra maior para um representante de uma raça que é pouco mais do que um babuíno, Anita?

Ela não respondeu. Estava entretida com a voz dos insetos. Os cicios sombrios escarrados das trevas, expurgados pelo lago de fogo, circunscritos pela própria mente dela.

— Não responda — ele prosseguiu com seu monólogo. — Nada do que a voz humana diga, nada do que verbalize pode abarcar a grandeza do que será. Durante anos, o povo desta cidade permitiu o sacrifício de suas crianças, julgando que estava fazendo o bem. Bah! Idiotas! Mas eu descobri a verdade… aqui nestas páginas, e ela é linda!

Os sussurros ficaram mais altos. Então, garras a seguraram pelas vísceras. Não de modo literal, mas foi a sensação… Dor seguida de prazer. Será que apenas estar perto do *Necronomicon* havia promovido aquela comunhão? Então como seria tocá-lo? Folhear suas páginas? Recitar os feitiços e abrir as portas para o outro lado? Anita fechou os olhos por um momento, imaginando que abriria mais do que portas para o que quer que fosse responsável pelo calor que a consumia. O momento pareceu durar uma eternidade. Uma eternidade mergulhada num poço de larvas, sendo consumida pedaço por pedaço, até que não restasse carne nos ossos negros como carvão. Mas não era dor… era deleite. Os sussurros… as asas das mariposas… a ordem. Ela se contorceu, nauseada, atormentada, apaixonada… resignada.

Abriu os olhos. Talvez fosse dona de si naquele momento, talvez não. Tanto fazia. Roberto ainda falava, mas ela não discernia o que ele dizia. Eram só palavras megalomaníacas lançadas ao vento. Perdidas. Desperdiçadas. Ele não compreendia. Era um tolo com ilusões de grandeza. Passara anos de posse do livro e o que fizera? Traçara planos, sem nunca concretizá-los. Dividira suas experiências com indignos e fora traído por eles. De um instante para o outro, só o que conseguia sentir pelo seu mentor era desprezo.

O som das asas estava cada vez mais alto. Ensurdecedor. Suor frio escorria por sua fronte, descia pelo pescoço e ensopava os seios. Em suas entranhas, os insetos deram a ordem. Impensável. Soberba. Irresistível.

Ao seu alcance, o martelo. O médico estava de costas, desvelando sua graça e sabedoria para uma plateia imaginária. Mais um imbecil num mundo de imbecis.

O momento chegara; não havia por que adiar.

Anita apanhou o instrumento e o ergueu acima da cabeça. O ataque foi tão seco quanto inesperado. Um único som… *tump!*

O golpe pegou o mirrado homem de surpresa. Ele largou o livro, que quicou no chão e parou debaixo de uma maca. Num ato reflexo, segurou a cabeça exatamente onde recebera a pancada e se encolheu. Sentiu dois filetes de sangue escorrerem da moleira pela testa e além. Um espelho teria mostrado um misto de descrença, medo e dor nos olhos. A boca tentou falar, mas os lábios apenas tremeram. Sua assistente tornou a bater. O segundo golpe fez o ruído de algo rachando e abriu um corte ainda maior no topo da cabeça.

Ele caiu de joelhos. O pânico sentou no banco do motorista e assumiu o volante. Ele gritava. Gritava e rodopiava no lugar, protestando, indagando, implorando… Não importava. Não fazia diferença. Sem alterar a expressão no rosto, ela tornou a bater repetidas vezes, sentindo borrifos escarlates quentes no rosto.

— Você…

Um golpe.

— …nunca…

Outro golpe.

— …entendeu…

Mais um golpe.

— …as vozes!

Quando finalizou a frase, ela estava aos gritos, e ele, caído no chão. Em silêncio. A perna direita estendida num espasmo horrível, como se estivesse com cãibra. Os braços contraídos, os olhos revirados. Sangue por todos os lados.

Consumida pelo frenesi assassino, inebriada pela sede de sangue, intoxicada pelo odor da morte, Anita se liberou. O martelo em suas mãos, o instrumento da libertação, sua passagem para a glória, sua eucaristia com os insetos. As vozes reverberaram nas paredes da mente e foram ficando impossivelmente altas, como um furacão, até coincidirem com o ápice da insanidade. Ela continuou a espancar a forma inerte, mesmo quando o rosto de Roberto já havia se tornado uma polpa vermelha.

Enfim, vencida pela exaustão, Anita parou. Os gritos voltaram a ser sussurros.

Ela ficou de pé. Destinou um pensamento para o cadáver ressuscitado e morto pela segunda vez, mas nenhum para o doutor Roberto. Mestre, mentor, farsante, vítima. Concluiu que ele simplesmente não era mais digno. Abaixou-se e apanhou o *Necronomicon* debaixo da maca. O toque foi como enfiar as mãos nas brasas de uma fogueira. Olhou ao redor e disse, respondendo às vozes imaginárias:

— Não se preocupem. Vou cuidar bem de vocês. Não se preocupem.

A polícia chegou mais de duas horas depois do telefonema de Marcos. Era quase cinco da manhã e Adam mal conseguia manter os olhos abertos. Parecia que toda sua energia havia sido drenada e seu corpo estava seco. Pensou no filme *Força Sinistra*, que havia assistido há alguns anos. Era daquela forma que se sentia.

O prédio estava do mesmo jeito de antes, um campo de guerra, com diversas criaturas espalhadas por todo o saguão. Quando o primeiro policial apareceu, deu uma olhadela para seu parceiro, coçou a cabeça e chamou reforços imediatamente. Faltava apenas uma hora para terminar seu turno e mal conseguia acreditar que uma bomba daquelas tinha caído em seu colo. Já que sua noite tinha sido estragada e ele provavelmente seria obrigado a permanecer na cena do crime por um bom tempo, tendo sido o primeiro a chegar, não hesitou em pedir a presença de seu tenente. *Se vou me foder, não vai ser sozinho.*

— Quero ver como eles vão explicar essa zona toda — Adam comentou com Amanda.

— Só espero que não decidam fazer uma queima de arquivo e matar todos nós.

Ela tinha falado brincando, mas ele esbugalhou os olhos e levou a sério:

— Acha que existe esse risco?

O alarme dele a contagiou:

— Quê? Sei lá… Como posso saber? Na minha experiência, isso simplesmente vai ser varrido pra baixo do tapete, que nem todas as outras porcarias que acontecem nesta cidade.

Uma hora depois, a fachada do prédio estava tomada por seis carros de polícia, uma ambulância e um caminhão de bombeiros. Marcos chegou a comentar que todos os oficiais da cidade pareciam estar presentes. Um jornalista representando o jornal local também apareceu, mas foi mantido longe da cena do crime, sem obter informações.

Quando interrogado, Adam não teve a menor dificuldade de explicar tamanha insanidade; simplesmente contou uma meia verdade sobre como aquelas coisas tinham aparecido do nada, furiosas, e tentado entrar à força no prédio. Os moradores haviam feito a única coisa que lhes cabia: resistir. Então, virou-se para o oficial que tomava notas de suas respostas evasivas e inverteu o jogo:

— Afinal… o que são essas aberrações?

Foi interessante ver o interrogador perder o jogo de cintura. A expressão em seu rosto não deixou claro se ele sabia o que responder, mas não podia, ou se estava tão consternado quanto o próprio Adam. Conforme Amanda sugerira, bizarrices não eram incomuns ali. Enfim, apenas pediu licença e foi confabular com seu superior; o que acabou durando um bom tempo. A certa altura, Adam aproximou-se de Marcos e, observando os diversos policiais, a perícia e um monte de gente que não sabia quem era ou o que estava fazendo ali, perguntou:

— Você que é mais experiente… como isso vai se resolver? Amanda acha que não vai dar em nada.

Marcos ergueu as sobrancelhas:

— Ela está certa. Tudo vai sumir, senhor Adam.

— Como é?

— Achei que o senhor já tivesse entendido como as coisas funcionam por aqui.

Adam fez cara feia:

— Acho que nunca vou entender como as coisas funcionam por aqui.

— Então, o senhor é uma besta! Porque não é tão difícil assim.

Quando Adam ia responder, um policial se aproximou de outro e comentou algo. Adam e Marcos estavam próximos o suficiente para escutar o que fora dito. Aparentemente, mais um corpo havia sido descoberto naquela madrugada… na Universidade Miscatônica.

A dupla trocou olhares cúmplices de surpresa. Não sabiam o que aquilo significava, mas, com certeza, traria implicações.

Amanda foi para o apartamento de Adam dormir. Ela estava exausta. Os curiosos que haviam se aglomerado em volta da cena do crime foram lentamente se dispersando. Dali a umas duas horas, já seria alvorada, e todos tinham que cuidar da própria vida. Marquinho disse que cobraria esclarecimentos mais tarde e também foi se deitar, mas não sem antes receber um abraço de Adam, tão sincero quanto desconfortável. Zanete, o covarde que os deixara na mão, apareceu em meio à multidão e assistiu a tudo de longe, discretamente. Ninguém do grupo foi tomar satisfações. Como poderiam condená-lo por querer salvar a própria pele em meio a uma invasão zumbi?

Juliana cruzou os braços e achegou-se a Adam:

— Não sei o que vai acontecer agora, mas uma coisa é certa…

— O quê?

— Aquele cretino do Roberto precisa pagar sua cota, Adam.

— Ele vai! Pode contar com isso!

Havia algo no tom de Adam que a assegurou de que realmente pretendia cumprir o que dissera. A mulher comentou:

— Tem mais uma coisa…

— O quê?

— O senhor Albuquerque. Parece que vocês não se importam muito com ele, mas…

— Não é isso, Juliana — Adam a cortou, um pouco irritado. — O que queria que eu fizesse?

— Você nem lembra que ele existe.

Adam esfregou a testa:

— Mal consigo ficar de pé. Não vejo a hora de a polícia nos dispensar pra poder descansar um pouco. O que quer? Que eu vá à casa dele agora?

— Seria melhor tomar um banho antes — ela emendou. Adam bufou, mas a mulher não se deixou intimidar. — Ele se arriscou pela gente e pode estar em perigo. Não gostaria que algum de nós fizesse o mesmo por você se fosse o contrário, Adam?

Aquilo tocou num nervo. Ele lançou um olhar suplicante para Marcos, que disse:

— Vim até aqui, não é mesmo?

Após a confirmação do zelador, tornou a encarar a vizinha:

— Tudo bem, Juliana. Assim que formos liberados, faremos uma visita ao nosso porteiro.

Mas não foi tão simples assim. Marcos e Adam foram interrogados repetidas vezes, por diferentes pessoas, durante o fim da madrugada e quase toda a manhã, primeiro na cena do crime e, novamente, na delegacia. Felizmente, os demais envolvidos não precisaram ir e seus depoimentos foram colhidos apenas no local. Insinuações chegaram a ser feitas. Felizmente, havia testemunhas e um conjunto de corpos que ninguém conseguia explicar, mas que falavam por si. Era evidente que a morte de Elza havia sido uma tragédia da qual eles não tinham culpa ou responsabilidade. No fim das contas, Adam percebeu que, apesar de fingirem pôr pressão, os policiais tratavam tudo de forma bem morna.

— Não falei? — Marcos comentou quando o colega ventilou suas percepções sobre a situação. — Eu já vi isso, senhor Adam. Acredite em mim, não é bom pra nós estarmos no centro do furacão, mas é pior ainda pras autoridades. Com os anos, nossa pequena cidadezinha tornou-se especialista em manter as coisas restritas e ocultas. Viu um jornalista na cena do crime? Pois ele não vai noticiar nada do que aconteceu, eu garanto.

— E se eles quiserem fazer uma queima de arquivo?

— Só se o doutor Roberto fosse policial, em vez de médico. Eles são agentes da lei, senhor Adam. Não gângsteres.

Adam franziu a testa, pensando na história contada pela mãe de Pombo. Teve uma enorme vontade de confrontar Marcos naquele momento, mas se conteve. Haveria hora e lugar para aquilo. De qualquer modo, havia certa razão no que dissera. É possível que nem toda a força policial da cidade fosse corrupta, embora alguns certamente o eram.

Quanto aos habitantes, desgastados, temerosos, frustrados e condicionados a acreditar desde crianças em uma realidade opressora e cruel, Adam gostava de crer que, no fundo, eles queriam o fim da loucura... só não sabiam como fazê-lo. Enquanto novos ventos não sopravam no horizonte, cada vez que uma maluquice emergia, era primordial que fosse contida. Não seria interessante que as notícias se espalhassem e surgissem repórteres de todo o país, xeretando a sandice que espreitava em cada esquina. Nesse sentido, as autoridades eram tremendamente paternalistas e nada saía debaixo das suas asas.

Já era meio da manhã quando Adam e Marcos finalmente foram liberados. Da delegacia, onde tinham prestado depoimentos, uma patrulha os levou de volta ao edifício. Os corpos já tinham sido removidos, mas ainda havia um agente da perícia no local e dois policiais protegendo a integridade da cena. A dupla passou reto por todos, limitando-se a um mero aceno de cabeça, combinaram um descanso de duas horas e, na sequência, fariam uma visita ao senhor Albuquerque. Amanda refez o curativo no braço de Marcos e todos se recolheram.

Adam tomou um banho longo e demorado. Quando saiu, Amanda tinha preparado uma refeição: café preto, suco de laranja, abacate amassado com limão espremido e mel, torradas com manteiga e ovos mexidos. Ele devorou tudo até o último grão. Estava faminto.

Às onze horas, ela deu um beijo nele e disse que precisava ir para o hospital. Teria plantão durante toda a noite. Combinaram de se ver mais tarde, após o turno dela.

Adam pôs o alarme do despertador para uma hora e desmaiou no sofá.

O sono foi inquieto e febril. Felizmente, ele raramente se lembrava de seus sonhos, mas os engramas impressos no cérebro pelos traumáticos eventos das últimas horas deviam estar deixando uma marca indelével. De repente, um som muito alto o tirou da inconsciência. Acordou estirando a perna num chute reflexivo, assustado por causa do barulho.

O que foi aquilo?

Então, ouviu a porta da frente sendo impiedosamente espancada e gritos abafados, cuja voz não dava para identificar: "Adam! Você está aí?".

Olhou para o despertador para saber quanto tempo tinha dormido, imaginando que uns vinte minutos deviam ter passado. Ficou surpreso ao ver que fazia mais de três horas desde que se deitara. Já passava das duas da tarde.

— Porra! Essa merda não tocou?

Examinou o aparelho e viu que o volume estava quase no mudo. *Imbecil.*

A porta continuava sendo espancada. Levantou-se para atendê-la:

— Já vou! Já vou!

Deu de cara com Juliana:

— Pô, finalmente!

Ele se justificou:

— O despertador não tocou.

— Sei… vai se aprontar. A gente tem que ir.

Adam ergueu as duas sobrancelhas:

— A "gente"?

— Lógico. Ou acha que vou deixar vocês dois irem sozinhos?

Adam coçou a cabeça:

— Juliana… você não trabalha ou algo do tipo? Digo, não quero ser grosso, mas não tem nada melhor pra fazer?

— Ainda bem que você não queria ser grosso — ralhou ela.

— Você entendeu.

— Sim, eu tenho coisas a fazer. Perdoe-me por achar que a vida de um amigo é mais importante do que meus afazeres.

— Tá bom, tá bom. Não vou discutir. Me dá uns minutinhos só pra ir ao banheiro. Já acordou o Marcos?

— Ainda não.

— Então vai lá adiantando.

Ela ia contestar, mas viu que não havia motivo:

— Vê se não demora.

De certo modo, Adam e seus companheiros foram beneficiados pelo incidente na Universidade Miscatônica. Não deixava de ser um paradoxo, mas aparentemente uma velhota morta, um conjunto de criaturas infernais estiradas no chão e o cerco feito contra um pequeno edifício familiar não mereciam mais do que uma nota de rodapé em qualquer jornal que se prezasse; não se, na mesma noite, o renomado Roberto Peaslee houvesse sido encontrado morto no laboratório da instituição à qual dedicara os melhores anos da sua vida.

Nas ruas, era só nisso que se falava. As circunstâncias hediondas, um assassinato brutal, em que a face do "bom" doutor tinha sido pulverizada, contribuíram ainda mais para o burburinho.

Foi o segurança da madrugada quem encontrara o corpo. Ao chegar para fazer a troca de turno com seu colega da noite, por volta das três da matina, teve uma surpresa ao encontrar o posto vazio. Fez uma ronda pela Universidade que o levou com brevidade ao laboratório, o único local com as luzes acesas. Ao chegar lá, o velho Murilo Adamastor da Silva, 52 anos de idade, 25 de casa, vomitou. Depois, chamou a polícia. Então, vomitou novamente.

Foi trabalho das autoridades localizar o vigia noturno, o senhor Jaime da Conceição, mas assim que o fizeram — sem dificuldade alguma, diga-se de passagem, uma vez que ele estava apenas em casa dormindo —, chegaram à primeira pista. Por volta das dez horas da noite, o homem permitira a entrada de Anita de Castro Freitas, a secretária e assistente do doutor Peaslee e fora embora a seguir, dispensado pelo próprio. Ele tinha álibis consistentes, já que aproveitara a rara oportunidade para ficar até tarde bebendo com amigos, o que o descartava como suspeito. Além do mais, quando a polícia, de posse dessa informação, foi à casa da senhorita Anita ainda de madrugada, ninguém atendeu. O local se encontrava vazio. Ela não estava em lugar algum da instituição, nem na casa de parentes ou amigos… em suma, tinha evaporado. A conclusão do delegado responsável pelo caso foi óbvia: ou ela estava envolvida no assassinato, ou estava morta também.

E foi assim que o rosto de Anita apareceu no jornal local da cidade e também em dois ou três noticiários, na televisão. Rádios também mencionaram seu desaparecimento.

A polícia utilizou uma foto numa pose incomum em que ela olhava por cima do ombro, sorrindo. Anita estava de óculos e cabelos presos, com uma franjinha que, Adam percebera, ela não usava mais. Ao ver a imagem, comentou com Juliana:

— Parece mais foto para *book* de modelo do que de procurada pela polícia.

— Moça bonita — Juliana limitou-se a dizer.

— Ela não é procurada pela polícia — Marcos a defendeu, deixando-se levar pela aparência. — Não sabemos se é culpada de algo.

— A polícia a procura quer ela seja culpada ou vítima! — Adam respondeu. — Logo, ela é procurada, sim.

— Bem, só espero que ela não seja nem uma coisa nem outra. É uma moça bonita demais pra sofrer um destino assim.

Juliana o cutucou:

— Seu velho assanhado. Mais uma dessas e eu conto pra dona Rogéria.

Ele olhou feio para ela:

— Você cismou mesmo com isso, hein?

Juliana deu risada. Adorava provocar o zelador, pois, no fundo, acreditava mesmo que havia alguma história antiga mal contada entre os dois. Após acordar Adam, Juliana fizera o mesmo com Marcos, que estava desmaiado no sofá da sala de seu apartamento. Ela cansou de bater à porta, sem resposta, girou a maçaneta e viu que estava destrancada. Ao entrar, encontrou o zelador de cueca samba-canção e camiseta regata, roncando sonoramente. Foi preciso sacudi-lo com ambas as mãos para trazê-lo de volta ao mundo desperto.

Ele não gostou nada de ser acordado daquela maneira.

— Preferia um copo d'água? — Ela disse, sem rodeios. Marcos não sabia se a mulher fora malcriada, espirituosa ou irônica. Ou se tinha falado sério.

O trio saiu junto e foi até a padaria na esquina, para que Adam e Marcos comessem alguma coisa. Foi lá, sentados no balcão, que viram a fotografia de Anita na televisão e perceberam que o pequeno holocausto ocorrido no saguão do prédio havia sido preterido por algo bem mais "importante".

— Não vou negar que estou aliviado — Marcos comentou. — Toda atenção que aquilo poderia ter atraído… com certeza não seria boa.

— Vocês já processaram o que aconteceu? — Juliana perguntou. Adam respondeu brincando, ainda que fosse sério:

— Você quer saber desde que cheguei a esta cidade amalucada?

— Sabe o que quis dizer. A noite de ontem foi…

— Pelo visto, só mais uma noite ordinária aqui! — Adam coçou a cabeça e, de repente, teve vontade de beber qualquer coisa que fosse alcoólica. Sentiu suas convicções vacilarem. — Será que isso tudo que vem acontecendo… não está de alguma maneira… acima da gente?

— Acha que deveríamos procurar alguém? — Marcos perguntou.

— E o que diríamos? — Juliana os trouxe à real. — Além disso, com quem falaríamos? Sabem como são as coisas por aqui. Viram como as autoridades trataram o que aconteceu no prédio.

— Sim, mas… e se as pessoas soubessem sobre o *Necronomicon* e seus perigos?

Marcos riu:

— Tem um ditado que diz assim, "Não fiquei magoado porque mentiu para mim, mas sim porque não posso voltar a acreditar-lhe".

— Isso não é um ditado — Adam o corrigiu. — É uma frase de Nietzsche.

O zelador respondeu:

— Seja de quem for, o sentido é o que vale. Acha que seria o caminho procurar quem vem mentindo, encobrindo e dissimulando há anos? Se realmente achar, posso indicar com quem falar. Entenda que nos referimos às pessoas mais poderosas desta cidade, senhor Adam. Elas provavelmente não sabem sobre o livro, mas, se souberem, vamos entrar no radar delas. Acha mesmo uma boa ideia?

Adam deu de ombros.

— E aí? — Juliana perguntou. — Vamos tomar alguma atitude diferente? Talvez procurar ajuda de fora?

— A senhorita acha que é o caso?

— Diabos, não. Viemos até aqui por conta própria e, por mim, seguimos adiante sozinhos.

— Creio que a senhorita esteja certa.

Adam riu:

— Eu tinha um colega no serviço que adorava me apoquentar. Sempre que rolava algum pepino, ele se achegava, punha a mão no meu ombro e dizia, "Adam, em algum momento desse negócio, alguém vai ter que tomar no cu. Então, por que não você, que já está acostumado?".

Juliana deu um sorriso e perguntou:

— E aí? Preparado pra continuar tomando?

— Pode apostar que sim!

Andando pelas ruas da cidade, tudo que Anita via eram ilusões fugazes. Ilusões que, por um capricho do destino, tornaram-se sólidas. Mulheres usando vestidos longos e escuros, de manga comprida e véu enrolado na cabeça, como expurgos saídos de um século há muito ido. Crianças de olhos despidos de vida, segurando as mãos delas ou carregadas no colo. Carros velhos que sacudiam ao passar por estreitas ruas de paralelepípedos, estas cercadas por edificações antigas, cujas fachadas se pareciam com caretas feitas por demônios. Ela se deu conta de que cada coisa naquela cidade parecia transpirar maldade, até mesmo a argamassa e o concreto dos quais eram feitas as casas. Viu que as árvores se contorciam desde o momento que saíam do solo, como que perpetuamente torturadas ao longo de sua existência. Tudo era silêncio, mesmo o canto dos pássaros, mesmo o murmúrio do vento; e os cachorros de rua andavam sempre ressabiados, com o rabo entre as pernas, talvez cientes de algo que a população em geral teimara em esquecer. Ela percebeu que sempre desprezara aquele mundo patético em que vivia.

Anita era uma cria de Arkham, mas sua mente sempre esteve em outra esfera. Ela queria ser uma criatura do mundo, queria vê-lo e vivê-lo, sem permitir que sua criatividade, sua espontaneidade e sua capacidade de refletir e criticar fossem podadas. Ela não queria ser uma ovelha, jamais permitira que isso acontecesse. E, em meio àquela realidade puída, conhecer o doutor Roberto havia sido fundamental para tanto. Contudo, jamais esperou que uma oportunidade como aquela poderia bater à sua porta.

Andava abraçada ao *Necronomicon*. Cabelos desgrenhados, a expressão tão alucinada que, mesmo se encontrasse um conhecido na rua, as chances eram de que ele não a reconhecesse. O rosto salpicado de sangue fora mal e porcamente limpo.

Mas Anita não estava louca. Após atacar impiedosamente o seu mentor, deixara a instituição antes que o vigia chegasse. Vagara por horas sem direção, ciente de que não poderia voltar para casa; sem dúvida as autoridades a procurariam uma vez que juntassem todas as pontas soltas. Então, para onde iria?

Entrou num beco a esmo, apenas para sair da vista. Curiosamente, por mais que sentisse arrepios, não estava desalentada. Como poderia? Trazia o livro nas mãos!

Ficou de cócoras, recostada à parede, enquanto descansava um pouco. Precisava de uma estratégia… precisava se preparar… precisava… De repente, elas estavam de volta… as vozes dos insetos. Mil asas batendo… gritando… chamando um nome.

Ela ergueu a cabeça. Que palavra era aquela?

"Ni…"

Anita olhou para os lados, assustada. O mundo continuava igual, mas, de algum modo, distintivo. Era um farfalhar, uma revoada, um… Contorceu-se de dor. Sentiu uma agulhada no estômago; tão poderosa que a forçou a abraçá-lo.

"Niar…la…"

O que era aquilo? Suas entranhas pareciam estar sendo torcidas. Anita apoiou uma mão no chão, ficando de quatro… a outra ainda segurava o livro contra o peito. Os insetos gritavam… tambores pareciam tocar ao seu lado… o cântico era uma ode extraterrestre que sugava sua energia, deixando-a sem qualquer vida, exceto a que lhe fora forjada pelo som. As paredes do beco derreteram, liquefazendo-se tal qual sua sanidade.

"Niar…la…to…"

O que eram as vozes? Tentou gritar, mas a garganta não obedeceu. Tinha vida própria, vontade própria. Mas, no fundo, não havia necessidade de se enganar… Anita sabia que não era seu desejo desmamar-se daquela nutrição que inundava seu ser. Em seu interior, um milhão de moscas voava. O flagelo a golpeou de dentro para fora. Ela engasgou, rejubilou, abriu a boca e vomitou uma gosma parda e fedorenta, de sabor ácido, que parecia queimar sua garganta.

"Niar…la…to…te…"

O mundo tornou-se preto e branco, filtrando todas as cores. A luz era uma tonalidade perolada, cutucando os seus sentidos. Ela arrastou-se pelo chão, raspando o rosto no próprio vômito, pressionando os seios contra a sarjeta, rasgando as roupas e esfregando a pele alva no asfalto, sentindo pequenas pedrinhas cortarem suas bochechas, palmas e joelhos.

Era isso que queria? Era isso que esperava?

Os insetos colidiam dentro de seu ser. Demônios furiosos. Anita ergueu a mão para o alto; uma súplica que jamais seria escutada nem por Deus nem por seus opositores. Jurava, num lampejo, ter visto um olho abrir-se em sua palma. Naquele beco soturno, em meio às sombras díspares, ao lixo acumulado, às baratas correndo pelos cantos e a urina de mendigos, não havia espaço para deidades. Exceto que alguém... ou algo... estava ali. Algo *Antigo!*

O livro ardeu em suas mãos como se fosse um braseiro ritualístico. Ela o largou. Sua jornada fora remodelada, recriada, repassada... a vontade transubstanciada à sua revelia.

"Niarlatotep... Nyarlathotep... Nyarlathotep!"

Ela abriu os olhos e repetiu em voz alta a palavra incompreensível que as asas dos insetos gritavam dentro da sua mente, a palavra que pouco a pouco se tornava ela própria:

— Nyarlathotep!

Sorriu e tornou a dizer, um pouco mais alto:

— Nyarlathotep! Eu sou Nyarlathotep!

Então, a jovem e bela Anita começou a minguar... a mergulhar num poço de alcatrão, primeiro os pés, pernas e cintura... então o tronco, braços e cabeça... afundando numa treva gélida e penetrante, que engolfou cada polegada de seu ser, até estar chafurdada, submersa numa charneca de sombras e promessas não cumpridas.

Anita tentou protestar, gritar para recuperar a identidade. Tentou dizer que sua alma lhe pertencia e não podia ser tratada daquela maneira, contudo, simplesmente não havia mais voz. E não havia ninguém para escutá-la. Ela, uma assassina, com sangue nas mãos e no coração, segurava o livro dos insetos e, inadvertidamente, invocara o Indomado, escancarando uma passagem. Ao abrir a boca que não era mais sua, a boca que era apenas uma boca espiritual agora, sentiu que seus pulmões estavam cheios daquela substância negra. Ao seu lado, a entidade sorriu e agradeceu sem ironia. Havia sinceridade naquele agradecimento, naquela *doação.*

Anita tentou reafirmar sua identidade, mas o impensável ocorreu... viu que não mais existia.

Perdeu o verbo.

Perdeu a faculdade de ser.

Desapareceu.

Para nunca mais voltar...

Em seu lugar estava Nyarlathotep. O ancestral Nyarlathotep, enfim livre... livre para caminhar! Trazido pelo sacrifício involuntário... pela doação!

A criatura ergueu-se naquele corpo esbelto, tocou a própria testa e fez uma reverência para o espírito livre que abrira a porta. Olhou ao redor, examinando o beco vazio. Era estranho estar de volta. Ainda mais num corpo humano tão... frágil.

Apanhou o *Necronomicon* do chão e o observou por alguns instantes. Era quase cabalístico que o destino de uma criatura mais antiga que o tempo estivesse ligado à existência de um tomo tão delicado, que surgira do outro lado da sua realidade. Ao mesmo tempo, era curioso que, mesmo ele, estivesse subordinado a certas leis e regras. Por exemplo, ele havia visto quando um portal fora recentemente aberto usando o poder do livro, contudo, não pôde atravessá-lo. Aquela porta não era para si. Mas, agora, a história era outra.

Com o livro debaixo do braço, ele limpou o vômito e a sujeira do corpo de Anita — pois era uma criatura altiva —, fechou a blusa que se desabotoara durante as convulsões e encheu os pulmões de ar. Não precisava respirar em suas outras encarnações, e talvez não precisasse agora também, mas o fez mesmo assim. Se habitava um corpo humano, então como um humano agiria. Com ressalvas, claro.

Uma única dúvida pairava em sua mente: o que faria a seguir?

— Você sabe onde o Albuquerque mora? — Juliana perguntou ao zelador, depois que ele terminou de engolir seu pão com manteiga na chapa e um pingado.

— Sei, sim.

— Vamos de carro ou a pé?

— De carro, né? Pra que andar se as rodas podem fazer isso por nós?

Adam riu:

— Preguiçoso...

— Gostaria de ver como se sairia se tivesse que fazer tudo o que eu faço com esta perna manca, senhor Adam.

— Ah, tadinho... — Juliana deu um beliscão na bochecha do zelador, que limpou o gesto e esbravejou:

— Podemos ir agora ou não?

Albuquerque não morava longe. De carro, foi um trajeto de menos de quinze minutos. Não que alguma coisa fosse longe naquela cidade para os padrões de Adam, que vinha de uma metrópole. O que os locais diziam ser distante, para ele, continuava sendo perto. Marcos estacionou o veículo na frente de um casarão antigo, de três andares. A fachada apresentava um jardim amplo e malcuidado, com bancos de madeira rachados e miniaturas de gnomos de pintura descascada. Uma grade de ferro com pontas de lança enferrujadas cercava todo o terreno e a calçada era esburacada, com focos de mato. Apesar do aspecto, a construção era imponente. Ela ocupava mais da metade do quarteirão; as esquadrias das portas e janelas eram todas de madeira maciça, e os quartos tinham varandas grandes o suficiente para acomodarem vasos de flores e cadeiras. Devia ser agradável sentar-se numa delas para assistir ao pôr do sol.

— Uau! — Juliana disse. — Não sabia que o Albuquerque era cheio da grana assim.

Marcos a corrigiu:

— A casa está na família há gerações. Albuquerque jamais se desfaria dela. Seus bisavós, seus avós e os pais estão enterrados nos fundos, num pequeno cemitério familiar.

— Cruzes — não resistiu a mulher, fazendo o sinal da cruz.

— Era costume antigamente — Adam esclareceu com descaso. Marcos prosseguiu:

— Hoje em dia, ele mantém a propriedade com muita dificuldade.

— Dá pra ver — ela falou, percebendo, enfim, que o local estava sem cuidados. A frase foi seguida de uma careta.

— A senhorita não deveria escarnecer. É um esforço louvável que ele faz.

— Não discuto isso. Mas ele, obviamente, não tá conseguindo. A casa deteriorou. Ele não consegue cuidar dela e dá pra ver que tá apodrecendo e perdendo valor. Patrimônio ou não, acho que não é a forma certa de prezar por ele.

— "Valor" — bradou o zelador. — E o que é "valor" para você? Pra ele essa casa tem valor bem maior do que o financeiro. Por que todo mundo teima em quantificar tudo? Tem certas coisas em que simplesmente não devemos pôr preço. Não é só disso que vive o homem.

— Foi só um comentário... não precisa ficar bravo — ela respondeu.

— Os dois já terminaram? — Adam perguntou. Estava prestes a apertar a campainha, quando Marcos foi logo de cara abrindo o portão de ferro que, para a surpresa dos demais, estava apenas encostado. O zelador esclareceu:

— A campainha não funciona há uma década. E Albuquerque desistiu de trancar o portão há mais tempo ainda. Venham… vamos bater.

Eles cruzaram uma alameda com chão feito de pedra e chegaram à casa em si. Subiram três degraus de granito e se apertaram num pequeno alpendre. Examinando ao redor, Juliana comentou:

— Caramba, essa casa no auge devia ser uma visão e tanto. Dá pra imaginar os jardins cheios de gente e bem cuidados durante um domingo festivo.

Marcos olhou por cima do ombro para o jardim e disse:

— É mesmo uma visão e tanto, não? Sempre que venho aqui, penso em uma família grande, reunida com os amigos. É uma atmosfera quase colonial.

— Incluindo escravos? — Adam perguntou, estragando o clima.

Juliana o encarou:

— Por que você sempre precisa ser assim?

— Na minha experiência, pessoas que têm muito dinheiro, em geral, ganham-no à custa de outras. No passado, então, nem se fala.

Marcos bateu à porta, não querendo dar chance à discussão prosseguir. Nenhuma resposta. Adam olhou por uma janela que havia ao seu lado, mas o interior da casa era protegido por uma cortina bege e fosca.

— Bate de novo! — Juliana pediu. Marcos o fez. E repetiu a ação poucos segundos depois.

— Bom… eu meio que já esperava por isso — Adam disse. — E agora?

— A gente tá aqui, não é? — Juliana insinuou.

— Não espera mesmo que eu invada a casa do homem, né? — Adam retrucou.

— Como se a gente não tivesse feito coisa muito pior. Droga, Adam, ele pode estar em perigo. Sei que não se importa com ele, mas não tá nem curioso pra saber o que aconteceu?

Adam retrucou, nervoso:

— Como assim “não me importo com ele”? De onde cê tirou isso? — Ele olhou para Marcos — E aí? Também acha que devemos invadir a casa?

— Sei lá… e se aconteceu alguma coisa?

Juliana o corrigiu:

— *Aconteceu* alguma coisa, droga! — Ela insistiu. Os dois homens continuaram se entreolhando. — Podemos telefonar pra polícia…

— Achei que já tínhamos superado isso. Não vamos nos expor mais agora que eles saíram da nossa cola por causa da morte do Roberto… — Adam forçou a maçaneta. Trancada. — Existe outra entrada, Marcos?

— Várias. Mas também não vão estar abertas.

— Não vale a pena tentar?

Juliana perdeu a paciência com os dois. Pareciam estar sendo proativos, quando, na verdade, cada atitude vinha permeada por uma terrível morosidade. Ela foi até o jardim, apanhou uma pedra branca e redonda, voltou e a atirou na janela, explodindo o vidro de um dos nichos. Adam deu um berro:

— Ficou maluca?

Ela não respondeu. Apenas meteu a mão por dentro do buraco, tateou por alguns instantes e sorriu ao encontrar a tranca. Em segundos, a janela estava aberta. Ela encarou Adam:

— Me processa.

Sem receios, ele mandou o dedo do meio. Juliana apenas riu. Não entendia bem o que era aquela relação de amor e ódio que os dois estavam cultivando, mas gostava. Adam era uma figura peculiar. Marcos foi o primeiro a entrar, segurando o revólver. Como diz o ditado, "O seguro morreu de velho". Os outros o seguiram.

Após examinar um pouco os arredores, Adam começou a dar ordens:

— Tudo bem. Eu vou olhar lá em cima. Marcos, você fica com este andar e Juliana…

— Acha uma boa ideia a gente se separar?

Ele refletiu brevemente. Para variar, ela estava certa. Começaram a explorar a mansão em grupo.

O andar de baixo não revelou surpresas. Na cozinha, sobre a pia e fogão, havia comida apodrecida. Era dia, mas a luz da varanda nos fundos estava acesa. Nem sinal de vida na casa, exceto pelas moscas. Foram para o andar superior.

Conforme subiam as escadas, uma sensação ruim começou a formigar no peito dos três. Um tipo de senso de perigo que os alertava para irem embora; algo tão forte que Juliana teve de verbalizar:

— Estão sentindo isso ou eu tô maluca?

Adam confirmou:

— Não… eu também tô sentindo.

A sensação foi aumentando… Uma impressão mordaz, uma falsídia de segurança, uma troça melindrosa da consistência dos fundamentos… Conscientemente, todos sabiam que tinham de sair dali, sabiam que havia algo errado, mas ninguém recuou um passo; só seguiram em frente, um atestado de quem eram por dentro.

Quando terminaram de subir as escadarias, desembocaram num corredor que levava a diversos quartos. O último, uma porta dupla de madeira, parecia carregar um estigma. Os três se entreolharam. Mesmo sem trocarem uma palavra, todos sentiam que aquela energia vinha dali. Criando coragem, Adam respirou fundo e prosseguiu.

Foi como se a cidade inteira tivesse prendido a respiração ao mesmo tempo. Sufocada pela presença que chegara à nossa realidade…

— Que diabo tá acontecendo com esses cachorros? — Santiago perguntou para a esposa, Elizabete. O casal tinha três vira-latas, tão inteligentes quanto um cachorro pode ser. Ela franziu a testa:

— Estranho… nunca fizeram isso.

Os animais estavam com as orelhas apontadas para trás, andando em círculos e girando no mesmo eixo. Então, começaram a uivar; um lamento tão forte que parecia que alguém os estava marcando com ferro quente. Os uivos logo foram ecoados por outros; dezenas, centenas, até que todos os cachorros da cidade se uniram numa mesma sinfonia de medo.

O caboclo seu Jorge estremeceu. Ele tinha 102 anos, todos extremamente bem vividos, e não se arrependia de nada. Causara algum mal na vida, mas, sem dúvida, o bem excedia as coisas erradas. Quando estivesse diante de Deus, no Céu, não seria isso que pesaria na balança? Claro que sim.

Seu Jorge, em suas orações privadas, pedira somente uma coisa ao Pai Supremo: não viver para ver um momento como aquele. Que a Morte o levasse antes. Infelizmente, seu pedido não havia sido atendido. O cigarro de palha descolou-se de seus lábios secos pela surpresa e pelo temor. Sua sensibilidade, desenvolvida ao longo de um século, captara a presença, e uma lágrima escorreu do olho tomado pela catarata. Por que Deus não pôde atender àquela única prece? Por que permitir que ele vivesse num mundo em que *aquilo* estava prestes a ocorrer?

— Olha que coisa estranha, mamãe — disse Gabriela, parando de se balançar um pouco no parquinho e apontando para o céu.

A mãe, sentada em um banco de metal, desviou os olhos de uma revista cujas fotos dos artistas famosos eram mais relevantes do que o texto insípido e cheio de erros de ortografia e, para enxergar melhor o horizonte, fez uma cabaninha com a mão.

Era, de fato, estranho.

— O que eles tão fazendo? — Gabriela perguntou.

— Parece que estão… migrando.

Se estivesse mais próxima, a mãe teria visto que os milhares de pássaros que debandavam numa revoada desorganizada não pertenciam a uma única espécie, mas a todas que existiam na cidade e arredores. E, se entendesse alguma coisa do comportamento animal, também veria que as aves não estavam migrando, mas fugindo em frenesi desenfreado.

E os ratos saíram. E as moscas. E as baratas. Saíram dos seus lares sob as lixeiras de rua, saíram dos esgotos, saíram das moitas, saíram de todo e qualquer esconderijo e, caso lhes fosse permitido refletir a condição humana, teriam sorrido, pois, mais uma vez, seu mestre caminhava pelo mundo.

Milênios… na contagem humana…, Nyarlathotep pensou. *Eu existo há milênios. E, mesmo assim, não cesso de me deslumbrar com esses bípedes.*

Ele se referia à "porta" que Anita havia aberto, permitindo-lhe ressurgir daquela maneira inusitada. Aquilo fora inesperado. Mesmo ele demorara para entender o que sucedera.

Mas até aí, como compreender aquele momento quintessencial, aquela partilha facultativa, de outra forma que não fosse um milagre, ainda que o termo "milagre" não existisse na linguagem original de Nyarlathotep, mas que por sua convivência com os bípedes e pela frequência com que o utilizavam, ele compreendera de forma superficial?

Nyarlathotep vagara pela Terra utilizando muitas formas. Estivera presente desde o princípio, quando o homem era pouco mais do que um macaco evoluído, compreendendo o potencial destrutivo que uma mera pedra pontiaguda enlaçada num toco de madeira possuía. Ele fora testemunha daquele primeiro portento, assim como testemunhara todo o lento, porém consistente desenvolvimento bélico da humanidade. A capacidade de matar… presente desde o início, tal qual em qualquer animal. Mas no homem havia algo mais. Que outro animal na natureza busca eficiência na forma de matar… ao menos mais eficiência do que aquela que os meios naturais lhe haviam legado?

Nenhum.

Nem os predadores perfeitos. A eles sempre bastaram as próprias ferramentas. Mas não ao homem. Isso nunca bastou ao homem. Ele já aperfeiçoava suas "máquinas de matar" antes mesmo de aperfeiçoar sua capacidade de comunicação. Ao perceber aquela verdade maravilhosa que jazia no coração sombrio do ser humano, Nyarlathotep se rejubilou, tantos milênios atrás. E, diferente dos seus pares, recusou-se a dormir, recusou-se a se ausentar, recusou-se a viajar pelas estrelas e por outras dimensões. Não… ele quis estar presente. Ali, naquele mundinho azulado e sem importância.

Foi *sua* a decisão de acompanhar a evolução da humanidade. E jamais se arrependera. Ele influenciava. Manipulava. Jogava. Corrompia. E lapidou dentro de si emoções que não sabia que existiam, descobrindo aos poucos o que o termo "emoção" significava. Ocasionalmente, usava as próprias mãos para esculpir seus atos cruéis, mas logo percebeu que era mais saboroso incitar as massas. E massas são tão facilmente incitadas…

Quando, após séculos, enfim assistiu ao homem edificar uma civilização com a qual sentia vontade de interagir diretamente, assumiu pela primeira vez uma forma humana. Um simulacro, sim, mas assim era mais fácil misturar-se e ser encarado como igual, conquistando confiança e admiração. A pele escura, como se tivesse sido curtida pelo sol. Cabelos negros e curtos. Veias que não carregavam sangue saltadas sobre músculos que não eram feitos de tecidos. Estatura alta, mais alta do que jamais fora visto, afinal admiração pode ser uma arma perigosa. E olhos claros, para causar estranheza.

Sua voz rouca despertava paixão. E a paixão é o principal instrumento a mobilizar os homens. Foi nessa época que ganhou seu nome em meio ao povo conhecido como egípcio… Nyarlathotep. E ele gostou. Entre os seus, jamais recebera um nome… Para eles, o conceito de "nomes" não existia.

Mesmo séculos depois, quando em outras ocasiões ele surgiu como "coisas", criaturas cheias de tentáculos e bocas, seres caóticos rastejantes ou qualquer outra forma que a necessidade requeresse para interagir com os frágeis e influenciáveis bípedes, continuou sendo chamado de Nyarlathotep. Sua essência compreendeu a força que uma mitologia possui. Quanto mais o mito se fortalecia, maior eram a influência e o poder. A fé tornou-se uma ferramenta.

Nyarlathotep passava anos, às vezes décadas, em nosso mundo, sem voltar para sua realidade; nem mesmo por um dia terrestre. Ele gostava do planeta azul, gostava mais a cada dia que passava. A chegada dos tempos modernos lhe convinha. O fedor intoxicante das fábricas, que assassinava florestas e rios; as selvas de concreto, primeiro tímidas, mas que depois brutal e consistentemente substituíram as selvas verdes e se tornaram a ordem vigente, sem se dar conta de que eram, na verdade, emissárias do caos. O separatismo motivado por diferenças geográficas, culturais e estéticas… Há tanto pelo que amar o homem quando se é um arauto do caos. E, com perseverança cada vez maior, foi isso que Nyarlathotep se tornou, em especial quando compreendeu o significado do termo "caos".

Então, após milênios livre no planeta para andar e agir, livre para ir e vir, o improvável aconteceu. A expulsão.

Ele não gostava nem de pensar a respeito e, sozinho naquele beco, ainda conhecendo sua nova moradia que era o corpo da mortal, sentiu-se estremecer.

Expulso… como uma praga… banido como uma visita indesejada… como uma doença…

Expulso para sua realidade sem chance de retorno, onde o tempo não passava, onde tudo era letargia, onde o cosmo colidia com o nada e formava uma fronteira insípida que desapontaria qualquer humano que sempre sonhara em ver o fim de todas as coisas. Bem… Nyarlathotep *habitava* esse fim… e o achava entediante. A efemeridade que encontrava no mundo humano? Isso o motivava. Mas a expulsão o arrancara do planeta azul e, durante anos, Nyarlathotep estivera longe.

Mas ele nunca se entregou. Não sabia o significado da palavra "esperança", mas, se soubesse, diria que tinha esperança de um dia voltar à nossa realidade. Assim, manteve os canais psíquicos abertos… sensíveis… prontos para captar a mínima insinuação que pudesse permitir sua volta. Não sabia como, não sabia quando, não sabia onde… mesmo assim, aguardou.

Décadas se passaram, durante as quais o sangue dos infantes nutriu seu ser, mas, enfim, a espera compensou quando ele sentiu a porta ser aberta. Não uma porta tradicional, o que o surpreendeu.

Ele sabia como a coisa funcionava. Um mortal qualquer de posse das palavras dos Antigos, de posse do livro, curioso a ponto de abrir mão da precaução, abria uma ponte para o outro lado e emitiria um chamado. Por ela, Nyarlathotep voltaria ao nosso mundo.

Era o que aguardava ansiosamente, contudo uma porta diferente surgiu… algo que ele nunca tinha visto. Um espírito tão confuso que, mesmo sem saber, estava disposto a ceder a própria casa, que era seu corpo, que era ele mesmo. Um espírito que se deixara influenciar e fizera um sacrifício de sangue, uma alma assassina, impregnada pelo cheiro das páginas do livro. Um espírito cobiçoso, egoísta e ambicioso, que tivesse sede de poder e nenhum escrúpulo. Enfim, a morada perfeita.

Num primeiro momento, ainda do "outro lado", Nyarlathotep viu e não compreendeu.

O que deveria fazer com aquele corpo… com aquele chamado inexpugnável e pungente? Ele jamais se preocupara em saber o que significava "possessão", então, custou a reconhecer o que deveria acontecer.

Agora, como que por *milagre*… de novo esta palavra… lá estava ele. Respirando o mesmo ar fedorento, sentindo a sujeira da parede de tijolos na ponta dos dedos, escutando os barulhos que poluíam o meio e sentindo seu poder crescer. Bastou pôr os pés no planeta que a confiança lhe inundara como se as comportas de um dique tivessem sido abertas.

Ele estava no mundo. E tudo e todos no entorno se aperceberam da sua *Presença*…

Passou a mão no próprio rosto. Macio. Sentiu os seios firmes. Jamais tivera um corpo feminino. Em algum momento de sua existência, definira que era uma criatura masculina e assim ficou; mesmo não havendo diferenças entre sexo na sua espécie.

Sentiu-se bem. Sabia do poder que as mulheres tinham. Uma mente mais aguçada que a dos homens; menos entorpecida pelo uso exagerado de força bruta durante séculos a fio. Mais sensível, mais criativa… a mente de um corpo capaz de gerar vida. Tanto que isso os motivou a repreendê-las durante anos, justamente usando força bruta. Mas existia algo mais também… um sentido… uma sensibilidade… que eles não possuíam. E ele próprio, Nyarlathotep, sempre fora um arremedo de homem. Uma cópia malfeita. Agora, estava ali, habitando um corpo que tinha sangue pulsando e tecidos de verdade, vivendo uma realidade que jamais imaginara possível.

Não sabia onde havia parado a mulher que um dia se chamara Anita; aquela que abriu a porta. Talvez ainda estivesse ali dentro? Talvez tivesse sido apagada da existência? Talvez tivesse sido escoada para outro plano que ele desconhecia? Quem sabe?

Não importava; ele sentiu a alma dela minguar, fenecer, até desaparecer. E, por isso, era grato. Naquele beco, ele tornou a ser pleno. Na verdade, sentia-se mais pleno do que jamais fora. Estava livre para agir, para caminhar entre os homens… para dominá-los.

Nyarlathotep se endireitou e sorriu com a mesma naturalidade que um robô sorriria. O corpo podia ser de verdade, mas as emoções continuavam sendo um pastiche. Fechou os olhos por um instante e expandiu sua consciência, tentando decidir por onde começaria. A resposta veio célere.

Adam abriu a porta dupla que levava ao quarto com menos cuidado do que deveria, pois estava cansado de fazer aquele jogo precavido. Ele havia apertado o passo ao longo do curto corredor, obrigando os demais a se apressarem para acompanhá-lo. Agora, uma vez dentro do aposento, o inverso ocorria: Juliana foi quem se adiantou, enquanto ele mal conseguia se mover diante do que via, estancado apenas alguns centímetros porta adentro.

— Chamem uma ambulância! — Ela gritou, com lágrimas nos olhos, debruçada sobre a cama. — Pelo amor de Deus, chamem uma ambulância.

Marcos correu até uma mesinha de canto, onde havia um velho telefone, e preparava-se para discar, quando a voz fraca de Albuquerque o impediu:

— Não... eles não vão... poder me ajudar.

As palavras foram perdendo o volume ao longo da frase, que terminou quase inaudível. Parecia que falar requeria um esforço enorme para o homem alquebrado, o farrapo humano que os aguardava pacientemente, sabendo que, apesar da demora, tão certo quanto o sol nasceria no dia seguinte, eles viriam procurá-lo.

— Albuquerque... — disse o zelador. — Você precisa de ajuda.

O porteiro deu um sorriso lacônico.

— Isto... não tem nada a ver... com nossos problemas...

— Como assim? — Adam perguntou, intrigado. Ele finalmente conseguiu ignorar o que via e, vencendo o receio, aproximou-se da cama.

— Isto... era esperado... por causa da minha... condição.

E emendou mais um sorriso econômico.

Albuquerque estava deitado de costas na cama. Vestia a calça do pijama. Seu torso estava nu. Suava profusamente... sangue. Por todos os poros do corpo. Pés, pernas, barriga, peito, braços, mãos, pescoço, rosto... tudo estava coberto pelo sangue que escapava da pele, escorria ao longo do tecido, manchava os lençóis brancos e pingava no chão ao redor da cama, como se um círculo tivesse sido traçado com uma bisnaga vermelha.

Sem se aguentar, Juliana tentou segurá-lo, mas arrancou um grito de dor do homem assim que tocou a pele de seus braços. Ela olhou para as próprias mãos. Parecia que as tinha enfiado numa bacia com corante vermelho. Atônita, deu um passo temeroso para trás.

Marcos abriu a janela, permitindo que um pouco de luz adentrasse o quarto. Ninguém compreendia o que via.

— O que aconteceu, homem? — Adam perguntou aflito, desafiando a expressão enigmática do porteiro.

— É o meu dom... senhor Adam. Não é culpa... de ninguém. Exigi demais dele... Eu sabia que... após fazer o que fiz... teria que pagar o preço.

— Preço? Que preço?

— Por mexer… com os mortos…

Ele curvou a cabeça para trás e se contorceu. A dor que sentia era fustigante, manifestando-se em estertores vindos do fundo da alma. Juliana se contorceu com ele, penalizada pelo sofrimento quase palpável. Sangue vertia dos ouvidos e dos olhos. Seu rosto era uma caveira emaciada. Adam sabia que o pobre diabo não tinha muito tempo.

— Você está dizendo que isso aí — ele fez um sinal desajeitado, indicando a condição geral do porteiro assim que as convulsões cessaram — é consequência do seu dom? Que isso aconteceu por causa do que fizemos? Por você ter conversado com o doutor?

O outro, recuperando o controle, apenas assentiu. Estava claramente conformado, como o paciente terminal que, tendo convivido por tempos com sua doença, aceita a sina muito melhor do que todos que o cercam.

— Mas que merda de dom é esse? Você não pediu pra ter isso e é penalizado por usá-lo? — Juliana berrou, raivosa. — Chame a ambulância, Marcos.

Albuquerque gostaria de ter tempo ou forças para explicar. Contar como o vampiro ganha a vida eterna, mas perde o esplendor do sol. Como o feiticeiro ganha conhecimento, mas angaria o medo de todos que o cercam. Ou como o louco é abençoado pela terceira visão, mas perde a âncora com a realidade. Em tudo há perdas e ganhos; é inevitável. E qualquer um obrigado a lidar com elas aprende a aceitar seu destino. Limitou-se a dizer:

— Estamos perdendo tempo… eles não vão ajudar. Eu vi minha avó… morrer assim… E a minha mãe… Por isso nunca tive fi…

O final da frase foi abreviado por uma golfada de sangue, projetada quase trinta centímetros à frente. Juliana tomou um susto e deu um pulo para trás, mesmo estando fora do alcance do jato.

— Para o Inferno com isso — Marcos ralhou e começou a telefonar, decidido a ignorar qualquer protesto do moribundo.

Com esforço que aparentava ser sobre-humano, Albuquerque ergueu o corpo, postando-se sobre os cotovelos, e olhou fixamente para Adam:

— Preciso… te avisar…

— *Shhh!* Descansa, Albuquerque. O Marcos já tá chamando ajuda. Depois a gente conversa.

— Eu vou estar… morto… antes que ela chegue…

— Não diz isso! — Juliana afirmou com energia e quase o segurou de novo, contendo-se no último segundo.

Adam engoliu em seco. Não convivera o suficiente para gostar ou desgostar daquele homem, mas, de alguma forma, sentia como se ele fosse responsabilidade sua; um membro do grupo, como Juliana dissera. Um sentimento opressor varreu seu peito. Escutou Marcos falando ao fundo com alguém, passando o endereço de onde estavam. O porteiro sussurrou:

— Eles falaram comigo… uma última vez…

— Quem? Os mortos? — Adam perguntou. Albuquerque apenas moveu a cabeça. — E o que disseram?

— Pare com isso, Adam — Juliana interveio. Ela voltou a sentar na beirada da cama e, com bastante gentileza, pôs a mão sobre a testa ensanguentada. — Não precisa responder. Não precisa dizer nada, Albuquerque. Só descanse, que eles já estão chegando. — Então, virando-se para Adam, deu um berro raivoso. — Eu disse que tinha alguma coisa errada, não foi? Há quanto tempo tô falando isso? Mas você me escuta? Não! Só escuta o que quer, droga!

— Juliana, eu…

— Cala a boca, Adam. Cala essa droga de boca.

— Não é… culpa dele… Mesmo se eu estivesse… dentro do hospital… isso teria acontecido…

Ela voltou a chorar profusamente. Marcos botou o telefone no gancho e falou com determinação:

— Estão vindo. Dez minutos no máximo. Aguenta aí, meu amigo.

Marcos sempre tivera um relacionamento de amor e ódio com o porteiro. Eles brigavam, discutiam, desentendiam-se e xingavam-se, tudo com o mais profundo e paradoxal respeito e admiração. Conheciam-se há tempo demais para que fosse diferente. O zelador engoliu em seco ao perceber que aquela seria provavelmente a última vez que veria o amigo com vida.

— Obrigado… — Foi o que Albuquerque conseguiu dizer a ele. Então, voltou-se novamente para Adam. — A mulher…

— Que mulher?

— A que está… com o livro… a assistente…

A frase chamou a atenção dos três no quarto. O porteiro não deveria saber sobre aquilo. Estava claro que mais coisas haviam sido sussurradas em seus ouvidos.

— O que tem ela? — Adam perguntou.

— Ela… não existe mais… Em seu lugar… em seu corpo… um Antigo vive agora.

— Como é? — Juliana franziu a testa. — Do que cê tá falando?

— Está dizendo o quê? Que ela foi morta? — Adam questionou.

— Possuída… o corpo possuído… o espírito suplantado… Ela não está mais… entre nós… Está perdida… entre a vida e a morte…

Adam olhou para os demais e se aproximou um pouco. Não sabia o que dizer, então apenas examinou com profundidade os olhos de Albuquerque.

— Estou ouvindo — falou.

— O livro, Adam… A chave sempre foi… o… livro… Fale com a Rogéria… Ela tem informações… e encontre… o livro… — tentava falar com força, mas as palavras saíam quase inaudíveis… não para Adam, que estava próximo e atento, assimilando tudo. Depois, silêncio.

Ao fundo, Adam começou a escutar as sirenes da equipe de branco, mas, àquela altura, o porteiro já havia retesado o corpo, revirado os olhos e mordido a língua numa última e derradeira convulsão, que congelou seu rosto numa máscara de agonia. O peito parou de se mover. Os braços e dedos magros contorcidos pareciam galhos dos habitantes vegetais da Floresta das Árvores Retorcidas. Sangue continuava a brotar levemente dos poros da pele, mas mesmo este parou alguns segundos depois.

Juliana mergulhou o rosto nas mãos, chorando sem parar, sentada naquela cama cheia de sangue.

— Vou lá embaixo receber os paramédicos — Marcos disse.

Adam pôs a mão no ombro da colega assim que o zelador saiu. Achou que isso traria um mínimo de conforto. Continuava sem ter o que dizer; portanto, não disse nada. De que adiantaria?

O porteiro Albuquerque, cínico, elegante, mal-humorado, mordaz e inteligente, vítima da conexão com o outro lado do véu que o diferenciava de todos os seres vivos, concedera-lhe uma última dádiva, por mais discrepante que fosse. Além de revelar quem era a vítima e o que a havia possuído, com suas últimas palavras também disse onde a criatura estava e, mais importante, como matá-la!

O Hospital Santa Maria das Dores, onde a doutora Amanda Villarubia trabalhava, era o único particular da cidade. Embora não fosse grande, possuía uma estrutura bem superior à do pronto-socorro público, que ficava do lado oposto e era extremamente precário. Como tudo o mais no local chamado pelos moradores de Arkham, seu aspecto era ameaçador e, numa noite de tempestade, com raios ao fundo, poderia ser confundido com um castelo gótico de antigos filmes de terror. Amanda, claro, já estava habituada àquele visual. Ela, assim como a maior parte da reduzida equipe médica que lá trabalhava, tinha se formado na Universidade Miscatônica, a poucas quadras dali, um edifício de visual tão peculiar quanto.

As duas instituições tinham um longo histórico de cooperação, alicerçando uma à outra para que operassem em prol da comunidade. Faziam parcerias importantes que rendiam benefícios para a população, principalmente na área de pesquisas e assistência ambulatorial, além de terem trabalhado juntas na implantação de um Módulo de Exames que acelerou bastante a liberação de resultados e lhes proporcionou mais qualidade e segurança. Era uma operação tremendamente avançada para uma cidade tão pequena.

A Unidade de Terapia Intensiva ficava no segundo andar e tinha capacidade para trinta leitos, dos quais quinze eram novos, tendo sido obtidos há pouco mais de um ano. Os quartos com os leitos nunca ficavam todos ocupados, embora doze deles acomodassem pacientes em coma, como era o caso do senhor Adamastor dos Reis, 62 anos, que durante o coma contraíra pneumonia, ou de Ana Julia, que precisava da ajuda de um respirador para ser mantida viva. A criação daquela ala no hospital fora uma iniciativa particular, mas que tivera incentivo público, pois a prefeitura da cidade entrara com parte da verba. Apesar da propaganda política que girou em torno da reforma no hospital, todos sabiam do que se tratava no fundo. Ninguém gosta quando um cidadão deixa a cidade, e ninguém queria ver repetida a malfadada cena que ocorrera em 1972, quando o professor de educação física Lucas Carvalho de Souza teve de receber tratamento médico fora, e se aproveitou da oportunidade para dar uma entrevista escabrosa a um folhetim, contando histórias tão despropositadas, que acabou tachado de lunático. A repercussão acabou sendo pequena, e Lucas recebeu a represália que se esperava dos líderes da comunidade, contudo, a lição havia sido aprendida. Aquela mera entrevista poderia ter chamado uma atenção indesejada para a cidade.

Não, *ninguém* deve sair de Arkham, nem mesmo para receber assistência médica, e assim, a criação da UTI começou, em 1979, sendo concluída em 1982. Agora, uma década depois da sua inauguração, ela havia se tornado uma garantia para a cidade, tanto que recebera mais implementos e uma ampliação.

Assim que a condição dos comatosos melhorava, eles eram transferidos para o andar de cima, onde se juntavam a outros pacientes que também dormiam o sono que não era sono, e ficavam na Unidade de Cuidados Intermediários. Infelizmente, visto onde viviam, esses não eram poucos. Lá, repousando em algum dos muitos quartos compactos dispostos ao longo dos corredores brancos, pacientes como o servente de pedreiro João Antônio da Silva Amorim, que havia despencado de um andaime numa obra e estava em coma desde então, permaneciam estáveis, cuidados pelos médicos e visitados pelos familiares até que um dia despertassem.

Ou não. Como era o caso da menina Sofia, agora com catorze anos de idade, mas internada desde os doze, quando sofrera um misterioso acidente que vitimou também seus pais. Sofia era daquelas que precisavam ser movidas constantemente pelas enfermeiras para tentar evitar o aparecimento de escaras na pele, além de precisar de sessões de fisioterapia, para que seus membros não atrofiassem. Sua única visita era a irmã de 19 anos, Fernanda, que ainda nutria esperança de que um dia ela pudesse despertar. Os médicos, claro, sabiam que isso não seria possível e, no íntimo, alguns até desejavam que o forte coraçãozinho de Sofia parasse de bater, de modo que gentilmente ela fizesse a passagem para o outro lado.

A enfermeira Simona estava entre esses. Não que ela fosse louca o bastante para ventilar suas opiniões em voz alta, mas sabia que a jovem não acordaria. O que estava deitado no leito era um invólucro vazio, cujo vigor da juventude impossibilitava a morte biológica. Tendo uma filha da mesma idade, partia-lhe o coração ver uma menina linda presa àquela cama, em estado vegetativo.

Sofia jamais acordaria e sua condição só pioraria com o tempo; essa era a única certeza.

E foi esse o motivo que levou Simona a dar um grito de espanto, recuar, perder o equilíbrio, embaralhando-se nas próprias pernas, e cair no chão, derrubando uma bandeja de remédios, quando entrou no primeiro quarto da Unidade de Cuidados Intermediários para dar início à ronda do fim de tarde e início da noite. Lá, ela deu de cara com a menina sentada na cama.

Aquilo simplesmente não poderia ser possível.

O barulho que Simona fez, somado a toda a cena espalhafatosa, tirou Sofia de um tipo de estado de transe em que parecia se encontrar, olhando para o vazio, com a boca meio aberta. Ela girou o pescoço como se fosse uma criatura mecanizada e encarou a enfermeira. Seus olhos pareciam duas fendas de onde não escapava nenhuma insinuação de vida. Estavam abertos, moviam-se, viam e eram vistos… mas, de algum modo, estavam tão vivos quanto os olhos de vidro de uma boneca.

Nos outros dois leitos que havia no quarto, os demais pacientes, ambos comatosos, também se sentaram subitamente, arrancando o soro das veias. Na face, os mesmos olhos carentes de sentimentos e sensações fitaram a mulher, que lutava para se colocar de pé, mas era derrubada pelo próprio pânico e escorregava como se o chão tivesse sido untado com manteiga.

Atraída pelo grito de Simona, outra enfermeira adentrou o quarto e, ao ver a cena, a despeito da surpresa, agiu de forma mais profissional, retornando ao balcão do lado de fora, onde ficava o telefone. Ela tinha de chamar a doutora Amanda para ver aquilo.

Seus passos se detiveram no meio do caminho, assim que saiu do quarto.

O corredor estava tomado por uma dúzia de pacientes, todos vestindo roupas hospitalares, a pele pálida e doente pela ausência de sol, os membros aparentemente frágeis pela falta de atividade física e os olhos vazios como os de Sofia. Todos os comatosos tinham saído ao mesmo tempo da sua condição e, contrariando as leis naturais, estavam de pé, desorientados, com os traseiros constrangedoramente expostos pelas vestes hospitalares, as bocas abertas e babando, e os braços pendurados ao lado do corpo como se não tivessem músculos.

No andar de baixo, na UTI, o quadro não era diferente. Não só o senhor Adamastor e Ana Julia se levantaram, como também a outra dezena de pacientes comatosos em estado grave abriu os olhos e, silenciosa, arrancou os respiradouros da traqueia, puxou o soro dos braços e pôs-se de pé. Moviam-se a passos cadenciados e comedidos, como se fossem uma mente coletiva, comandada por um só ser.

Na Unidade de Cuidados Intermediários, os pacientes foram se aproximando aos poucos de Simona, cercando-a no corredor. Ela devia estar maravilhada pelo que via... mas não estava. Passada a primeira impressão e o choque decorrente dela, foi tomada por um medo profundo, motivado não tanto pela singularidade da situação, mas mais pela forma como aqueles olhos opacos e lânguidos se portavam.

A enfermeira saiu do quarto aos trancos e barrancos; seu coração acelerado, sua mente incapaz de conceber tamanho disparate. Outros profissionais logo chegaram à cena; alguns tentavam segurar os pacientes, com medo de que caíssem ou se machucassem. Outros buscavam redirecioná-los aos leitos. Não havia precedente sobre como agir naquela situação; um paciente sair de um coma longo era uma coisa; todos era algo completamente diferente.

A várias quadras dali, o ser que habitava o corpo de Anita de Castro Freitas, Nyarlathotep, assistindo com os olhos da mente, que se manifestavam dentro do campo de visão de cada um dos pacientes e permitiam que ele enxergasse em primeira pessoa e em tempo real tudo que se passava, disse em voz alta:

— Comecem!

Após horas extenuantes, que se seguiram a uma noite intensa em que praticamente não pregara os olhos, Amanda tinha se aproveitado da relativa calmaria que se abatera sobre o hospital para tirar um cochilo no dormitório dos médicos. O quarto era pequeno e não tinha nada além de três beliches, uma pia e um espelho. Mas ele permitia que os médicos de plantão fechassem os olhos e descansassem por breves intervalos de tempo, o que os ajudava a vencer as longas jornadas de trabalho.

Naquele momento, ela estava sozinha no quarto. Dormia há pouco mais de vinte minutos. Foram os gritos que a acordaram.

Num primeiro momento, ela despertou assustada, tateando a cama, como se não soubesse onde estava. *Gritos*, pensou, assim que a mente clareou. Não eram gritos de um ferido, alguém trazido de um acidente de carro, por exemplo. Ela conhecia *aqueles* gritos e *esses* eram bem diferentes.

Pôs-se de pé e, cautelosa, abriu a porta. Do lado de fora, algo que não podia estar acontecendo se desenrolava. Um esguicho de sangue projetou-se ao longo do corredor, pintando a parede de vermelho e respingando em seu rosto. No chão, um banquete macabro, com pacientes debruçados sobre corpos de enfermeiros e médicos caídos, contorcendo-se enquanto tinham as entranhas devoradas.

Amanda bateu a porta. A sensação que teve foi de que alguém tinha agarrado suas tripas e dado um nó. Sua bexiga ameaçou explodir. O coração estava descontrolado. Perguntou-se se ainda poderia estar sonhando, mas os gritos eram reais demais, os sons de leitos virados, de pancadas no estuque e de vidros estilhaçando.

A médica se acocorou num canto e pressionou ambos os ouvidos com as palmas. O que era aquilo? O que estava acontecendo?

Não chegara a reconhecer os pacientes; só o que tinha visto foram os corpos estendidos, flutuando em meio a poças escarlates. Em seu breve lampejo, Amanda falhou em captar detalhes, obtendo um mero recorte do quadro geral. Ela não sabia a sorte que tivera.

Não viu como os comatosos, aparentemente dotados de uma força sobrenatural, cometiam um hediondo massacre. Não os viu cercarem suas vítimas uma a uma, espancando-as, mordendo gargantas, arranhando pele e carne, arrancando membros e furando olhos. Não viu o festim macabro se desenrolar desenfreado; não viu o pânico se espalhar por igual entre funcionários e demais pacientes, que tentavam fugir às garras de uma turba que, egressa das trevas, trouxe-as consigo para o mundo real.

Preciso fazer alguma coisa. Preciso fazer alguma coisa.

A doutora obrigou-se a vencer a breve catatonia em que o medo a lançara. Correu até a porta e a trancou. A seguir, foi até o telefone de parede que ficava dentro do quarto, em geral usado pelas enfermeiras para chamar os médicos em caso de emergência. Ele poderia fazer ligações externas. As mãos tremiam tanto que ela não sabia se conseguiria discar. De repente, escutou vozes graves. Falhou em discernir as palavras, mas era, sem dúvida, um tom autoritário. Então, guinchos, como feras, baques, e os tiros começaram.

Recolhido em seu covil, mas manifestado espiritualmente no corpo de cada comatoso, Nyarlathotep abriu os braços, permitindo que cada disparo atravessasse sua alma. Ele não era ferido pelas balas, mas os pacientes comatosos caíam como frutas podres.

— Caos — disse, satisfeito. A concretização do termo o aprazia.

Anos longe… anos privado… anos naquela dimensão sombria e tediosa. Ele retribuiria cada segundo com juros. E só estava começando…

Adam, Marcos e Juliana haviam descido para a sala de estar e se sentado num sofá nada confortável. Estavam abatidos, vencidos pela melancolia. Adam havia se mudado há pouco tempo e, desde então, vira-se engolfado por uma montanha-russa de acontecimentos bizarros. Tantos que mal tivera tempo para pensar no que sua vida se tornara. Claro que havia coisas boas, como Amanda, mas todas aquelas perdas estavam cobrando seu preço. De repente, sentiu muita saudade de seu filho. Há quanto tempo não pensava nele e o que isso o tornava? Lá em cima, a equipe médica cuidava do corpo de Albuquerque. Eles já tinham sido alertados de que a polícia precisaria ser chamada.

Olhou para o zelador e percebeu que seus olhos estavam mareados. Jamais imaginara que veria um lado sensível daquele homem.

— Você está bem, Marcos? — Perguntou.

— Eu... não. Não estou bem — ele desatou a chorar. Foi inesperado. Juliana o abraçou. — Ele era meu amigo — o velho disse num tom tão sofrido que deu um nó na garganta até mesmo de Adam.

— Calma, Marcos. O Albuquerque não tá sofrendo — Juliana disse. — A gente precisa se apegar a isso...

A prospecção de uma realidade melhor era positiva, mas não ajudava muito os sentimentos de Marcos:

— Eu fechei os olhos dele, Juliana... os olhos estavam abertos e eu os fechei. E sabia que eles nunca mais abririam — ele soluçou. — Foi muito, muito difícil. Eu e o Albuquerque nos conhecemos há muito tempo... talvez desde antes de vocês nascerem. Eu...

Ele desabou. Parou de falar e deixou a cabeça pender. Se não houvesse um pescoço segurando-a, ela teria caído em seu colo.

— Está tudo bem — Juliana tentava apaziguá-lo, mas sem convicção. A morte era uma coisa assustadora, Adam refletiu. Ela podia surgir na forma de algo pequeno e insignificante, mal captado pelos olhos, ou então cavalgar num alarido de cores e luzes berrantes. Qualquer que fosse o caso, a ausência de vida era algo amedrontador.

— Precisamos tomar... providências — Adam disse.

— Está falando do enterro? — Juliana perguntou.

— Não se preocupem com isso — Marcos afirmou, tentando se recompor. — Ele já havia deixado tudo encaminhado. A funerária já está paga. Será enterrado aqui, nos fundos da propriedade, junto do resto da família.

Naquele instante, o grupo se calou ao ver o médico que viera com a ambulância descer as escadas. Ele foi na direção deles, provavelmente planejando perguntar ou dizer alguma coisa, mas suas intenções foram interrompidas pelo socorrista que dirigia a ambulância. O homem adentrou esbaforido a casa, pálido como giz, e falou:

— Doutor Muniz! Temos que ir imediatamente!

— Calma, rapaz. O que aconteceu? — O médico perguntou, num sobressalto. Depois, tentou emendar — Não podemos sair daqui. Temos que...

O socorrista o interrompeu:

— Chamaram a gente pelo rádio, doutor. O hospital virou um campo de guerra.

— O quê? — O médico bradou, ao mesmo tempo em que Adam se levantou e grasnou:

— Amanda!

Tomar os corpos de comatosos, cuja mente estivera passeando nas planícies do Além por tanto tempo, fora fácil e divertido. Agora, Nyarlathotep decidira ir além.

Imagine que, espalhadas pelo globo, existem pessoas com vocação para causar o mal.

Quaisquer que sejam suas crenças, deixe-as de lado por um instante; despreze o conceito da violência sendo causada por constrições sociais, a ideia de que coisas ruins ocorrem como acaso ou de forma aleatória e a proposição de que a maldade não existe como substância. Engula qualquer iniciativa de refutar, rebater ou debater; apenas aceite a proposição de um mal intrínseco ao ser humano. Imagine que, caminhando entre nós, há aqueles com uma inclinação natural para a agressividade; gente que, mesmo criada dentro das condições sociais mais auspiciosas — um lar acolhedor, uma vida digna, uma educação esmerada, uma infância feliz —, sente-se plena somente quando pisa nos seus semelhantes, abusando de posições de poder, abusando da força, abusando da condição econômica.

Não veja como uma possibilidade, mas dê por certo que essas pessoas tenham uma propensão para o caos, para disseminar destruição e gerar discórdia. Elas espalham fofocas e mentiras, tecem intrincadas teias que envolvem quem está ao redor, manipulam e se regozijam no sofrimento alheio. Gente que é, em essência, como ervas daninhas, parasitas que se refestelam na desgraça e, se possível, prosperam. São os indivíduos que florescem na guerra e em situações extremas. Eles não são insanos... são ruins.

Agora, tendo comprado essa proposição, de que há um mal inerente ao homem, imagine que ele não é raro, mas abundante. Suponha que existe uma ampla gama de gente assim, povoando todos os continentes; psicopatas velados que amam transtornar e fomentar misérias, e que só não o fazem com mais frequência por medo das consequências.

Imagine que essas pessoas não são poucas, mas muitas. São uma Legião!

Elas transitam entre nós, disfarçadas de seres humanos ajustados; enquadram-se na sociedade e, na maior parte do tempo, conseguem existir dentro dela sem causar grandes danos. Elas mantêm a fúria trancafiada, pois são espertas demais para pô-la para fora, mas, sempre que surge uma oportunidade, vomitam-na. Uma vez livre, a fúria age. Às vezes, é um grito, noutras, um tapa, um preconceito ou uma palavra dita deliberadamente para machucar. É uma mentira ou uma crueldade. Às vezes, é algo mais grave, como uma facada... ou pior...

Essas pessoas explodem como rojões, depois dizem que se arrependeram e pedem desculpas, mesmo que, em seu íntimo, o que desejem de fato seja repetir o feito. Por ocasião, a fúria é tão poderosa, tão intensa, que não se permite ser trancafiada e leva a ação além.

Agora pare de imaginar e aceite! Essas pessoas existem. Estão entre nós; em todos os lugares. São *missionários*. E a única coisa que contém seus impulsos são as regras, as normas e a estrutura social que a humanidade desenvolveu. O medo de serem pegas e punidas. De perderem a liberdade. Por isso que elas só agem quando a situação é realmente propícia, ou quando o ambiente lhes é favorável.

Nyarlathotep conhecia o coração dos homens. Sempre conheceu. Fechou os olhos e tentou se comunicar com seu "pai", Azathot, o Senhor de Todas as Coisas; aquele cujo nome poucos seres na existência ousam pronunciar em voz alta.

Desde a expulsão, não firmava contato com a entidade que era mais antiga do que o próprio tempo, que, de fato, existia fora do espaço e do tempo, numa dimensão insondável. Uma entidade a quem ele obedecia sem questionar, cumprindo todas as suas vontades e desejos. Ele a chamou e aguardou uma resposta.

Nada.

Novamente, o contato falhara. Nyarlathotep não compreendia o que estava acontecendo. Por que seu pai o abandonara? Por que não ouvia a voz trovejante em sua cabeça, por que Azathot não respondia suas dúvidas? Por que não lhe dizia o que fazer a seguir, tal qual o fizera incontáveis vezes? Seria um teste? Teria chegado a hora de Nyarlathotep cumprir o que previam as profecias?

Então, ao longe, seus ouvidos começaram a captar um som cadenciado. Grave. Sistemático. Demorou um pouco para que o identificasse, mas, assim que o fez, seu ser foi inundado por uma onda de satisfação. O som de tambores tocando, contraposto pelas notas agudas do que parecia ser uma flauta.

Nyarlathotep abriu os olhos. O silêncio reinava, mas o fato estava consumado. Recebera a confirmação que precisava. Todas as peças se encaixavam. Era chegado o momento; não de espalhar caos, não de fomentar loucura, não de causar destruição, não de encabeçar um culto de seguidores… coisas que sempre fizera em doses homeopáticas desde o alvorecer da civilização humana. Era chegada a hora do fim. Definitivo e irremediável. Ele era a besta que anunciaria o Armagedom. Estava previsto… e seria cumprido.

— Sim, pai… — Ele disse em voz alta, sabendo que, mesmo sem receber uma resposta direta, estava sendo ouvido.

Percebeu que sua volta ao mundo não havia sido ao acaso, mas parte de um processo programado. Ele vinha com uma missão… a derradeira missão.

Nyarlathotep conhecia o coração humano… e sabia exatamente o que fazer para trazer à tona o pior dele. Juntou as palmas das mãos diante do corpo, como se estivesse orando. Então, com um mero exalar da sua essência, permitiu-se fazer o que jamais ousara e modificou a realidade, regurgitando um sopro lôbrego, cujo alcance não podia ser medido no plano físico, somente no espiritual.

E, em todo o globo, imediatamente coisas ruins começaram a acontecer. A onda havia começado…

Juliana empalideceu.

— Não pode ser — ela disse, duvidando da veracidade das notícias veiculadas na rádio. Marcos olhou pelo retrovisor e fitou a colega no banco de trás. Ele tentava manter as mãos firmes ao volante. A notícia dizia que a Síria acabava de ter sido bombardeada, e mencionava um número incalculável de vítimas.

— Mude de estação, senhor Adam? — Ele pediu. O advogado obedeceu e girou o botão, sintonizando outra notícia alarmante. Ataque terrorista no metrô de Berlim… Tornou a procurar outra rádio, e depois outra, e mais uma a seguir. Massacre em praça pública em Caracas… Jovem atira na sala de aula e faz várias vítimas em Oklahoma City. Governo argentino declara estado de sítio. Ele olhou para os companheiros, ligeiramente atônito. Emendou:

— Isso não pode estar certo… pode?

Marcos tirou a mão dele do botão do rádio e sintonizou a primeira estação AM que encontrou. Pegou uma notícia pela metade:

— *…a polícia não tem pistas das motivações dos criminosos…*

Mudou de estação:

— *…ataque no Palácio do Planalto…*

Mudou novamente:

— *…reunião de emergência do Conselho de Segurança das Nações Unidas…*

Desligou o rádio, pressionando o botão com receio, como se este pudesse dar-lhe um choque elétrico. Foi Juliana quem arriscou um comentário:

— Gente. Parece… o fim do mundo.

Marcos esbravejou:

— Não diz isso! Vira essa boca pra lá, dona Juliana!

— Mas parece! Não acham que é coincidência demais? Vocês viram o que o Albuquerque disse… Que há um Antigo entre nós.

Marcos estremeceu. Adam balbuciou, tentando mostrar-se firme, mas na verdade, tão inseguro quanto os outros dois:

— Não adianta pensar nisso agora. Sei que é muita coisa pra absorver, mas vamos manter o plano e ir pro hospital. Lá a gente vê o que faz.

"De vez em quando, em meio ao caos, você encontra um incrível e inexplicável exemplo de responsabilidade cívica."

Kurt Vonnegut, *Hócus-Pócus*.

11 Deuses antigos não jogam xadrez com o cosmo

O pandemônio que se formara ao redor do hospital podia ser visto a muitas esquinas de distância. Quando Marcos aproximou-se, teve de desviar o veículo, pois toda a área estava interditada. A polícia tinha traçado um cordão de isolamento que mantinha longe curiosos, gente da imprensa e familiares. Do lado de dentro da fita amarela, somente policiais, bombeiros, médicos e pessoal autorizado.

Ao ver a cena, Adam soube que levaria bastante tempo até que alguém da polícia fosse responder ao chamado na casa do falecido porteiro. Com um contingente policial tão minguado quanto o daquela cidade, quem se importaria com a morte de um velho, quando o hospital se tornara um campo de batalha?

— Meu Deus do Céu! O que aconteceu aqui? — Juliana perguntou para ninguém em específico.

— Parece uma zona de guerra — Marcos afirmou, passando lentamente diante do local, enquanto procurava um lugar para estacionar.

Eles pararam a duas quadras e foram a pé. Lutaram um pouco para romper a barreira de pessoas que cercava o local, mas, mesmo com Adam apresentando sua carteira da OAB e se identificando como advogado e namorado da doutora Villarubia, não lhe foi permitido passar pelo cordão de isolamento.

— Fascistas! — Marcos ralhou.

— Tudo bem — Adam disse, afastando-o dos policiais, antes que causasse problemas. — Eles estão certos.

Amanda tinha sido resgatada de seu quartinho pela primeira equipe de policiais que chegara ao local. Mais tarde, descobriria que eles estavam parados na porta do hospital, tomando um café. Sua presença na cena do crime foi pura sorte. A irmã de um deles estava grávida e tinha ido fazer um ultrassom. Quando a confusão começou e pôde ser ouvida do estacionamento, os dois policiais chamaram reforços e entraram em ação. Ficaram com a pior parte. Nenhum deles jamais havia disparado sua arma numa situação real; agora, a conta de mortos sobre seus ombros estava na casa das dezenas.

Sentada na parte de trás de uma ambulância, envolvida numa manta térmica, Amanda não sofrera nenhum ferimento, contudo, sentia como se tivesse sido mastigada, cuspida e depois mastigada novamente. Sabia que isso era consequência da adrenalina bombardeada em seu corpo.

De dentro do hospital, não paravam de sair macas cobertas por lençóis, mas também muitas pessoas feridas ou apenas abaladas. Uma delas, Amanda reconheceu, era sua amiga e parceira, a enfermeira Simona. Ao se verem, as duas se abraçaram, mas mal tiveram chance de trocar meia dúzia de palavras. O braço de Simona estava gravemente lesionado e ela foi levada para outra ambulância, onde receberia os cuidados adequados.

Ela ficou um tempo quieta, apenas observando a cena. Sentiu vontade de pensar “Bem feito, cidade dos infernos. Aqui se faz, aqui se paga”, mas não conseguiu. A tragédia que a cercava era maior do que sua raiva naquele momento. Súbito, ao que seu olhar transitou a esmo pela multidão, viu Adam e os demais num canto. Ela acenou e foi até ele. Ninguém a impediu; todos tinham mais com o que se preocupar.

Trocaram um abraço apertado e um beijo caloroso. Ela ainda não tinha parado de tremer.

— Que diabo aconteceu aí dentro, mulher? — Marcos perguntou assim que teve chance.

Amanda relatou em linhas gerais o impossível levado a cabo. Então, concluiu:

— Todos os pacientes em coma foram mortos, com exceção de um.

— Como assim? Por que foram mortos? — Juliana perguntou.

— Não sei, amiga. Mas a polícia simplesmente não conseguia pegar ninguém com vida. Mesmo debilitados, eles… não se rendiam. Continuavam batendo, mordendo, rosnando… Era como se… não, deixa pra lá.

— Fala! — Marcos exigiu.

— Era como se estivessem sendo controlados por uma força. Por algo…

O trio recém-chegado trocou olhares de cumplicidade.

— Que foi? O que eu falei de errado?

— Nada — Adam a tranquilizou. — Amanda… sei que é difícil, mas você viu algo mais que tenha chamado sua atenção? Qualquer coisa.

Ela coçou a cabeça. Pensou se podia acrescentar algo ao relato surreal. Enfim, disse:

— Aqui fora. Eu já tava na ambulância quando trouxeram a paciente que conseguiram prender.

— E aí? — Adam perguntou.

— Era a senhora Regiane Ferraz, em coma há três meses. Não era dos pacientes em estado mais grave e tínhamos esperança de que ela pudesse despertar a qualquer minuto.

— E só pegaram ela com vida? Uma senhora? — Marcos confirmou.

— Pelo que ouvi das conversas entre os policiais, sim. Os outros estavam tão violentos, que tiveram de ser abatidos no local.

— “Abatidos no local”? — Juliana questionou.

— Foi o termo que o policial usou. “Abatidos”… Que nem animais selvagens.

— Meu Deus — Marcos murmurou.

— Prossiga — Adam a encorajou.

— Eles a trouxeram amarrada a uma maca hospitalar; tinham conseguido prender os braços e as pernas. Ela tava espumando, Adam. Uma coisa horrível de se ver. Como se tivesse contraído raiva. Os olhos fixos e arregalados, o pescoço torcendo de um lado pro outro, os braços contraídos com tanta força que as veias estavam saltadas. E ela ficava sussurrando uma palavra sem parar: *Nilatetope… Nilatetope…*

— Nyarlathotep — corrigiu Adam.

— Sim... talvez fosse isso. Não deu pra entender direito, mas, quem sabe, fosse... Ela passou bem na minha frente e foi levada pra uma viatura. Foi quando dei uma boa olhada no seu rosto. Foi de arrepiar. Agora, alguém pode me explicar o que raios tá acontecendo? Tá na cara que vocês sabem de alguma coisa...

Juliana ergueu a sobrancelha:

— O Albuquerque tá morto.

— O quê? — A médica bradou. — Não é possível. Como?

— E não é só isso — a moça prosseguiu.

— Como assim?

Adam contou o que havia acontecido na casa do porteiro. A seguir, relatou o assassinato do doutor Roberto e de como Anita era a principal suspeita. Por fim, com um pouco de receio, detalhou o que descobriram no caminho do hospital.

— Você não viu nada disso na televisão? — Perguntou à Amanda. Ela cruzou os braços e fez uma expressão marrenta:

— Desculpe se eu estava perdendo tempo salvando a porcaria da minha vida.

Percebendo que havia feito um comentário esdrúxulo, Adam concluiu a narrativa relatando o que Albuquerque lhe contara antes de falecer.

— "Possessão"? É sério isso?

— Aparentemente, sim — Marcos confirmou.

— Espera... deixa eu ver se entendi. Uma divindade possuiu o corpo da secretária do doutor Roberto, o matou e é responsável por tudo que aconteceu aqui? Por toda essa porcaria que tá acontecendo no mundo?

Adam confirmou:

— Provavelmente. Isso se tiramos as conclusões certas. Pode ser que a gente tenha interpretado algo errado.

— Infelizmente, creio que não seja o caso — Juliana confirmou. Amanda limpou o suor da testa:

— É loucura demais... até pra este lugar.

— Se isso parece maluco pra vocês, pode apostar que pra mim é em dobro — Adam afirmou. — Mas, tendo em vista as coisas que o Albuquerque contou... gente... talvez nós sejamos os únicos capazes de fazer alguma coisa. Pararam pra pensar nisso?

Ele olhou para os demais, esperando alguma reação, mas os três fugiram de seu olhar. Prosseguiu:

— Se tudo que descobrimos for verdade, então essa criatura é um dos *Antigos*. Ou um ser que trabalha pra eles. O que complica bastante as coisas.

A menção do termo fez com que Amanda estremecesse. Lembrou-se de Rosa Gutierrez. Lidar com Deuses Antigos parecia uma péssima receita para uma vida saudável.

— E agora? — Ela perguntou. — Anita está com o livro?

— Tudo indica que sim — Adam disse. — Mas tem uma má notícia.

— Qual? — Amanda perguntou.

— Precisamos do livro pra mandar ele de volta ao lugar de onde saiu. Mas talvez existam alternativas…

— O que mais o Albuquerque contou? — Amanda perguntou, após inteirar-se dos detalhes da morte do porteiro.

— A criatura é um arauto da destruição — Juliana respondeu com um pouco de exagero na entonação.

— E vocês acreditaram?

— A esta altura do campeonato, não sei mais em que acreditar, Amanda — Adam disse. — Só sei que o mundo tá de cabeça pra baixo. Minha primeira reação também foi negar. Mas não dá pra fazer mais isso. Com todas essas coisas acontecendo… faz sentido que exista uma influência dessa… dessa… criatura. Sabemos que faz. Não é mais tão difícil aceitar, concordam? — Os demais assentiram com a cabeça. — Então… todas essas coisas ocorrendo mundo afora estão relacionadas. Sei lá, se algum líder demente decidir apertar um botão vermelho, já era… isso tá fora da nossa alçada. Por outro lado, é provável que sejamos os únicos que sabem que caralho tá acontecendo de verdade.

— Você está certo, senhor Adam. E o pior é que a culpa é nossa. Minha e sua.

— O que quer dizer, Marcos?

— Nós impedimos o ritual, não foi?

A frase acertou Adam como um touro descontrolado.

— Acha mesmo que… abrimos caminho pra esse mal todo ao impedir o sacrifício das crianças?

Marcos deu de ombros:

— Como vou saber? Só digo que é uma coincidência e tanto.

Adam ficou pensativo. Ao ver que a frase o deixara balançado, Amanda interferiu:

— O que passou, passou. Vocês agiram bem... salvaram vidas. Isto aqui não tá na conta de vocês, mas sim daquele filho da puta! — Todos arregalaram os olhos ao escutarem um palavrão sair da boca dela. Então, ela olhou diretamente para o namorado. — Sai dessa, Adam!

— Você tá certa. A gente agiu bem, Marcos. Preciso acreditar nisso, senão, vou pirar! Quer saber? Se pra manter o mundo seguro for mesmo necessário sacrificar treze crianças por ano, este não é um mundo onde quero viver. E, seja uma secretária maluca, seja um ser maligno de outra dimensão, o fato continua sendo o mesmo: o livro está nas mãos erradas. E temos de recuperá-lo.

— Passou a acreditar no poder dele, senhor cético? — Juliana perguntou para cutucar.

— Eu... talvez. Acho que sim.

— Nunca dá o braço a torcer, não é mesmo?

— Não é isso, Juliana. É só que... sei lá, acho que, no fundo, eu não queria me *permitir* acreditar.

— Por quê? — Amanda perguntou.

Adam procurou as palavras que exprimissem o que sentia:

— Pode parecer atraente e emocionante saber de coisas que as outras pessoas não sabem. Ter uma realidade inteira descortinada diante de você, que mostre que o mundo que você achava que conhecia não era o mundo, mas só uma pontinha do *iceberg*. Mas, quando você começa a viver essas coisas, o encanto acaba. Pessoas estão morrendo. Não há nada de romântico nisso. Eu realmente não queria saber de nenhuma dessas coisas, queria estar ignorante como o resto do mundo... Mas não dá mais pra tapar o sol com a peneira.

Marcos dirigia o veículo que os levava de volta do hospital para casa. Após considerar as explanações, comentou:

— Pessoas morrem diariamente, senhor Adam. Mas isso é outro patamar.

— Você não está com medo? — Amanda perguntou ao velho.

— Medo? Eu tô apavorado! Mas não acha gratificante que tenhamos a chance de fazer algo?

Adam bufou e não se aguentou, devolvendo algo que estava entalado em sua garganta:

— Tá falando o homem que passou anos deixando criancinhas serem trucidadas por uma raça de anões subterrâneos.

O zelador parou o carro sem se importar se havia outro veículo atrás. Por sorte não havia, do contrário, uma colisão teria ocorrido. Ele rosnou:

— Isso não foi algo educado de ser dito.

Adam não se abateu:

— Mas é verdade, não é? É por isso que o Pombo e sua mãe moram no prédio? Porque você se sente culpado pelo que fez no passado. Por isso decidiu me ajudar.

— Quem te falou essa merda?! — Marcos gritou.

— Faz diferença? É verdade ou não é?

— Parem os dois agora! — Juliana interferiu. Um carro começou a buzinar atrás deles, reclamando da pista obstruída. Marcos engatou a primeira e pôs o veículo em movimento, resmungando:

— É fácil julgar, né? Como se você também não tivesse seus esqueletos escondidos no armário.

— Tenho — Adam respondeu, tentando dar dignidade ao tom da frase. — Mas nunca cheguei ao…

— Eu mandei parar! — Agora Juliana havia berrado. — Causar discórdia entre nós é um dos poderes daquela coisa? Porque, se for, ela já tá ganhando.

Ninguém respondeu. Adam respirou fundo, olhou para o velho e disse:

— Me desculpe. Eu não quis dizer aquilo.

— Quis, sim, senhor Adam. Mas eu entendo. E talvez você tenha razão…

— Não. Você salvou a minha pele mais de uma vez. Não tenho o direito de te repreender.

Amanda exclamou:

— Ok, agora que os dois já se desculparam e acabaram com a briguinha, podemos voltar a conversar sobre assuntos mais sérios? O que vamos fazer com o malvadão do outro mundo?

Nyarlathotep olhou para as mãos alvas de Anita. A pele parecia começar a descascar, como se estivesse coberta por uma camada de plástico e fosse aproximada do fogo. Percebeu que aquele corpo logo se desfaria; ele simplesmente não dispunha da energia necessária para manter a coesão, abrigando um ser de tamanho poder. Nyarlathotep costumava criar os seus próprios avatares para caminhar entre os homens, mas, para escapar da dimensão para onde fora expulso, precisou de uma "porta". Anita provera sua saída. Agora, pouco a pouco, a carne dela pagava o preço de alojar uma divindade. Mas não importava. Ele não precisaria daquele invólucro frágil por muito mais tempo. A cada instante que passava naquele plano de realidade, sentia o vigor aumentar, a energia crescendo dentro de si. O coração sombrio dos homens respondia aos seus estímulos, intoxicando-o com um *tsunami* de sensações.

— Pra ser sincero, estamos meio sem ideias — Adam disse, respondendo à pergunta deixada no ar por Amanda. — Mas acho que seria uma boa conversar com a dona Rogéria.

— Quem? — Amanda quis saber. Juliana olhou para Marcos e deu uma risada, antes de responder:

— A dona Rogéria. Ex-namorada do nosso zelador mal-humorado.

— Ela nunca foi minha namorada! — Ele protestou.

— Desafeto?

Amanda cortou as provocações de Juliana:

— Eu sei quem ela é — a médica ralhou.

— Então por que perguntou? — Marcos disse.

— Só quis confirmar. É a Rogéria, dona da livraria, certo? — Adam concordou com a cabeça e emendou:

— Albuquerque sugeriu que falássemos com ela.

— Então o que diabo a gente tá fazendo? A livraria fica pro outro lado.

— Sim. Mas estamos indo pra casa — Adam afirmou. — Tá todo mundo esgotado, Amanda. Precisamos descansar e…

— Você não disse que esse tal Niabalorqueque é tipo o Anticristo?

— Se fosse pra fazer um comparativo, eu diria que ele é mais a serpente ou o dragão que destrói o mundo — Juliana alertou.

— Pior ainda. Gente, desculpa, mas se for isso mesmo, vocês estão sendo um bando de babacas! — Amanda afirmou.

— Puxa… obrigada pelas "desculpas" — Juliana comentou em tom jocoso. Sem dar importância, a médica prosseguiu:

— Não temos tempo a perder, galera. Toca pra loja, Marcos. Agora!

— Amanda… tá todo mundo podre. Não estamos em condições de…

— Claro que estamos, Adam.

— A gente tá cansado demais.

— Deixa pra descansar quando morrer, droga. O que pode acontecer muito em breve! — Todos ficaram em silêncio. Amanda respirou fundo, reuniu as forças e continuou. — Olha, eu entendo. Sei o que estão sentindo… viram o Albuquerque morrer. Não é moleza. Mas eu também vi metade dos meus colegas de trabalho ser massacrada hoje. Vou ter pesadelos pro resto da vida, mas ir pra casa dormir não é opção. Cada segundo conta.

— Ela tem razão — Marcos aferiu.

Adam suspirou e concordou:

— Tudo bem. Toca pro Código Seraphinianus.

Marcos deu meia-volta. Juliana sentiu um alívio percorrer seu corpo. Pelo menos agora estavam tentando fazer alguma coisa. Amanda pôs a mão no ombro de Adam:

— Adoro quando você faz cara de machão.

— Como é?

— Me deixa doida…

— Amanda! — Adam bradou, corado. Olhou para os outros dois, que estavam rindo. — E vocês parem com isso.

O carro parou antes que Amanda pudesse tirar uma nova onda com a cara do advogado.

— Chegamos — Marcos disse, desligando o motor.

No âmago da terra era mais quente.

O povo do subterrâneo vivia há muitos anos no mesmo complexo de galerias. Ninguém tinha certeza de quanto tempo fazia desde que eles tinham se estabelecido naquelas cavernas, isolados do resto do mundo. Não eram letrados ou escolásticos; sua linguagem falada era tão rudimentar quanto a escrita, e as crenças poderiam ser classificadas como primitivas. Eles existiam apenas para servir e, durante anos, foi o que fizeram. Geração após geração levou a cabo uma missão sagrada: alimentar seu Deus, até que a hora chegasse.

E atos indizíveis foram cometidos. Na época em que as árvores perdiam as folhas… a hora chegava. Sangue inocente verteu mais vezes do que conseguiam lembrar, gritos assombravam as paredes de pedra e o preço a ser pago por tamanho crime contra a vida talvez fosse o espírito imortal, mas não para eles. O povo do subterrâneo havia barganhado com os idiotas da superfície, tantos anos atrás, e plantado a mentira perfeita. Eles, os tolos, os iletrados, os mentecaptos, convenceram o povo da superfície do logro supremo… e sangue foi derramado. Incontáveis litros.

Agora, eles haviam falhado.

Dois estranhos tinham invadido seus domínios, matado vários de seus companheiros e impedido o sagrado ritual. Houve muita conversa entre os anciões sobre o que deveria ser feito a respeito.

Uma retaliação chegou a ser discutida naquela língua grosseira que falavam. Mais de uma dúzia dos seus fora assassinada, e o ritual, interrompido. As consequências poderiam ser funestas. Nenhum deles se recordava de um período em que não existisse o ritual, portanto, não havia como prever o que aconteceria. Era preciso agir, mas as deliberações do povo do subterrâneo eram morosas; levariam meses, mesmo não possuindo o conceito do que era um "mês" em sua cultura.

No passado, tinham sido numerosos. As cavernas chegaram a ficar apinhadas de casais com seus filhotes. Havia risos. Era um povo forte, tenaz e orgulhoso. Mas a deterioração começou e foram pouco a pouco apodrecendo em vida, perdendo o vigor e a forma. Não viviam, subsistiam. Com o tempo, os mais velhos morreram e a renovação se tornou lenta e minguada. Agora, após o massacre promovido pelos invasores, havia sobrado pouco mais de três dezenas deles.

Sabiam que eram uma raça em extinção… um povo moribundo que aguardava o golpe final. Mas o que poderiam fazer a respeito? Não se apressa a morte apenas porque a expectativa dela o incomoda; pelo contrário, luta-se contra ela. E eles vinham lutando muito para sobreviver.

Numa câmara subterrânea, diante de uma grande fogueira que enchia as galerias de uma fumaça cinza e intoxicante, o mirrado grupo se reunia. Não havia risos. Estes tinham desaparecido há tempos. Alguns dormiam. Um quinteto se intoxicava com uma forte bebida fermentada que haviam aprendido a fazer. Uma das poucas mulheres restantes, ainda razoavelmente jovem e saudável, copulava com um da sua espécie, na tentativa de gerar uma prole. Eles não tinham jogos e a música não era utilizada como veículo de entretenimento, apenas como acompanhamento para os ritos. Assim, grande parte do tempo era passada em silêncio… sem fala, interação, criação. Só eles, as sombras que as labaredas projetavam… e seus demônios interiores.

Estavam sob o que o povo da superfície chamava de Colina do Enforcado, nas mesmas galerias onde centenas de metros de túneis serpenteavam no âmago da terra escura. O silêncio era quebrado pelo crepitar da madeira e pelos gemidos da mulher que fazia o coito. Foi quando um mal-estar aturdiu todos dentro da ampla câmara.

Seus olhos voltaram-se simultaneamente para a entrada da gruta, um orifício ovalado de pouco mais de um metro e sessenta de altura que parecia ter sido esculpido na própria pedra. Lá, com as densas trevas ao fundo, o corpo de Anita surgiu. Ela não era alta, mas teve de abaixar ligeiramente para passar pela abertura. Em meio às trevas, sua pele parecia fosforescente, emitindo um brilho esverdeado, como se fosse radioativo.

Um tremor percorreu os presentes. Os homens daquela raça atarracada, mais sensíveis que os seres da superfície, menos embotados pelas agruras da civilização, conseguiam enxergar além das aparências. Ao verem a silhueta que invadia seu mundo, não era uma moça formosa que enxergavam, mas algo mais. Um Deus Exterior… o mais perigoso deles, estava à sua frente. Seu Deus. O Deus com quem haviam acabado de falhar.

— Eu vim até aqui… — Nyarlathotep disse com sua garganta feminina — …porque sei quem vocês são.

Não houve resposta. Ele prosseguiu:

— Sei o que fizeram durante anos. Eu sorvi, mesmo distante, cada gota de sangue inocente que derramaram em meu nome. Me rejubilei nos gritos de dor e desespero. Vocês, que enganaram as criaturas patéticas que me baniram… foi sua fé que me manteve firme. Os únicos que ainda acreditavam em mim. Como retribuição, vim trazer-lhes uma dádiva.

Nyarlathotep não precisava ter ido até lá pessoalmente. Seu corpo estava mais imanado de energia do que jamais sentira, como se o período no exílio tivesse servido para recarregar todas as suas forças, contudo, à sua maneira distorcida, ele achava que devia algo para aquelas criaturas.

No passado, um homem o banira. Nyarlathotep tinha angariado uma legião de seguidores, mas, no fim, não fez diferença. Um mero feitiço previsto nas páginas do amaldiçoado *Necronomicon* havia bastado. Certas leis precisam ser seguidas, mesmo por uma criatura com o poder dele. Mas aquela pessoa já havia morrido há muito tempo. Até os seus filhos e também os filhos deles já estavam mortos. Tudo ocorrera há mais de um século e, infelizmente, ele não poderia vingar-se daquele homem ou da sua prole. Mas, ardiloso que era, uma das sementes que plantara anos antes deu frutos, e o povo da superfície foi envolvido na mais triunfal das artimanhas. Um pacto, firmado entre os homens e os seres dos subterrâneos, um pacto que previa o impensável... Um pacto que jamais teria sido aceito, se não tivesse sido firmado por um seguidor dele.

Embora banido, Nyarlathotep ainda possuía influência. E foi um dos patéticos humanos que enganou os seus, instituindo o sanguinário provento que o manteve forte durante um século. A ironia suprema... os próprios homens doando seus filhos em troca de uma mentira, para serem mortos por aquelas criaturas abissais que habitavam embaixo da terra. Tolos... eles o respeitavam, o louvavam, mas queriam-no longe. Agora, ele estava de volta, e chegara a hora de recompensar a devoção de tantos anos.

Olhos se arregalaram. Gargantas engoliram em seco ao escutarem as palavras do corpo de Anita. Ninguém mexeu um único músculo, numa angustiante expectativa.

Nyarlathotep ergueu ambas as mãos de modo ritualístico, mantendo as palmas para cima, fechou os olhos e suspirou.

— Tão frágeis... — disse. Então... executou!

No mesmo instante, as três dezenas de remanescentes de uma raça gritaram, levando as mãos ao peito. A dor que sentiam era excruciante, como se mil agulhas penetrassem fundo a carne e fossem retorcidas dentro do tórax.

Nyarlathotep contraiu a musculatura e lentamente fechou as palmas das mãos. Em resposta, o coração dos presentes começou a pretejar; o tecido necrosando, enrijecendo, como se o órgão tivesse ficado várias horas sem ser oxigenado. Os homens que estavam de pé foram caindo um a um de joelhos, incapazes de reagir, incapazes de resistir àquela força inamovível.

O torturador começou a emitir um ruído baixo e grave, como um zumbido, que foi ficando mais alto, mais alto e mais alto, até explodir num único berro, saído paradoxalmente daquela garganta feminina. As paredes pareceram tremer a ponto de pó de pedra cair do teto. Uma rajada de energia invisível varreu a caverna de uma extremidade à outra, reverberando como ondas sonoras nas paredes. Estava acabado. Uma raça milenar havia fenecido. O Antigo sorriu. Destruição e criação; lados opostos da mesma moeda.

O corpo de Anita virou as palmas para baixo e uma nova energia começou a emanar; uma tonalidade alaranjada. Os corpos pretos e carbonizados contorceram-se, enquanto nova vida era soprada em seu âmago. Em movimentos que se pareciam com espasmos, eles se puseram de quatro; narizes transformados em focinhos, dentes em presas, unhas em garras. Uma constituição diferente surgia e vários pares de olhos amarelados observavam as trevas que acercavam seu Deus.

— Ergam-se, criaturas — Nyarlatothep falou. — Ergam-se e rejubilem-se. Vocês serão meus chacais. Os primeiros de meu exército.

Adam bateu à porta da livraria pela terceira vez. Olhou para os colegas com uma expressão desengonçada. Percebendo o que ele estava pensando, Juliana falou:

— Bom… ela deve estar aí, né? Onde mais estaria a esta hora?

Nem bem havia dito isso, a porta se abriu tão repentinamente que Adam deu um passo para trás de susto. Dona Rogéria estava diante deles, de camisola. Seu rosto parecia emaciado de tão contorcido. Ela obviamente não estava feliz. Encarou Adam com olhos faiscantes e resmungou:

— Eu conheço você.

Então pousou a vista em cada um dos outros membros da trupe, até chegar a Marcos. Ao vê-lo, deteve-se por longos instantes. Evidentemente, havia muita coisa acontecendo naquela troca de olhares silenciosa. A situação beirou ao constrangimento, até que ela deu meia-volta e disse:

— Podem entrar.

A dona da livraria desapareceu dentro da loja. Marcos olhou para Juliana e a viu segurando o riso:

— Nem uma palavra! — Rosnou.

— Mas eu não disse nada… — divertiu-se ela.

O quarteto adentrou a livraria, seguindo a deixa da mulher.

Lá dentro, Rogéria recostou-se a uma mesinha onde ficava a máquina registradora, cruzou os braços e perguntou:

— O que vocês querem?

— Ajuda — Adam respondeu.

— E por que acha que posso ajudar vocês?

— Porque você sabe das coisas… e porque um amigo me disse.

Ela fungou o nariz duas vezes. Não pareceu impressionada:

— E você acredita em tudo que o seu amigo diz?

— Ele está morto. — Adam fez uma pausa. — Sim, acredito.

Rogéria deu um sorriso amarelo:

— Novamente você e os mortos, senhor Adam?

— Então lembra quem sou?

— Sim.

— Nesse caso, também deve saber por que estamos aqui.

— Não leio mentes nem vejo o futuro. Mas tenho boa memória. — A seguir, ela olhou para Marcos e perguntou. — Qual é a sua história?

Ele levantou o nariz e disse com dignidade:

— Alguém precisa ser o cérebro deste grupo, não?

Rogéria forçou uma gargalhada, desdenhando do comentário. Amanda perdeu a paciência e se intrometeu:

— A senhora pode parar de ser evasiva e nos ajudar? O assunto é sério!

A dona da livraria ergueu uma única sobrancelha, reforçada por um contorno preto de lápis, mesmo àquela hora da noite:

— E quem seria você, docinho?

— A senhora sabe muito bem quem sou. Já comprei vários livros aqui. Mas isso não vem ao caso. Quem nos mandou vir falar com a senhora foi o seu Albuquerque… e acreditamos que ele sabia o que estava fazendo.

Rogéria olhou para Marcos. A expressão em seu rosto mudou por completo. De repente, ao associar o que Adam e a moça haviam dito, pareceu ter sido atravessada por uma adaga de fogo:

— O Albuquerque… é o amigo que…?

Ela não conseguiu terminar a frase. Os olhos brilharam como se fossem desaguar. Marcos abaixou a cabeça e fez um sinal de positivo.

A confirmação fez com que as lágrimas vertessem desenfreadas pelas bochechas rosadas. Estava claro que os anciões da cidade tinham história juntos. Mas isso teria de ficar para outro dia. Ela olhou para Adam novamente. Havia algo diferente agora… um sentimento de cooperação transpareceu.

— O que querem de mim? — Perguntou.

Correndo o risco de parecer um perfeito lunático, Adam relatou em linhas gerais o que sabia. Para ele era ótimo, já que cada vez que contava o caso, também aprendia um pouco sobre ele, enxergando-o por novos ângulos.

— Você não ouviu as notícias? — Juliana perguntou, depois que Adam concluiu o grosso da narrativa.

— Não sou de assistir muita televisão… mas confesso que senti uma energia diferente na cidade. — Ela olhou para Marcos e mudou de assunto completamente. — Faz muito tempo.

— Sim… faz — ele respondeu. Parecia penalizado.

— Como você tem passado?

— Como sempre… um dia após o outro.

— Podemos voltar ao assunto? — Adam interrompeu a conversa sem pestanejar. — Temos que deter aquela coisa… Mas, pra isso, precisamos do livro. Precisamos do *Necronomicon.*

Rogéria ficou introspectiva por um instante. Entrelaçou os dedos, exceto pelos dois indicadores, que deixou unidos, pressionados contra os lábios. Enfim, indagou:

— Você faz ideia do que está enfrentando?

Adam ergueu os ombros, mas de uma forma que a encorajou a prosseguir:

— Nyarlathotep é o que os anciões chamavam de "Deus Exterior".

— E o que é isso?

— Antes dos cristãos… antes dos judeus… antes dos gregos, dos budistas, dos muçulmanos, dos xintoístas, dos egípcios… antes até dos mesopotâmicos, já existia a crença nos *Antigos*. É algo que sempre esteve arraigado no inconsciente coletivo da humanidade. É possível que os primeiros homens tenham visto os *Antigos* planando nos céus, com seus milhares de olhos vermelhos, tentáculos e escamas. Tão grandes quanto o próprio sol, tão indiferentes a nós quanto somos a uma formiga. Inomináveis, indescritíveis, imortais e onipotentes.

— O que são eles? De onde vêm? — Adam perguntou.

— Quem pode dizer? Só o que sabemos é que são entidades poderosíssimas… capazes de destruir nossa galáxia com um peido.

Amanda franziu a testa e assobiou:

— Uau. Taí um comentário encorajador. Esse tal de Niabalatorteque é um desses?

— Não. Ele é um Deus Exterior. Ele serve aos Antigos. Muita gente confunde ambos, mas na verdade, são bem diferentes. Ele vem cumprindo a vontade deles há milênios. Em especial a de seu pai. Aquele cujo nome não pode ser pronunciado.

— Tá… agora a coisa realmente começou a ficar estranha — Adam disse. — Pode esclarecer um pouco mais? Esses Antigos querem nos destruir? É isso?

— Não. Quer dizer… eu não sei. De acordo com o conhecimento popular, os Antigos não se importam com a raça humana. A maior parte nem sequer existe no mesmo plano que nós. Se estiveram aqui em algum momento como relatei, talvez no alvorecer da humanidade ou quem sabe depois, partiram há muito. Eles supostamente deixaram uma impressão sobre os primeiros homens, despertaram temor e superstição, e foram a raiz da maioria das nossas crenças e religiões, mas, desde então, seguiram seu caminho. Estão em outras dimensões ou viajando pelo espaço sideral… em muitos casos, estão adormecidos há milênios. Dizem que um mero bocejo dessas criaturas é capaz de causar o extraordinário…

— “Extraordinário” como? — Juliana perguntou.

— Extraordinário como extinguir os dinossauros.

Fez-se silêncio na sala. Seria possível escutar um alfinete caindo no chão. Rogéria prosseguiu:

— Entenderam agora o tamanho da encrenca?

— Você não tá falando sério, né? — Juliana questionou, torcendo por uma negativa, ainda que soubesse qual seria a resposta. — Digo, sei que todos aqui viram umas coisas bem estranhas, mas criaturas com tamanho poder? Um poder num nível de extinção total? Acha mesmo possível?

Rogéria fez um muxoxo:

— O universo é um local misterioso, colega. Qual a relevância do que acredito ou deixo de acreditar? O que importa é o que está acontecendo, não? E, pelo que me disseram, o que está acontecendo não é nada bom. Entendam isso... tudo que estou dizendo a vocês são coisas que estão escritas em livros velhos — ela fez um sinal indicando o interior da loja. — Não tenho como saber se estão certos.

Adam a encorajou:

— Não importa. São as únicas informações que temos.

— Nossos livros de histórias estão cheios de manifestações desses seres — ela explicou. — Os livros sagrados de religiões em todo o globo também. Os prodígios... os milagres... o inexplicável... Coisas feitas por meio do poder deles. Da crença neles. Eles foram nossos deuses e demônios, nossos anjos e espíritos. Mas parece que, com o desenvolvimento intelectual e tecnológico da raça humana, eles se distanciaram cada vez mais. Como já disse, muitos partiram para as estrelas, deixando o homem por conta própria.

— Mas não nosso amigo? — Adam perguntou.

— Nyarlathotep é diferente. Ele aprendeu sobre emoções humanas; aprendeu a senti-las e a identificá-las. E, por algum motivo, encontrou conforto no caos, na dor e na destruição. Tornou-se uma criatura mesquinha e perigosa. Suas intervenções regulares ao longo do nosso desenvolvimento fizeram dele menção constante nos livros mágicos, grimórios e tomos antigos. Durante séculos, milênios, ele esteve por trás de várias das grandes penúrias sofridas pela humanidade. E, em algum momento, surgiu uma profecia.

— "Profecia"? — Adam perguntou. — Que profecia?

— A de que ele será o arauto do fim do mundo. Agora, parece que a profecia se torna realidade!

— Tá falando sério? No fim das contas, tudo se resume a um clichê? Ao fim do mundo? — Adam murmurou, num riso minguado.

— Você queria saber... eu contei. — Rogéria retorquiu, imprimindo bastante vigor à frase. — Talvez seja verdade, talvez seja um boato que ele próprio tenha espalhado e que, com a autoridade conferida pelos séculos, ganhou peso e importância. Quem sabe? Seja como for, as cartas são essas.

O silêncio imperou por longos segundos, antes que Amanda dissesse:

— Tudo bem... então estamos enfrentando um deus intergaláctico que quer destruir o mundo. Como vamos detê-lo?

Sirenes passaram como cometas do lado de fora. O grupo não lhes deu atenção.

— Ela tem razão — Adam disse. — Você nos deu vários "porquês", Rogéria... agora, precisamos de um "como".

— Como... — A dona da livraria ecoou. A palavra parecia sagrada.

Novas sirenes a interromperam. Era possível ver as lâmpadas vermelhas piscando do lado de fora da vitrine. Marcos franziu a testa e comentou, dando alguns passos em direção à fachada da loja:

— Que raios tá acontecendo?

— Devem estar indo pra cena do crime, no hospital — arriscou Juliana.

— Não... é algo mais — ele disse.

— O hospital fica pro outro lado — confirmou Amanda.

Súbito, um clarão do lado de fora transformou a penumbra da loja em dia por um instante, seguido de um estrondo. Marcos recuou, trombou com uma prateleira e derrubou os livros que ela sustentava.

— O que foi isso?

Antes que alguém pudesse responder à pergunta de Amanda, uma pedra espatifou o vidro da fachada. Lá fora, correria, gritos e novas sirenes de fundo. Rogéria, ao ver sua loja ser atacada, adiantou-se na direção da porta, mas Adam a segurou:

— O que cê tá fazendo?

— Esses animais tão quebrando a minha loja!

— E acha o quê? Que vai poder argumentar com eles?

Ela libertou o braço da pegada dele:

— Esta é a minha vida, Adam! Acha que vou ser intimidada por um bando de...

A frase foi abreviada pelo início de uma troca de tiros.

— Pro chão! — Adam berrou, derrubando a mulher e sendo seguido por Amanda e Juliana. Marcos, obviamente, já estava caído. Nem bem havia feito aquilo, uma bala passou zunindo, desaparecendo nos fundos da livraria. Nas ruas, uma pequena zona de guerra começava, com meia dúzia de policiais enfrentando uma massa de pouco mais de vinte pessoas fora de si, que avançava quebrando tudo que via pela frente e agredia qualquer um que encontrasse.

— Pelo jeito a bosta começou aqui também! — Marcos observou.

— Como assim, "começou"? — Amanda questionou. — Você acha que aquilo no hospital foi o quê? Aquecimento?

Adam virou-se para Rogéria ainda caída e segurou-a pelos braços:

— Fala logo o que você sabe, mulher!

— O que mais quer que eu diga? — Ela berrou, envolvida por um medo extremo. — O que quer…

A frase foi interrompida por uma nova bala perdida. Esta acertou o abajur que ficava em cima da mesa e o fez em pedaços. Juliana, mais próxima do objeto, deu um grito e se encolheu tanto que a cabeça parecia estar enfiada dentro do próprio traseiro.

De repente, uma silhueta deu um salto da rua para o interior da livraria. Era um jovem de quinze ou dezesseis anos. Usava *jeans* e uma camiseta do Coringa. Na mão direita, uma peixeira. Na esquerda segurava a cabeça de uma mulher pelos cabelos. O sangue gotejava sobre os livros e cacos de vidro. O tronco do garoto era delineado por chamas ao fundo, ganhando contornos alaranjados. Ele era um totem sagrado, que personificava a vontade de um Deus milenar. Era não só um veículo para promover o caos — grande parte de Arkham o era àquela altura —, mas também um invólucro oco, agora preenchido pela ânsia de destruir. Estava fora de si… O mundo estava fora de si. Ele ergueu os dois braços, exibindo as posses como troféus e gritou:

— Ele está vindo! Ele está vindo nos purificar! Ele está vindo para…

Um estampido abreviou a frase. Vindo de fora, desferido por um policial ou por outro louco, o grupo não saberia dizer. Adam viu o rosto rubro e cheio de fúria se desfazer das rugas formadas pelas contrações de raiva. Como se sentisse a presença da morte, a incompreensão cruzou sua face. O rapaz caiu para trás antes que pudesse dar voz ao sentimento, espatifando-se de costas na rua tumultuada.

— Que merda é essa? — Marcos gritou. — Que porra tá acontecendo?

Mas eles sabiam o que estava acontecendo. Todos ficaram abaixados na mesma posição, aguardando que as coisas acalmassem e torcendo para que ninguém mais tentasse invadir a loja, agora com a fachada destruída.

Felizmente, a onda de violência foi literalmente isso: uma onda que passou e seguiu adiante. Conforme avançava, cada vez mais pessoas se juntavam a ela, motivadas pelas sugestões mentais que Nyarlathotep emitira.

Aos poucos, os gritos e o barulho de coisas quebrando começaram a se afastar e, conforme foram ficando mais distantes, os nervos dos membros do grupo passaram a dar sinais de recuperação.

Rogéria foi a primeira a pôr-se de pé, seguida de Adam.

Ela foi até a fachada da loja e abriu com cuidado a porta. O que viu a deixou estarrecida. As ruas estavam irreconhecíveis. Uma carcaça de carro em chamas poderia explodir a qualquer instante. Outros dois veículos tinham sido virados no meio da rua e servido como barricadas. As lojas tinham sido apedrejadas, pichadas e quebradas. Postes de sinalização entortados. Havia sujeira por todo lado; latas de cerveja e garrafas de bebidas se misturavam a vidro partido, poças de sangue e cascos de rojões que haviam sido disparados contra a polícia. Mas o que realmente impressionava era a quantidade de corpos caídos, espalhados em todas as direções, feridos, espancados… mortos.

No fim da rua, quatro ou cinco esquinas adiante, ela viu que a guerra entre a polícia e os arruaceiros continuava, conforme a massa avançava e os oficiais, em minoria, recuavam. À sua volta, outros moradores saíam de suas casas, alguns, tão penalizados quanto ela, outros, com uma luz no fundo dos olhos que poderia ser reconhecida como uma introdução à loucura. Ela receou que aqueles ainda não haviam surtado, mas era questão de tempo. Conhecia sua cidade e sabia que, mais rápido do que qualquer lugar no resto do planeta, ela se renderia à vontade dele.

Bem à frente da loja, o jovem invasor com a camiseta do supervilão, ainda vivo, estava deitado de costas, as duas mãos pressionando a barriga, tentando conter o sangue que vertia do ferimento à bala.

De repente, percebeu que Adam estava ao seu lado. Seu rosto trazia uma expressão de assombro.

— Meu Deus — ele disse. Ela o encarou e perguntou:

— Acredita mesmo Nele, Adam? Ou só diz "Meu Deus" ou "Pelo amor de Deus" como força de expressão?

— Eu… não sei.

Ela ergueu as sobrancelhas:

— Bom… espero que acredite em alguma coisa, pois vai precisar de fé se realmente quer fazer algo a respeito desta bagunça.

Ele se adiantou como se quisesse ajudar o garoto, mas Rogéria o segurou pelo braço. Adam retribuiu com um olhar reprovador:

— Ele tá morrendo.

— Você não pode fazer nada por ele. Nem por ele nem por nenhum desses pobres diabos.

Ele puxou o braço e se ajoelhou ao lado do corpo. Passou a mão atrás da nuca, tirando-a do chão. Sangue escorria pela boca do jovem, misturado com saliva. A expressão gravada no rosto moribundo era de puro terror:

— Ele… está vindo… para nos julgar…

Adam sentiu um nó na garganta. Era só um garoto inocente e idiota.

— Por que fez isso? Por quê? — Perguntou. Revolta corroía seu ser.

Era tarde demais. Os olhos congelaram. Uma última tossida espirrou sangue para os lados e a face se retesou. Adam crispou os punhos e espremeu os olhos até sentir a vista doer. Rogéria tocou seu ombro.

— Venha… vamos pra dentro — ela disse, temendo a pequena aglomeração de pessoas na rua que sucedeu a passagem da onda. Sentindo-se subitamente sem forças para fazer qualquer outra coisa, ele obedeceu.

Marcos ajudou Rogéria a fechar a fachada da loja com algumas tábuas de madeira que ela tinha nos fundos. Quando terminaram, a mulher pôs as mãos na cintura, agradeceu e ficou contemplando o remendo. Era difícil precisar o que estava pensando:

— Acho que é o melhor que dá pra fazer por enquanto — disse. Marcos concordou. Adam estava sentado entre as colunas de livros, cabisbaixo. Lá fora, os gritos tinham diminuído gradativamente, até sumirem por completo. Parte dos moradores continuava na rua, alguns curiosos de pijama, outros segurando ferramentas como armas improvisadas. Era difícil dizer se estavam prontos para defender seus lares ou para reiniciar a onda. Sorrisos maléficos se confundiam com risos de nervoso; olhares hipnotizados se confundiam com expressões de espanto. A maioria tinha voltado para dentro das casas. A atmosfera era de medo. Com a segurança garantida, o grupo tornou a se reunir.

— Acha que qualquer um pode perder as estribeiras a qualquer momento? — Adam perguntou, um pouco mais calmo.

— "Qualquer um", acho que não… só os cretinos. Infelizmente, o mundo está cheio deles — Rogéria respondeu. — Ainda mais aqui, em Arkham.

— Por que continua chamando este lugar assim? — Adam bradou, nervoso.

— Porque é esse seu nome, Adam. Seu verdadeiro nome, oculto dos diários oficiais da União, mas conhecido por todos que aqui vivem.

Ele passou a mão na testa. Sua postura era de derrotado. Voltou a moderar o tom:

— Nyarlathotep os está influenciando?

— Sim.

— Como?

— Existindo.

Juliana aproximou-se trazendo uma bandeja. Ela havia preparado um chá quente para todos. Isso estava se tornando uma constante, mas ela não se importava. Sentia-se bem ao ver as expressões felizes quando a bandeja chegava, e sabia que ajudava o pessoal a se acalmar. Rogéria apanhou uma xícara, dizendo:

— Com certeza, o chá estava vencido.

— Não dando dor de barriga... — Juliana respondeu. Amanda agradeceu e perguntou:

— Certo... e agora?

Rogéria lançou um olhar inquietante para Marcos. Ela parecia querer dizer algo, mas tinha receio de fazê-lo. O zelador compreendeu a mensagem, fez um aceno com a mão e disse:

— Ele já sabe o que fizemos, Rogéria. De qualquer maneira, não importa mais...

Adam ergueu as sobrancelhas e conectou os pontos.

— Quer dizer que a Rogéria tava junto do grupo que...

— Sim — Marcos confirmou antes que ele concluísse a frase.

— Posso saber do que estão falando? — Juliana inquiriu, enquanto assoprava seu chá. Adam relatou em linhas gerais a história narrada pela mãe de Pombo. Marcos parecia incapaz de olhá-lo nos olhos. Rogéria apenas meneava, mas sua expressão era impenetrável; não parecia arrependida ou envergonhada. Ao fim do relato, limitou-se a dizer:

— Não me orgulho do que fizemos... mas tínhamos a melhor das intenções. Vocês precisam entender que foram outros tempos.

— Não me parece tanto tempo assim — Adam a reprimiu.

— Pois para nós parece uma eternidade — ela retrucou. — Olha, não sei se adianta de alguma coisa, mas, depois daquele ocorrido, percebemos o quanto estávamos errados. E nos afastamos disso tudo, correndo o risco de sofrermos uma represália. O culto pode ser bastante assertivo quando quer, Adam. Eu sei, eu estava lá dentro.

— Quando isso tudo acabar, vocês vão me explicar direitinho essa história de culto — Adam ralhou.

— Se sobrevivermos, poderá se preocupar com isso — ela afirmou. — Por ora, basta saber que nós, Marcos, eu e outros que também se arrependeram, temos de conviver com nossos pecados, e garanto a vocês que isso já é punição suficiente.

Amanda bateu com o punho cerrado na mesa e se levantou:

— Diz isso pra todas aquelas crianças que morreram!

— Não me venha com essa! — Rogéria berrou. — Não se faça de desentendida, como se não soubesse o que acontecia. Você sabe tão bem quanto todo mundo que mora em Arkham. Sempre soube! Mas é mais fácil fingir que não existe, né? É mais fácil olhar pro outro lado, enquanto uns poucos filhos da puta carregam o peso! O que os olhos não veem, o coração não sente, não é?

— Eu nunca fui a favor dessas coisas que vocês, lunáticos, faziam — Amanda rosnou.

— Pode ser. Mas também nunca moveu uma palha pra fazer algo a respeito! — Amanda não soube como responder. Rogéria prosseguiu. — De qualquer modo, não vai adiantar nada ficarmos discutindo. Precisamos ser práticos.

— Acha que ele veio mesmo trazer o fim? — Marcos perguntou, com uma pontinha de esperança de que ela negasse.

— Acho. É possível que tenha passado a acreditar na profecia que, segundo as escrituras, ele próprio criou. Vai saber.

— Então vamos detê-lo — Adam se adiantou. — Albuquerque disse, antes de morrer, que o segredo estava no *Necronomicon*.

Rogéria confirmou:

— Ele foi banido uma vez… pode ser de novo.

— O problema é que o livro está com ele — Juliana afirmou. — E não sabemos onde ele está.

— Ele está em todos os lugares — Rogéria falou. — O mundo inteiro sente sua presença.

— Mesmo assim, precisa estar em algum lugar, não? Digo, o corpo da Anita está por aqui. Se a encontrarmos, poderemos… Como foi que você falou? Bani-lo?

— Você está certa, garota — a velha concordou. O grupo ficou esperando que ela dissesse algo mais, contudo, ela se calou.

— Então? — Adam perguntou, após um tempo. Ela ergueu os ombros:

— Qualquer coisa que eu disser, será só um palpite.

— É melhor do que nada — ele respondeu. — O Albuquerque disse pra gente te procurar. Com certeza, não foi à toa.

— Já contei tudo que sei. Sinto muito, não posso ajudar além disso.

Foi Marcos quem interrompeu:

— Acho que sei onde ele pode estar. — Todos o encararam. — Há uma catedral antiga, localizada nos arredores da cidade.

— A velha catedral, no topo da Colina do Enforcado? — Rogéria murmurou. — Pensando bem, faz algum sentido.

— Por quê? — Juliana perguntou.

— Vocês têm certeza de que viveram a vida inteira aqui? — A velha provocou. — Não sabem de nada.

— Eu não vivi a vida inteira aqui — Adam intercedeu. — O que tem essa catedral?

— No início do século ela foi reformada e transformada em uma igreja cristã, mas só na aparência. As lendas dizem que, anteriormente, outros deuses eram adorados lá, se é que você me entende… — Adam assentiu. Rogéria continuou. — Hoje, ela não é mais utilizada, e deve estar em ruínas. Mas o palpite de Marcos faz sentido, porque, qual o melhor lugar para se estar, do que naquele onde você era adorado?

— Qual a diferença entre ela e as demais igrejas na cidade? — Adam perguntou.

— A catedral não foi construída na Colina do Enforcado, junto à Floresta das Árvores Retorcidas, à toa — Marcos complementou. — Assim como não é à toa que é o local onde vive o povo do subterrâneo. Lá é o Nexo. O ponto focal. Ou… como posso dizer melhor? É o olho do furacão.

— E o que é isso? — Adam inquiriu.

— Um foco onde todas as dimensões se encontram. Imagine dezenas de círculos sobrepostos, uns ao lado dos outros, com apenas uma pequena parte de si sendo tocada por todos. As realidades são assim. Elas se sobrepõem, até mesmo resvalam umas nas outras… mas há somente um local onde todas se tocam. Os fundadores da nossa cidade construíram a catedral exatamente sobre ele.

— E essa catedral fica na droga da Colina do Enforcado? — Adam olhou para Marcos. — De novo esse raio de lugar?

O zelador meneou:

— Não é coincidência, senhor Adam. Mas não pense que é uma "baita" catedral. A meu ver, é só uma igrejinha.

— A Floresta das Árvores Retorcidas... — Juliana balbuciou. Havia temor nos seus olhos e a fala saiu trêmula.

— Sim — Rogéria confirmou. — Já era um local místico muito antes de qualquer lenda envolvendo enforcados surgir. Lá, o poder é descomunal. Mais do que em qualquer lugar do mundo. Um local onde até mesmo um não iniciado pode lograr êxito em executar o mais complexo dos feitiços. Um lugar cuja energia é tão poderosa que transborda... que permeia toda a cidade e dá vazão às excentricidades que vemos ocorrer aqui.

— "Excentricidades"? — Adam bradou, irritado. — Prédios que devoram pessoas? Bruxas em sótãos e enforcados que viram assombrações? Zumbis perambulando e suicidas que perturbam inquilinos incautos? Chama isso de "excentricidade"?

— Chame do que quiser, Adam — ela respondeu. — Pode espernear, mas a verdade é que está tão envolvido nisso quanto qualquer um de nós. Você veio pra cá, não veio? Atraído por sabe-se lá qual força, você veio. E, contra todos os seus instintos, não conseguiu partir, não é? O fato é um só: você está aqui. E, por qualquer motivo que seja, tem um papel a desempenhar.

— Como assim? Tá sugerindo que eu fui trazido pra cá por algum motivo? Algum tipo de determinismo? Qual é...

— Qualquer que seja a sua opinião, Adam, ela não mudará os fatos. Pode negar, se quiser. A meu ver, de nada adiantará. Você sabe onde ele está. Sabe o que fazer. Então vá e faça!

Adam não esperava por aquela. Examinou o rosto de cada um; todos o encaravam sem piscar. Deixou escapar um arremedo de risada:

— Quer o quê? Que eu vá a uma catedral abandonada, dê um jeito de pôr as mãos num livro místico e expulse um deus pagão pra outra dimensão?

— É o melhor plano que temos — Marcos confirmou. Adam protestou:

— Vocês ficaram malucos? Eu nem ao menos saberia o que fazer. Supondo que eu apanhasse o *Necronomicon*... o que já me parece suicídio... não faria nem ideia de qual página abrir. O doutor Roberto ficou anos estudando aquela joça. Eu mal o vi uma vez. Por que a gente não junta todo o povo da cidade e vai lá dar uma surra naquela coisa? Com certeza tem muita gente com algo entalado na garganta por aí.

Amanda disse:

— Pelo que vi lá fora, tem muita gente com algo entalado na garganta *mesmo*. Só não tá do nosso lado.

Rogéria suspirou e murmurou:

— A quantidade de gente que precisaríamos para fazer diferença contra Nyarlathotep, Adam... Digo, pode juntar cem pessoas, mil pessoas. Droga, junte vinte mil, todas armadas. Daria no mesmo.

Adam teve um sobressalto:

— Então é isso? Sobrou nas nossas costas? Nas *minhas* costas?

Rogéria suspirou:

— Eu não sei, Adam. Não sei mesmo. Não tenho todas as respostas.

Lá fora, indiferente ao drama do grupo, o vento soprava.

Nas cidades, uma barafunda descontrolada. Choques. Confusão. Balbúrdia.

Nyarlathotep sentiu quando sua influência alcançou o primeiro coração puro e o corrompeu, resultando numa violência doméstica. Um ser como ele jamais soube nem saberia o que era perder-se no gozo do prazer que os humanos tanto idolatravam, mas imaginou que aquele sentimento que o inflava devia ser algo muito próximo dele. Sua essência... ou ao menos um pedacinho dela... viajando pelo mundo como ondas de rádio... impregnando mentes, tocando almas... e dissolvendo-as até transformá-las em lama.

Ele não era onipotente, mas sentiu como se fosse. Não era onipresente, mas sentiu-se em todos os lugares. Não era onisciente, mas escutou bilhões de vozes em sua mente, ou o que se passava pela mente de um Deus Exterior, e com elas comungou. E elas o escutaram... ah, como escutaram.

Em poucas horas, leves agressões progrediram... evoluíram... mesmo nas partes mais ermas do mundo. Malditos indígenas... bem mais difíceis de tocar do que o homem civilizado! Mas eles também haviam cedido. Sempre há um coração descontente com a ordem vigente, carregado de inveja e ciúme, angustiado pelas derrotas sofridas ou simplesmente furioso por não ter o que acha que merece. Sempre há um desses... Morte se espalhava. Violência e brutalidade. Irmão jogado contra irmão. Banhos de sangue em mais lugares e mais poderosos do que poderiam ser detidos pelas autoridades.

Ah... as autoridades... Um capítulo à parte, não?

Tão fáceis de serem corrompidas. Há muito Nyarlathotep percebera que as pessoas que assumiam cargos de autoridade eram majoritariamente cretinas. O que era explicável, afinal, por que mais buscariam uma posição que lhes desse ascendência sobre seus semelhantes? Por qual motivo gostariam de ter poder sobre os demais, se não fossem cretinas?

Serpentes sob a pele de gente, foram os mais fáceis de corromper, pois seus braços já estavam abertos para a corrupção.

Há muito Nyarlathotep percebera a diferença que havia entre "nós" e "eles". Não era de agora; era de milênios atrás. E mais... há muito percebera a natureza destrutiva do homem. Sua necessidade de beijar a ruína na boca. Mas, antes, não sabia como se alimentar dela. Não sabia como comungar com ela, como estuprá-la ou violá-la. Agora, ela inundava seu ser. Não existia Yin ou Yang... só existia ele! Não existia desejo ou repressão... só existia ele!

Ele! Ele! Ele!

Nyarlathotep tocou o próprio rosto, surpreso, sentindo aquele estranho líquido verter espontaneamente de seus olhos. Claro que já tinha visto humanos fazendo o mesmo, mas seus avatares jamais haviam sido capazes daquilo. Assim, ele jamais *compreendera*...

— Pai... — ele disse em voz alta — ...você me fez tão feliz!

Em algum lugar, numa galáxia tão distante que a humanidade nem sequer a conhece, um gigante adormecido se contorce. E as ondas de seu movimento reverberarão por milênios.

Não havia mais o que fazer na livraria. Decidiram voltar para casa, descansar um pouco e traçar um curso de ação. Rogéria recusou-se a ir junto. "Não posso fazer mais nada por vocês", ela disse. Cogitaram ir direto para a Colina do Enforcado, mas Marcos protestou, afirmando que não seria inteligente enfrentar uma força como aquela sem um plano, esgotados e, pior, no meio da noite. Havia, também, o risco de toparem com uma população enfurecida, portanto, quanto antes saíssem das ruas, melhor. Todos concordaram.

Adam ficou emburrado o caminho inteiro. A certa altura, Amanda perguntou:

— Tá tudo bem?

Ele bufou:

— Não. Não tá tudo bem. Rogéria ficou falando como se eu fosse um tipo de salvador da pátria. Como se isso estivesse escrito nas estrelas. Mas a verdade é que me sinto um idiota. Parece que tô sendo o tempo todo manipulado, Amanda…

— Não seja tão duro consigo mesmo, senhor Adam — Marcos disse, sem olhar para trás. — E se a Rogéria estiver mesmo certa? E se nada disso for acaso?

— Isso é um monte de merda, Marcos. Desculpa, mas não acredito em determinismo. Senão, que porra que a gente tá fazendo aqui? Precisa haver um mínimo de vontade, um mínimo de livre-arbítrio. Mas não é só isso. A Rogéria… da forma como ela falou, eu vim pra esta cidade… — as palavras pareceram faltar-lhe. Enfim, ele concluiu a frase — …pra cumprir algum tipo de desígnio. E, quer saber? Isso é uma puta noção fodida do caralho! Desígnio de quem? De Deus? Cada vez mais me convenço de que Deus não existe…

Juliana virou-se para ele:

— Pode pensar o que quiser… *Eu* nunca vou deixar de acreditar.

Tirou para fora da blusa o crucifixo que sempre trazia pendurado no pescoço e o beijou.

— Percebe que isso é conflitante com tudo o que vimos, não? — Adam inquiriu.

— Não sei se é… e não me importo. É minha crença que, de alguma maneira, as coisas se encaixam. E foi só isso que me ajudou a viver aqui esse tempo todo.

— Bom… eu não tenho essa certeza. Gostaria de ter, mas não tenho.

Estavam passando pela Rua da Igreja, paralela à avenida principal. Lojas depredadas e carros incendiados decoravam cada metro do caminho, mas, felizmente, não havia mais ninguém nas vias. Se novas manifestações de violência estavam ocorrendo, era longe dali, o que não deixava de ser um alívio. Apesar do senso de dever, o grupo estava exausto. Marcos falou:

— Senhor Adam… dê uma olhada ao redor. Aliás, todos vocês olhem… — Todos fizeram uma pausa e obedeceram por um instante. O cenário de destruição despertava um sentimento opressor no peito. — Em tempos difíceis, é fácil perder a esperança e se entregar. Tenho pensado muito em tudo isso. O senhor não é o único com dúvidas. Mas, se nós não estivermos completamente loucos, o que é uma possibilidade… se estivermos de fato com a razão, não acha que nossos dramas humanos ficam minúsculos se comparados ao atual panorama? Olhe ao redor. Olhe e diga que não temos a obrigação moral de agir!

Adam ficou quieto. Não sabia o que dizer. Após alguns segundos, Marcos continuou:

— Perdi meu melhor amigo, senhor Adam… e não pude nem me despedir. Não de forma adequada. Fui um covarde e não segurei a mão dele enquanto ele partia. Por todos os lados, há pessoas perdendo seus melhores amigos… perdendo seus filhos, pais e irmãos. Parou para pensar nisso? Eu sinceramente não sei se temos o poder de fazer alguma coisa… não sei se o *senhor* tem. Mas é hora de agir, não de reclamar. Não é hora de ser a vítima, senhor Adam…

Adam coçou a testa:

— Tem razão. — Hesitou um segundo antes de continuar. — Acham mesmo que…

— Eu acredito em você — Amanda afirmou sem pestanejar. Juliana tornou a olhar para trás e disse:

— Estamos aqui, não? E vamos continuar.

Marcos concluiu:

— Vamos descansar e refletir. Encher a barriga, porque ninguém pensa direito com fome e com sono. Tudo parecerá melhorar quando o dia raiar. E saiba de uma coisa, se tiver alguma chance de que você chute o traseiro daquele filho da mãe… vou estar ao seu lado até o fim!

O grupo apoiou a bravata, mas Adam não respondeu. Por um lado, era ótimo poder contar com o apoio dos seus amigos, afinal, todos tinham sido essenciais de uma forma ou outra para que os conflitos fossem resolvidos. Mas, por outro, ele estava cansado de se sentir responsável. Racionalmente, sabia que a morte de Albuquerque não tinha sido culpa sua, mas isso não impedia que se sentisse como uma bosta de vaca ressecada no campo. E se ele arrastasse aquele grupelho para uma empreitada suicida e o pior sucedesse?

Amanda diria que aquela decisão não era sua; que todos eram adultos e sabiam o que estavam fazendo. Mas isso não aliviava nem um pouco a pressão.

A onda de violência não parecia ter chegado à rua do edifício. Tudo estava quieto, mas não tranquilo. Havia uma densidade no ar. Era como entrar numa mina de carvão e respirar fuligem, sentindo-a sufocar os pulmões. Marcos estacionou o carro e o grupo se reuniu no saguão de entrada. Foi impossível não destinar uma olhadela para o balcão vazio e pensar que Albuquerque nunca mais estaria atrás dele, com as sobrancelhas erguidas e ar de superioridade.

— E agora? — Juliana perguntou.

— Vamos descansar — Adam afirmou. — Pela manhã, a gente decide o que fazer.

Era como se estivessem se movendo em câmera lenta; brinquedos cuja pilha estava acabando e os movimentos haviam ficado comprometidos. Quando Marcos fez um aceno com a cabeça e dirigiu-se ao seu apartamento no primeiro andar, Adam o chamou.

— Pois não, senhor Adam.

Ele lhe deu um súbito e inesperado abraço, que durou alguns segundos. O zelador permaneceu desconfortável, incapaz de retribuir, apenas aguardando que acabasse. Enfim, Adam o soltou:

— Desculpe pelas besteiras que falei.

— Nós dois dissemos besteiras.

— Eu disse mais. Não tinha o direito de julgar. Mas, acima de tudo, sinto muito… pelo seu amigo.

Marcos abaixou a cabeça e respondeu olhando para o chão:

— Obrigado.

Sem dizer mais nada, dirigiu-se ao seu apartamento e entrou. Cansado do jeito que estava, o zelador se limitaria a tirar os sapatos, deitaria no sofá da sala e simplesmente desmaiaria, dormindo por várias horas seguidas. Só bem mais tarde ele perceberia que, naquele abraço, Adam aproveitara para sutilmente surrupiar as chaves do carro de seu bolso. Mas, quando percebesse, já seria tarde demais.

"Um homem sem arrependimentos não pode ser curado."

Aristóteles, *Ética a Nicômaco.*

12 Quando Adam percebeu que prestava para alguma coisa

Adam pensou seriamente em se matar.

Ele tinha uma espingarda e um revólver no banco do passageiro do carro que "tomara emprestado" de Marcos. Seria fácil. Era só encostar o veículo, colar o cano da arma no céu da boca e, sem se permitir pensar demais, pressionar o gatilho.

Será que o revólver daria conta? Como advogado, ele escutara várias histórias, sempre rindo de forma inapropriada dos mentecaptos que as perpetravam, em geral após o expediente, na companhia de outros advogados em seus ternos de linho e de muitas cervejas. Por causa da inexperiência, do nervosismo ou de algum outro fator, a arma deslizava durante o ato. Em vez de cumprir o intento, desfigurava o pretenso suicida, ou pior, deixava-o abobado para o resto da vida.

Por outro lado, apesar do baixo calibre, a espingarda não falharia, mas só de imaginar a bagunça que deixaria, Adam ficou arrepiado. Encostar aquele cano debaixo do queixo e puxar o gatilho abriria um buraco do tamanho de uma maçã em sua cabeça, talvez até de um melão, ou arrancaria metade do rosto, ou ambos. Se ele se matasse dentro do carro, não restaria uma polegada da parte interna do veículo sem pedaços de miolos e sangue espalhado. Sujeira nos vidros, no teto, no capô, no painel… e seu enterro teria de ser feito com um caixão fechado. O que seu filho diria? Mais um trauma?

Logo Adam percebeu que era vaidoso demais para concretizar qualquer coisa do tipo, o que o levou a se perguntar por que estava sequer cogitando aquilo.

Ah, sim. Porque talvez uma morte limpa seja preferível a enfrentar um deus cósmico.

Engraçado como aceitara aquela ideia estapafúrdica agora que estava só e não via a necessidade de negá-la diante das outras pessoas. Sim, existia uma criatura maldita caminhando pela Terra, e sim, ela estava apressando o ocaso da civilização, não disposta a permitir que o homem seguisse por si só seu lento, porém consistente, declínio. Era possível que o ser humano, em poucos séculos, promovesse a própria derrocada; se não por uma guerra nuclear, por ter intoxicado o planeta até um ponto sem volta, exaurindo todos os recursos naturais e transformando-o em sua privada particular.

Provavelmente este seria o destino da humanidade e da sua falta de consciência, mas Nyarlathotep não quis esperar. O que seriam alguns séculos para um imortal? Nada. Um suspiro. Mas agir passivamente nos bastidores não bastava; ele tinha de ser o *agente* do fim, seu catalisador e proclamador. A criatura trazia o Apocalipse e, quanto mais Adam refletia, quanto mais notícias escutava no rádio, mais o fim parecia inevitável.

Ao roubar o carro de Marcos, após ter surrupiado as chaves e esperado que todos dormissem, incluindo Amanda, que desconfiava de que ele estava aprontado alguma — *Mulheres têm mesmo um sexto sentido?* —, ele seguiu direto para a Floresta das Árvores Retorcidas, decidido a pôr um término na situação sozinho. A decisão não foi fácil, mas estava tomada: se era para arriscar alguma vida, que fosse a sua. Chega de pôr os outros em perigo.

A jornada até lá não foi tranquila. Conforme se aproximava do centro, os conflitos se multiplicaram. Esquina sim, esquina não, havia uma balbúrdia ocorrendo, não só confrontos entre autoridades e agressores, mas brigas graves que culminavam em morte, abusos, linchamentos e estupros, grupos armados como milícias, jovens agredindo os pais... Adam teve a sensação de estar em uma cidade em plena Idade Média, ocupada por uma força bárbara invasora.

Uma garrafa se espatifou contra o para-brisa do carro de Marcos, mas, por sorte, não o quebrou. A agressão arrancou Adam das reflexões e chamou sua atenção de volta às ruas. Ele fazia desvios, tentando fugir das confusões, mas, a certa altura, não pôde evitar. Deu de cara com uma via fechada por um grupo de umas quinze pessoas.

O que havia acontecido com aquela gente, usando roupas sujas e rasgadas, coberta de sangue e portando pés de cabra, facões, martelos e chaves de roda, ele jamais poderia dizer. Eram feras. Feras que babavam e urravam. Dar meia-volta seria impossível; eles o alcançariam e o pegariam num momento vulnerável, enquanto manobrava. Adam praguejou contra a própria imbecilidade, por ter se colocado naquela situação. Quando a multidão investiu contra o veículo, ele não titubeou. Seu pé pisou fundo o pedal do acelerador.

Tudo transcorreu tão rápido que não houve tempo para absorver o ocorrido. A traseira do veículo rabeou, as rodas giraram em falso antes de aderirem ao solo e a máquina de metal pegou velocidade. Os rostos despidos de humanidade estavam sobre ele, iluminados pelos faróis altos; então, o som de baques secos, como o de sacos de batatas contra a lataria, rolando por sobre o capô; gritos e urros, gorgolejos de dor, resfôlegos e novos gritos; as pancadas das armas improvisadas contra o metal, o vidro do motorista trincando, os solavancos ao passar por cima de corpos inteiros, esmagando membros e troncos... Então, o carro chegou ao outro lado da barreira, deixando meia dúzia de agressores para trás estatelada no chão, alguns imóveis, outros se recobrando aos poucos.

Adam não sentiu orgulho de atropelar pessoas fora de si, gente que poderia estar sofrendo algum tipo de controle mental, mas não havia opção. Sentiu-se sujo, mas não permitiu que o pensamento contaminasse sua determinação. *Vou fazer o que precisa ser feito...* No instante em que disse isso para si próprio, defendendo seus atos, uma voz que não sabia se vinha de dentro ou de fora sussurrou em sua mente, *Assim como o povo desta cidade acreditava estar fazendo.*

Ao ver os fins justificando os meios, sentiu a pegada no volante ficar mais firme, a respiração faltou durante os intervalos de algumas batidas do coração e os olhos se esbugalharam:

— Não! — Berrou em voz alta. — Eu não sou assim! Eu não sou assim!

Conforme se afastava do centro da cidade, a violência e os focos de conflito foram ficando mais espaçados, minguando aos poucos, até desaparecerem. O habitual silêncio noturno voltou a imperar e só o que ele ouvia era o ronco do motor velho.

Imagens dançavam em sua mente, desafiando-o a dar sentido a elas. Adam não tinha ideia do que faria a seguir. Tentava dar algum crédito às observações de Rogéria, de que a presença dele ali não era acaso, mas não conseguia. Se o destino tinha algum plano para ele, Adam passara a vida inteira chegando atrasado aos encontros marcados. Parecia improvável que agora pudesse ser diferente.

Ele não acreditava em predestinação, não acreditava em desígnios divinos. Então, o que fazia ali, decidido a enfrentar um deus cósmico sozinho?

Sua tendência ao martírio chega a esse extremo?

Conforme o carro começou a se aproximar do seu destino, Adam foi, inconscientemente, diminuindo a velocidade. Suas mãos tremiam. Seus lábios tremiam. O coração se transformara numa britadeira. O estômago doía; não era mal-estar, era dor de verdade, como se estivessem batendo em sua barriga com uma marreta. Nunca sentira nada parecido na vida. A ansiedade provocara uma laxação nos membros que parecia irreversível e, se ele seguia em frente, era apenas por uma teimosia arraigada em sua personalidade e por um senso de responsabilidade e dever que lutava para superar o medo.

Enfim, a via acabou e a colina escura se avolumou diante dos seus olhos. Estacionou no mesmo lugar onde Marcos havia parado da última vez. Adam não sabia onde ficava a tal catedral, mas não deveria ser difícil de encontrar. Sabia que não era para o lado direito, o sentido que eles tinham seguido para encontrar a entrada da caverna, então só poderia ser circundando a colina para a esquerda. Pôs-se a subir uma trilha.

Deu um sorriso nervoso. Como seria bom se chegasse e encontrasse o local vazio, e o livro em cima de algum altar empoeirado, dando sopa. Seu único trabalho seria apanhá-lo e voltar correndo para o carro.

Tá bom... com a minha sorte, vai ser exatamente isso que vai acontecer.

O revólver estava na cintura, a espingarda em punho. Ele tentava evitar a tremedeira, mas não conseguia. Passo a passo, afastou-se do carro e, a cada olhadela que dava para trás para ver o veículo ficando mais distante, sentia como se a esperança também esmorecesse.

— Que porra eu vou fazer? Que porra eu vou fazer? — Disse duas vezes baixinho, em busca de uma ideia, qualquer ideia.

O remorso por atropelar uma dúzia de pessoas subitamente pareceu uma lembrança distante, quase outra vida. Responsabilidade e dever eram conceitos, assim como ética, honra e moral. Adam poderia distorcê-los para se encaixarem na sua necessidade? Claro, por que não? Anita havia sido possuída por Nyarlathotep, mas continuava sendo humana. Ela era a hospedeira dele, seu receptáculo, a raiz que firmava seus pés no mundo... mas o que aconteceria se ela deixasse de existir? Se deixasse de viver? Se o seu corpo fosse destruído? A conexão seria quebrada? A criatura voltaria para qualquer que fosse o Inferno de onde viera? Adam estaria disposto a arriscar?

A forma encorajadora como se pegou segurando a espingarda dizia que sim.

Ele parou de tremer e sentiu a respiração se acalmar. A dor no estômago desapareceu e sua postura mudou. As costas se endireitaram; um novo ímpeto começou a movê-lo. Adam pressionou os dentes molares uns contra os outros e semicerrou os olhos. Sempre para cima, havia determinação em sua vista agora, conforme superava com dificuldade os galhos entremeados e o mato alto que ocupara o espaço do que outrora fora a trilha. Sentiu que estava indo na direção certa.

Enfim, ao fazer uma curva, contornando uma rocha de mais de três metros de altura, ainda um pouco distante do cume, Adam desembocou em uma pequena planície. No centro dela, uma construção em ruínas, banhada pela luz do luar. As antigas paredes de pedra estavam cobertas de limo e enegrecidas; o teto havia desabado em dois pontos distintos, e a porta de entrada há muito desaparecera.

Adam respirou fundo, fechou os olhos por um instante, tentando acalmar-se, e olhou para o céu. Deveria fazer uma oração, mesmo sem acreditar em Deus? Juliana teria feito. Após poucos segundos, sentiu-se ridículo pela falsidade e, dando de ombros, ralhou:

— Que se dane!

Então, moveu-se na direção das trevas.

Assim que adentrou o local, Adam sentiu a força da energia negativa; tão forte que o fazia querer recuar, como se estivesse sendo assoprado para trás por um tufão invisível. Um passo após o outro, progrediu lentamente para o interior da catedral. Ela não estava muito melhor por dentro do que por fora.

No átrio principal havia resquícios do que um dia foram os bancos, agora dois amontoados de madeira podre de ambos os lados, umedecidos e provavelmente servindo de quartel-general para colônias colossais de cupins. Nenhuma janela conservara os vitrais, sendo apenas estruturas vazias de metal enferrujado pelas quais a luz da lua entrava. Nas laterais, nichos vazios indicavam que, em algum momento, obras de arte sacra adornaram as paredes. A única imagem que sobrevivera à ação do tempo e aos saqueadores era o Cristo crucificado, logo atrás do púlpito, mas mesmo ele trazia uma pintura descascada e rachaduras no mármore. Sua mão direita havia desaparecido, assim como o nariz, e várias partes do corpo estavam lascadas. O altar de madeira ainda estava coberto por um tecido cinza, outrora branco, totalmente devastado pela ação do tempo e das traças. Sobre ele, mesmo de longe, Adam reconheceu o livro… o *Necronomicon*. E, ao seu lado, a silhueta de Anita.

Ao ver o tomo, ele quase se adiantou impulsivamente para apanhá-lo, mas conteve-se quando seus olhos perceberam a presença da guardiã. Anita estava oculta pelas sombras e, em volta da pele, uma aura esverdeada parecia emanar. Adam engoliu em seco e apontou a espingarda. Ela deu um passo à frente, iluminada por um raio de luar como se estivesse sob um holofote, e perguntou:

— Veio ceifar minha vida, pequenino?

Adam não respondeu, mas arriscou um passo adiante. Ela riu e também andou:

— Vai precisar de mais do que isso!

A voz de Anita soou como algo que Adam jamais havia escutado.

Continuava sendo a voz dela, mas, de algum modo, não era. Um tom abissal estava impregnado no som; algo áspero tal qual metal raspando. Sem saber o que dizer, Adam apenas exigiu:

— Eu só quero o livro. Entrega ele que ninguém se machuca.

Anita olhou para o tomo sobre o altar.

— Aquilo? Ele me pertence agora, pequenino. E, desta vez, o manterei em segurança.

— Ele foi roubado do meu amigo…

— Que o havia roubado de alguém muito mais importante!

Argumentar com um demônio… Bela estratégia!

Adam parou. Estava a pouco mais de quinze metros da garota. Mesmo na escuridão, conseguia divisar alguns detalhes. Havia algo de muito errado com Anita. Sua pele não parecia epiderme comum, mas uma textura emborrachada; na verdade, um segundo exame o fez crer que toda a pele dela estava se tornando uma única e grosseira cicatriz, um queloide sem interrupções que ia dos pés à cabeça. Os olhos eram duas pupilas dilatadas, jabuticabas pretas e sem alma. Adam pensou nas cartas que estavam na mesa… e lançou sua mão:

— Eu sei quem você é… Nyarlathotep.

Anita, que avançava, parou no lugar. Pareceu surpresa por um instante. Enfim, abriu um sorriso seco:

— De fato, é uma surpresa… mas não muda nada, pequenino. Nomes possuem uma força sem igual na existência, mas podem igualmente se tornar obstáculos quando recebem glória e atenção. Mas a virtude… a essência qualitativa… é a verdadeira natureza de cada ser. E isso não muda, não é influenciado, não pode ser transformado… A verdade sobre cada ser que habita esta e todas as realidades. Ela é a única coisa que pode ser considerada sagrada, pequenino. Você sabe quem sou… sabe sobre a profecia… portanto, sabe que não há escapatória para o que virá.

Adam cansou de papo:

— Eu não sei de porra nenhuma!

E puxou o gatilho. O rugido da arma irrompeu como um trovão dentro da catedral, reverberando em suas paredes de pedra com um rugido centenas de decibéis acima do aceitável para o ouvido humano. Mas não foi nada se comparado ao urro bestial que a criatura lançou ao ser atingida diretamente no peito e projetada para trás pela força do impacto.

Anita caiu no chão em meio a um golfo de sangue, uma nuvem de pó e aquela fosforescência paranormal que a seguia com um atraso de poucos segundos para onde quer que ela fosse, como a cauda de um cometa acompanha a trajetória do corpo principal.

Adam correu sem pensar duas vezes, subiu a meia dúzia de degraus do púlpito e agarrou o *Necronomicon*, tremendo como vara verde. Assim que tocou o livro, sentiu algo puxar sua calça com força. Tentou se equilibrar, mas era tarde, e também foi ao chão, caindo de bunda sobre as lajes carcomidas.

Anita tinha se esticado toda para conseguir pegá-lo. No peito, um buraco negro onde o tiro acertara. De dentro dele vazava uma substância negra viscosa. Adam conseguiu enxergar parte da ossatura arrebentada das costelas e soube que aquele ser não poderia estar mais se movendo, não poderia estar vivo e muito menos segurando-o. Mas a mão que puxava a barra da calça continuava firme, e a pele era escorregadia e grossa. Ele desviou o olhar para o rosto e encontrou uma face inumana; grandes olhos pretos e vazios, cabelos lisos empapados, a boca escancarada exibindo todos os dentes podres e, de dentro dela, uma língua bifurcada como a de uma serpente surgiu, arrancando um grito de pânico de Adam. Mesmo desajeitado da forma como estava, mirou a espingarda diretamente contra aquela expressão.

— Eu não estou só, pequenino…

Foi o que a criatura conseguiu dizer, antes que ele pressionasse o gatilho e explodisse o rosto monstruoso.

O corpo tombou para trás e ficou se contorcendo sobre as lajes, sem metade da cabeça, vazando a gosma negra que substituíra todo o sangue mortal.

Adam saiu se arrastando de marcha à ré. Só queria se afastar daquela abominação, temendo que, mesmo sem cabeça, o corpo se levantasse e o atacasse. Largou a espingarda, que estava vazia, sacou o .38 da cintura meio sem saber o que fazia, e, ao tentar ficar de pé, tropeçou e rolou os degraus do púlpito. Foi tudo tão rápido que nem sequer percebeu como acontecera, mas, ao chegar ao último, escutou um disparo.

Uma dor lancinante correu imediatamente por todo seu corpo. A sensação de molhado na barriga. Olhou para a espingarda. Estava caída no púlpito, longe dele. Então, percebeu que o revólver tinha disparado. A bala havia atravessado o músculo da coxa, rompendo-o e saindo do outro lado. Ele tocou o buraco, na parte de trás da calça. Foi aí que a percepção o aturdiu.

Idiota! Idiota! Idiota! Jura que você atirou em si mesmo?

Um ruído desviou sua atenção. Algo viscoso movia-se nas trevas. Olhou para o corpo inerte de Anita e estremeceu. Com dificuldade, conseguiu se colocar de pé e, de arma em punho, mancou até o altar e apanhou o livro. A dor era lancinante, mas a adrenalina estava levando a melhor por enquanto.

Olhou de relance para as paredes. O que viu era impossível, mas, mesmo assim, ali estavam. No ponto onde as paredes de pedra tocavam o chão, tentáculos grossos que nem cabos de aço de uma ponte se pronunciavam, como se a junção não fosse feita de tijolos e argamassa, mas vazada, com uma abertura que permitia a passagem daqueles dedos pavorosos, cheios de ventosas que pareciam ter vida própria, que convergiam na direção dele.

Adam saiu correndo ao longo da nave principal, arrastando a perna ferida e abraçado ao livro, vendo com o canto dos olhos aqueles tentáculos surgirem de todos os lados, cada vez mais próximos, cada um com três ou quatro metros de comprimento. Ele nem tentou atirar, apenas apertou o passo para sair da catedral, cujo ar começava a ficar mais denso e enevoado, fedendo como carniça após dias exposta ao sol.

A saída estava próxima. Cada vez mais próxima. Só mais alguns metros.

Um tentáculo investiu como uma lança e só o que salvou Adam foi o instinto de se inclinar para o lado, deixando a coisa passar no vazio. Algumas gotas da substância que o recobria respingaram no rosto do ex-advogado, e foi como ácido sulfúrico. Ele ouviu o barulho de algo queimar, sentiu o cheiro da própria pele tostada, e uma dor horrível o fez gritar e praguejar.

Adam manteve o livro apoiado contra o peito, mas, com a mão que segurava o revólver, instintivamente tocou o rosto, percebendo pelo tato os ferimentos que algumas meras gotas haviam causado. *Se uma dessas coisas conseguir me agarrar, eu tô morto.*

A saída estava a menos de três metros. Ele ia conseguir. Tinha que conseguir. Já podia sentir o ar fresco da noite tocar sua face, vindo do exterior. E, com ele, uma esperança renovada.

Enfim, deu um salto para fora, no exato instante em que um novo tentáculo tentava agarrá-lo, resvalando por pouco em seu calçado. O toque derreteu imediatamente a borracha da sola e queimou o tecido, obrigando Adam a tirar o tênis antes que a gosma o atravessasse e tocasse sua pele. Estava mais uma vez caído, de bunda no chão, e olhou para dentro da igreja.

O interior da construção decadente se tornara uma pista de dança, com luzes surgidas das extremidades, vermelhas, verdes, azuis, cruzando-se umas sobre as outras e girando no próprio eixo como se fossem canhões *laser.* De onde elas vinham? Lembrou-se das palavras de Rogéria e sussurrou em voz alta:

— Aqui é o Nexo.

Como se a verbalização virasse ação, começou a sentir as energias do local. Um novo pavor infundiu seu ser, levando-o a uma escala de medo ainda além, quando viu, lá dentro, o corpo de Anita deitado sobre o púlpito se mover.

— Nem a pau! — Disse, forçando-se a também ficar de pé. Sabia que tinha de correr, que tinha de sair dali, mas seus olhos não desgrudavam daquela visão assombrosa.

Em meio ao *show* de luzes que vinham de lugar nenhum e a um agrupamento de tentáculos que serpenteavam das laterais da parede, a mulher completamente desfigurada, com metade da cabeça arrancada pelo tiro e um olho apenas, sem nariz e coberta pela substância negra, estava ereta. Ela apontou para ele e emitiu um guincho inumano dezenas de vezes mais alto do que qualquer som que Adam já tinha escutado. Era tão agudo que, se houvesse algum vidro na igreja, teria explodido, mas bastou para sacudir a copa das árvores num raio de cem metros e de fazer Adam pressionar os tímpanos, temendo que eles estourassem.

Sabendo que já havia se demorado mais do que devia na catedral, Adam deu meia-volta e seguiu mancando. Precisava sair dali imediatamente e deixar aqueles horrores para trás. Foi quando lhe ocorreu. *E vou pra onde? Rogéria disse que a energia deste local é tão poderosa que até mesmo um leigo conseguiria executar um feitiço... então por que não eu?*

Tendo dado poucos passos na direção do carro, decidiu desviar-se novamente. Ele estava no Nexo, o que quer que isso significasse. E, se havia um lugar onde poderia banir Nyarlathotep, era ali. Sem dar tempo para que seu coração indeciso pesasse, Adam desviou a rota e voltou a escalar a montanha, disposto a atravessar os metros que o separavam do cume.

Como a profecia nasceu? Nem mesmo Nyarlathotep se lembrava. Às vezes pensava que havia sido de uma maneira... depois pensava que fora de outra... e logo concluía que o "como" não importava. Ela estava lá; ela existia. Se várias pessoas acreditassem, ganharia força e se tornaria realidade. Assim, há incontáveis séculos, ele inclinou-se sobre os ouvidos de um ancião muito respeitado entre os seus e sibilou uma sequência de versos.

Acredite no amanhã sem futuro
O paradoxo da Vida e da Destruição
O Filho do Espírito cujo nome não pode ser mencionado
Concebido pelo grande conhecimento
Nascido em outro mundo, fulguroso
Ele vive e reinará até o fim dos dias
No ocaso de tudo que existe, irá à guerra
Vitorioso, liderará o mundo para a morte
Ele elevará o brilho das Trevas e o ódio sagrado
Ele trará a maldição da danação
A punição autoimputada
E a morte eterna

O ancião acordou assustado, olhando para os lados, suando frio. Era um homem altamente inteligente, que acreditava no poder da natureza e na bondade inerente ao ser humano. Pressupor um ser arquetípico, cuja verdadeira intenção fosse causar o mal, parecia uma lógica distorcida e ia contra tudo o que sempre pregara. Mas, agora, seu coração se via assolado pela dúvida. Naquela tarde, o ancião reuniu os seus e narrou a poderosa história do fim do mundo, aterrorizando profundamente todos os ouvintes. Um deles quis saber quando o fim dos dias chegaria, mas ele não tinha a resposta. Só o que sabia é que o mundo havia sido maculado por uma força irresistível, que traria sofrimento e depravação.

Seus pupilos multiplicaram a narrativa à sua própria maneira, acrescentando detalhes, suprimindo partes, criando nomes e fatos, e a história cresceu em escopo, tornando-se um épico diferente para cada cultura do planeta, mas, apesar das discrepâncias, o cerne era o mesmo: tudo vai ruir, tudo vai desaparecer, tudo vai ser engolido pelo oblívio. O conforto ilusório trazido por laços emocionais, a certeza ilusória dos antigos padrões de raciocínio, a alegria ilusória e efêmera que permeia certos momentos da vida dos homens, o desenvolvimento ilusório da moral, da ética e das relações. Tudo há de desaparecer; as percepções apodrecerão e se tornarão tão estéreis quanto um deserto. É a mortificação definitiva, o fim de tudo que existe, inevitável, inefável, incompreensível, porém palpável.

Nyarlathotep compreendera a grande verdade. Violência por si só é sempre abuso de poder. E, como tal, em algum momento, ela gera uma resposta de força igual ou superior. Não se pode usar a violência como ferramenta para sempre. Por outro lado... e se houvesse uma devoção controlada ao princípio da destruição? Uma devoção que fosse cozinhada aos poucos, geração após geração, até estar praticamente impressa no DNA do homem? Isso sim encerraria dentro de si um poder inimaginável!

Milênios haviam se passado desde aquele sussurro que plantara a semente da destruição. Agora, o mundo estava pronto para receber sua graça. A urgência do fim do mundo imputada à mente dos homens gerou a necessidade de acreditar em uma contraparte, a qual tornou-se a base para os diferentes conceitos referentes à salvação. O medo impregnou-se à alma do homem, assim como a necessidade de ser protegido por uma autoridade maior. Assim nasceram os deuses, imaginados por mentes tão férteis quanto assustadas; mas a proteção por si só não fazia sentido, ela precisava de algo em troca. E o que a humanidade ofereceria aos seus deuses imaginados que, para ela, tornaram-se reais? Devoção. Fé. Por meio da santificação contínua e do sacrifício pessoal, o homem se tornaria algo maior do que era. A charada definitiva. A ironia definitiva. Tudo nascido de um sussurro nos ouvidos de um sábio, há muitos milênios, quando os continentes ainda eram próximos uns dos outros, o ar mais puro e a mente dos seres humanos mais lenta, porém, menos maliciosa.

Agora o fim do mundo começara... e o poder que emanava de cada ato de destruição e fluía para Nyarlathotep era incomensurável. Ele olhou para suas mãos com o único olho que lhe restara e as contraiu. Sentia-se um poço de energia. Para que precisava daquele corpo? Para que precisava de um avatar? Ele era o caos rastejante! Era o arauto da Morte! E aquele mundo conheceria sua verdadeira forma!

A energia fosforescente começou a se expandir ao redor do ser que um dia fora Anita. Os tentáculos que surgiam das paredes se recolheram, como se estivessem sendo retraídos pelo corpo do qual provinham. A bola de energia cresceu, brilhando tanto que não seria possível a um homem olhar diretamente para ela. A criatura escancarou a bocarra de forma humanamente impossível, como se o maxilar inferior tivesse sido deslocado, e deu um grito de mil vozes. O corpo de Anita sumiu numa pequena explosão, liberando um feixe de luz verde, da grossura de dois carros emparelhados, que subiu numa linha reta rumo ao infinito, destruindo o que restava do teto da catedral e desaparecendo no céu escuro.

As paredes tremeram e por pouco não vieram abaixo também. Após alguns segundos, a luz desapareceu e, no local onde estava o corpo da mulher, uma criatura pavorosa demais para ter nascido em nossa realidade espreitava. Tinha quatro metros de diâmetro e estava enrolada em si própria como um caracol; uma espiral negra que parecia uma fileira de vermes, com tentáculos repletos de ventosas e milhares de bocas espalhadas por toda a extensão do corpo pavoroso, bocas que gritavam como se torturadas, gargalhavam como os insanos gargalham em celas acolchoadas, rugiam como animais selvagens em meio à caçada e babavam uma saliva espessa e alva como marfim. As bocas pronunciavam palavras que nenhuma língua humana jamais falou, e cuja compreensão levaria à loucura absoluta até mesmo a mais sã das mentes.

A criatura se desenrolou como uma naja, subindo acima do teto devastado da catedral, estendendo aquele corpo leviano, tendo somente as estrelas por testemunha de sua ascensão. Ela descolou as escamas do chão e flutuou de modo etéreo, até estar mais alta do que a copa das árvores.

Por algum motivo que Nyarlathotep não compreendia, aquela contenda se tornara pessoal. Sim, ele tinha um mundo inteiro para destruir… mas, antes, ia apanhar aquela presa!

Adam recostou-se a uma árvore morta e parou para recuperar o fôlego. Os pulmões pareciam prestes a explodir e, embora ele tivesse subido poucas centenas de metros, era como se o ar estivesse rarefeito. O vento frio cortava seus lábios e gelava as córneas, tornando difícil manter os olhos abertos. A perna ferida queimava, dando-lhe a sensação de que brasas tinham sido enfiadas em seus músculos e tendões. O sangue escorrera profusamente e empapara a calça e a meia, acumulando-se dentro do tênis e fazendo um barulho úmido conforme ele se movia. O outro pé, descalço, devia estar em carne viva. Uma névoa fina cobria toda a extensão da colina que, recortada contra o céu escuro, parecia ter assumido uma coloração escarlate. Ou quem sabe fosse apenas a mente de Adam que, prejudicada pela perda de sangue, pregava-lhe peças.

Havia um sabor impregnado na atmosfera local; um gosto de cobre e rancor que atiçava o amargo da língua. Um calafrio percorreu a espinha de Adam. Ele olhou para o lado e estremeceu. Uma testemunha o observava. O enforcado flutuava impávido na linha dos galhos mais baixos das árvores, gemendo e se engasgando, como se a corda ainda o privasse do ar necessário à vida. *Não é possível, não é possível.* Um rosnado visceral fez Adam desviar o olhar. Nada à vista, o que aumentou seu pânico. Tornou a mirar a aparição. Ela não estava mais lá.

Concentre-se, Adam! Respirou fundo e continuou a desbravar o caminho até o topo. Não sabia o que fazer ao chegar, mas faltava pouco agora. O chão era estéril, duro e rochoso; um pouco escorregadio também, o que prejudicava o progresso.

Com o canto dos olhos, ele percebia coisas rasteiras movendo-se aqui e ali, mas sempre que tentava focar alguma delas, nada via além de um breve lampejo de coisas que se pareciam com seres ápodes e escorregadios. Sentiu que não estava mais raciocinando de forma adequada e forçou-se a restabelecer a concentração.

Vamos, Adam… vamos!

Novamente o rosnado. Ele virou-se na direção do som, mirando o .38 e, desta vez, identificou seu ponto de origem. Gostaria de não tê-lo visto.

Sua mão tremeu quando percebeu que estava sendo cercado por um grupo de chacais. Exceto que não eram animais comuns, mas outros rejeitados do Tártaro. Os olhos amarelos brilhavam na noite, o dorso adornado por uma faixa preta que começava na cabeça e cobria toda a extensão da cauda, enquanto o resto do corpo era de um vermelho acastanhado. As patas com quatro dedos cada traziam unhas desproporcionais, grandes como as de um falcão, e as mandíbulas abertas e espumantes permitiam entrever um par de caninos poderosos que não cabia na boca e se projetava para fora.

Adam jamais saberia que aquelas criaturas, arautos de uma nova raça, eram também os últimos resquícios de outra mais antiga.

O primeiro chacal disparou em sua direção; o maior, que parecia ter o tamanho de um dobermann adulto. Adam esperou que ele se aproximasse para não correr o risco de errar com toda aquela tremedeira e deu um tiro certeiro bem entre os olhos. O animal mergulhou no chão, arrastando um tapete de pedregulhos em sua queda. Sem se abater, dois outros investiram de uma só vez. Adam, sem poder dar-se ao luxo de esperar, atirou num quase desespero.

Atingida no ombro, uma criatura rodopiou e ganiu de dor, tendo o avanço detido, mas a outra passou incólume aos disparos e saltou sobre ele. Adam desviou-se no último instante, deixando que a fera passasse no vazio, e retomou seu caminho, arrastando a perna ferida e gemendo de dor, em busca de um local onde pudesse usar o *Necronomicon*.

Deu poucos passos antes que fosse deslocado para trás. Demorou dois segundos para compreender por que não conseguia mais seguir adiante. A dor veio na sequência; dor lancinante, cortando como vidro. *Idiota! Desleixado!* Olhou para trás e viu que um dos chacais havia abocanhado sua panturrilha. Os dentes gigantescos atravessaram a carne, emergindo do outro lado. Para piorar, o desgraçado havia mordido a perna boa.

Meu Deus, meu Deus. Eu vou morrer aqui.

A criatura foi recompensada pela audácia com um tiro na cabeça. O jorro vermelho respingou em seu rosto. Ao sentir a pressão desaparecer, empurrou o monstro com a perna livre e voltou a olhar adiante na colina. Os animais restantes estavam em seu caminho, dois ilesos e um ferido, os olhos ardendo em fúria em meio aos troncos retorcidos das árvores.

Começaram a cercá-lo, aproximando-se com temeridade. Adam não sabia quantos tiros lhe restavam, apenas mirava nas criaturas, trocando de um animal para outro sem a menor convicção, sentindo o pânico dominar seus atos. Tentou pensar em qualquer coisa que não fosse morrer estraçalhado por aquelas mandíbulas, mas não conseguiu.

Súbito, um turbilhão de vento carregando cascalho, folhas secas e gravetos quebrados surgiu, contornando a colina pelo lado oposto. No centro dele, algo que Adam não conseguiria descrever nem em seus melhores dias; uma criatura abominável, de uns quatro metros de largura e vários outros de extensão, no formato de um cone. Uma taturana preta, sem olhos, sem nariz, sem braços, cuja extremidade era uma massa disforme com o aspecto de uma centena de cicatrizes feitas umas sobre as outras, ocupava o centro do turbilhão. Ao longo do corpo profano, a pele era ornada por centenas de bocas vis, que gritavam por meio de algum recurso inimaginável que não incluía o uso de cordas vocais ou do resto do aparelho fonador, e puseram os chacais para correr com o rabo entre as pernas.

Contrariando todas as leis naturais, a coisa planava em meio àquele vórtice, rodopiando por entre as árvores mortas, levantando uma nuvem de pó e emitindo sua própria luz antinatural enquanto voava. Mesmo a vários metros de distância, o pânico foi tamanho que Adam gritou, mirou e disparou duas vezes, antes de ficar sem balas. Os animais já haviam desaparecido, tendo voltado para qualquer que fosse o buraco de onde tinham saído. Esquecendo-se da dor — que agora havia sido substituída pelo pavor — e sem pensar duas vezes, ele continuou a andar abraçado ao *Necronomicon*, sabendo inconscientemente ser ele a sua única esperança.

A coisa deu um rasante sobre sua cabeça e o deslocamento de ar o jogou vários metros longe. Adam rolou, ralando as costas no chão repleto de pedras pontiagudas, mas pôs-se de pé de imediato. Olhou para seu destino. Não sabia mais pelo que buscava; àquela altura, já agia de modo mecânico, mas o fim da floresta não estava longe e ao alcance da vista.

Mesmo ferido, cobriu a distância que faltava, enquanto, no céu escuro, a criatura desapareceu por um momento da vista. Desembocou numa área mais plana, onde não havia nenhuma árvore e que não ficava à vista do solo. No centro, um círculo constituído de oito enormes colunas de pedra era a única testemunha de que, se havia um lugar certo para ele estar, era aquele. Irregulares, as colunas pareciam recortadas por alguma ferramenta rudimentar e fincadas no chão numa época remota, quando este não tinha a aparência de magma petrificado. Quem teria construído aquela corruptela de Stonehenge? O povo da cidade? Os habitantes do subterrâneo? Ou os próprios Antigos?

Adam jamais saberia, contudo, ao chegar ao centro das enormes colunas, sentiu um poder inimaginável coriscando, uma energia palpável que não podia ser vista, mas que arrepiou todos os pelos dos braços e fez o coração bater mais rápido. Um poder supremo, destacado da realidade, destacado de todas as realidades. Um portal, uma passagem, um funil para captar um tipo de força que ele jamais seria capaz de compreender. E ele teve certeza de onde estava; não uma certeza racional, mas todo seu ser vibrou em uníssono com a força daquela percepção.

O Nexo!

A bestialidade planou sobre ele. Adam tornou a olhar para cima e viu o ser que Nyarlathotep se tornara contorcer-se como um verme cósmico, maldito, perverso e ominoso. Ele parecia maior, mais ameaçador, alimentado por todos os corações cruéis do mundo que o serviam. As bocas falavam em todas as línguas conhecidas ou não pelo homem, salivando, ávidas para devorar sua carne. Súbito, um tentáculo disparou do alto como uma lança, tão rápido que os olhos dele mal conseguiram acompanhar a trajetória, e fincou-se no chão, atrás dele.

Foi instintivo. Antes mesmo que a mente de Adam tivesse compreendido que ele havia sido transfixado, suas mãos soltaram o livro e seguraram a lança orgânica que atravessara sua barriga. Ele cuspiu sangue e só então sentiu a dor. A criatura retraiu o tentáculo quase no mesmo instante, arrancando-o do corpo de Adam, que foi ao chão, como se, naquele momento, tivesse perdido a única coisa que o estivesse mantendo de pé.

No alto, a criatura flutuava em meio a nuvens escuras e raios fulgurosos. As gargalhadas, gritos e bramidos feriam seus ouvidos. O vento congelava o suor em seu pescoço. Olhou para o lado e viu o livro caído. Esforçou-se para alcançá-lo, mas, quando estava a poucos centímetros, outro tentáculo descerrou dos céus, atravessando seu antebraço. Desta vez, a dor foi imediata, e Adam gritou a plenos pulmões, liberando tudo que estava represado em seu íntimo. Não a dor física, mas sim aquela que havia sentido por toda a vida. A sensação de ser inferior, menosprezado, subestimado... O conformismo, os desgostos, os sonhos perdidos ao longo do caminho, dilacerados pela realidade... Ele gritou e, no grito, pôs para fora tudo que o atormentara durante todos aqueles anos.

O tentáculo recuou, liberando o braço. Adam olhou para a criatura, tão grande, tão portentosa, tão inevitável. Algo se remexeu dentro de seu ser. O medo e a dor haviam desaparecido. Estendeu-se e alcançou o livro. Sua mente rodopiou. As palavras de Rogéria retornaram e o atingiram como uma saraivada de flechas: "Você está aqui. E, por qualquer motivo que seja, tem um papel a desempenhar". Adam contraiu-se e se recompôs.

Não se entregue. Você veio aqui pra isso... Não se entregue! Tem muita coisa em jogo...

Heroísmo parece só ser heroísmo de fato se puder ser testemunhado. Se puder ser relatado e enaltecido. Mas lá estava um homem simples, sem saber seu lugar no mundo, sem nunca ter se encontrado; um homem vazio que, num joguete do destino, fora colocado numa posição em que o maior dos sacrifícios parecia iminente... e sem que ninguém tivesse consciência de que ele o estava fazendo.

Adam sentiu-se triste por um instante, mas a sensação logo tornou-se jubilosa. Num rompante de gozo e apreciação, tudo se descortinou diante de seus olhos. *Então este é o meu lugar? É aqui que pertenço? É isto que tenho de fazer?*

Não há lugar no mundo para nós, senão aquele que escolhemos. E Adam não tinha de fazer nada, senão o que decidira. Em suas mãos, por coincidência ou não, repousava o destino de milhões. *Que se lixem*, ele poderia dizer. *Que se lixem todos.* Mas não faria isso. Jamais faria isso...

A terra rachou sob seus pés, abrindo uma fissura de mais de trinta centímetros. Ele viu poeira cair dentro dela, desaparecendo na escuridão. As colunas de pedra tremiam, sacudidas pela fúria de uma criatura tão antiga quanto o próprio universo. Com as mãos tremendo, Adam fechou os olhos e abriu o livro.

Eu não sei o que fazer.

Um muro de fogo surgiu do chão pedregoso e cercou as colunas. Calor inimaginável. Dentro da fornalha, Adam olhou para as páginas secas e amareladas. Sobre sua cabeça, o verme maldito se retorcia, ainda maior do que antes. Uma energia terrível vertia para seu ser, enquanto tragédias eclodiam em todo o mundo.

— Extinção!

Foi o que Adam jurou ter escutado em meio à cacofonia ininteligível de sons. Em meio ao vento ininterrupto e o crepitar das chamas e a terra se abrindo. Seus ouvidos ainda sangravam e o calor sugava o que restava de suas forças. Toda a colina parecia chacoalhar como um brinquedo elaborado em um parque de diversões. Ali, no topo daquela colina, acossado pelas trevas e sozinho, sentiu um desalento opressor...

e o mesmo desalento o libertou. Viu-se num estado de tranquilidade e calmaria; a mesma calmaria que existe no olho do furacão.

Foi quando foi atingido por uma nova saraivada, na forma das palavras de Juliana. Ele lembrou-se de um comentário que ela fizera, para o qual, na ocasião, ele não havia dado qualquer importância, mas que permanecera cozinhando no fundo de sua mente, de forma inconsciente, apenas para reverberar naquele momento de necessidade. "E se Marcelo deixou anotações? Talvez marcações no próprio livro?".

Claro! Só pode ser isso!

Marcelo estudara o livro durante anos; tantos quanto o doutor Roberto. Se havia um feitiço que merecia destaque, era aquele; o mais importante de todos, o feitiço capaz de banir da nossa realidade um deus.

Ímpeto renovado, Adam começou a folhear o livro; seu sangue pingando sobre as páginas amareladas, enquanto trovões partiam a colina ao meio e um súbito vendaval parecia prestes a arrancar as árvores podres.

O advogado começou a sentir a vista embaçar e as forças desaparecer. Os ferimentos estavam cobrando o preço. A qualquer instante, um último e derradeiro tentáculo atravessaria seu coração, e sua vida se calaria para sempre. *Ainda não... Ainda não, droga.*

Súbito, o mundo todo pareceu prender a respiração. Ao menos o seu mundo. Ali estava. Seus olhos viram uma marcação entre duas páginas.

Juliana tava certa... Albuquerque tava certo!

O calor das chamas aumentou tanto que começou a sentir o cheiro dos pelos de seu braço queimando. Ele seria carbonizado vivo ou arremessado para dentro daquela fenda que pouco a pouco se alargava sob seus pés. Era chegada a hora. As cartas estavam na mesa, todas elas... uma última vez. Não havia mais o que virar. Adam tinha de mostrar a mão. *All in.* Tudo ou nada.

Respirou fundo, absorvendo aquele ar quente que ardeu em seus pulmões, e apenas leu. Não raciocinou, não questionou. Apenas leu. Murmurou com o pouco de forças que lhe restara aquelas palavras que haviam sido registradas por Abdul Alhazred, o Árabe Louco, centenas de anos antes.

— *Amohim nad carev...*

O vento soprou ainda mais forte, obrigando-o a cravar os dedos no chão duro, usando a própria fenda aberta pelos tremores para se segurar e não sair voando na direção das chamas. Raios cruzavam o manto negro e o luar tinha adotado uma coloração rubra. Em todo o mundo, pessoas começaram a responder ao incidente que ocorria anonimamente numa pequena cidadezinha. Monges do ódio se imolando, donas de casa furando os próprios olhos, criaturas das sombras gritando de pavor, empresários se emasculando, demônios reverberando os ecos da destruição iminente, crianças vomitando a peste negra que queimava em seus estômagos… O mundo virado do avesso, as leis da Natureza violadas… e, sentado num trono de fel, o caos rastejante, cumprindo a profecia que ele próprio espalhara há milênios e na qual passara a acreditar. Ele era o início e o fim, a verdade e a mentira, o passado e o futuro.

Adam prosseguiu:

— *Amohim nad carev sotero du namreu saver erodaniv…*

Nyarlathotep se debateu. Sentiu o corpo queimar. Uma fisgada vinda do interior de seu ser, como se preso por um anzol invisível. Um gancho que começava a rasgá-lo de dentro para fora. O impossível estava acontecendo. O turbilhão rodopiou no próprio eixo, as mil bocas inumanas iluminadas pelos relâmpagos que feriam o manto da noite. A criatura guinchou num misto de palavras e sons inarticulados, dos quais Adam conseguiu compreender um mínimo:

— Não… de novo não…

O calor ficou tão intenso dentro da fornalha que o círculo de pedras se tornara, que Adam achou que fosse desmaiar. Seus olhos captaram um derradeiro tentáculo vindo em sua direção, a lança que tomaria sua vida, mas era tarde demais. Zonzo pela perda contínua de sangue, ferido e esgotado, num último e desesperado esforço, leu as últimas palavras marcadas por Marcelo antes de cair de lado.

— *…oquihenue bantam sodae… cinagiroc!*

O céu tempestuoso se abriu. Um olho roxo com centenas de metros de diâmetro apontou exatamente sobre o círculo e, para dentro dele, todas as coisas começaram a ser sugadas. Adam também sentiu a atração e tratou de agarrar-se com todas as forças a uma rocha, enquanto seu corpo era erguido por aquela força de sucção; as pernas sacudindo no vazio, apontando na direção do buraco negro no céu.

Numa fração de segundo, todo o fogo, os relâmpagos e trovões, as criaturas que estavam próximas e o próprio ar foram sugados, desaparecendo no insondável. E o verme sombrio… o caos rastejante com suas mil bocas contorcendo-se em vozes abstratas demais para serem descritas... girou em falso no ar e, em meio a um lamento de incompreensão, foi arremessado para aquela dimensão, deixando para trás um cheiro de carne podre e um assobio agudo que logo desapareceram também.

O olho no céu se fechou tão repentinamente quanto se abrira, e o corpo de Adam caiu, quicando sobre as rochas. Olhou ao redor. Estava sozinho na Colina do Enforcado. O *Necronomicon* havia desaparecido, talvez caído dentro da fenda. Seu peito arfava e não havia um músculo sequer que não estivesse doendo. Sangue vertia profusamente dos ferimentos na barriga, coxa, pés e antebraço. Sentia como se fosse desmaiar, mas não importava. Tudo estava plácido, e um silêncio abençoado cobria a Floresta das Árvores Retorcidas.

Adam arrastou-se com dificuldade, apoiou as costas em uma pedra e ficou deitado por um tempo, olhando para as estrelas.

— Lindas — ele disse. — Vocês são lindas.

Um mundo virado do avesso. Foi isso que a passagem de Nyarlathotep deixou. A perda inestimável de milhares de vidas humanas, uma quantidade incalculável de destruição, o rompimento irreparável de todo tipo de laços entre as pessoas. O enterro de Albuquerque foi somente um em meio a milhares.

Tomos e mais tomos poderiam ser escritos sobre as consequências do que ficaria conhecido como "O Dia do Véu Negro"... e eles foram. Em anos vindouros, tomos versando sobre desgraças e tristezas, sobre vicissitudes e insanidades, sobre famílias que perderam tudo e sobre políticos que levaram o mundo à beira da destruição, inundariam as prateleiras. Relatos pessoais e estudos acadêmicos, testemunhos oculares e extrapolações da realidade. O lado sombrio foi sondado, examinado, dissecado, mas nunca compreendido. Não em sua totalidade.

Houve também os volumes que se dedicaram ao heroísmo de quem combateu as trevas e nunca se deixou entregar, mesmo quando a esperança parecia perdida. Histórias de redenção, de coragem e de fé. Contos que reafirmavam os mais estoicos valores humanos, que celebravam a força encontrada no coletivo e a crença de que a bondade existe e que pode estar nos lugares mais improváveis.

Também seriam escritos incontáveis livros contendo teorias sobre o que desencadeara a onda de violência e brutalidade global, sem que nunca se chegasse próximo da verdade. E como poderia? Na mente de todos, a voz de Nyarlathotep era só um sussurro incompreensível, uma insinuação maliciosa que, confrontada com a vergonha dos atos de muitos, logo caiu em descrédito. Era mais fácil varrer sua existência para debaixo do tapete e buscar qualquer tipo de explicação para o surto coletivo, de água contaminada a alimentos adulterados, de hipnose coletiva a experiências do governo, do que atribuir algum grau de veracidade àquela voz que reverberara na mente de tantos. Foi uma decisão inconsciente, porém coletiva, de apagá-la da nossa realidade, e as raras vociferações de gente que intuía o que tinha acontecido desapareciam na multidão. Fracas. Desacreditadas. Evanescendo...

Outras obras surgiriam, contando como os desastres tinham sido avassaladores em todo o planeta, mas como, da dor e da miséria, uma corrente de união começava a surgir. Mesmo entre nações inimigas, de ideologias diferentes, de políticas diferentes ou de religiões diferentes... brotaria um pensamento positivo, quase mágico. Em face à tragédia que quase levara o ser humano à extinção, elas deram as mãos para reconstruir pelo menos um pedacinho do enorme todo que havia sido perdido. Um tão sonhado recomeço... uma prova de que as trevas mais densas precedem o nascer do sol.

Nos anos por vir, palavras seriam escritas sobre tudo isso e mais... contudo, apesar de todos os pontos de vista possíveis e imagináveis serem cobertos, nenhuma linha foi destinada ao homem que salvou a realidade. Ninguém nunca soube nada a respeito do drama cósmico que se desenrolou numa reles colina e livrou a raça humana da extinção.

Quando Marcos, Amanda e Juliana encontraram Adam no topo da Colina do Enforcado já era dia, e o cessar da maior parte dos conflitos globais já tinha sido anunciado. Foi como se todo o coletivo humano tivesse caído em si; um jardim um pouco mais vazio, porém mais limpo, após as ervas daninhas terem sido arrancadas. Adam estava deitado num solo petrificado, no centro de um monumento erigido para forças tão antigas que já não havia registros sobre elas, nem mesmo naquela espécie de colmeia telepática que é o inconsciente coletivo.

Claro que eles o encontraram. Após terem dado por sua falta, não foi difícil adivinhar para onde tinha ido. Só não imaginavam que ele chegaria ao extremo de roubar o carro de Marcos. Depois de tentativas fracassadas de conseguir um táxi, o zelador intimou o jovem Zanete a emprestar seu veículo.

— Você nos deve uma — o velho alertou.

— Eu? Por quê?

— Por ter deixado a gente na mão naquela confusão no saguão.

Adam foi levado pelos amigos para o hospital; seus ouvidos não conseguiam escutar nada do que diziam, mas, mesmo que pudessem, ele não abriria a boca para responder às perguntas deles. Jamais o fez. Foi uma decisão pessoal; o que seus olhos testemunharam, todos aqueles tesouros malditos e sacrílegos, não partilharia com ninguém. Era assim que queria... e era assim que seria.

Uma quinzena depois, recebeu alta. Um ferimento à bala, o ataque de um animal selvagem que mastigara sua panturrilha, várias costelas quebradas, os tímpanos estourados, um rombo na barriga, o antebraço lacerado, o baço perfurado e diversas escoriações, cortes e hematomas... ele parecia ter saído de uma guerra. Para sua sorte, grande parte da população do mundo estava igual, o que lhe poupou explicações. Ainda mais sorte era ter Amanda ao seu lado, o que lhe garantiu tratamento VIP no hospital. Ela cuidou pessoalmente de seu paciente favorito na maior parte do tempo, e o manteve o quanto pôde em observação. Era o mínimo que podia fazer. Mas chegou a hora em que o leito que ele ocupava tinha de ser cedido para pessoas com necessidade maior. Adam não ligou. Deu um beijo caloroso na médica e sorriu:

— Já é hora de voltar pra casa.

Havia muitas perguntas e a maior parte ficaria sem respostas, incluindo o que acontecera com o *Necronomicon.* Adam também não compreendia por que Nyarlathotep, uma vez tendo possuído Anita, assassinou o doutor Roberto, que era justamente o homem que queria trazê-lo de volta. Ele jamais saberia que não tinha sido o caso. Mas a vida não é assim? Não dispomos de todas as respostas, e sempre que obtemos uma, dúzias de outras perguntas surgem. Talvez seja essa a essência de viver... a busca.

Também sabia que, em algum momento, teria de lidar com a cidade e com o culto. Ou, ao menos, com o que restara dele. Os fanáticos não estavam todos mortos, Adam bem o sabia, mas isso teria de ficar para depois. Se tem uma coisa que havia aprendido era a apreciar as pequenas vitórias que a vida nos proporciona, ainda que, no caso dele, a "pequena vitória" tivesse sido salvar o mundo.

Mesmo ainda andando de muletas, os planos de Adam e de Amanda eram muitos. Os dois pombinhos estavam mais apaixonados do que nunca e falaram sobre grandes coisas. Sobre morarem juntos. Constituírem família. E, claro, Adam tinha de arrumar um emprego. Infelizmente, ser o salvador do mundo não consta nos formulários de trabalho de nenhuma empresa. Mas, antes, ele disse a ela que precisava fazer uma coisa. Algo que já estava adiando há muito tempo. Algo importante, que completaria o pedacinho de si que estava faltando. Algo que, só após toda aquela odisseia, ele percebera que não só não podia apagar ou ignorar, como não *queria*. Quando contou a ela o que era, a médica sorriu, fez um carinho em seu rosto e disse:

— Por isso eu amo você.

Ele ergueu as sobrancelhas:

— Você me "ama"?

Ela fez sinal de positivo com a cabeça.

— Não falou só por falar?

Ela entregou um sinal de negativo.

— Não é só da boca pra fora?

Enfim, ela respondeu:

— Vai parar de falar besteira ou não?

Ele nunca deu um beijo tão gostoso quanto o que veio a seguir. O sentimento de júbilo em seu peito era algo que jamais havia experimentado. Enfim, após tantos anos julgando-se um inútil, julgando-se inferior aos outros, agora ele sabia seu valor. Naquela tarde, bateram na porta de seu apartamento. Ao abri-la, deu um sorriso e emendou um abraço em Pombo. O garoto parecia bem.

— Como está sua mãe?

— Ela parece que tá tentando, seu Adam. De verdade.

— Isso é bom. Tomara que ela consiga se manter na linha. Ela merece… e você também.

O garoto abaixou a cabeça e ficou movendo o pé de um lado para o outro, roçando o chão com a ponta do dedão. Mesmo após os horrores que poderiam gravar traumas em sua psique que jamais seriam superados, sentia-se esperançoso.

Estava um belo dia, ensolarado. Apesar de tudo que acontecera no mundo, o vento continuava a soprar, o sol nascia todas as manhãs e a Terra girava na mesma direção. Os pássaros cantavam e as marés seguiam sua dança milenar. Estar vivo era uma sensação magnífica.

— Eu ainda devo um *tour* para você ao sótão da bruxa, seu Adam — Pombo disse.

Adam suspirou. Demorou um pouco para responder. A brisa vinda de fora acariciou seu rosto:

— Acho que… isso não é mais importante.

O garoto pareceu surpreso:

— Mas o senhor queria tanto desvendar esse mistério…

— É… queria mesmo. Mas isso ficou para trás. Tenho uma coisa bem mais importante pra fazer do que ficar caçando bruxas e outras maluquices.

— Posso saber o quê?

Adam respondeu com uma poderosa convicção, um sabor que não sentia há muito tempo:

— Eu vou ver o meu filho.

Posfácio

Os mundos maravilhosos de H.P. Lovecraft... impressos em polpa

Foi um prazer inenarrável escrever um texto ambientado no universo mítico criado por Lovecraft, um desejo que nutria há anos. Explorei tantas facetas quanto pude da obra deste gênio do terror, inspirando-me também vagamente em outras fontes. Por exemplos, um espírito que abuse sexualmente de um ser humano não é novidade para quem viu filmes como *O enigma do mal* (1982), a possessão de Nyarlathotep é lugar--comum em várias obras de terror e a própria roupagem que dei a ele e sua personalidade é uma miscelânea de diversas versões da Múmia no cinema. Albuquerque tem um pouco do garoto de *O sexto sentido* (1999), mas também de outros personagens, e assim por diante. Mas, claro, este é o universo de Lovecraft — ele é a estrela — e tudo que vem de fora é só figuração.

O curioso é que a apropriação dos mundos fantásticos do escritor não é novidade no meio literário — e é sobre isso que quero falar aqui.

Howard Phillips Lovecraft fez parte de uma das mais brilhantes gerações de escritores estadunidenses, a chamada geração *pulp*, que deu à luz nomes de incrível sucesso cultuados até hoje, como Edgar Rice Burroughs (criador de Tarzan e John Carter), Robert E. Howard (criador de Conan, o Bárbaro) e o mestre da ficção científica Isaac Asimov. Outros, como Jack London, Mark Twain e Agatha Christie, comumente apontados como parte da nata literária do país, estrearam nos *pulps*, fizeram a transição para a chamada literatura clássica — ou alta literatura — e conquistaram amplo sucesso de público e crítica.

Atribui-se o nome de *pulp* — ou ainda de *pulp fiction* — a um conjunto de publicações lançadas nos Estados Unidos, em especial a partir do início do século XX, cuja principal característica era o papel barato, feito a partir de polpa de celulose, daí o nome *pulp*. O primeiro exemplar do gênero foi a *Argosy Magazine*, de 1896, mas o auge da mídia ocorreu entre as décadas de 1920 e 1940, embora sua publicação tenha se estendido até os anos 1950.

Os *pulps* foram um veículo perfeito para a mente fértil de centenas de escritores, cujos textos alcançavam milhares de leitores, às vezes milhões, já que era uma mídia bastante popular na época. Havia publicações para todos os gostos, incluindo terror, aventura, fantasia, ficção científica, romance, faroeste e até gêneros bem específicos, como revistas de detetives, gângsteres e esportes. Os *pulps* inspiraram a primeira geração de quadrinistas e levaram à criação de ícones das HQs, como Batman, Superman, Fantasma e Flash Gordon. Entre os títulos mais famosos da época estão a *Weird Tales, Amazing Stories, Terror Tales, Marvel Tales* e *Western Story Magazine.* Foi nesse tipo de publicação que Lovecraft viu a maior parte da sua obra ser editada.

A primeira geração de fãs criadores

Muitos escritores de *pulp fiction* contemporâneos a Lovecraft alcançaram maior sucesso comercial do que ele, mas, sem entrar no mérito da qualidade da prosa de cada um, poucos buscaram desenvolver uma mitologia tão complexa e apurada quanto a dele. Anos antes disso tornar-se lugar-comum, Lovecraft arquitetou um universo coeso e coerente, que respeitava as próprias regras; uma mitologia que, de modo imprevisível, se tornaria objeto de estudo e obsessão por parte dos fãs e outros escritores de fantasia, terror e ficção científica.

Na época da publicação de seus contos, Lovecraft não caiu rápido nas graças do público, diferente de contemporâneos como Robert E. Howard e Clark Ashton Smith — o que não significa dizer que ele era desprezado. Mas, se por um lado ele não gozou do mesmo sucesso comercial que alguns de seus pares, por outro foi a figura mais influente da sua geração. De fato, estudiosos da sua obra defendem que ele estava justamente entrando no auge da produção quando faleceu; do contrário, é provável que tivesse desfrutado em vida de um nível de sucesso comercial bem superior ao que teve.

Um clube suspeito

Lovecraft adorava relacionar-se com outros escritores; gostava de ler os textos deles e que lessem os seus. Quando morava em Nova York, fundou o Kalem Club, um grupo literário que durou de 1924 a 1927, composto pelos colegas George Willard Kirk, Reinhardt Kleiner, Herman Charles Koenig, Frank Belknap Long, Samuel Loveman, Henry Everett McNeil e James Ferdinand Morton Jr., com o objetivo de trocarem e ampliarem experiências literárias. Vários desses escritores se tornaram amigos pessoais dele e produziram textos relacionados aos Mitos de Cthulhu.

Os "pastiches", textos inéditos em que escritores ambientam histórias dentro de um universo preestabelecido por outro autor, não eram exatamente novidade, mesmo naquela época. Mas o interessante no caso de Lovecraft foi que, em vez de buscar proteger sua propriedade intelectual, ele fez o oposto, incentivando colegas e admiradores a criarem suas próprias histórias. Para ele, essa era uma forma de divulgar o seu trabalho, ajudar a mantê-lo vivo e vigoroso, e também a incorporar novos conceitos.

Mestres do pulp atacam

Um dos primeiros nomes a criar um pastiche de Lovecraft foi o nova-iorquino Frank Belknap Long. Os dois se conheceram no início da década de 1920 e passaram a se corresponder. Além de amigo, Lovecraft foi uma espécie de mentor para Long, lançando alguns dos primeiros trabalhos do jovem no jornal *Conservative*, que editou de forma esporádica entre 1915 e 1923. Em maio de 1924, Lovecraft publicou anonimamente o artigo *The work of Frank Belknap Long*, pela United Amateur Press Association, o que ajudou a torná-lo conhecido. A dupla se aproximou ainda mais quando Lovecraft foi morar em Nova York.

Em 1928, Long fez o prefácio para *The shunned house*, um texto que Lovecraft escrevera em 1924 e que deveria ter sido o seu primeiro romance lançado. Por volta de 250 cópias chegaram a ser impressas para serem distribuídas pela Recluse Press, mas a publicação nunca ocorreu. O texto só viu a luz do dia em outubro de 1937, quando saiu na *Weird Tales*. Anos mais tarde, parte do material da Recluse foi adquirido pela Arkham House, que publicou o livro em 1961, incluindo o prefácio de Long.

Fascinado pelos Mitos de Cthulhu, Long escreveu vários contos ambientados nesse universo fantástico, incluindo *The space-eaters* (*Weird Tales*, julho de 1928), cujo personagem principal era o próprio Lovecraft, *The hounds of Tindalos* (*Weird Tales*, março de 1929) e *The horror from the hills* (*Weird Tales*, janeiro-março de 1931).

O bárbaro e o terror

Outro grande nome da literatura *pulp* que se tornou correspondente de Lovecraft foi Robert E. Howard. A relação da dupla começou em agosto de 1930, quando Howard escreveu uma carta para a *Weird Tales* que elogiava o conto *The rats in the walls*, de Lovecraft, e discutia sua temática. O editor da *Weird Tales*, Farnsworth Wright, enviou a carta para Lovecraft, que por sua vez escreveu uma missiva entusiasmada em resposta. A partir de então, uma longa relação por correspondência se iniciou.

Conhecido hoje mundialmente como o pai do subgênero Espada & Feitiçaria, aclamado pela criação de personagens como Solomon Kane, Rei Kull, Bran Mak Morn, Red Sonja e, claro, Conan, Howard rendeu-se à genialidade de Lovecraft e escreveu diversas histórias ambientadas dentro do universo do amigo.

The children of the night (*Weird Tales*, abril-maio de 1931), *The black stone* (*Weird Tales*, novembro de 1931), *The thing on the roof* (*Weird Tales*, fevereiro de 1932), *The cairn on the headland* (*Strange Tales Of Mystery And Terror*, janeiro de 1933), *The fire of Asshurbanipal* (*Weird Tales*, dezembro de 1936) e *Dig me no grave* (*Weird Tales*, fevereiro de 1937) são algumas das narrativas que Howard concebeu dentro da mitologia de Cthulhu. Encorajado pelas resenhas positivas de Lovecraft, foi o responsável pela inserção de importantes conceitos nos Mitos, como Gol-Goroth, o Antigo Esquecido, e Friedrich Von Junzt, o autor do *Unaussprechlichen Kulten*, mas foi *Worms of the earth* (*Weird Tales*, novembro de 1932), um de seus contos mais celebrados, que acabou se tornando um marco para os fãs de ambos os escritores.

Protagonizado pelo rei dos pictos, Bran Mak Morn, a história é comumente apontada como uma das melhores narrativas de Howard, posicionando Mak Morn no epicentro do universo de Lovecraft ao fazer menção a Dagon e aos “deuses negros” de R’lyeh.

Fechando a "tríade sagrada"

Ao lado de Howard e Lovecraft, Clark Ashton Smith ficou conhecido como o último componente dos três maiores escritores da Era de Ouro da *Weird Tales*, tendo publicado contos de variados gêneros na revista, com ênfase na fantasia, terror e ficção científica. Ele também foi notório pela produção poética e costuma ser apontado pelos críticos como "o último dos grandes românticos".

Artista autodidata, Smith publicou oito livros de prosa em vida, além de dois póstumos, e seus contos foram reunidos em centenas de volumes diferentes, só nos Estados Unidos e Inglaterra. Ele também se aventurou em outras áreas da produção artística, como escultura e pintura, sempre obtendo resultados acima da média.

Smith escreveu um número impressionante de contos ao longo de mais de duas décadas, e desenvolveu seus próprios universos na forma de reinos místicos, como Averoigne, Hiperbórea, Poseidonis, Marte, Xiccarph e o futurista Zothique. Ele também foi um dos que mais contribuíram para ampliar o universo dos Mitos de Cthulhu, apropriando-se de conceitos já estabelecidos por Lovecraft de forma bastante singular e fundindo-os aos seus mundos.

Muito mais do que pastiches, os textos de Smith são importantes contribuições, dos quais se destacam *The abominations of Yondo* (*Overland Monthly*, abril de 1926), *The city of the singing flame* (*Wonder Stories*, julho de 1931), *The return of the sorcerer* (*Strange Tales*, setembro de 1931), *The tale of Satampra Zeiros* (*Weird Tales*, novembro de 1931), *The door to Saturn* (*Strange Tales*, janeiro de 1932), *The hunters from beyond* (*Strange Tales*, outubro de 1932), *The dweller in the gulf* (*Wonder Stories*, fevereiro de 1933), *Ubbo-Sathla* (*Weird Tales*, julho de 1933) e *The Charnel God* (*Weird Tales*, março de 1934).

Mais do que contribuir, Smith buscava ampliar os Mitos; por exemplo, enquanto Marte só foi mencionado por Lovecraft em uma narrativa, Smith aproveitou a brecha para criar todo um ciclo de contos envolvendo o planeta vermelho. De fato, pelo menos uma das criaturas criadas por Smith possui uma história de fundo bastante interessante. Tsathoggua é um dos Antigos, uma entidade poderosíssima que Smith criou, em 1929, para o conto *The tale of Satampra Zeiros*. O texto só foi publicado em novembro de 1931, conforme citado acima, mas, nesse ínterim, o próprio Lovecraft, apaixonado pelo conceito, aproveitou a criatura na história *A whisper in the darkness*, que foi escrita em 1930 e publicada na edição de agosto de 1931, da *Weird Tales*. Ou seja, embora seja criação de Smith, Tsathoggua foi impresso primeiramente numa história da autoria do criador dos Mitos.

Smith sofreu três baques violentos com as mortes sucessivas de Howard, Lovecraft e dos próprios pais, e, a partir da década de 1940, sua produção literária começou a minguar, justamente o período em que ele passou a se dedicar mais às artes visuais e poesia. Ocasionalmente, voltou a fazer incursões à prosa e aos Mitos de Cthulhu, mas sem o mesmo brilhantismo que marcou a primeira fase de seu trabalho.

Norman Bates e o Necronomicon

Robert Bloch foi outro importante autor da Era de Ouro da *Weird Tales*. Seu trabalho mais conhecido é o romance *Psicose* (1959), que deu origem ao filme homônimo de Alfred Hitchcock, mas a carreira do escritor já tinha quase três décadas quando o livro foi lançado, uma carreira impulsionada pelo próprio Lovecraft.

Quando adolescente, Bloch era fã da *Weird Tales,* mais especificamente do trabalho de Lovecraft, e queria encontrar materiais mais antigos do escritor que estavam indisponíveis na época. Assim, decidiu enviar uma carta ao autor por intermédio da *Weird Tales*. Para a sua surpresa, a carta chegou ao destino e, para surpresa maior ainda, o sempre cordial Lovecraft a respondeu. Os dois começaram a se corresponder. Após quatro cartas trocadas, Lovecraft apontou que o texto de Bloch possuía um raro apuro e perguntou se ele nunca pensara em escrever profissionalmente. Foi o incentivo que o jovem, então aos 17 anos, precisava.

A primeira venda profissional de Bloch ocorreu em 1934, para a *Marvel Tales*. Apenas seis meses depois, ele já estava produzindo narrativas para a *Weird Tales*. Seus primeiros textos, *The feast in the Abbey* (*Weird Tales,* janeiro de 1935) e *The secret in the tomb* (*Weird Tales,* maio de 1935) tiveram enorme influência de Lovecraft e se passavam dentro do universo dos Mitos de Cthulhu.

Os dois autores nunca se conheceram pessoalmente, mas o jovem escritor passou a ser mais um que fazia parte do círculo de escribas do insone Lovecraft, trocando centenas de cartas com seu mentor ao longo de quase quatro anos, até a morte deste.

Em 1935, Bloch escreveu um de seus contos mais famosos, *The shambler from the stars* (*Weird Tales,* setembro de 1935), cujo protagonista era o próprio H.P. Lovecraft, que é assassinado por um monstro. O editor da *Weird Tales*, Farnsworth Wright, gostou da história, mas disse que só a publicaria se a "vítima" aprovasse. Lovecraft não só deu sua aprovação, como entrou na brincadeira e escreveu o conto *The haunter of the dark* (*Weird Tales,* dezembro de 1936), em que o personagem principal, um tal Robert Blake, que vivia no endereço real de Bloch, em Milwaukee, é morto por um alienígena. A história foi dedicada a Robert Bloch que, anos depois, escreveu um terceiro texto que prosseguia a narrativa do ponto que Lovecraft parara, *The shadow from the steeple* (*Weird Tales,* setembro de 1950), fechando uma espécie de trilogia.

Com o tempo, Bloch encontrou a própria voz, mas sempre afirmou que os anos de correspondência foram fundamentais para cimentar sua carreira. Ele jamais se afastou do universo lovecraftiano, tendo contribuído com criações seminais, como *The eyes of the mummy* (*Weird Tales,* abril de 1938), *Black bargain* (*Weird Tales*, maio de 1942) e *Notebook found in a deserted house* (*Weird Tales,* maio de 1951). Também produziu belos ensaios sobre seu mentor, com destaque para *The opener of the way* (Arkham House, 1945) e *Poe & Lovecraft* (*Ambrosia,* agosto de 1973). Um dos últimos romances de Bloch, *Strange eons* (Whispers Press, 1978) presta uma vívida homenagem ao estilo e temas abordados por Lovecraft.

Fã de Robert E. Howard, Fritz Leiber é considerado hoje um dos maiores escritores do subgênero Espada & Feitiçaria, mas, bem antes de se tornar o criador do bárbaro Fafhrd e de seu leal companheiro, Gatuno, habitantes do estranho mundo de Nehwon, Leiber era só um inseguro aspirante a escritor. Em 1936, Jonquil Leiber, sua primeira esposa, escreveu uma carta para Lovecraft pedindo ajuda para o marido, cuja carreira não deslanchava. Ela contou como Leiber era um profundo admirador dos textos de Lovecraft desde que lera *The colour out of space*, mas que precisava de conselhos e orientação. Lovecraft respondeu e a dupla passou a se corresponder.

Leiber escreveu dezenas de noveletas e contos ambientados no universo lovecraftiano, com destaque para *The sunken land* (Street & Smith Publications Inc., 1942), *The dreams of Albert Moreland* (Samuel D. Russell, 1945), *Diary in the snow* (Arkham House, 1947), *Adept's gambit* (Arkham House, 1947), *The dead man* (*Weird Tales*, 1950) e *To Arkham and the stars* (Arkham House, 1966).

Ele também escreveu o poema *The demons of the upper air* (Roy A. Squire, 1969) e diversos ensaios, com destaque para *The works of H.P. Lovecraft: Suggestions for a critical appraisal* (Wildside Press, 1944), *My correspondence with Lovecraft* (University of Detroit, 1958), *The Cthulhu Mythos: Wondrous and terrible* (Wildside Press, 1976) e *Lovecraft in my life* (H.P. Lovecraft Society, 1976).

Henry Kuttner foi outro que escreveu várias narrativas ambientadas nos Mitos de Cthulhu. O jovem obteve sucesso de público já na sua primeira história, *The graveyard rats* (*Weird Tales*, março de 1936), um conto denso, inspirado no estilo de Lovecraft, em que o protagonista, um ladrão de sepulturas, acha que está tendo problemas com enormes ratos, quando a realidade é bem mais tenebrosa do que imagina. Kuttner ambientou a história na cidade de Salem, que passou a ter a mesma importância para ele que Arkham tinha para Lovecraft.

Após a publicação, os dois escritores começaram a se corresponder, e a comunicação só foi interrompida em 1937, devido à morte precoce de Lovecraft que, felizmente, havia antes atuado como cupido involuntário ao solicitar que Kuttner entregasse algumas fotografias a C. L. Moore; o casal se apaixonou e os dois se casaram.

The secret of Kralitz (*Weird Tales*, outubro de 1936) foi o próximo texto lovecraftiano, seguido por *The eater of souls* (*Weird Tales*, janeiro de 1937). No mesmo ano, Lovecraft ajudou Kuttner a desenvolver a topografia de *The Salem horror* (*Weird Tales*, maio de 1937), enquanto que a trama de *The black kiss* (*Weird Tales*, junho de 1937) foi escrita a quatro mãos, com Robert Bloch.

O falecimento de Lovecraft o impossibilitou de ver incursões posteriores de Kuttner ao seu universo, incluindo *Spawn of Dagon* (*Weird Tales*, julho de 1938), *Bells of horror* (*Strange Stories*, abril de 1939) e *Hydra* (*Weird Tales*, abril de 1939).

August William Derleth, outro escritor, amigo e correspondente de Lovecraft, foi uma peça fundamental na divulgação e perpetuação dos seus escritos. Sua prosa não chegou a ser tão influenciada pelo mestre do horror cósmico quanto a dos demais autores citados, uma vez que adaptou os mundos de Lovecraft à sua própria visão cristã, mas, ainda assim, ele é responsável por várias narrativas sólidas e interessantes. Isso não impediu que fosse criticado por admiradores mais ardorosos da obra original, que não perdoavam o fato de ele ter excluído dos seus contos a angústia, melancolia e sentimento de fatalismo tão característicos do mestre, substituindo-os por mensagens carregadas de moral e de esperança.

Discordâncias à parte, não se pode negar que a admiração de Derleth pelo trabalho de Lovecraft era imensa. Ele cunhou o termo "Mitos de Cthulhu", escreveu diversos contos ambientados dentro dessa mitologia e foi o primeiro a editar os livros de Lovecraft após sua morte, com o objetivo de manter vivo o legado do mestre.

Entre seus melhores e mais conhecidos trabalhos vale citar *The return of Hastur* (*Weird Tales*, março de 1939), *Beyond the treshold* (*Weird Tales*, setembro de 1941), *The house on Curwen Street* (*Weird Tales*, março de 1944), *The dweller in darkness* (*Weird Tales*, novembro de 1944), *The watcher from the sky* (*Weird Tales*, julho de 1945), *Something in wood* (*Weird Tales*, março de 1948), *The whippoorwills in the hills* (*Weird Tales*, setembro de 1948), *The testament of Claiborne Boyd* (*Weird Tales*, março de 1949), *The keeper of the key* (*Weird Tales*, março de 1951) e *The black island* (*Weird Tales*, janeiro de 1952).

Posteriormente, quase todos os contos escritos na primeira fase da carreira de Derleth foram compilados em volumes lançados por sua editora, a Arkham House, iniciando uma tendência de antologias dos Mitos de Cthulhu que é seguida até hoje por editoras de todo o mundo.

A obra de Lovecraft teve dezenas de colaboradores não oficiais em todo o mundo ao longo das décadas; migrou para o cinema, televisão, quadrinhos, rádio, teatro, RPG, pintura e praticamente toda forma de expressão artística já criada pelo homem. Ao redor do globo, seus textos originais continuam sendo republicados, o que é um testamento da genialidade deste mestre do horror.

Alexandre Callari

ORIGINAL PIPOCA & NANQUIM